SCIENCE FICTION

Herausgegeben
von Wolfgang Jeschke

Von Philip José Farmer erschienen in der Reihe
HEYNE SCIENCE FICTION & FANTASY:

PHILIP JOSÉ FARMER

Die Irrfahrten des Mr. Green

Drei Romane in einem Band

DIE IRRFAHRTEN DES MR. GREEN
DER STEINGOTT ERWACHT
LORD TYGER

Science Fiction

Sonderausgabe

WILHELM HEYNE VERLAG
MÜNCHEN

HEYNE SCIENCE FICTION & FANTASY
Band 06/4854

Titel der amerikanischen Originalausgaben
THE GREEN ODYSSEY
THE STONE GOD AWAKES
LORD TYGER
Deutsche Übersetzungen von Wulf H. Bergner,
Walter Brumm und Wolfgang Eisermann
Das Umschlagbild schuf Boris Vallejo

Redaktion: Wolfgang Jeschke
Copyright © 1957, 1970, 1970 by Philip José Farmer
Copyright © 1991 der deutschen Ausgabe
by Wilhelm Heyne Verlag GmbH & Co. KG, München
Copyright © 1968, 1974, 1975 der deutschen Übersetzungen
by Wilhelm Heyne Verlag, München
Printed in Germany 1991
Umschlaggestaltung: Atelier Ingrid Schütz, München
Satz: Schaber Datentechnik, Wels
Druck und Bindung: Elsnerdruck, Berlin

ISBN 3-453-05375-3

INHALT

Die Irrfahrten des Mr. Green

DIE IRRFAHRTEN DES MR. GREEN
erschien ursprünglich als HEYNE-BUCH Nr. 06/3127
Titel der amerikanischen Originalausgabe
THE GREEN ODYSSEY
Deutsche Übersetzung von Wulf H. Bergner
Copyright © 1957 by Philip José Farmer
Copyright © 1968 der deutschen Übersetzung
by Wilhelm Heyne Verlag, München

1

Alan Green hatte zwei Jahre lang ohne Hoffnung gelebt. Seitdem das Raumschiff auf diesem unbekannten Planeten abgestürzt war, hatte er sich mit seinem Schicksal abgefunden. Die Chancen dafür, daß innerhalb des nächsten Jahrhunderts ein zweites Raumschiff hier landete, standen eine Million zu eins. Folglich hatte es wenig Sinn, nur herumzusitzen und auf die Rettung zu warten. Obwohl Green davor zurückschrak, mußte er sich an den Gedanken gewöhnen, den Rest seines Lebens hier zu verbringen. Er mußte das Beste aus dieser Lage machen — und das war nicht leicht, denn er war bald nach dem Absturz eingefangen und als Sklave verkauft worden.

Jetzt hatte er plötzlich wieder Hoffnung.

Die Hoffnung kam einen Monat, nachdem er Aufseher der Küchensklaven des Herzogs von Tropat geworden war. Sie kam, als er beim Frühstück hinter der Herzogin stand und die Arbeit der anderen Sklaven überwachte.

Die Herzogin Zuni hatte dafür gesorgt, daß er aus den Reihen der gewöhnlichen Sklaven in diese angesehene, aber auch gefährliche Position aufsteigen konnte. Warum gefährlich? Weil die Herzogin sehr eifersüchtig und egoistisch war, so daß die ersten Anzeichen mangelnder Aufmerksamkeit dazu führen konnten, daß Green verschiedene Gliedmaßen oder gar das Leben verlor. Er wußte, wie es seinen beiden Vorgängern auf diesem Posten ergangen war, und achtete deshalb auf jede Geste, auf jeden unausgesprochenen Wunsch der Herzogin.

An diesem schicksalshaften Morgen stand er hinter ihr an einem Ende der langen Tafel und beaufsichtigte die Sklaven, die bei Tisch servierten, Fliegen verjagten, den Hausgott auf seinen Platz setzten und eine Art Musik machten. Von Zeit zu Zeit beugte er sich über die rabenschwarzen Haare der Herzogin, flüsterte ihr Liebesgedichte ins Ohr, pries ihre Schönheit, beklagte ihre scheinbare Unerreichbarkeit und beteuerte, wie leidenschaftlich er sie verehre. Zuni lächelte oder dankte ihm mit einigen kurzen Worten — oder sie kicherte nur über seinen merkwürdigen Akzent.

Der Herzog saß am anderen Ende der langen Tafel. Er übersah Greens Bemühungen, wie er auch den Geheimgang ignorierte, durch den Green in die Zimmer der Herzogin gelangen konnte. Das erforderte der Anstand, der aber auch verlangte, daß er den wütenden Gatten spielte, wenn es Zuni einfiel, Green aus Langeweile oder Unzufriedenheit öffentlich vorzuwerfen, er habe sich ihr unsittlich genähert. Das allein genügte, um Green nervös zu machen, aber er fürchtete Alzo noch mehr als den Herzog.

Alzo war der Wachhund der Herzogin, ein riesiger Bullenbeißer mit zottigem rötlichen Pelz. Der Köter haßte Green geradezu leidenschaftlich und knurrte dumpf, wenn Green sich über die Herzogin beugte oder eine zu hastige Bewegung machte. Gelegentlich erhob er sich, um Greens Beine zu beschnüffeln. Green trat dabei jedesmal der Schweiß auf die Stirn, denn der Hund hatte ihn bereits sozusagen aus Spaß gebissen. Das war unangenehm, aber Green mußte zudem befürchten, daß die Eingeborenen merken würden, wie schnell seine Wunden heilten; sie heilten fast über Nacht, so daß er den Verband vorsichtshalber einige Tage länger getragen hatte.

Auch jetzt schnüffelte dieser widerliche Köter an Greens Waden, als wolle er ihn absichtlich erschrecken. In dieser Sekunde beschloß der Raumfahrer, er werde das Biest eines Tages umbringen, obwohl ihn das den Kopf kosten konnte. Als er eben zu diesem Entschluß gekommen war, brachte ihn die Herzogin dazu, den Hund völlig zu vergessen.

»Liebster«, sagte Zuni und unterbrach den Herzog,

der eben mit einem Handelsherrn sprach, »was ist mit den beiden Männern, die in einem großen Eisenschiff vom Himmel gefallen sein sollen?«

Green hielt den Atem an, während er auf die Antwort des Herzogs wartete.

Der Herzog, ein untersetzter Mann mit weißen Haaren, dichten Augenbrauen und Doppelkinn, runzelte die Stirn.

»Männer? Wahrscheinlich eher Teufel! Können Männer in einem eisernen Schiff durch die Luft fliegen? Die beiden behaupten sogar, sie kämen von den Sternen, und du weißt selbst, was das bedeutet. Oixrotl hat prophezeit: *Ein Dämon wird kommen, der sich als Engel ausgibt.* Nein, bei diesen beiden gibt es nicht den geringsten Zweifel! Sie sind so gerissen, daß sie nicht Dämonen oder Engel, sondern Menschen zu sein behaupten! Kein schlechter Trick, wenn du mich fragst. Damit täuschen sie die meisten, aber die wirklich Intelligenten fallen nicht darauf herein. Ich bin froh, daß der König von Estorya sich nicht hat täuschen lassen.«

Zuni beugte sich eifrig vor. Ihre braunen Augen blitzten, und sie fuhr sich mit der Zunge über die roten Lippen. »Oh, hat er sie schon verbrennen lassen? Wie schade! Er hätte sie doch erst ein bißchen foltern können.«

Der Handelsherr Miran ergriff das Wort. »Ich bitte um Verzeihung, Hoheit, aber der König von Estorya hat nichts dergleichen getan. Die Gesetze von Estorya schreiben vor, daß alle angeblichen Dämonen zwei Jahre im Gefängnis bleiben müssen. Schließlich weiß jeder, daß Dämonen ihre menschliche Gestalt nicht länger als zwei Jahre beibehalten können. Nach Ablauf dieser Zeit nimmt der Dämon wieder seine natürliche Form an, die schrecklich anzusehen ist.«

Miran verdrehte sein eines gutes Auge, bis nur noch das Weiße sichtbar war, und machte das Zeichen gegen böse Geister — die Faust geballt, den kleinen Finger abgespreizt. Jugkaxtr, der Hauspriester, kroch eilends un-

11

ter den Tisch und blieb dort betend hocken, weil er wußte, daß die Dämonen ihm unter dem dreimal gesegneten Holz nichts anhaben konnten. Der Herzog leerte sein Weinglas auf einen Zug, um sich zu beruhigen, und rülpste ungeniert.

Miran wischte sich die Stirn ab und fuhr fort: »Ich habe natürlich nicht viel erfahren, weil wir Händler so mißtrauisch beobachtet werden, daß wir kaum wagen, den Hafen oder den Marktplatz zu verlassen. Die Estoryaner verehren eine weibliche Gottheit — lächerlich, nicht wahr? — und essen Fisch. Sie hassen uns Tropatianer, weil wir Zaxropatr, den Mann aller Männer, verehren und ihre einzigen Fischlieferanten sind. Aber sie schwatzen gern und erzählen alles, wenn man ein paar Runden Wein ausgibt.«

Green atmete erleichtert auf. Wie gut, daß er diesen Leuten nie verraten hatte, woher er wirklich kam! Sie hielten ihn alle für einen der vielen Sklaven aus dem Norden.

Miran räusperte sich, rückte seinen violetten Turban und die gelbe Robe zurecht, zog leicht an seinem goldenen Nasenring und nickte, als wolle er seine Worte damit unterstreichen. Green senkte den Kopf und sah, daß Zuni ungeduldig mit dem rechten Fuß wippte. Er stöhnte innerlich, denn er wußte, daß sie das Gespräch auf ein anderes Thema bringen würde, das für sie interessanter war — ihre Kleider, der Zustand ihres Magens und ihres Teints. Und die anderen konnten nichts dagegen tun, denn die Dame des Hauses bestimmte, was beim Frühstück gesprochen wurde. Mittags und abends dagegen stand dieses Recht theoretisch den Männern zu.

»Die beiden Dämonen waren sehr groß wie Ihr Sklave Green hier«, fuhr Miran fort, »und sie sprachen kein Wort Estoryanisch. Jedenfalls versuchten sie diesen Eindruck zu erwecken. Als König Raussmigs Soldaten sie gefangennehmen wollten, zogen sie merkwürdige Pistolen, mit denen sie nur zu zielen brauchten, um ihre Gegner zu töten. Überall lagen Tote, aber die tapferen Soldaten griffen weiter an, bis die Kraft der Zauberpistolen erschöpft war. Die Dämonen wurden überwältigt und in den Turm der Graskatzen gesperrt, aus dem bisher weder Mensch noch Dämon entkommen ist. Dort bleiben sie bis zum Fest der aufgehenden Sonne; dann werden sie verbrannt ...«

Jugkaxtr betete jetzt noch lauter als zuvor, segnete alle Mitglieder des Haushalts bis hinunter zu Alzos Flöhen und verfluchte alle, die auch nur vom kleinsten Dämon besessen waren. Der Herzog wurde ungeduldig und versetzte dem Priester einen Tritt; Jugkaxtr quietschte, kam unter dem Tisch hervor und nahm seinen Platz wieder ein. Auf seinen fetten Zügen war deutlich zu erkennen, daß er mit sich und der Welt zufrieden war. Green hätte ihm am liebsten ebenfalls einen Tritt versetzt — ihm und allen übrigen Bewohnern dieses Planeten. Kaum vorstellbar, daß seine eigenen Vorfahren einst ebenso abergläubisch, grausam und blutgierig gewesen sein sollten.

Das schwere Parfüm der Herzogin stieg in ganzen Wolken zu Green auf und betäubte ihn fast. Es war ein seltenes Parfüm, das Miran ihr als Zeichen seiner Verehrung von seinen Reisen mitgebracht hatte; in kleinen Mengen hätte es wohl betörend und lieblich gewirkt. Aber Zuni benützte es reichlich, weil sie hoffte, dadurch die Tatsache verbergen zu können, daß sie bestenfalls einmal monatlich badete.

Sie war so schön, dachte er. Und stank so entsetzlich. Zumindest am Anfang. Inzwischen fand er sie weniger schön, weil er wußte, wie dumm sie war, und sie stank weniger, weil seine Nase sich daran gewöhnt hatte. Sie hatte sich daran gewöhnen müssen.

»Ich möchte zum Fest der aufgehenden Sonne wieder in Estorya sein«, sagte Miran. »Ich habe noch nie gesehen, wie Dämonen mit dem Auge der Sonne verbrannt werden. Das Auge ist eine große Linse, wissen Sie. Mit etwas Glück komme ich vor Beginn der Regenzeit nach Hause. Diesmal mache ich hoffentlich noch bessere Geschäfte als letztesmal, denn ich habe Verbindung zu mehreren einflußreichen Persönlichkeiten aufgenommen.« Er machte eine kurze Pause und fügte dann rasch hinzu: »O ihr Götter, ich prahle nicht, sondern preise nur, was ihr für euren bescheidensten Anbeter Miran tut!«

»Bringen Sie mir bitte wieder Parfüm mit«, sagte die Herzogin. »Und das Kollier hat mir wirklich gut gefallen.«

»Diamanten, Smaragde, Rubine!« rief Miran begeistert aus und küßte seine Fingerspitzen. »Ich sage Ihnen, die Estoryaner sind unvorstellbar reich! Auf dem Marktplatz gibt es mehr Edelsteine als Wassertropfen in einem See! Ah, wenn sich der Kaiser doch dazu überreden ließe, eine große Flotte auszuschicken und die Mauern von Estorya zu stürmen!«

»Er weiß recht gut, was der Flotte seines Vaters zugestoßen ist, die mit diesem Auftrag entsandt wurde«, knurrte der Herzog. »Der Sturm, der seine dreißig Schiffe zerstört hat, ist zweifelsohne von Priestern der Göttin Hooda heraufbeschworen worden. Ich bin jedoch davon überzeugt, daß das Unternehmen erfolgreich gewesen wäre, wenn der Kaiser auf die Vision geachtet hätte, die er am Vorabend des Angriffs hatte. Damals erschien ihm der große Gott Axoputqui und ...«

Green verlor das Interesse an dieser Unterhaltung. Statt dessen überlegte er angestrengt, wie er nach Estorya gelangen konnte, wo das eiserne Schiff der Dämonen stand, das nur ein Raumschiff sein konnte. Das war seine einzige Chance. Die Regenzeit würde bald einsetzen — und dann verließ drei Monate lang kein Schiff mehr den Hafen.

Er konnte natürlich zu Fuß aufbrechen und in Richtung Estorya marschieren. Tausende von Meilen durch unzählige Gefahren, ohne wirklich zu wissen, wo die Stadt lag ... nein, Miran war seine einzige Hoffnung.

Aber wie? Green bezweifelte, daß er sich an Bord schleichen konnte. Die Schiffe wurden vor dem Start gründlich durchsucht, denn es gab genügend Sklaven, die auf diese Idee kamen. Er sah zu Miran hinüber — klein, dick, hakennasig, einäugig, mit vierfachem Kinn und einem schweren Goldring in der Nase. Der Bursche war gerissen — bestimmt viel zu gerissen, um die Herzogin dadurch zu verärgern, daß er ihrem offiziellen Liebhaber zur Flucht verhalf. Aber vielleicht ließ er doch mit sich reden, wenn Green ihm etwas Wertvolles zu bieten hatte? Miran hielt sich für einen eiskalten Geschäftsmann, aber Green wußte, daß sein scheinbar undurchdringlicher Panzer eine schwache Stelle aufwies — Miran konnte nicht widerstehen, wenn es um viel Geld ging.

2

Der Herzog erhob sich, und alle anderen folgten seinem Beispiel. Jugkaxtr sprach ein kurzes Gebet und setzte sich wieder, um einen Knochen abzuknabbern. Die übrigen verließen den Raum. Green ging vor Zuni her, um sie vor Hindernissen auf dem Weg zu warnen und etwaige Attentatsversuche zu verhindern. Dabei wurde er von rückwärts am Knöchel gepackt und stolperte; er fiel jedoch nicht schwer, denn er war trotz seiner einsfünfundachtzig und seiner hundertneunzig Pfund ziemlich gelenkig. Aber er stand mit rotem Gesicht auf, weil die anderen lachten und weil er sich über Alzo ärgerte, der ihn wieder einmal zu Fall gebracht hatte. Am liebsten hätte er einem der Wachtposten den Speer entrissen, um den Köter zu durchbohren. Aber das hätte Greens Ende bedeutet, und er durfte sich jetzt keine falsche Bewegung mehr leisten. Nicht mit der Rettung vor Augen!

Er grinste also nur verlegen und ging weiter vor der Herzogin her, während die anderen ihr folgten. Am Fuß der großen Steintreppe, die in den ersten Stock des Schlosses führte, trennten sich ihre Wege: Green sollte auf dem Markt für den nächsten Tag einkaufen; Zuni wollte sich in ihre Gemächer zurückziehen und dort bis mittags schlafen.

Green stöhnte innerlich. Wie lange würde er dieses Tempo noch durchhalten? Er mußte die halbe Nacht mit ihr aufbleiben und tagsüber seine offiziellen Pflichten erfüllen. Zuni schlief genug, um wieder frisch zu sein, wenn er zu ihr kam, aber Green konnte sich nie richtig ausruhen. Er hatte nachmittags frei, aber dann mußte er sich um seine Familie kümmern. Und Amra, seine Sklavenfrau, und ihre sechs Kinder verlangten viel von ihm. Sie waren noch tyrannischer als die Herzogin, falls das überhaupt möglich war.

Wie lange noch, großer Gott, wie lange noch? Die Situation war unerträglich, und Green hätte auch ohne die Nachricht von einem gelandeten Raumschiff seine Flucht vorbereitet. Lieber ein schneller Tod auf der Flucht als ein langsamer vor Erschöpfung.

Er verbeugte sich vor dem herzoglichen Paar und folgte Miran durch den Hof, über die Zugbrücke und in die engen Gassen der Stadt Quotz hinein. Dort bestieg der Handelsherr seine prächtig verzierte Riksha, die von zwei Matrosen seines Schiffes *Glücksvogel* gezogen wurde. Die Menschen auf der Straße machten Platz, denn zwei weitere Matrosen liefen voraus, riefen Mirans Namen und knallten mit langen Peitschen.

Green überzeugte sich davon, daß er nicht beobachtet wurde, und lief dann hinter der Riksha her. Miran ließ halten und fragte nach seinem Begehr.

»Ich bitte um Verzeihung, Euer Ehren, aber darf ein elender Sklave sprechen, ohne deswegen getadelt zu werden?«

»Ich vermute, daß du bestimmte Absichten verfolgst«, antwortete Miran und betrachtete Green mit seinem einen Auge.

»Mein Vorschlag hat mit Geld zu tun ...«

»Ah! Trotz deines Akzents sprichst du wie die goldene Trompete von Mennirox, der mein Schutzpatron ist: Sprich weiter!«

»Euer Ehren, ich muß darauf bestehen, daß Sie bei Mennirox schwören, meinen Vorschlag unter allen Umständen geheimzuhalten.«

»Er bringt Geld? Viel Geld für mich?«

»Ja.«

Miran sah zu seinen geduldig wartenden Matrosen hinüber. Er hatte die Gewalt über Leben und Tod der Angehörigen seines Klans, aber er traute ihnen trotzdem nicht. »Bevor ich diesen Eid ablege, muß ich mehr wissen. Können wir uns heute abend zur Stunde des Weinglases im Haus der Gleichheit treffen? Und könntest du wenigstens andeuten, worum es sich handelt?«

»Gut, wir treffen uns«, stimmte Green zu. »Es handelt sich um den getrockneten Fisch, den Sie den Estoryanern verkaufen.«

»Ausgezeichnet. Ich bin pünktlich da. Fisch, was? Ich muß weiter. Zeit ist Geld. Volle Kraft voraus, Jungs!«

Green hielt die nächste Rikscha an und ließ sich in die Polster sinken. Als stellvertretender Haushofmeister hatte er reichlich Geld zur Verfügung. Außerdem hätte es einem Mann in seiner Position schlecht angestanden, zu Fuß durch die Stadt zu gehen. Sein Wagen kam gut voran, denn jeder kannte die herzogliche Livree: der rot-weiße Dreispitz und das ärmellose Leinenhemd mit dem Wappen auf der Brust — rote und grüne konzentrische Kreise, die ein schwarzer Pfeil durchbohrte.

Während die Rikscha zum Marktplatz strebte, war Green in Gedanken versunken. Die größte Schwierigkeit bestand darin, daß die beiden Gefangenen in Estorya nicht sterben durften, bevor er sie befreien konnte — sonst war er nicht weiter als jetzt. Er hatte keine Ahnung, wie man ein Raumschiff steuerte; er war nur Passagier eines Raumfrachters gewesen, der auf ungeklärte Weise explodiert war. Green hatte das sterbende Schiff in einer automatischen Notlandekapsel verlassen; diese Kapsel hatte ihn hierhergebracht und lag vermutlich noch immer in den Hügeln, wo er sie verlassen hatte. Er war fünf Tage lang umhergeirrt und fast verhungert, bevor er auf einige Bauern gestoßen war, die ihn den Soldaten der nächsten Garnison übergeben hatten, weil sie ihn für einen entlaufenen Sklaven hielten. In der Hauptstadt Quotz wäre Green fast freigelassen worden, weil niemand beweisen konnte, daß dieser Mann sein Sklave war. Greens Körpergröße, seine blonden Haare und die Tatsache, daß er den hiesigen Dialekt nicht beherrschte, wurden jedoch als Beweis dafür angesehen, daß er aus einem Land im Norden stammte. Folglich mußte er ein Sklave werden, falls er noch keiner war.

Green war prompt als Sklave verkauft worden. Er hatte ein halbes Jahr im Steinbruch und ein Jahr auf der Werft gearbeitet. Dann hatte die Herzogin ihn zufällig gesehen, und er war ins Schloß versetzt worden.

Auf den Straßen wimmelte es von untersetzten, dunkelhäutigen Eingeborenen und großgewachsenen, hellhäutigen Sklaven. Die Eingeborenen trugen je nach Beruf verschiedenfarbige Turbane; die Sklaven hatten Dreispitze auf. Gelegentlich ritt auch ein Priester mit spitzem Hut, achteckiger Brille und Spitzbart vorüber. Händler standen in den Türen ihrer winzigen Läden und priesen ihre Ware an: Tuch, Pergament, *Grixtr*-Nüsse, Messer, Schwerter, Helme, Medikamente, Bücher, Gewürze, Parfüms, Tinte, Teppiche, Getränke, Wein, Bier, Gemälde und alles andere, was diese Zivilisation hervorbrachte.

Green wunderte sich zum tausendstenmal über diesen Planeten, dessen einzige Großtiere Menschen, Hunde, Graskatzen, kleine Hirsche und eine sehr kleine Pferderasse waren. Hier gab es überhaupt kaum Säugetiere, aber dafür um so mehr Vögel. Da Ochsen und Pferde nicht oder nicht in ausreichender Anzahl zur Verfügung standen, mußten Hunde und Menschen die meiste Arbeit leisten, was den Fortbestand der Sklaverei begünstigte.

Die Rikscha erreichte nun das Hafengebiet und kam auf breiteren Straßen rascher voran. Hier beförderten riesige Wagen, die von zwanzig und mehr Sklaven gezogen wurden, Frachtstücke zu und von den Schiffen. Die Straßen mußten deshalb breit sein, sonst wären Fußgänger zwischen Wagen und Hauswänden zerquetscht worden. Hier stand auch der sogenannte Pferch, in dem die Docksklaven lebten. Früher waren die Sklaven hier tatsächlich für die Nacht eingesperrt worden, aber schon der Vater des jetzigen Herzogs hatte die Mauer niederreißen und dort neue Häuser errichten lassen. Das Ganze erinnerte Green an eine Arbeitersiedlung irgendwo auf der Erde — kleine Häuser in militärisch ausgerichteten Reihen.

Er überlegte kurz, ob er Amra besuchen sollte, ließ den Plan jedoch wieder fallen. Sie würde nur wieder einen Streit mit ihm anfangen, und er mußte sie dann versöhnen, anstatt auf dem Markt einzukaufen. Er haßte diese Auftritte, während Amra sie wirklich genoß, da sie eine geborene Schauspielerin war.

Green sah nach links, wo sich die großen Lagerhäuser erhoben. Dort wimmelte es von Sklaven, und riesige Winden, an denen Männer wie am Ankerspill eines Schiffs arbeiteten, hoben und senkten schwere Lasten.

Das war eine Gelegenheit, viel Geld zu verdienen — er brauchte nur die Dampfmaschine zu erfinden. Holzbefeuerte Autos konnten die Rikschas ersetzen; Dampfmaschinen würden mühelos Lasten heben; die Räder der Schiffe würden von einer Maschine getrieben ...

Aber sobald er dem Herzog beschrieb, wie irgend etwas schneller, besser oder einfacher zu machen sei, stieß er gegen alle möglichen Hindernisse, von denen die Tradition das größte war. Neue Erfindungen wurden nur akzeptiert, wenn die Götter einverstanden waren. Die Entscheidung der Götter wurde von den Priestern interpretiert. Und die Priester klammerten sich an den Status quo wie ein Geizhals an sein Geld.

Green hätte sich gegen diese Theokratie auflehnen können, aber er wollte nicht gern als Märtyrer sterben.

Er hörte eine vertraute Stimme hinter sich, die seinen Namen rief.

»Alan! Alan!«

Er zog die Schultern hoch, als könnte er sich dahinter verstecken, und überlegte, ob er die Stimme ignorieren sollte. Aber die Leute drehten sich bereits nach ihm um, und die Frauenstimme rief jetzt:

»ALAN, BLEIB SOFORT STEHEN, DU NICHTS-NUTZIGER TAGEDIEB!«

Green gab dem Rikschamann, der bereits spöttisch grinste, einen Wink und ließ kehrtmachen. Zwanzig Meter von ihm entfernt stand Amra mit seiner einjährigen Tochter auf dem Arm. Hinter ihr warteten ihre übrigen fünf Kinder: die beiden Söhne des Herzogs, die Tochter des ausländischen Prinzen, der Sohn des Kapitäns aus dem Norden, die Tochter des Tempelbildhauers. Ihr Aufstieg und Fall und allmählicher Wiederaufstieg zeigte sich an den Kindern; dieses Bild vermittelte einen Abriß der Gesellschaftsstruktur des Planeten.

3

Ihre Mutter war eine Sklavin aus dem Norden gewesen; ihr Vater hatte als Freier eine Wagnerwerkstatt in Quotz betrieben. Ihre Eltern waren an der Pest gestorben, als sie fünf Jahre alt war. Sie war daraufhin von einer Tante in der Sklavensiedlung großgezogen worden. Der Herzog war auf die fünfzehnjährige Amra aufmerksam geworden und hatte sie ins Schloß geholt. Dort brachte sie seine beiden Söhne — jetzt zehn und elf Jahre alt — zur Welt, die nun bald in den herzoglichen Haushalt übersiedeln und im Laufe der Zeit einflußreiche Posten übernehmen würden.

Der Herzog hatte Zuni einige Jahre nach Beginn seiner Liaison mit Amra geheiratet, und ihre Eifersucht zwang ihn dazu, Amra loszuwerden. Die war in die Sklavensiedlung zurückgekehrt; der Herzog war vermutlich nicht allzu traurig gewesen, sie auf diese Weise zu verlieren, denn Amras stürmisches Temperament war mit seinem Wunsch nach Ruhe und Frieden unvereinbar.

Wenig später war sie traditionsgemäß einem zu Besuch in Quotz weilenden ausländischen Prinzen empfohlen worden; dieser Prinz war länger als vorgesehen geblieben, weil er sich nicht von ihr trennen konnte, und der Herzog hatte ihm Amra schenken wollen. Das stand jedoch nicht in seiner Macht, denn eine Frau, die einem Bürger ein Kind geboren hatte, konnte weder außer Landes gebracht noch verkauft werden — auch wenn sie nur eine Sklavin war. Amra weigerte sich, und der Prinz hatte ohne sie heimkehren müssen, allerdings nicht ohne ein Andenken an seinen Besuch zu hinterlassen.

Der Kapitän hatte sie gekauft, aber auch diesmal kam ihr das Gesetz zu Hilfe. Er durfte sie nicht mit sich nehmen, da sie sich erneut weigerte, ihre Heimat zu verlassen. Unterdessen war sie reich geworden — Sklaven durften Eigentum und selbst andere Sklaven besitzen —, und sie wußte, daß die beiden Söhne des Herzogs später wertvoll sein konnten, wenn sie bei ihnen lebte.

Der Tempelbildhauer hatte sie als Modell für seine große Marmorstatue der Fruchtbarkeitsgöttin genommen. Das war nur gerechtfertigt, denn Amra war selbst nach irdischen Begriffen eine Schönheit, was hier, wo die meisten Frauen plump und häßlich waren, um so mehr auffallen mußte. Aber Amra war nicht nur schön; sie besaß auch eine gewisse Ausstrahlung, der sich kein Mann entziehen konnte.

Green war manchmal stolz darauf, daß sie ihn als Lebensgefährten gewählt hatte — ausgerechnet ihn, obwohl er hier fremd war und den hiesigen Dialekt nur unvollkommen beherrschte. Aber gelegentlich hatte er das Gefühl, Amra sei einfach zuviel für ihn, und dieses Gefühl kehrte in letzter Zeit immer häufiger zurück. Es schmerzte ihn, sein Kind zu sehen, denn er liebte es und wußte, daß er es vermissen würde. Wie sich die Trennung von Amra auswirken würde, konnte er noch nicht beurteilen. Sie übte ohne Zweifel eine gewisse Wirkung auf ihn aus, aber das ließ sich auch von einem Kinnhaken oder einer Flasche Wein sagen.

Er kletterte aus der Rikscha, umarmte Amra und küßte sie. Dabei war er wieder einmal froh, daß sie eine Sklavin war, denn Sklavinnen trugen keinen Nasenring.

Amra machte sich wieder frei. »Von dir lasse ich mich nicht hereinlegen«, begann sie. »Du wolltest einfach vorbeifahren. Gib den Kindern einen Kuß! Was ist mit dir — hast du mich satt? Du hast mir doch erzählt, du müßtest das Angebot der Herzogin annehmen, um am Leben zu bleiben. Ich habe dir damals halbwegs geglaubt, aber wenn du so an mir vorbeischleichst, glaube ich gar nichts mehr. Was ist überhaupt los mit dir? Bist du ein Mann oder nicht? Fürchtest du dich vor einer Frau? Du brauchst gar nicht den Kopf zu schütteln. Du bist ein Lügner! Komm mit nach Hause, dann lasse ich den guten Wein heraufholen, den du neulich ...«

»Bei allen Göttern, Amra!« unterbrach er sie. »Ich weiß, daß wir uns zwei Tage lang nicht mehr gesehen haben, aber du kannst diese achtundvierzig Stunden nicht in zehn Minuten nachholen. Und du sollst mich nicht vor den Kindern schelten. Du weißt, daß es nicht gut für sie ist, weil sie das nur dazu verführt, deine verächtliche Art zu imitieren.«

»Ich? Verächtlich? Dabei bete ich den Boden unter deinen Füßen an! Ich erzähle den Kindern ständig, was für ein prächtiger Mann du bist, obwohl es natürlich schwer ist, sie davon zu überzeugen, wenn du persönlich erscheinst. Trotzdem ...«

Green wußte, daß er sie irgendwie zum Schweigen bringen mußte, sonst stand er in einer halben Stunde noch immer an der gleichen Stelle. Am besten sprach er schneller und lauter als sie, obwohl das nicht leicht war; andererseits empfand sie keinerlei Respekt für einen Mann, der vor ihrem Mundwerk kapitulierte, so daß Green drastische Schritte unternehmen mußte.

Er erreichte sein Ziel, indem er Amra kräftig umarmte; dabei begann das Baby zu kreischen, weil es zwischen ihnen eingequetscht wurde. Während Amra die Kleine zu beruhigen versuchte, berichtete Green, was sich inzwischen im Schloß ereignet hatte.

Sie betraten Amras Haus, gingen durchs Büro, wo sechs Angestellte und Sekretäre arbeiteten, ließen das Wohnzimmer links liegen und nahmen in der Küche Platz. Amra klingelte und sagte Inzax, einer hübschen Blondine, sie solle einen Liter Chalousma aus dem Keller holen. Dann steckte einer der Angestellten den Kopf zur Tür herein und meldete, ein gewisser Sheshyarvrenti, der Zahlmeister eines Schiffs aus Andoonanarga, sei wegen einiger seltener Vögel hier, die sie vor sieben Monaten bestellt habe.

»Er soll sich erst ein bißchen abkühlen«, entschied Amra und schickte den Angestellten fort.

Green nahm seine Tochter Paxi auf den Schoß, während Amra ihre Gläser füllte.

»So geht es einfach nicht weiter«, stellte sie fest. »Ich liebe dich, aber du hast nie Zeit für mich. Du mußt dich irgendwie von der Herzogin trennen. Ich will dich hier im Haus haben.«

Green konnte unbesorgt zustimmen, da er ohnehin nicht mehr lange in Quotz bleiben wollte. »Du hast recht«, sagte er deshalb. »Ich muß nur noch eine gute Ausrede finden.« Er betastete seinen Nacken, wo ihn das Richtschwert durchtrennen würde. »Die Ausrede muß aber wirklich gut sein ...«

Amra strahlte, hob ihr Glas und sagte: »Auf das Wohl der Herzogin, die hoffentlich bald von Dämonen fortgeschleppt wird!«

»Sei lieber vorsichtig, solange die Kinder zuhören«, mahnte Green. »Wenn die Herzogin dergleichen hört, wirst du bei der nächsten Hexenjagd verbrannt.«

»Nicht meine Kinder!« erwiderte Amra stolz. »Sie sind zu gerissen. Sie schlagen ihrer Mutter nach. Sie wissen, wann man den Mund halten muß.«

Green leerte sein Glas und stand auf. »Ich muß weiter.«

»Kommst du heute abend nach Hause? Die Herzogin gibt dir doch wenigstens einen Abend in der Woche frei?«

»Keinen einzigen. Und ich kann dich abends nicht besuchen, weil ich ins Haus der Gleichheit muß. Es handelt sich um ein Geschäft, weißt du.«

»Oh, ich weiß natürlich! Du kümmerst dich wieder um nichts, und bevor du etwas unternimmst, sind Jahre verstrichen, und ich ...«

»Wenn das so weitergeht, bin ich in einem halben Jahr tot«, versicherte er ihr. »Ich bin *müde!* Ich muß wieder richtig ausschlafen.«

Ihr Zorn verwandelte sich sofort in Mitgefühl. »Armer Liebling, warum schläfst du nicht hier, bis es Zeit ist, ins Schloß zurückzukehren? Ich kann deinem Geschäftsfreund mitteilen lassen, daß du erkrankt bist.«

»Nein, ich muß mit Miran sprechen«, wehrte er ab.

»Worum handelt es sich?«

»Das ist ein Geheimnis, das vorläufig noch niemand erfahren darf.«

»Und was kann das sein?« wollte sie wütend wissen. »Ich möchte wetten, daß es sich um eine Frau handelt!«

»Mein Problem besteht darin, daß ich mir die Frauen vom Leibe halten muß, anstatt ihnen nachzulaufen«, erklärte Green ihr geduldig. »Nein, Miran hat mich bei allen seinen Göttern schwören lassen, daß ich nichts verrate, und ich will diesen Schwur natürlich halten.«

»Ich weiß genau, was du über unsere Götter denkst«, sagte Amra. »Gut, du kannst jetzt gehen, aber ich warne dich! Ich bin eine ungeduldige Frau; ich gebe dir eine Woche Zeit, die Herzogin zu überzeugen, dann beginne ich selbst einen Angriff.«

»Das ist nicht notwendig«, antwortete Green. Er küßte sie und die Kinder und verließ das Haus. Nur gut, daß es ihm gelungen war, Amra eine Woche lang aufzuhalten! Wenn er seinen Plan nicht innerhalb dieser Zeit verwirklichte, war er ohnehin verloren. Dann mußte er die Stadt zu Fuß verlassen und sich in das Xurdimur wagen, selbst wenn es auf den Grasebenen von Wildhunden, menschenfressenden Graskatzen, Kannibalen und anderen Gefahren nur so wimmelte.

4

Jede Stadt und jedes Dorf des Kaiserreiches hatte sein Haus der Gleichheit, hinter dessen Mauern es keine gesellschaftlichen Unterschiede gab. Green wußte nicht, woher diese Einrichtung stammte, erkannte jedoch ihren Wert als Überdruckventil. Hier konnte ein Sklave seinen Herrn öffentlich beschimpfen, ohne eine Strafe erwarten zu müssen; selbstverständlich konnte sich sein Herr auf gleiche Weise revanchieren, denn auch der Sklave stand hier nicht mehr unter dem Schutz der Gesetze. Erstaunlicherweise waren Gewalttätigkeiten im Haus der Gleichheit selten, obwohl sie nicht bestraft wurden. Der Täter mußte aber damit rechnen, daß die Verwandten des Opfers an ihm Rache nehmen würden.

Green hatte sich nach dem Abendessen entschuldigt

und behauptet, er müsse mit Miran wegen einer Ladung Gewürze sprechen. Nachdem Zuni ihre Erlaubnis gegeben hatte, verließ Green rückwärtsgehend das Speisezimmer. Allerdings nicht sehr elegant, denn Alzo weigerte sich, ihm Platz zu machen. Als Green über ihn stolperte, knurrte der Hund, zeigte die Zähne und schien sich auf ihn stürzen zu wollen. Green zeigte ebenfalls die Zähne und knurrte. Die Tischgäste brüllten vor Lachen, und der Herzog kam selbst heran, um den Köter wegzuzerren.

Green schluckte seinen Zorn hinunter, dankte dem Herzog für sein Eingreifen und verließ den Raum. Als er zum Haus der Gleichheit unterwegs war, schwor er sich nochmals, diesen Köter eines Tages mit bloßen Händen zu erwürgen. Erst auf der langen Fahrt beruhigte er sich wieder einigermaßen.

Der große Innenraum war an diesem Abend überfüllt. Männer in langen Abendroben und Frauen in Masken drängten sich um die Spieltische, die Bars und die abgeteilten Kampfbahnen. In einer Ecke hatten sich zahlreiche Zuschauer versammelt; dort trugen zwei Weizenhändler einen Faustkampf aus, nachdem sie sich bei einem Geschäft in die Haare geraten waren. Aber die meisten Zuschauer verfolgten lieber einen Kampf zwischen Mann und Frau. Die linke Hand des Mannes war gefesselt, und die Frau hatte einen Knüppel als Waffe erhalten, wodurch gleiche Voraussetzungen für beide geschaffen worden waren. Bisher hatte der Mann schlechter abgeschnitten, wie blutende Wunden am Kopf und blaue Stellen an den Armen zeigten. Falls es ihm gelang, seiner Frau den Knüppel zu entreißen, konnte er mit ihr tun, was er wollte; glückte es ihr jedoch, ihm den rechten Arm zu brechen, war er ihr ausgeliefert.

Green machte einen weiten Bogen um die Kampfbahnen, weil ihn diese barbarischen Auseinandersetzungen anwiderten. Er fand Miran an einem Tisch, wo er mit einem Kapitän des Klans Axucan würfelte. Der andere hatte eben verloren und bezahlte Miran sechzig *Iquogr* — selbst für einen Handelsherrn ein kleines Vermögen.

Miran nahm Greens Arm, was er außerhalb des Hauses der Gleichheit nie getan hätte, und führte ihn zu einer mit Vorhängen verschließbaren Nische. Sie losten die Getränke aus; Green verlor, und Miran bestellte einen Krug Chalousma.

»Für mich nur das Beste — wenn ein anderer dafür zahlt«, sagte Miran jovial. »Aber Spaß beiseite, wir sind geschäftlich hier. Worum handelt es sich?«

»Du mußt erst schwören, daß du kein Wort weitererzählst«, wehrte Green ab. »Außerdem mußt du schwören, meine Idee nicht später zu verwenden, falls du sie jetzt ablehnst. Und drittens mußt du schwören, mich nicht später umzubringen oder auszusetzen, damit du den Gewinn allein einstreichen kannst.«

Miran verzog keine Miene, aber als das Wort ›Gewinn‹ fiel, lächelte er zufrieden. Er griff in die Falten seiner Robe und holte eine goldene Statue des Schutzpatrons des Klans Effenycan hervor. Diese Statue hielt er in der Hand, während er feierlich sagte: »Ich schwöre bei Zaceffucanquantr, daß ich deine Wünsche in dieser Angelegenheit erfüllen werde. Möge er mir Läuse, Lepra und Laryngitis schicken, wenn ich diesen Schwur jemals breche.«

Green nickte zufrieden. »Du mußt vor allem dafür sorgen, daß ich an Bord deines Windrollers versteckt bin, wenn du nach Estorya abfährst.«

Miran verschluckte sich und hustete, bis Green ihm auf den Rücken klopfte.

»Ich verlange schließlich nicht, daß du mich zurückbringst!« erklärte er ihm. »Hör zu, hier ist meine Idee. Du willst eine Ladung getrockneter Fische an Bord nehmen, weil die Estoryaner sie aus religiösen Gründen zu jeder Mahlzeit essen müssen.«

»Richtig, ganz recht. Weißt du, mir ist selbst nicht klar, warum sie ausgerechnet eine Fischgöttin verehren.

Sie leben fünftausend Meilen vom Meer entfernt und scheinen nie zur See gefahren zu sein. Aber trotzdem wollen sie Salzwasserfische, anstatt in den Seen ihres Gebiets zu fischen.«

»Das braucht uns nicht zu kümmern«, wehrte Green ab. »Ist dir klar, daß frische Fische in den Augen der Estoryaner wesentlich größere Zauberkräfte besitzen? Aber bisher haben sie mit den geräucherten vorliebnehmen müssen, die ihr Händler ihnen liefert. Was würden sie wohl für lebende Salzwasserfische bezahlen?«

Miran rieb sich die Hände. »Tatsächlich, wenn man es recht überlegt ...«

Green skizzierte seinen Plan. Miran war völlig verblüfft. Allerdings wunderte er sich vor allem darüber, daß er nicht schon selbst auf diesen Gedanken gekommen war. Das gab er offen zu.

Green trank einen Schluck Wein. »Vermutlich haben die Leute sich ähnliche Fragen gestellt, als das Rad erfunden wurde. Eine ganz einfache Sache — aber niemand ist vorher darauf gekommen.«

»Noch mal, damit wir uns richtig verstehen«, sagte Miran. »Ich soll eine Wagenkarawane mit wasserdichten Tanks ausrüsten und damit Seefische hierher transportieren? Und die Wagen werden an Bord meines Windrollers gebracht, wo sie im Zwischendeck in Spezialhalterungen Platz finden? Und du zeigst mir, wie man Meerwasser analysiert, damit ich den Estoryanern diese Formel verkaufen kann, die dann ihrerseits Salzwasserfische in Tanks am Leben halten können?«

»Richtig.«

»Hmmm.« Miran rieb sich nachdenklich die Hakennase mit seinem rechten Zeigefinger, an dem ein großer Solitär blitzte. Das eine Auge beobachtete Green aufmerksam; daneben bedeckte eine weiße Augenklappe die leere Höhle, die eine Musketenkugel der Vings zurückgelassen hatte.

»Ich muß in spätestens vier Wochen aufbrechen,

wenn ich vor Beginn der Regenzeit Estorya erreichen und wieder zurückkommen will. Wir müßten also die Tanks bauen, sie ans Meer schaffen, dort mit Fischen füllen und hierher transportieren. Inzwischen könnte die andere Hälfte der Besatzung das Deck umbauen. Wenn meine Leute Tag und Nacht arbeiten, müßte es zu schaffen sein.«

»Wirklich rentabel ist natürlich nur die erste Fahrt«, warf Green ein. »Du kannst nicht damit rechnen, daß du keine Nachahmer findest. Die anderen Schiffseigner hören bestimmt davon und ...«

»Ich weiß, ich weiß«, wehrte Miran ab. »Aber was ist, wenn die Fische sterben?«

Green zuckte mit den Schultern. »Das ist natürlich eine Möglichkeit. Du gehst ein gewaltiges Risiko ein. Aber das ist doch bei jeder Fahrt ins Xurdimur der Fall, nicht wahr? Wie viele Windroller kommen zurück? Und wie viele haben bereits vierzig erfolgreiche Fahrten wie du?«

»Nicht viele«, gab Miran zu.

Er hockte vor seinem Weinglas und starrte Green nachdenklich an. Green gab sich gelassen, obwohl sein Herz wie rasend schlug.

»Du verlangst viel«, stellte Miran schließlich fest. »Sollte der Herzog je erfahren, daß ich einem wertvollen Sklaven zur Flucht verholfen habe, würde er mich mit Vergnügen foltern lassen. Und der Klan Effenycan würde vermutlich das Recht verlieren, Windroller zu besitzen, und müßte in den Hügeln leben. Oder der Klan müßte sich Piraten anschließen — und das ist kein sehr einträgliches Geschäft, obwohl viele das Gegenteil behaupten.«

»In Estorya würdest du zehnmal mehr als sonst einnehmen.«

»Richtig, aber wenn ich daran denke, was die Herzogin sagen wird, sobald feststeht, daß du geflohen bist! Oh, oh, oh!«

»Ich sehe keinen Grund, weshalb du mit meiner Flucht in Verbindung gebracht werden solltest. Täglich verlassen zehn oder zwölf Windroller den Hafen. Außerdem bin ich ihrer Meinung nach bestimmt in die Berge geflohen, wo sich die meisten entlaufenen Sklaven versteckt halten.«

»Ja, aber ich muß nach Tropat zurück. Und die Angehörigen meines Klans, die in nüchternem Zustand äußerst schweigsam sind, haben alle den gleichen Fehler — sie sind ausgesprochene Säufer. Irgend jemand würde den Mund aufreißen, wie ich die Trunkenbolde kenne.«

»Ich färbe mir das Haar schwarz, schneide es kurz wie ein Tzatlam und komme als Matrose an Bord«, schlug Green vor.

»Um bei mir anheuern zu können, müßtest du Mitglied meines Klans sein.«

»Hmmm. Nun, wie steht es mit der Adoption durch Blutsbrüderschaft?«

»Wie steht es damit? Ich kann dich nicht vorschlagen, solange du nicht etwas Bedeutendes für unseren Klan getan hast. Augenblick! Spielst du ein Musikinstrument?«

»Ich bin ein wunderbarer Harfenist«, log Green prompt. »Wenn ich spiele, streckt sich selbst eine hungrige Graskatze zu meinen Füßen aus und leckt mir aus reiner Zuneigung die Zehen.«

»Ausgezeichnet! Die Zuneigung wäre allerdings kaum rein, denn schließlich ist bekannt, daß Graskatzen die Zehen eines Menschen für die größte Delikatesse halten und immer zuerst fressen — noch vor den Augen. Hör zu, damit du weißt, was du zu tun hast, denn wir setzen unter allen Umständen pünktlich Segel ...«

5

Die nächsten drei Wochen verstrichen unendlich langsam für Green, obwohl er fast ununterbrochen beschäftigt war. Er mußte Miran alle technischen Einzelheiten des geplanten Projekts erklären, und er mußte die Herzogin bei guter Laune halten, was nicht einfach war, da er in Gedanken immer wieder zu seinem Fluchtplan zurückkehrte, dessen schwache Stellen nur allzu deutlich ins Auge fielen. Trotzdem wußte er, daß er Zuni nicht verärgern oder langweilen durfte. Aus dem Gefängnis konnte er unmöglich fliehen.

Noch schlimmer war, daß Amra mißtrauisch wurde.

»Du verheimlichst mir etwas«, warf sie Green vor. »Ich weiß genau, daß dich etwas beschäftigt. Was hast du vor?«

»Ich bin nur müde, sehr müde«, antwortete er scharf. »Ich möchte nur ab und zu etwas Ruhe, damit ich mich ein bißchen erholen kann.«

»Das ist nicht alles!« Amra legte den Kopf zur Seite, kniff ein Auge zu und war selbst dann noch schön. »Willst du etwa weglaufen?« fragte sie plötzlich.

Green wurde blaß. Der Teufel sollte die Weiber holen!

»Sei doch vernünftig«, antwortete er mit mühsam beherrschter Stimme. »Ich kenne die Strafen, mit denen entflohene Sklaven zu rechnen haben. Warum sollte ich außerdem fortlaufen? Du bist die begehrenswerteste Frau, die ich kenne. (Das war die Wahrheit.) Allerdings ist es nicht immer ganz leicht, mit dir zu leben. (Sehr vornehm ausgedrückt.) Ohne dich wäre nichts aus mir geworden. (Richtig, aber er wollte nicht immer hier leben.) Und es ist unvorstellbar, daß ich mich von dir trennen wollte.« (Das war sehr wohl vorstellbar, denn er konnte sie aus zwei Gründen nicht mitnehmen: Amra wäre auf der Erde nur unglücklich, und sie würde ihre Kinder mitnehmen wollen, was die Flucht unweigerlich zum Scheitern bringen mußte.)

Trotzdem hatte er ein schlechtes Gewissen bei der Sache. Er verließ Amra nicht gern, aber die Trennung von seiner Tochter Paxi fiel ihm noch schwerer. Einige Tage lang überlegte er sogar, ob er sie nicht entführen sollte. Schließlich kam er jedoch wieder von dieser Idee ab; es war bestimmt fast unmöglich, Paxi vor Amras wachsamen Augen zu entführen; und er hatte kein Recht, ein kleines Kind den Gefahren der Flucht auszusetzen. Außerdem durfte er Amra das nicht antun ...

Zum Glück schienen seine Argumente Amra überzeugt zu haben — sie sprach jedenfalls nicht wieder von ihrem Verdacht. Green war froh darüber, denn seine Verbindung mit dem Handelsherrn Miran ließ sich nicht geheimhalten. Die ganze Stadt wußte, daß irgend etwas vorbereitet wurde. Die Wagenkarawane, die zur Küste aufbrach, hatte offenbar eine Menge Geld gekostet. Aber was hatte das alles zu bedeuten?

Miran und Green schwiegen hartnäckig, und der Herzog machte keinen Versuch, seinen Sklaven auszuhorchen, was in seiner Macht gestanden hätte. Miran hatte ihm eine Gewinnbeteiligung versprochen, und der Herzog war ganz zufrieden damit, weil er auf diese Weise seine Sammlung von Glasvögeln vergrößern konnte. Zehn Säle des Schlosses waren bereits mit seiner Sammlung gefüllt, die er im Lauf der Jahre zusammengetragen hatte. Alle Vögel kamen aus den Werkstätten der Glasbläser von Metzva Moosh.

Green war anwesend, als der Herzog die geplanten Ankäufe mit Miran besprach.

»Hören Sie gut zu, Kapitän«, mahnte der Herzog und hob den Zeigefinger, um seine Worte zu unterstreichen. Seine Augen blitzten dabei mit ungewohntem Feuer. Weder guter Wein noch seine Frau noch die Verbrennung eines Ketzers riefen die gleiche freudige Erregung hervor, die den Herrscher bei der Erwähnung eines Glasvogels aus Metzva Moosh befiel. »Ich will zwei oder drei, aber nicht mehr, weil ich mir nicht mehr leisten kann. Alle aus der Werkstatt des großen Glasbläsers Izan Yushwa und ...«

»Als ich zuletzt in Estorya war, lag Izan Yushwa angeblich im Sterben«, warf Miran ein.

»Ausgezeichnet! Wunderbar!« rief der Herzog. »Dann sind seine letzten Werke um so wertvoller! Die Estoryaner bieten bestimmt viel für alles, was jetzt noch geliefert wird, aber Sie müssen einfach mehr bieten, Kapitän. Zahlen Sie jeden Preis, damit ich einen Vogel bekomme, den er kurz vor seinem Tod geschaffen hat!«

»Aber Sie haben mir kein Geld gegeben, mit dem ich die Vögel kaufen kann«, stellte Miran fest.

»Selbstverständlich nicht. Sie schießen den Betrag vor, und wenn Sie zurückkommen, treibe ich genügend Geld auf, um die Vögel zu bezahlen.«

Miran verzog das Gesicht, aber Green ahnte, daß der dicke Handelsherr bereits überlegte, wieviel er auf den ursprünglichen Preis aufschlagen würde. Green hatte nichts gegen dieses Hobby des Herzogs einzuwenden, aber jetzt ärgerte er sich darüber, weil er wußte, daß das Volk die neuen Glasvögel mit einer allgemeinen Steuererhöhung bezahlen würde.

Die Herzogin langweilte sich wie üblich bei dieser Unterhaltung und sagte plötzlich: »Liebster, können wir nicht am Wochenende auf die Jagd gehen? Ich bin in letzter Zeit so unruhig und kann nicht mehr schlafen. Meine Verdauung wird immer schlechter, und ich glaube, daß ich frische Luft und Bewegung brauche.« Dann folgte eine genaue Schilderung ihrer Verdauungsstörungen, bei der Green blaß wurde, obwohl er inzwischen an einiges gewöhnt war.

Der Herzog sah flehentlich zu den Göttern auf. Bis zu seinem dreißigsten Lebensjahr war er gern auf die Jagd gegangen, aber seitdem hatte er wie alle Aristokraten seiner Zivilisation erheblich Fett angesetzt und war faul geworden. Fett verlängerte angeblich das Leben, und ein dicker Bauch bewies eine vornehme Abstammung und eine gefüllte Börse. Dies und die Tatsache, daß alle reichen Männer wesentlich jüngere Frauen heirateten, hatte zu einer anderen Institution geführt: der junge Sklave als ständiger Begleiter der jungen Frau eines reichen Mannes.

Deshalb sah der Herzog jetzt zu Green hinüber. »Kann er nicht die Jagd leiten?« fragte er hoffnungsvoll. »Ich habe so viel zu tun.«

»Du sitzt nur auf deinem weichen Kissen und starrst deine Glasvögel an«, warf sie ihm vor. »Nein!«

»Schon gut«, meinte er resigniert. »Ich habe einen Sklaven im Kerker, der hingerichtet werden soll, weil er seinen Vorarbeiter geschlagen hat. Wir können ihn als Beute nehmen, aber ich finde, daß er zwei Wochen Zeit haben muß, um gründlich zu trainieren. Sonst ist es nicht sportlich genug, weißt du.«

Die Herzogin runzelte die Stirn. »Nein, hier ist es mir zu langweilig; ich kann diese Untätigkeit nicht länger ertragen.«

Sie sah zu Green hinüber. Er spürte, daß sein Magen sich verkrampfte. Sie hatte sein lauwarmes Interesse offenbar bemerkt. Die geplante Jagd sollte ihm zeigen, welches Schicksal ihn erwartete, falls er nicht schon bald wesentlich amüsanter wurde.

Dieser Gedanke erschreckte ihn weniger als das Wissen, daß Miran am kommenden Wochenende nach Estorya abfahren wollte. Er wollte an Bord sein, aber statt dessen würde er nun die Herzogin auf die Jagd begleiten.

Green sah bittend zu Miran hinüber. Der Handelsherr zuckte jedoch leicht mit den Schultern, als wollte er sagen: »Was kann ich dafür?«

Im Grunde genommen hatte er sogar recht. Miran konnte sich nicht der Jagdgesellschaft anschließen, nur um Green die Chance zu geben, sich später unbemerkt an Bord des *Glücksvogels* zu schleichen. Er mußte am festgesetzten Tag aufbrechen, sonst begann die Regenzeit, bevor er den heimatlichen Hafen wieder erreichte.

Den ganzen nächsten Tag lang war Green zu sehr mit der Vorbereitung des Jagdausflugs beschäftigt, um Zeit für trübselige Gedanken zu haben. Aber als es dunkel wurde, befaßte er sich mit den Aspekten seiner Lage. Konnte er sich nicht einfach krank stellen und zurückbleiben?

Nein, denn Kranke waren angeblich von Dämonen besessen und wurden im Tempel von Apoquoz verwahrt; dort blieben sie hinter Schloß und Riegel, bis der Gott der Heilkunst sich ihrer angenommen hatte. Unglücklicherweise war der Aufenthalt im Tempel fast immer tödlich, denn wer nicht schon krank war, wurde bestimmt angesteckt.

Green brauchte sich deswegen keine Sorgen zu machen, denn er trug wie alle Menschen der Erde ein chirurgisch eingepflanztes Protoplasmawesen in seinem Körper, das automatisch eindringende Krankheitskeime analysierte und Antikörper erzeugte. Daß es Abwehrstoffe produzierte, machte sich durch erhöhten Appetit und leichtes Fieber bemerkbar; diese Erscheinungen verschwanden jedoch schon nach wenigen Stunden. In den vergangenen zwei Jahren hatte es mindestens vierzigmal eingegriffen, und Green vermutete, daß er in jedem dieser Fälle tot gewesen wäre, wenn dieser Symbiont nicht in seinem Körper gelebt hätte.

Dieses Wissen half ihm jedoch nicht weiter. Wenn er sich krank stellte, wurde er eingesperrt und konnte nicht an Bord des Windrollers gehen. Nahm er jedoch an der Jagd teil, fuhr der *Glücksvogel* ebenfalls ohne ihn ab.

Und wenn er am Tag zuvor verschwand und sich an Bord versteckte? Nicht sehr aussichtsreich. Die Herzogin würde als erstes den Windbrecher schließen und alle Windroller nach blinden Passagieren durchsuchen lassen. Unter diesen Umständen würde Miran derart aufgehalten werden, daß er gar nicht mehr abfahren konnte.

Aber warum sollte er nicht einige Tage früher verschwinden, so daß Miran genügend Zeit hatte, um die Ladung wieder zu verstauen? Darüber mußte er morgen mit dem Handelsherrn sprechen. Falls Miran sich dazu überreden ließ, würde Green in vier Tagen verschwinden — dann blieben drei Tage bis zur Abfahrt, in denen der Windroller erneut beladen werden konnte. Zum Glück brauchten die Tanks nicht entleert zu werden, denn schließlich sah jeder, daß der Flüchtling sich nicht zwischen den Fischen versteckt hatte.

Green nickte zufrieden, weil er endlich einen Ausweg gefunden hatte, und sah auf Quotz hinab, das im Licht der beiden Monde vor ihm lag. Die Straßen und Gassen der Stadt waren unbeleuchtet, und aus den Fenstern drang ein heller Schimmer, denn sie waren aus Angst vor Dieben, Vampiren und Dämonen mit schweren Läden geschützt. Nur hier und dort leuchteten Fackeln auf, wenn Sklaven einen betrunkenen Edelmann nach Hause geleiteten.

Jenseits der Stadtmauern war der Einschnitt zwischen den Hügeln zu erkennen, den eine gewaltige Ziegelmauer verschloß. Die Windroller wurden durch eine Öffnung in der Mauer geschleppt; dahinter begann plötzlich die große Ebene, als habe ein Landschaftsgestalter die Hügel flachgedrückt und sämtliche Unebenheiten beseitigt.

Nach Westen hin erstreckte sich die riesige Grasebene, die bei den Eingeborenen Xurdimur hieß, zehntausend Meilen weit und flach wie ein Teich. Nur hier und dort gab es kleine Unterbrechungen dieser Eintönigkeit: Waldstücke, Ruinen verlassener Städte, Wasserlöcher, Nomadenzelte, Wildherden, Graskatzen und die geheimnisvollen ›schwebenden Inseln‹, große Felsbrokken, die der Sage nach aus eigener Kraft über die Ebene schwebten. Eigentlich typisch für diesen Planeten, daß die größte Gefahr für Windroller nur in den Köpfen der abergläubischen Bevölkerung existierte.

Das Xurdimur war ein verblüffendes Phänomen, das auf keinem anderen Planeten, den Menschen entdeckt hatten, zu beobachten war. Wie sollte man sich zum Beispiel die völlig glatte Oberfläche erklären, obwohl Wind, Sonne und Regen theoretisch dafür sorgten, daß eine Erosion in Gang kommen mußte? Das Gras hielt den Boden allerdings zusammen, und Green hatte gehört, daß die Wurzeln eine einzige verfilzte Masse bildeten. Aber wie stand es mit den Winden? Wie konnten sie zehntausend Meilen weit mit unverminderter Kraft wehen, ohne durch Höhen- oder Temperaturunterschiede verstärkt zu werden? Aber wie wehte der Wind über den Ozeanen der Erde so gleichmäßig, daß es dort früher Segelschiffe gegeben hatte? Green wußte es nicht.

Aber er wußte, daß es das Xurdimur eigentlich nicht geben durfte. Schon die Tatsache, daß hier Menschen lebten, war völlig unerklärlich. Die Menschheit war über die gesamte Galaxis verstreut, und die ersten Raumfahrer der Erde hatten festgestellt, daß jeder vierte bewohnbare Planet von Menschen bewohnt war.

Selbstverständlich gab es unzählige Theorien, die diese Tatsache erklären sollten. Alle gingen jedoch von der Voraussetzung aus, daß die Menschheit ursprünglich nur einen Planeten bewohnt und von dort aus die Galaxis besiedelt habe. Später mußte eine rückläufige Entwicklung begonnen haben, die damit endete, daß jede Rasse für sich die Raumfahrt beherrschen lernte, nachdem sie zunächst in einen halbwilden Zustand zurückgesunken war. Allerdings wußte niemand eine Erklärung für diesen Vorgang, und selbst die besten Wissenschaftler konnten nur Vermutungen anstellen.

Ungelöst war bisher auch das Sprachenproblem. Falls die Menschheit früher einmal tatsächlich nur einen Planeten bewohnt hatte, war doch anzunehmen, daß Spuren der dort gesprochenen Ursprache in jeder neuen

Sprache zu finden sein mußten. Aber das war eigenartigerweise nicht der Fall. Auf jedem Planeten stand ein neuer Turm von Babel, überall gab es zehntausend verschiedene Sprachen und Dialekte. Die Wissenschaft konnte beweisen, daß Russisch und Englisch und Schwedisch und Persisch zur indogermanischen Sprachfamilie gehörten, aber bisher war noch kein Planet entdeckt worden, dessen Bewohner eine Abart dieser arischen Ursprache sprachen.

Green dachte an die beiden Raumfahrer, die in Estorya gefangengehalten wurden. Er konnte nur hoffen, daß es ihnen nicht allzu schlecht ging. Vielleicht litten sie in diesem Augenblick auf der Folterbank, wenn es den Priestern eingefallen war, die Dämonen auf die Probe zu stellen ...

Bei dem Gedanken an die Folter richtete Green sich unwillkürlich auf und streckte Arme und Beine aus. In einer Stunde erwartete ihn die Herzogin. Er würde dann durch die Geheimtür des Nordturms gehen, die Wendeltreppe hinaufsteigen und so die Gemächer der Herzogin erreichen. Dort würde ihn eine der Hofdamen empfangen und bei Zuni anmelden; die gleiche Hofdame würde später lauschen, um dem Herzog Bericht erstatten zu können. Zuni und Green durften sich nicht anmerken lassen, was sie wußten, sondern waren verpflichtet, die betreffende Hofdame als ihre Vertraute zu behandeln.

Sobald die große Glocke auf dem Tempel des Zeitgottes Grooza erklang, würde Green sich von seiner Bank erheben, um seine mühselige Aufgabe zu erfüllen. Hätte Zuni andere Interessen außer ihrer Verdauung, ihrem Teint und seichtem Palastgeschwätz gehabt, wäre alles weniger schlimm gewesen. Aber nein, sie schwatzte wie eine Elster weiter, und Green durfte um Himmels willen nicht einschlafen. Sonst war sie unversöhnbar beleidigt und würde nicht eher ruhen, bis er ...

7

Der kleine Mond berührte den Horizont im Westen, und der große hatten seinen Zenit fast erreicht, als Green erwachte, aufsprang und entsetzt zu fluchen begann. Er war eingeschlafen und hatte Zuni warten lassen!

»Mein Gott, was wird sie sagen?« fragte er sich laut. »Was soll ich ihr nur erzählen?«

»Du brauchst mir gar nichts zu erzählen!« antwortete sie dicht hinter ihm. Green drehte sich erschrocken um und sah Zuni neben der Bank stehen. Sie trug einen weiten Umhang, aber ihr blasses Gesicht leuchtete unter der dunklen Kapuze, und der volle Mund war leicht geöffnet. Ihre weißen Zähne blitzten auf, als sie ihm jetzt vorwarf, er liebe sie nicht, er langweile sich bei ihr, er liebe eine andere Frau — vermutlich ein Sklavenmädchen, ein faules, dummes und oberflächliches hübsches Mädchen. Wäre die Lage nicht so ernst gewesen, hätte Green über diese zutreffende Schilderung ihrer selbst gelächelt.

Er versuchte die Flut einzudämmen, hatte jedoch keinen Erfolg dabei. Sie kreischte ihn an, er solle gefälligst schweigen, und als er warnend einen Finger an die Lippen legte, sprach sie um so lauter.

»Du weißt genau, daß du nach Einbruch der Dunkelheit deine Gemächer nur in Begleitung des Herrschers verlassen darfst«, sagte Green und hielt ihren Arm am Ellbogen fest, um sie zur Geheimtür zu führen. »Wenn die Wache dich hier sieht, gibt es große Schwierigkeiten. Komm, wir verschwinden jetzt.«

Unglücklicherweise hatten die Wachtposten sie bereits gesehen. Am Fuß der Treppe unter ihnen erschienen Fackeln, blitzende Harnische und klirrten Waffen. Green versuchte Zuni rascher mitzuziehen, denn sie hatten noch genügend Zeit, um die Geheimtür zu erreichen. Aber die Herzogin riß sich los und kreischte: »Faß mich nicht an, du elender Sklave aus dem Norden! Die

Herzogin von Tropat läßt sich nicht von einem blonden Ungeheuer fortzerren!«

»Verdammt noch mal!« knurrte Green und gab ihr einen kräftigen Stoß. »Du blöde *Kizmaiaz!* Schneller, sonst muß ich dir Beine machen! *Du* wirst schließlich nicht gefoltert, wenn sie uns hier finden!«

Zuni riß sich los. Ihr Mund bewegte sich, aber zunächst war kein Ton zu hören. »*Kizmaiaz!*« wiederholte sie dann empört. »Selbst *Kizmaiaz!*«

Dann begann sie plötzlich zu schreien. Bevor Green ihr den Mund zuhalten konnte, rannte sie an ihm vorbei zur Treppe. Er stand zunächst wie erstarrt, setzte sich aber gleich darauf in Bewegung und rannte los — nicht hinter ihr her, denn das wäre unsinnig gewesen, sondern auf die Geheimtür zu. Das Spiel war aus, und er brauchte sich nicht zu bemühen, den Wachtposten zu erklären, was wirklich vorgefallen war. Nun hatte die letzte Phase begonnen, mit der die Entwicklung ihren Abschluß finden würde.

Die Herzogin würde den Wachen erzählen, daß er in ihre Gemächer eingedrungen sei und sie auf den Wehrgang gezerrt habe — offenbar mit der Absicht, ihr dort Gewalt anzutun. Selbstverständlich würde niemand fragen, weshalb er in diesem Fall nicht in ihrem Zimmer geblieben war, anstatt sie nach draußen zu zerren, wo die Wachen aufmerksam werden mußten. Jedenfalls würden die Wachtposten, die ebenfalls genau wußten, was hier gespielt wurde, Green festnehmen und zum Verlies schleppen. Absurd war dabei vor allem, daß die ganze Stadt — und natürlich auch Zuni — innerhalb weniger Tage glauben würde, die Herzogin habe die Wahrheit gesagt. Je näher Greens Hinrichtung rückte, desto mehr würden ihn die Bürger hassen, und die Sklaven würden einige Zeit nichts zu lachen haben, bis sich dieser Zorn wieder gelegt hatte.

Green hatte jedoch nicht die Absicht, sich erwischen zu lassen. Seine Flucht kam einem Eingeständnis seiner Schuld gleich, aber das spielte jetzt keine Rolle mehr.

Er schloß die Geheimtür hinter sich ab, schob den schweren Riegel vor und lief die Wendeltreppe hinauf, die zum Schlafzimmer der Herzogin führte. Die Wachen mußten einen Umweg machen; er hatte mindestens zwei Minuten Vorsprung, bis sie das Vorzimmer erreichten und die Gemächer der Herzogin zu durchsuchen begannen. Green hatte sich schon früher mit einer Situation dieser Art befaßt und mehrere Möglichkeiten in Betracht gezogen. Jetzt brauchte er nur noch die beste Lösung in die Tat umzusetzen — aber das war leichter gesagt als getan.

Green rannte die Wendeltreppe so schnell hinauf, daß ihm schwindlig wurde; er mußte sich auf der obersten Stufe festhalten, sonst wäre er nach links gefallen. Dann holte er tief Luft, trat durch die Tür in den nächsten Raum und blieb horchend stehen. Zum Glück hielt sich niemand im Nebenzimmer auf. Er drehte sich nach der Tür um, durch die er das Zimmer betreten hatte, schloß sie ab, ließ den Schlüssel stecken und schob die bereitstehende Mauerattrappe vor die Tür, die nun von innen her nicht mehr erkennbar war. Green hatte allen Anlaß, dem ursprünglichen Erbauer des Schlosses dankbar zu sein, der diesen Geheimgang vorgesehen hatte, ohne den er nicht hätte fliehen können.

Fliehen? Bisher hatte er die unvermeidbare Gefangennahme nur hinausgeschoben. Aber er wollte möglichst lange fliehen und sich dann so energisch seiner Haut wehren, daß die Angreifer ihn umbringen mußten.

Aber zuerst brauchte er eine Waffe. Da er die Gemächer der Herzogin seit langem aus eigener Anschauung kannte, wußte er genau, wo Waffen zu finden waren. Er durchquerte zwei große Räume, die nur ungenügend mit Öllampen beleuchtet waren, und betrat das dritte Zimmer. Dort hing ein prächtiger Säbel an der Wand, den die besten Schmiede von Talamasko in wochenlanger Arbeit hergestellt hatten. Zuni hatte ihn anläßlich ihrer Hochzeit von ihrem Vater geschenkt bekommen; sie sollte ihn ihrem ältesten Sohn weitergeben, wenn dieser volljährig geworden war. Auf dem Säbelkorb war der Wahlspruch *Lieber tot als entehrt* eingraviert.

Green befestigte die Säbelscheide an seinem breiten Ledergürtel, ging an den luxuriösen Toilettentisch, zog eine Schublade auf und nahm einen Dolch heraus. In der gleichen Schublade fand er auch eine große Steinschloßpistole mit Elfenbeingriff. Er lud die Pistole mit Pulver und einer Bleikugel, die er in einem Fach entdeckte, und er füllte einen Lederbeutel mit Munition. Nachdem er so bewaffnet war, trat er auf den Balkon hinaus, um die Lage zu überblicken.

Drei Stockwerke tiefer lag der Wehrgang, den er vor wenigen Minuten verlassen hatte. Zuni und die Wachtposten starrten nach oben. Als Green auf dem mondhellen Balkon erschien, stieg ein Schrei aus allen Kehlen zu ihm auf. Einige der Soldaten hoben ihre Musketen, aber Zuni rief ihnen zu, sie sollten Green lebendig fangen. Green lief es dabei kalt über den Rücken, als er den rachsüchtigen Ton ihrer Stimme hörte; er hatte schon zu viele öffentliche Hinrichtungen gesehen, um nicht genau zu wissen, was sie mit ihm vorhatte.

In diesem Augenblick konnte er sich nicht länger beherrschen, als er sah, wie verräterisch und brutal Zuni war. Er hob die Pistole und zielte auf die Herzogin. Der Schuß knallte unglaublich, und als die Rauchwolke sich allmählich verzog, sah er Zuni und die Soldaten hastig in Deckung laufen. Er hatte natürlich nicht getroffen, denn als Sklave war ihm der Umgang mit Feuerwaffen verboten gewesen. Aber selbst ein guter Schütze hätte dieses Ziel wahrscheinlich verfehlt, so ungenau schossen die Steinschloßpistolen.

Als Green seine Waffe erneut laden wollte, hörte er einen Schrei über sich, sah auf und erkannte den Herzog, der sich über das Balkongeländer lehnte. Er hob die Pistole, und der Herzog lief schreiend in sein Zimmer. Green lachte und freute sich, daß der Herzog, der sonst mit seiner Tapferkeit prahlte, vor einer leeren Pistole davongelaufen war. Nun mußte der Herzog darauf bestehen, daß er möglichst schnell ermordet wurde, damit er nichts weitererzählen konnte.

Green runzelte die Stirn. Was würde geschehen, wenn die Soldaten diesen Befehl des Herzogs bekamen, der den Anweisungen der Herzogin widersprach? Die armen Kerle würden nicht wissen, was sie tun sollten. Selbstverständlich ging der Befehl des Mannes vor — aber eine Frau konnte rachsüchtig sein und später jene bestrafen lassen, die Green getötet hatten.

In diesem Augenblick schrak er zusammen und wurde blaß. Er hörte lautes Bellen in seiner Nähe. Nicht außerhalb der Tür, sondern *im Zimmer!*

Er warf sich mit einem Fluch herum und sah den riesigen Körper durch die Luft fliegen. Die weißen Reißzähne blitzten, und die Augen leuchteten im Mondschein grünlich auf.

Selbst in diesem angsterfüllten Moment fiel ihm ein, daß er die kleine Tür vergessen hatte, die in die große eingelassen war, damit Alzo nach Belieben kommen und gehen konnte. Und wo für einen großen Hund Platz war, konnten auch Soldaten durchkriechen!

Green streckte instinktiv die Hand mit der Pistole aus und betätigte den Abzug. Die Pistole ging nicht los, denn sie war nicht geladen, aber ihr Lauf geriet zwischen die kräftigen Kiefer und lenkte Alzo von seinem eigentlichen Ziel ab. Statt Greens Kehle zu zerfleischen, bekam Alzo nur das Handgelenk des Mannes zu fassen. Green wußte, daß der Hund ihm den Arm durchbeißen konnte, und war deshalb verblüfft, als das Handgelenk kaum blutete und nicht ernstlich verletzt war, als Alzo zurückwich. Der Pistolenlauf hatte den Köter offenbar so sehr gestört, daß er sich vor allem davon befreien wollte.

Die Pistole fiel klappernd auf die Balkonfliesen. Alzo schüttelte den Kopf und schien nicht gemerkt zu haben, daß er das unangenehme Ding bereits los war. Green raffte sich auf, behielt Alzo im Auge und stürzte sich auf ihn, als der Hund sich knurrend zum Sprung duckte. Ein gutgezielter Fußtritt genügte, um Alzo zur Seite zu werfen. Green faßte den buschigen Schwanz, wich den Zähnen aus, die nach seinen Knöcheln schnappten, und zog den Schwanz nach rechts. Alzo drehte sich danach um und wollte Green in die Hand beißen; er erwischte jedoch nur sich selbst und begann wütend zu kläffen. Als er dann den Versuch auf der anderen Seite wiederholte, richtete Green sich plötzlich am Balkongeländer auf, holte Schwung und warf Alzo über die Brüstung.

8

Das schreckliche Knurren verwandelte sich in ein verzweifeltes Jaulen, als der Hund durch die Luft segelte. Green beugte sich über das Geländer, sah ihm nach und bemitleidete ihn nicht im geringsten.

Alzos Jaulen verstummte, als er gegen eine Zinne des Wehrgangs prallte, nochmals in die Luft geschleudert wurde und jenseits der Mauer in der Dunkelheit verschwand.

Aber Green hatte keine Zeit, diesen Triumph zu genießen. Wenn der Hund durch die kleine Tür paßte, konnten auch Soldaten hindurchkriechen. Green rannte ins Zimmer und machte sich darauf gefaßt, dort vor einem Dutzend Bewaffneter zu stehen. Aber der Raum war leer. Warum? Vermutlich hatten sie Angst, er könnte sie nacheinander außer Gefecht setzen, wenn sie durch die niedrige Tür krochen.

Dann erzitterte die Tür in den Angeln. Die Soldaten hatten sich für eine weniger mutige, aber sichere Methode entschieden und setzten einen Rammbock ein.

Green lud seine Pistole und verschüttete dabei zuerst eine Ladung Pulver, weil seine Hände unkontrolliert zitterten. Als er dann schoß, zeigte sich ein großes Loch in der Türfüllung.

Die Stöße gegen die Tür hörten auf, und Green hörte hastige Schritte, nachdem der Rammbock zu Boden gefallen war. Er lachte in sich hinein. Da die Soldaten noch immer auf Befehl der Herzogin handelten und ihn lebend gefangennehmen wollten — der Herzog hatte offenbar noch keinen Gegenbefehl erteilen können —, hatten sie keine Lust, seiner Pistole mit blanken Schwertern entgegenzutreten. In ihrer Angst hatten sie anscheinend sogar vergessen, daß Green einige Zeit brauchte, um die Pistole zu laden — und in dieser Zeit hätten sie in das Zimmer eindringen können.

»Das nenne ich wahres Leben!« sagte Green laut und fragte sich, ob seine Stimme zitterte. Trotzdem genoß er diese Situation, in der er selbst beweisen konnte, was in ihm steckte, obwohl er sein Leben lang dazu erzogen worden war, jeder tätlichen Auseinandersetzung aus dem Weg zu gehen, allen Streit zu vermeiden und niemals aggressiv zu sein.

Green rollte die Teppiche zurück, die durchs Zimmer zum Balkon führten, denn er wollte festen Boden unter den Füßen haben, falls er versuchen mußte, das Balkongeländer und den Wehrgang mit einem Sprung zu überwinden und im Wassergraben zu landen. Dabei mußte alles beim ersten Versuch klappen, sonst lag er schließlich mit gebrochenen Knochen auf den harten Steinplatten. Er hatte allerdings nicht die Absicht, diesen Sprung vorschnell zu wagen — aber vielleicht war das später der letzte Ausweg.

Er ging wieder an den Toilettentisch und holte den ganzen Pulversack heraus, der mindestens fünf Pfund wog; er fand eine Zündschnur, steckte sie in den Sack und band ihn fest. Unterdessen kamen die Soldaten zurück, hoben den Rammbock und machten sich wieder daran, die Tür aufzubrechen. Green machte sich nicht die Mühe, nochmals zu schießen, sondern setzte die Zündschnur an der nächsten Kerze in Brand. Dann schlich er an die Tür, stieß den Durchschlupf für Alzo auf und warf den Pulversack in den Korridor hinaus, den das zweite Vorzimmer gemeinsam mit dem ersten bildete. Gleichzeitig drückte er sich an die Wand, obwohl nicht zu erwarten war, daß die Explosion die massive Tür zertrümmern würde.

Draußen herrschte tiefes Schweigen, und die Soldaten schienen vor Schreck erstarrt zu sein. Dann folgte eine donnernde Explosion. Der Raum erzitterte, die Tür wurde aus den Angeln gerissen und fiel nach innen, Putz rieselte von den Wänden, und der Raum füllte sich mit schwarzem Rauch. Green stürzte sich in die Wolke, rutschte auf Händen und Knien weiter, fluchte erschrocken, als sein Säbel am Türrahmen hängenblieb, riß sich los und stürmte durch den dichten Rauch, der das Vorzimmer füllte. Er stolperte über den Rammbock, trat auf einen gefallenen Soldaten, mußte schmerzhaft husten und hastete trotzdem weiter, bis er mit dem Kopf gegen eine Wand stieß.

Dort tastete er sich nach rechts weiter, wo er die Tür vermutete, erreichte sie und stellte fest, daß der Pulverdampf auch den nächsten Raum füllte. Erst als er die gegenüberliegende Tür vor sich hatte, wagte er einen kurzen Rundblick. Der Rauch war hier nicht so dicht und zog durch die offene Tür in den Korridor ab. Da Green keine Füße zwischen sich und der Tür sah, stand er auf und trat über die Schwelle. Links von ihm führte der Gang zu einer Treppe, auf der sich vermutlich bereits Dutzende von Soldaten drängten. Der Weg nach rechts führte zu einer anderen Treppe, an deren Ende das Appartement des Herzogs lag. Green hatte keine andere Wahl; er mußte diese Treppe benützen.

Zum Glück hingen im Korridor noch immer so dichte Rauchwolken, daß niemand sah, wohin er sich jetzt wandte. Die Soldaten mußten glauben, er halte sich weiterhin in den Gemächern der Herzogin auf. Green konnte nur hoffen, daß der Anblick der zusammengerollten Teppiche sie auf die Idee bringen würde, er sei vom Balkon gesprungen. In diesem Fall würden sie sofort den Wassergraben nach ihm absuchen; und wenn sie ihn dort nicht fanden, würden sie hoffentlich glauben, er sei entweder ertrunken oder bereits in der Dunkelheit entkommen.

Green hielt seinen Dolch in der rechten Hand und tastete sich an der Wand entlang weiter. Als seine Fingerspitzen den Arm eines Soldaten berührten, duckte er sich sofort und rannte in dieser Haltung auf die Treppe zu. Der Rauch nahm rasch ab, so daß er die erste Stufe rechtzeitig sah, bevor er darüber stolperte. Unglücklicherweise standen dort jedoch auch der Herzog und ein weiterer Mann.

Die beiden starrten Green fassungslos entgegen, als er aus der Rauchwolke ins Licht ihrer Fackeln kam. Er stieß dem Soldaten seinen Dolch in die Kehle, bevor der andere mit dem Schwert ausholen konnte. Der Herzog wollte an ihm vorbei, aber Green stellte ihm ein Bein, riß ihn wieder hoch und drehte ihm den Arm auf den Rücken. Er freute sich, als der Herzog laut stöhnte, denn er erinnerte sich an die unzähligen wehrlosen Opfer, die der Herzog hatte foltern lassen.

»Los, die Treppe hinauf!« zischte Green und stieß den Herzog vor sich her. Unterdessen hatte sich der Rauch weiter gelichtet, so daß die Soldaten merkten, daß hier etwas nicht in Ordnung war. Ein Schrei stieg auf, dann kamen rasche Schritte hinter Green näher. Er drehte sich um, stellte den Herzog schützend vor sich und befahl ihm: »Sag ihnen, daß ich dich umbringe, wenn sie nicht verschwinden.«

Gleichzeitig drückte er dem Herzog die Spitze seines Dolchs in den Rücken, um seinem Befehl Nachdruck zu verleihen. Der Herzog zitterte und erstarrte dann, bevor er sagte: »Das tue ich auf keinen Fall. Dadurch würde ich mich selbst entehren.«

Green mußte diesen Mut bewundern, obwohl seine Lage dadurch nicht besser wurde. Er durfte den Herzog keinesfalls schon jetzt umbringen, denn damit hätte er seinen einzigen Trumpf aus der Hand gegeben: Deshalb nahm er den Dolch zwischen die Zähne, zog dem Herzog die Pistole aus dem Gürtel und schoß über seine Schulter hinweg.

Der Feuerstrahl aus der Pistole versengte das Ohr des Herzogs und entlockte ihm einen lauten Schrei, der fast im Knall des Schusses unterging. Der nächste Mann ließ seinen Speer fallen, warf die Hände in die Luft und sackte zusammen. Seine Kameraden blieben wie angenagelt stehen. Offenbar galt der Befehl der Herzogin noch immer, Green nicht zu töten. Und nun war der Herzog kaum imstande, anderslautende Befehle zu erteilen, denn der neben seinem Ohr abgefeuerte Schuß hatte ihn leicht betäubt.

»Zurück, sonst bringe ich den Herzog um!« rief Green den Soldaten entgegen. »Der Herzog wünscht, daß ihr euch an die Treppe zurückzieht und uns in Ruhe laßt, bis er nach euch schickt!«

Im flackernden Lichtschein der Fackeln sah er den verblüfften Gesichtsausdruck der nächsten Soldaten. Erst dann fiel ihm auf, daß er den Befehl auf englisch gegeben hatte. Er übersetzte ihn rasch und sah zu seiner Erleichterung, daß die Soldaten sich langsam zurückzogen. Dann schleppte er den Herzog die Treppe hinauf in den ersten Raum seines Appartements, verriegelte die Tür und lud die Pistole wieder.

»Bisher hat alles geklappt!« sagte er auf englisch. »Aber was nun, kleiner Mann?«

Das Appartement des Herzogs war luxuriöser als Zunis; es war auch größer, denn es enthielt nicht nur die zahlreichen Jagdtrophäen des Herzogs — darunter auch Menschenköpfe —, sondern auch seine Sammlung von

Glasvögeln. Tatsächlich war leicht zu erkennen, woran sein Herz hing, denn auf den Trophäen hatte sich Staub angesammelt, während die Vögel offenbar täglich poliert wurden.

Green lächelte bei diesem Anblick.

Bei einem Kampf auf Leben und Tod kommt es darauf an, die verwundbarste Stelle des Gegners zu erkennen und ihn dort zu treffen ...

9

Kaum zwei Minuten später war der Herzog mit einigen Jagdpeitschen, die an den Wänden hingen, an einen Sessel gefesselt.

Der Herrscher hatte sich inzwischen von seinem Schock erholt. Nachdem er seine Betäubung überwunden hatte, kreischte er jedes Schimpfwort, das er kannte, und drohte mit jeder raffinierten Folter, die ihm gerade einfiel — und sein Wissen auf diesem Gebiet war umfangreich. Green wartete schweigend, bis der Herzog so heiser war, daß er kaum sprechen konnte. Dann teilte er ihm gelassen mit, was er zu tun beabsichtigte, falls der Herzog ihm nicht zur Flucht verhelfe. Um seine Entschlossenheit zu unterstreichen, nahm er einen Morgenstern von der Wand und schwang die mit Stacheln besetzte Keule einmal im Kreis. Der Herzog riß die Augen auf und wurde dann leichenblaß. In dieser Sekunde verwandelte sich der stolze Herrscher, der nicht daran dachte, sich vor einem Sklaven zu demütigen, in einen zitternden alten Mann.

»Und ich zertrümmere jeden Vogel, der hier ausgestellt ist«, sagte Green. »Und ich öffne auch den Schrank, der hinter diesem Katzenfell in die Wand eingelassen ist, und hole deinen kostbarsten Besitz heraus — den Glasvogel, den du nicht einmal dem Kaiser gezeigt hast, weil der Kaiser eifersüchtig werden und ihn als Geschenk von dir verlangen könnte. Ja, ich meine den Vogel, den du nur nachts aus dem Schrank nimmst, um dich heimlich an seiner Schönheit zu erfreuen!«

»Das hat dir meine Frau erzählt!« keuchte der Herzog. »Oh, dieses dämliche Weibsbild!«

»Richtig«, stimmte Green zu. »Sie hat mir viele Geheimnisse erzählt, denn sie ist dumm, faul, unberechenbar, schwatzhaft und deshalb die richtige Gefährtin für dich. Deshalb weiß ich, wo du den schönsten Glasvogel versteckt hast, den Izan Yushwa aus Metzva Moosh je geblasen hat. Dieser prächtige Vogel hat deine Untertanen eine Menge Geld gekostet und ist mit den Tränen und dem Schweiß Tausender bezahlt worden. Aber ich würde keine Sekunde zögern, ihn notfalls zu zerstören, obwohl Izan Yushwa nicht mehr lebt, so daß der Vogel nie ersetzt werden könnte.«

Die Augen des Herzogs drohten vor Entsetzen aus den Höhlen zu treten.

»Nein! Nein!« sagte er mit zitternder Stimme. »Das wäre unvorstellbar, ein Sakrileg, eine Gotteslästerung! Hast du denn keinen Schönheitssinn, degenerierter Sklave, daß du das schönste Erzeugnis menschlicher Kunstfertigkeit für immer zerstören würdest?«

»Ich würde es tun, darauf kannst du dich verlassen!«

Die Mundwinkel des Herzogs sanken nach unten; er weinte plötzlich.

Green war dieser Anblick peinlich, denn er konnte sich vorstellen, wie stark eine Gemütsbewegung sein mußte, um diesen Mann dazu zu bringen, vor seinem Gegner zu weinen. Die Menschen waren eigentlich recht seltsame Lebewesen! Dieser Mann würde sich eher die Kehle durchschneiden lassen, als um Gnade flehen — aber wenn seine kostbaren Glasvögel bedroht wurden ...

Green zuckte mit den Schultern. Warum sollte er zu ergründen versuchen, was den Herzog bewegte? Wichtig war nur, daß er den Mann dadurch in der Hand hatte.

»Wenn du deine Vögel retten willst, mußt du tun, was ich sage.« Er beschrieb dem Herzog genau, was er in den nächsten zehn Minuten zu tun und zu sagen hatte. Dann ließ er ihn einen heiligen Eid schwören, Green nicht zu verraten.

»Um ganz sicherzugehen«, fügte Green hinzu, »nehme ich den seltenen Vogel mit. Sobald feststeht, daß du mich nicht betrogen hast, lasse ich ihn dir wieder zustellen.«

»Kann ich mich darauf verlassen?« flüsterte der Herzog mit heiserer Stimme.

»Ich setze mich mit Zingaro, dem Makler der Diebesgilde, in Verbindung«, erklärte Green. »Er bringt dir den Vogel zurück — natürlich gegen entsprechende Belohnung. Aber bevor wir uns einigen, mußt du noch schwören, daß meiner Frau Amra nichts geschieht, daß sie weiter in Quotz leben kann, als sei nie etwas passiert.«

Der Herzog schluckte trocken, leistete aber den verlangten Eid. Green war zufrieden, denn damit war Amras Zukunft gesichert, obwohl er sie und die Kinder verließ.

Eine Stunde später kam Green wieder aus seinem Versteck im Kleiderschrank des Herzogs hervor. Diese Stunde war ihm endlos lang erschienen, denn obwohl der Herzog alle heiligen Eide geschworen hatte, war er ein geborener Verräter und Betrüger. Green hatte sich den Schweiß von der Stirn gewischt, während er das Gespräch zwischen dem Herzog, den Soldaten und der Herzogin verfolgte.

Zum Glück war der Herzog ein guter Schauspieler, denn er überzeugte alle, daß es ihm gelungen sei, Green zu überlisten, ein Schwert zu ergreifen und den Sklaven zum Sprung übers Balkongeländer zu zwingen. Einige Soldaten hatten natürlich einen mannsgroßen Gegenstand beobachtet, der vom Balkon herab in den Wassergraben gefallen war. Offenbar hatte der Sklave sich beim Aufprall das Rückgrat gebrochen oder war ohnmächtig geworden und ertrunken. Jedenfalls war er nicht wieder aufgetaucht.

Bei der Schilderung dieses Vorfalls mußte Green unwillkürlich lächeln. Er und der Herzog hatten gemeinsam eine große hölzerne Statue des Gottes Zuzupatr mit allen Waffen beschwert, damit sie nicht auf dem Wasser trieb, und dann über den Balkon gestürzt. In der allgemeinen Aufregung und im Mondschein war die Götterstatue offenbar für einen Mann gehalten worden.

Nur Zuni war ganz und gar nicht zufrieden. Sie benahm sich unmöglich und warf dem Herzog vor, seine Blutgier und Unbeherrschtheit hätten sie um das Vergnügen gebracht, den Sklaven ausgiebig foltern zu lassen, der ihr Gewalt anzutun versucht habe. Der Herzog lief allmählich rot an und brüllte plötzlich, sie solle endlich aufhören, sich in aller Öffentlichkeit wie ein Marktweib zu benehmen, und sofort in ihre Gemächer zurückkehren. Damit sie merkte, daß dieser Befehl ernst gemeint war, gab er ihr zwei Soldaten als Eskorte mit.

Zuni war jedoch zu dumm, um den Ernst der Lage zu erkennen und zu sehen, wie dicht das Schwert des Scharfrichters bereits über ihrem Nacken hing. Sie kreischte weiter, bis der Herzog den Soldaten ein Zeichen gab, die sie daraufhin an den Armen packten — Green vermutete es jedenfalls, denn die Herzogin schrie, sie sollten gefälligst ihre schmutzigen Finger von ihr lassen — und hinausschleppten. Selbst dann dauerte es noch einige Zeit, bis der Herzog wieder mit Green allein war.

Der Kleiderschrank wurde geöffnet, und Green sah den Herzog vor sich stehen. Auf dem Sessel neben ihm lagen die grüne Robe eines Priesters, die geweihte achteckige Brille und eine Maske für die untere Gesichtshälfte. Diese Maske wurde gewöhnlich getragen, wenn der Priester im Auftrag eines hohen Würdenträgers unterwegs war. Solange sie das Gesicht bedeckte, durfte der Priester nicht sprechen; das sollte garantieren, daß nur der rechtmäßige Empfänger die Nachricht erhielt. Auf diese Weise brauchte Green nicht mit peinlichen Fragen zu rechnen.

Er legte Robe, Brille und Maske an, zog die Kapuze über den Kopf und steckte den Glasvogel in den weiten linken Ärmel. Die geladene Pistole fand ihren Platz im anderen Ärmel, wo er sie leicht erreichen konnte.

»Sei vorsichtig!« mahnte der Herzog mit einem Blick ins Treppenhaus. »Der Vogel darf unter keinen Umständen zu Schaden kommen! Zingaro soll ihn in eine Kiste mit Seide und Sägemehl packen, damit er nicht zerbricht. Ich zähle die Sekunden, bis er endlich wieder in meinen Händen ist ...«

Und ich, dachte Green, zähle die Sekunden, bis ich weit weg in Sicherheit bin, bis ich Quotz an Bord eines Windrollers verlassen habe ...

Er versprach nochmals, sein Wort zu halten, solange der Herzog nicht wortbrüchig wurde, fügte jedoch hinzu, er werde sich gegen einen möglichen Verrat absichern. Dann schlüpfte er in den Korridor hinaus und schloß die Tür hinter sich. Nun war er auf sich selbst angewiesen, bis er den *Glücksvogel* erreichte.

10

Das war nicht weiter schwierig, aber Green mußte sich erst einen Weg durch die Straßen bahnen. Die Detonationen und das Geschrei aus dem Schloß hatten die ganze Stadt geweckt, so daß eine erregte Menge alle Gassen und Straßen füllte. Green drängte sich mit gesenktem Kopf durchs Gewühl und kam verhältnismäßig rasch voran. Nur einmal wurde er mehrere Minuten lang aufgehalten.

Schließlich hatte er die Ebene und den Windbrecher vor sich; um ihn herum ragten die hohen Masten der

Windroller in den Nachthimmel auf. Green erreichte den *Glücksvogel*, ohne von den vier Wachtposten angehalten zu werden, an denen er vorbei mußte. Der Windroller selbst lag in dem Dock, in das ihn eine Sklavenmannschaft geschleppt hatte. Von einem Dock aus führte eine Gangway an Deck, und hier hielten zwei Matrosen Wache — einer an jedem Ende der Gangway. Die beiden trugen die vertraute Kleidung mit gelben, violetten und roten Streifen. Sie kauten *Grixtr*-Nüsse, die Lippen und Zähne grün färbten.

Als Green entschlossen die Gangway betrat, sah ihm der erste Posten zweifelnd entgegen und legte die Hand an seinen Dolch. Offenbar hatte Miran nichts von einem Priester erwähnt, aber der Matrose wußte, was die Maske bedeutete, und wagte deshalb nicht, den Fremden anzuhalten. Auch der zweite Mann konnte sich nicht rascher entschließen. Green schlüpfte an ihm vorbei, betrat das Zwischendeck und ging nach achtern, wo er an die Kabine des Kapitäns klopfte. Die Tür wurde aufgerissen, Licht fiel nach draußen, dann erschien Miran auf der Schwelle.

Green schob ihn beiseite und trat in die Kabine. Miran griff nach seinem Dolch, ließ jedoch die Hand sinken, als er den Eindringling erkannte, der jetzt seine Verkleidung abwarf.

»Green! Du hast es geschafft! Das hätte ich nie für möglich gehalten!«

»Bei mir ist alles möglich«, antwortete Green bescheiden. Er setzte sich an den Tisch und schilderte mit vor Erschöpfung leiser Stimme, wie er entkommen war. Der Kapitän lacht schallend, schlug Green auf den Rücken und versicherte ihm, wie stolz er darauf sei, einen Mann wie ihn an Bord zu haben.

»Jetzt müssen wir einen Schluck Wein aus Lespaxia trinken, der sogar besser als Chalousma ist«, meinte er. »Ich habe ihn für Ehrengäste reserviert.«

Green streckte die Hand nach dem angebotenen Glas

aus, aber seine Finger erreichten es nie, denn er sank schnarchend am Tisch zusammen.

Drei Tage später saß Green am gleichen Tisch vor einem Glas Wein aus Lespaxia und wartete darauf, daß Miran ihm mitteilen würde, er dürfe jetzt die Kabine verlassen. Am ersten Tag hatte er gründlich ausgeschlafen, gut gegessen und auf Nachrichten aus der Stadt gewartet. Gegen Abend war Miran zurückgekehrt und hatte berichtet, daß in der Stadt und der näheren Umgebung eifrig nach Green gesucht werde. Der Herzog würde natürlich darauf bestehen, daß auch die Windroller gründlich durchsucht wurden, und Miran fluchte, weil diese Verzögerung seine Pläne durchkreuzen konnte.

Sie durften nicht länger als drei Tage warten. Die Fischtanks waren installiert; die Lebensmittelvorräte waren ergänzt worden; die Matrosen wurden aus verschiedenen Kneipen zusammengeholt und ausgenüchtert. Das große Fahrzeug mußte in spätestens zwei Tagen durch den Windbrecher geschleppt werden, damit es die Segel für eine neue gefährliche Reise setzen konnte.

»An deiner Stelle würde ich mir deswegen keine Sorgen machen«, sagte Green zu Miran. »Paß auf, morgen kommt die Nachricht aus den Hügeln, daß Green von einem Angehörigen des Klans Axaquexcan umgebracht worden ist, der erst die Belohnung haben will, bevor er den Kopf des toten Sklaven abliefert. Der Herzog gibt sich bestimmt damit zufrieden und läßt die Windroller doch nicht durchsuchen.«

Miran rieb sich die Hände, denn er liebte Intrigen.

Am zweiten Tag wurde er jedoch sichtlich nervös, obwohl Greens Voraussage pünktlich eingetroffen war; anscheinend fand er Greens Anwesenheit in seiner Kabine lästig. Er wollte ihn nach vorn in eine Mannschaftsunterkunft schicken, aber Green weigerte sich und erinnerte den Kapitän an sein Versprechen, ihm in dieser Kabine Asyl zu gewähren. Dann holte er sich eine weitere Flasche Wein, dessen Versteck er inzwischen kannte, und trank sie gelassen. Miran starrte ihn böse an, sagte jedoch nichts, weil Green als sein Gast tun und lassen konnte, was ihm Spaß machte — innerhalb gewisser Grenzen.

Am dritten Tag war Miran nur noch ein Nervenbündel; er ging in der Kabine auf und ab, wollte etwas frische Luft schnappen und ging schließlich an Deck. Green hörte seine Schritte stundenlang über sich. Am vierten Tag war er schon im Morgengrauen auf den Beinen und gab der Mannschaft Befehle. Wenig später nahm Green eine langsame Vorwärtsbewegung wahr und hörte draußen die anfeuernden Rufe der Vorarbeiter, als die Sklaven an den Schleppleinen zogen.

Der Windroller bewegte sich langsam vorwärts. Green warf vorsichtig einen Blick aus dem quadratischen Bullauge über seiner Koje. Er stellte fest, daß ihre Geschwindigkeit nicht mehr als fünf oder sechs Meter in der Minute betrug. Bei diesem Tempo würden sie den Windbrecher in etwa einer Stunde erreichen.

Die Zeit verstrich quälend langsam, und Green kaute sich die Nägel ab, denn er machte sich darauf gefaßt, daß plötzlich Soldaten hinter dem *Glücksvogel* auftauchen würden, um den Windroller anzuhalten, auf dem ein entflohener Sklave versteckt war.

Aber die Soldaten kamen nicht, und Green atmete erleichtert auf, als die Sklaven ihre langen Schleppleinen aufrollten. Miran gab einen Befehl, der Erste Maat wiederholte ihn, zahlreiche Füße trampelten übers Deck, rauhe Männerstimmen brüllten im Chor. Green hörte, daß die Segel gesetzt wurden; dann schwankte das Fahrzeug im Wind, und die großen Räder begannen sich zu drehen. Der *Glücksvogel* war unterwegs!

Green öffnete die Kabinentür einen Spalt weit und sah ein letztesmal zu Quotz hinüber. Die Stadt blieb pro Stunde fünfzehn Meilen hinter dem Windroller zurück und wirkte aus dieser Entfernung entzückend mittelalterlich und romantisch.

»Und damit verabschieden wir uns von Quotz«, murmelte Green im Stil eines Logbuchschreibers vor sich hin. »Der Teufel soll die Stadt und ihre Bürger holen!«

Obwohl er in der Kabine bleiben sollte, bis Miran ihn holen ließ, öffnete er die Tür und trat aufs Deck hinaus ...

... und wäre fast ohnmächtig zu Boden gesunken.

»Hallo, Liebling«, sagte Amra.

Green hörte nur undeutlich, daß die um sie herum aufgebauten Kinder ihn ebenfalls begrüßten. Er schwankte und mußte sich an der Kabinentür festhalten. Vielleicht waren daran der Wein und die Überraschung schuld, aber wahrscheinlich hatte er nur Angst, mehr Angst als damals im Schloß. Und er schämte sich, weil Amra herausbekommen hatte, daß er sie verlassen wollte; er schämte sich sehr, weil sie ihn trotzdem so liebte, daß sie ihm gefolgt war. Es mußte sie einige Überwindung gekostet haben, ihren Stolz zu vergessen.

Aber das würde er alles später zu hören bekommen. Im Augenblick war Amra seltsam ruhig und friedfertig. Sie erklärte Green nur, daß Zingaro, der Makler der Diebesgilde, ein alter Freund von ihr sei; die beiden hatten als Kinder miteinander gespielt und sich seitdem geschäftlich in jeder Beziehung geholfen. Deshalb war es nur logisch, daß Amra von einem Sklaven an Bord des *Glücksvogels* gehört hatte, der Zingaro einen Vogel für den Herzog übergeben hatte. Amra war mißtrauisch geworden und hatte Zingaro so lange ausgefragt, bis sie sicher wußte, daß Green dieser entlaufene Sklave war. Dann hatte sie die Angelegenheit selbst in die Hände genommen, war zu Miran gegangen und hatte ihm gedroht, der Herzogin Greens Aufenthaltsort zu verraten, wenn er sie und ihre Familie nicht mitnahm.

»Hier bin ich, dein treues Weib«, sagte sie und breitete die Arme aus.

»Ich bin überwältigt«, antwortete Green, ohne diesmal zu übertreiben.

»Warum umarmst du mich dann nicht?« rief Amra. »Warum starrst du mich nur an, als sei ich aus dem Grab auferstanden?«

»Vor diesen Leuten?« fragte Green verwirrt und sah sich um. Der Kapitän, sein Erster Maat, die Matrosen, ihre Familien auf dem Zwischendeck — Dutzende von grinsenden Gesichtern auf allen Seiten. Nur die Rudergänger waren so mit dem großen Steuerrad beschäftigt, daß sie keine Zeit für derartige Ablenkungen hatten.

»Warum nicht?« antwortete Amra. »Von jetzt an lebst du einige Monate lang hier auf Deck mit diesen Leuten zusammen. Warum schämst du dich also vor ihnen? Warum umarmst du mich nicht? Oder willst du mich nicht hierhaben?«

»Daran hätte ich nie gedacht«, versicherte er ihr, trat vor und nahm sie in die Arme. Oder ich würde es dir jedenfalls nicht sagen, fügte er im stillen hinzu.

Immerhin war es schön, sie wieder in den Armen zu halten und zu wissen, daß es auf diesem gottverlassenen Planeten wenigstens einen Menschen gab, der ihn liebte. Wie hatte er nur glauben können, er würde das Leben ohne sie ertragen?

Nun, er würde sich eines Tages damit abfinden müssen. Amra hatte keinen Platz an seiner Seite, wenn es ihm jemals gelang, zur Erde zurückzukehren.

11

Miran räusperte sich und sagte: »Ihr verlaßt jetzt das Deck und sucht euch mittschiffs einen Platz. In Zukunft betretet ihr das Steuerdeck nur, wenn ich euch holen lasse. Ich lege großen Wert auf straffe Disziplin.«

Green folgte Amra und den Kindern die Treppe hinab ins Zwischendeck und merkte erst jetzt, daß Inzax, die hübsche blonde Sklavin für die Kinder, ebenfalls an Bord war. Amra hatte offenbar nicht die Absicht, während der Reise auf den gewohnten Komfort zu verzichten.

Daß Miran auf straffe Disziplin achtete, war jedenfalls nicht auf den ersten Blick erkennbar. Katzen und Hunde liefen übers Deck, spielten mit den vielen Kindern oder kämpften miteinander. Frauen saßen in der Sonne, nähten oder hängten Wäsche auf und wuschen Geschirr oder stillten Babys. Hühner gackerten in Käfigen, die überall verteilt waren, und an Backbord wurden sogar etwa dreißig Schweine in einem Pferch gehalten.

Green folgte Amra bis zu einer Stelle, wo ein Sonnensegel ausgespannt war.

»Ist das nicht schön?« fragte sie stolz. »Wir können die Seitenwände herunterlassen, wenn es regnet oder wenn wir allein sein wollen, was dir vermutlich am meisten zusagt, da du in mancher Beziehung so komisch bist.«

»Wirklich hübsch«, versicherte Green ihr hastig. »Du hast sogar Matratzen und einen Herd mitgenommen.« Er sah sich um. »Aber wo sind eigentlich die Fischtanks?«

»Miran hat sie wegen der Piraten unter Deck anbringen lassen«, erklärte Amra. »Die Besatzung hat die Decksplanken aufgerissen, die Tanks abgeseilt und die Planken wieder angenagelt. Die meisten Leute, die du jetzt hier siehst, schlafen sonst unter Deck — aber dort ist jetzt kein Platz mehr.«

Green entschloß sich zu einem kurzen Rundgang. Er mußte seine Umgebung kennenlernen, damit er notfalls wußte, wohin er sich wenden sollte.

Der Windroller selbst war etwa sechzig Meter lang und zehn Meter breit; sein Rumpf hatte die Form eines Bootsrumpfes, und der schmale Kiel ruhte auf vierzehn Achsen. Dicke Taue aus einer zähen, gummiartigen Masse stellten die Verbindung zwischen Achsen und

Rumpf her, so daß der Windroller innerhalb gewisser Grenzen beweglich gelagert war. Am Ende der Achsen saßen achtundzwanzig hohe Holzräder mit Hartgummireifen. Das erste Räderpaar wurde mit dem Steuerrad gelenkt und ersetzte das Ruder eines Schiffs.

Der *Glücksvogel* besaß einen hochaufragenden Bug und ein hohes Vorderdeck, auf dem das Steuerrad angebracht war. Hier standen die beiden Rudergänger mit ihren sechseckigen Brillen und den engen Lederhelmen. Hinter ihnen waren der Kapitän und der Erste Maat postiert, die abwechselnd auf die Rudergänger und die übrigen Besatzungsmitglieder achteten. Das Mitteldeck lag eine Treppe tiefer; das Achterdeck war wieder erhöht, aber nicht so hoch wie das Vorderdeck.

Die vier Masten waren etwas niedriger als die Masten eines gleich großen Wasserfahrzeugs, weil der Windroller sonst trotz der schweren Achsen und Räder im Sturm gekentert wäre. Die fehlende Höhe wurde durch die wesentlich längeren Rahen ausgeglichen, die über die Bordwand hinausragten. In den Augen eines Seemanns wäre der *Glücksvogel* mit vollen Segeln vierschrötig und häßlich gewesen, da auch der Rumpf vor Leinwand strotzte, die an rechtwinklig angebrachten Stangen aufgezogen wurde. Schon der Anblick dieser verrückten Segel mußte einen alten Matrosen zur Flasche treiben.

Der *Glücksvogel* war insgesamt gesehen ein merkwürdiges Fahrzeug. Hatte man jedoch den ersten Schock überwunden, erkannte man allmählich, daß er ebenso schön wie jeder Klipper war. Und er war auch wehrhaft, denn er trug vierzehn Kanonen auf seinen Decks. An Davits auf dem Achterdeck hingen zwei lange Rettungsroller und eine Gig auf Rädern. Sollte der *Glücksvogel* jemals stranden, konnte die Besatzung die Reise in diesen kleinen Fahrzeugen fortsetzen.

Green hatte nicht lange Zeit für diese Inspektion. Ihm fiel auf, daß einer der Matrosen ihn beobachtete. Der

Mann war dunkelhäutig, hatte jedoch die hellen Augen der Bergbewohner; er bewegte sich wie eine Katze und trug einen langen Dolch am Gürtel. Ein gefährlicher Bursche, überlegte Green sich.

Als der Mann merkte, daß Green ihn absichtlich übersah, baute er sich vor dem Fremden auf und starrte ihm herausfordernd ins Gesicht. Gleichzeitig verstummte die Unterhaltung um sie herum, und die Besatzung sah zu den beiden hinüber.

»Willst du nicht etwas zur Seite treten, mein Freund?« fragte Green lächelnd. »Du versperrst mir die Sicht.«

Der andere spuckte *Grixtr*-Saft über Bord. »Ich bin mit keinem Sklaven befreundet. Ja, ich versperre dir die Sicht, und ich will nicht zur Seite treten.«

»Anscheinend paßt dir meine Gegenwart nicht«, stellte Green fest. »Was ist los? Gefällt dir mein Gesicht nicht?«

»Nein, es gefällt mir nicht. Und ich will keinen stinkenden Sklaven in der Mannschaft haben.«

»Nur eine Bitte, weil wir schon bei Gerüchen sind«, sagte Green. »Würdest du etwas zur Seite treten, damit du in Lee von mir bist? Ich habe in letzter Zeit viel mitgemacht und habe einen empfindlichen Magen.«

»Schweig, Sklave!« brüllte der Matrose. »Benimm dich anständig, sonst werfe ich dich als Leiche über Bord!«

»Ein Mord ist wie ein Geschäft — man braucht immer zwei dazu«, sagte Green laut, weil er darauf hoffte, daß Miran sich an sein Schutzversprechen erinnern würde. Aber der Kapitän zuckte nur mit den Schultern. Er hatte sein Bestes getan, und Green mußte nun allein zurechtkommen.

»Richtig, ich bin ein Sklave«, gab er zu, »aber ich bin als Freier geboren und komme aus einem Land, in dem es keine Sklaven gibt, weil jeder Mensch sein eigener Herr ist. Aber das spielt hier keine Rolle. Viel wichtiger ist, daß ich mir die Freiheit verdient habe, weil ich wie ein Krieger darum gekämpft und meine Gegner überlistet habe. Ich möchte als Besatzungsmitglied anheuern und als Blutsbruder in den Klan Effenycan aufgenommen werden.«

»Ah, wirklich? Und was hast du uns zu bieten, wenn wir dich annehmen?«

Richtig, was habe ich ihnen zu bieten? überlegte Green. Auf seiner Stirn erschienen winzige Schweißperlen, obwohl der Morgenwind kühl war.

In diesem Augenblick winkte Miran einen anderen Matrosen heran und erteilte ihm einen kurzen Befehl. Der Mann verschwand unter Deck und kam bald darauf mit einer kleinen Harfe zurück. Jetzt erinnerte Green sich daran, daß er Miran erzählt hatte, er sei ein ausgezeichneter Harfenist und Sänger — also genau der Mann, den der Klan bereitwillig aufnehmen würde, weil er die Langeweile an Bord verscheuchen konnte.

Unglücklicherweise war Green jedoch nicht imstande, auf irgendeinem Instrument eine richtige Note zu spielen.

Trotzdem nahm er die Harfe aus der Hand des Matrosen entgegen und zupfte ernst eine Saite. Dann runzelte er die Stirn, drehte an den Wirbeln, zupfte nochmals und gab das Instrument zurück.

»Tut mir leid, aber darauf spiele ich nicht«, sagte er hochmütig. »Habt ihr keine bessere an Bord?«

»Zu Hilfe, ihr Götter!« kreischte ein Mann in seiner Nähe. »Das ist meine Harfe! Sie gehört mir, dem Barden Grazoot! Sklave! Taubstummer Sohn einer taubstummen Mutter! Diese Beleidigung sollst du mir büßen!«

»Nein, das ist meine Sache«, mischte sich der Matrose ein. »Ich will selbst feststellen, ob diese Landratte in unseren Klan aufgenommen werden kann.«

»Nur über meine Leiche, Bruder Ezkr!«

»Wie du willst, Bruder Grazoot!«

Die beiden gerieten sich in die Haare, bis Miran selbst

auf dem Zwischendeck erschien. »Das ist eine Schande!« brüllte er. »Zwei Angehörige meines Klans prügeln sich vor einem Sklaven! Entscheidet euch rasch, sonst lasse ich euch beide über Bord werfen. Von hier aus könnt ihr leicht nach Quotz zurückmarschieren.«

»Wir werden gleich sehen, wer die Ehre hat«, meinte Ezkr und holte zwei Würfel aus seiner Geldtasche. Wenige Minuten später hatte er vier von sechs Würfen gewonnen. Green war ziemlich enttäuscht, denn er hätte lieber den Harfenisten als Gegner gehabt, wenn er schon unbedingt kämpfen mußte.

Ezkr schien fest entschlossen zu sein, Green in dieser Überzeugung zu bestätigen, als er nun verkündete, wie der Sklave seine Eignung zu beweisen habe.

12

Einen Augenblick lang überlegte Green, ob er den Glücksvogel verlassen und allein weitermarschieren sollte.

Auch Miran protestierte laut. »Das ist doch lächerlich! Könnt ihr nicht wie normale Menschen auf Deck kämpfen und zufrieden sein, wenn einer dem anderen eine Fleischwunde zufügt? Du bist einer meiner besten Leute, Ezkr, und wer soll an deine Stelle treten, wenn du ausrutschst und abstürzt? Etwa Freund Green hier?«

Ezkr achtete nicht auf die Einwände des Kapitäns, weil er wußte, daß die Gesetze des Klans ihm recht gaben. »Jeder kann mit dem Dolch zustechen«, sagte er nur. »Ich möchte sehen, wie dieser Green in der Takelage zurechtkommt. Er soll über die Rahe gehen, damit wir sehen, welche Farbe sein Blut hat.«

Richtig, dachte Green und bekam eine Gänsehaut. Wenn ich abstürze, kannst du dich selbst von der Farbe überzeugen!

Er bat Miran um Erlaubnis, in sein Zelt zurückkehren

zu dürfen, um dort zu seinen Göttern zu beten. Miran nickte, und Green wies Amra an, die Seitenwände herabzulassen, während er auf die Knie sank. Als sie nicht mehr beobachtet werden konnten, gab er ihr ein langes Turbantuch und schickte sie hinaus. Sie sah ihn überrascht an, aber als er ihr erklärte, was sie zu tun hatte, lächelte sie und küßte ihn.

»Du bist ein kluger Mann, Alan. Ich habe richtig gewählt, als ich dich genommen habe, obwohl ich jeden anderen hätte haben können.«

»Für Komplimente ist später Zeit, wenn wir wissen, ob die List gewirkt hat«, wehrte Green ab. »Geh hinaus und tue, was ich dir gesagt habe. Wenn dich jemand fragt, was du am Herd willst, behauptest du einfach, ich brauchte das Zeug für mein Ritual.« Als sie hinausschlüpfen wollte, fügte er noch hinzu: »Die Götter sind oft nützlich — wenn es sie nicht gäbe, müßte man sie erfinden.«

Amra warf ihm einen bewundernden Blick zu. »Oh, Alan, du erfindest immer so originelle Redensarten!«

Er zuckte mit den Schultern, als sei ihm der Ausspruch ganz zufällig eingefallen.

Eine Minute später kam Amra zurück und hatte den Turban um irgend etwas gewickelt, das nachgiebig, aber schwer war. Wieder eine Minute darauf trat Green mit Lendenschurz, Ledergürtel, Dolch und Turban aus dem Zelt. Er stieg wortlos die Strickleiter bis zum Topp des nächsten Mastes hinauf. Ezkr folgte dicht hinter ihm.

Je höher er kletterte, desto mehr schwand sein Mut. Der Windroller tief unter ihm wirkte jetzt fast wie ein Kinderspielzeug; die nach oben gewandten Gesichter waren nur weiße Punkte. Der Wind pfiff durch die Takelage, und die Masten, die von unten aus so dick zu sein schienen, waren hier oben nur schwankende dünne Stangen.

Nach einer endlosen Kletterei bis fast zu den Wolken erreichte Green schließlich doch die oberste Rahe. Der

Mast war ihm schon zerbrechlich vorgekommen, aber die Rahe war kaum mehr als ein Zahnstocher über dem Abgrund! Und er sollte bis ans äußerste Ende balancieren, zurückkommen und sich den Weg nach unten freikämpfen!

»Wenn du kein Feigling bist, stehst du auf und gehst hinaus«, rief Ezkr.

»Stöcke und Steine zerbrechen meine Beine«, antwortete Green, ohne ihm zu erklären, was er damit meinte. Er rutschte vorsichtig nach vorn und blieb in der Mitte der Rahe sitzen, nachdem er den Fehler gemacht hatte, einen Blick nach unten zu werfen.

»Weiter!« brüllte Ezkr.

Green gab eine unfreundliche Antwort.

Ezkr lief rot an, stand auf und balancierte über die Rahe. Green beobachtete ihn verblüfft. Der Mann ging tatsächlich aufrecht! Ezkr blieb zwei Meter von ihm entfernt stehen und sagte: »Nein, du willst mich nur ärgern, damit ich den Kampf hier beginne und vielleicht abrutsche, weil du einen besseren Halt hast. Nein, so dumm bin ich nicht. Du mußt versuchen, an mir vorbeizukommen.«

Er drehte sich um und ging an den Mast zurück; dort blieb er stehen und beobachtete Green, der langsam bis ans Ende der Rahe rutschte, sich umdrehte und ebenso langsam zurückkam.

Als Green nur noch wenige Meter von Ezkr entfernt war, machte er halt und wickelte seinen Turban auf.

»Was soll das?« fragte Ezkr mit gerunzelter Stirn. Bisher war er überlegen gewesen, weil er wußte, was er zu erwarten hatte. Aber jetzt ...

Green zuckte mit den Schultern und wickelte den Turban vorsichtig ab.

»Ich möchte nichts verschütten«, sagte er dabei.

»Was?«

»Das!« rief Green und schleuderte seinen Turban ruckartig nach vorn.

Der Turban selbst war zu kurz, um das Gesicht des Matrosen zu berühren. Aber der darin enthaltene Sand flog in Ezkrs Augen, bevor der Wind ihn zerstreuen konnte. Amra hatte einen halben Eimer Sand vom Herd geholt, der von Flußsand umgeben war, damit die Glut länger warmhielt. Der Sand hatte den Turban zwar schwer gemacht, aber seine Wirkung war diese kleine Anstrengung wert.

Ezkr schrie auf, bedeckte seine Augen mit den Händen und ließ seinen Dolch fallen. Green schob sich an ihn heran und rammte ihm die Faust in den Magen. Als Ezkr zusammensank, fing er ihn auf und hielt ihn fest. Ein Handkantenschlag in den Nacken genügte, um den Mann zum Schweigen zu bringen. Green legte den Bewußtlosen auf die Seite und schob ihn zurecht, bis er über der Rahe im Gleichgewicht hing. Mehr konnte er nicht für ihn tun. Er hatte nicht die Absicht, ihn nach unten zu schleppen, sondern wollte nur selbst wieder heil nach unten kommen. Wenn Ezkr abstürzte, hatte er eben Pech gehabt.

Amra und Inzax warteten auf Deck, als Green langsam herabstieg. Als er wieder halbwegs festen Boden unter den Füßen hatte, gaben seine zitternden Knie nach. Amra merkte es rechtzeitig und umarmte ihn wie einen siegreichen Helden, obwohl sie ihn in Wirklichkeit stützen mußte.

»Danke«, murmelte Green. »Ich brauche dich als Stütze, Amra.«

»Nach dieser Leistung würde jeder eine Stütze brauchen«, antwortete sie einfach. »Du weißt, daß ich immer für dich da bin, Alan.«

Die Kinder starrten ihn bewundernd an und kreischten dabei: »Das ist unser Daddy! Green hat gewonnen! Er ist schnell wie eine Graskatze, beißt wie ein Wildhund und spuckt Gift wie eine fliegende Schlange!«

Im nächsten Augenblick fielen die Männer und Frauen des Klans über ihn her, beglückwünschten ihn zu seiner Leistung und nannten ihn ihren Bruder. Nur die Offiziere des *Glücksvogels* und die Familienangehörigen seines Gegners Ezkr waren anderweitig beschäftigt — sie kletterten den Mast hinauf, um den Unterlegenen abzuseilen.

Auch ein anderer Mann blieb abseits, anstatt Green zu beglückwünschen: Grazoot, der Harfenist, den Green beleidigt hatte. Er stand allein auf dem Achterdeck und brütete vor sich hin.

Green überlegte sich, daß er diesen Mann im Auge behalten mußte — besonders nachts, wenn man einen Schlafenden ermorden und über Bord werfen konnte. Er wünschte sich jetzt, er hätte das Instrument weniger kritisiert, aber in der Eile war ihm nichts Besseres eingefallen. Nun mußte er Grazoot irgendwie versöhnen.

13

Die nächsten zwei Wochen brachten viel Arbeit und wenig Schlaf, denn Green mußte lernen, wie man in der Takelage arbeitete. Er kletterte nicht gern hinauf, stellte jedoch fest, daß die Arbeit dort oben ihre Vorteile hatte — er konnte dort ab und zu ein paar Minuten ungestört schlafen. Es gab überall Krähennester, in denen Musketenschützen postiert wurden, wenn es zum Kampf mit Piraten kam. Green zog sich in eines dieser Krähennester zurück und schlief sofort ein, während sein Stiefsohn Grizquetr für ihn Wache hielt und ihn weckte, wenn der Bootsmann in ihre Nähe kam. Eines Nachmittags schrak Green wieder einmal auf, als der Pfiff ertönte.

Der Bootsmann hatte jedoch unterwegs haltgemacht und verbesserte die Arbeit eines anderen Matrosen. Green konnte nicht wieder einschlafen und beobachtete statt dessen eine Herde *Hoober*, die vor dem Windroller die Flucht ergriff. Die Pferdchen mit dem orangeroten

Fell und den weißen oder schwarzen Mähnen lebten in riesigen Herden zusammen, die sich wie in diesem Fall bis zum Horizont erstreckten.

Was sich auf diesem Planeten bis zum Horizont erstreckte, mußte wirklich groß sein. Green hatte noch nie eine so flache Ebene gesehen und konnte kaum glauben, daß sie sich so über Tausende von Meilen erstreckte. Von seinem Krähennest aus sah er jedenfalls nur eine weite, gleichförmige Grasebene. Die Grashalme waren über einen halben Meter hoch und etwa zwei Millimeter stark; sie waren auffällig hellgrün, trugen während der Regenzeit weiße und rote Blüten und dufteten angenehm.

Plötzlich veränderte sich das Bild vor Greens Augen. Das hohe Gras endete abrupt, als sei am Vortag eine gigantische Mähmaschine vorbeigekommen, und ein gepflegter Rasen begann. Hier schien das Gras nur noch zwei Zentimeter hoch zu sein. Und der Rasenstreifen verlief mindestens eine Meile breit bis zum Horizont.

»Was hältst du davon?« fragte er Amras Sohn.

Grizquetr zuckte mit den Schultern. »Ich weiß nicht recht. Die Matrosen behaupten, daß hier ein *Wuru* gegrast haben muß — ein Tier in der Größe unseres Schiffs, das nur nachts zum Vorschein kommt. Es lebt von Gras, ist aber bösartig und zertrümmert Windroller, wenn sie in seine Nähe kommen.«

»Glaubst du das?« fragte Green und beobachtete ihn aufmerksam. Grizquetr war ein intelligenter Junge, den er zum Skeptiker erziehen wollte. Vielleicht wurde der Junge dadurch zum ersten Wissenschaftler dieses Planeten.

»Ich weiß nicht, ob die Geschichte wahr oder erlogen ist. Alles ist möglich, aber ich kenne niemand, der mit eigenen Augen ein *Wuru* gesehen hat. Und wo hält es sich tagsüber auf, wenn es nur nachts unterwegs ist? Hier in der Ebene gibt es kein geeignetes Versteck.«

»Ausgezeichnet«, sagte Green lächelnd. Grizquetr erwiderte das Lächeln. Er verehrte seinen Stiefvater und war glücklich, wenn er von ihm gelobt wurde.

»Nur weiter so«, ermunterte Green den Jungen. »Halte dich immer an Tatsachen, und laß dir nichts erzählen, wofür es keinen Beweis oder Gegenbeweis gibt. Und berücksichtige vor allem, daß ein neuer Beweis alte Theorien über den Haufen werfen kann.«

Er grinste verlegen. »Manchmal könnte ich die guten Ratschläge selbst brauchen. Als ich zum erstenmal von dieser seltsamen Erscheinung gehört habe, wollte ich nicht daran glauben. Ich habe sie für ein Phantasieprodukt gehalten, aber jetzt frage ich mich doch, ob es dieses *Wuru* ...«

»He!« unterbrach Grizquetr ihn.

»Was ist los?« wollte Green wissen.

»Am Horizont! Ein Segel! Das ist ein Windroller der Vings!« Auch andere hatten das Segel gesehen. Überall ertönten laute Rufe. Ein Trompeter blies Alarm. Miran brüllte durch ein Megaphon und erreichte schließlich, daß alle Männer ihre Posten einnahmen. Tiere, Kinder und schwangere Frauen wurden unter Deck gebracht. Die Geschützbedienungen rollten Pulverfässer an die Kanonen. Matrosen mit Musketen besetzten die Krähennester. Die Toppgasten nahmen ihre Plätze ein, und da Green sich bereits an seinem befand, konnte er die Vorbereitungen zum Kampf in aller Ruhe beobachten. Er sah, wie Amra die Kinder nach unten schickte und dann Leinwand in Streifen riß, die für Verbände benützt wurden. Dabei sah sie kurz auf und winkte Green zu. Er winkte ebenfalls und steckte dafür einen Anpfiff des Bootsmanns ein.

»Green, du meldest dich später bei mir und bekommst eine zusätzliche Wache!«

Green stöhnte und wünschte sich, der Bootsmann fiele aus den Wanten und bräche sich sämtliche Knochen im Leib. Wenn er noch mehr Schlaf verlor ...!

Im Laufe des Tages kam das fremde Schiff immer näher. Als dahinter ein zweites Segel erschien, stieg die allgemeine Erregung noch mehr. Anscheinend wurden sie von Vings verfolgt; Vings segelten gewöhnlich paarweise. Auch die Form der Segel, die nach unten hin schmaler wurden, bestätigte diesen Verdacht.

Trotzdem wurde der Alarm vorläufig wieder abgeblasen. Tiere und Kinder kamen an Deck zurück, und die Frauen kochten das Essen. Selbst als die schnellen Schiffe der Verfolger näher kamen, so daß sie an der Farbe ihrer Segel deutlich als Piraten zu erkennen waren, wurden die Gefechtsstationen nicht wieder besetzt. Miran schätzte, daß es Nacht sein würde, bevor die Vings in Kanonenschußweite heran waren.

»Die Nacht hilft uns und behindert die Piraten«, stellte er fest und ging nervös auf dem Vorderdeck auf und ab. »Der große Mond geht erst eine Stunde nach Einbruch der Dunkelheit auf. Und noch dazu bewölkt sich vielleicht der Himmel. Sieh nur!« rief er dem Ersten Maat zu. »Bei Mennirox, ist das nicht ein Wolkenschleier im Nordosten?«

»Bei allen Göttern, ich glaube, es ist wirklich einer!« antwortete der Maat, der nicht das geringste Anzeichen einer zunehmenden Bewölkung entdecken konnte.

»Ah, Mennirox schützt seine Anbeter!« sagte Miran. »*Wer dich liebt, soll daraus Gewinn ziehen*, Buch der Wahren Götter, Kapitel zehn, Vers acht. Und Mennirox weiß, daß ich ihn mit Zins und Zinseszins liebe!«

»Richtig«, stimmte der Maat zu. »Aber was hast du jetzt vor?«

»Sobald wir nach Sonnenuntergang nicht mehr zu sehen sind, machen wir einen Bogen nach Steuerbord und schneiden ihnen den Weg ab. Wir wissen, daß sie ziemlich dicht nebeneinander fahren, weil sie uns einholen und von beiden Seiten unter Feuer nehmen wollen. Sie sollen ihre Chance haben, aber bevor sie die Gelegenheit ausnützen können, sind wir schon verschwunden. Wir segeln zwischen ihnen hindurch und nehmen beide unter Feuer. Bis sie zurückschießen, sind wir nicht mehr zwischen ihnen.« Er schlug sich vor Begeisterung auf die Schenkel. »Und dann schießen sie sich vielleicht gegenseitig in Trümmer, weil jeder den anderen für uns hält! Hohoho!«

»Dabei sind wir aber auf Mennirox angewiesen«, stellte der Erste Maat fest, der blaß geworden war. »Wenn wir in der Dunkelheit zwischen die beiden Schiffe geraten, brauchen wir schon viel Glück, um nicht mit ihnen zusammenzustoßen. Und du weißt selbst, daß wir erledigt sind, wenn das passiert! Eine Kollision wäre das Ende!«

»Richtig, aber mit uns ist es ohnehin zu Ende, wenn wir es nicht mit einem Trick dieser Art versuchen. Die Piraten holen uns bei Tagesanbruch ein, setzen sich neben uns und beginnen zu schießen. Und selbst wenn wir verzweifelt kämpfen, unterliegen wir schließlich ihrer größeren Feuerkraft — und was dann geschieht, weißt du selbst. Die Vings machen nur Gefangene, wenn sie sich bereits auf der Heimreise befinden.«

»Wir hätten das Angebot des Herzogs annehmen und in Begleitung seiner Kriegsschiffe fahren sollen«, murmelte der Erste Maat. »Schon eine Fregatte würde alles zu unseren Gunsten verändern.«

»Was? Sollen wir diesem Banditen, der sich Herzog nennt, den halben Gewinn dieser Reise in den Rachen werfen, damit er uns ein Kriegsschiff leiht? Hast du den Verstand verloren, Maat?«

»Na, dann bin ich wenigstens nicht der einzige«, sagte der Maat und sprach in den Wind, so daß Miran ihn nicht verstand. Aber die Rudergänger hatten das Gespräch verfolgt und berichteten der übrigen Besatzung davon. Fünf Minuten später war das ganze Schiff informiert.

»Miran ist natürlich ein alter Geizhals«, sagten die Matrosen. »Aber wir sind seine Verwandten; wir kennen den Wert des Geldes. Und hat der fette alte Knabe nicht wirklich Mut? Welcher Klan außer dem Klan Effenycan hat einen Kapitän, dem dieser Trick eingefallen wäre? Und wenn er wirklich nur hinter dem Geld her wäre, würde er dann den *Glücksvogel*, die ganze Fracht, sein eigenes kostbares Blut und das noch kostbarere Blut seiner Verwandten aufs Spiel setzen? Nein, Miran hat zwar nur ein Auge, einen Bauch und ein schreckliches Temperament, aber als Kapitän ist er unübertrefflich. Trinken wir also noch einen Schluck auf sein Wohl!«

Grazoot stimmte seine Harfe und sang das Lieblingslied des Klans. Es schilderte, wie der Stamm vor einer Generation aus den Bergen in die Ebene gekommen war. Und wie die Effenycaner sich hinter den Windbrecher der Stadt Chutizaj geschlichen hatten, um dort ein großes Schiff zu stehlen. Und wie sie seitdem über die weiten Grasebenen gesegelt waren, bis das gestohlene Schiff in einer Schlacht mit einer Flotte der Krinkaner zerstört worden war. Und wie sie ein feindliches Schiff geentert, die Männer getötet und die Frauen gefangengenommen hatten, bevor sie vor den Augen der ganzen Flotte davongesegelt waren. Und wie sie die Frauen in ihren Klan aufgenommen und geheiratet hatten, so daß jetzt das Blut der Krinkaner auch in ihren Adern rollte. Und daß der Klan drei große Windroller besaß — oder sie bis vor zwei Jahren besessen hatte, als die beiden anderen im Monat Eiche davonfuhren und nicht wieder auftauchten; aber die beiden würden eines Tages mit reicher Ladung zurückkommen. Und der Klan stand jetzt unter dem Befehl von Kapitän Miran, diesem gewaltigen, schlauen, frommen und glücklichen Mann, den die Götter liebten.

Green mußte zugeben, daß Grazoot eine schöne Baritonstimme hatte, und er verstand jetzt auch, warum diese Leute so arrogant und mißtrauisch und tapfer waren. Wäre er auf diesem Planeten zur Welt gekommen, hätte er sich wohl auch kein schöneres Leben als an

Bord eines Windrollers vorstellen können. Aber natürlich nur, wenn er genügend Schlaf bekam.

Ein Schuß ließ Green aufschrecken. Er hob den Kopf und sah die Kanonenkugel an sich vorbeifliegen. Sie kam nicht so nahe, daß er erschrocken wäre, aber als er sah, wie sie sich an Steuerbord in die Erde bohrte, begann er zu verstehen, welchen Schaden ein Zufallstreffer anrichten konnte.

Der Kapitän des Ving-Schiffes machte jedoch keinen zweiten Versuch. Er war ein gerissener Pirat, der seine Munition nicht unnütz verschoß. Anscheinend hatte er gehofft, das verfolgte Schiff zu einer Salve herauszufordern, die Pulver verbrauchte und nutzlos war, weil die Sonne in wenigen Minuten untergehen würde. Miran zuckte nur mit den Schultern und brauchte keine Feuerpause zu befehlen, denn seine Männer hätten es nie gewagt, eine Kanone ohne seine Zustimmung abzuschießen. Er wiederholte nur, daß niemand ein Licht zeigen oder laut sprechen dürfe.

Dann warf er einen letzten Blick auf die Positionen der Verfolger, die jetzt rasch in der Abenddämmerung untertauchten, und schätzte ihren Kurs. Der Wind blies unverändert stark und trieb die drei Schiffe mit achtzehn Meilen vor sich her.

Miran sprach leise mit dem Ersten Maat und anderen Schiffsoffizieren, die dann in der Dunkelheit verschwanden, um die Mannschaft einzuweisen. Der Kapitän blieb mit den Rudergängern auf dem Vorderdeck zurück und erteilte seine Befehle mit fester Stimme. Er schien genau zu wissen, was er tat, und wenn er in der Dunkelheit unsicher wurde oder an seinen Entscheidungen zweifelte, ließ er es sich jedenfalls nicht anmerken.

»... sechs, sieben, acht, neun, zehn. Jetzt! Ruder hart backbord! Hart backbord!«

Green hockte im Vortopp und hatte das Gefühl, der Mast unter ihm müsse brechen, als der Windroller eine enge Kurve beschrieb, und kurz völlig zum Stillstand kam und dann rückwärts zu rollen begann. Die Segel füllten sich im Wind und wurden gegen die Masten gedrückt, während Matrosen erbittert fluchten und sich in der Takelage festhielten.

»Was hat er eigentlich vor?« erkundigte Green sich.

»Ruhe!« flüsterte der Bootsmann neben ihm. »Miran will rückwärts fahren.«

Green holte tief Luft, schwieg aber gehorsam. Er versuchte sich vorzustellen, wie der *Glücksvogel* jetzt aussah. Die Rudergänger taten ihm leid, weil sie nicht tun durften, was ihre Ausbildung ihnen vorschrieb. Es war schon schlimm genug, daß sie nachts zwischen zwei anderen Schiffen hindurchsteuern sollten. Aber das alles in umgekehrter Richtung! Nun mußten sie nach Backbord steuern, wenn ihr Instinkt ihnen ›Steuerbord‹ zurief. Aber Miran hatte diese Gefahr bestimmt erkannt und warnte die Rudergänger davor.

Allmählich wurde Green klar, was nun geschah. Der *Glücksvogel* rollte rückwärts mit gleichem Kurs wie zuvor weiter — aber wesentlich langsamer, weil die Segel in dieser Position dem Wind weniger Angriffsfläche boten. Deshalb mußten die Ving-Schiffe sie bald einholen, da sie zudem bei diesem Manöver viel Boden verloren hatten. Die Piraten würden sie einholen, kurze Zeit auf gleicher Höhe bleiben und dann den Abstand vergrößern.

Allerdings nur unter der Voraussetzung, daß Miran seine eigene Geschwindigkeit und den Kurvenradius richtig geschätzt hatte. War seine Schätzung falsch, mußte der Zusammenprall unmittelbar bevorstehen.

»O Booxotr«, flehte der Bootsmann. »Sei uns gnädig und hilf uns heute, sonst verlierst du deinen Anbeter Miran!«

Green erinnerte sich, daß Booxotr der Gott der Verrücktheit war. Dann spürte er plötzlich eine Hand auf seiner Schulter.

»Siehst du das?« flüsterte der Bootsmann. »Sie sind schwärzer als die Nacht.«

Green starrte in die angegebene Richtung. Bildete er sich alles nur ein — oder sah er tatsächlich einen dunklen Schatten an Steuerbord? Und einen zweiten an Backbord?

Miran hatte die Schatten ebenfalls gesehen und befahl laut: »Kanoniere, feuern!«

Entlang der Reling glühten jetzt Lunten auf, die unter Körben versteckt gewesen waren, damit die Piraten nicht vorzeitig gewarnt wurden. In den Kanonendonner mischte sich der Knall zahlreicher Musketen, mit denen die Besatzung ausgerüstet war.

Dann herrschte wieder Dunkelheit, aber das tiefe Schweigen war gebrochen. Matrosen brüllten durcheinander, und die Decks erzitterten, als die schweren Kanonen jetzt wieder in Schußposition gerollt wurden. Die Piraten hatten bisher noch nicht geantwortet. Offenbar waren sie völlig überrascht.

Miran ließ zum zweitenmal feuern.

Als Green seine Muskete nachlud, spürte er deutlich, daß der *Glücksvogel* nach Steuerbord überholte und in diese Richtung schwenkte, obwohl er noch immer rückwärts rollte.

»Was soll das?« rief er.

»Du Narr, wir können doch nicht die Segel einholen, anhalten und wieder Segel setzen«, antwortete der Bootsmann. »Dann würden wir trotzdem rückwärtsfahren. Wir müssen wenden, solange wir noch Fahrt machen — und das tun wir jetzt.«

Green nickte langsam. Die Vings waren vor ihnen, so daß keine Kollisionsgefahr mehr bestand. Und sie selbst konnten nicht ewig rückwärts segeln. Deshalb war es besser, jetzt einen anderen Kurs zu wählen, der von den Piraten fortführte.

In diesem Augenblick wurde vor ihnen an Backbord geschossen. Die Matrosen des *Glücksvogels* klatschten nur deshalb nicht Beifall, weil Miran gedroht hatte, er werde jeden auf der Ebene aussetzen, der ihre Position verrate. Trotzdem lachten alle in sich hinein. Der gerissene Kapitän hatte jetzt seine beste Falle zuschnappen lassen: Die beiden Piraten beschossen sich gegenseitig, ohne zu ahnen, daß ihr Angreifer längst achteraus davonrollte.

14

Mündungsfeuer und Kanonendonner zeigten weitere fünf Minuten lang, daß die Vings sich noch immer gegenseitig beschossen. Dann herrschte plötzlich Schweigen. Die beiden Piraten hatten einander entweder erkannt oder waren zu der Überzeugung gekommen, daß dieses Nachtgefecht wenig sinnvoll sei. Falls sie sich getrennt hatten, war nichts mehr von ihnen zu befürchten, denn Piratenschiffe griffen nie allein an.

Wenig später rissen die Wolken auf, und die beiden Monde zeigten sich am Himmel. Die Piratenschiffe waren nicht mehr zu sehen und wurden auch bei Tagesanbruch nicht gesichtet. In geringer Entfernung zeigte sich ein anderes Segel, das jedoch nur Green erschreckte; die erfahrenen Matrosen wußten sofort, daß es sich nur um ein Schwesterschiff handeln konnte. Sie behielten recht: Es war ein Handelsschiff aus der Stadt Dem im Herzogtum Potzihili.

Green freute sich über dieses zufällige Treffen. Jetzt konnten sie gemeinsam weitersegeln und waren so vor Piraten sicher.

Aber Miran dachte anders. Als er hörte, daß das andere Schiff ebenfalls nach Estorya unterwegs war, ließ er möglichst viele Segel setzen, um schneller zu werden.

»Ist er denn verrückt geworden?« flüsterte Green einem Matrosen zu.

»Wie ein *Zilmar*«, antwortete der andere und meinte damit ein fuchsähnliches Tier, das in den Bergen lebte.

»Wir müssen Estorya zuerst erreichen, wenn wir unsere Ladung gut verkaufen wollen.«

»Unsinn!« protestierte Green. »Das andere Schiff hat doch keine lebenden Fische an Bord! Es kann uns keine Konkurrenz machen!«

»Richtig, aber wir wollen schließlich auch andere Waren verkaufen. Außerdem liegt das Miran einfach im Blut. Er wäre wahrscheinlich drei Tage krank, wenn ihn ein anderer Kapitän überholen würde.«

Green zuckte mit den Schultern und sah wortlos zum Himmel auf. Dann machte er sich wieder an die Arbeit. Er hatte noch viel zu tun, bevor er endlich schlafen durfte.

Die Tage und Nächte brachten Arbeit, Schlaf und gelegentliche Jagdausflüge in der Gig, von denen die Jäger frisches Fleisch mitbrachten. Um Wasser brauchte sich niemand zu kümmern, denn es regnete zweimal eine halbe Stunde lang mittags und abends, so daß die Wassertanks stets gefüllt waren. Diese regelmäßigen Schauer verblüfften Green. Wolken zogen auf, regneten ab und verschwanden wieder. Das war alles recht praktisch, aber trotzdem unerklärlich.

Von Zeit zu Zeit durfte Green auch von der Reling aus Zielübungen veranstalten, wenn Graskatzen oder Wildhunde in der Nähe waren. Die Hunde jagten in Rudeln bis zu zwanzig Stück und wagten sich dicht an den *Glücksvogel* heran; manchmal rannten sie sogar zwischen den Rädern hindurch. Die Matrosen wußten Schauermärchen von Schiffsbesatzungen zu erzählen, die irgendwo auf der Ebene gestrandet und von Wildhunden angefallen worden waren.

Green zuckte zusammen und übte weiter. Obwohl er sonst nichts von einer Jagd aus reinem Vergnügen hielt, machte er sich nichts daraus, diese wolfsähnlichen Tiere abzuschießen. Seitdem Alzo ihn täglich gequält hatte, haßte er alle Hunde mit einer Leidenschaft, die einem zivilisierten Menschen schlecht anstand. Daran war allerdings auch die Tatsache schuld, daß jeder Hund an Bord ihn zu beißen versuchte, wenn er in seine Nähe kam. Green hatte ständig Bißwunden an den Beinen, die ihn an diese Zusammenstöße erinnerten.

Oft fuhr der Windroller durch kniehohes Gras, um dann plötzlich eine weite Rasenfläche zu erreichen, auf der das Gras kaum zwei Zentimeter hoch stand. Green wunderte sich jedesmal darüber, hatte es jedoch längst aufgegeben, die Besatzung danach zu fragen. Von den Matrosen hörte er nur Variationen des alten Themas, daß dieser gepflegte Rasen ein Nebenprodukt der Freßgier eines *Wurus* sei ...

Eines Tages fuhren sie an einem Wrack vorbei. Der angekohlte Rumpf war auf die Seite gekippt, und daneben leuchteten Knochen in der Sonne. Green stellte fest, daß Masten, Räder und Kanonen des Windrollers fehlten. Ihm wurde erklärt, daß die Wilden, die hier ein Nomadenleben führten, das Wrack ausgeplündert hatten.

»Sie benützen die Räder für ihre eigenen Fahrzeuge, die eigentlich nur große Plattformen sind — sozusagen Landflöße«, erklärte Amra ihm. »Sie leben darauf und verlassen sie nur, um zu jagen. Einige von ihnen verzichten jedoch sogar auf diese Plattformen und wohnen auf ›schwebenden Inseln‹.«

Green lächelte nur, schwieg jedoch wohlweislich, weil er wußte, wie diese Leute auf Widerspruch reagierten.

»Hier sind nicht viele Wracks zu sehen«, fuhr Amra fort. »Aber das liegt nicht etwa daran, daß es zu wenige gibt. Es gibt sogar viele, denn von zehn Windrollern kommen nur sechs von einer Fahrt zurück.«

»Was? Wie kommt es dann, daß sich überhaupt noch Besatzungen finden, die für diese Reisen anheuern?«

»Du darfst nicht vergessen, daß die Männer von jeder Fahrt reich zurückkommen. Sieh dir zum Beispiel Miran an. Er muß in jedem Hafen, den er anläuft, verschiedene Steuern und Abgaben entrichten. Im Heimathafen muß er sogar noch mehr bezahlen. Und er muß mit den Angehörigen seines Klans teilen, obwohl ihm ein Zehntel des Gewinns von Anfang an zusteht. Trotzdem ist er der reichste Mann von Quotz und könnte selbst den Herzog in die Tasche stecken.«

»Richtig, aber meiner Meinung nach ist er trotzdem verrückt, wenn er das alles aufs Spiel setzt, nur um vielleicht ein noch größeres Vermögen zu erwerben«, protestierte Green. Dann runzelte er nachdenklich die Stirn. Weshalb hatten die Wikinger Amerika entdeckt? Warum hatte Kolumbus Westindien erreicht? Oder weshalb trotzten Hunderttausende von Menschen den Gefahren des Alls? Wie stand es zum Beispiel mit ihm selbst? Hatte er nicht einen gutbezahlten Job auf der Erde aufgegeben, um innerhalb weniger Jahre auf einem anderen Planeten viel Geld zu verdienen? Wenn dieses Unglück nicht passiert wäre ...

Andererseits gab es natürlich auch Pioniere, die nicht nur aus reiner Geldgier handelten. Einige von ihnen waren abenteuerlustig — aber auch sie zogen mit der Hoffnung aus, irgendwo in der Wildnis ein Dorado zu finden. Die Geldgier überwand mehr Hindernisse als reine Neugier.

»Man müßte annehmen, daß hier mehr Wracks zu finden wären, obwohl die Ebene so riesengroß ist«, fuhr Amra fort. »Aber die Nomaden und Piraten rauben alle Wracks innerhalb weniger Tage aus.«

»Verzeihung, daß ich dich unterbreche, Mutter«, sagte Grizquetr, »aber neulich hat mir ein Matrose interessante Einzelheiten erzählt. Auf einer seiner Fahrten hat er drei Tagereisen außerhalb von Yeshkayavach einen von Piraten ausgeplünderten Windroller gesehen. Als ihr Fahrzeug eine Woche später die gleiche Stelle passierte, waren alle Trümmer verschwunden — sogar die Knochen der toten Matrosen.

Und das hat ihn an eine Geschichte erinnert, die sein Vater erzählt hat. Der Windroller seines Vaters scheint demnach vor vielen Jahren fast in ein riesiges Loch mitten auf der Ebene gestürzt zu sein. Das Loch hatte mindestens sechzig Meter Durchmesser, und seine Ränder waren wie der Krater eines Vulkans aufgewölbt. Zunächst glaubte die Besatzung auch an einen Vulkan, obwohl derartige Naturerscheinungen noch nie im Xurdimur beobachtet worden sind. Dann trafen sie jedoch ein anderes Schiff, dessen Mannschaft mit eigenen Augen gesehen hatte, wie das Loch im Boden entstanden war. Ein riesiges Ding war vom Himmel gefallen ...«

»Ein Meteor«, warf Green ein.

»... und hatte sich in die Erde gebohrt. Nun, das war keine schlechte Erklärung, aber der verblüffende Teil kommt noch. Als das Schiff vier Wochen später an der gleichen Stelle vorbeikam, war das Loch verschwunden. Es war aufgefüllt worden, und das Gras wuchs dort so reichlich, als sei der Boden nie zerwühlt gewesen. Wie erklärst du dir das, Stiefvater?«

»Es gibt mehr Dinge zwischen Himmel und Erde, als sich die Wissenschaft träumen läßt, Horatio«, antwortete Green nonchalant, obwohl er das Gefühl hatte, diesmal nicht ganz richtig zitiert zu haben.

Amra und ihr Sohn starrten ihn an. »Horatio?«

»Ach, lassen wir das.«

»Der Matrose glaubt, daß in diesem Fall Götter am Werk waren«, fuhr Grizquetr fort. »Seiner Meinung nach arbeiten sie nachts und befreien die Ebenen von allen Hindernissen, damit die wahren Gläubigen ungestört segeln können.«

Green nickte ernsthaft und stand auf. »Ich habe jetzt Wache«, sagte er, küßte Amra, das Kindermädchen und die Kinder und verließ das Zelt. Er ging langsam übers Deck und überlegte dabei, was Amra sagen würde, wenn er ihr mitteilte, woher er wirklich stammte. Würde sie begreifen, daß es Hunderttausende von anderen Welten gab, die aber trotzdem soweit voneinander entfernt waren, daß ein Mensch eine Million Jahre lang zu Fuß gehen mußte, um nur die Hälfte der Entfernung zwischen zwei Planeten zurückzulegen? Oder würde sie wie ihre Landsleute reagieren und ihn für einen Dämon in Menschengestalt halten? Im Grunde genommen war das sogar verständlich, denn Amra besaß keine wissenschaftliche Vorbildung und glaubte deshalb sofort an Geister und Dämonen, wenn ihr etwas unerklärlich war.

Green stieß mit jemand zusammen und entschuldigte sich automatisch auf englisch.

»Du brauchst nicht in deiner Teufelssprache zu fluchen!« knurrte Grazoot, der kleine Harfenist.

Ezkr stand hinter ihm und flüsterte: »Er bildet sich ein, daß du dir alles gefallen läßt, Grazoot, weil du damals ruhig zugehört hast, als er deine Harfe beleidigt hat.«

Grazoot richtete sich empört auf. »Ich habe diesen Sohn eines *Izzots* nur deshalb nicht abgestochen, weil Miran Duelle verboten hat!« behauptete er.

Green sah von einem zum anderen. Die beiden hatten sich offenbar gegen ihn verbündet.

»Tretet zur Seite!« forderte er sie hochmütig auf. »Ihr haltet mich von der Arbeit ab. Das ist Miran bestimmt nicht recht.«

»Allerdings!« sagte Grazoot. »Glaubst du, daß Miran sich etwas aus dir macht? Du bist ein miserabler Matrose, und es tut mir leid, daß ich dich Bruder nennen muß. Aber ich spucke jedesmal dabei aus, Bruder.«

Er spuckte tatsächlich aus, und Green wollte bereits wütend werden. Dann beherrschte er sich jedoch und kletterte die Strickleiter zum Krähennest hinauf.

»He, Green, ich habe letzte Nacht meinen Schutzheiligen im Traum gesehen!« rief Grazoot hinter ihm her. »Er hat mir prophezeit, daß du aus der Takelage fallen und dir sämtliche Knochen im Leib brechen wirst!«

Green blieb kurz stehen. »Dein Heiliger soll sich ja nicht hier oben sehen lassen, sonst bekommt er einen Schlag auf die Nase!« antwortete er laut.

Die auf Deck versammelten Matrosen schüttelten empört die Köpfe. »Lästerer!« brüllte Grazoot. »Ist dir nichts heilig?« Er wandte sich an seine Kameraden. »Habt ihr das gehört?«

»Ja«, antwortete Ezkr und trat einen Schritt vor. »Ich habe alles gehört. Andere Leute sind schon für weniger auf den Scheiterhaufen gekommen.«

»O Tonuscala, strafe seinen übermütigen Stolz! Laß ihn auf Deck stürzen, damit seine Knochen zersplittern! Zeig ihn allen Menschen als warnendes Beispiel, damit sie wissen, daß man die wahren Götter nicht ungestraft verspottet!«

»*Tahkhai*«, murmelten die anderen. »Amen.«

Green wußte, daß er in eine Falle gegangen war und sich nun seiner Haut wehren mußte. Die beiden würden nachts durch die Takelage klettern und ihn aus seinem Krähennest stürzen wollen. Sein Tod ging dann auf das Konto des erzürnten Gottes. Und wenn Amra versuchte, Ezkr und Grazoot vor Gericht stellen zu lassen, würde sie wenig Erfolg damit haben. Miran selbst wäre vermutlich nur erleichtert, denn auf diese Weise wäre er einen lästigen Mann los.

Diese und ähnliche Gedanken beschäftigten Green, als er im Krähennest hockte und auf die Ebene hinaussah. Kurz vor Sonnenuntergang brachte Grizquetr ihm eine Flasche Wein und sein Abendessen in einem zugedeckten Korb.

Green aß und erzählte ihm gleichzeitig von seinem Verdacht.

»Mutter vermutet einen ähnlichen Anschlag«, erklärte ihm der Junge. »Sie ist wirklich gerissen, und sie hat die beiden verflucht, falls du zu Schaden kommen solltest.«

»Ausgezeichnet. Das hilft bestimmt. Sag ihr, daß ich ihr dankbar gewesen bin, während ihr mich vom Deck kratzt.«

»Wird gemacht«, antwortete Grizquetr und mußte

sich beherrschen, um nicht laut zu lachen. »Mutter läßt dir auch das hier schicken.«

Er nahm das Tuch ganz vom Korb ab. Green riß die Augen auf und pfiff leise durch die Zähne.

15

»Eine Signalrakete!«

»Richtig. Mutter sagt, daß du sie aufsteigen lassen sollst, wenn du eine Bootsmannspfeife an Deck hörst.«

»Hält sie mich für verrückt? Bin ich denn übergeschnappt, daß ich freiwillig Dummheiten mache? Dafür muß ich zehnmal Spießruten laufen. Nein, das kommt nicht in Frage. Ich weiß noch, wie die armen Kerle aussehen, wenn sie zehnmal durch die Gasse gelaufen sind.«

»Mutter läßt dir ausrichten, daß später niemand beweisen kann, wer die Signalrakete hat aufsteigen lassen.«

»Vielleicht. Gut, meinetwegen. Aber warum soll ich sie anzünden?«

»Sie beleuchtet das ganze Schiff eine Minute lang, so daß jeder sehen kann, daß Ezkr und Grazoot in den Wanten sind. Das bringt das ganze Schiff in Aufruhr, und wenn es festgestellt wird, daß jemand zwei Signalraketen gestohlen hat, von denen eine in Ezkrs Seekiste entdeckt wird, dann ... nun, du weißt selbst ...«

»Wunderbar!« rief Green. »Du kannst deiner Mutter sagen, daß sie die wunderbarste Frau dieses Planeten ist! Das ist allerdings kein allzu großes Kompliment, wenn man es recht überlegt. Halt, Augenblick! Was ist mit der Bootsmannspfeife? Weshalb pfeift er, um mich zu warnen?«

»Mutter pfeift an seiner Stelle«, erklärte Grizquetr ihm. »Mein jüngerer Bruder Azaxu und ich beobachten die beiden Verdächtigen und melden Mutter, wenn sie zu klettern beginnen. Sie wartet dann, bis die beiden etwa halb oben sind, und gibt dir das Signal.«

»Diese Frau hat mir bereits dutzendmal das Leben gerettet«, murmelte Green. »Was täte ich nur ohne sie?«

»Das meint Mutter auch. Sie hat gesagt, daß sie gar nicht weiß, weshalb sie dir nachgelaufen ist, als du uns verlassen wolltest, denn sie ist eine stolze Frau. Und sie hat es nicht nötig, hinter einem Mann herzulaufen; sogar ein Prinz hat sie gebeten, mit ihm zu kommen und in seinem Palast zu leben. Aber sie hat es getan, weil sie dich liebt — und das ist dein Glück, denn sonst wärest du längst tot, weil du so dumm bist.«

»Oh, hat sie das wirklich gesagt? Nun, äh, hmmm ...«

Green schämte sich und war trotzdem wütend auf Amra, die eine so schlechte Meinung von ihm hatte. Er sah Grizquetr nach, der wieder nach unten kletterte, beobachtete den Sonnenuntergang und sah die Nacht heraufziehen. Als der gewohnte halbstündige Regen begann, rechnete er damit, daß Ezkr und Grazoot nun nach oben klettern würden.

Amras Pfiff würde jedoch erst einige Zeit später ertönen. Wenn die beiden schlau waren, stiegen sie nicht geradewegs nach oben, sondern begannen achtern, kletterten höher als Green und kamen zu ihm herüber. Dabei mußten sie an anderen Matrosen vorbei, die ebenfalls in Krähennestern Wache hielten. Aber Ezkr und Grazoot wußten genau, wo diese Krähennester zu finden waren; sie wußten auch, daß sie in der Dunkelheit ungesehen daran vorbeiklettern konnten. Der Wind in der Takelage und das Knarren und Ächzen der Masten und Rahen übertönte jedes leise Geräusch, das sie vielleicht machen würden.

Green zog den Kopf zwischen die Schultern ein und ging einmal rund um sein Krähennest. Er strengte die Augen an, als könne er die Dunkelheit mit reiner Willenskraft durchdringen. Aber er sah nichts, gar nichts ... Nein! Halt! Was war das? Die vagen Umrisse eines weißen Gesichts?

Er starrte den hellen Fleck an, der plötzlich wieder verschwand, seufzte schwer und merkte nun, wie unbeweglich er an der gleichen Stelle gestanden hatte. Wenn er inzwischen von hinten angegriffen worden wäre ...

Nein, das stimmte nicht. Wo er kaum einen Meter weit sah, erkannten seine beiden Gegner auch nicht mehr. Aber sie brauchten nichts zu sehen. Sie kannten die Takelage so gut, daß sie das Krähennest auch mit verbundenen Augen erreicht hätten. Und dann genügte ein rascher Dolchstoß, um ihm den Garaus zu machen.

Green glaubte zu wissen, daß es darauf ankam, die Signalrakete möglichst rasch aufsteigen zu lassen, wenn der Pfiff ertönte. Vielleicht hatte Amra sich getäuscht und die Zeit unterschätzt, in der er noch ungefährdet war? Vielleicht hatten die beiden das Krähennest schon fast erreicht? Vielleicht tasteten sie schon jetzt nach ihm?

Er schrak zusammen, als das Trillern der Bootsmannspfeife an sein Ohr drang. Zunächst war er wie erstarrt, aber dann begann er fieberhaft zu arbeiten, steckte die Eisenspitze am Ende des Raketenstocks in den hölzernen Boden des Krähennests und schlug mit Stahl und Feuerstein Feuer. Als der Zunder glimmte, hielt er ihn an die Zündschnur, die im Nieselregen wie ein gegrillter Wurm zu brutzeln begann. Dann stellte er sich hinter den Mast in Deckung, denn diese primitiven Raketen waren unzuverlässig, und er mußte damit rechnen, daß sie wie eine Handgranate explodierte.

Green hatte eben erst die Deckung erreicht, als die Rakete leise zischend in den Nachthimmel aufstieg. Er hob den Kopf und sah den weißen Lichtschein, der sich über das ganze Schiff ergoß. Dann suchte er Ezkr und Grazoot, aber die beiden waren nicht dort, wo er sie vermutete — wenige Meter vom Krähennest entfernt —, sondern noch ziemlich weit unter ihm. Sie sahen wie Fliegen aus, die in ein Spinnennetz geraten waren.

Er war so erleichtert, daß er am liebsten laut gelacht hätte. Aber in dieser Sekunde stieg ein Schrei von Deck auf. Der Maat und die Rudergänger alarmierten die restliche Besatzung.

Green folgte ihren ausgestreckten Armen mit den Augen und erstarrte.

Hundert Meter vor ihnen bewegte sich ein baumbestandener Hügel auf Kollisionskurs!

16

Dann verlosch die Signalrakete und hinterließ nur ein weißes Nachleuchten auf der Retina — und panisches Entsetzen im Gehirn.

Green wußte nicht, was er davon halten sollte. Zunächst hatte er geglaubt, der Windroller laufe mit vollen Segeln auf ein in den Karten nicht verzeichnetes Hindernis zu. Aber dann war ihm klargeworden, daß er sich getäuscht hatte — daß dieser bewaldete Hügel sich ebenfalls bewegte. Die ganze Masse, die sogar aus mehreren Hügeln zu bestehen schien, war übers Gras in ihre Richtung geschwebt. Bevor die Dunkelheit wieder herabsank, hatte er noch erkannt, daß sie einen Berg aus Felsen und Erde vor sich hatten, auf dem Bäume wuchsen.

Mehr hatte er vorläufig nicht wahrgenommen. Aber er konnte selbst das nicht glauben, denn ein Berg bewegte sich schließlich nicht aus eigenem Antrieb über eine Ebene.

Die Rudergänger schienen nicht von derartigen Zweifeln geplagt zu werden, sondern reagierten so entschlossen, als liege das Hindernis wirklich vor ihnen. Green spürte, daß der Mast nach Backbord überhing, und merkte, daß der Wind jetzt aus anderer Richtung kam. Der *Glücksvogel* lief nach Südwesten, um dieser ›schwebenden Insel‹ auszuweichen. Unglücklicherweise war es so finster, daß die Besatzung die Segelstellung nicht verändern konnte, selbst wenn sie blitzschnell aufgeentert wäre.

Green hatte nur für ein Stoßgebet Zeit — diesmal war nicht mehr davon die Rede, daß er einem Gott die Nase blutig schlagen wollte —, bevor er gegen die Wand des Krähennests geschleudert wurde. Überall brachen straffe Taue, zersplitterten Rahen und Stengen, knickten selbst Masten; in dieses Chaos mischten sich noch die Schreckensschreie der Menschen an Deck. Green schrie ebenfalls auf, als sein Mast nach vorn sank, und klammerte sich verzweifelt an der Wand des Krähennests fest, die jetzt den Boden bildete.

Der Mast bewegte sich eine Minute lang nicht mehr, sondern hing in einem Gewirr aus Leinen und Rahen fest. Green hoffte schon, das Schlimmste sei nun überstanden. Diese Hoffnung wurde jedoch enttäuscht, denn die Insel setzte sich nach dem Zusammenstoß wieder in Bewegung und saugte alles auf: Räder, Achsen, Kiel, Planken, Ladung, Kanonen und Menschen.

Green verlor den Halt, wurde fortgerissen und flog weit durch die Luft. Er beschrieb einen weiten Bogen und schien sogar Höhe zu gewinnen, was eine optische Illusion sein mußte. Dann fiel er zur Erde zurück und machte sich darauf gefaßt, beim Aufprall zerschmettert zu werden. Was sollten da die Arme helfen, die er schützend vors Gesicht hielt?

Dann wurde sein Körper rasch nacheinander von zahlreichen kurzen Schlägen getroffen. Green ahnte, daß er zwischen Bäume geraten war, deren Zweige seinen Fall verlangsamten. Er wollte sich festhalten, rutschte ab und stürzte weiter.

Längere Bewußtlosigkeit.

Er konnte nicht beurteilen, wie lange er ohnmächtig gewesen war, als er sich langsam aufrichtete. Das Wrack des *Glücksvogels* lag etwa dreißig Meter von ihm entfernt. Von seinem erhöhten Platz aus sah er nur die vordere Hälfte des Windrollers; das Fahrzeug war offenbar in der Mitte auseinandergebrochen, und die Insel hatte den hinteren Teil unter sich begraben.

Green stellte fest, daß es nicht mehr regnete. Die Wolken waren abgezogen, und die beiden Monde standen am Himmel. Die Sicht war gut.

Im Wrack des *Glücksvogels* gab es noch Überlebende: Männer, Frauen und Kinder, die sich jetzt aus dem Gewirr zersplitterter Masten, gebrochener Leinen und geborstener Planken zu befreien versuchten. Überall ertönten Schreie, Flüche und Hilferufe, die das allgemeine Chaos noch vergrößerten.

Green stöhnte leise, als er sich aufrichtete. Er hatte heftige Kopfschmerzen. Ein Auge war so geschwollen, daß er nichts damit sah. Er schmeckte Blut im Mund und spürte mit der Zunge, daß ein Zahn fehlte. Sein Brustkorb tat weh, wenn er einatmete. Das linke Kniegelenk war überdehnt worden, und seine rechte Ferse war gefühllos. Trotzdem stand er auf. Amra und Paxi und die anderen Kinder befanden sich vielleicht zwischen den Trümmern, wenn sie nicht im Augenblick des Zusammenpralls achtern gewesen waren. Das mußte er feststellen. Selbst wenn er ihnen nicht mehr helfen konnte, gab es genügend andere, die auf seine Hilfe angewiesen waren.

Er humpelte langsam durch die Bäume. Dann sah er einen Mann hinter einem Busch hervortreten, den er zunächst für einen Überlebenden hielt, der im Schock davongelaufen war. Green wollte ihn schon ansprechen, aber dann kam ihm der andere doch eigenartig vor. Er kniff die Augen zusammen. Richtig, der Mann trug einen Federkopfschmuck und hielt einen langen Speer in der Hand. Und als seine rechte Schulter jetzt vom Mondlicht beschienen wurde, leuchteten rote, weiße, schwarze, gelbe und grüne Streifen auf. Der Mann war von Kopf bis Fuß mit verschiedenfarbigen Streifen bemalt!

Green ging hinter einem Busch in Deckung. Von dort aus sah er auch die anderen, die hinter Bäumen standen und das Wrack beobachteten. Dann versammelten sie sich in der Dunkelheit unter den Zweigen, bis etwa fünfzig bemalte und bewaffnete Männer schweigend das Wrack und die Überlebenden anstarrten.

Schließlich hob einer von ihnen seinen Speer und stieß einen lauten Kriegsruf aus. Die anderen stimmten ein und folgten ihm, als er zum Wrack rannte.

Green sah nur eine Minute lang zu und schloß dann die Augen.

»Nein, nein!« flüsterte er vor sich hin. »Sogar die Kinder!«

Als er wieder den Kopf hob, stellte er fest, daß er sich zum Glück geirrt hatte. Die Wilden hatten nicht alle Überlebenden abgeschlachtet; nach dem ersten Ansturm schonten sie besonders die jüngeren Frauen und alle Kinder. Die marschfähigen Überlebenden wurden von einem halben Dutzend Bewaffneter fortgeführt; die Schwerverwundeten wurden auf der Stelle umgebracht.

Green war erleichtert, obwohl er eben diese schreckliche Szene miterlebt hatte. Amra lebte noch!

Sie trug Paxi auf dem linken Arm und zog mit der anderen Soon, die Tochter des Tempelbildhauers, hinter sich her. Sie hatte bestimmt Angst, aber sie ließ sich nichts anmerken und beobachtete die Wilden völlig gelassen. Dicht hinter ihr stand Inzax, das blonde Kindermädchen.

Green überlegte sich, daß es vermutlich am besten war, Amra und den Wilden in angemessener Entfernung zu folgen. Aber bevor er sich fortschleichen konnte, erschienen die Frauen und Kinder der Wilden mit Fackeln in den Händen. Zum Glück kamen sie ihm nicht zu nahe. Sie stürzten sich auf die Toten, führten einen Kriegstanz vor den Leichen auf und imitierten dabei die schrillen Schreie der erwachsenen Krieger. Dann begann die eigentliche Arbeit — das Tranchieren der Gefallenen. Diese Wilden waren Kannibalen und zeigten es auch, indem sie Feuer entzündeten und ein Mitternachtsmahl einnahmen, bevor sie das übrige Fleisch davonschleppten.

17

Green blieb weit genug hinter den Wilden und ihren Gefangenen zurück, um rechtzeitig in Deckung gehen zu können, falls sich einer der Krieger umdrehte. Der Pfad führte zwischen knorrigen Bäumen und dichtem Unterholz hindurch über weichen Boden, dessen oberste Schicht aus vermoderten Blättern bestand. Green schätzte, daß er einschließlich aller notwendigen Umwege mindestens anderthalb Meilen zurückgelegt hatte, als er plötzlich die Lichtung erreichte. Hier stand ein Dorf aus zehn strohgedeckten Hütten; sechs davon waren ziemlich klein und dienten nicht ersichtlichen Zwekken, die übrigen vier waren größer und wurden offenbar als Gemeinschaftsquartier benützt. Sie waren um den Mittelpunkt des Dorfes gruppiert, den eine große Feuerstelle bildete, über der ein Eisenkessel hing. Hier und dort waren Tongefäße aufgestellt, die Regenwasser auffangen sollten. Vor jedem Haus stand ein bunter Totempfahl, um den herum jeweils mehrere Stangen mit Menschenköpfen gruppiert waren.

Die Gefangenen wurden in eine der kleineren Hütten gesperrt. Einer der Krieger setzte sich mit dem Rücken zur Tür als Wachtposten vor die Hütte. Die anderen begrüßten die alten Frauen und die Kleinkinder, die zurückgeblieben waren. Obwohl Green ihre Sprache nicht verstand, ahnte er, daß die Krieger schilderten, was sie in der Umgebung des Wracks gefunden hatten. Einige der alten Frauen holten Holz und fachten ein Feuer unter dem Eisenkessel an; andere brachten kostbare

Trinkgefäße — vermutlich Beutestücke aus anderen Wracks —, die sie mit selbstgebrautem Bier füllten. Ein Junge kam mit seiner Trommel ans Feuer und schlug einen monotonen Rhythmus. Die Wilden wollten offenbar ein rauschendes Fest feiern.

Nach dem dritten oder vierten Drink standen die Krieger jedoch auf und verschwanden im Wald, so daß nur ein Mann zurückblieb, der die Gefangenen bewachte. Alle Kinder über vier Jahre folgten ihnen, obwohl die Krieger nicht etwa langsam gingen, damit die Kleinen mit ihnen Schritt halten konnten.

Green wartete, bis er annehmen konnte, daß die Männer außer Hörweite waren, bevor er sich leise erhob. Seine Muskeln schmerzten bei jeder Bewegung, und er hatte stechende Schmerzen im Kopf, am Knie und am Knöchel. Aber er achtete nicht darauf, sondern humpelte am Rand der Lichtung entlang, bis er die Rückseite einer der großen Hütten erreichte.

Er zwängte sich durch einen Spalt in der Rückwand und schlich nach vorn zur Tür. Im Innern der Hütte war es heller als erwartet, denn durch mehrere Dachluken schienen die Monde herein. Hühner gackerten schläfrig, aber zum Glück nur leise, und eines der kleinen Schweine grunzte fragend. Plötzlich strich etwas Weiches an seinem Knöchel vorbei. Green sprang erschrocken zur Seite, und sein Herz, das bereits vor Aufregung rascher als gewöhnlich schlug, begann jetzt förmlich zu rasen. Er bückte sich, hörte ein leises Miauen und hätte vor Erleichterung am liebsten laut aufgelacht. Dann streckte er die Hand aus und sagte: »Komm, Mietz, Mietz ...«

Aber die Katze stolzierte mit hochmütig erhobenem Schwanz an ihm vorbei zur Tür hinaus. Ihr Anblick erinnerte Green daran, daß die Wilden anscheinend keine Hunde hielten. Er hatte noch keine gesehen und hätte sie bestimmt gehört; außerdem hätte er diese widerlichen Bestien längst auf den Fersen gehabt.

Er schlich durch den langen Raum. Von den Decken-
balken hingen teilweise aufgerollte Vorhänge herab, die
vermutlich ganz heruntergelassen werden konnten, so
daß jede Familie nach Belieben einen Privatraum für
sich hatte. An den Balken hingen auch Lebensmittel:
Gemüse, Früchte und mehrere Sorten Wild. Green sah
keine menschlichen Körperteile und vermutete deshalb,
daß die Wilden nicht aus Grundsatz, sondern aus religiösen Gründen Kannibalen waren.

Jedenfalls konnte es nicht schaden, etwas getrocknetes Fleisch mitzunehmen. Er steckte einige Streifen in
die Tasche an seinem Gürtel, nahm ein Messer und einen Speer von einem Regal an der Wand und verließ die
Hütte durch den rückwärtigen Ausgang. Die Wilden fei-
erten offenbar in der Nähe des Wracks, denn er hörte
weit entfernte Stimmen und Trommeln.

»Ausgezeichnet«, murmelte er vor sich hin. »Je be-
trunkener sie sind, desto besser für mich.«

Er hielt sich im Schatten der Bäume und schlich an
die Rückwand der Hütte, in der die Gefangenen untergebracht waren. Von dort aus stellte er fest, daß nur
sechs alte Frauen — mehr konnte der Stamm vermutlich
nicht ernähren — und zehn oder zwölf Kinder am Feuer
zurückgeblieben waren. Die Kinder waren von der allgemeinen Aufregung so erschöpft, daß sie jetzt schliefen. Wirklich gefährlich außer dem Wachtposten konnte
ihm nur der etwa zehnjährige Junge werden, der mit
seiner Trommel am Feuer hockte. Green verstand zunächst nicht, weshalb der Junge im Gegensatz zu den
anderen zurückgeblieben war, als die Krieger zum
Wrack gingen. Aber dann fiel ihm der starre Blick des
Jungen auf, und er ahnte, daß er blind sein mußte.

Nachdem Green sich davon überzeugt hatte, wo sich
die Zurückgebliebenen aufhielten, kroch er zur Hütte
und untersuchte die Rückwand. Sie bestand aus in die
Erde gerammten Planken, die mit Seilen zusammengebunden waren. Green konnte durch zahlreiche Ritzen

ins Innere sehen, erkannte in der Dunkelheit jedoch nur vage Schatten.

Er drückte das Gesicht an eine dieser Ritzen und flüsterte: »Amra!«

Jemand holte tief Luft. Ein Kind begann zu weinen. Dann herrschte wieder Ruhe.

»Alan!« antwortete Amra leise. »Bist du wirklich da?«

»Für was hältst du mich — für den Geist deines Vaters?« antwortete Green ungeduldig. »Hör zu und wiederhole, was ich jetzt sage, damit ich weiß, daß du mich verstanden hast.«

Sie hatte ein gutes Gedächtnis und wiederholte jedes Wort. Green nickte zufrieden. »Ausgezeichnet. Ich gehe jetzt.«

»Alan!«

»Ja?«

»Falls es nicht klappt ... falls dir etwas zustößt ... oder mir ... du mußt daran denken, daß ich dich liebe ...«

Er seufzte. Selbst in dieser Lage hatte Amra nichts anderes im Kopf!

»Ich liebe dich auch, aber das allein hilft uns nicht weiter.«

Bevor sie antworten und mehr wertvolle Zeit vergeuden konnte, kroch er um die nächste Ecke davon. Als er die zweite Ecke erreichte, hinter der er für den Wachtposten und die alten Weiber sichtbar sein würde, machte er halt und begann die Sekunden zu zählen. Nachdem fünf endlose Minuten vergangen waren, stand er auf und bog mit stoßbereitem Speer um die Ecke.

Der Wachtposten trank eben aus seinem Becher. Er sackte zusammen, als Greens Speer durch die Luftröhre oberhalb des Brustbeins drang. Der Becher fiel ihm aus der Hand, und die gelbliche Flüssigkeit ergoß sich über die Beine des Mannes.

Green zog seinen Speer zurück, drehte sich um und hätte jeden verfolgt, der jetzt zu fliehen versuchte. Aber die alten Weiber steckten ihre Köpfe am Feuer zusammen, schwatzten laut und sahen nicht in seine Richtung. Der blinde Junge spielte weiter mit seiner Trommel und starrte blicklos ins Feuer. Nur ein dreijähriges Mädchen beobachtete Green; es hatte den Daumen im Mund und starrte den Fremden mit großen Augen an, ohne jedoch einen Ton herauszubringen.

Green legte warnend einen Finger an die Lippen und schob den Riegel an der Tür zurück. Amra trat ins Freie und hob den Speer des Wachtpostens auf. Inzax bekam Greens Messer, und Aga, die kräftige Frau eines Rudergängers, die in Verteidigung ihrer etwas zweifelhaften Ehre bereits einen Matrosen des *Glücksvogels* umgebracht hatte, erhielt das Messer des Toten.

Inzwischen hatte das Geschwätz der alten Weiber aufgehört. Als Green sich jetzt umdrehte, stießen die Frauen schrille Schreie aus. Sie wollten fliehen, aber Green, Amra, Inzax und Aga holten sie leicht ein. Keine der Alten erreichte das schützende Dunkel des Waldes.

Green trieb dann die Kinder und den blinden Jungen zusammen, um sie in die Hütte zu sperren. Er mußte Aga daran hindern, diese Gefangenen zu ermorden, und freute sich darüber, daß Amra keine Miene machte, sich an dem beabsichtigten Morden zu beteiligen.

»Ich könnte nie ein Kind umbringen, selbst wenn es diesen Wilden gehört«, sagte Amra, die seinen anerkennenden Blick richtig verstanden hatte. »Es wäre, als hätte ich Paxi vor mir.«

Green sah, daß eine der Frauen seine Tochter im Arm hielt. Er ging zu ihr hinüber, nahm ihr Paxi ab und küßte die Kleine. Soon, die Tochter des Tempelbildhauers, kam schüchtern heran und blieb neben ihm stehen. Er küßte sie ebenfalls. »Du bist schon groß, Soon«, meinte er dann. »Glaubst du, daß du Mutter folgen und Paxi tragen kannst? Mutter hat schon ihren Speer.«

Das hübsche rothaarige Mädchen nickte und nahm ihm Paxi ab.

Green sah nachdenklich zu den größeren Hütten hinüber und überlegte sich, ob er sie in Brand stecken sollte. Er ließ den Plan wieder fallen, als er feststellte, daß der Wind die Funken zu der Hütte tragen würde, in der die Kinder eingesperrt waren. Außerdem würde ein Feuer zwar die Krieger für einige Zeit ablenken, aber später um so sicherer dazu führen, daß die Flüchtlinge verfolgt würden. Unter Umständen fing auch der Wald Feuer, und Green wollte sein einziges Versteck nicht abbrennen.

Er schickte einige Frauen in die nächste große Hütte und wies sie an, möglichst viele Lebensmittel und Waffen mitzunehmen. Kurze Zeit später konnten sie aufbrechen.

»Wir folgen diesem Pfad, der uns auf die andere Seite der Insel bringen muß«, erklärte Green den Frauen. »Hoffentlich finden wir dort einen oder mehrere kleine Windroller, mit denen wir fliehen können. Ich nehme an, daß die Wilden Segelfahrzeuge besitzen.«

Der Pfad war so schmal und gewunden wie der andere. Er führte zum Westrand der Insel, während die Krieger sich in Richtung Osten entfernt hatten.

Zunächst ging es bergauf zwischen großen Felsbrokken hindurch. Von Zeit zu Zeit lag ein kleiner See am Weg; hier sammelte sich Regenwasser und bildete größere Tümpel. Einmal sprang ein Fisch aus dem Wasser, fiel klatschend zurück und erschreckte die Flüchtlinge. Die Insel war also ziemlich autark und kaum auf Lebensmittel von außen angewiesen; hier gab es Fische, Hasen, Vögel, Rehe und verschiedene Haustiere, aber auch mehrere Gemüse- und Obstsorten. Green schätzte die Gesamtfläche der Insel — falls das Dorf ungefähr im Mittelpunkt lag — auf vier Quadratkilometer. In diesem unzugänglichen Gebiet mußte sich ein Flüchtling verstecken können.

Richtig, *ein* Flüchtling — aber nicht auch sechs Frauen und acht Kinder.

18

Nach einem anstrengenden Marsch erreichten sie den höchsten Punkt eines Hügels und standen dort plötzlich auf einer Lichtung. Unmittelbar vor ihnen erhob sich ein Wald von Totempfählen, die im Mondschein schimmerten. Dahinter lag der dunkle Eingang einer großen Höhle.

Green verließ den Schatten der Bäume, um zu erkunden, was vor ihnen lag. Dann kam er zurück und berichtete: »Dort vorn neben dem Höhleneingang steht eine kleine Hütte. Ich habe durchs Fenster gesehen. Eine alte Frau schläft darin, aber ihre Katzen sind hellwach und wecken sie wahrscheinlich.«

»Auf allen Totempfählen sind Katzen abgebildet«, stellte Aga fest. »Offenbar ist das hier ihr Heiligtum. Vermutlich darf es nur die alte Priesterin betreten.«

»Vielleicht«, meinte Green. »Aber die Wilden veranstalten hier auch religiöse Zeremonien. Am Höhleneingang liegt ein großer Schädelhaufen, und ich habe einen blutbefleckten Pfahl gesehen.«

Er runzelte nachdenklich die Stirn. »Wir haben die Wahl zwischen zwei Möglichkeiten«, fuhr er dann fort. »Wir können an den Rand der Insel gehen, auf die Ebene hinabspringen und dort auf gut Glück weitermarschieren. Oder wir verstecken uns hier in der Höhle und hoffen, daß uns dort niemand sucht, weil das Heiligtum tabu ist.«

»Aber dort suchen sie doch bestimmt zuerst!« wandte Aga ein.

»Wir dürfen nur die Alte nicht aufwecken«, erklärte Green ihr. »Wenn die Krieger später nach uns fragen, weiß sie von nichts und schickt sie wieder fort.«

»Und wie steht es mit den Katzen?«

Green zuckte mit den Schultern. »Das müssen wir eben riskieren. Vielleicht beruhigen sie sich, sobald wir in der Höhle verschwunden sind.«

Damit meinte er das Jaulen der Katzen, das immer lauter wurde.

»Nein!« sagte Aga. »Das Gejaule alarmiert die Wilden!«

»Meinetwegen«, antwortete Green. »Ich weiß nicht, was du vorhast, aber ich verstecke mich jedenfalls in der Höhle. Ich bin zu müde, um noch weiter zu fliehen.«

»Wir sind auch zu müde«, stimmten die anderen Frauen zu. »Wir können nicht weiter.«

Dann herrschte Schweigen, und dieses Schweigen wurde von einer Männerstimme gebrochen.

»Erschreckt bitte nicht«, flüsterte die Stimme. »Bleibt ganz ruhig. Ich bin's ...«

Miran trat hinter ihnen aus dem Schatten hervor und legte warnend einen Finger an die Lippen. Er war nicht mehr der elegante Kapitän eines Windrollers und der gutgekleidete Patriarch des Klans Effenycan, sondern nur noch ein zerlumpter Schiffsbrüchiger. Aber er trug einen Lederbeutel in der rechten Hand, und Green ahnte, daß Miran nicht nur mit heiler Haut davongekommen war, sondern auch ein Vermögen in Form von Edelsteinen gerettet hatte.

»Seht nur«, sagte Miran und machte eine Bewegung mit dem Beutel, »noch ist nicht alles verloren!«

Green dachte zunächst, der Kapitän meine damit die Juwelen. Aber Miran hatte sich umgedreht und winkte jemand zu sich heran.

Aus der Dunkelheit kam Grizquetr hervor. In seinen Augen standen Tränen, als er zu seiner Mutter eilte und sie umarmte.

Amra begann leise zu weinen. Bisher hatte sie den Schmerz über den Verlust ihrer drei Kinder unterdrückt, die sie vielleicht nie wiedersehen würde. Sie hatte nur daran gedacht, ihr eigenes Leben und das Leben der beiden Mädchen zu retten. Aber als nun ihr ältester Sohn wie von den Toten auferstanden ins Licht trat, ließ sie ihren Tränen freien Lauf.

»Ich danke euch, ihr Götter, daß ihr mir meinen Sohn zurückgegeben habt«, schluchzte sie.

»Warum haben die Götter deine beiden anderen Kinder umgebracht, wenn sie doch so wunderbar sind?« fragte Miran böse. »Und warum haben sie die Angehörigen meines Klans umgebracht? Warum haben sie den *Glücksvogel* zertrümmert? Warum haben sie ...«

»Halt's Maul!« zischte Green. »Dafür haben wir jetzt keine Zeit. Wir müssen zusehen, daß wir hier mit heiler Haut herauskommen. Später können wir noch genug philosophieren und weinen.«

»Mennirox ist ein undankbarer Gott«, murmelte Miran. »Dabei habe ich immer reichlich geopfert!«

Amra trocknete ihre Tränen. »Wie seid ihr entkommen?« fragte sie. »Ich dachte, die Wilden hätten alle überlebenden Männer umgebracht?«

»Fast alle«, antwortete Grizquetr, »aber ich bin durch ein Luk zu den Fischtanks hinuntergeklettert, die umgefallen waren. Dort habe ich mich versteckt; es war dunkel und naß, und die Wilden haben mich nicht gefunden, obwohl sie mich später bestimmt entdeckt hätten. Deshalb bin ich an der entgegengesetzten Seite über Bord geklettert und wollte im Gras am Rand der Insel entlangkriechen. Dabei wäre mir fast das Herz stillgestanden, denn ich bin mit dem Kopf voran gegen Miran geprallt, der sich dort ebenfalls versteckt hatte.«

»Ich bin durch den Aufprall vom Vorderdeck geschleudert worden«, fügte der Kapitän hinzu. »Ich hätte mir sämtliche Knochen im Leib brechen müssen, bin aber auf ein Segel gefallen, das noch zwischen den geknickten Fockmastrahen ausgespannt hing. Es hat mich wie eine Hängematte aufgefangen. Von dort bin ich ins Gras gefallen und habe mich bis an den Rand der Insel vorgearbeitet. Einige Male wäre ich fast abgestürzt und wäre auch gefallen, wenn ich ein Pfund schwerer ...«

»Hör zu, Stiefvater!« unterbrach Grizquetr ihn aufgeregt. »Diese Insel ist das *Wuru!*«

»Was soll das heißen?« fragte Green kopfschüttelnd.

»Ich bin ganz bis an den Rand der Insel gekrochen, weil ich dachte, ich könnte mich vielleicht darunter verstecken. Aber das war unmöglich, denn die Unterseite ist völlig glatt — im Mondschein war sogar die andere Seite zu erkennen. Und das ist nicht einmal alles! Weißt du noch, wie hoch das Gras hier überall war? Es ist aber nur vor der Insel so hoch, denn unter ihr wird es geschnitten. Oder vielmehr nicht geschnitten, denn es verschwindet einfach und löst sich in Luft auf! Dabei bleibt nur ein zwei Zentimeter hoher Rasen zurück!«

»Dann ist die Insel also tatsächlich ein Rasenmäher«, stellte Green verblüfft fest. »Wirklich interessant, aber damit können wir uns später beschäftigen. Vorläufig ...«

Er ging auf die kleine Hütte neben dem Höhleneingang zu. Als er die Tür fast erreicht hatte, liefen mehrere große Katzen an ihm vorbei und verschwanden im Wald. Wenige Sekunden später kam Green lachend zurück.

»Die Priesterin hat einen in der Krone und ist völlig hinüber. In der Hütte riecht es wie in einer Brauerei. Sogar die Katzen sind beschwipst. Sie haben ihre Schüsseln ausgetrunken und balgen sich jetzt in der Hütte. Wenn die Alte davon nicht aufwacht, brauchen wir nicht besonders vorsichtig zu sein.«

»Ich habe schon gehört, daß diese alten Priesterinnen oft heimlich trinken«, warf Amra ein. »Sie führen ein einsames Leben, denn das Heiligtum ist tabu und wird nur zu bestimmten religiösen Anlässen besucht. Deshalb haben sie nur ihre Flasche und ihre Katzen, die ihnen Gesellschaft leisten.«

»Ah«, sagte Miran, »du denkst an die Geschichte von Samdroo, dem seefahrenden Schneider. Richtig, das ist angeblich nur ein Kindermärchen, aber ich glaube allmählich, daß doch mehr dahintersteckt. Immerhin beschreibt er einen ganz ähnlichen Hügel und eine ähnliche Höhle. Er behauptet auch, jede Insel weise eine Höhle dieser Art auf ...«

»Du redest zuviel«, unterbrach Aga ihn grob. »Komm, wir wollen die Höhle besichtigen.«

Green spürte, was diese Unterbrechung bedeutete. Miran hatte sein Gesicht verloren, weil er das Schiff eingebüßt und den Tod zahlreicher Angehöriger verschuldet hatte. Für Aga und die übrigen Frauen war er jetzt nicht mehr Kapitän Miran, der wohlhabende Patriarch, sondern einfach Miran, der schiffbrüchige Matrose. Ein dicker alter Matrose, sonst nichts.

Er hätte das Gesicht wahren können, wenn er Selbstmord begangen hätte. Aber er hatte weiterleben wollen, und die Frauen verachteten ihn deshalb um so mehr. Miran schien sich darüber im klaren zu sein, denn er antwortete nicht, sondern trat mit gesenktem Kopf zur Seite.

Green ging zehn Meter in die Höhle hinein, drehte sich um und sah den Eingang noch immer deutlich hinter sich. Jemand hustete laut. Er wollte die anderen warnen und mußte selbst ein Niesen unterdrücken.

»Staub.«

»Ausgezeichnet«, meinte Green. »Vielleicht kommen sie nie hierher.«

Der unterirdische Gang bog plötzlich rechtwinkelig nach links ab. Ab hier war es stockfinster. Die Gruppe machte halt.

»Was sollen wir tun, wenn die Wilden Fallen aufgestellt haben?« flüsterte Inzax ängstlich.

»Das müssen wir eben riskieren«, sagte Green entschlossen. »Wir tasten uns weiter und zünden nach der nächsten Biegung eine Fackel an. Dann dringt der Lichtschein nicht nach draußen.«

Er ging an der Wand entlang weiter. Als er unerwartet stehenblieb, stieß Amra in der Dunkelheit mit ihm zusammen.

»Was gibt's?« fragte sie besorgt.

»Die Wand besteht nicht mehr aus Fels, sondern aus Metall. Das kannst du selbst fühlen.« Er nahm ihre Hand und führte sie.

»Du hast recht«, sagte Amra. »Ich spüre den Übergang und den Unterschied zwischen Stein und Metall!«

»Der Boden besteht auch aus Metall«, warf Soon ein, »und der Staub ist verschwunden.«

Green ging weiter und erreichte nach zehn Metern die nächste Biegung, die diesmal nach rechts führte. Hier ließ er eine der Frauen eine mitgenommene Fackel anzünden. In ihrem flackernden Licht betrachteten sie den großen unterirdischen Raum, in dem sie nun standen.

Überall nur blankes Metall an Decke, Wänden und Fußboden. Kein Möbelstück irgendwelcher Art. Und kein Staubkorn.

»Dort drüben führt eine Tür in den nächsten Raum«, sagte Green. »Kommt, wir sehen uns weiter um.«

Er nahm der Frau die Fackel ab, ging voran und blieb auf der Schwelle stehen.

Dieser Raum war noch größer als der erste. Aber er war sozusagen eingerichtet. Und die Rückwand bestand nicht aus Metall, sondern aus Erde.

Als sie den Raum betraten, wurde es plötzlich darin hell.

Soon kreischte und klammerte sich verzweifelt an ihre Mutter. Die übrigen Kinder begannen zu weinen, und die Erwachsenen reagierten auf verschiedene Weise erschrocken. Nur Green blieb ruhig; er wußte, was geschehen war, aber die anderen hatten noch nie von einer Fotozelle gehört und waren deshalb so entsetzt.

Green fürchtete in diesem Augenblick nur, daß die Schreckensschreie außerhalb der Höhle zu hören sein würden. Deshalb beeilte er sich, den Frauen zu versichern, die Erscheinung sei nur ein harmloser Zaubertrick, der in seiner Heimat zu alltäglichen Dingen gehöre. Sie ließen sich dadurch beruhigen, blieben jedoch vorsichtshalber in seiner Nähe.

»Die Wilden haben auch keine Angst davor«, erklärte Green ihnen. »Sie kommen gelegentlich hierher. Der Altar vor dem Erdwall stammt vermutlich von ihnen, und die vielen Knochen beweisen, daß hier Menschenopfer stattgefunden haben.«

Er suchte nach einer zweiten Tür, ohne sie zu finden, und konnte kaum glauben, daß es keine zweite Tür geben sollte. Irgendwie hatte er das Gefühl, vor großen Entdeckungen zu stehen. Diese unterirdischen Räume und diese Beleuchtung zeigten deutlich, daß hier eine Zivilisation existiert haben mußte, die durchaus mit seiner vergleichbar war.

Green ahnte, daß das Antischwerkraftfeld der Insel entweder mit Atomenergie oder durch Energie aus dem Magnetfeld des Planeten aufrechterhalten wurde. Er konnte sich allerdings nicht vorstellen, weshalb die ganze Maschine mit Erde, Felsen und Bäumen bedeckt war. Aber er hatte von Anfang an gewußt, daß er irgendwo auf einen ähnlichen Raum stoßen würde. Aber wo befand sich das dazugehörige Kraftwerk? Und der Kontrollraum? Oder eine Kombination dieser beiden? Lagen sie hinter einer Tür, die sich nur mit einem Schlüssel öffnen ließ?

Zunächst mußte er die Tür finden.

Er untersuchte den eisernen Altar, der aus einer tischgroßen Plattform in einem Meter Höhe bestand, auf der ein Eisengestell angebracht war, das an einen Stuhl erinnerte. Aus der Rückenlehne ragte eine zolldicke Eisenstange in die Höhe; die Stange war beweglich gelagert und wurde hinter der Stuhllehne von einer Eisengabel festgehalten. Sobald die Eisengabel entfernt wurde, mußte die Stange zurückfallen und den Erdwall berühren; das kürzere Ende schwenkte in diesem Augenblick jedoch nach oben und würde den Rücken desjenigen berühren, der auf diesem Stuhl saß.

»Merkwürdig«, sagte Green. »Wenn hier nicht Katzenköpfe und Knochen zu sehen wären, würde ich gar nicht wissen, daß es sich um einen Altar handelt. Knochen! Und sie sind alle angekohlt, verbrannt.« Er betrachtete wieder die Stange. »Hmmm, sobald man die Eisengabel entfernt, sinkt die Stange zurück und berührt die Wand. Aber was hat das alles zu bedeuten?«

Amra zeigte ihm ein langes Seil, das sie in der Nähe der Tür entdeckt hatte.

»Ja? Aha! Wenn ich das Seil vorn an die Stange binde, kann ich sie damit hochhalten, während ein anderer die Eisengabel herausnimmt. Lasse ich das Seil los, sinkt die Stange durch ihr eigenes Gewicht rasch herab. Ich kann sie aber ebensogut in gleicher Stellung festhalten, bis der andere Mann, der die Eisengabel entfernt hat, sich wieder bei dem Mann mit dem Seil in Sicherheit befindet. Ah, der arme Kerl, der auf dem Stuhl sitzt! Jetzt ist mir alles klar.«

Er hob den Kopf. »Aga!« rief er laut. »Zurück von der Wand!«

Aga hatte Amras Speer vom Boden aufgehoben und trat jetzt damit vor die Wand hinter dem Altar. Als Green sie anrief, blieb sie kurz stehen, sah erstaunt zu ihm hinüber und ging weiter.

»Du hast etwas übersehen«, antwortete sie. »Die Wand besteht nicht aus fester Erde. Das Zeug ist ganz weich und flauschig. Es besteht eigentlich nur aus Staub. Vielleicht können wir uns hier einen Weg bahnen. Auf der anderen Seite ...«

»Aga!« brüllte Green. »Keine Bewegung!«

Aber sie hatte bereits ihren Speer gehoben und stieß damit zu, um ihm zu beweisen, wie leicht dieses Zeug zu entfernen war.

Green riß Amra und Paxi mit sich zu Boden.

Blitz und Donner erfüllten den Raum und blendeten und betäubten ihn! Trotzdem sah er deutlich, wie Aga von einem weißen Blitzstrahl getroffen wurde und erstarrte.

Dann verschwand Aga in einer dichten Staubwolke, die sich über sie hinweg in den Raum ergoß. Zur gleichen Zeit strahlte die Wand eine fast unerträgliche Hitze aus. Green öffnete den Mund, um Amra zu warnen, aber in diesem Augenblick füllten sich Mund und Nase bereits mit Staubteilchen. Er nieste, hustete krampfhaft und hatte Tränen in den Augen. Der Staub fiel so dicht, daß er schon halb damit bedeckt war. Obwohl er kaum einen klaren Gedanken fassen konnte, war er seinem Schicksal dafür dankbar, daß er ausgeatmet hatte, als die Hitzewelle ihn erreichte. Hätte er eingeatmet, wären seine Lungen verbrannt, und er wäre tot gewesen. Wo die Haut nicht von Kleidungsstücken bedeckt war, hatte er offenbar leichte Verbrennungen davongetragen.

Green richtete sich langsam auf und kroch auf den anderen Raum zu, in dem der Staub weniger hoch liegen würde. Er berührte Amras Arm — vermutlich war es ihrer, denn sie hatte neben ihm gelegen — und wollte sie dadurch auffordern, ihm zu folgen. Dann tastete er nach dem Kind auf ihrem Arm und wußte, daß es Paxi war, denn keines der anderen Kinder hatte einen Schal um den Kopf.

Er hustete wieder, zog Amra hinter sich her und ging in die Richtung, in der er den Ausgang vermutete. Er wußte noch, daß er zur Tür hin gefallen war; wenn er jetzt geradeaus weiterging, mußte er sie erreichen.

Wenig später merkte er jedoch, daß er in die entgegengesetzte Richtung gegangen war, denn er stolperte über eine Leiche. Als er den versengten Körper berührte und auch den Speer fand, wußte er sicher, daß er Aga gefunden hatte.

Nun wandte er sich in die andere Richtung und zog Amra wieder hinter sich her. Diesmal stieß er auf die Wand, tastete sich daran entlang weiter und erreichte endlich die Tür. Er stellte fest, daß der nächste Raum kaum weniger staubig war, und durchquerte ihn so rasch wie möglich. Die Luft in dem unterirdischen Gang war erheblich besser, und Green erkannte sogar die Umrisse seiner Begleiter, als es nach der ersten Biegung heller wurde.

Trotzdem husteten sie krampfhaft weiter. Ihre Augen tränten heftig. Green gönnte sich noch keine Pause, sondern schlich durch den Tunnel, bis er den Höhlenausgang vor sich sah.

Seine Befürchtungen waren gerechtfertigt gewesen. Im Mondschein erkannte er eine gebückte Gestalt, die in seine Richtung starrte. Green hielt sie für die Priesterin, die er bereits gesehen hatte. Zu ihren Füßen hockten vier oder fünf Katzen.

Er mußte sich durch sein Husten verraten haben, denn die Priesterin drehte sich plötzlich um und lief fort. Green zog sein Stilett und rannte hinter ihr her, um sie aufzuhalten, obwohl er nicht wußte, was das nützen sollte. Die Wilden würden ohnehin früher oder später zum Heiligtum auf dem Hügel kommen, um sie zu fragen, ob sie die Flüchtlinge gesehen habe. Und wenn sie die Priesterin nicht fanden, würden sie sofort erraten, was geschehen war. Vielleicht ahnten sie es bereits, denn der Donner der Entladung mußte weit zu hören gewesen sein.

Oder vielleicht doch nicht? Die Schallwellen waren zweimal rechtwinklig abgelenkt worden, und Green hatte den Donner wesentlich lauter gehört, weil er dicht vor der Wand gestanden hatte. Vielleicht gab es noch Hoffnung.

Er rannte auf die Lichtung vor der Höhle hinaus. Hinter ihm ging eben die Sonne auf, so daß er den Weg deutlich erkennen konnte. Die alte Priesterin war nicht mehr zu sehen. Nur eine der Katzen, die zurückgeblieben waren, kam heran und rieb sich an Greens Bein. Er bückte sich automatisch, um sie zu streicheln, während er nach einer Spur der Alten suchte. Die Hütte stand offenbar leer. Die Priesterin mußte bergab davongelaufen sein.

Eigenartigerweise rief sie dabei nicht laut um Hilfe, wie Green es erwartet hatte. Er schüttelte den Kopf und eilte weiter.

Die Priesterin lag hundert Meter weiter mit dem Gesicht nach unten auf dem Pfad. Green dachte zunächst, sie stelle sich tot, und drehte sie deshalb vorsichtig und mit stoßbereiter Waffe um. Aber ein Blick genügte, um ihm zu zeigen, daß die Alte sich nicht totstellte, sondern wirklich tot war. Green untersuchte sie flüchtig, fand keine äußerlichen Verletzungen und schloß daraus, daß ihr Herz dieser Anstrengung nicht gewachsen gewesen war.

Irgend etwas berührte seinen Knöchel. Green war so davon überzeugt, daß ein Speer ihn gestreift habe, daß er sich erschrocken umdrehte. Dort sah er jedoch nur die Katze, die sich an seinem Bein gerieben hatte, als er aus der Höhle gekommen war. Die Katze war ausgesprochen hübsch und hatte große goldene Augen, die gut zu ihrem seidigen schwarzen Pelz paßten; sie glich den Katzen auf der Erde und stammte wahrscheinlich von ihnen ab, denn der Mensch hatte seine Haustiere überallhin mitgenommen.

»Du magst mich wohl, was?« fragte Green die Katze. »Schön, ich mag dich auch, aber nur wenn du mich nicht wieder erschreckst. Ich habe heute nacht schon genug mitgemacht.«

Die Katze kam schnurrend näher.

»Vielleicht können wir uns gegenseitig nützen«, meinte er und hob sie auf seine Schulter, wo sie vor Vergnügen noch lauter schnurrte.

»Ich weiß wirklich nicht, was du an mir findest«, sagte Green zweifelnd. »Mit den roten Augen und dem schmutzigen Gesicht bin ich nicht gerade anziehend. Aber deine Alkoholfahne, die du mir ins Gesicht bläst, ist auch nicht schön. Du gefällst mir übrigens. Wie heißt du eigentlich? Gut, nennen wir dich Lady Luck, damit du mir weiter Glück bringst. Komm, wir gehen wieder zurück und sehen nach, was aus den anderen geworden ist.«

Er fand Amra vor der Höhle, wo sie Paxi zu beruhigen versuchte. Dort saßen auch neun andere Überlebende: Grizquetr, Miran, Soon, Inzax, drei Frauen und zwei kleine Mädchen. Die übrigen Mitglieder der kleinen Gruppe lagen vermutlich tot oder bewußtlos unter dem Staub im Altarraum. Auch die Überlebenden waren keineswegs in glänzender Verfassung.

»Hört zu«, sagte Green, »wir müssen unbedingt schlafen. Am besten gehen wir in den ersten Raum und ...«

Die anderen protestierten lautstark und erklärten übereinstimmend, keine Macht der Welt bringe sie dorthin zurück. Green stand vor einer schweren Aufgabe. Er glaubte zu wissen, was sich dort ereignet hatte, konnte es diesen Leuten jedoch nicht erklären. Und selbst wenn ihm das gelang, würden sie ihn in Zukunft mißtrauisch betrachten. Deshalb entschied er sich für eine Notlüge.

»Aga hat zweifelsohne die Dämonen herausgefordert, als sie die Wand berührt hat«, begann er. »Ihr habt alle gehört, daß ich sie zweimal davor gewarnt habe. Aber die Dämonen können uns nicht mehr schaden, denn wir stehen jetzt unter dem Schutz dieser Katze, dem Totem der Kannibalen. Außerdem liegt es bekanntlich in der Natur solcher Geister, daß sie lange Zeit verhältnismäßig harmlos sind, nachdem sie ein Opfer gefunden haben. Sie müssen erst Kraft sammeln, bevor sie uns Menschen wieder gefährlich werden können.«

Die anderen akzeptierten dieses Märchen widerspruchslos.

»Wenn du vorangehst, kommen wir unbeschädigt zurück«, sagten sie. »Wir legen unser Schicksal in deine Hände.«

Green blieb am Eingang der Höhle stehen und betrachtete ein letztesmal die Umgebung. Von dieser Stelle aus hatte er den größten Teil der Insel vor sich und konnte über die Bäume hinwegsehen. Die Insel mähte jetzt kein Gras, sondern lag auf der Ebene, so daß der Eindruck entstehen mußte, hier erhebe sich ein bewaldeter Hügel. Bei Einbruch der Dunkelheit würde sich die Insel jedoch in Bewegung setzen und pro Stunde fünf Meilen nach Osten schweben; sobald sie dort einen bestimmten Punkt erreicht hatte, würde sie umkehren und nachts nach Westen wandern. Seit wie vielen Jahren? Zu welchem Zweck? Wer hatte sie erbaut? Jedenfalls war anzunehmen, daß ihre Erbauer nicht mit diesem Verwendungszweck gerechnet hatten ...

Sie konnten auch nicht geahnt haben, wie ihre Staubsammler eines Tages verwendet würden. Sie wären bestimmt nicht auf den Gedanken gekommen, daß ihre Nachkommen den ursprünglichen Verwendungszweck vergessen und die Staubsammler als Teil ihres religiösen Rituals verwenden würden, um Menschen zu opfern.

Green führte die anderen in den ersten Raum, streckte sich dort auf dem harten Boden aus und schlief sofort ein. Kurze Zeit später wachte er jedoch wieder auf, weil er das drängende Gefühl hatte, bestimmte Dinge müßten getan werden — und er sei als einziger körperlich dazu imstande.

20

Er zwang sich dazu, den Altarraum zu betreten, obwohl er ihn lieber gemieden hätte. Dort erwartete ihn ein schrecklicher Anblick, den er sich allerdings noch gräßlicher vorgestellt hatte. Die Leichen waren zentimeterhoch mit einer grauen Staubschicht bedeckt und wirkten dadurch wie versteinert. In ihrer Nähe roch es durchdringend nach verbranntem Fleisch. Lady Luck fauchte leise, und Green dachte schon, die Katze wolle von seiner Schulter springen und davonlaufen.

»Immer mit der Ruhe«, flüsterte er ihr zu und überlegte sich dann, daß die Katze diesen Geruch eigentlich bereits kennen mußte. Ihre Reaktion basierte vermutlich auf früheren Erlebnissen, denn die Katzen mußten eine Rolle bei den Opferzeremonien gespielt haben.

Green näherte sich vorsichtig der Wand hinter dem Altar, obwohl er zu wissen glaubte, daß die von dort ausgehende Gefahr für einige Zeit gebannt war. Der Altar selbst war unbeschädigt; auch der Stuhl und die Eisenstange hatten die Entladung ohne sichtbare Schäden überstanden. Green blieb nachdenklich vor dem Altar stehen und versuchte sich vorzustellen, wie die Menschenopfer vollzogen worden waren.

Die Opfer hatten mit dem Rücken zur Wand gesessen, denn der Stuhl war unverrückbar auf dem Altar befestigt. Sobald die Eisenstange eine Verbindung zwischen Wand und Opfer herstellte, erfolgte eine Entladung, die jedoch nur den Kopf des Opfers erreichte. Ein Beweis für diese Annahme waren die verbrannten Schädel in der Nähe des Altars; offenbar hatten die Wilden jeweils den Körper des Opfers nach draußen geschafft.

Green verstand zunächst nicht, wie die Zuschauer der Hitzewelle und dem Staub entgangen waren, die jeden Winkel des großen Raums erreicht haben mußten. Er ging langsam zur Tür zurück und versuchte sich vorzustellen, was bei diesen Anlässen geschehen war. Dann machte er eine überraschende Entdeckung — er sah eine graue Metalltafel an der Wand hängen, drehte sie um und stand vor einem großen Spiegel.

Nun konnte er sich vorstellen, wie die Zeremonie vor sich gegangen war. Das Opfer wurde an den Stuhl auf dem Altar gefesselt, nachdem die Eisenstange mit dem langen Seil verbunden worden war. Die alte Priesterin blieb als einzige bis zuletzt auf der Schwelle des Altarraums zurück, zog dann das Seil zu sich heran und trat um die Ecke in den Nebenraum. Die Zuschauer beobachteten die Entladung im Spiegel, der so aufgestellt wurde, daß er vom Korridor aus sichtbar war und den Altar reflektierte. Unmittelbar nach der elektrostatischen Entladung war nichts mehr zu sehen, weil der Raum in eine Staubwolke gehüllt war.

Green ahnte, wie sehr dieses Bild die Kannibalen beeindruckt haben mußte. Welche bösen Geister und Dämonen ihrer Meinung nach in der Wand hinter dem Altar hausen mußten! Die alten Frauen erzählten ihren Enkeln bestimmt Schauermärchen von einem großen Katzengeist, der dort lebte und von Zeit zu Zeit mit Menschenopfern besänftigt wurde, damit er nicht aus der Wand hervorbrach und die ganze Insel verschlang.

Green wußte, daß es zwecklos war, durch die Wand vordringen zu wollen, obwohl in den nächsten Tagen keine weiteren Entladungen zu erwarten waren. Die angesammelte Staubschicht war vielleicht nur einen Meter dick — vielleicht aber auch zehn.

Aber Green war davon überzeugt, daß er am Ende dieser Ausgrabung mehrere große Staubsammler gefunden hätte. Er wußte nicht, wie sie aussehen würden, denn ihre Form hing vom Schönheitsempfinden der Konstrukteure ab, die diese Maschinen vor Jahrtausenden entworfen hatten. Falls ihre Zivilisation auch nur entfernt der irdischen entsprach, in der Green aufgewachsen war, bestanden diese Staubsammler eigentlich nur aus winzigen Löchern in einer glatten Wand, hinter der ein Brenner montiert war. Die ersten Maschinen dieser Art waren noch als Büsten, Tierfiguren oder Bücherregale gebaut worden, aber im Lauf der Zeit hatten sich nüchterne Einbausammler durchgesetzt.

Green konnte sich vorstellen, was hier geschehen sein mußte. Irgendein Teil des Brenners mußte versagt haben, aber der eigentliche Sammler hatte weiterhin funktioniert. Obwohl allmählich eine meterdicke Staubschicht vor der Wand entstand, war die Wirkung des elektrischen Feldes kaum beeinträchtigt worden. Zu Beginn waren die Staubsammler selbstverständlich völlig ungefährlich gewesen, aber ihre Konstrukteure hatten offenbar einen Regler vorgesehen, der die Feldstärke je nach den gestellten Anforderungen erhöhte. Damals war jedoch nicht erkennbar gewesen, wie groß diese Anforderungen eines Tages sein würden. Trotzdem waren die Maschinen auch dieser Belastung gewachsen, und als die Wilden diesen unterirdischen Raum entdeckten, standen sie vor einem Rätsel.

Der Tod eines Neugierigen, der die Staubschicht mit einem Metallgegenstand berührt hatte, war für die Kannibalen Grund genug gewesen, in diesem Raum Dämonen zu vermuten. Die weitere Entwicklung, die schließlich zu Menschenopfern geführt hatte, war nur logisch und aus der Religionsgeschichte genügend bekannt.

Green fluchte enttäuscht vor sich hin. Wenn er sich nur einen Weg durch diese Staubschicht bahnen könnte, bevor die nächste Entladung bevorstand! Dahinter mußte eine Tür liegen, die zu einem Kontrollraum führte, von dem aus die ganze Insel gesteuert werden konnte. Hätte er diesen Kontrollraum erreicht und dort festgestellt, wie die Steuerung funktionierte, könnte er die Insel auf den Kopf stellen und die Kannibalen abwerfen!

Er erinnerte sich an die Geschichte von Samdroo, dem seefahrenden Schneider. Der Sage nach war Samdroo an einer Insel dieser Art gestrandet, hatte eine ähnliche Höhle gefunden und darin ebenfalls zwei große Räume gesehen. Aber er war nicht von einer Wand aus elektrostatisch aufgeladenem Staub aufgehalten worden, sondern hatte den nächsten Raum betreten können, der viele merkwürdige Dinge enthielt. Zu diesen Wundern gehörte ein großes Auge, in dem Samdroo beobachten konnte, was außerhalb der Höhle geschah. Ein anderes Wunder war eine schräge Tischplatte mit vielen runden Gläsern, über die Zacken und Linien glitten. In der Sage wurden diese Dinge nicht erklärt, aber Green hätte selbstverständlich einen Fernsehschirm, Oszilloskope und andere Instrumente erkannt.

Dieses Wissen half ihm leider nicht weiter. Er konnte die Staubschicht nicht mit bloßen Händen forträumen, hatte aber auch keine Zeit, methodisch an die Arbeit zu gehen. Solange er sich auf der Insel aufhielt; schwebte er pro Stunde fünf Meilen weit nach Quotz zurück, wo eine rachsüchtige Herzogin ihn erwartete; gleichzeitig entfernte er sich immer weiter von Estorya, wo er die beiden Raumfahrer und ihr Schiff zu finden hoffte. Er mußte die Insel irgendwie verlassen und sich nach einem geeigneten Transportmittel umsehen.

Green verließ die Todeskammer und betrat wieder den anderen Raum, wo die anderen noch schliefen; er wollte sie nicht vorzeitig wecken, ging auf Zehenspitzen um die Gruppe herum und streckte sich an der Tür zum Gang aus, um dort Wache zu halten.

21

Green träumte, Mund und Nase seien voll Staub, so daß er ersticken müsse. Er wachte davon auf und stellte fest, daß er tatsächlich Schwierigkeiten beim Atmen hatte, denn die Katze lag auf seinem Gesicht. Er schob sie von sich fort und stand auf.

»Was willst du denn?« fragte er Lady Luck, die leise miaute und mit der Pfote nach ihm schlug.

Die Katze näherte sich langsam der Tür, und Green begriff endlich, daß er ihr folgen sollte. Er nahm seinen Speer mit, ging hinter ihr her durch den Tunnel und erreichte den Höhleneingang. Erst dann hörte er in weiter Entfernung Kanonendonner.

Die Katze miaute klagend. Offenbar hatte sie bereits früher Kanonen gehört, und die Folgen dieses künstlichen Donners hatten ihr mißfallen.

Green trat aus der Höhle und sah zur Sonne auf, die sich bereits wieder dem Horizont näherte, nachdem sie ihren Zenit überschritten hatte. Es war ungefähr vier

Uhr nachmittags. Er hatte fast zehn Stunden geschlafen.

Da er von dieser Stelle aus keinen Überblick hatte, kletterte er die Felsen neben der Höhle hinauf und stand bald auf dem höchsten Punkt des Hügels, einer kleinen Plattform von drei oder vier Quadratmetern. Von hier aus hatte er die gesamte Insel vor sich.

Am Rand der Insel kreuzten drei große Windroller mit schwarzen Rümpfen und scharlachroten Segeln. Von Zeit zu Zeit erschien ein rotgelber Feuerstrahl an der Bordwand eines der Fahrzeuge, einige Sekunden später hörte Green den Abschußknall und sah gleichzeitig, wie die Kanonenkugel einen hohen Bogen durch die Luft beschrieb, bevor sie in der Nähe des Dorfes niederging. Dann verlor einer der Bäume mehrere Zweige, oder eine Staubwolke zeigte an, wo die Kugel auf der Lichtung eingeschlagen hatte. Zwei der großen Hütten wiesen bereits klaffende Löcher in Dach und Wänden auf. Das Dorf selbst war verlassen, denn kein vernünftiger Mensch hätte sich während der Beschießung freiwillig dort aufgehalten. Die Kannibalen schienen wie vom Erdboden verschluckt zu sein, aber das war kaum überraschend, denn im Wald gab es genügend Verstecke.

Green hoffte, daß die Vings bald an Land gehen und die Wilden als Gefangene fortschleppen würden. Dann hätten er und seine Gruppe freie Bahn — es sei denn, die Piraten wollten die Höhle noch am gleichen Tag untersuchen. Taten sie es jedoch nicht, konnten die Flüchtlinge die Insel im Schutz der Nacht verlassen und ihr Glück anderswo versuchen.

Green folgte dem Pfad, der vom Hügel herab ins Dorf führte, langsam mit den Augen. Der Weg war nicht immer zu sehen, aber die Bäume zu beiden Seiten unterschieden sich der Färbung nach deutlich von allen anderen, so daß Green dem Pfad ohne große Mühe folgen konnte. Jenseits des Dorfes führte der Weg nach Westen an den Rand der Insel weiter.

Dort erkannte Green das erste hoffnungsvolle Zeichen, seitdem der *Glücksvogel* gestrandet war. Er sah eine schmale Lücke zwischen den Bäumen, die bis zum Rand der Insel reichte, und entdeckte dort drei kleine Windroller. Zunächst fielen ihm nur die Masten auf, aber dann sah er auch die gutgetarnten Rümpfe. Es handelte sich um drei Jachten, die den Wilden bei ihren Raubzügen in die Hände gefallen sein mußten; die drei Windroller waren sorgfältig getarnt, so daß sie von außerhalb der Insel nicht zu sehen waren.

Green mußte sich beherrschen, um nicht einen Freudenschrei auszustoßen. Nun brauchten sie nicht zu Fuß über die gefährliche Ebene zu wandern, sondern konnten verhältnismäßig bequem und sicher weitersegeln. Während die Kannibalen ängstlich in ihren Verstecken blieben, würde er seine Gruppe durch den Wald zu den Jachten führen, ohne auf die Beschießung zu achten. Bei Einbruch der Dämmerung würde die Insel sich wieder in Bewegung setzen — dann konnten sie eine Jacht an ihren Davits herablassen und mit ihr davonsegeln.

Als Green zum Höhleneingang zurückkehrte, erwarteten ihn die anderen bereits dort. Er berichtete, was er gesehen hatte, und fügte hinzu: »Sobald die Vings die Insel besetzen, nützen wir die allgemeine Verwirrung zur Flucht aus.«

Miran sah zur Sonne auf und schüttelte den Kopf. »Die Vings greifen jetzt nicht an. Dazu ist es bereits zu spät. Sie wollen einen ganzen Tag Zeit haben. Sie folgen der Insel und besetzen sie erst bei Tagesanbruch.«

»Ich gebe zu, daß du mehr Erfahrung hast«, erwiderte Green, »aber ich möchte dir trotzdem eine Frage stellen. Warum schicken die Vings nicht nachts ihre kleinen Boote los? Dann könnten sie doch die Insel fast kampflos besetzen.«

Miran starrte ihn überrascht an. »Unmöglich! Das wagen nicht einmal die Piraten! Weißt du nicht, daß es nachts auf der Ebene von bösen Geistern und Dämonen

114

wimmelt? Die Vings riskieren keinen Angriff, denn sie können schließlich nicht wissen, welchen Zauber die Kannibalen verwenden, um ihnen nachts zu schaden.«

»Richtig, diese Haltung ist mir bekannt — ich hatte sie nur im Augenblick vergessen«, antwortete Green. »Aber warum bist du dann nachts über die Insel gewandert, nachdem der *Glücksvogel* gestrandet war?«

»In dieser Lage war die Gefahr für Leib und Leben, die von den Wilden ausging, erheblich größer als die ungewisse Gefährdung durch vielleicht anderweitig abgelenkte Dämonen«, erklärte Miran ihm ernsthaft.

»Ich hatte zuviel Angst, um an böse Geister zu denken«, gab Amra ehrlich zu. »Bei nüchterner Überlegung wäre ich vielleicht lieber in der Hütte geblieben ... Nein, doch nicht. Ich habe noch nie einen Geist gesehen, aber wir hatten die Wilden deutlich genug vor Augen.«

»Gut, ihr könnt euch alle schon geistig darauf vorbereiten, daß wir trotz aller Geister und Dämonen heute nacht den gegenüberliegenden Rand der Insel erreichen müssen«, stellte Green fest. »Wer sich vor der Dunkelheit fürchtet, bleibt hier zurück, bis die Vings kommen.«

Er erteilte die notwendigen Befehle und wies seine Gruppe an, sich zum Abmarsch bereitzuhalten. Dann wandte er sich wieder der Beschießung zu, die inzwischen fast aufgehört hatte. Die Windroller der Piraten schossen nur gelegentlich und verbrachten ihre Zeit damit, dicht am Rand der Insel vorbeizufahren.

»Hmmm, anscheinend wollen sie die Kannibalen nur auf die Probe stellen«, murmelte Green vor sich hin. »Sie wissen schließlich nicht, ob im Wald Hunderte von blutgierigen Wilden versteckt sind, die vielleicht nur Speere, aber vielleicht auch Kanonen und Musketen zur Verfügung haben. Sie wollen das Feuer des Gegners herausfordern, um danach beurteilen zu können, wie stark die Besatzung der Insel ist.«

Er wandte sich an Miran. »Warum benützen die Wilden eigentlich keine Feuerwaffen? Sie müssen doch im Laufe der Zeit genügend erbeutet haben.«

Miran zuckte mit den Schultern, um damit anzudeuten, daß er selbst nur Vermutungen anstellen könne.

»Wahrscheinlich sind Feuerwaffen bei ihnen tabu. Jedenfalls haben sie sich dadurch selbst geschadet und leiden nun unter den Folgen einer falschen Entscheidung. Ihr habt gesehen, daß in der ganzen Siedlung kaum fünfzig Männer leben. Kaum fünfzig! Vermutlich ist die ursprüngliche Bevölkerung durch Angriffe anderer Kannibalenstämme, die irgendwo auf der Ebene und auf anderen schwebenden Insel leben, im Laufe der Zeit dezimiert worden. Jetzt ist der Punkt erreicht, an dem das Aussterben dieses Stammes nicht mehr aufzuhalten ist — selbst ohne die Hilfe unserer Freunde dort draußen.« Bei diesen Worten deutete er auf die schwarzen Windroller der Vings.

»Richtig«, stimmte Green zu, »und ich vermute, daß tagsüber Graskatzen und Wildhunde auf die Insel kommen, wenn sie sich nicht mehr bewegt. Auch dadurch wird die Bevölkerung dezimiert.« Er sah zu den Piraten hinüber. »Eigentlich wäre doch zu erwarten, daß die Vings jede Insel besetzen, auf die sie unterwegs stoßen, um sie als Operationsbasis zu benützen.«

»Das tun sie auch«, erklärte Amra ihm. »Seit etwa fünfzig Jahren sind die Vings damit beschäftigt, den wilden Stämmen ihre Inseln abzunehmen. Die besetzten Inseln werden für ihre Zwecke ausgebaut und befestigt, so daß man ohne Übertreibung sagen kann, daß sie das Xurdimur beherrschen. Aber die Inseln haben auch einen Nachteil: Sie sind nicht als Hafen geeignet, denn die Roller müssen ihnen nachts in sicherer Entfernung folgen, solange die Insel schwebt. Die Vings halten Dutzende von Inseln besetzt, werden aber gelegentlich von Windrollern bestimmter Nationen angegriffen und vertrieben. Die Eroberer benützen die Insel dann selbst als Stützpunkt und überfallen von dort aus die

Schiffe anderer Staaten, mit denen sie offiziell befreundet sind.

Oh, das Xurdimur ist ein wüstes Gebiet, in dem jeder gegen jeden kämpft, und der Teufel holt die Schwachen! In einer einzigen Nacht kann man hier ein Vermögen erwerben oder das Leben verlieren. Aber das weißt du inzwischen aus eigener Erfahrung.«

»Sobald der Mondschein hell genug ist, lassen wir die Wilden und die Piraten hinter uns zurück«, versicherte Green ihr tröstend. »Ich hoffe nur, daß keine anderen Windroller der Vings in diesem Gebiet kreuzen.«

»Alles geschieht, wie es die Götter wollen«, erwiderte Miran. Seine traurige Miene verriet die Überzeugung, daß Green nicht allzuviel von ihnen zu erwarten hatte, nachdem schon er, der Favorit des Gottes Mennirox, auf diese Weise zu Schaden gekommen war.

Bei Einbruch der Abenddämmerung verließ Green die Höhle und trat in die Dunkelheit und den Regen hinaus. Amra folgte dicht hinter ihm; sie behielt eine Hand auf seiner Schulter und trug mit der anderen ihre kleine Tochter. Die anderen kamen hinter ihr, so daß eine lange Kette entstand, weil jeder eine Hand auf die Schulter des Vorhergehenden legte.

Die schwarze Katze steckte in Greens Jacke. Sie hatte ihm klar zu verstehen gegeben, daß sie ihn überallhin begleiten würde. Und Green hatte sich nicht dagegen gewehrt, weil er Lady Luck nett fand.

Die Gruppe bewegte sich langsam und stockend hügelabwärts. Green mußte schon nach zehn Minuten zugeben, daß er die Orientierung verloren hatte. Der Pfad verlief hier so gewunden, daß er nicht mehr beurteilen konnte, ob sie nach Westen oder in eine falsche Richtung gingen.

Das war jedoch nicht weiter wichtig, solange der Weg nur zum Rand der Insel führte. Von dort aus brauchten sie nur weiterzugehen, um irgendwann auf die Jachten zu stoßen.

Aber der Rand der Insel war nicht so einfach zu finden. Green befürchtete, daß sie im Mondschein feststellen würden, daß sie bisher im Kreis gegangen waren. Sobald der erste Mond aufgegangen war, würden sie sich orientieren können — aber dann waren sie auch für die Kannibalen deutlich zu sehen. Und falls sie sich zu diesem Zeitpunkt am Ostrand der Insel befanden, war der Weitermarsch ausgesprochen gefährlich.

Gelegentlich blitzte es, so daß sie ihre nähere Umgebung betrachten konnten. Aber auch diese kurzen Augenblicke, in denen alles hell war, halfen Green nicht weiter. Er sah überall nur Büsche und Bäume.

»Glaubst du, daß wir schon in der Nähe sind?« flüsterte Amra hinter ihm.

Er blieb so plötzlich stehen, daß die anderen gegen ihn prallten. Diesmal blitzte es ganz in der Nähe auf. Lady Luck fauchte und machte sich noch kleiner. Green streichelte sie geistesabwesend. »Du bringst mir wirklich Glück«, lobte er sie dabei. »Ich habe eben das Dorf gesehen. Jetzt weiß ich, in welche Richtung wir weitergehen müssen.«

Green machte sich keine Sorgen wegen der Eingeborenen. Seit dem vorläufigen Ende der Beschießung hockten sie vermutlich angsterfüllt in ihren Hütten und beteten zu irgendwelchen Göttern, der Blitz möge sie diesmal verschonen. Er war davon überzeugt, daß ihre kleine Gruppe ungehindert durchs Dorf marschieren könnte. Trotzdem wollte er kein Risiko eingehen und folgte deshalb dem Rand der Lichtung.

»Jetzt dauert es nicht mehr lange!« versicherte er Amra. »Weitersagen, damit die anderen nicht langsamer werden.«

Eine halbe Stunde später wünschte er sich sehnlichst, er hätte zuvor den Mund gehalten. Das Ziel lag vor ihm; er hatte den richtigen Weg gefunden und stand nun am Rand der Senke, die er vom Hügel aus gesehen hatte. Aber jetzt runzelte er verblüfft und erschrocken die Stirn.

Ein Blitzstrahl erhellte die Senke, zeigte ihm graue Felsen und beleuchtete die hohen schwarzen Davits.

Aber die Jachten waren verschwunden!

22

Später überlegte Green sich, daß dies der Moment gewesen war, an dem er hätte zusammenbrechen müssen, wie seine Hoffnungen im Licht des Blitzstrahls zusammenbrachen.

Die anderen machten ihrer Enttäuschung und ihrem Schmerz mit lauten Ausrufen Luft, aber Green war in dieser Sekunde wie gelähmt. Er konnte sich nicht bewegen und nicht sprechen; alles erschien ihm hoffnungslos — was sollten also Bewegungen oder Worte nützen?

Trotzdem war er ein Mensch, und Menschen hoffen selbst dort, wo jede Hoffnung unberechtigt ist. Außerdem durfte er nicht wie erstarrt stehenbleiben, bis der nächste Blitz den anderen vor Augen führte, in welchem Zustand sich ihr Führer befand. Er mußte etwas *tun*. Welche Rolle spielte es dabei schon, ob er etwas Nützliches tat? Wichtig war nur, daß überhaupt irgend etwas geschah, und da er nicht sprechen konnte, weil seine Stimme ihm den Dienst versagt hätte, mußte er sich bewegen.

Green gab den anderen ein Zeichen, sie sollten zurückbleiben, und stieg selbst den Abhang hinauf. Am höchsten Punkt verließ er den Pfad und bahnte sich nach rechts einen Weg durchs Unterholz, weil er der Überzeugung war, die Jachten könnten nur dort versteckt sein, falls sie sich überhaupt noch auf der Insel befanden. Schließlich gab es nur zwei Möglichkeiten: Die Vings konnten sie entdeckt haben und hatten eine Gruppe von Männern auf die Insel geschickt, um die Jachten über den Rand schieben zu lassen; in diesem Fall waren die Windroller auf der Ebene zurückgeblieben, als die Insel sich bei Einbruch der Dunkelheit in Bewegung setzte. Oder die Kannibalen hatten ihre Fahrzeuge in Sicherheit gebracht, bevor die Piraten ihren Anschlag ausführen konnten; vermutlich waren die Jachten an der weniger steilen Seite der Senke nach oben gezogen worden.

An der Stelle, wo Green ein Seil um einen Baum geschlungen hätte, wenn es darum gegangen wäre, die Jachten nach oben zu ziehen, entdeckte er alle drei Fahrzeuge. Sie lagen nebeneinander am Rand der Senke und waren hinter Büschen versteckt. Nur ihre hohen Masten waren teilweise sichtbar; selbst ein geübter Beobachter hätte sie jedoch mit abgestorbenen Bäumen verwechseln können.

Green stieß einen Freudenschrei aus, drehte sich um und wollte zu den anderen zurücklaufen. Dabei prallte er gegen einen Baum, richtete sich fluchend auf und betastete seine schmerzende Nase. Im nächsten Augenblick lag er schon wieder ausgestreckt im Gras, weil er über irgend etwas gestolpert war. Von·diesem Sturz an schien sich alles gegen ihn verschworen zu haben; Green stolperte nur noch, schlug sich die Schienbeine an, bekam blaue Flecken vom Zusammenprall mit Bäumen und mußte sich von Büschen losreißen. Dazu kam noch, daß es jetzt nicht mehr blitzte, so daß er sich blind durch die Nacht vorwärtstasten mußte. Und Lady Luck, die schon mehrmals klagend gemauzt hatte, zwängte sich plötzlich ins Freie, sprang zu Boden und verschwand. Green rief ihr nach, aber sie hatte vorläufig von ihm und seiner blinden Stolperei genug und blieb verschwunden.

Nun mußte er sich irgendwie allein zurechtfinden.

Zehn Minuten später, als er eben gemerkt hatte, daß er sich in der falschen Richtung bewegte und vom Rand der Insel abgekommen war, zogen die dunklen Wolken davon. Nun leuchteten die beiden Monde, und Green sah wieder deutlich, wohin er trat. In kurzer Zeit hatte er die Senke erreicht, wo die anderen auf ihn warteten.

»Warum hast du so lange gebraucht?« fragte Amra. »Wir dachten schon, du seist über den Rand gefallen.«

»Das hätte gerade noch gefehlt«, murmelte Green vor sich hin. Er war noch immer wütend darüber, daß er sich so verlaufen hatte. Dann berichtete er, wo er die Jachten gefunden hatte, und fügte hinzu: »Wir müssen eine nach unten zu den Davits schieben, bevor wir sie auf die Ebene hinunterlassen können. Dazu brauchen wir möglichst viele Hände und sogar die Kinder!«

Sie stiegen langsam den Abhang hinauf und schoben die erste Jacht mit vereinten Kräften an den Rand der Senke. Green nahm eines der nassen Seile auf und befestigte es an einer schmiedeeisernen Öse am Heck des Fahrzeugs. Das andere Ende wurde um einen Baum geführt, dessen Stamm bereits zahlreiche Kerben von ähnlichen Operationen aufwies. Miran leitete die Hälfte der Gruppe, die nur das Seil festzuhalten hatten. Green versammelte die restlichen Frauen um sich und schob mit ihrer Hilfe die Jacht über den Rand und den Abhang hinunter, während Mirans Leute langsam das Seil nachließen.

Als die Jacht sich endlich zwischen den Davits befand, mußte sie an vier Seilen aufgehängt und hochgehoben werden. Zum Glück stand für diese Arbeit eine Winde zur Verfügung. Unglücklicherweise war diese Winde jedoch lange nicht mehr benützt worden und deshalb rostig. Sie ließ sich kaum bewegen und quietschte dabei laut. Der Lärm störte allerdings wenig, denn die Gruppe war schon bisher so laut gewesen, daß nur ein günstiger Ostwind verhindert haben konnte, daß die Kannibalen merkten, wohin die Überlebenden geflohen waren.

Als Green darüber nachdachte, zeigten die Wilden sich erstmals wieder. Grizquetr, der als Wachtposten auf einem Baum hockte, rief plötzlich: »Ich sehe eine Fackel!

121

Sie brennt irgendwo im Wald — ungefähr eine halbe Meile weit entfernt. Oh! Noch eine! Und noch eine!«

»Sind sie auf dem Weg hierher?« wollte Green wissen.

»Ja, sie folgen dem Pfad hierher!« meldete Grizquetr aufgeregt.

Green arbeitete fieberhaft, um die Taue der Davits an den auf Deck vorgesehenen Ösen zu befestigen. Er fluchte leise vor sich hin, weil seine Finger nicht rasch genug arbeiteten. Trotzdem brauchte er für die vier Knoten kaum zwei Minuten; selbst diese kurze Zeitspanne erschien ihm jedoch wie eine Ewigkeit.

Dann mußte er einige Frauen von Bord schicken, die es sich bereits auf Deck gemütlich gemacht hatten. Nur Frauen mit Kleinkindern und die übrigen Kinder durften an Bord bleiben.

»Wer soll eurer Meinung nach die Winde bedienen?« erkundigte Green sich wütend. »Los, an die Arbeit mit euch!«

»Willst du uns wirklich im Xurdimur zurücklassen, während du selbst auf der Insel bleibst?« erkundigte sich eine der Frauen ängstlich.

»Nein«, versicherte Green ihr so ruhig wie möglich. »Wir lassen die Jacht auf die Ebene herab. Dann steigen wir zu den beiden anderen hinauf und schieben sie über den Rand der Insel, damit die Wilden uns nicht darin verfolgen können. Und danach springen wir selbst ab und marschieren zu euch zurück.«

Er merkte, daß die Frauen noch immer beunruhigt waren, und rief deshalb Grizquetr zu sich.

»Komm herunter, mein Junge. Du gehst mit an Bord!«

Als Grizquetr vor ihm stand und erwartungsvoll zu ihm aufsah, sagte Green nur: »Ich verlasse mich darauf, daß die Frauen und Kinder bis zu unserer Rückkehr unter deinem Schutz in Sicherheit sind. Okay?«

»Okay«, antwortete Grizquetr und richtete sich stolz auf. »Ich bin also Kapitän, bis du zurückkommst, was?«

»Richtig, du bist Kapitän«, stimmte Green zu und klopfte ihm auf die Schulter: »Und ein guter dazu.«

Dann ließ er die Winden besetzen, mit denen das Fahrzeug einige Zentimeter hoch in die Luft gehoben wurde. Nun schwenkten die Davits quietschend und knarrend zur Seite, bis der Windroller über dem Rand der Insel hing. Als das Fahrzeug herabgelassen wurde, berührte es den festen Boden mit allen Rädern gleichzeitig. Green wartete nur einen Augenblick lang, bis sicher feststand, daß sämtliche Räder Bodenberührung hatten und sich drehten; dann gab er das vereinbarte Zeichen, und die Frauen an Bord lösten die vier Knoten. Nun konnte er endlich erleichtert aufatmen, denn alle vier Knoten ließen sich mühelos und rasch lösen, so daß keine Gefahr bestand, daß die Jacht in letzter Sekunde kippte und umgeworfen wurde.

Green sah dem Windroller nach, der jetzt hinter der Insel zurückblieb. Das Fahrzeug wurde immer kleiner und tauchte schließlich in der Dunkelheit unter. Green wandte sich ab, holte tief Luft, lief auf den Hügel zu und forderte die anderen auf: »Los, kommt mit! Wir haben es eilig!«

Als er den höchsten Punkt des Hügelrückens vor den anderen erreicht hatte, blieb er kurz stehen. Die Fackeln waren inzwischen näher gekommen, und irgendwo auf der Insel erklang ein dumpfer Trommelwirbel.

Lady Luck erschien plötzlich hinter einem Busch, rannte auf Green zu, kletterte an ihm empor und legte sich auf seine Schultern.

»Ah, da bist du wieder, du treulose Bestie!« begrüßte Green sie. »Hast du es nicht mehr ohne mich ausgehalten?«

Lady Luck gab keine Antwort, sondern sah zu den Fackeln hinüber.

»Keine Angst, Kleine«, beruhigte Green sie. »Wir sorgen gleich dafür, daß sie uns nicht einholen können.«

Inzwischen waren auch die anderen herangekommen, und Green machte sich sofort mit ihnen an die Arbeit. Eine Minute später rollte die vorderste Jacht hangabwärts. Als das Fahrzeug über den Rand der Insel stürzte und auf der Ebene liegenblieb, mußten sie sich beherrschen, um nicht in laute Beifallsrufe auszubrechen. Das war nur eine harmlose Rache für ihre Leiden in der Gefangenschaft der Kannibalen, aber immerhin besser als gar nichts.

»Jetzt noch den letzten Windroller!« befahl Green. »Dann rennen wir bergab, als wären alle Dämonen hinter uns her!«

Sie schoben das Fahrzeug bis zu der Stelle, an der eine letzte Anstrengung genügen würde, um die Jacht davonrollen zu lassen.

In diesem Augenblick tauchten einige Wilde, die den Fackelträgern vorausgeeilt waren, dicht hinter ihnen auf.

Green sah sie einen weiten Bogen machen und erriet, daß sie vorausgeschickt worden waren, um zu verhindern, daß auch diese Jacht über den Rand der Insel gestürzt wurde. Die etwa zehn Männer hatten bereits eine Stelle zwischen dem Rand der Insel und seiner Gruppe erreicht; sie waren nicht nur zahlenmäßig überlegen, sondern waren vor allem starke Männer, während Greens Streitmacht überwiegend aus Frauen bestand. Und sie hatten ihre Speere, während die Schiffbrüchigen nur mit Messern und Dolchen bewaffnet waren.

Green überlegte nicht lange. »Miran bleibt bei mir, die anderen gehen an Bord!« befahl er rasch. »Kein Widerspruch! Los, aufsteigen! Wir fahren durch sie hindurch! Legt euch flach aufs Deck!«

Die Frauen gehorchten wortlos und ließen sich von den beiden Männern an Bord helfen. Dann stemmten Miran und Green sich gegen das Heck der Jacht und versuchten sie in Bewegung zu setzen. Zunächst schien das schwere Fahrzeug sich nicht bewegen zu wollen, als sei es noch nicht dicht genug am Rand der Senke.

»Wir müssen es allein schaffen!« keuchte Green. »Fester, Miran, noch fester!«

Er hatte das Gefühl, sein Schlüsselbein müsse im nächsten Augenblick zersplittern, und die Adern auf seiner Stirn schwollen dick an.

Unter ihnen ertönten die Schreie der Wilden, die jetzt den Hügel heraufstürmten, um ihren Windroller zurückzuerobern.

»Noch mal!« rief Green verzweifelt.

Seine Adern drohten zu platzen, und er war davon überzeugt, daß seine Knie demnächst unter dieser Belastung nachgeben würden. Aber der Windroller setzte sich langsam in Bewegung, knarrte dabei, wurde etwas schneller und rollte schließlich den Abhang hinunter. Green mußte hinterherlaufen, sich mit einer Hand an der Reling festhalten und die andere nach Miran ausstrecken, der zu langsam war.

Zum Glück hatte eine der Frauen an Bord die Geistesgegenwart, Miran an der Schulter zu fassen und aufs Deck zu ziehen. Der dicke Handelsherr stieß einen lauten Schrei aus, als er unsanft über die Reling plumpste, hielt jedoch seinen Beutel mit den Juwelen eisern fest.

Lady Luck hatte ihren Posten auf Greens Schultern bereits verlassen, als er zu schieben begann. Jetzt drängte sie sich wieder an ihn und hatte offenbar Angst, weil die Jacht in allen Fugen zitterte und krachte, während sie bergab rollte.

Green legte schützend einen Arm um sie und richtete sich dann auf dem linken Ellbogen auf. Als erstes sah er einen Speer, der geradewegs auf ihn zuflog. Er glaubte den Luftzug im Gesicht zu spüren und hörte unmittelbar darauf einen entsetzten Schrei. Anscheinend war die Frau neben ihm getroffen worden; er hatte jedoch keine Zeit, sich nach ihr umzudrehen. Ein Wilder tauchte neben der Jacht auf, und da das Deck etwa brusthoch über dem Boden lag, sah der Kannibale alles ganz deutlich. Er holte mit seinem Speer aus und warf ihn nach Green.

Nein, nicht nach ihm, sondern nach der Katze. Ein zweiter Krieger, der jetzt erschien, brüllte etwas Unverständliches und warf seinen Speer ebenfalls nach Lady Luck. Offenbar waren Katzen auf dieser Insel nicht mehr tabu; die Eingeborenen waren von ihrem Totem enttäuscht und trachteten deshalb jeder Katze nach dem Leben.

Lady Luck hatte allerdings auch diesmal Glück, denn nur der zweite Speer streifte sie leicht, ohne sie ernstlich zu verletzen. Und im nächsten Augenblick fluchten und schrien die Wilden hilflos hinter der Jacht her, die an ihnen vorbeibrauste. Das Fahrzeug rollte den Abhang hinunter, ratterte über das letzte gerade Stück und flog mit kaum verminderter Geschwindigkeit durch die Luft. Green streckte sich auf dem Deck aus und hielt sich fest, um nicht über Bord geschleudert zu werden, wenn die Jacht einen Meter tiefer aufkam.

Irgendwie wurde er jedoch hochgehoben, schwebte in der Luft und sah die Decksplanken auf sich zukommen. Dann herrschte einige Minuten lang Schweigen, bevor Green aus der Dunkelheit zurückkehrte und feststellte, daß das Zusammentreffen zwischen dem Deck und seinem Gesicht zu unerwünschten Auswirkungen geführt haben mußte. Dieser Verdacht wurde zur Gewißheit, als er einen Vorderzahn ausspuckte. Er spürte jedoch keine Schmerzen, denn die Freude darüber, daß sie den Wilden entkommen waren, wog alles auf. Hinter ihnen entfernte sich die Insel im Mondschein über das Xurdimur, und die Kannibalen brüllten in ohnmächtiger Wut vom Rand aus zu den Flüchtlingen hinüber, ohne jedoch den Mut zu besitzen, von der Insel zu springen und die Verfolgung aufzunehmen. Schließlich war diese Insel ihre Heimat, die sie nicht einfach verlassen konnten, nur um sich an Green und den anderen zu rächen.

»Hoffentlich räumen die Vings morgen gründlich

auf«, murmelte Green vor sich hin. Er stand mühsam auf und sah sich um. Die Frau neben ihm war wider Erwarten unverletzt geblieben; sie hatte nur erschrocken aufgeschrien, als der erste Speer so dicht an seinem Gesicht vorbeiflog. Die Waffe steckte tief im Fuß des Hauptmastes, und Green mußte sich anstrengen, um die Spitze herauszuziehen.

Er kletterte über Bord und besichtigte die Schäden, die der Aufprall zurückgelassen hatte. Ein Rad fehlte, und die dazugehörige Achse war völlig verbogen. Green schüttelte den Kopf, als er sich an die anderen wandte. »Mit dieser Jacht fährt keiner mehr«, stellte er fest. »Kommt, wir gehen zu Fuß weiter.«

23

Zwei Wochen später trieb ein günstiger Wind die andere Jacht mit fünfzehn Knoten vor sich her. Es war mittags, und die gesamte Besatzung mit Ausnahme der beiden Rudergänger, Miran und Amra, saß beim Essen. Heute gab es *Hobber-Steaks*, da Green wieder einmal auf der Jagd erfolgreich gewesen war. An Bord gab es reichlich zu essen, obwohl die Jacht keine Lebensmittelvorräte im Lagerraum gehabt hatte. Zum Glück waren die Kannibalen abergläubisch genug gewesen, die Pistolen des früheren Besitzers, ein Faß Pulver und einen Sack Kugeln in der Kabine zu lassen. Mit diesen Pistolen ging Green auf die Jagd und erlegte bereits am ersten Tag genügend Wild, um alle reichlich zu ernähren.

Amra ergänzte diese eintönigen Fleischgerichte mit einem Grassalat, den nur sie richtig zubereiten konnte. Und wenn sie von Zeit zu Zeit einen Wald erreichten, ließ Green halten, damit die Besatzung ausschwärmen und Beeren suchen konnte; von diesen Ausflügen brachten sie auch eine große Pflanze mit, deren Stengel in Wasser aufgeweicht eine Art Brotteig ergaben.

Einmal tauchte eine Graskatze hinter einem Baum auf und wollte sich auf Inzax stürzen. Miran und Green schossen gleichzeitig, und das Raubtier sank zehn Meter von der kleinen Blondine entfernt zusammen.

Im allgemeinen waren die Graskatzen nur gefährlich, wenn Besatzungsmitglieder die Jacht verließen. Sie machten nie den Versuch, während der Fahrt an Bord zu springen, obwohl sie bestimmt dazu imstande gewesen wären. Gelegentlich folgten sie der Jacht einige Meilen weit, um sich dann stolz abzuwenden.

Green wünschte sich oft, die Wildhunde wären ähnlich veranlagt. Sie waren fast so groß wie Graskatzen und bildeten Rudel von zehn bis fünfzehn Tieren. Green fand sie abstoßend häßlich, wenn sie knurrend und bellend zwischen den Rädern des Windrollers umherliefen, nach den Achsen schnappten und ihre gelblichen Reißzähne fletschten. Manchmal kam einer von ihnen auf die Idee, er könne an Bord springen, um festzustellen, wie die Menschen dort oben schmeckten.

Diese Versuche endeten stets damit, daß die Besatzung den Eindringling erlegte und seinen Kadaver über Bord warf. Die übrigen Wildhunde des Rudels stürzten sich dann auf ihren toten Genossen, ohne auf den Windroller zu achten, der sich rasch entfernte und außer Sicht kam.

Die Attacken der Wildhunde forderten keine Toten, aber fast jeder an Bord trug eine oder mehrere Narben als Andenken davon. Nur Lady Luck blieb gänzlich unverletzt. Sobald sie in der Ferne ein Rudel hörte, kletterte sie den Mast hinauf und kam erst wieder herunter, wenn die Gefahr beseitigt war.

An diesem Tag waren sie noch nicht belästigt worden. Miran stand auf dem Vorderdeck und richtete seinen Sextanten auf die Sonne. Er hatte das Instrument und mehrere Karten in der Kabine gefunden. Obwohl er das Alphabet nicht kannte, mit dem die Eintragungen auf diesen Karten erfolgt waren, hatte er sie in Gedanken mit anderen Karten vergleichen können; die er an Bord des *Glücksvogels* zurückgelassen hatte. Er hatte die fremden Ortsnamen durchgestrichen und sie durch die ihm vertrauten Bezeichnungen ersetzt. Green hatte ihn allerdings zu dieser Änderung gedrängt, um die Karten selbst lesen zu können, und er hatte Miran auch dazu gebracht, ihm und Amra zu erklären, wie der Sextant bedient werden mußte.

Als Green und seine Frau einigermaßen mit diesem Instrument umgehen konnten, ereignete sich der Zwischenfall, der ihn dazu zwang, weitere Sicherheitsvorkehrungen zu treffen. Miran und er standen am Heck, während Amra die Jacht in die Nähe einer Wildherde steuerte. Das war ein gewöhnliches Manöver — sie folgten den *Hobbers*, bis die Tiere erschöpft waren, und erlegten dann zwei oder drei Tiere. Auch diesmal hob Green seine Pistole und sah dabei aus dem Augenwinkel heraus, daß Miran ebenfalls die Waffe hob und dabei einen Schritt zurücktrat. Green drehte sich nach ihm um und wollte ihn ermahnen, nur zu schießen, wenn er selbst das Wild verfehlt hatte. In diesem Moment sah er eine Pistolenmündung auf seinen Kopf gerichtet, duckte sich und war darauf gefaßt, einen Kopfschuß zu bekommen. Aber Miran ließ die Waffe sinken und erkundigte sich arglos, was denn plötzlich in Green gefahren sein.

Green antwortete nicht, sondern nahm Miran nur die Pistole ab und schloß sie im Waffenschrank ein. Weder er noch Miran erwähnten diesen Vorfall anderen gegenüber, und der Handelsherr fragte niemals, weshalb Green ihm keine Pistole mehr in die Hand gab. Allein das überzeugte Green davon, daß Miran ihn ›aus Versehen‹ hatte erschießen wollen.

Um in Zukunft ähnliche ›Unfälle‹ weniger lohnend zu machen, wies Green Amra an, ein bestimmtes Besatzungsmitglied erschießen und über Bord werfen zu lassen, falls er plötzlich eines Morgens verschwunden sein sollte. Er nannte keinen Namen, sprach jedoch von

›ihm‹, und da Miran der einzige andere Mann an Bord war, konnte es keine Zweifel an seiner Identität geben.

Von diesem Zeitpunkt an arbeitete Miran bereitwillig mit ihm zusammen und war stets unerschütterlich freundlich. Aber Green beobachtete auch, daß Miran gelegentlich finster zu ihm hinübersah und dabei entweder seinen Dolch festhielt oder den Beutel mit den geretteten Juwelen betastete, den er ständig bei sich trug. Green konnte sich gut vorstellen, daß Miran ihm nach der Ankunft in Estorya eine kleine Überraschung bereiten wollte.

An diesem Tag waren sie zwei Wochen mit der Jacht unterwegs. Miran nahm das Besteck auf, und Green wartete neben ihm, um seine Messungen nachzuprüfen. Falls seine eigenen Berechnungen stimmten, waren sie nur noch zweihundert Meilen von Estorya entfernt. Bei gleichbleibender Fahrt würden sie die Stadt also in etwas mehr als zehn Stunden erreichen.

Miran hatte seine Messung beendet und ging in die Kabine, wo Green die Karten aufbewahrte. Nun war Green an der Reihe. Er wiederholte die Messung und betrat dann ebenfalls die Kabine, um das Ergebnis mit Mirans Position zu vergleichen.

»Wir sind uns also einig«, stellte Green fest und deutete auf einen roten Punkt in der Mitte der Karte. »Diese Insel müßte innerhalb der nächsten vier Stunden in Sicht kommen.«

»Richtig«, stimmte Miran zu. »Das ist ein markanter Punkt, den jeder Captain kennt, der je nach Estorya gesegelt ist. Schon mein Großvater hat diesen Punkt hundert Meilen außerhalb der Stadt gekannt. Früher war er eine dieser schwebenden Inseln, die sich aber seit langem nicht mehr bewegt hat. Das ist nichts Außergewöhnliches. Überall im Xurdimur gibt es derartige Inseln, und jede neue Karte verzeichnet einige weitere Hindernisse, wo eine Insel zum Stillstand gekommen ist.«

Er machte eine Pause und fügte erklärend hinzu:

»Außergewöhnlich ist in diesem Fall nur, daß die Insel nicht von selbst zum Stillstand gekommen ist. Die Estoryaner haben sie durch einen Zaubertrick gefangen und halten sie seitdem fest.«

»Was soll das heißen?« fragte Green schnell.

Miran starrte ihn verständnislos an. »Was das heißen soll?« wiederholte er langsam. »Natürlich genau das, was ich gesagt habe, sonst nichts.«

»Mit welchem Zauber haben sie die schwebende Insel eingefangen?« erkundigte Green sich.

»Nun, sie haben bestimmte Türme davor aufgebaut, und als die Insel rückwärts ausweichen wollte, haben sie weitere Türme in den Weg gestellt. Die Türme ließen sich auf Rädern beliebig verschieben. Als die Insel eingekreist war, konnte sie sich nicht mehr bewegen, und sie hat es seitdem nie wieder getan.«

»Diese Türme interessieren mich. Woher wußten die Estoryaner, wie sich die Insel aufhalten ließ? Und warum haben sie es nicht mit anderen versucht, nachdem es mit einer geglückt war?«

»Das weiß ich nicht«, gab Miran zu. »Aber vielleicht sind daran äußere Umstände schuld, denn die Türme sind riesig, kosten Unsummen und lassen sich nicht allzu schnell bewegen. Vielleicht wollten die Estoryaner nur eine Insel einfangen. Das Wissen stammt von ihren Vorfahren, die Estorya an dieser Stelle gegründet haben. Um die Stadt vor den Inseln zu schützen, mußten sie Türme entlang der Mauer errichten. Aber der Bau hat viel Holz und Geld gekostet, deshalb haben sie vermutlich später das Interesse daran verloren.«

Miran deutete auf eine symbolisierte Festung neben dem roten Punkt.

»Diese Festung bedeutet, daß die Estoryaner hier einen Militärstützpunkt unterhalten. Wir müssen uns dort melden, falls wir in Sichtweite vorbeikommen. Selbstverständlich läßt sich das vermeiden, indem wir nördlich oder südlich daran vorbeifahren. Aber dann müssen wir am Windbrecher der Stadt unsere Papiere vorweisen, und die Inspekteure halten nicht viel von Fahrzeugen, die nicht zuvor in Fort Shimdoog zur freiwilligen Kontrolle gewesen sind, selbst wenn es sich nur um eine kleine Jacht handelt. Die Estoryaner sind von Natur aus äußerst mißtrauisch veranlagt.«

Richtig, dachte Green, und ich möchte wetten, daß du die Absicht hast, ihr Mißtrauen zumindest in einer Beziehung noch zu fördern.

Er verließ die Kabine und hörte im gleichen Augenblick Amras Stimme vom Ruder her.

»Insel am Horizont!« rief sie ihm zu. »Und eine größere Anzahl von weißen Türmen.«

Green äußerte sich nicht dazu. Aber er konnte sich kaum noch beherrschen, je näher sie der Insel und den Türmen kamen. Er ging unruhig auf Deck auf und ab, hielt sich die Hand über die Augen und starrte immer wieder zu den weißen Türmen hinüber. Als sie ihnen schließlich so nahe waren, daß ihre Größe und äußerliche Details unverkennbar in Sicht kamen, ließ seine Begeisterung sich nicht länger unterdrücken.

Er stieß einen Freudenschrei aus, küßte Amra und tanzte auf dem Vorderdeck herum. Die Frauen beobachteten ihn verlegen, und die Kinder lachten, aber alle fragten sich, ob er plötzlich verrückt geworden sei.

»Raumschiffe! Raumschiffe!« brüllte er auf englisch. »Dutzende von Raumschiffen! Das muß eine Expedition sein! Ich bin gerettet! Raumschiffe, Raumschiffe!«

24

Es war ein herrlicher Anblick: Dutzende von spitzen Nadeln, die bis zu den Wolken aufragten und ihre Teleskopstützen tief ins weiche Erdreich gebohrt hatten! Ihre Rümpfe aus weißem Eternum blitzten in der Sonne und blendeten den Beschauer. Ein prächtiges Bild, das den Fortschritt und das Wissen der größten Zivilisation der Galaxis verkörperte.

Kein Wunder, dachte Green, daß ich tanze und brülle, während die anderen mir besorgte Blicke zuwerfen, als sei ich plötzlich übergeschnappt. Und Amra schüttelt mit Tränen in den Augen den Kopf und murmelt etwas vor sich hin. Aber was weiß sie schon von der Bedeutung dieser weißen Türme?

Woher sollte sie es auch wissen?

»He!« brüllte Green heiser. »He, hier bin ich! Ich stamme von der Erde! Vielleicht sehe ich wie ein Eingeborener aus, weil ich lange Haare, einen Bart und ein schmutziges Gesicht habe, aber ich bin keiner. Ich bin Alan Green, ein Bürger der Erde!«

Selbstverständlich hätte ihn niemand aus dieser Entfernung hören können, auch wenn jemand unter einem der Raumschiffe im Freien gestanden hätte. Aber Green brüllte aus reiner Begeisterung weiter, ohne sich darum zu kümmern, daß er dabei heiser wurde.

Amra unterbrach ihn schließlich.

»Was ist mit dir los, Alan? Hat dich der Grüne Vogel der Glückseligkeit gebissen, der manchmal über diese Ebene fliegt? Oder hat dich der Schwarze Vogel des Schreckens berührt, während du nachts auf Deck geschlafen hast?«

Green machte eine Pause und starrte sie nachdenklich an. Sollte er ihr die Wahrheit sagen, da er jetzt die Rettung vor Augen hatte? Natürlich brauchte er nicht zu befürchten, daß sie oder andere ihn davon abhalten würden, mit der Expedition Verbindung aufzunehmen. Jetzt konnte ihn niemand mehr aufhalten, davon war er überzeugt.

Er konnte es nur nicht übers Herz bringen, ihr zu erzählen, daß er sie verlassen wollte.

Er begann auf Englisch zu sprechen, hörte wieder auf und machte einen neuen Anfang in ihrer Sprache. »Diese Türme ... in ihnen haben Männer meines Stammes die Entfernung zwischen den Sternen zurückgelegt. Ich bin damals mit einem Schiff dieser Art hierhergekommen — in einem Raumroller, könnte man sagen. Mein Schiff hatte eine Havarie, und ich mußte auf dieser ... deiner ... Welt niedergehen. Dann habe ich gehört, daß ein weiteres Schiff bei Estorya gelandet war; König Raussmig hatte die Besatzung einsperren lassen und wollte sie dem Sonnengott opfern. Ich mußte also möglichst schnell nach Estorya und habe deshalb Miran dazu gebracht, mich als Passagier an Bord zu nehmen. Darum habe ich dich im Stich gelassen, denn ich ...«

Er sprach nicht weiter, sondern betrachtete verständnislos Amras Gesichtsausdruck. Er sah weder Trauer noch Zorn, sondern nur Mitleid, das er sich nicht erklären konnte.

»Wovon sprichst du überhaupt, Alan?« wollte Amra wissen.

Er wies auf die Raumschiffe.

»Sie kommen von Terra, meinem Heimatplaneten.«

»Ich weiß nicht, was du unter einem Heimatplaneten verstehst«, sagte Amra leise, »aber das dort vorn sind jedenfalls keine Raumschiffe, sondern große Türme, die vor tausend Jahren von Estoryanern erbaut worden sind.«

»Was ... was soll das heißen?« stotterte Green fassungslos.

Er sah wieder zu den Nadeln hinüber. Wenn das keine Raumschiffe waren, wollte er alle Segel der Jacht essen. Und die Räder dazu.

Der Windroller wurde von der frischen Brise näher an die Türme herangetrieben. Green stand hinter Amra und bildete sich ein, er müsse demnächst platzen, wenn die aufgestaute Erregung sich nicht irgendwie Luft machte. Schließlich erfolgte die logische Reaktion. Er hatte plötzlich Tränen in den Augen, wollte sie zurückhalten und konnte doch nicht verhindern, daß sie ihm übers Gesicht liefen.

Wie geschickt die Erbauer dieser Türme jedes Detail nachgeahmt hatten! Die Teleskopstützen, die breiten Ruderflächen, die glatten Bordwände und schließlich der nadelspitze Bug — alles das war eine maßstabgerechte Kopie eines großen Raumschiffs. Die Konstrukteure dieser Türme mußten also ein Raumschiff zum Vorbild genommen haben; anders ließ sich diese täuschende Ähnlichkeit nicht erklären.

»Nicht weinen, Alan«, mahnte Amra. »Die anderen halten dich sonst für schwach. Ein Kapitän weint nicht.«

»Dieser Kapitän tut es aber«, erwiderte Green, drehte sich um und ging ans Heck der Jacht, wo er sich über die Reling beugte, damit niemand sein tränennasses Gesicht sah.

Dann spürte er eine Hand auf seiner.

»Alan«, sagte Amra leise. »Ich muß die Wahrheit hören. Hättest du mich mitgenommen, wenn die Türme wirklich Schiffe wären, die zu deinem Heimatplaneten fliegen könnten? Oder findest du noch immer, daß ich ... daß ich nicht gut genug für dich bin?«

»Sprechen wir jetzt nicht davon«, wehrte Green ab. »Ich kann nicht. Außerdem hören zu viele Leute zu. Später, wenn alle schlafen.«

»Meinetwegen, Alan.«

Sie verließ ihn wortlos, denn sie ahnte, daß er mit seinen Gedanken allein sein wollte. Er war ihr dankbar dafür, weil er wußte, welche Überwindung sie diese Zurückhaltung kostete. Zu jedem anderen Zeitpunkt hätte sie ihm in ähnlicher Lage irgend etwas an den Kopf geworfen.

Nachdem er sich einigermaßen beruhigt hatte, ging er ans Ruder und löste Miran ab. Nun war er zu beschäftigt, um über seine große Enttäuschung nachzudenken. Als sie das Fort erreichten, mußte er sich beim Wachhabenden melden lassen und seine Geschichte erzählen. Das dauerte einige Stunden, denn der Offizier verständigte seine Vorgesetzten, denen Green die gleiche Geschichte erzählen mußte. Miran und Amra wurden ebenfalls ausgefragt. Green hörte besorgt zu, als der Handelsherr die Ereignisse aus seiner Sicht beschrieb, denn er fürchtete, daß Miran den Verdacht äußern würde, Green sei kein gewöhnlicher Mensch wie die anderen. Falls Miran derartige Absichten hatte, sparte er sich die Enthüllungen bis zu ihrer Ankunft in Estorya auf.

Die Offiziere waren sich darüber einig, daß Greens Bericht das phantasievollste Seemannsgarn sei, das sie bisher gehört hatten. Sie bestanden darauf, ein Bankett für Miran und Green zu geben. Das hatte den Vorteil, daß Green endlich wieder baden, sich die Haare schneiden und sich rasieren lassen konnte. Andererseits mußte er das langweilige Fest ertragen, sich bis obenhin vollstopfen, um seine Gastgeber nicht zu beleidigen, und sogar an einem Wetttrinken mit den jüngeren Offizieren der Garnison teilnehmen. Sein Symbiont konnte zum Glück unglaubliche Mengen Nahrung und Alkohol verarbeiten, so daß Green den Offizieren als eine Art Supermann erschien. Als der letzte Teilnehmer des Banketts gegen Mitternacht betrunken unter dem Tisch lag, konnte Green endlich den Saal verlassen, um zur Jacht zurückzukehren.

Leider mußte er jedoch den dicken Handelsherrn mit nach draußen schleppen. Vor dem Gebäude sah er einige Rikschafahrer an einem Feuer auf Kunden warten, die so betrunken waren, daß sie weder Geister noch Diebe fürchteten. Er gab einem der Männer ein Geldstück und beschrieb ihm, wo er Miran abliefern solle.

»Und wie steht es mit Ihnen, ehrenwerter Herr? Wollen Sie nicht auch nach Hause fahren?«

»Später«, antwortete Green. »Ich mache noch einen kurzen Spaziergang.«

Bevor die Rikschafahrer weitere Fragen stellen konnten, verschwand er in der Dunkelheit und stieg zum höchsten Punkt der Insel hinauf.

Zwei Stunden später erschien er plötzlich im Mondschein am Windbrecher, ging an den dort vertäuten Windrollern vorbei zur Jacht und kletterte leise an Bord. Ein Blick auf Deck zeigte ihm, daß alle friedlich schliefen. Er stieg vorsichtig über die Schlafenden hinweg und streckte sich neben Amra aus. Er legte die Hände unter den Kopf und sah nachdenklich zu den Sternen auf.

»Alan, du wolltest doch jetzt mit mir sprechen«, flüsterte Amra.

Green drehte sich nicht nach ihr um.

»Ich wäre früher zurückgekommen, aber die Offiziere haben uns so lange aufgehalten. Ist Miran noch nicht an Bord?«

»Doch, er ist fünf Minuten vor dir eingetroffen.«

Er richtete sich auf und starrte sie an. »*Was?*«

»Ist das außergewöhnlich?«

»Dabei war der Kerl so betrunken, daß er fest geschlafen hat! Dieser verdammte Gauner! Er hat mir etwas vorgespielt! Und er muß ...«

»Was muß er?«

Green zuckte mit den Schultern. »Das weiß ich selbst nicht.«

Er konnte Amra nicht erzählen, daß Miran ihn verfolgt und einiges gesehen haben mußte, was nicht für seine Augen bestimmt gewesen war.

Er stand auf und starrte die dunklen Gestalten an, die überall auf Deck zu erkennen waren. Miran schlief unter einer Decke am Ruder. Oder er stellte sich jedenfalls schlafend.

Sollte er ihn umbringen? Wenn Miran ihn in Estorya verriet ...

Green setzte sich und spielte mit dem Dolch an seinem Gürtel.

Amra schien zu erraten, was er dachte, denn sie fragte: »Warum willst du ihn umbringen?«

»Das weißt du selbst. Weil er mich auf den Scheiterhaufen bringen kann.«

Amra holte tief Luft.

»Alan, das ist nicht wahr! Du bist doch kein Dämon!«

Green fand diese Idee so lächerlich, daß er sich nicht die Mühe machte, darauf zu antworten. Er hätte es aber tun sollen, denn er wußte, wie ernst diese Leute derartige Dinge nahmen. Im Augenblick war er jedoch noch so mit Miran beschäftigt, daß er Amra völlig vergaß. Er wurde erst wieder auf sie aufmerksam, als er sie schluchzen hörte.

»Keine Angst, sie verbrennen mich bestimmt nicht«, sagte er überrascht.

»Nein, das dürfen sie nicht«, schluchzte Amra. »Mir ist es gleich, ob du wirklich ein Dämon bist. Ich liebe dich, und ich gehe für dich oder mit dir zum Teufel!«

Green brauchte einige Sekunden, um zu begreifen, daß sie ihn tatsächlich für einen Dämon hielt und trotzdem bei ihm bleiben wollte. Welche Überwindung sie dieser Entschluß gekostet haben mußte! Schließlich war sie von Kindheit an dazu erzogen worden, Teufel und Dämonen und böse Geister zu fürchten, zu hassen und zu verachten. Und nun hatte sie sich selbst überwunden — anstatt Green zu hassen, liebte sie ihn wie zuvor! In gewisser Beziehung war das eine größere Leistung als ein Flug von einem Stern zum anderen.

»Amra«, flüsterte er bewegt und beugte sich über sie, um sie zu küssen.

Zu seiner Überraschung wandte sie sich ab.

»Du weißt doch, daß ich nicht wie Dämonen Feuer spucke«, sagte er halb spöttisch, halb bemitleidend. »Und ich sauge dir auch nicht die Seele aus dem Leib.«

»Das hast du schon getan«, antwortete sie mit abgewandtem Gesicht.

»Amra!«

»Doch, das hast du getan! Warum bin ich dir sonst gefolgt, als du mich verlassen hast und an Bord des *Glücksvogels* davonfahren wolltest? Und warum will ich noch immer bei dir bleiben, warum würde ich nicht von dir lassen wollen, selbst wenn die Türme deine ›Raumschiffe‹ gewesen wären? Wie erklärst du dir das? Antworte!«

Auch sie hatte sich aufgerichtet und starrte ihm ins Gesicht. Er erkannte sie kaum wieder, so sehr waren ihre blassen Züge verzerrt.

»Allein während dieser Reise habe ich mir hundertmal gewünscht, du würdest sterben. Warum? Weil ich dann nicht mehr an den Tag zu denken brauchte, an dem du diese Welt für immer verlassen würdest, an dem du mich verlassen würdest! Aber sobald du in Lebensgefahr warst, habe ich um dich gezittert, denn ich wollte deinen Tod nicht wirklich. An diesem Wunsch war nur mein verletzter Stolz schuld. Und ich konnte mich nicht mit dem Gedanken abfinden, daß wir eines Tages getrennt sein würden, oder mit der Tatsache, daß du einer überlegenen Rasse angehören mußt, deren Angehörige eher Götter als Dämonen sind!

Oh, ich wußte bald nicht mehr, was ich überhaupt noch denken und glauben sollte! Ich konnte Kleinigkeiten ignorieren und zum Beispiel einfach übersehen, wie schnell deine Wunden heilen, ohne daß Narben zurückbleiben. Aber ich konnte nicht übersehen, daß du wußtest, daß Aga sterben würde, wenn sie die Wand hinter dem Altar berührte. Und mir mußte auch auffallen, daß deine Zähne wieder nachgewachsen sind, die du auf der Flucht von der Insel eingebüßt hattest. Und du hast dich mehrmals allzu deutlich für die beiden Dämonen interessiert, die in Estorya gefangengehalten werden. Und . . .«

»Nicht so laut, Amra!« mahnte er sie. »Du weckst noch alle auf!«

»Schon gut, schon gut. Ich soll lieber schweigen und die Dumme spielen, nicht wahr? Aber das kann ich nicht, dazu bin ich nicht geeignet! So . . . was hast du vor, Alan?«

»Was ich vorhabe?« wiederholte er langsam. »Nun,

ich will die beiden armen Teufel aus der Gefangenschaft befreien und in ihrem Raumschiff fliehen.«

»Teufel? Dann sind sie also wirklich Dämonen!«

»Nein, das habe ich nur gesagt, ohne es zu meinen«, beteuerte Green. »Ich habe sie als arme Teufel bezeichnet, weil ich mir vorstellen kann, was sie in dem barbarischen Gefängnis zu leiden haben. Die Priester dieses erbärmlichen Planeten sind bestimmt nicht besser als die Kannibalen, denen wir entkommen sind.«

»Ja, das ist deine Meinung von uns, nicht wahr? Wir sind alle nur blutgierige, barbarische, schmutzige Wilde.«

»Oh, durchaus nicht alle«, erwiderte Green lächelnd. »Du zum Beispiel nicht, Amra. Du bist eine wunderbare Frau.«

»Warum kann ich dann nicht ...?«

Sie biß sich auf die Unterlippe und wandte sich von ihm ab. Sie wollte sich nicht so weit erniedrigen, ihn darum zu bitten, sie mit zu sich nach Hause zu nehmen. Nein, das Angebot mußte von seiner Seite kommen.

Green wußte nicht, was er sagen sollte, obwohl er erkannte, daß er sofort etwas sagen mußte.

Er konnte sich nicht vorstellen, wie sie sich der irdischen Zivilisation anpassen sollte.

Wie konnte er ihr begreiflich machen, daß es auf der Erde nicht üblich war, persönliche Differenzen durch Gewalttätigkeiten zu bereinigen? Oder daß man dort nicht Berufsmörder anheuerte, um jemand beseitigen zu lassen, der einem körperlich überlegen war?

Wie konnte er sie lehren, die gleichen Dinge wie er zu lieben, die Musik und Literatur seiner Zivilisation? Amra war in einer gänzlich verschiedenen Umgebung aufgewachsen und würde in seiner Welt immer eine Fremde bleiben.

Natürlich gab es genügend Frauen auf der Erde und in den Kolonien auf anderen Planeten, die ebenfalls nicht mit Green übereinstimmten, obwohl sie in der gleichen Zivilisation aufgewachsen waren. Aber dabei handelte es sich um reine Geschmacksunterschiede, während bei Amra das Verständnis für die Dinge fehlte, auf denen Greens Lebensstil basierte.

Er sah auf Amra hinab, die ihm den Rücken zukehrte und zu schlafen schien, obwohl er wußte, daß sie nicht schlief, sondern noch immer über das gleiche Problem nachdachte. Dann streckte er sich seufzend neben ihr aus und bemühte sich, nicht mehr an die unausgesprochene Frage zu denken, die er morgen wieder in ihren Augen lesen würde.

25

Kurz nach Tagesanbruch setzte die Jacht erneut Segel und steuerte Estorya an, das hundert Meilen weit entfernt im Westen lag. Heute trieb der Wind sie mit zwanzig Knoten vor sich her; Green ließ alle Segel setzen und übernahm selbst das Ruder. Nun kam es darauf an, einen geraden Kurs zu steuern, denn die Verkehrsdichte hatte erheblich zugenommen. Innerhalb einer Stunde sichteten sie nicht weniger als vierzig andere Fahrzeuge, von denen einige kaum größer als die Jacht waren, während andere fast die doppelte Größe des gestrandeten *Glücksvogels* erreichten. Je näher sie Estorya kamen, desto mehr Jachten erschienen auch in ihrer Nähe. Und als die weißen Türme, die an Raumschiffe erinnerten, am Horizont auftauchten, schwitzte Green bereits, weil die anderen Windroller ständig seinen Kurs kreuzten, so daß er nur mühsam Zusammenstöße vermeiden konnte.

»Der ganze Staat ist von diesen weißen Türmen umgeben, zwischen denen Festungen liegen«, sagte Miran. »In diesem Gebiet haben die Estoryaner zahlreiche Farmen angelegt. Die Stadt selbst liegt jedoch auf drei schwebenden Inseln, die vor Jahrhunderten eingefangen worden sind.«

Green zog die Augenbrauen in die Höhe. »Tatsächlich? Und wo liegt das Schiff, mit dem die beiden Dämonen vom Himmel gefallen sind?«

Miran ließ sich nicht anmerken, daß er genau wußte, wie sehr Green sich für die sogenannten Dämonen interessierte.

»Oh, das Schiff liegt in der Nähe des Königspalasts, aber nicht auf dem Palasthügel. Es ist genau auf der Ebene gelandet.«

»Hmmm. Und die Fremden sollen beim Sonnenfest verbrannt werden?«

»Richtig — falls sie diesen Tag noch erleben.«

Green mochte sich nicht vorstellen, daß sie inzwischen gestorben sein konnten. Waren sie jedoch bereits tot, war sein Problem auf einfache Weise gelöst. Dann blieb er hier und versuchte das Beste daraus zu machen.

Auch das hatte seine Vorteile. Zum Glück war er mit Amra verheiratet. Sie würde dafür sorgen, daß ihm die Zeit rasch verging, die er auf diesem barbarischen Planeten zubringen mußte.

Aber warum zögerte er dann noch, sie mit zur Erde zu nehmen, falls sich eine Gelegenheit dazu bot? Sie würde jedenfalls keine Langeweile aufkommen lassen. Und er begann erst jetzt zu ahnen, was wirklich in ihr steckte. Wie würde sie sich entwickeln, wenn sie eine entsprechende Ausbildung erhielt?

Was ist plötzlich in dich gefahren, Green? fragte er sich. Weißt du selbst nicht mehr, was für dich am besten ist? Hast du keine ...

»Vorsicht!« rief Miran, und Green legte das Ruder hart nach Backbord, um nicht einen kleinen Frachter zu rammen. Der Kapitän, der auf dem Vorderdeck hinter seinen Rudergängern stand, beugte sich über die Reling, drohte Green mit der Faust und fluchte laut. Green antwortete auf gleiche Weise, dachte aber nicht mehr über Amra nach, bis er das Fahrzeug durch den Windbrecher gesteuert hatte.

Den Rest des Tages verbrachte er damit, die Hafenkontrolle zu überstehen. Zum Glück hatte ihm der Kommandant der Inselfestung einen Bericht mitgegeben, in dem geschildert wurde, wie Green in den Besitz dieser Jacht gekommen war. Trotzdem mußte er seine Geschichte mehrmals erzählen und konnte das Amtsgebäude erst bei Einbruch der Dunkelheit verlassen. Am Tor wurde er von Grizquetr erwartet.

»Wo ist deine Mutter?« fragte Green ihn.

»Oh, sie hat gleich geahnt, daß du lange aufgehalten werden würdest, deshalb hat sie inzwischen ein Zimmer in einem Gasthaus genommen. So kurz vor dem großen Fest sind kaum noch Zimmer frei, und die wenigen freien sind schwer zu bekommen. Aber du kennst ja Mutter«, sagte Grizquetr und kniff ein Auge zu, »sie läßt sich nicht aufhalten und bekommt immer, was sie will.«

»Richtig«, seufzte Green. »Und wo liegt dieses Gasthaus?«

»Am anderen Ende der Stadt, aber in Sichtweite der Mauer, die um das Himmelsschiff der beiden Dämonen errichtet worden ist.«

»Wunderbar! Aber dort müssen Zimmer noch seltener sein. Wie hat deine Mutter das geschafft?«

»Sie hat dem Wirt das Dreifache des verlangten Preises bezahlt, der schon hoch genug war. Daraufhin hat er einen Streit mit einem anderen Gast angefangen und ihn an die Luft gesetzt, so daß ein Zimmer für uns frei war.«

»Ah! Und woher hat sie das Geld gehabt?«

»Sie hat einem Juwelier einen Rubin verkauft. Der Händler ist allerdings nicht ganz ehrlich, glaube ich, und hat ihr nicht den vollen Preis bezahlt.«

»Aber woher hat Mutter den Rubin gehabt?« erkundigte Green sich erstaunt.

Grizquetr grinste verschmitzt. »Oh, ich nehme an, daß ein bestimmter einäugiger Mann, dessen Namen ich nicht zu erwähnen brauche, zwei oder drei Rubine in seinem Brustbeutel unter dem Hemd gehabt hat.«

»Ja, das kann ich mir vorstellen«, stimmte Green zu. »Ich frage mich nur, wie sie es fertiggebracht hat, den Rubin an sich zu bringen. Miran würde lieber einen Liter Blut als einen seiner kostbaren Edelsteine verlieren.«

Grizquetr machte ein nachdenkliches Gesicht. »Ich weiß es nicht«, gab er dann zu. »Mutter hat es mir nicht erzählt.« Er lächelte hoffnungsvoll. »Aber ich wüßte gern, wie sie das geschafft hat! Vielleicht zeigt sie es mir eines Tages.«

»Wir können beide von ihr lernen«, stimmte sein Stiefvater zu. Er seufzte schwer. »Nun, ich bin ihr ewig zu Dank verpflichtet, daran läßt sich nichts ändern. Komm, wir fahren zu ihr, bevor sie sich Sorgen macht.«

Als sie beide in der Rikscha saßen, die von zwei Männern durch die Straßen gezogen wurde, erkundigte Green sich: »Weißt du, wo Miran steckt?«

»Nein«, antwortete Grizquetr. »Er ist ebenfalls im Hafen aufgehalten worden, weil er erklären mußte, was aus seinem Windroller geworden ist. Dann hat er eine Rikscha kommen lassen und ist rasch fortgefahren. Er hatte einen Offizier bei sich — einen Soldaten der Palastgarde.«

Green runzelte die Stirn. »Schon? Weiß er, wo wir wohnen?«

»Nein. Ich habe mich versteckt, so daß er mich nicht sehen konnte. Mutter hat mir gesagt, ich dürfe mich nicht blicken lassen. Sie hat mir erklärt, daß Miran ein Verräter ist und daß er dich haßt, weil er sich einbildet, du hättest ihm Unglück gebracht.«

»Das ist noch längst nicht alles«, murmelte Green vor sich hin. Er schwieg bedrückt, hing seinen eigenen Gedanken nach und betrachtete die Menschen auf den Straßen. Um diese Jahreszeit wimmelte es in Estorya geradezu von Fremden, denn zu den Matrosen aus aller Herren Ländern gesellten sich auch Pilger, die zum Sonnenfest und zur Statue der Fischgöttin gekommen waren. Auf den Straßen waren aber auch genügend Esto-

144

ryaner zu sehen, die sich nicht nur durch die Kleidung von den fremden Besuchern unterschieden, sondern vor allem durch ihre Tätowierung. Sie alle trugen einen Fisch, einen Stern oder einen raketenförmigen Turm auf den Wangen.

An beiden Seiten der Straße standen kleine Andenkenläden, in denen alle möglichen Artikel verkauft wurden. Green interessierte sich besonders für einen Talisman in Form eines Raumschiffs und kaufte einen. Das fünfzehn Zentimeter hohe Schiff bestand aus weißlackiertem Holz und zeigte zwar die Umrisse, aber keine Details eines echten Raumschiffs.

Green schenkte es Grizquetr und lehnte sich in den Sitz zurück, um etwas nachzudenken. Der Talisman hatte ihn nicht enttäuscht, weil er im Grunde genommen nicht mehr erwartet hatte. Vermutlich waren die Nachbildungen zu Anfang genauer gewesen, aber im Laufe der Jahrtausende waren unwichtige Details verschwunden. Die Zeit ließ nur die Grundform übrig.

Er fragte sich, wie diese Form überhaupt erhalten geblieben war. Immerhin mußte das Vorbild, ein echtes Raumschiff, seit mindestens zwanzigtausend Jahren verschwunden sein. Aber weshalb war die Erinnerung daran wachgehalten worden?

Dann fiel ihm plötzlich auf, daß die Rikscha stand.

»Die Priester ziehen wieder zum Königspalast, um nachts in Gegenwart des Dämons zu beten«, erklärte einer der Rikschamänner und gähnte dabei. »Ich schätze, daß die Verbrennung ohne große Schwierigkeiten über die Bühne geht. Die Priester haben vorausgesagt, daß die Sonne mittags scheinen wird, was sie allerdings seit über tausend Jahren am Festtag tut.«

Green beugte sich vor. »Dämon?« wiederholte er gespannt. »Hat es nicht zwei gegeben?«

»Richtig, ursprünglich waren es zwei. Aber einer ist vorgestern gestorben. Er soll sich aufgehängt haben, heißt es allgemein, obwohl die Priester keine Einzelheiten bekanntgeben. Unsere heiligen Männer haben den Dämonen keine Ruhe gelassen.«

»Dämonen?« warf Grizquetr verächtlich ein. »Beweist denn nicht schon die Tatsache, daß einer Selbstmord begangen hat, deutlich genug, daß sie keine Dämonen sind? Schließlich weiß jeder, daß Dämonen sich nicht selbst umbringen können.«

»Ganz recht, junger Freund«, antwortete der Rikschamann. »Die Priester haben ihren Irrtum bereits zugegeben und bedauern ihn angeblich.«

»Wollen sie den anderen Mann nicht freilassen?«

»O nein! Vielleicht ist er ein Dämon. Morgen mittag wird er verbrannt, wie es sich für einen Dämon gehört. *Aus Feuer geboren, durch Feuer gestorben.* Kapitel zwanzig, Vers zweiundsechzig. Das hat jedenfalls gestern der Oberste Priester in seiner Predigt gesagt. Ich selbst lese nicht sehr viel; ich habe genug damit zu tun, meine Frau und sechs Bälger durchzufüttern, anstatt ...«

Green hörte nicht mehr zu, so sehr hatte ihn diese Mitteilung erschreckt. War er etwa zu spät gekommen? Was sollte er tun, wenn der Überlebende das Schiff nicht steuern konnte?

Diese und ähnliche Überlegungen beschäftigten ihn während der Weiterfahrt, so daß er kaum auf die Sehenswürdigkeiten achtete, die Grizquetr ihm erklärte. Er hob nur einmal den Kopf, als der Junge ihn am Arm zupfte und sagte: »Sieh doch, dort drüben auf dem Hügel steht der Königspalast! Dahinter steht das Schiff der Dämonen. Von hier aus ist es schlecht zu erkennen, aber morgen siehst du es deutlicher, wenn du zur Hinrichtung gehst.«

»Sei nicht so herzlos«, mahnte Green. Er warf einen kurzen Blick auf den Palast, der im Licht der untergehenden Sonne fast romantisch wirkte. Vermutlich sah er bei Tageslicht anders aus, wenn der Schmutz und die Abfallhaufen deutlicher zu sehen waren.

»Komm, wir haben es eilig«, sagte Grizquetr, als die

Rikscha vor dem Gasthaus hielt, und zog Green an der Hand hinter sich her. »Mutter hat eine Überraschung für dich vorbereitet, aber du darfst ihr nicht sagen, daß ich dir davon erzählt habe.«

»Das ist aber nett«, antwortete Green geistesabwesend. Er befaßte sich in Gedanken noch immer mit dem Selbstmord des einen Mannes. Warum mußte immer etwas dazwischenkommen, warum mußte er stets von Augenblick zu Augenblick improvisieren, warum konnte er nie im voraus wissen, was geschehen würde oder was er demnächst zu tun hatte? Wann würde er endlich ...

»Vater!«

»Was?« fragte Green verwirrt. Er schrak aus seinen Gedanken auf und blieb wenige Meter vom Eingang entfernt stehen. Aus der Dunkelheit tauchte ein schwarzes Etwas auf und sprang auf seine Schulter.

»Lady Luck! Warum zitterst du so?«

»Wir müssen verschwinden, Dad«, flüsterte Grizquetr. »Dort kommt Miran aus der Tür! Und hinter ihm Soldaten!« Er stand wie gelähmt und flüsterte nur: *»Mutter!«*

Green konnte nicht zusehen, wie Amra, Inzax und die Kinder von Soldaten abgeführt wurden. Er wandte sich ab, zog Grizquetr zu sich heran und sprach leise auf ihn ein.

»Dreh dich nicht um! Sieh ihnen nicht nach! Wir stehen hier im Halbdunkel, so daß sie uns vielleicht nicht erkennen. Vor allem nicht in diesem Gedränge!«

Eine Minute später beobachteten Mann, Junge und Katze die weitere Entwicklung von der nächsten Straßenecke aus. Die Soldaten requirierten eine Rikscha und setzten die Gefangenen hinein; dann begleiteten sie zu viert den leichten Wagen, der in der Nacht verschwand.

»Jetzt werden sie alle in den Turm der Graskatzen gesteckt«, sagte Grizquetr und zitterte dabei vor Wut. »Oh, dieser Teufel Miran! Dieser fette alte Schurke! Er hat behauptet, Mutter sei eine Hexe! Das weiß ich genau!«

»Er hat nicht sie, sondern mich angeklagt«, erklärte Green. »Sie gilt folglich als mitschuldig. Nun, wenigstens wissen wir jetzt, wo sie sich vorläufig aufhalten.«

»Da! Miran kommt mit fünf Soldaten ins Gasthaus zurück!«

»Sie warten auf uns«, stellte Green fest. »Na, dabei wünsche ich ihnen viel Vergnügen. Komm, wir haben viel zu tun. Zuerst kaufen wir Eintrittskarten und besichtigen das Schiff. Ich muß wissen, wo es steht, welcher Typ es ist und so weiter. Zum Glück habe ich noch genug Geld dafür. Aber dann sind wir pleite. Wie steht es mit dir, mein Junge?«

»Ich habe zehn *Axar*.«

»Nicht gerad viel, aber wenigstens genug für die Rikschafahrt zum Windbrecher.«

Green kaufte zwei Karten an der Abendkasse und stieg dann mit Grizquetr die steile Treppe hinauf. Oben standen sie inmitten einer Menschenmenge auf der Plattform unter einem Holzdach; hier versammelten sich die Neugierigen, die das Dämonenschiff schon früher besichtigen wollten. Morgen würden sich die Tore öffnen, so daß die Zuschauer ihre Plätze auf Tribünen in unmittelbarer Nähe des Schiffes einnehmen konnten.

Das Schiff selbst war ein irdisches Kurierschiff für zwei Mann Besatzung. Es stand inmitten der Arena auf acht Teleskopstützen, so daß der nadelspitze Bug zu den Sternen wies. Auf halber Höhe war das Abzeichen der Erdflotte angebracht — eine grüne Kugel, vor der ein Olivenzweig und eine Rakete gekreuzt waren. Green erkannte es auch in der Abenddämmerung ganz deutlich, und sein Heimweh verstärkte sich noch.

»So nah und doch so fern«, murmelte er vor sich hin. »Was sollte ich dort, selbst wenn ich es erreichen könnte? Wer garantiert mir, daß der Überlebende der Pilot des Schiffes ist? Schließlich kann es ebensogut der Navigator sein. Trotzdem müßte er das Schiff starten können. Und dann würden wir schon irgendwie nach Hause zurückfinden.«

Das war sehr optimistisch gedacht, denn er wußte recht gut, wie kompliziert diese Aufgabe in Wirklichkeit war. Und wenn er Pech hatte, war der Überlebende nicht einmal Navigator. Er konnte ebensogut ein hoher Offizier oder ein Diplomat sein, der mit diesem schnellen Schiff einen Sonderauftrag zu erfüllen hatte.

Und schließlich bestand die Möglichkeit, daß das Schiff hier gelandet war, weil irgend etwas nicht in Ordnung war — daß es nicht mehr starten konnte, selbst wenn es eine vollzählige Besatzung an Bord hatte. Das war eigentlich die einzige logische Erklärung.

Green seufzte und wandte sich an Grizquetr.

»Vielleicht ist alles zwecklos, aber wir müssen etwas unternehmen. Komm, wir fahren zum Windbrecher.«

»Was willst du dort?« fragte Grizquetr, als sie die Treppe hinuntergingen.

»Nun, wir gehen jedenfalls nicht mehr an Bord der Jacht«, antwortete Green. »Dort warten bestimmt schon Soldaten auf uns. Nein, wir bleiben an der anderen Seite des Windbrechers. Wenn wir dort ein Fahrzeug stehlen, sitzen wir auch nicht tiefer in der Tinte als jetzt.«

Der Junge starrte ihn mit großen Augen an. »Was willst du mit einem Windroller?«

»Wir müssen zur Inselfestung Shimdoog zurück«, antwortete Green.

»Was? Die Insel ist doch hundert Meilen von hier entfernt!«

»Ja, ich weiß. Und wir kommen diesmal langsamer voran, weil wir gegen den Wind kreuzen müssen. Das kostet viel Zeit, aber uns bleibt nichts anderes übrig.«

»Wie du meinst, Vater«, stimmte Grizquetr zu. »Was gibt es auf Shimdoog?«

»Nicht auf. *In*.«

Grizquetr war ein intelligenter Junge. Er schwieg eine

Minute lang, und Green bildete sich ein, Räder in seinem Kopf zu hören. Dann sagte er langsam: »Auf Shimdoog muß es eine Höhle wie auf der Kannibaleninsel geben. Und du hast sie aufgesucht, als wir dort übernachtet haben. Ich erinnere mich noch daran, daß ich aufgewacht bin und gehört habe, daß Mutter dich vor Miran gewarnt hat.«

Er machte eine Pause und fragte dann: »Warum sind nicht schon andere in die Höhle vorgedrungen, wenn der Eingang offensteht?«

»Weil die Priester von Estorya das Betreten verboten haben«, erklärte Green. »Das ist bereits so lange her, daß sie wahrscheinlich selbst keinen Grund mehr dafür angeben könnten. Aber die historischen Gründe sind nicht schwer zu rekonstruieren.

Die Insel war vermutlich von Kannibalen bewohnt. Als die Estoryaner sie eroberten, wurden die Wilden vertrieben oder ausgerottet. Später stellte sich heraus, daß die Höhlenöffnung ein Heiligtum der Wilden gewesen war. Da sie glauben mußten, die Höhle stecke voller Dämonen, sperrten sie den Eingang mit einer Mauer ab und stellten davor eine Statue der Fischgöttin auf, die das gleiche Symbol in der Hand hält, das hier überall auf den Straßen verkauft wird — eine Abbildung des Raumschiffs, das in Estorya gelandet ist.«

Green hielt eine Rikscha an und erzählte weiter, während sie durch die belebten Straßen fuhren. Hier herrschte solcher Lärm, daß er unbesorgt sprechen konnte.

Als sie die Nordecke des Windbrechers erreichten, hatte er Grizquetr alles erzählt, was der Junge vorläufig wissen mußte. Falls die Fahrt nach Shimdoog erfolgreich war, würde er ihm sogar noch mehr erzählen.

Vorläufig mußte er das Problem eines geeigneten Fahrzeugs lösen. Zum Glück entdeckten sie schon bald eine kleine Jacht, die allen Anforderungen genügte. Der Windroller mußte einem reichen Mann gehören, denn vor einem Feuer im Windschatten des Rumpfes hockte ein Nachtwächter. Green ging langsam auf ihn zu, und als der Mann sich mit seinem Speer in der Hand mißtrauisch erhob, versetzte er ihm einen Kinnhaken und sofort danach einen Magenschlag. Grizquetr kam mit einem Knüppel heran, den er irgendwo zwischen den Windrollern aufgelesen hatte, und schlug den Mann damit über den Kopf.

Green leerte ihm die Taschen, nahm den Brustbeutel an sich und fand darin mehrere Goldmünzen.

»Wahrscheinlich die Ersparnisse eines ganzen Lebens«, stellte er fest. »Ich nehme ihm nicht gern alles weg, aber wir brauchen das Geld. Grizquetr, erinnerst du dich an die Sklaven, die wir vorhin in der Matrosenkneipe gesehen haben? Lauf zu ihnen und biete ihnen zwei *Danken*, wenn sie uns durch den Windbrecher schleppen. Sag ihnen, daß wir soviel bezahlen, weil es schon so spät ist — und damit sie den Mund halten.«

Der Junge nickte und rannte davon. Green zog den Bewußtlosen hinter eine Hütte, fesselte und knebelte ihn dort und bedeckte ihn mit einem alten Segel.

Kurze Zeit später kam Grizquetr mit sechs lärmenden Männern zurück, die intensiv nach billigem Fusel rochen.

Green überlegte zunächst, ob er sie irgendwie zum Schweigen bringen sollte, aber dann fiel ihm ein, daß es bestimmt natürlicher wirkte, wenn sie lachten und sangen. Die Estoryaner waren in festlicher Stimmung, und diese Jacht war nicht die einzige, die in der Nacht vor dem Fest zu einer Mondscheinkreuzfahrt auslief.

Sobald sie den Windbrecher hinter sich hatten, warf Green den Sklaven die beiden versprochenen Goldmünzen zu und rief: »Amüsiert euch, Freunde!« Dann fügte er leise hinzu: »Denn morgen kann schon der letzte Tag eures Lebens sein.« Er stellte sich vor, was alles passieren würde, falls sein Unternehmen Erfolg hatte. Vorläufig konnte er noch nicht beurteilen, welche Entwicklung er damit in Gang brachte. Aber er hatte bestimmt nicht gelogen, als er Grizquetr erzählt hatte, im Innern der Insel seien Dämonen gefangen.

26

Kurz vor Tagesanbruch rollte die Jacht vor der hohen Mauer an der Nordseite der Insel Shimdoog aus. Green hatte die Segel eingezogen und lenkte das Fahrzeug jetzt geschickt an der Mauer entlang, bis es zum Stillstand kam. Als die Räder sich nicht mehr drehten, steckte er Lady Luck in einen Beutel an seinem Gürtel und ermahnte sie, keinen Laut von sich zu geben. Dann kletterte er den Mast hinauf. Der Junge folgte ihm, und sie krochen beide auf eine Rahe hinaus. Am äußersten Ende band Green ein Tau fest und ließ sich daran jenseits der Mauer herab.

Nachdem Grizquetr die Mauer auf gleiche Weise überwunden hatte, horchten sie gespannt, ohne jedoch ein Alarmsignal zu hören. Offenbar waren sie nicht gesehen worden.

Der große Mond sank hinter ihnen zum Horizont herab und leuchtete noch hell genug, so daß sie rasch vorankamen. Green ging über die Hügel voraus und näherte sich in gerader Linie der höchsten Erhebung der Insel. Dabei blieb er zweimal stehen, um Grizquetr vor Wachttürmen zu warnen, die auch nachts besetzt waren. Lady Luck schien instinktiv zu wissen, daß jeder Laut lebensgefährlich sein konnte. Ihre Augen glühten, und ihre weißen Zähne blitzten, aber sie fauchte fast lautlos.

Sie sahen die Feuer der Wachen und hörten Männerstimmen, wurden aber selbst nicht gesehen. Allerdings war es sehr zweifelhaft, ob die Wachtposten überhaupt nach Eindringlingen Ausschau hielten, denn ihrer Meinung nach würde kein vernünftiger Mensch durch die

Dunkelheit schleichen. Jeder wußte schließlich, daß dort Dämonen und böse Geister auf leichtsinnige Sterbliche warteten.

Als sie den letzten Abhang hinaufstiegen, flüsterte Green dem Jungen zu: »Diese Insel entspricht genau der anderen, die wir bereits kennen. Ich bin davon überzeugt, daß alle diese Inseln einander ähnlich sind; sie bestehen jeweils aus etwa fünf Quadratkilometer Eternum oder einem ähnlichen Metall. Und alle sind mit Felsen, Bäumen, Büschen und Tieren besetzt. Ich vermute, daß ihre Erbauer sich aus ästhetischen Gründen dafür entschieden haben. Schließlich sieht eine große Metallfläche mit einigen Erhebungen nicht gerade schön aus und würde außerdem in der Sonne zu stark blenden.«

»Hmmm«, antwortete Grizquetr, der nicht begriff, was Green meinte.

»Weißt du übrigens, daß ich damals recht gehabt habe, als ich die Insel spöttisch als übergroße Rasenmäher bezeichnet habe?«

»Was?«

»Ja! Zu Anfang muß es wesentlich mehr gegeben haben, damit das Gras auf der Ebene nie höher als einige Zentimeter wachsen konnte, damit keine Abfälle herumlagen, damit die Wälder nicht über bestimmte Grenzen hinauswuchsen und so weiter. Aber dann gab es keine Wartungstechniker mehr, die erforderlichen Instandsetzungsarbeiten wurden nicht mehr durchgeführt, und die Inseln blieben nacheinander liegen, so daß es heute nur noch ein paar hundert gibt. Vielleicht sind es auch mehr, das kann ich nicht beurteilen. Jedenfalls wurden alle bewegungsunfähigen Inseln von anderen beseitigt, die noch funktionierten.«

»Beseitigt?«

»Richtig, denn für mich steht fest, daß die Inseln nicht nur Rasenmäher waren, sondern auch die Ebene sauberhielten. Sie sollten Hindernisse aller Art beseitigen, und eine bewegungsunfähige Insel wäre ein derartiges Hindernis.«

»Vielleicht begreife ich alles erst später«, sagte Grizquetr leise. »Ich muß dumm sein, Vater.«

»Keineswegs«, versicherte Green ihm. »Im Laufe der Zeit lernst du mehr und begreifst dann, was das alles zu bedeuten hat. Ich hätte es schon erraten müssen, als ich die Erzählungen der Matrosen hörte. Erinnerst du dich an die Sache mit dem Meteor, der ein großes Loch in die Ebene gerissen hatte? Und daß ein geheimnisvolles Ding dieses Loch aufgefüllt und mit Gras bedeckt hat? Und dann die Geschichte von gestrandeten Windrollern, die mit der toten Besatzung an Bord spurlos verschwinden. Und schließlich die Sage, in der berichtet wird, was Samdroo in der Höhle auf einer schwebenden Insel entdeckt hat. Das große weiße Auge, durch das er nach draußen sehen konnte, und die anderen Dinge waren keineswegs Erfindungen eines bösen Zauberers, wie es allgemein heißt. Jeder Terraner hätte einen Bildschirm und Radar und Meßinstrumente und Steuervorrichtungen erkannt.«

»Erzähle mir mehr davon«, bat Grizquetr.

»Wir müssen erst über die Mauer.«

Green stand jetzt vor einem Steinwall, der mindestens zwölf Meter hoch aufragte. Dieser Wall umgab das oberste Drittel des Hügels und versperrte ihnen den Weg zum Höhleneingang.

»Früher war dieses Hindernis bestimmt schwer zu überwinden, aber jetzt ist der Mörtel überall abgebröckelt, und wir können uns an Ranken festhalten. Bleib dicht hinter mir, Grizquetr. Ich weiß noch genau, an welcher Stelle ich zum erstenmal hinaufgeklettert bin.«

Green erstieg einen kleinen Absatz, griff nach einer dicken Ranke und zog sich daran hinauf, so daß er den nächsten Mauervorsprung mit einer Hand erreichen konnte. Der Junge folgte seinem Beispiel, ohne eine Sekunde zu zögern.

Sie erreichten vor Anstrengung keuchend die Mauer-
krone und machten dort eine kurze Pause, um sich das
Blut von den zerschundenen Fingerspitzen zu wischen.
Nur die Katze hatte die anstrengende Kletterpartie in
ihrem Beutel an Greens Gürtel sichtlich genossen.
Green deutete schweigend auf die hohe Statue der
Fischgöttin, die mit dem Talisman zum Höhleneingang
wies.

Jetzt schien Grizquetr zum erstenmal Angst zu haben, denn er war dazu erzogen worden, das Übernatürliche zu fürchten und möglichst zu meiden. Die von einer hohen Mauer umgebene Spitze des Hügels, wo seiner Meinung nach Dämonen aller Art hausen mußten,
wirkte deprimierend auf ihn. Da Green jedoch keine
Anzeichen machte, den Rückzug anzutreten, blieb auch
der Junge sitzen, obwohl er lieber wieder nach unten
geklettert wäre und sich irgendwo im Wald versteckt
hätte.

»Ich möchte wetten, daß Miran mich nur vom Fuß der
Mauer aus beobachtet hat«, sagte Green leise. »Mit seinem Bauch hätte er es nie geschafft; er wäre wie ein dik-
ker Käfer heruntergefallen. Allerdings hat er es gar
nicht nötig gehabt, mir bis in die Höhle zu folgen. Allein
die Tatsache, daß ich dieses Gebiet betreten habe, kann
mich schon auf den Scheiterhaufen bringen. Ich hätte
ihm den Hals abschneiden sollen, als Amra mir erzählte, daß er mir nachgeschlichen ist. Aber ich konnte es
nicht ohne stichhaltigen Beweis tun, und selbst dann
wäre ich zu zivilisiert gewesen, um ihn kaltblütig zu ermorden.«

»Du hättest mir davon erzählen sollen«, warf Grizquetr ein. »Ich hätte ihm einen Dolch zwischen die Rippen gestoßen.«

»Ja, ich weiß, und deine Mutter hätte ähnlich gehandelt«, stimmte Green zu. »Komm, wir müssen hinunter.«

Er ging mit gutem Beispiel voran, indem er ein Bein

über die Mauerkrone schwang und sich vorsichtig an einer dicken Ranke nach unten ließ. Dieser Teil der Kletterpartie war noch schlimmer als der Aufstieg, aber er hatte nicht die Absicht, Grizquetr davor zu warnen. Bis der Junge zum gleichen Schluß kam, hatte er bereits wieder festen Boden unter den Füßen.

Als endlich beide nebeneinander standen, war Green davon überzeugt, daß er ebenso zitterte wie Grizquetr. Zwölf Meter waren eben doch eine beachtliche Höhe, wenn man sie nachts im Mondschein sah.

»Das war das zweitemal, aber ich bezweifle, daß ich den Mut hätte, es nochmals zu versuchen«, sagte Green.

»Aber wir müssen doch auf dem gleichen Weg zurück, nicht wahr?«

»Oh, wir klettern wieder über die Mauer, aber dann ist sie vielleicht weniger hoch«, antwortete Green geheimnisvoll.

»Was soll das heißen?«

»Nun, ich hoffe, daß sie bis dahin zusammengefallen ist. Das muß sie sogar, wenn wir unser Ziel erreichen wollen.«

Er nahm den verblüfften Jungen an der Hand, führte ihn an der schweigenden Statue vorbei und betrat mit ihm die Höhle. »Wir könnten jetzt etwas Licht brauchen«, sagte er, »aber eine Fackel hätte uns beim Aufstieg behindert, und wir brauchen uns nur voranzutasten, bis wir beleuchtete Räume erreichen.«

Warum ist dieser Gang eigentlich nicht beleuchtet? fragte er sich im stillen. Oder hatten die Wilden hier eine künstliche Höhle erbaut, damit man sich dem *Sanctum sanctorum* nur in völliger Dunkelheit nähern konnte? Green konnte nur Vermutungen anstellen.

Aber ich kann ausnützen, was ich hier finde, sagte er zu sich selbst und biß entschlossen die Zähne zusammen.

Die Staubschicht unter seinen Füßen hörte auf, und

er ging über glattes Metall. Sie bogen um eine Ecke und befanden sich in einem Raum, der an den unterirdischen Raum auf der Kannibaleninsel erinnerte, aber möbliert war. Vor ihnen auf dem beleuchteten Fußboden lag ein Skelett mit dem Gesicht nach unten. Der Hinterkopf wies ein großes Loch auf.

»Vielleicht liegt es schon seit tausend oder mehr Jahren hier«, sagte Green. »Ich wüßte gern, was ihm zugestoßen ist. Aber das werden wir nie erfahren.«

»Glaubst du, daß die Göttin ihn umgebracht hat?« fragte Grizquetr atemlos.

»Nein, weder sie noch die Dämonen. Der Mann ist von hinten niedergeschlagen worden, mein Junge. Wenn es einen Mord zu erklären gibt, ist das Übernatürliche nur hinderlich.«

Im dritten Raum sagte Green: »Siehst du, hier gibt es keinen Staubwall, der uns aufhalten kann. Die Brenner funktionieren also noch. Ist dir aufgefallen, wie sauber alles ist? Ah, da ist ja schon die Tür!«

Grizquetr sah verblüfft zu ihm auf. »Tür? Ich sehe nur eine glatte Wand.«

»Zuerst habe ich auch nicht mehr gesehen«, erwiderte Green lächelnd, »aber dann habe ich an Samdroo gedacht, der ...«

»Ich kann dir sagen, wie er den Eingang entdeckt hat!« warf Grizquetr aufgeregt ein. »Ich weiß, woran du denkst; ich weiß, was du getan hast. Du bist vor der Wand stehengeblieben und hast dieses Zeichen gemacht!« Er deutete die Umrisse eines Raumschiffs an. »Und die Wand ist plötzlich zur Seite geglitten, so daß der Eingang offen vor dir lag. Siehst du!«

Ein zwei Meter breites Wandstück glitt lautlos zurück und gab eine runde Öffnung frei.

»Richtig, ich habe mich an Samdroo erinnert, und obwohl ich mir nicht vorstellen konnte, daß mir das weiterhelfen würde, habe ich getan, was er damals getan hat. Die Kannibalen waren hinter ihm her, als er in die

Höhle rannte und vor einer glatten Wand wie dieser stand. In seiner Angst vor den bösen Geistern der Höhle zeichnete er das Symbol an die Wand, das verhindern soll, daß sie Menschen berühren. Und dann öffnete sich eine Tür vor ihm, durch die er die Räume des bösen Zauberers betreten konnte, während die Wilden entsetzt zurückblieben.

Und ich habe mir sein Beispiel zu Herzen genommen«, fügte Green hinzu. »Anstatt *Sesam, öffne dich* zu sagen, brauchte ich nur das Zeichen zu machen.«

»Sesam was?«

»Äh, lassen wir das. Jedenfalls müssen die Wartungstechniker früher dieses Zeichen gebraucht haben, um die Tür zu öffnen. Und wenn das stimmt, müssen sie auch Reparaturen an Schiffen durchgeführt haben, die hier gelandet sind. Vielleicht war dieses Zeichen ein Geheimsymbol ihrer Zunft. Ich weiß es nicht, aber die Vermutung liegt nahe.«

Er achtete nicht auf Grizquetrs aufgeregte Fragen, sondern ging in den großen Raum voraus, der spärlicher eingerichtet war, als er vermutet hätte. Im Mittelpunkt des Raums standen ein großes Kontrollpult und ein bequemer Sessel mit breiten Armlehnen. Das Pult enthielt sechs Bildschirme, zahlreiche Oszilloskope und viele Instrumente, deren Verwendungszweck Green nicht einmal erraten konnte. Aber die Hebel und Schalter an den Armlehnen des Sessels waren sinnfällig angeordnet, so daß er glaubte, mit ihnen umgehen zu können.

»Ich weiß nur nicht, mit welchem Schalter alles in Betrieb gesetzt wird«, sagte er. »Ich habe neulich danach gesucht, ohne einen entsprechenden Schalter zu finden. Trotzdem muß er so deutlich sichtbar angebracht sein, daß er förmlich ins Auge hätte fallen müssen.«

Er bewegte vergebens einen der kleinen Hebel an der Armlehne.

»Ich bin eigentlich nur aus diesem Grund zur Jacht zurückgekommen und nach Estorya gesegelt — weil ich den Schalter nicht finden konnte. Ich mußte natürlich in Erfahrung bringen, was dort vor sich ging, damit ich meine Pläne machen oder abändern konnte. Aber ich glaube fast, daß es besser gewesen wäre, einfach blindlings Estorya anzusteuern. Dann wäre deine Mutter jetzt nicht im Gefängnis, und wir brauchten uns nicht zu fragen, wie wir sie daraus befreien sollen.«

Er stand aus dem Sessel auf und ging unruhig auf und ab.

»Wie verrückt, daß hier alles zu Ende sein soll! Aber was ist schon anderes zu erwarten? Ich muß dieses Rätsel lösen, aber ich bin keineswegs unfehlbar oder allwissend. Die Insel muß weiterhin in Betrieb sein. Ich weiß natürlich, daß sie sich wegen der raketenförmigen Türme nicht bewegen kann. Aber trotzdem müßte irgendwie zu erkennen sein, ob sie noch funktionsfähig ist, wenn nicht gerade sämtliche Sicherungen durchgebrannt sind.«

»Was soll das heißen?« fragte Grizquetr verwundert. »Wie können Türme die Insel bewegungsunfähig machen?«

Green blieb stehen und wies auf die Leuchtschirme. »Siehst du das? Normalerweise müßten darauf Schlangenlinien oder bewegliche Punkte oder ein umlaufender Leuchtstrich zu erkennen sein. Die Radarschirme müßten die nähere Umgebung der Insel zeigen. Dadurch wurde früher erreicht, daß die Inseln einen weiten Bogen um jedes Raumschiff machten, das natürlich keine hölzerne Kopie, sondern ein echtes Raumschiff aus Metall war. Schließlich war die Insel als Gärtner, Unkrautvertilger und Müllschlucker gebaut worden; sie entfernte alles von der Ebene, was dort ursprünglich nicht vorgesehen war. Deshalb fallen die Inseln jetzt auch über Windroller her, zerstören sie und desintegrieren die Trümmer. Das ist auch die Erklärung dafür, weshalb die Insel durch einen Ring raketenähnlicher Türme bewegungslos gemacht werden konnte. Ihr Radar stellt fest,

159

daß sie auf allen Seiten umgeben ist, und da sie einen weiten Bogen um alle Raketen machen soll, bleibt sie am gleichen Ort, bis die angeblichen Raketen entfernt werden — oder bis ihre Maschinen nicht mehr funktionieren, weil niemand sie wartet.

Selbstverständlich funktioniert die Insel automatisch. Aber hier waren Instrumente und ein Kontrollpult für einen menschlichen Piloten vorgesehen, falls ein Sonderauftrag vorlag oder eine Überführung notwendig wurde. Die Steuerung erfolgt offenbar durch diese Hebel in den Armlehnen des Sessels.

Die wichtigste Frage lautet jetzt: Wird die Insel in regelmäßigen Zeitabständen wieder in Betrieb genommmen, um festzustellen, ob die raketenförmigen Gegenstände verschwunden sind? Wir wissen jedoch nicht, wie lange es in diesem Fall dauern kann, bis der Betrieb wieder einmal aufgenommen wird. Und wir können hier nicht länger warten!«

Lady Luck miaute. Sie hatte es satt, in ihrem Beutel zu hocken und keinen Laut von sich zu geben. Green nahm sie geistesabwesend heraus und setzte sie aufs Kontrollpult. Die Katze streckte sich, putzte eine Pfote und schlug dann spielerisch nach ihrem Schwanz. Dabei strich die Schwanzspitze leicht über den größten Bildschirm.

Unmittelbar darauf ertönte ein Pfeifsignal, während in der Mitte des Kontrollpults ein rotes Licht aufleuchtete. Zwei Sekunden später wurde es auf allen Bildschirmen lebendig.

27

»Wunderbar! Herrlich!« rief Green begeistert. Er wollte die Katze streicheln, aber Lady Luck wich erschrocken zurück, sprang zu Boden und rannte davon.

»Komm zurück!« bat Green. »Du brauchst keine Angst zu haben! Du bekommst dein Leben lang jeden

Tag soviel Bier und Fisch, wie du überhaupt vertragen kannst!«

»Was ist los?« fragte Grizquetr.

Green ließ sich in den Sessel fallen.

»Nichts! Aber diese wundervolle Katze hat mir gezeigt, wie man die Maschinen in Betrieb nimmt. Man braucht nur mit einer Hand über den Bildschirm zu streichen. Ich möchte wetten, daß die Maschinen auf gleiche Weise stillgelegt wurden.«

Er berührte den Bildschirm. Das Pfeifsignal ertönte wieder, dann wurden die Leuchtschirme dunkel. Als er die Bewegung wiederholte, war alles wie zuvor.

»Eigentlich ist nichts dabei, aber ich wäre nicht darauf gekommen.« Er nickte zufrieden. »Schön, machen wir uns an die Arbeit ...«

Fünf Minuten später hatte er alle Hebel und Schalter probeweise bewegt, kannte ihre Funktionen und traute sich zu, die Insel nach Belieben zu steuern. Er lehnte sich zufrieden in den Sessel zurück und sah zu Grizquetr auf, der hinter ihm stand und ihn beobachtete.

»Was tun wir jetzt?« fragte der Junge.

»Das ist schnell erklärt«, antwortete Green. »Ich bewege die Insel, bis alle Soldaten erschrocken und seekrank sind. Dabei fällt bestimmt auch die Mauer am Höhleneingang zusammen. Dann landen wir wieder und geben den Ratten Gelegenheit, das sinkende Schiff zu verlassen. Und nachdem sie von Bord gegangen sind, fliegen wir mit Höchstgeschwindigkeit nach Estorya.«

Sie sahen auf den Bildschirmen, wie Soldaten schreiend und entsetzt über die Ebene davonliefen. Einige Verwundete krochen auf Händen und Knien davon.

»Sie tun mir leid«, sagte Green, »aber wenn es Verwundete geben muß, dann lieber nicht auf unserer Seite.«

Er deutete auf die Türme und holte sie mit starker Vergrößerung auf den Bildschirmen zu sich heran.

»Solange die Insel noch automatisch gesteuert wurde, konnte sie nicht an den Türmen vorbei. Aber ich habe diese Sperre mit diesem Schalter überbrückt. Jetzt fliegen wir weiter, aber nicht über die Türme hinweg, was leicht möglich wäre, sondern durch sie hindurch.«

Ein leichter Stoß, dann waren die Türme verschwunden, und die Insel flog über die Ebene davon. Green steigerte die Geschwindigkeit immer mehr, bis sie seiner Meinung nach etwa hundert Knoten betrug.

»Eines der Instrumente zeigt unsere Geschwindigkeit an«, erklärte er Grizquetr. »Aber ich kann mit den Zahlen nichts anfangen, weil die Grundeinheit bestimmt verschieden ist.«

Er beobachtete lachend, wie vor ihnen Windroller nach rechts und links flüchteten. »Wenn sie genügend Zeit hätten, eine Nachricht nach Estorya zu schicken, müßten wir es vermutlich mit der gesamten Kriegsflotte aufnehmen«, stellte er fest. »Das wäre eine Schlacht! Oder ein Massaker, denn die Insel kann ganze Flotten vernichten.«

»Vater«, warf Grizquetr ein, »wir könnten das Xurdimur beherrschen und von jedem Windroller Tribut fordern!«

»Natürlich könnten wir das, du kleiner Barbar«, antwortete Green lächelnd. »Aber wir wollen nur den Terraner, deine Mutter und deine Schwestern retten. Und dann ...«

»Ja?«

»Was dann kommt, weiß ich noch nicht.«

Green runzelte nachdenklich die Stirn und begann Grizquetr einiges zu erklären.

»Weißt du, mein Junge, vor Tausenden von Jahren muß es hier eine Zivilisation gegeben haben, die viele wunderbare Maschinen besessen hat. Die Menschen sind damals zu den Sternen geflogen, haben andere Welten wie diese hier entdeckt und haben dort Kolonien gegründet. Ihre schnellen Schiffe konnten den Raum zwischen den Sternen rasch überwinden, so daß die Verbindung nicht abriß.

Aber dann muß sich eine Katastrophe ereignet haben. Ich kann mir keinen Grund dafür vorstellen, aber es muß so gewesen sein; wir kennen die Ursache nicht, obwohl die Wirkung klar genug erkennbar ist. Die Verbindung zwischen den Planeten riß ab, und die Kolonien, die vermutlich von Anfang an ziemlich klein gewesen waren, verloren ihre Zivilisation. Wahrscheinlich waren sie auf Nachschub von Menschen und Material angewiesen und konnten nicht plötzlich auf eigenen Füßen stehen, als die Verbindung abriß.

Jedenfalls wurde die Weiterentwicklung aufgehalten. Die Kolonien verloren im Laufe der Zeit ihre technischen Errungenschaften, und es dauerte Jahrtausende, bevor sie den früheren Stand wieder erreicht hatten. Einige blieben auf der untersten Stufe technischer und kultureller Entwicklung stehen; andere — darunter auch dein Heimatplanet, Grizquetr — befinden sich in einem Übergangsstadium. Eure Zivilisation entspricht jetzt etwa der irdischen im ersten Jahrtausend unserer Zeitrechnung. Das bedeutet dir nichts, aber ich kann dir versichern, daß das Leben damals ziemlich gefährlich und ... äh ... nicht sehr vernunftbestimmt war.«

»Das verstehe ich nicht alles«, antwortete der Junge. »Aber hast du nicht gesagt, die Weisheit der Alten sei auf deinem Planeten spurlos verschollen? Warum sind dann hier noch Überreste zu erkennen? Diese Inseln müssen doch aus jener Zeit stammen.«

»Richtig! Und das ist noch nicht alles. Nicht nur die Inseln, sondern das Xurdimur selbst!«

»Was?«

»Ja, denn für mich steht fest, daß dieser Planet früher ein gigantischer Umschlagplatz und ein Raumhafen erster Ordnung gewesen sein muß. Diese Ebene ist nicht auf natürliche Weise entstanden; sie muß künstlich planiert worden sein. Dann ist hier eine besondere Grassorte ausgesät worden, die den Boden zusammenhalten und die Erosion verhindern sollte. Außerdem wurden diese Inseln in Betrieb genommen, die dafür zu sorgen hatten, daß der Platz stets aufgeräumt war.

Stell dir das vor! Wie dicht muß der Verkehr gewesen sein, daß ein Raumhafen dieser Größe erforderlich war! Zehntausend Meilen Durchmesser! Das ist fast unvorstellbar. Damals muß es hier nur so vor Raumschiffen gewimmelt haben. Aber das macht es noch schwieriger, eine Erklärung für den Niedergang dieser Zivilisation zu finden. Ob wir je erfahren, was daran schuld war?«

Grizquetr konnte diese Frage natürlich noch weniger als Green beantworten. Beide schwiegen nachdenklich und richteten sich dann gleichzeitig mit einem leisen Schrei auf, als die Türme von Estorya am Horizont erschienen.

»Würde die Insel noch automatisch gesteuert, müßten wir einen weiten Bogen um die Stadt machen«, stellte Green fest. »Aber jetzt bestimme ich den Kurs, und mir sind die Türme gleichgültig.«

»Wirf sie um!«

»Genau das habe ich vor. Aber das hat Zeit bis später. Ich möchte erst ausprobieren, wie hoch wir steigen können.«

Er zog einen Hebel zurück, und die Insel stieg senkrecht hoch, ohne ihre Fluglage dabei zu verändern.

»Damals war der Antischwerkraft-Antrieb also schon bekannt«, sagte Green. »Und die Ingenieure hätten bestimmt auch Raumschiffe modernster Form bauen können. Aber wahrscheinlich war es zu schwierig, die Inseln auf ein anderes Radarbild umzustellen. Vielleicht ...«

Inzwischen war die Stadt unter ihnen ständig kleiner geworden.

»Du kannst mir einen Gefallen tun, *Grizquetr*«, sagte Green. »Lauf hinaus und sieh nach, ob die Mauer schon eingestürzt ist. Und auf dem Rückweg kannst du gleich die Tür zumachen. Es wird jetzt kälter, und die Luft enthält weniger Sauerstoff. Ich vermute, daß wir in einer Art Druckkabine sitzen, aber das muß sich erst herausstellen.«

Der Junge kam atemlos zurück. »Die Mauer ist eingefallen!« berichtete er. »Das Standbild der Fischgöttin liegt quer über dem Eingang, aber ich bin daran vorbeigeschlüpft. Für dich ist auch genug Platz, schätze ich.«

Green lief ein kalter Schauer über den Rücken. An diese Möglichkeit hatte er nicht gedacht. Wenn die Statue den Eingang versperrt hätte, wären sie in der Höhle verhungert … Nein, doch nicht! Er hätte die Insel nur auf die Seite zu legen brauchen, bis die Steinmassen in Bewegung gerieten und abrutschten. Trotzdem war ihm nachträglich nicht ganz wohl bei dem Gedanken daran, daß er eine Gefahr dieser Größenordnung einfach übersehen hatte.

Unterdessen war die Insel so hoch gestiegen, daß sie ganz Estorya mit einem Blick übersehen konnten. Der Himmel über ihnen war bereits merklich dunkler.

»Jetzt sind wir hoch genug«, stellte Green fest und hielt den Aufstieg an. »Falls jemand nicht rechtzeitig abgesprungen ist, lebt er inzwischen nicht mehr, denn die Luft ist bereits zu dünn. Und ich habe recht gehabt — wir werden automatisch mit Wärme und Frischluft versorgt. Hier ist es eigentlich recht gemütlich, aber ich habe trotzdem Hunger.«

»Warum läßt du uns nicht etwas tiefer sinken, damit ich in der Garnisonsküche Essen holen kann?« schlug Grizquetr vor. »Wir sind hier allein, und niemand kann mich aufhalten.«

Green nickte begeistert. Er hatte ziemlichen Hunger, denn er mußte immer für zwei essen: für sich und den Symbionten, der ebenfalls Nahrung brauchte, um seine Funktion zu erfüllen. Und wenn er sie nicht erhielt, baute er Greens Körpergewebe ab.

Er ließ die Insel bis in etwa sechshundert Meter Höhe

sinken, stand auf und wollte Grizquetr begleiten. An der Tür fiel ihm jedoch ein, daß es eigentlich leichtsinnig war, den Kontrollraum zu verlassen. Was sollte er tun, wenn die Tür sich schloß und geschlossen blieb? Was tat ein Mensch in sechshundert Meter Höhe ohne Fallschirm?

Vielleicht war er nur übervorsichtig, aber er wollte nichts mehr riskieren. Deshalb erklärte er Grizquetr, er wolle inzwischen weitere Pläne machen und könne ihn leider nicht begleiten.

Als der Junge zurückkam, fiel Green über die mitgebrachten Lebensmittel her und erläuterte Grizquetr unterdessen seinen Schlachtplan.

»Wir sinken tiefer, sobald wir gegessen haben, und ich schreibe eine Mitteilung, die du über dem Palast abwirfst. Der König wird darin aufgefordert, die Gefangenen vor dem Windbrecher freizulassen, wo wir sie an Bord nehmen können. Weigert er sich jedoch, sinkt unsere Insel auf den Tempel der Fischgöttin herab und bringt ihn zum Einsturz. Sollte ihn das nicht überzeugen, zerstören wir seinen Palast und die vielen Türme an den Grenzen des Landes. Bevor wir die Mitteilung abwerfen, stürzen wir einige um, damit er weiß, daß wir nicht bluffen.«

Grizquetrs Augen leuchteten. »Glaubst du wirklich, daß die Insel schwer genug ist, um ein großes Gebäude zum Einsturz zu bringen?«

»Ja, aber ich bin davon überzeugt, daß sie ein Gebäude ebensogut desintegrieren könnte. Offenbar wird das Gras mit einem molekülstarken Strahl ›gemäht‹, der die Atomstruktur der Materie auseinanderbricht. Natürlich muß es hier auch andere Maschinen geben, mit denen die Trümmer beseitigt werden, aber ich weiß nicht, wie sie bedient werden.«

Grizquetr warf ihm einen tadelnden Blick zu.

»Ich kann nicht alles wissen. Ich bin doch kein Supermann!«

Als der Junge sich nicht dazu äußerte, zuckte Green mit den Schultern und schickte ihn hinaus, um Papier, Schreibzeug und Tinte zu holen. Als Grizquetr damit zurückkam, schwebte die Insel fünfzehn Meter über dem Palast. Green schrieb eine kurze Mitteilung, legte sie in einen verschließbaren Korb und bat Grizquetr, den Korb über der großen Freitreppe abzuwerfen.

»Ich weiß, daß ich viel von dir verlange und dich ständig auf Trab halte«, sagte er dabei. »Aber du bist schon groß und stark.«

»Natürlich«, antwortete Grizquetr stolz, lief hinaus, stolperte und raffte sich wieder auf. Green beobachtete die Menschenmenge, die sich im Palasthof versammelt hatte. Dann sah er den Korb herabfallen und grinste, als einige Priester so hastig Reißaus nahmen, daß sie über die Treppe nach unten rollten.

Er wartete, bis einer von ihnen den Mut aufbrachte, den Korb zu öffnen und die Mitteilung herauszunehmen. Dann ließ er die Insel fünf Meter tiefer sinken. Gleichzeitig sah er, daß Soldaten eine Kanone im Innenhof in Stellung brachten.

»Die Kerle haben Mut«, murmelte er vor sich hin. »Oder sie sind verrückt. Na, schießt nur, Freunde.«

Sie schossen jedoch nicht, denn ein Priester kam herbeigerannt und hielt sie davon ab. Offenbar war Greens Mitteilung bereits übersetzt worden, und die Estoryaner wollten nicht voreilig handeln.

»Während sie noch überlegen, sollen sie erfahren, was ihnen blüht, wenn sie nicht vernünftig sind«, sagte Green zu Grizquetr.

Dann stieß er etwa zwanzig Türme außerhalb des Windbrechers um. Das machte ihm Spaß, und er hätte gern mehr umgeworfen, aber er wollte wissen, wofür die Estoryaner sich entschieden hatten. Die nächsten zehn Minuten über dem Palast verstrichen unendlich langsam.

»Jetzt lege ich ihren Tempel in Trümmer, damit sie

sich endlich beeilen«, knurrte Green und wollte seine Drohung in die Tat umsetzen.

»Nein, Vater!« rief Grizquetr. »Sie kommen schon! Mutter und Paxi und Soon und Inzax! Und ein Fremder! Das muß der Dämon sein!«

»Unsinn!« schnaubte Green. »Der Mann ist so menschlich wie ich. Und der arme Kerl muß durchs Fegefeuer gegangen sein. Selbst aus dieser Höhe ist zu erkennen, wie schlecht er aussieht. Zwei Soldaten müssen ihn jetzt stützen.«

Amra, die Kinder und das Kindermädchen waren zum Glück offenbar unverletzt.

Trotzdem verfolgte Green besorgt ihre Fahrt durch die Stadt zum Windbrecher hinaus. Vielleicht wollten die Estoryaner ihr Glück mit einem Überraschungsangriff versuchen, obwohl Green nicht wußte, wie sie ihn überraschen wollten, da er aus seiner Höhe jede Truppenkonzentration sehen mußte. Oder ein fanatischer Priester konnte es sich in den Kopf gesetzt haben, die Gefangenen in letzter Sekunde zu töten.

Keine dieser beiden Möglichkeiten trat ein. Die Gefangenen wurden neben einem der umgestürzten Türme freigelassen, und die Soldaten zogen sich in die Stadt zurück. Grizquetr verließ den Kontrollraum, um die Geretteten zu führen. Eine Viertelstunde später kam er wieder herein.

»Hier sind sie, Vater! Gerettet! Komm, wir steigen, bevor die Estoryaner sich die Sache anders überlegen.«

»Nein, wir fliegen in die Stadt zurück«, antwortete Green und hielt vergebens nach den anderen Ausschau, die Grizquetr hinter sich gelassen hatte. Er schob einen Hebel nach vorn, und die Insel schwebte auf das Raumschiff zu, dessen Bug hinter der Mauer erkennbar war. Als Amra und die Mädchen in den Kontrollraum stürmen und ihn umarmen wollten, wehrte er sie mühsam ab und machte ihnen klar, daß er noch zu arbeiten hatte.

Amra lächelte nicht mehr, sondern runzelte die Stirn.

»Soll das heißen, daß du mit dem Dämonenschiff davonfliegen willst?« fragte sie ungläubig.

»Das hängt von bestimmten Faktoren ab, auf die ich keinen Einfluß habe«, antwortete Green wahrheitsgetreu.

Der Terraner humpelte, als er den Raum betrat. Er war groß, breitschultrig und hatte eine Hakennase; diese Nase und der graue Bart verliehen ihm eine gewisse Ähnlichkeit mit dem legendären Abraham Lincoln.

»Kapitän Walzer von der Erdflotte«, sagte er mit leiser Stimme.

»Alan Green, Spezialist für Meeresnahrung«, antwortete Green. »Können Sie das Schiff fliegen, Kapitän?«

»Ja, ich bin der Pilot. Hassan war Navigator und Nachrichtenoffizier. Der arme Kerl hat ...«

»Ich weiß, aber darüber können wir später sprechen«, wehrte Green ab. »Ist das Schiff startbereit?«

Walzer nickte langsam. »Ja, wir könnten sofort starten. Hassan und ich waren mit einem Geheimauftrag unterwegs. Auf dem Rückflug haben wir dieses System entdeckt. Da wir verpflichtet sind, jeden Planeten des Typs E zu registrieren, wollten wir hier landen und uns ein bißchen die Beine vertreten. Wir waren schon so lange unterwegs, daß wir Platzangst hatten und uns am liebsten gegenseitig ermordet hätten. Wenn Sie selbst lange Reisen gemacht haben, wissen Sie, was ich meine. Und in unserem kleinen Schiff sitzt man sich dauernd gegenüber. Normalerweise wird es nicht für lange Reisen benützt, aber ... nun, das gehört nicht hierher.

Jedenfalls wollten wir endlich wieder festen Boden unter den Füßen haben und bildeten uns ein, es sei unsere Pflicht, hier zu landen. Wir haben uns damals für diese Stadt in der Mitte der riesigen Ebene entschieden, wurden dort freundlichst aufgenommen, in Sicherheit gewiegt und hinterrücks überfallen. Den Rest der Geschichte kennen Sie selbst.«

Green nickte und sah auf den Bildschirm. »Wir sind da«, stellte er fest. »Das Schiff liegt genau unter uns.«

Er stand auf und wandte sich zu den anderen. »Aber bevor wir weitere Schritte unternehmen, möchte ich eine Angelegenheit klären, die Amra und mich beschäftigt hat. Hören Sie, Walzer, haben Sie an Bord Ihres Schiffs Platz für Amra, Paxi, Soon, Grizquetr und mich? Und vielleicht auch für Inzax, falls sie uns begleiten möchte?«

Walzer riß die Augen auf. »Nein, selbstverständlich nicht! Menschenskind, ich habe kaum genug Platz für Sie!«

Green zuckte mit den Schultern. »Siehst du?« fragte er Amra. »Das habe ich befürchtet. Ich muß dich zurücklassen.«

Er machte eine Pause, schluckte trocken und fügte hinzu. »Aber ich komme zurück! Ich verspreche dir, daß ich zurückkomme! Ich organisiere eine Expedition hierher, nehme selbst daran teil und bleibe bei euch!«

Amra fiel ihm weinend in die Arme, ließ sich trösten und behauptete, sie wisse schon jetzt, daß er nie zurückkehren werde.

»Doch, das kann ich beschwören!« versicherte Green ihr. »Ich bin nicht so dumm, daß ich eine Frau wie dich sitzenlasse!«

Sie lächelte mit Tränen in den Augen. »Aber du bleibst so lange fort, Alan! Mindestens zwei Jahre, nicht wahr?«

»Ja, aber das müssen wir eben ertragen. Und du kommst bestimmt ohne mich zurecht.«

»Du mußt mir zeigen, wie die Insel funktioniert«, forderte Amra ihn auf. »Bis du zurückkommst, bin ich wahrscheinlich schon Königin des Xurdimur. Wenn ich es richtig anfange und mich mit den Vings verbünde, kann ich sogar . . .«

Green unterbrach sie lachend. »Das habe ich befürchtet!«

170

»Hören Sie«, sagte er zu Walzer, »Sie sind zu schwach, um gleich eine lange Reise anzutreten. Können Sie der Insel nicht mit Ihrem Schiff folgen, bis wir tausend Meilen von hier in Sicherheit sind? Dort könnten wir leben, bis Sie wieder bei Kräften sind und Ihre Klaustrophobie überwunden haben. Und ich kann Amra inzwischen zeigen, wie die Insel funktioniert, damit sie während meiner Abwesenheit nicht in Gefahr gerät.«

»Einverstanden«, antwortete Walzer bereitwillig. »Ich gehe an Bord und folge Ihnen.«

Drei Wochen später kletterten die beiden Terraner in das Raumschiff, das sie erst nach vier Monaten subjektiver Zeit auf der Erde verlassen würden. Sie nahmen im Kontrollraum Platz, und Walzer begann mit den Startvorbereitungen.

»Puh!« sagte Green und wischte sich Schweiß von der Stirn und Tränen aus den Augen.

»Eine großartige Frau«, meinte Walzer mitfühlend. »Eine wirkliche Schönheit, die jeden beeindrucken muß.«

»Und das nicht zu knapp!« stimmte Green zu. »Amra ist eine erstklassige Schauspielerin, die in ihrer jeweiligen Rolle aufgeht.«

»Die Kinder sind auch nett«, fügte Walzer langsam hinzu, als sei er gespannt auf Greens Reaktion. »Ich kann mir vorstellen, wie sehr Sie sich auf das Wiedersehen mit ihnen freuen.«

»Natürlich. Paxi ist meine Tochter, aber ich liebe die anderen deshalb nicht weniger.«

»Ah«, sagte Walzer. »Sie wollen also tatsächlich zu ihr zurück?«

Green war weder gekränkt noch wütend, weil er bereits erraten hatte, was der andere dachte.

»Sie können sich nicht vorstellen, daß ich auf diesem barbarischen Planeten mit dieser Frau leben will, nicht wahr?« fragte er gelassen. »Immerhin denken wir anders, sind anders erzogen worden und benehmen uns unterschiedlich. Meinen Sie das?«

Walzer warf ihm einen forschenden Blick zu. »Richtig«, antwortete er gedehnt, »aber Sie wissen natürlich besser, was Sie sich vorgenommen haben.« Nach einer Pause fügte er hinzu: »Ich bewundere allerdings Ihren Mut.«

Green zuckte mit den Schultern.

»Ich habe hier so viel durchgemacht, daß ich keine Angst vor diesem neuen Risiko mehr habe.«

Der Steingott erwacht

DER STEINGOTT ERWACHT
erschien ursprünglich als HEYNE-BUCH Nr. 06/3376
Titel der amerikanischen Originalausgabe
THE STONE GOD AWAKES
Deutsche Übersetzung von Walter Brumm
Copyright © 1970 by Philip José Farmer
Copyright © 1974 der deutschen Übersetzung
by Wilhelm Heyne Verlag, München

Er wachte auf und wußte nicht, wo er war.

Vor ihm und über ihm knisterten Flammen. Beißender Holzrauch stieg ihm in die Nase, Tränen traten ihm in die Augen, Schreie mischten sich in das laute Krachen hallender Donnerschläge.

Er saß auf einem Stuhl — seinem metallenen Schreibtischstuhl? — Seine Arme hatte er ausgestreckt und halb angewinkelt, als ruhten sie auf seinem Schreibtisch — aber da war kein Schreibtisch! — Der Stuhl, auf dem er saß, stand auf einem Thron, der aus einem gewaltigen Granitblock gehauen war, und der Thron wiederum stand auf einer runden Steinplatte, deren Oberfläche mit dunklen, braunroten Flecken bedeckt war.

Er saß in einem großen Raum aus mächtigen Baumstämmen, Holzsäulen und Dachbalken. Flammen leckten über die Wände und hatten bereits den größten Teil des Gebäudes ergriffen. Ein Teil des Dachs war heruntergestürzt, durch den aufsteigenden Rauch konnte er den Himmel sehen, und der Himmel war schwarz und von Blitzen durchzuckt. Ungefähr fünfzig Meter hinter dem Gebäude sah er einen bewaldeten kleinen Hügel, der vom Feuerschein beleuchtet wurde. Die Bäume waren voll belaubt!

Noch vor einem Moment war Winter gewesen. Um die Gebäude des Forschungszentrums am Rand von Syracuse, New York, hatte der Schnee einen halben Meter hoch gelegen!

Ein Windstoß drückte den Rauch herunter, und er konnte nicht mehr hinaussehen. Das Feuer prasselte lauter, und brennendes Holz stürzte herab. Die dicken Pfosten waren wie Totempfähle mit unheimlichen geschnitzten Köpfen oder Masken verziert.

Er stand auf und hustete, als der beißende Rauch ihn einhüllte. Er stieg vom Sitz des gewaltigen Throns und blickte verwirrt umher. Er entdeckte eine halb geöffnete zweiflügelige Tür, draußen waren noch mehr Flammen — und kämpfende, fallende Gestalten und Schreie.

Er mußte hier heraus, bevor Rauch und Flammen ihm den Weg abschnitten, aber er hatte kein Verlangen, sich in den Kampf draußen zu stürzen. Er sprang von der Steinplattform herunter, griff in seine Jackentasche und brachte ein Springmesser zum Vorschein. Er drückte auf den Knopf, und die fünfzehn Zentimeter lange Klinge schnappte heraus. Im Staat New York des Jahres 1985 waren derartige Messer verboten, aber wenn man nicht schutzlos sein wollte, mußte man zuweilen etwas Illegales tun.

Er stolperte hustend durch den Rauch zur Tür, die er gesehen hatte, und spähte vorsichtig hinaus.

Das erste, was er sah, war eine geschwänzte haarige Gestalt, die keine drei Meter von ihm entfernt auf den Rücken stürzte — einen Speer im Bauch. Der Anblick verwirrte und schockierte ihn. Der Gefallene sah aus wie eine Kreuzung zwischen einem Menschen und einer siamesischen Katze. Das Fell war von einem hellen Grau, das Gesicht unterhalb der Stirn schwarz. Die Züge glichen denen eines Menschen, doch war die Nase rund und schwarz wie die einer Katze, die spitzigen Ohren waren ebenfalls schwarz und der Mund, im Todeskampf weit geöffnet, zeigte scharfe, spitze Raubtierzähne, doch waren die Eckzähne kaum länger als die anderen.

Der Speer wurde dem Opfer von einer Kreatur aus dem Leib gerissen, die krumme Beine und einen langen Schwanz, aber einen einheitlich braunen Pelz hatte. Es folgte ein Schrei, und der Besitzer des Speers stürzte über das katzenartige Wesen. Der Mann hinter dem Türspalt konnte ihn nun genauer betrachten. Auch dieses pelzbedeckte Wesen sah aus, als habe es sich vom Vierbeiner zum Zweibeiner entwickelt. Es hatte ein flaches Gesicht, nach vorn gerückte Augen, ein markant geformtes Kinn, beinahe menschliche Hände und Füße und eine breite Brust. Wenn die andere Kreatur einer siamesischen Katze geähnelt hatte, dann ähnelte diese einem Waschbären, von dem sie sogar die typische Zeichnung des Gesichts hatte: einen schwarzen Streifen über Augen und Wangen.

Es konnte nicht sehen, was den so menschenähnlich wirkenden Waschbären getötet hatte.

Es gab keinen Grund, das brennende Haus zu verlassen, solange das Feuer ihn nicht dazu zwang. Er kauerte hinter dem Türspalt und blickte hindurch. Die Szenerie hatte etwas Unwirkliches an sich. War es nur ein phantastischer Alptraum, der ihn heimsuchte?

Ein weiterer Teil des Dachs stürzte ein, und der Raum hinter ihm füllte sich mit Glut und Rauch. Er öffnete die Tür ein wenig weiter und schlüpfte geduckt hinaus. Er hielt sich an der Wand des Gebäudes, wo der herausquellende Rauch ihn verbarg, aber das hatte den Nachteil, daß er husten mußte und seine Augen brannten und tränten. So war es nicht verwunderlich, daß er überstürzt reagierte, als er plötzlich eines der waschbärähnlichen Wesen mit einer Steinaxt in der Hand durch den Rauch auf sich zutaumeln sah. Zu spät wurde ihm klar, daß es ihn nicht angriff, sondern hilflos umhertappte, blind vom Rauch und vom Verlust eines Auges, das ihm ausgeschlagen worden war.

Er stieß mit dem Messer zu; die Klinge fuhr in den pelzbedeckten Bauch. Blut quoll heraus, als das Wesen zurückschwankte und sich so von der Klinge befreite. Es ließ seine Streitaxt fallen, preßte seine Hände auf die Bauchwunde und fiel nach einer halben Drehung auf die Seite. Er nahm die Axt in die rechte Hand und das Messer in die linke, ließ sich auf alle viere nieder und kroch hustend weiter, eingehüllt in dichten Rauch.

Er fühlte sich, als taue er langsam auf. Sein Verstand begann sich allmählich zu erwärmen; sein Körper brach das Eis schneller, prickelnd wallte Wärme in ihm auf. Wieder tauchte einer dieser Waschbärmenschen auf, blickte zu ihm herüber, aber offenbar konnte er ihn nicht erkennen. Er blinzelte in den Rauch, als er sich näherte. Seine Hände hielten einen kurzen, schweren Spieß mit einer Steinspitze, und er beugte seinen Oberkörper nach vorn, als sei er nicht sicher, was er sah.

Er stand auf, Steinaxt und Messer bereit. Er fühlte, daß er wenig Chancen hatte. Obwohl der pelzbedeckte Zweibeiner nur ungefähr einen Meter fünfzig maß und etwa siebzig Kilo wiegen mochte, während er einen Meter siebenundachtzig groß war und knappe zwei Zentner auf die Waage brachte, hatte er diesem Spieß nicht viel entgegenzusetzen, denn er wußte nicht, wie er die Steinaxt mit einiger Hoffnung auf Erfolg werfen sollte.

Der Waschbärmensch blieb zehn Meter von ihm entfernt stehen. Seine Augen wurden groß — und er schrie. Im allgemeinen Tumult wäre sein Schrei vielleicht ungehört verhallt, aber nun hatten auch andere ihn gesehen. Gegner ließen voneinander ab und starrten zu ihm herüber, dann riefen sie den anderen Kriegern etwas zu, die ebenfalls den Kampf einstellten. Stille breitete sich aus, als habe sein Erscheinen beide Parteien ihre blutige Feindschaft vergessen lassen.

Er ging zur nächsten der Leitern, die an den Palisadenzaun gelehnt waren. Der Waschbärmensch, der ihn zuerst entdeckt hatte, war als einziger nahe genug, um ihm den Weg abzuschneiden. Die anderen konnten ihre Speere und Streitäxte nach ihm werfen, aber das mußte er riskieren. Von Pfeilen und Bogen hatte er bisher nichts bemerkt.

Der Waschbärmensch wich zur Seite aus, als er näher kam, und hob seinen Spieß. Er begriff, daß er sich verteidigen mußte. Seine einzige Chance war, den anderen mit dem Steinbeil zu treffen, bevor dieser ihn mit seinem Spieß durchbohren konnte. Er schleuderte das Ding mit aller Kraft, die sein noch halb gefrorener Körper aufbieten konnte, und die Steinklinge traf den Hals des Wesens. Es fiel hintenüber und blieb auf dem Rücken liegen.

Von den Zuschauern, zu denen sich inzwischen fast

alle Krieger gesellt hatten, stieg ein vielstimmiger Schrei auf. Er konnte unterscheiden, daß die Katzenwesen ein Triumphgeschrei anstimmten, während die Schreie der Waschbärenwesen Verzweiflung ausdrückten. Gleich darauf rasten die Waschbären in wilder Hast zu den Leitern, warfen ihre Spieße und Streitäxte fort, um schneller fliehen zu können. Vielen gelang die Flucht über die Palisaden, aber ein gutes Drittel von ihnen wurde noch vor den Leitern erschlagen oder aufgespießt. Einige wenige warfen sich vor ihren Feinden zu Boden, und ihre Demutshaltung rettete ihnen einstweilen das Leben; sie wurden gefangengenommen.

Erst jetzt begriff er, daß sein Opfer nicht die Absicht gehabt hatte, ihn anzugreifen. Es hatte den Spieß nur erhoben, um die Waffe in einer Geste der Unterwerfung beiseite zu legen, aber da hatte er die Steinaxt schon geschleudert. Er hatte schon zwei verhängnisvolle Fehler gemacht, und die Wirklichkeit war kein Tonband, das man neu überspielen oder löschen konnte.

Die Katzenleute umdrängten ihn, doch niemand wagte, ihn zu berühren. Sie ließen sich auf die Knie nieder und bewegten sich auf ihn zu, die Hände erhoben. Ihre Waffen lagen hinter ihnen am Boden. Ihre haarigen Gesichter mit den runden schwarzen Nasen, den spitzen Zähnen und den Katzenaugen machten es dem Mann unmöglich, in ihren Mienen zu lesen, aber ihr Verhalten drückte Ehrfurcht, Angst und Anbetung aus. Was immer der Ausdruck auf ihren Gesichtern sein mochte, sie hatten offensichtlich keine feindseligen Absichten.

Während er überlegte, was er in dieser seltsamen Situation tun solle, näherte sich eine mit Muschelketten und Armreifen geschmückte Gestalt aus dem Hintergrund, in einer Hand einen mit Schnitzwerk verzierten Stab, in der anderen eine kleine Streitaxt, die wohl nur zeremoniellen Zwecken diente. Dieses Katzenwesen, wahrscheinlich eine Art Priester oder Schamane, schritt langsam zwischen den Knieenden hindurch, die zur

Seite rutschten und eine Gasse bildeten. Fünf Meter vor ihm legte der Katzenpriester seine Gegenstände sorgfältig auf den Boden nieder, hob beide Hände und machte mit seinem Oberkörper schwingende, kreisende Bewegungen und erhob seine Stimme in einer Art Anrufung oder Gebet.

Er hatte nicht erwartet, die Sprache dieser Wesen zu verstehen, und seine Erwartung bestätigte sich. Nichts an dieser weichen, vokalreichen Sprache deutete auch nur auf eine Verwandtschaft mit einer der großen menschlichen Sprachfamilien hin.

Das Katzenwesen beendete seine Vorstellung und machte eine einladende Gebärde. Er folgte dem Priester in ein Holzhaus mit niedriger, rauchgeschwärzter Balkendecke, von der kleine Holzplastiken an Lederstreifen herabhingen. Das Haus bestand aus einem einzigen Raum von ungefähr sieben mal zehn Metern Größe. In einer Wandnische war ein Lager aus Fellen, es gab keine Fenster, aber in Wandhaltern brannten mehrere Fackeln, und bei Tag fiel wahrscheinlich ausreichend Licht durch die zwei Türöffnungen an beiden Schmalseiten des Hauses. Während die Dorfbewohner sich draußen drängten, bedeutete ihm der Priester mit ehrerbietigen Gesten, er möge dieses Haus als das seine betrachten. Dann erschien ein weibliches Exemplar dieser Katzenwesen, das erste, das er zu Gesicht bekam. Sie trug eine große Tonschüssel, die mit geometrischen Ornamenten verziert war und eine Suppe aus Gemüse und Fleischstücken enthielt. Die Frau war ungefähr einen Meter fünfzig groß und hatte gut geformte volle Brüste unter dem Pelz, mit kleinen haarlosen Flächen um die schwärzlichen Brustwarzen. Eine Kette aus großen blauen Steinen hing von ihrem Hals, und ihre großen Augen waren von einem tiefen Blau. Sie wagte ihn nicht anzusehen, und als er die Schüssel aus ihren Händen nahm, war sie nahezu daran, das Gefäß samt Suppe fallenzulassen und zu fliehen. Er bemerkte, daß ihre Hände — wie auch die der anderen Katzenmenschen — vier Finger und einen gegengestellten Daumen hatten. Auch hatten sie Nägel, nicht Krallen. Abgesehen von ihrer starken Behaarung hätte man sie für menschliche Hände halten können.

Die Suppe roch sehr appetitlich; wenn auch anders als alle Suppen, die er in seinem bisherigen Leben gegessen hatte. Er nahm das große hölzerne Eßwerkzeug, das an einem Ende Löffel und am anderen Gabel war, und kostete die Suppe. Sie war zwar sehr fett, aber wohlschmeckend und mit verschiedenen Kräutern ausgezeichnet gewürzt. Das Fleisch schmeckte nach Wild, und er kämpfte einen Moment lang mit der unangenehmen Vorstellung, daß es von einem dieser Waschbärmenschen stammen mochte, doch er war zu hungrig, um sich durch diesen Gedanken abschrecken zu lassen. Trotz der entnervenden Stille und der neugierigen Augen, die jede seiner Bewegungen aufmerksam verfolgten, aß er die Schüssel leer. Die Frau trug sie fort, und der Priester und ein paar andere Katzenmänner, die das Privileg genossen, mit ihm im Raum zu sein, standen untätig herum, als erwarteten sie, daß er die Initiative ergriffe.

Er ging zur rückwärtigen Tür und blickte hinaus. Die Gewitterwolken waren nach Westen abgezogen, und am Osthimmel stand das fahle Grau eines neuen Tages. Er begann, den ersten Schock über die beängstigende und unvertraute Umgebung zu überwinden, und sein Verstand konfrontierte ihn mit Fragen, auf die er keine Antwort wußte. Wo, zum Teufel, war er?

Die Hügel, die er in der Ferne sehen konnte, erweckten tatsächlich den Eindruck, als wäre es die Gegend von Syracuse. Aber das war auch alles.

Die große Halle, in der er sein Bewußtsein wiedererlangt hatte, war nur zur Hälfte niedergebrannt, und ähnlich war es mit den anderen Holzhäusern, die er in Flammen gesehen hatte. Wahrscheinlich hatten die Regenschauer das Feuer gelöscht. Die Leitern an den Palisaden und die Leichen der Gefallenen waren verschwunden. Ein paar hölzerne Käfige enthielten ungefähr ein Dutzend Waschbärmenschen.

Ein Tor in der Palisadenwand stand offen, und durch die Öffnung waren Felder mit Mais und anderen Pflanzen zu sehen. Frauen und Halbwüchsige arbeiteten dort, während die jüngeren Kinder zwischen ihnen herumliefen und spielten. Bewaffnete Männer hielten beim Tor und auf den Feldern Wache. Weitere Frauen verließen mit ihren Kindern das Dorf, um zur Feldarbeit zu gehen. Es war kurz vor Sonnenaufgang.

Die Katzenleute erwarteten offensichtlich, daß er etwas unternahm, aber er hatte keine Ahnung, worauf ihre Erwartungen zielten. Er konnte nur hoffen, daß er nichts tat, das ihre Ehrfurcht in Feindseligkeit verwandeln könnte.

Es gab zunächst nur einen Weg für ihn. Er mußte ihre Sprache lernen.

Er winkte die Frau zu sich, die die Suppe gebracht hatte und nun im Hintergrund wartete, als habe sie den Auftrag, sich um ihn zu kümmern. Dann zeigte er auf sich selbst und sagte: »Odysseus Sinclair.«

Sie blickte ihn verständnislos an. Die anderen murmelten und scharrten unbehaglich mit den Füßen.

Ihr Mund öffnete sich zu einem ängstlichen Lächeln. Ihre Zähne könnten mit einem Biß ein großes Stück aus ihm herausreißen. Die Zunge war dünn und sah rauh wie eine Katzenzunge aus. Trotz ihrer fremdartigen Erscheinung war diese Frau schön, aber das mochte daran liegen, daß er Siamkatzen schon immer schön gefunden hatte. Sie versuchte seinen Namen nachzusprechen, und er sagte ihn noch einmal. Nach einer Weile brachte sie »Warisa Singapira« heraus, und das war das beste Ergebnis ihrer Bemühungen.

Er zuckte mit den Schultern. Es war an ihm, sich anzupassen. Er mußte ihre Sprache lernen.

Die übrigen Anwesenden schauten verwundert drein, und erst viel später erfuhr er den Grund. Schließlich erwartet man von seinem Gott, daß er die Sprache seiner Gläubigen spricht und versteht. Aber hier stand ihr fleischgewordener Gott und Erlöser, auf den sie seit Hunderten von Jahren gewartet hatten, und war unfähig, ihnen ein verständliches Wort zu sagen.

Glücklicherweise hatten die Wufea mit den Menschen die Gabe gemeinsam, für alles eine Erklärung zu finden. Ihr Oberpriester und seine Tochter, Awina, fanden eine, die sich sehen lassen konnte: als Wuwiso, der Gott der Wufea, zu Stein geworden war, hatte der große Verschlinger Wurutana ihn mit einem Zauberbann belegt. Wuwiso hatte seine Sprache vergessen, aber er würde sie rasch wieder erlernen.

Awina wurde seine Lehrerin, und weil sie gern redete — selbst zu einem Gott, den sie fürchtete —, lernte er schnell. Überdies war sie intelligent — manchmal dachte er, daß sie intelligenter sei als er — und erfand Mittel und Methoden, den Lernprozeß zu beschleunigen.

Auch hatte sie Sinn für Humor, und wenn Odysseus einen Scherz von ihr verstand, war das für ihn ein Beweis, daß er Fortschritte machte. Er war so zufrieden mit sich selbst und mit ihr, daß er mehr als einmal nahe daran war, sie zu küssen. Doch unterdrückte er solche Impulse. Obwohl er auf dem besten Weg war, dieses seltsam schöne und heitere Geschöpf liebzugewinnen, hatte er nicht die Absicht, zärtlich zu werden. Nichtsdestoweniger war sie für ihn eine Insel in einem unbekannten Universum, und wenn sie nicht bei ihm war, fühlte er sich einsam und unsicher.

Er lernte allmählich das Dorf und seine Umgebung kennen. Wann immer er zu Spaziergängen oder Erkundungen aufbrach, eskortierten ihn ein Priester und eine Leibwache von jungen Kriegern. Bald merkte er, daß sie ihn in jeder Richtung ungefähr zehn Kilometer weit gehen ließen, dann aber Schwierigkeiten machten. Er wäre gern weiter vorgedrungen, aber er fühlte sich noch nicht bereit, seinen Willen gegenüber seiner Ehrengarde — oder sollte er besser sagen: Aufsehergarde? — durchzusetzen.

Im Norden und Westen war das Land hügelig und bewaldet, mit vielen kleinen Seen, Flüssen und Bächen. Im Süden ging das Hügelland nach drei Kilometern in eine weite Ebene über. Von einer Hügelkuppe aus konnte man bei klarem Wetter fern im Süden eine gewaltige dunkle Formation erkennen, die er anfangs für ein Gebirge hielt. Beim zweiten Ausflug neigte er eher dazu, es für ein Wolkengebilde zu halten. Und beim dritten Mal war er wieder der Meinung, daß es ein Gebirge sein mußte.

Er fragte Awina danach; sie sah ihn seltsam an und sagte: »Wurutana!« als verstünde sie nicht, warum er sie fragen mußte.

Wurutana, soviel wußte er inzwischen, war der Name des Großen Verschlingers. Es bedeutete auch etwas anderes, aber er verstand die Sprache noch nicht gut genug, um komplizierteren Erklärungen folgen zu können.

Nach Awinas Auskunft gab es im Norden und im Osten, wo die Hügel sich in einem weiten Waldland aus immergrünen Bäumen verloren, noch andere Siedlungen der Wufea. Ihre Feinde, die sich Waragondit nannten, lebten im Westen und im Norden. Das Dorf, in dem er sich befand, hatte etwa zweihundert Bewohner, und insgesamt gab es ungefähr dreitausend Wufea.

Die Waragondit hatten ihre eigene Sprache, die keine Verwandtschaft mit der Sprache der Wufea hatte, aber beide Gruppen bedienten sich zur Verständigung einer dritten Sprache, die die Funktion einer Handelssprache hatte und Ayrata genannt wurde.

Die Wufea besaßen weder Metall, noch hatten sie je davon gehört. Sinclairs Messer war der erste Metallgegenstand, den sie zu Gesicht bekamen — abgesehen von seinem Schreibtischstuhl aus verchromtem Stahlrohr.

Sie wußten nichts von Pfeil und Bogen. Das war ihm unverständlich. Sie mochten kein Metall kennen, weil es in dieser Gegend keine Erzvorkommen gab, aber selbst die Menschen der Jungsteinzeit hatten Pfeil und Bogen gehabt. Dann erinnerte er sich, daß die Ureinwohner Australiens das Prinzip des Bogens auch nie entdeckt hatten. Und die präkolumbischen Indianerkulturen hatten, obwohl sie auf einem bewundernswert hohen technologischen Stand waren und obwohl sie Räder für die Spielzeuge ihrer Kinder anfertigten, das Prinzip des Rades niemals angewandt, um große Wagen, Ochsenkarren oder Schubkarren herzustellen.

Auf seinen Wanderungen hatte er Bäume gefunden, die der Eibe ähnelten. Er ließ seine Begleiter mit den Steinäxten Äste abhauen und ins Dorf bringen. Dort beschaffte er sich Därme und Federn und fertigte eine ganze Anzahl Bogen und Pfeile an.

Die Wufea waren verblüfft, die Vorzüge des Bogens leuchteten ihnen aber bald ein. Nach einigen Übungen mit Graspuppen, die er aufgestellt hatte, brachten sie einen gefangenen Waragondit hinaus, um ihre Fertigkeit mit der neuen Waffe an ihm zu erproben.

Odysseus zögerte, weil er nicht wußte, über wieviel Autorität er verfügte. Er wußte zwar, daß er für die Wufea eine Art Gott darstellte, und er hatte sogar an mehreren Zeremonien im noch nicht wiederaufgebauten Tempel teilgenommen. Aber da er ihren Gottesbegriff nicht genau genug kannte, wußte er nicht, wie mächtig er war. Nun schien sich eine Gelegenheit zu bieten, dies herauszufinden. Er hatte keine Gründe, sich für den Waragondit einzusetzen, aber er fühlte sich dazu verpflichtet. Er konnte nicht untätig zusehen, wie die Krieger ihre Treffsicherheit an einem hilflosen Gefangenen erprobten.

Zuerst schienen einige der Wufea geneigt, sich seinem Verbot zu widersetzen. Sie starrten ihn unfreundlich an, und einige murrten sogar laut, aber keiner trat ihm offen entgegen. Als der Oberpriester Aythira, Awinas Vater, in heiligem Zorn grimmig seinen Zauberstab mit der Schlange und den Vogelköpfen gegen sie schüttelte und eine mit Kieselsteinen gefüllte Kürbisrassel ertönen ließ, waren sie rasch eingeschüchtert. Der Hauptpunkt seiner zornigen Rede war, daß sie sich nun unter einer neuen Herrschaft befänden. Ihre Vorstellungen von dem, was ein Gott sein sollte, müsse nicht unbedingt mit den Vorstellungen des Gottes selbst übereinstimmen: Wenn sie sich störrisch und uneinsichtig zeigten, dann würde der Gott einen Blitz schleudern und sie in Stein verwandeln. Dies wäre dann die gerechte Umkehrung des Wunders, durch das der Steingott erwacht sei, Fleisch angenommen und ihnen in der Stunde der Not beigestanden habe.

Für Odysseus Sinclair war dies der erste Hinweis darauf, was mit ihm geschehen war. Später fragte er Awina über die Einzelheiten aus, vorsichtig und auf Umwegen, damit sie nicht merkte, wie groß seine Unwissenheit war.

Er war Stein gewesen. Man hatte ihn auf dem Grund eines Sees gefunden, der nach einem schweren Erdbeben ausgelaufen war. Er war fest mit einem steinernen Stuhl verbunden gewesen, und seine Ellbogen hatten auf einem Stück von einer dünnen Steinplatte geruht. Er war so schwer gewesen, daß es der vereinten Anstrengung der Männer zweier Dörfer bedurft hatte, um ihn aus dem Schlamm zu heben und auf Rollen zu dem größeren der beiden Dörfer zu ziehen. Dort hatte man ihn auf den Thron aus Granit gesetzt, der angeblich schon viele Generationen früher für ihn vorbereitet worden war.

Odysseus fragte sie nach dem Thron. Wer hatte ihn gemeißelt? Er hatte nirgendwo Anzeichen gesehen, daß die Wufea in der Steinbearbeitung über die Herstellung von Speerspitzen, Streitäxten und Werkzeugen hinausgekommen waren.

Der Thron sei in den Ruinen einer mächtigen Stadt der ›Alten‹ gefunden worden, sagte sie. Über die Identität dieser ›Alten‹ und über die Lage der Ruinenstadt wußte Awina nichts. Irgendwo im Süden. In jenen Tagen, vor zwanzig oder dreißig Generationen, hatten die Wufea viele Tagereisen weiter südlich gelebt, in einer Ebene, die von jagdbarem Wild gewimmelt hatte. Dann war Wurutana über das Dorf und die Stadt der ›Alten‹ gewachsen, und die Wufea hatten nach Norden ziehen müssen, um dem Schatten Wurutanas zu entgehen.

Der Blitzschlag, so schien es, hatte ihn während des Gewitters getroffen, das mit dem Überfall der Waragondit zusammengefallen war. Er hatte auch den Tempel in Brand gesetzt. Die anderen Brände waren von den Waragondit gelegt worden.

An diesem Abend ging Odysseus aus seinem neuen Quartier im wiederhergestellten Tempel. Er blickte zum Himmel auf und fragte sich, ob er auf der Erde sei. Er wußte nicht, wie er anderswo sein könnte. Aber wenn er auf der Erde war, mußte etwas mit dem Zeitlauf durcheinandergekommen sein. Welches Jahr war dies?

Die Sterne zeigten unvertraute Konstellationen, und der Mond schien größer zu sein, als sei er der Erde näher gerückt. Aber es war der Mond, den er gekannt hatte, kein Zweifel.

Eins war sicher: Seit 1985 waren mehr als ein paar Jahrhunderte oder gar Jahrtausende vergangen.

Die Evolution von katzenartigen Tieren zu intelligenten humanoiden Lebewesen bedurfte eines Zeitraums von Millionen Jahren. Eine solche Evolution widersprach zudem jeder theoretischen Wahrscheinlichkeit. Die katzenartigen Säuger seiner Zeit waren viel zu spezialisiert gewesen, um sich zu diesen Geschöpfen entwickeln zu können. Sie waren in einer entwicklungsgeschichtlichen Sackgasse gewesen.

Immerhin war es möglich, daß die Wufea nicht von Katzen abstammten. Die oberflächliche Ähnlichkeit mit siamesischen Katzen mochte irreführend sein. Vielleicht stammten sie von irgendeiner anderen Gattung ab. Aus Waschbären mochten sich im Laufe von Jahrmillionen intelligente Zweibeiner entwickeln. Diese Tiere waren nicht allzu spezialisiert. Aber intelligente Zweibeiner mit menschlichen Händen als Abkömmlinge der Katzen seiner Tage?

Oder war es möglich, daß die katzenähnlichen Wufea einen Primaten zum Ahnherrn hatten, eine Lemurenart, zum Beispiel? Aber die Katzenaugen sprachen dagegen. Und warum war es nicht zu einer Rückbildung der Schwänze gekommen? Sie schienen keinem erkennbaren Zweck zu dienen. Alle entwickelten Primaten und Hominiden hatten im Verlauf der Evolution ihre Schwänze verloren. Warum war es bei diesen Geschöpfen anders?

Auch das übrige Tierleben war zu berücksichtigen. In den Ebenen des Südens gab es Pferde in großen Herden, und eine kleinere Abart lebte in den Wäldern. Die Wufea betrachteten das Waldpferd als jagdbares Wild, aber sie hatten noch nicht daran gedacht, es zu reiten. Diese Pferde unterschieden sich kaum von ihren Vorfahren. Aber es gab auch ein Tier mit einem schmalen Kopf auf einem giraffenartig langen Hals, das sich vom Laub der Bäume nährte; er hätte schwören mögen, daß dieses Tier sich auch aus dem Pferd entwickelt hatte.

Dann gab es ein fliegendes Eichhörnchen, nicht das Flughörnchen seiner Tage, sondern eins mit Fledermausflügeln. Aber es war ein Nager und mußte sich aus dem Flughörnchen entwickelt haben. Und es gab Tiere, deren Existenz viele Millionen Jahre der Evolution von den Formen bedeutete, die er gekannt hatte.

Awina zeigte große Neugierde für sein früheres Leben, bevor er zu Stein geworden war, aber er hielt es für besser, wenig darüber zu sagen, bis er wußte, welche Vorstellungen sie und ihresgleichen von seiner früheren

Existenz hatten. Sie erzählte ihm die Legende, die es über Wuwiso gab. Er war einer der alten Götter, der einzige, der den schrecklichen Kampf zwischen ihnen und Wurutana, dem Großen Verschlinger, überlebt hatte. Wurutana hatte gesiegt, und die anderen Götter waren vernichtet worden. Alle bis auf Wuwiso. Er war entkommen, und um seinen Feind zu täuschen, der ihn verfolgte, hatte er sich in Stein verwandelt. Wurutana hatte den Steingott nicht zerstören können, aber er hatte ihn genommen und unter einem Berg versteckt, wo niemand ihn jemals finden würde. Dann hatte Wurutana zu wachsen begonnen, um die ganze Erde zu bedecken.

Wuwiso lag unterdessen im Herzen des Bergs, ohne etwas zu fühlen, zu wissen oder zu denken. Und Wurutana war glücklich darüber. Aber selbst Wurutana war nicht so mächtig wie der größte aller Götter, die Zeit. Die Zeit trug den Berg ab, und eines Tages brachte ein Fluß den Steingott zu Tal und verbarg ihn auf dem Grund eines tiefen Sees. Und dann entleerte ein Erdbeben den See, und die Wufea fanden den Steingott, wie es ihnen prophezeit worden war. Und die Wufea hatten viele Generationen lang gewartet, daß der Blitzschlag käme und ihren Gott wieder zum Leben erweckte und so die Prophezeiung sich erfüllen würde. Und schließlich, in der Stunde der größten Not, war das Gewitter wie vorausgesagt über das Land gezogen, und der Blitzschlag hatte Wuwiso von den Banden des Steins befreit.

Odysseus Sinclair zweifelte nicht daran, daß in diesem Mythos einige Tropfen Wahrheit enthalten waren.

Im Jahr 1985 — wie viele Zeitalter mochten inzwischen vergangen sein? — hatte er als Biophysiker am ›Projekt Niobe‹ gearbeitet. Ziel des Projekts war die Entwicklung eines ›Materie-Frosters‹, wie es von den Projektmitarbeitern genannt wurde. Das Gerät war imstande, auf unbestimmte Zeit alle Bewegungen in einem Stück Materie einzufrieren; die Moleküle und Atome stellten ihre Bewegungen ein. Bakterien, die sie der komplexen Energiestrahlung des Materie-Frosters ausgesetzt hatte, waren wie zu Stein geworden — einem unzerstörbaren Stein. Nichts hatte ihn zerstören können, weder Säuren noch große Hitze, Druck oder radioaktive Bestrahlung.

Das Gerät diente vor allem als Härter, die Strahlung besaß aber auch das Potential von ›Todesstrahlen‹ — oder ›Konservierungsstrahlen‹, wenn man diesen Begriff vorzog. Allerdings war die Methode wegen ihrer vorerst noch extrem kurzen Reichweite und ihres enormen Energieaufwands unpraktisch. Schließlich gab es noch nicht einmal eine Theorie, wie die ›versteinerte‹ Materie wieder ›entsteinert‹ werden konnte.

Bakterien, ein Seeigel, ein Regenwurm und eine weiße Maus waren ›versteinert‹ worden. An dem Tag, als Odysseus in seinen langen Schlaf gesunken war, hatte er an einem Experiment mit einem Meerschweinchen gearbeitet. Alles war wie bisher gelaufen — bis zu einem bestimmten Punkt. Odysseus hatte an seinem Schreibtisch gesessen, war aber im Begriff gewesen, aufzustehen und durch den Raum zur Steuerkonsole zu gehen, die er überwacht hatte. Die Energie war eingeschaltet gewesen, aber es hatte immer eine Weile gedauert, bis das Gerät seine Betriebsleistung erreichte. Von seinem Schreibtisch aus hatte er die Anzeigeskalen sehen können. Plötzlich hatte sich der große Zeiger, der die Abgabeleistung des Geräts anzeigte, in den roten Skalenbereich bewegt. Odysseus hatte die Bewegung der Anzeigennadel gesehen — das war seine letzte Erinnerung. Zwischen jenem Augenblick und seinem Wiedererwachen war gähnende Leere.

Es war nicht schwierig, eine allgemeine Erklärung für das Geschehen zu finden. Etwas in dem komplizierten Gerät hatte offenbar versagt; das Gerät war explodiert oder hatte ihn mit seiner konzentrierten Strahlung erreicht, wozu es theoretisch nicht in der Lage sein konnte. Und er, Odysseus Sinclair, war ›versteinert‹ worden.

Ob die anderen entkommen oder ebenfalls zu ›Stein‹ geworden waren, wußte er nicht. Wahrscheinlich würde er es nie erfahren.

Und so waren Äonen vergangen, während er als eine Statue aus einer Materie existierte, die härter war als alles in der Welt, und die zuletzt in die Hände der Wufea gefallen war. Und sie hatten ihn auf einen Thron aus Granit gesetzt, bis der Zufall eines Blitzschlags ihn in einer Mikrosekunde in Fleisch und Blut zurückverwandelt hatte, so schnell, daß sein Herz weiterschlug, wo es vor Äonen unterbrochen worden war, ohne auch nur zu fühlen, daß es über Jahrtausende hinweg stumm und zu Stein ›gefroren‹ gewesen war.

Aus Stein geboren zu sein, war Schock genug. Manchen hätte die Erkenntnis um den Verstand gebracht, und Odysseus war überzeugt, daß er sie wenigstens mit einer Neurose würde bezahlen müssen. Aber nachdem er den Schock überwunden hatte, begann die Einsamkeit zu schmerzen.

Es war bitter, zu wissen, daß alle seine Zeitgenossen und ihre Enkel seit Hunderttausenden von Generationen Staub waren. Aber zu wissen, daß er der einzige Mensch auf Erden war, schien beinahe unerträglich. Nur der Umstand, daß er es nicht mit absoluter Gewißheit wußte, bewahrte ihn vor Hoffnungslosigkeit und Verzweiflung. Aber gab es noch Hoffnung?

Zumindest war er nicht das einzige intelligente Lebewesen auf der Erde. Es fehlte ihm nicht an Gesprächspartnern, selbst wenn sie so fremdartig waren, daß sie ihn oft abstießen.

Wochen und Monate vergingen, und Odysseus lernte die Sprache der Wufea verstehen und sprechen. Er nahm auch Lektionen bei den gefangenen Waragondit, um ihre Sprache zu erlernen. Soweit er beurteilen konnte, fehlte ihr jede Verwandtschaft mit der Sprache der Wufea.

Die Handelssprache Ayrata wiederum schien mit keiner der beiden anderen verwandt zu sein. Sie zeichnete sich durch einfache Lautgebung und Syntax aus und war so frei von Unregelmäßigkeiten wie Esperanto. Er fragte Awina nach der Herkunft dieser Sprache, und sie sagte, daß die Dhulhulikh sie eingeführt hätten; nicht nur bei den Wufea, sondern ›überall in der Welt‹. Jeder konnte sich mehr oder weniger gut in Ayrata verständigen, und alle Handelsgespräche und Verhandlungen zwischen verschiedenen Stämmen wurden in Ayrata geführt.

Odysseus ließ sich die Dhulhulikh beschreiben und kam zu dem Schluß, daß sie Wesen aus der Mythologie der Katzenleute sein mußten. Solche phantastische Kreaturen konnte es nicht geben.

Inzwischen hatte er auch herausgefunden, daß die Waragondit für das große Jahresfest aller Wufea aufgespart wurden. Zu diesem Anlaß sollten sie gefoltert und schließlich ihm geopfert werden.

»Wann wird dieses Fest stattfinden?« fragte er sie.

»In genau einem Mond«, antwortete sie.

»Wie, wenn ich das Opfer verschmähte?« sagte er nach kurzem Zögern. »Wenn ich sagte, daß die Gefangenen nicht gefoltert und getötet, sondern freigelassen werden sollen?«

Awinas blaue Augen öffneten sich weit. Es war Mittag, und ihre Pupillen waren zwei dünne schwarze Schlitze. Sie öffnete ihren Mund und fuhr mit ihrer rauhen rosa Zunge über die schwarzen Lippen.

»Vergib mir, Herr«, sagte sie. »Aber warum solltest du das tun?«

Wenn er versuchte, ihr Begriffe wie Barmherzigkeit oder Mitleid zu erklären, so würde sie ihn nicht verstehen. Den Wufea waren solche Regungen zwar nicht ganz fremd, aber sie galten nur Angehörigen der eigenen Art. Ein Waragondit war für sie nicht mehr als ein Tier.

»Ist es nicht wahr«, sagte er statt dessen, »daß auch die Waragondit mich als ihren Gott verehren? Hatte ihr Überfall nicht den Zweck, mich zu entführen und in ihrem eigenen Tempel aufzustellen?«

Awina sah ihn schlau an und sagte: »Wer sollte dies besser wissen als du, Herr?«

»Nun«, erklärte er mit einer ungeduldigen Handbewegung, »was ich sagen will, ist, daß die Waragondit genauso wie die Wufea mein Volk sind.«

»Was?« Awina war fassungslos. Ihre Hände begannen zu zittern. »Mein Herr?«

»Wenn ein Gott spricht, sagt er nicht immer das, was sein Volk zu hören erwartet«, sagte Odysseus betont würdevoll. »Wenn ein Gott nur sagen würde, was jeder andere auch weiß und denkt, dann würde man keinen Gott benötigen. Nein, ein Gott sieht viel weiter und viel klarer als ein Sterblicher. Er weiß, was gut für sein Volk ist, auch wenn sein Volk so blind ist, daß es ihn nicht begreift.«

Sie schwieg verwirrt. Fliegen summten über ihren Köpfen, und Odysseus wunderte sich, daß diese lästigen Insekten die Jahrtausende überdauert hatten. Wäre die Menschheit intelligent genug gewesen, hätte sie auch überlebt ... Und dann dachte er, daß die Menschheit eben nicht intelligent genug gewesen war, was sich bereits 1985 abgezeichnet hatte. Schon damals war ziemlich klar gewesen, daß die Menschheit an ihrer eigenen Masse zugrundegehen mußte. Hunger, Erschöpfung der natürlichen Reserven und Vergiftung der Umwelt, diese Produkte einer sorglosen, ungezügelten Bevölkerungsexplosion mußten den Menschen ausgerottet haben, und Odysseus schätzte, daß dies spätestens im Jahr 2500 der Fall gewesen sein mußte. Jetzt sah es so aus, als sei nicht nur der Mensch, sondern sogar die Erinnerung an ihn verschwunden. Er selbst war nur ein zufälliger Überlebender, anachronistisch wie — wie ein Dinosaurier, der sich unversehens im zwanzigsten Jahrhundert wiederfindet. Doch hier war die gemeine Stubenfliege, und sie gedieh wie ihre entfernte Cousine, die Küchenschabe, die auch in jeder Hütte anzutreffen war. Sie waren längst vor dem Menschen dagewesen und hatten ihn überlebt.

Awina sagte: »Ich verstehe dich nicht, Herr. Warum sollten die seit alten Zeiten üblichen Opfer, die meinen Herrn während so vieler Generationen zu befriedigen schienen und gegen die er niemals etwas einzuwenden hatte, plötzlich ...«

»Bete, daß du sehend wirst, Awina. Verblendung kann zum Tode führen.«

Awina schwieg erschrocken. Er hatte entdeckt, daß dunkle und unbestimmte Erklärungen am ehesten geeignet waren, sie in Angst zu versetzen; in solchen Fällen erwarteten sie das Schlimmste.

»Geh hin und sag den Ältesten und den Priestern, daß ich mit ihnen sprechen will! Und sag den Arbeitern, daß sie aufhören sollen, an diesem Haus herumzuhämmern, während wir hier versammelt sind.«

Awina rannte schreiend hinaus, und fünf Minuten später waren die Sippenoberhäupter und Priester im Tempel versammelt. Odysseus saß auf dem harten und kalten Granitthron und sagte ihnen, was er wollte. Sie blickten bestürzt und schockiert drein, doch keiner wagte, ihm zu widersprechen. Als er geendet hatte, fragte Aythira demütig: »Herr, verzeih mir, daß ich frage, welche Absicht du mit diesem Bündnis verfolgst?«

»Einmal möchte ich diese nutzlosen Kämpfe zwischen meinen Völkern beenden. Zum anderen werde ich die besten Krieger der Wufea und Waragondit mit mir nehmen und gegen Wurutana ziehen.«

»Wurutana!« murmelten sie in Ehrfurcht und Schrecken. Die Idee schien sie nicht wenig zu ängstigen.

»Ja, Wurutana! Seid ihr überrascht? Erwartet ihr nicht die Erfüllung der alten Prophezeiungen?«

»O ja, Herr«, sagte Aythira. »Aber nun, da die Zeit

gekommen ist, finden wir unsere Knie schwach und unsere Eingeweide zu Wasser werden.«

Er wußte, daß die Wufea die Eingeweide für den Sitz der Tapferkeit hielten.

»Ich werde euch gegen Wurutana führen«, sagte Odysseus. Er fragte sich insgeheim, wer oder was Wurutana sein mochte, und was er würde tun müssen, um Wurutana zu besiegen. Er hatte versucht, soviel Informationen wie möglich über Wurutana zu erhalten, ohne sie wissen zu lassen, wie ahnungslos er war.

»Ihr werdet einen Boten zum nächsten Dorf der Waragondit schicken und ihnen mitteilen, daß ich kommen werde«, sagte er. »Ihr werdet ihnen sagen, daß ich in Frieden zu ihnen komme und die Gefangenen mitbringe, um sie dort freizulassen. Und die Waragondit werden alle gefangenen Wufea freilassen, die sie in ihrer Gewalt haben. Wir werden eine große Friedensversammlung halten und dann zu den anderen Dörfern der Waragondit gehen und dort Versammlungen halten. Dann werde ich die Krieger auswählen, die mich begleiten sollen, und wir werden gemeinsam über die Ebene gegen Wurutana ziehen.«

Die Fellgesichter blickten einander verstohlen an. Ihre blauen, grünen und gelben Augen glommen unheimlich und katzenhaft, ihre Schwänze zuckten hin und her und verrieten ihre Erregung.

Sie hatten erwartet, daß er sie zu einem Ausrottungskrieg gegen die Waragondit führen werde. Nun verordnete er ihnen Frieden, und was noch schlimmer war, sie sollten ihren Gott mit ihrem Erbfeind teilen.

Odysseus sagte: »Euer wirklicher Feind ist Wurutana. Nun geht und tut, wie ich befohlen habe.«

Eine Woche später verließ er das Nordtor auf dem Trampelpfad, der zwischen den Maisfeldern und Gärten hinausführte. Die alten Leute, die zum Schutz des Dorfes zurückbleibenden jungen Krieger, die Frauen und die Kinder bereiteten ihnen einen lärmenden Abschied.

Hinter Odysseus gingen drei Wufea-Musikanten, ein Trommler, ein Flötist und ein Standartenträger. Die Trommel war aus Holz und mit Fell bespannt, und die Flöte war aus dem Beinknochen eines großen Tiers gemacht. Die Standarte war ein Speer mit rechtwinklig abstehenden Federn am Schaft, einem Pferdeschädel auf der Spitze und einigen Rasseln am anderen Ende.

Hinter dieser Band, die eine für seine Ohren entsetzlich harmonische Musik machte, kamen die Oberpriester und seine zwei Gehilfen. Sie hatten sich mit Ketten, Ringen und Brustschildern aus Knochen geschmückt und schwenkten ihre geschnitzten Zauberstäbe. Den Schluß bildete eine Truppe von sechzig Kriegern mit Speeren, Bogen und pfeilgefüllten Köchern. Die jüngeren Krieger brannten darauf, ihre neuen Waffen an den Waragondit auszuprobieren, aber die älteren verbargen nur mühsam ihre Verachtung für Pfeil und Bogen, und auch das nur, wenn Odysseus in Hörweite war. Aber er hörte besser, als sie glaubten.

Die Waragondit gingen in einer Gruppe zwischen den Kriegern. Auch sie waren bewaffnet. Die Kolonne marschierte zügig durch die hügelige Gegend, immer auf dem ausgetretenen Pfad, den Krieger- und Jägertrupps seit Generationen benützt hatten. Es gab viele gewaltige Eichen, Ahornbäume, Tannen und Birken in dieser Gegend, aber nicht so viele, daß sie einen zusammenhängenden Wald gebildet hätten. Vögel waren häufig: Häher, Krähen, Drosseln, Sperlinge und viele vertraute Arten von Singvögeln. Odysseus sah ein schwarzgeflügeltes Eichhörnchen und einmal einen grauen Schatten im Unterholz, der ein Fuchs gewesen sein konnte. Eine rötlich gefärbte Ratte huschte über einen gefallenen Stamm, und hoch auf einem Hügel, wenig mehr als sechzig Meter zu seiner Rechten, erhob sich ein brauner Koloß aus dem Dickicht von Ranken und Stauden und witterte zu ihnen herüber. Es war ein Bär, der ein konsequenter Vegetarier war und niemanden angriff, solange man ihn in Ruhe ließ. Er fraß Mais und die Gemüsepflanzen ihrer Gärten, wenn sie unbewacht blieben, aber er war leicht zu vertreiben.

Odysseus sog den kühlen blauen Himmel ein mit seinen Augen und die kühle, frische Luft mit seinen Lungen. Die großen und gesunden Bäume, das reiche Tierleben, das Grün überall und das Gefühl, viel Bewegungsraum zu haben, verband sich in seinem Bewußtsein zu einem Zustand glücklicher Zufriedenheit. Er konnte vergessen, daß er der einzige lebende Mensch auf Erden war. Er konnte vergessen, daß ... da blieb er plötzlich stehen. Der Standartenträger hinter ihm schrie einen Befehl, die Musikanten und die Krieger verstummten.

Er vermißte jemand.

Er wandte sich um und fragte Aythira: »Wo ist Awina, deine Tochter?«

»Herr?« sagte Aythira.

»Awina soll mit mir kommen. Sie ist meine Stimme und meine Augen. Ich brauche sie.«

»Ich sagte ihr, sie solle bleiben, Herr, weil Frauen nicht an wichtigen Zügen teilnehmen, nicht im Krieg und nicht im Frieden.«

»Ihr werdet euch an Veränderungen gewöhnen müssen«, sagte Odysseus. »Laß sie holen. Wir warten.«

Aythira sah ihn verdrossen an, doch er gehorchte. Iisama, der schnellste Läufer unter den Kriegern, rannte zurück zum Dorf, das kaum zwei Kilometer hinter ihnen lag. Nach einer Weile kam er wieder in Sicht. Er lief in einem gemächlichen, aber ausgreifenden Trab, und ein paar Schritte hinter ihm rannte Awina. Sie hatte sich mit einer dreifachen Halskette aus mattgrünen, jadeähnlichen Steinen geschmückt. Sie kam außer Atem, aber lächelnd heran, kniete vor ihm nieder und küßte seine Hand: »Herr, ich weinte, weil du mich zurückgelassen hattest.«

Er riß seinen Blick von ihrem in der Sonne schimmernden grauweißen Fell und sagte: »Deine Tränen trockneten schnell genug.« Der Gedanke, daß sie wegen ihm geweint hatte, schmeichelte ihm, aber er war nicht sicher, ob sie nicht übertrieb und nur sagte, was er ihrem Gefühl nach gern hörte. Diese Wilden waren der Verstellung so fähig wie irgendein Kind der Zivilisation. Außerdem war da die Frage, ob er ihr gestatten sollte, sich emotionell an ihn zu binden. Solche Gefühle konnten leicht zu intimeren Beziehungen führen, die er sich bereits öfters ausgemalt hatte. Die Vorstellung erregte ihn ebensosehr, wie sie ihn abstieß.

Sie nahm ihren Platz an seiner Seite ein und schwieg lange, doch dann begann sie zögernd zu sprechen, und nach einer Weile plapperte sie so amüsant und unbekümmert wie sonst. Er fühlte sich viel wohler; das Gefühl der Einsamkeit war in der klaren Luft und dem strahlenden Sonnenschein verdampft.

Sie marschierten mit kurzen Unterbrechungen den ganzen Tag. Die Wufea hatten sich mit Proviant eingedeckt, und es gab genug Bäche und kleine Flüsse, aus denen sie trinken konnten. Die Wufea, obschon sie von Katzen stammen mochten, badeten, wann immer sich eine Gelegenheit bot. Auch leckten sie sich in echter Katzenart von den Schultern bis zur Schwanzspitze. Soweit es ihre eigenen Körper betraf, waren sie ein sauberes Volk, aber das Ungeziefer und der Schmutz in ihren Dörfern kümmerte sie wenig, und obwohl sie ihre Abfälle vergruben, machten sie sich wenig Mühe, den Unrat wegzuräumen, den ihre frei herumlaufenden Hunde, Schweine und Hühner hinterließen.

Als die Sonne unterging, befahl Odysseus, das Nachtlager am Ufer eines kleinen Flusses aufzuschlagen. Das Wasser war kühl und so klar, daß er in fünf Metern Tiefe die Fische am Grund dahinschießen sah, und weil er verschwitzt und müde war, legte er seine Kleider ab und schwamm eine Weile, während Wufea und Waragondit ihn aufmerksam beobachteten, wie sie es immer taten, wenn er nackt war. Er fragte sich, ob sie angesichts seines fehlendes Fells und der spärlichen Verteilung von Haar auf seinem kahlen Körper nicht insgeheim Abscheu vor ihm empfanden. Vielleicht nicht. Man konnte nicht erwarten, daß er wie sie war, denn schließlich war er ein Gott. Nach ihm badeten auch einige von den Wufea, während andere Feuerholz sammelten oder Fische fingen, um sie über den Lagerfeuern zu rösten.

Als er an diesem Abend zwischen seine Felle kroch und durch die Zweige zu dem großen gelblichweißen Mond aufblickte, dachte er, daß ihm nur zwei Dinge zu seinem Glück fehlten. Das eine war eine Flasche guten deutschen oder dänischen Biers. Das zweite war eine Frau, die ihn liebte und die er lieben könnte.

Er war im Begriff, seine Augen zu schließen und sich dem Schlaf zu überlassen, als er etwas Großes und Schwarzes mit lautlosen Flügelschlägen über die Scheibe des Mondes streichen sah. Sofort saß er aufrecht, und seine Hand stieß Awina an, die neben ihm kauerte.

»Da!« sagte er. Sein ausgestreckter Arm folgte der schwarzen Silhouette. »Was ist das?«

Sie spähte in die angezeigte Richtung und sah die Erscheinung, bevor sie zwischen den hohen Bäumen am Flußufer verschwand. Ihr anfänglicher Schreck legte sich rasch.

»Ich wußte nicht, daß welche hier sind«, sagte sie. »Wir haben lange keine gesehen ... Das war ein Dhulhulikh.«

»Sind sie gefährlich?«

»Im allgemeinen nicht. Weder wir noch die Waragondit töten sie. Sie sind für alle von großem Nutzen.«

Odysseus stellte ihr noch einige weitere Fragen, dann schlief er. Er träumte von Fledermäusen mit menschlichen Gesichtern.

Zwei Tage später kamen sie zum ersten Dorf der Waragondit. Schon lange vorher hatten Trommelsignale verkündet, daß sie gesehen worden waren. Hin und wieder hatte Odysseus Späher gesehen, die von Busch zu Busch huschten oder hinter Bäumen hervorlugten. Der Pfad folgte einem Bachlauf, führte in Kehren einen steilen Berg hinauf, und oben, in einer breiten Mulde auf dem Bergrücken, lag das Dorf der Waragondit.

Die Hütten waren rund. Abgesehen von dieser Eigenart war es dem Dorf der Wufea sehr ähnlich. Braunpelzige Krieger mit schwarzen Augen- und Wangenstreifen hatten sich vor dem offenen Palisadentor versammelt. Neben Steinäxten und Speeren trugen viele von ihnen Bolas aus durchbohrten Steinen an geflochtenen Lederstreifen.

Als die Prozession mit Odysseus an der Spitze näher kam, begann irgendwo im Dorf ein Höllenlärm von großen Holztrommeln und Rasseln. Ein Priester, reichlich mit Federn geschmückt, erschien im Tor und schüttelte einen Kürbis in ihre Richtung, wobei er etwas zu singen schien, aber der Lärm der Instrumente und die Entfernung machten es unmöglich, ihn zu hören.

Sie waren noch etwa zweihundert Schritte vom Dorf entfernt, als ein Wesen, das aussah wie eine Riesenfledermaus mit mächtiger Flügelspannweite, vom Himmel herabstieß und dicht über ihren Köpfen kreiste. Awina hatte weder gelogen noch übertrieben. Es war ein geflügelter Mensch oder zumindest ein Humanoid von der Größe eines vielleicht vierjährigen Kindes. Der Rumpf war bis auf den enormen Brustkorb durchaus menschlich, aber das für die Verankerung der großen Flügelmuskeln vergrößerte Brustbein und die hügelförmigen Muskelpakete auf dem Rücken gaben der Gestalt etwas Monströses, sie ähnelte einem Buckligen. Die Arme waren sehr dünn, und die Hände hatten überaus lange Finger und Nägel. Die Beine waren kurz, schwächlich und krumm, die Füße breit und platt, mit gegengestellten Greifzehen. Die hautigen Flügel glichen denen einer Fledermaus. Dieses Geschöpf hatte sechs Gliedmaßen, das erste sechsbeinige Säugetier, das Odysseus je gesehen hatte. Aber vielleicht nicht das letzte.

Der geflügelte Humanoid hatte ein nahezu dreieckiges Gesicht mit spitzem Kinn und einer mächtigen runden Schädelwölbung. Die Ohren waren so groß, daß sie wie Hilfsflügel aussahen, die Augen groß und blaß.

Am ganzen Körper dieses Wesens schien nicht ein einziges Haar zu sein.

Der fliegende Gnom segelte elegant heran, faltete seine Flügel zusammen und landete auf seinen dünnen Säbelbeinen. Er legte die gefalteten Flügel wie einen Mantel um sich und watschelte auf sie zu. In dem Moment, da er den Boden berührte, war alle Anmut und Eleganz dahin. Odysseus fand, daß er wie ein grotesk verwachsener, wasserköpfiger Kretin aussah. Der sonderbare Zwerg hob seinen dünnen rechten Arm, und eine piepsige Kinderstimme sagte in Ayrata: »Sei gegrüßt, Steingott! Glikh wünscht dir eine lange Gottesherrschaft!«

Odysseus verstand ihn gut genug, aber seine Kenntnis der Handelssprache war für eine Unterhaltung nicht ausreichend. Er sagte: »Sprichst du Wufea?«

»Gut. Es ist eine meiner bevorzugten Sprachen«, sagte Glikh. »Wir Dhulhulikh sprechen viele Zungen.«

»Welche Nachrichten bringst du, Glikh?« fragte Odysseus.

Der Gnom lächelte. »Mit deiner Erlaubnis, Herr, werden wir das auf später verschieben. Im Moment bin ich von den Waragondit ermächtigt, für sie zu sprechen. Sie wünschen dir Gutes und heißen dich willkommen, was sie auch sollten, denn du bist auch ihr Gott — denken sie.«

Die Rede des Fledermausmannes hatte einen unüberhörbaren ironischen Unterton. Odysseus blickte ihn streng an, aber Glikh lächelte nur. Er hatte lange, gelbliche Zähne.

Odysseus sagte: »Sie denken es? Wie soll ich das verstehen?«

»Nun, sie können nicht begreifen, warum du dich auf die Seite der Wufea stelltest, wo sie doch nur die Absicht hatten, dich in dieses Dorf zu bringen und zu verehren.«

Odysseus wollte weitergehen und den Zwerg ignorieren, dessen Worte und Tonfall ihm nicht gefielen. Aber Awina hatte ihm gesagt, daß die Fledermausleute die Kuriere seien, die Vertreter vielerlei Interessen und die Überbringer von Nachrichten und Klatsch. Es sei üblich, daß sie als Unterhändler zwischen verfeindeten Gruppen auftraten, die Frieden schließen wollten. Außerdem betätigten sie sich zuweilen als Händler.

»Sag ihnen, daß zwei von ihren Kriegern mich angegriffen hatten. Und dafür strafte ich sie«, sagte Odysseus.

»Ich werde es ihnen sagen. Planst du weitere Bestrafung?«

»Nein. Nur wenn sie etwas tun, das nach Bestrafung verlangt.«

Glikh zögerte und schluckte hörbar. Sein knorpeliger Adamsapfel hüpfte an seinem dünnen Hals auf und ab. Offenbar war er nicht so überlegen, wie er tat. Oder vielleicht wußte er nur zu gut, daß er am Boden recht hilflos und verwundbar war, und wagte nicht zu sagen, was er gern gesagt hätte.

»Wenn du weiter nichts zu sagen hast«, sagte Odysseus, »wollen wir jetzt weitergehen.«

»Es sind nur unwichtige Dinge, Neuigkeiten und Klatsch aus vielen Dörfern verschiedener Völker«, sagte Glikh. »Du magst einiges davon unterhaltend oder sogar lehrreich finden, Herr, aber es ist nichts von Bedeutung.«

Odysseus wußte nicht, ob mit dem Wort ›lehrreich‹ zynisch an seiner angeblichen Allwissenheit als Gott gezweifelt wurde, aber er nahm es wortlos hin. Sollte es nötig werden, so würde er dieses dürre kleine Ungeheuer packen und ihm als eine Lektion für andere den Hals umdrehen. Die Fledermausleute mochten heilig oder privilegiert sein, aber wenn dieser Bursche zu beleidigend wurde, konnte er sein Ansehen als Gott ernstlich schädigen.

Sie gingen weiter, nun zwischen Feldern, Gemüsegärten und Wiesen, auf denen rote Schafe grasten.

Die Häuptlinge und Priester der Waragondit erwarteten den Steingott am Tor. Der Fledermausmann war vorausgeflogen und hatte Odysseus' Antwort überbracht; nun kam er von der Seite herangewatschelt, die ledrigen Flügel halb geöffnet, und nahm zwischen den beiden Gruppen Aufstellung, um ihnen als Dolmetscher zu dienen.

Es gab Begrüßungsansprachen, in denen es nicht an Bekundungen der Freundschaft, der Verehrung und anderer edler Regungen mangelte. Dann sank der Oberhäuptling Djiidaumokh auf seine Knie und rieb seine Stirn an Odysseus' Hand. Die übrigen Häuptlinge und Priester folgten seinem Beispiel, und Odysseus und sein Gefolge zogen in das Dorf ein.

Ein Fest mit vielen feierlichen Reden schloß sich an. Es dauerte mehrere Tage, bevor Odysseus seine Wanderung fortsetzen konnte. Er besuchte noch zehn andere Dörfer der Waragondit, und je länger die Reise dauerte, desto mehr beschäftigte ihn die Frage, welche Bezahlung Glikh für seine Dienste erwartete. Gewöhnlich reiste der Gnom jetzt mit ihnen auf den Schultern eines Waragondit-Kriegers, die rachitisch anmutenden Beine um den dicken, pelzigen Hals seines Trägers geschlungen.

Als Odysseus ihn eines Tages danach fragte, winkte Glikh lässig ab. »Oh, ich habe Nahrung und Unterkunft, und auch meine anderen Bedürfnisse werden befriedigt. Ich bin eine bescheidene und einfache Person. Ich möchte nur mit vielen verschiedenen Leuten sprechen, mich und sie unterhalten, meine und ihre Neugierde befriedigen und anderen zu Diensten sein. Es ist mein größtes Vergnügen, zu helfen und mich nützlich zu machen.«

»Das ist alles, was du verlangst?«

»Nun, manchmal nehm ich ein paar Edelsteine oder hübsche geschnitzte Figuren oder dergleichen an. Aber mein wichtigster Handelsartikel sind Informationen.«

Odysseus sagte nichts dazu, doch fühlte er, daß an Glikhs Geschäften mehr war, als er offenbarte.

»Das habe ich mir gedacht«, meinte Odysseus nach einer Pause. »Du kommst viel herum und fliegst weit. Sag mir, Glikh, hast du jemals Metall gesehen?« Weil die Sprache der Wufea kein Wort für Metall hatte, gebrauchte er eine Umschreibung. Als Glikh ihn verständnislos anblickte, zog er sein Springmesser aus der Tasche und ließ die Klinge herausschnellen. Dann erklärte er, was er mit Metall meinte. Glikh machte große Augen und bat um Erlaubnis, das Messer in die Hand zu nehmen. Odysseus beobachtete ihn, während die langen dünnen Finger den Stahl befühlten und die warzige Zunge den Geschmack prüfte. Schließlich reichte Glikh das Messer zurück.

Die Neschgai, sagte er, seien eine Rasse von Riesen, die in großen Dörfern aus riesigen Häusern lebten. Diese Häuser seien auch aus so einem seltsamen Material gemacht. Ihre größte Stadt liege an der Südküste dieses Landes, auf der anderen Seite von Wurutana. Die Neschgai gingen auf zwei Beinen und hätten Stoßzähne und große Ohren und lange Nasen, die bis zu ihren Hüften herabhingen.

Odysseus hatte so viele Fragen, daß er nicht wußte, welche er zuerst stellen sollte.

»Was ist deine Vorstellung von Wurutana?« fragte er, eine Formulierung wählend, die seine eigene Unwissenheit verbergen sollte: Glikh durfte nicht wissen, daß er keine Ahnung hatte.

Glikh war sichtlich erschrocken. »Was meinst du, Herr? Meine Vorstellung?«

»Was bedeutet dir Wurutana?«

»Mir?«

»Ja. Wie würdest du ihn nennen?«

»Den Großen Verschlinger. Den Allmächtigen. Ihn Der Wächst.«

»Ja, ich weiß, aber wie stehst du zu ihm? Welches Bild haben deine Augen von ihm?«

Glikh mußte sofort erraten haben, daß Odysseus eine Beschreibung von etwas wollte, das er selbst nicht kannte, denn er lächelte so sarkastisch, daß Odysseus versucht war, diesem dünnen Knirps die Knochen zu brechen.

»Wurutana ist so gewaltig, daß ich keine Worte finden kann, ihn zu beschreiben.«

»Du Plaudertasche!« sagte Odysseus. »Du großmäuliger Schwätzer! Du kannst keine Worte finden?«

Glikh blickte finster zu Boden und schwieg.

»Nun gut«, sagte Odysseus nach einer langen Pause. »Sag mir, gibt es irgendwo in diesem Land Wesen wie mich?«

»O ja, einige!« sagte Glikh.

»Wo sind sie?«

»Auf der anderen Seite von Wurutana. An der Küste, viele Tagereisen westlich von den Neschgai.«

»Warum hast du mir nicht von ihnen erzählt?« fragte Odysseus.

Glikh sah ihn bestürzt an und entgegnete: »Warum sollte ich? Du fragtest mich nicht nach ihnen. Es ist wahr, daß sie dir sehr ähnlich sehen, aber sie sind keine Götter. Für mich sind sie bloß eine unter vielen intelligenten Rassen.«

Für Odysseus stand fest, daß er nach Süden gehen mußte. Er würde sich mit Wurutana auseinandersetzen müssen, ob er wollte oder nicht. Auf sein Verlangen zeichnete Glikh die Umrisse des Landes in den nassen Sand an einem Bachufer.

Die Länder des Nordens waren unbekannt. Der südliche Teil des Kontinents hatte eine ungefähr keilförmige Gestalt. Er wurde westlich und östlich von Ozeanen begrenzt, über seine nördlichen Grenzen war nichts bekannt. Glikh sagte, er habe Gerüchte gehört, nach denen auch im Norden ein Meer sei.

Odysseus fragte sich, ob dies alles sein mochte, was von der Osthälfte der Vereinigten Staaten übriggeblieben sein mochte. Die Polkappen konnten abgeschmolzen und der Meeresspiegel durch die freigewordenen Wassermassen angehoben worden sein. Das würde zu einer Überflutung des Mittelwestens und der atlantischen Küstenebene geführt haben. Vielleicht war dieser ›Kontinent‹ das frühere Appalachengebirge mit seinen Ausläufern und dem höhergelegenen Vorland; eine solche Hypothese würde die Form der Zeichnung erklären. Während er in ›versteinertem‹ Zustand gewesen war, konnte er natürlich zu anderen Kontinenten gebracht worden sein, und dies war vielleicht ein Teil des ehemaligen Eurasien.

Wenn er nur irgend etwas finden könnte, das eine Identifikation dieses Landes erlauben würde. Aber nach vielen Millionen Jahren würde alles vergangen sein. Die Knochen der Menschen bis auf ein paar fossile Skelette unter haushohen Ablagerungsschichten zu Staub und Erde zerfallen; der Stahl vom Rost aufgefressen, der Beton zerbröckelt; die Steine der Pyramiden und die Marmorstatuen von der Erosion abgetragen und zu Geröll und Sand verschliffen. Von den großartigen Werken der Menschheit würde nichts übriggeblieben sein, ausgenommen vielleicht ein paar Feuersteinwerkzeuge von Steinzeitmenschen. Diese mochten noch existieren, lange nachdem die Geschichte des Menschen mit seinen Büchern, Maschinen, Städten und Knochen untergegangen war.

Inzwischen hatten sich vielleicht neue Gebirge aufgefaltet, Kontinente sich gespalten, voneinander entfernt oder einander angenähert. Neue Ozeane waren entstanden, alte waren geschrumpft, neue Länder und Inseln waren aufgestiegen, alte zu Meeresboden geworden. Was zerklüftet und steil gewesen war, war nun glatt und zu sanften Formen eingeebnet. Gewaltige Massen von Gestein und Schlamm hatten die Überreste menschlichen Fleißes zu Staub zerrieben und begraben.

Nur das Land und die See waren geblieben, Wasser und Erde in neuen Formen. Nur das Leben war weitergegangen, und auch das Leben hatte neue Formen angenommen, obwohl alte Formen noch überlebten.

Aber — wenn er Glikh glauben konnte — es gab noch Menschen!

Der Mensch war nicht länger Herr der Erde, doch er lebte noch.

Odysseus mußte nach Süden gehen.

Zuvor aber hatte er Vorbereitungen zu treffen. Wer oder was immer Wurutana war, er fühlte, daß Pfeil und Bogen und Steinäxte nicht ausreichten, wenn er gegen den Großen Verschlinger bestehen wollte. Er befragte den Fledermausmenschen und erfuhr, daß es im Norden Vulkane und heiße Quellen gab, die einen scharfen und stechenden Geruch verbreiteten.

Glikh wußte mehr über den Norden, als er preisgeben wollte, aber Odysseus forschte nicht nach den Gründen dieser Zurückhaltung. Er wollte nur Informationen.

»Wie weit ist diese Gegend von hier entfernt?«

»Zehn Tagesmärsche.«

Ungefähr dreihundert Kilometer, schätzte Odysseus.

»Du wirst uns hinführen.«

Glikh öffnete den Mund zu einer Antwort, die nach seiner Miene nur Protest sein konnte, dann besann er sich eines Besseren und schwieg. Odysseus rief die Häuptlinge und Priester der Wufea und Waragondit zusammen und sagte ihnen, was während seiner Abwesenheit zu tun war.

Sie waren verwundert über seine Instruktionen, die

das Sammeln und die Behandlung von Exkrementen und die Herstellung von Holzkohle betrafen. Er sagte ihnen, daß er ihnen die Gründe dafür später erläutern werde.

Außerdem verlangte er für seinen Zug nach Norden alle Krieger und jungen Männer, die nicht für die Feldarbeit und den Schutz des Dorfs benötigt wurden.

Die Stammesoberhäupter waren nicht glücklich über seine Forderungen, aber sie gehorchten. Eine Woche später brach eine große Kolonne aus hundert Kriegern, zweihundert jungen Männern, mehreren Priestern und zwei Kriegshäuptlingen auf, um mit Awina und Odysseus zu den rauchenden Bergen zu ziehen. Glikh flog voraus und erkundete das Land. Er meldete ihnen, wo es Wild gab und die Jagd sich lohnte, und dreimal machte er feindliche Späher aus. Sie gehörten zu einem Volk, das eng verwandt mit den Waragondit sein mußte. Ihre Pelze waren schwarz mit braungelben Augen- und Wangenstreifen, aber sonst glichen sie ihren südlichen Vettern.

Es gab keine Angriffe auf die Kolonne. Seine Streitmacht war so groß, daß die in kleinen und weit auseinanderliegenden Dörfern lebenden Bewohner dieser Landstriche offenbar keine Lust verspürten, sich den Eindringlingen zum Kampf zu stellen.

Doch so günstig die große Zahl sich hierin auswirkte, so nachteilig war sie für die Marschleistung. Die große Kolonne war schwerfällig und langsam, und statt der geschätzten zehn Tage brauchten sie zwanzig, um ihr Ziel zu erreichen. Das schwierigste Problem aber war die Ernährung dieser Armee. Die Gegenwart so vieler Zweibeiner verscheuchte das Wild, und kleine Jagdgruppen waren ständig unterwegs, um das benötigte Fleisch heranzuschaffen. Und diese Gruppen wurden gelegentlich von Einheimischen angegriffen. Aber eines Tages machte Glikh eine kleine Herde von Waldpferden aus, und sie organisierten eine Treibjagd. Danach hatten sie für viele Tage zu essen.

Endlich kamen sie zu den Vulkanen und heißen Quellen, und hier fand Odysseus den Schwefel, den er gesucht hatte. Er kam in einer gründlichen, durchscheinenden Form vor, die mit den primitiven Steinwerkzeugen seiner Leute abgebaut werden konnte. Innerhalb von zwei Wochen hatten sie beisammen, was sie tragen konnten, und Odysseus befahl den Rückmarsch.

Als die Kolonne nach weiteren drei Wochen in ihre Heimatdörfer zurückkehrte, stellte Odysseus zu seiner Zufriedenheit fest, daß inzwischen ein großer Vorrat Kaliumnitrat hergestellt worden war. Die Wufea hatten seine Weisungen gewissenhaft befolgt, selbst jene, die der besonderen Behandlung der Exkremente zur Beschleunigung des Zerfallsprozesses galten. Einige Tage später, nach den Festlichkeiten und Zeremonien, setzte Odysseus seine Krieger für die Herstellung von Schwarzpulver ein. Unter seiner Aufsicht und Anleitung wurden die Bestandteile gemahlen und im geeigneten Verhältnis gemischt. Die erste Demonstration versetzte die Wufea und Waragondit in Angst und Schrecken. Er ließ in einer Hütte, die für die Demonstration errichtet worden war, eine Fünf-Pfund-Bombe explodieren. Odysseus hatte alle vor den Gefahren der neuen Waffe gewarnt und ihnen verboten, sie ohne seine Erlaubnis zu verwenden, sonst wäre der gesamte Pulvervorrat innerhalb eines Tages zur Befriedigung ihrer Sensationslust in die Luft gejagt worden.

Am sechsten Tag zündete er eine Rakete mit einer zweipfündigen Sprengladung an einer kleinen Kiste. Sie explodierte an einer Felswand und lieferte ein ehrfurchtgebietendes Schauspiel. Nach dieser Probe wählte er ein Dutzend der geschicktesten Leute aus und unterwies sie in der Herstellung von hölzernen Handgranaten, Raketen und Zündschnüren. Seine Vorbereitungen beschäftigten ihn so, daß er sich überrumpelt fühlte, als Glikh eines Tages zu ihm kam und um seine Entlassung bat. Er wolle in seine Heimat zurückkehren.

»Und wo ist deine Heimat?« fragte Odysseus in der Hoffnung, dem Zwerg eine unbedachte Antwort zu entlocken.

»Im Süden, Herr, wie ich sagte. Viele Tagesreisen von hier.«

»Du hast deine Arbeit freiwillig getan und kannst gehen, wann du willst«, sagte Odysseus. »Werde ich dich bald wiedersehen?«

»Ich weiß es nicht, Herr«, sagte Glikh mit einem jener schlauen Seitenblicke, die Odysseus stets von neuem irritierten. »Aber es könnte sein, daß du andere von meiner Art sehen wirst.«

»Ich werde dich wiedersehen, eher als du denkst«, sagte Odysseus.

Glikh schien sichtlich zu erschrecken und fragte: »Was meinst du damit, Herr?«

»Leb wohl«, sagte Odysseus. »Und meinen Dank für deine Dienste.«

»Leb wohl, Herr«, antwortete Glikh nach kurzem Zögern. »Dies war eine sehr nützliche Erfahrung für mich.«

Er verließ Odysseus, um sich von den Häuptlingen und Dorfältesten zu verabschieden, dann flog er davon. Odysseus sah ihm nach, bis er als ein kleiner Punkt hinter einem Höhenzug verschwand.

Er sagte zu Awina: »Ich vermute, daß er gegangen ist, um jemandem über seine Beobachtungen Meldung zu machen.«

»Meldungen, Herr?«

»Ja. Ich bin überzeugt, daß er nicht für sich selbst oder sein Volk arbeitet, sondern für jemand anderen spioniert. Ich habe keine Beweise, aber nach meinen Beobachtungen ist es so gut wie sicher.«

»Vielleicht arbeitet er für Wurutana?« sagte sie.

»Das ist gut möglich. Wir werden es herausbringen. Sobald wir hier fertig sind, werden wir nach Süden ziehen und Wurutana überwinden.«

»Werde ich mitgehen?«

»Man sagte mir, daß es sehr gefährlich sei«, antwortete er. »Aber du scheinst Gefahr nicht zu fürchten. Ja, ich werde dich gern mitnehmen, aber ich werde niemandem befehlen, mit mir zu kommen. Ich werde nur Freiwillige nehmen.«

»Ich bin sehr glücklich, daß ich mit meinem Herrn gehen darf«, sagte Awina. Und dann fügte sie hinzu: »Aber wirst du gegen Wurutana kämpfen, oder wirst du deine Söhne und Töchter suchen?«

»Meine was?«

»Diese Sterblichen, von denen Glikh sprach. Die Leute, die dir gleichen, daß sie deine Kinder sein müssen.«

Er lächelte. »Du bist sehr klug, Awina. Ich werde beides tun.«

Sie kehrten ins Dorf der Wufea zurück, und wieder folgten Festlichkeiten und Zeremonien, bis die Dorfältesten klagten, daß es die Wufea ruinieren werde. Überdies würden die Felder vernachlässigt, und das übermäßige Jagen zur Ernährung der Gäste habe in weitem Umkreis alles Wild vertrieben.

Odysseus merkte, daß er auf ihre Klagen Rücksicht nehmen mußte, und so unternahm er einen großen Jagdzug in die südlichen Ebenen, um Fleischvorräte für den Winter heranzuschaffen. Auch wollte er einige Wildpferde fangen — und Näheres über Wurutana in Erfahrung bringen.

Die meisten der fünfzig Krieger, die ihn begleiteten, kehrten schon nach einer Woche mit großen Mengen Räucherfleisch in ihre Dörfer zurück. Die Jagdbeute war so reich, daß sie sie auf Schlitten ziehen mußten. Sie nahmen eine Anzahl eingefangener Wildpferde mit. Odysseus hatte ihnen eingeschärft, die Tiere gut zu behandeln und nicht zu schlachten.

Odysseus selbst drang mit zehn Kriegern und Awina weiter nach Süden vor. Sie sahen mehrmals kleine Herden von Elefanten, die etwa die Größe afrikanischer Elefanten hatten, aber stark behaart waren und einen Fettbuckel im Nacken hatten. Sie begegneten Antilopenherden, gefleckten Wölfen und tigerähnlichen Raubkatzen mit prachtvollen, weiß, gelb und grau gesprenkelten Fellen. Charakteristisch für die Savannenlandschaft aber waren vor allem die Herden der Wildpferde und die bis zu drei Meter hohen Laufvögel, die mit ihren scharfen Krallen und langen, spitzen Schnäbeln einen wehrhaften Eindruck machten. Sie schienen Räuber oder Aasfresser zu sein, und einmal sah Odysseus, wie zwei von den großen Vögeln ein Raubkatzenpaar von einem frisch gerissenen Pferdekadaver vertrieben.

Seine Leute fürchteten die Vögel und Raubtiere nicht, aber sie hatten große Angst vor den Kuriei, den Angehörigen eines hochgewachsenen, langbeinigen Volks mit roten Fellen und weißen Gesichtern, die bei den Bewohnern des Nordens für ihre Wildheit berüchtigt waren.

Niemand sagte etwas von Umkehr, aber je tiefer sie ins Stammland der Kuriei eindrangen, desto nervöser wurden seine Leute.

Odysseus zog unbeirrt weiter nach Süden, aber als nach drei weiteren Tagen die dunkle, gebirgsähnliche Masse am Horizont noch immer nicht merklich näher gerückt zu sein schien, entschloß er sich doch zur Umkehr. Seine indirekten Fragen hatten immerhin eine Information erbracht, wenn er auch ihrer Glaubwürdigkeit nicht ganz sicher war.

Wenn er die Andeutungen nicht falsch interpretierte, war Wurutana ein Baum. Ein Baum, wie es seit Anbeginn der Zeit keinen gegeben hatte.

Sie kehrten in die Heimatdörfer zurück, ohne eine Spur von den gefürchteten Kuriei zu sehen, und Odysseus begann sofort mit den Vorbereitungen für die große Reise. Aber der Herbst kam, die Blätter fielen, und die Winde wurden schneidend kalt. Er beschloß, bis zum Frühling zu warten.

Einen Monat später, mit dem ersten Schnee, kamen Glikh und seine Frau ins Dorf geflogen. Sie hatten ihre haarlosen Körper in leichte Pelze gehüllt, so daß sie wie geflügelte Zwergeskimos aussahen. Guakh war noch kleiner als Glikh, aber dafür viel lauter. Sie war eine unverschämte, aufdringliche, nörglerische und neugierige Person, gegen die Odysseus vom ersten Augenblick an eine tiefe Abneigung empfand.

Sie und Glikh erzählten ihre Neuigkeiten und Klatschgeschichten, gaben vor, ganz zufällig in der Gegend zu sein, aber Odysseus sah und hörte, daß sie den Dorfbewohnern viele Fragen stellten. So konnte ihnen nicht verborgen bleiben, daß der Steingott nach der nächsten Schneeschmelze gegen Wurutana ziehen wollte. Odysseus befragte unterdessen Awina und andere und erfuhr, daß die Fledermausleute selten um diese Jahreszeit ins Dorf kamen. Der Oberpriester meinte sogar, so spät im Jahr habe sich in den letzten zwanzig Jahren noch nie einer von ihnen so weit im Norden blikken lassen.

Odysseus nickte nur. Er vermutete, daß die Fledermausleute von ihren Auftraggebern ausgesandt worden waren, um herauszufinden, was ihn aufhielt. Und wahrscheinlich würden die zwei im kommenden Frühjahr viel eher als gewöhnlich wieder aufkreuzen. Eines kalten Wintermorgens sah er sie davonfliegen und beschloß, daß er noch früher als geplant aufbrechen würde.

In der Zwischenzeit zähmte er die Pferde und lehrte die Krieger reiten. Die Schneefälle waren nicht annähernd so stark, wie er sie in Erinnerung hatte. Geographisch mochte dies die Gegend um Syracuse sein, aber das Klima war viel milder geworden. Die Schneefälle waren häufig, aber selten sehr ergiebig, und immer wieder wurden sie von Tauwetter und Regenfällen abgelöst. Er hatte viel Raum, seine Pferde einzureiten, die er im Tempel untergebracht hatte. Im Vorfrühling wurden die ersten Fohlen geboren, und er lehrte die Wufea alles, was er über Pferdeaufzucht wußte.

Der Frühling kam mit Tauwetter und noch mehr Regen, und das Land wurde schlammig. Odysseus mußte seinen Aufbruch wieder verschieben. Dann, als der Tag der Abreise bereits feststand, gab es eine weitere Verzögerung, weil unter den Wufea eine Seuche ausbrach. Dutzende starben in der ersten Woche, und dann wurde auch Awina krank. Odysseus verbrachte viel Zeit bei ihr und pflegte sie. Oft kam Aythira, um den bösen Geist der Krankheit zu bannen und Reinigungszeremonien vorzunehmen. Die Theorie der Entstehung von Krankheit durch Infektion mit Krankheitserregern war unbekannt, und Odysseus ließ die Wufea in ihrem Glauben an Krankheitsgeister und bösen Zauber von Dämonen. Ohne ein Mikroskop konnte er seine Erklärung nicht beweisen, und selbst wenn er eins gehabt hätte, wäre er unfähig gewesen, die Krankheit zu heilen. Das Fieber und die begleitende Furunkulose an Kopf und Hals dauerten bei den Erkrankten etwa eine Woche. Manche starben, manche erholten sich; es schien keinen erkennbaren Grund zu geben, warum die einen überlebten und die anderen zugrundegingen. Jeden Tag gab es Begräbnisse, und dann flaute die Seuche ab.

Odysseus hatte überlegt, wie lächerlich es doch wäre, wenn er einer Krankheit zum Opfer fiele, nachdem er viele Millionen Jahre durchgestanden hatte. Aber er blieb von der Seuche verschont. Dies war in mehr als einer Weise von Vorteil. Wäre er krank geworden, hätten die Wufea sicher an seiner göttlichen Natur gezweifelt.

Nach einem Monat traten keine neuen Erkankungen mehr auf. Ein Sechstel der Bevölkerung war ihr erlegen, Kinder, Jugendliche, Erwachsene und Alte.

Er war aus mehreren Gründen verzagt. Einmal hatte er diese Wesen trotz ihrer nichtmenschlichen Natur schätzen und lieben gelernt. Über einige Todesfälle war er tief betroffen, und als Aythira gestorben war, hatte er das Gefühl eines schmerzlichen Verlustes gehabt. Vielleicht berührte Awinas Trauer um ihren Vater ihn mehr als der Tod des Alten, aber es schmerzte ihn. Zum anderen benötigten die Wufea alle Arbeitsfähigen für die Frühjahrsaussaat. Sie konnten die Krieger, die er für seine Expedition brauchen würde, im Moment beim besten Willen nicht erübrigen.

Doch seit der Steingott ihnen Pfeil und Bogen und das Pferd als Transportmittel gegeben hatte, waren sie bei weitem erfolgreichere Jäger als in der Zeit vor seinem Erwachen.

Zwei Tage vor dem als endgültig festgesetzten Termin für den Abmarsch — die Frühjahrsaussaat war im Boden, das Land bestellt — kamen Glikh und seine Frau Guakh aus dem Blau des Himmels ins Dorf herabgesegelt.

»Herr, ich dachte, ich könnte dir zu Diensten sein!« sagte Glikh mit einem Lächeln, das sein lederiges Gesicht in tausend Falten legte, bis es tatsächlich Ähnlichkeit mit dem einer Fledermaus hatte.

Odysseus versicherte Glikh, daß er ihm wirklich von großem Nutzen sein könne. Und so war es auch — bis zu einem gewissen Grad. Doch über einen bestimmten Punkt hinaus würde er ihm nicht trauen.

Glikhs faltige Lider öffneten sich weit, als er die vier ziemlich primitiven Wagen sah, die Odysseus gebaut hatte. »Herr«, sagte er bewundernd, »du hast deinem Volk viele neue und wertvolle Dinge gegeben. Mit den Pfeilen und Bogen und dem Schießpulver und dem Gebrauch der Pferde könnte dein Volk alle anderen Völker des Nordens besiegen.«

»Das mag sein, aber ich bin an einer anderen Eroberung interessiert«, sagte Odysseus.

»Ah, ja. Wurutana!« Es klang nicht überrascht oder besorgt, eher befriedigt.

Am übernächsten Morgen brach die Karawane auf. Odysseus und Awina ritten an der Spitze, gefolgt von vierzig berittenen Kriegern. Dann kamen die vier von Pferden gezogenen Wagen und sechzig Krieger zu Fuß. An den Flanken, vor und hinter der Kolonne, ritten Späher. Die Truppe bestand fast zu gleichen Teilen aus Wufea und Waragondit.

Der Marsch nach Süden ließ sich gut an. Das Wetter war trocken und nicht zu heiß, und weil niemand Proviant und Gepäck zu tragen brauchte, kamen sie schnell voran. Bei Sonnenuntergang hielten sie an einem Bach oder einer Wasserstelle, und berittene Bogenschützen schwärmten aus, um Fleisch herbeizuschaffen, während andere Krieger die Pferde versorgten und Holz für die Lagerfeuer sammelten. Die Jagd war gut, und alle hatten reichlich zu essen. Tag für Tag schien die dunkle Masse im Süden ein wenig größer zu werden, bis sie wie ein gewaltiges dunkles Waldgebirge den ganzen Süden beherrschte. Einmal kam ein großer Trupp Kuriei bis auf einige hundert Meter an die Karawane heran, aber die Eindringlinge waren ihnen an Zahl ebenbürtig, und die Kuriei schienen von der Tatsache, daß diese Leute Pferde ritten, verblüfft und verunsichert. Jedenfalls hielten sie respektvoll Abstand, und am zweiten Tag nach ihrem Auftauchen waren sie verschwunden. Glihk und Guakh, die jeden Tag weite Erkundungsflüge unternahmen, um Tierherden auszumachen und vor etwaigen Ansammlungen feindlicher Kuriei zu warnen, meldeten am nächsten Morgen, daß der Trupp sich aufgelöst habe und die Einheimischen in kleinen Gruppen zu ihren Dörfern zurückkehrten.

Zwei Tage später nahm das dunkle Gebirge vor ihnen eine stumpfgrüne Farbe an. Am folgenden Tag machten sie vielfarbige Blütenfelder aus, und schließlich zeichneten sich graue Streifen im Grün ab, die sich als ungeheure Stämme, Äste und Wurzeln herausstellten.

Wurutana war tatsächlich ein Baum, die gewaltigste Pflanze, die jemals existiert hatte. Odysseus mußte an Yggdrasil denken, die Weltesche der altgermanischen

Mythen, aber es war ein hinkender Vergleich. In der Welt, die er gekannt hatte, gab es nichts Vergleichbares. Dieser Baum mußte an vielen Stellen dreitausend Meter hoch sein, und er breitete sich über ein Gebiet von Tausenden von Quadratkilometern aus. Seine riesenhaften Äste sanken allmählich zum Boden ab, verschwanden in der Erde und kamen als neue Stämme mit neuen Ästen wieder zum Vorschein. Er wirkte wie eine solide Masse, alles zusammenhängend. Irgendwo in diesem ungeheuren Kraken von einem Baum mußte noch immer der erste Ur-Stamm mit seinen gigantischen Ästen leben.

Als sie an den äußersten Ast kamen, der aus großer Höhe herabreichte und vor ihnen im Boden verschwand, machten sie staunend halt. Dann ritten sie langsam und ehrfürchtig um die graue, borkige Säule. Dieser Ast mußte einen Durchmesser von mindestens vierhundert Metern haben. Die Rinde war so dick, so rissig und zerklüftet, daß sie wie eine von der Erosion zerfurchte Felswand aussah.

Sie schwiegen. Wurutana war eine Naturgewalt, überwältigend wie das Meer, wie ein Zyklon oder ein herabstürzender Riesenmeteor.

»Sieh dort!« sagte Awina und zeigte hinauf. »Bäume wachsen auf dem Baum!«

Welkes Laub, der Staub von Jahrtausenden, totes Holz von kleineren Ästen und Verzweigungen, der Kot von Vögeln und ihre Kadaver — alles das war in den tiefen Klüften der Rinde zu Humus geworden. Angewehte oder von Vögeln übertragene Samen hatten in diesem Humus ihren Nährboden gefunden und Wurzeln geschlagen. Die Oberseite des gigantischen Astes war ein Dschungel von Büschen, Rankengewächsen und Bäumen. Manche von ihnen waren dreißig Meter hoch und mußten selbst Hunderte von Jahren alt sein.

Odysseus spähte in das trübe Halbdunkel vor ihnen. Die Vegetation darüber war so dicht, daß kein Sonnenstrahl den Erdboden erreichte. Aber Glikh hatte gesagt, daß es einfacher sei, auf den oberen Terrassen der Riesenäste zu reisen, als auf dem Boden. Es rinne so viel Wasser vom Baum auf die Erde, daß sich riesige Sümpfe gebildet hätten. Auch gebe es Treibsand, giftige Gewächse und Schlangen, die keines Sonnenlichts bedurften. Die Karawane würde innerhalb weniger Tage im Schlamm steckenbleiben.

Odysseus mißtraute dem Fledermausmenschen, aber diese Warnung schien ihm glaubhaft. Ein feuchter, ungesunder Geruch wehte aus der grünen Dämmerung vor ihnen, ein Geruch von Fäulnis, von bleichen, huschenden Lebewesen und überschwemmendem bodenlosen Morast, der jeden hinabsaugen würde, der unvorsichtig genug wäre, sich in ihn hineinzuwagen.

Odysseus blickte auf und musterte den nächsten Ast. Er stieß in einem Winkel von fünfundvierzig Grad herab und tauchte einen Kilometer entfernt in die grüne, blütenübersäte Masse ein.

»Wir werden zum nächsten weiterreiten und uns umsehen«, sagte Odysseus. Es war ihm bereits klar, daß sie die Pferde und Wagen würden zurücklassen müssen. Dort oben turnten Bergziegen oder Gemsen von einer Rindenterrasse zur nächsten, hellbraune und orangefarbene Tiere mit geschwungenem Gehörn und kleinen schwarzen Ziegenbärten.

Es gab auch andere Tiere: schwarze, blaßgesichtige Affen mit langen Greifschwänzen, eine Art Pavian mit scharlachrotem Hinterteil und grünem Fell, eine kleine Gazellenart mit verkümmertem Gehörn und Vögel, Vögel, Vögel!

Sie ritten einen halben Kilometer, bis sie zum nächsten Ast — oder zur nächsten Luftwurzel? — kamen, der sich in die Erde bohrte. In einer tiefen, kanalartigen Furche in seinem breiten Rücken floß Wasser herab in ein Bachbett. Glikh hatte gesagt, daß es viele Quellen, Bäche und sogar kleine Flüsse in den Unebenheiten der

Rinde auf den Oberseiten der Äste gebe. Nun konnte er es sehen, mußte es glauben. Welch eine gewaltige Pumpe mußte dieser Baum sein! Welch ein Wasserspeicher! Er mußte seine Wurzeln tief ins Erdinnere gestoßen haben.

»Es ist einerlei, ob wir es hier versuchen oder anderswo«, sagte er. »Nehmt den Pferden die Zügel ab und laßt sie laufen.«

»All das gute Fleisch!« sagte Awina.

»Ich weiß. Aber ich mag sie nicht töten. Sie haben uns gedient; sie haben ein Recht, zu leben.«

Odysseus beobachtete die beiden Fledermausleute, während die Pferde abgeschirrt und die Wagen entladen wurden. Sie saßen abseits auf einem Vorsprung des Astes und unterhielten sich halblaut miteinander. Er hatte sie bis hierher mitziehen lassen, weil sie sich als Kundschafter nützlich gemacht und in ihrer Redseligkeit immer wieder Informationen geliefert hatten, wenn auch ungewollt.

Aber sie waren wahrscheinlich beauftragt, die Eindringlinge zu überwachen und auszuforschen, und zum geeigneten Zeitpunkt würden sie die Expedition verraten. Odysseus mußte zumindest von dieser Annahme ausgehen.

Er beschloß, sie noch einige Tage bei sich zu dulden. Der ›Baum‹ war eine Umgebung, die ihnen allen unvertraut war. Sie brauchten alle Ratschläge und hilfreichen Winke, die sie kriegen konnten. Und wenn es tiefer im Baum auch nicht viel offenen Luftraum geben würde, für die beiden würde sich allemal eine Lücke finden, durch die sie fliegen konnten. Sie könnten ihnen sicher auch weiterhin als Kundschafter dienen.

Aber wie, wenn sie vorausflögen, um andere vom Kommen des Steingottes und seiner Leute zu verständigen?

Dieses Risiko mußte er auf sich nehmen.

Er ging zu den Stapeln ausgeladenen Materials und

wählte aus, was sie mitnehmen sollten. Das Weiterwandern auf diesem Baum würde die meiste Zeit eine mühselige Kletterei sein; sie konnten nur die wichtigsten Dinge mitnehmen. Für die schweren Schwarzpulverraketen schien es hier keine sinnvolle Verwendung zu geben. Er zögerte, als er an die Mühe dachte, die ihre Herstellung gekostet hatte, dann entschied er sich gegen ihre Mitnahme. Aber die Wurfbomben und Handgranaten würde er behalten.

Um zu verhindern, daß die Fledermausleute sich der Raketen bemächtigten, entleerte er sie und setzte das Pulver in Brand. Es gab eine gewaltige Stichflamme und eine riesige Rauchwolke, und eine halbe Stunde verging, bevor das Gezeter der aufgeschreckten Affen und Vögel nachließ.

Nachdem er sich vergewissert hatte, daß alle Traglasten richtig gepackt und festgeschnallt waren, gab er seinen Leuten das Zeichen, ihm zu folgen. Er stieg neben dem Wasserlauf aufwärts, manchmal kletternd, manchmal von einem Vorsprung der Rinde zum nächsten springend. Die Borke war fest und griffig, aber sehr rauh, und er war froh, daß er sich drei Paar Bundschuhe hatte machen lassen. Die anderen hatten eisenharte Schwielen an ihren Fußsohlen.

Den ganzen Nachmittag stiegen sie mühsam neben dem Wasserlauf aufwärts. Er war etwa vier Meter breit und in der Mitte zwei Meter tief, aber bei einem Gefälle von mehr als zwanzig Grad war die Gewalt der Strömung zu stark, als daß jemand ihn hätte durchwaten können. Weiter oben, sagte Glikh, wo der Ast über weite Strecken horizontal verlaufe, sei die Strömung langsam und träge, so daß man baden könne. Dort gebe es auch Fische, Frösche und Wasserpflanzen, sowie Tiere, die von diesen lebten.

Eine halbe Stunde vor dem Dunkelwerden erreichten sie die horizontale Strecke. Hier ruhten sie aus, während Odysseus die Umgebung studierte. Über ihnen waren Äste, die genauso groß und noch größer waren, als der, auf dem sie standen, und auch sie waren von Vegetation bedeckt. Hier und dort hingen dichte Massen von Lianen und Rankengewächsen in horizontalen und vertikalen Ebenen zwischen den Riesenästen und bildeten tausendfach verflochtene und verfilzte Vorhänge. Manche von ihnen sahen solide genug aus, um eine Elefantenherde tragen zu können, und alle trugen eine Überfülle von Orchideen und anderen Blüten. Vögel und langschwänzige Affen waren überall und erfüllten das grüne Halbdunkel mit Gezwitscher, Gezeter und Geschrei. Odysseus sah seltsame, muschelförmige Gehäuse, die an Zweigen und Ranken klebten und von mausähnlichen Tieren bewohnt wurden. Glikh erklärte, daß sie die Gehäuse aus zerkauten Blättern und Speichel machten, aber es sei nicht ratsam, diese Nester genauer zu untersuchen, denn von den Bewohnern gebissen zu werden, sei sehr schmerzhaft und giftig. Er warnte auch noch vor anderen Gefahren, und je länger seine Schilderung dauerte, desto deprimierter wurde Odysseus, obwohl er versuchte, sich nichts anmerken zu lassen. Aber Awina und einige andere, die Glikh zugehört hatten, konnten ihre Furcht vor dieser fremden und feindlichen Umwelt nicht verbergen. Als sie an diesem Abend um ihre kleinen Feuer saßen, waren sie schweigsam und bedrückt. Odysseus unternahm nichts, sie aufzuheitern; Stille war erwünscht.

Er machte eine Angel, nahm ein paar kleine Fleischstücke als Köder und ging fischen. Er fing eine schalenlose Schildkröte und wollte sie schon ins Wasser zurückwerfen, als ihm einfiel, daß er sie sich zum Frühstück zubereiten lassen könnte. Sein zweiter Wurf brachte ihm einen kleinen Fisch ein, den er wieder ins Wasser warf. Nach ungefähr zehn Minuten biß ein Fisch von einem halben Meter Länge an, der kräftige Brustflossen und kleine Fühler an Bauch und Flanken hatte. Als Odysseus ihn an Land zog, entdeckte er, daß es ein

Lungenfisch war. Das Tier machte krächzende Geräusche und versuchte ihn mit den winzigen Krallen an den Spitzen seiner Flossen zu kratzen. Er steckte ihn in einen Korb, wo er aber so laut weiterkrächzte, daß er ihn schließlich wieder ins Wasser warf.

Das Problem des Schlafens war bald gelöst, allerdings nicht zu seiner Zufriedenheit. Es gab genug kleinere Spalten und Risse in der Borke, wo sie sich verbergen konnten, aber andererseits konnten sie nicht nahe genug beisammen schlafen. Ein Feind konnte sich unbemerkt nähern und sie einzeln überwältigen, ohne daß ein Wächter ihn zu Gesicht bekäme. Er verdoppelte die Wachen und übernahm selbst die erste Wache, dann legte er sich in einen Riß und versuchte zu schlafen. Es war ihm unmöglich. Das Heulen, Kreischen, Krächzen, Pfeifen, Kollern und Schnattern unsichtbarer Tiere zerrte an seinen Nerven. Der Mond ging auf, aber sein Licht drang nicht bis in diese Tiefe des vielstöckigen Dschungels.

Am nächsten Morgen waren sie alle übernächtig und mißgelaunt. Odysseus trank aus dem Bach und warf wieder seine Angel aus, fing weitere fünf von den schalenlosen Schildkröten und drei Forellen; er gab sie den Wufea.

Nach dem Frühstück fühlten sich alle besser. Sie nahmen ihre Traglasten auf und setzten ihre Wanderung fort. Gelegentlich passierten sie eine Stelle, wo Sonnenlicht durch die Laub- und Lianendächer sickerte, doch die meiste Zeit gingen sie im grünen Dämmerlicht, als bewegten sie sich unter Wasser. Oft war die Vegetation so dicht, daß die Fledermausleute nicht fliegen konnten und von Kriegern getragen werden mußten.

Am zweiten Tag im Baum waren sie in besserer Verfassung. Die Nachtgeräusche des Dschungels waren nun schon vertrauter, und sie hatten geschlafen. Sie fingen Fische, und ein Waragondit erledigte einen großen schwarzen Eber, den sie brieten und verzehrten. Auch

Zwischendurch: ▬▬▬▬▬▬▬▬▬▬▬▬▬▬
▬▬▬▬▬▬▬▬▬▬▬▬▬▬▬▬▬▬▬▬
▬▬▬▬▬▬▬▬▬▬▬▬▬▬▬▬▬▬▬▬
▬▬▬▬▬▬▬▬▬▬▬▬▬▬▬▬▬▬▬▬
▬▬▬▬▬▬▬▬▬▬▬▬▬▬▬▬▬▬▬▬
▬▬▬▬▬▬▬▬▬▬▬

▬▬▬▬▬▬▬ Eine schalenlose Schildkröte zum Frühstück?
Nun, diese Welt fordert viel von den Reisenden. ▬▬▬
▬▬▬▬▬▬▬▬▬▬▬▬▬▬▬▬▬▬▬▬
▬▬▬▬▬▬▬▬▬▬▬▬▬▬▬▬▬▬▬▬
▬▬▬▬▬▬▬▬▬▬▬▬▬▬▬▬▬▬▬▬
▬▬▬▬▬▬▬▬▬▬▬▬
▬▬▬▬▬▬▬▬▬▬▬▬▬▬▬▬▬▬▬▬
▬▬▬▬▬▬▬▬▬▬▬▬▬
▬▬▬▬▬▬▬▬▬▬▬▬▬▬▬▬▬▬▬▬
▬▬▬▬▬▬▬▬▬▬▬▬▬▬

▬▬▬▬▬▬▬▬▬▬▬▬ Gemütlicher – wenn auch
weniger aufregend – ist es doch in unserer Zeit: Für eine kleine,
heiße Mahlzeit brauchen wir nicht die Angel auszuwerfen.
Wir gönnen uns zwischendurch einfach die ... ▬▬▬▬
▬▬▬▬▬▬▬▬▬▬▬▬▬▬▬▬▬▬▬▬
▬▬▬▬▬▬▬▬▬▬▬▬▬▬▬
▬▬▬▬▬▬▬▬▬▬▬▬▬▬▬▬▬▬▬▬
▬▬▬▬▬▬▬▬▬▬▬▬▬▬▬▬▬▬▬▬
▬▬▬▬▬▬▬▬▬▬▬▬▬▬▬▬▬
▬▬▬▬▬▬▬▬▬▬▬▬▬▬▬▬▬▬▬▬

Zwischendurch:

Die kleine, warme Mahlzeit in der Eßterrine. Nur Deckel auf, Heißwasser drauf, umrühren, kurz ziehen lassen und genießen.

Die 5 Minuten Terrine gibt's in vielen leckeren Sorten – guten Appetit!

gab es viele Bäume und Büsche mit Beeren, Nüssen und Früchten. Glikh sagte, daß alle genießbar seien, und so befahl Odysseus ihm oder seiner Frau, von jeder Sorte zu kosten, bevor die anderen aßen. Glikh lächelte grimmig und gehorchte.

Am dritten Tag erkletterten sie, Glikhs Empfehlung folgend, einen Stamm. Er sagte, auf den oberen Ästen würden sie leichter vorwärtskommen. Odysseus dachte, daß es dann auch für andere Fledermausleute leichter wäre, die Kolonne auszumachen, aber er beschloß dennoch, ihrem Rat zu folgen. Bisher hatte sich Glikh als ein guter Führer und Kundschafter erwiesen.

Sie hatten schon öfter Stämme entlangklettern müssen. Um von einem Riesenast zum anderen zu gelangen, konnten sie sich gewöhnlich der natürlichen Brükken aus Lianen und anderen Kletterpflanzen bedienen, die fest und dicht miteinander verflochten waren. Aber dann und wann mußten sie um einen Stamm klettern, um auf einen anderen Ast zu kommen. Diese Quergänge waren zeitraubend und mühsam, aber relativ sicher, solange man nicht nach unten sah. Die Borke war wie stark zerklüfteter Fels und bot gute Griffe, und der Aufstieg durch eine der tiefen Rinnen war wie leichte Kaminkletterei, technisch einfach, aber schweißtreibend. Odysseus schaffte den Aufstieg, aber er mußte alle Reserven mobilisieren, und seine Hände und Knie und sein Rücken waren aufgescheuert und blutig. Hier erwiesen sich das geringere Gewicht, die Geschmeidigkeit und die schützenden Pelze der Wufea und Waragondit als vorteilhaft.

Erschöpft und keuchend zog er sich nach einem luftigen Quergang über die letzten, fast waagrecht verlaufenden Rindenterrassen der Astgabelung und kletterte auf die beruhigend breite Oberfläche des Astes. Früh am Morgen hatten sie mit dem Aufstieg begonnen, und jetzt dämmerte es bereits. Unten war es Nacht; die Tiefen waren wie schwarze Höhlen, düster und bodenlos.

Das Jaulen eines Leoparden klang aus der Tiefe herauf. Hundert Meter unter ihnen heulte und schnatterte eine Affenherde im Dschungel der nächsttieferen Etage. Odysseus schätzte, daß sie über zweitausend Meter hoch sein mußten. Doch sie waren noch weit vom Wipfel entfernt; der Stamm erhob sich schier endlos über ihnen, und zwischen dem Ast, auf dem sie standen, und dem Wipfel dieses Stammes gab es ein Dutzend weitere Riesenäste.

Nach Einbruch der Dunkelheit wurde es hier oben rasch kalt. Zweige, Äste und Bruchstücke von abgestorbenen Bäumen wurden gesammelt und auf dem Grund einer Rinne aufgeschlichtet, die nicht mit Erde gefüllt war. Hier oben war der Humus nicht so dick wie unten, und es gab mehr nackte Borke. Das Abendrot schwand vom Himmel. Von der See zogen Wolkenbänke auf und hüllten sie ein. Fröstelnd drängten sie sich um die Feuer.

»Ich bin nicht so sicher, daß deine Idee gut war«, sagte Odysseus zu Glikh. »Es ist richtig, daß es hier weniger Vegetation gibt. Wir werden schneller vorankommen. Aber Nässe und Kälte können uns krankmachen.«

Der Fledermausmann und seine Frau hockten wie Gnome im flackernden Feuerschein. Glikhs Zähne klapperten, als er antwortete: »Morgen, Herr, werden wir Flöße bauen und uns einen Fluß abwärtstreiben lassen. Dann wirst du die Weisheit meines Rats erkennen. Wir werden schneller eine weitere Strecke zurücklegen. Du wirst sehen, daß die Unbequemlichkeit der Nächte von den Annehmlichkeiten der Tage mehr als aufgewogen wird.«

»Wir werden sehen«, sagte Odysseus und kroch zwischen seine Felle.

Die Wolke lag wie ein kalter Atem über dem Baum und seinen Bewohnern. Sie dämpfte die Geräusche, bedeckte alles mit feinen Nebeltröpfchen und machte alles feucht und klamm.

Irgendwann in dieser Nacht fuhr er erschreckt aus

seinem unruhigen Schlaf. Er hatte einen durchdringenden Schrei gehört. Einen Moment dachte er, daß er geträumt hatte, aber dann hörte er die Rufe der anderen und sah sie in der Dunkelheit und im Nebel durcheinanderlaufen. Das Lagerfeuer in seiner Nähe war niedergebrannt.

Er ergriff einen Speer, warf seine warme Felldecke ab und sprang auf. Seine Fragen erbrachten, daß die anderen ebenso unwissend waren wie er. Die Expeditionsteilnehmer waren in drei Gruppen aufgeteilt. Jede dieser Gruppen war um ein Feuer auf dem Grund eines schluchtartigen Borkenrisses gelagert. Die dazwischenliegenden Rücken überragten selbst Odysseus' Kopf noch um einen halben bis einen Meter. Dort oben erschien auf einmal eine Gestalt im Nebel, und eine Stimme rief: »Herr! Zwei von den Unsrigen sind tot!«

Es war Edjauwando, ein Waragondit von einer anderen Gruppe. Odysseus kletterte aus der Furche, und andere folgten ihm. »Sie wurden mit Speeren getötet«, sagte Edjauwando.

Odysseus untersuchte die beiden Toten im Lichtschein des Feuers, das frische Nahrung erhalten hatte und sich prasselnd durch den Haufen Zweige und Äste fraß. Die Halswunden der beiden Opfer konnte von Speeren herrühren, aber auch von einer anderen Waffe. Edjauwando hatte bloß eine Vermutung ausgesprochen.

Die Wachen gaben an, sie hätten nichts bemerkt. Das war gut möglich, denn der Nebel verschluckte alles, was weiter als ein paar Schritte entfernt war. Odysseus verstärkte die Wachen und kehrte zu seiner Gruppe zurück. Er sagte: »Glikh, welche intelligenten Lebewesen gibt es in dieser Gegend?«

Glikh blinzelte ihn an. »Zwei, Herr. Es gibt die Wuggrud, die Riesen, und die Khrauz, ein Volk wie die Wufea, aber größer und gefleckt wie der Leopard. Aber weder die einen noch die anderen leben in dieser Höhe.«

»Wer immer es war«, sagte Odysseus, »es können

nicht viele gewesen sein. Andernfalls hätten sie die ganze Gruppe überfallen.«

»Das ist sicherlich richtig, Herr«, sagte Glikh.

Den Rest der Nacht gab es wenig Schlaf. Odysseus schlummerte endlich doch noch ein, nur um sofort wieder von einer derb zupackenden Hand aus dem Schlaf gerüttelt zu werden. Der Wufea Wassundi berichtete: »Herr! Wach auf! Zwei von unseren Leuten sind tot!«

Diesmal waren die Toten Wächter, und die unbekannten Angreifer hatten sie erwürgt. Die benachbarten Posten, nur wenige Meter entfernt, hatten nichts gehört, bis die Körper in eine Rinne gekollert waren.

Nun schlief keiner mehr. Die Sonne ging auf und begann die Wolken aufzulösen. Odysseus suchte die Umgebung nach Spuren der nächtlichen Angreifer ab und fand nichts. Die Toten wurden in Borkenspalten gebettet und mit Erde und Ästen bedeckt. Nach einem in bedrücktem Schweigen verzehrten Frühstück gab Odysseus das Zeichen zum Aufbruch. Bis Mittag marschierten sie auf dem Ast weiter, dann befahl er, auf einen anderen überzuwechseln, der etwas tiefer lag und seit mehreren Kilometern parallel zu dem ihren verlief. Seine Vegetation war viel dichter, was dem Flüßchen zu verdanken war, das ein Drittel seiner Oberflächenbreite einnahm.

Der Übergang fand an einem nur wenig geneigten Vorhang aus Lianen statt. Odysseus schickte seine Leute in drei Gruppen hinüber. Während die erste über den Abgrund kroch, standen die anderen mit Pfeil und Bogen bereit, um etwaige Angreifer abzuwehren, denn die Leute der ersten Gruppe waren vollauf damit beschäftigt, sich in dem schwingenden Pflanzenteppich festzuhalten, unter Blättern verborgenen Löchern auszuweichen und die Festigkeit von Schlingpflanzensträngen zu prüfen, bevor sie ihnen ihr Gewicht anvertrauten.

Als die erste Gruppe die andere Seite erreichte, deckte sie den Übergang der zweiten. Odysseus war mit der ersten Gruppe gegangen. Er sah die Krieger der näch-

sten über das Rankenwerk kriechen, beladen mit Wurfbomben und Vorräten, und die ersten von ihnen waren
nur noch sechs oder sieben Meter vom Ast entfernt, als
die dritte Gruppe auf der anderen Seite ein großes Geschrei anstimmte. Odysseus bemerkte, daß sie nach
oben zeigten, und hob seinen Blick gerade noch rechtzeitig, um einen gut drei Meter langen morschen Stamm
herabstürzen zu sehen. Er krachte durch das Gewirr
und riß Lianen und Ranken auseinander. Keiner der
Krieger wurde getroffen, aber einer sah sich plötzlich an
einem abgerissenen Pflanzenstrang über dem Abgrund
baumeln. Die hinter ihm hatten haltgemacht, kletterten
aber dann in panischer Hast weiter, als noch mehr Geschosse durch das Pflanzengeflecht schlugen.

Der unglückliche Wufea verlor seinen Halt und stürzte mit einem langgezogenen Schrei in die Tiefe. Ein anderer wurde von einem dicken Aststück in den Rücken
getroffen und verschwand unter ihnen. Ein dritter
sprang beiseite, um einem kopfgroßen Stück Rinde auszuweichen, verlor den Halt und fiel in die Dunkelheit.

Odysseus hatte inzwischen beobachtet, daß sich die
Gegner auf dem nächsthöheren Ast befanden, genauer
gesagt: an seinen Seiten, denn um ihre Geschosse ins
Ziel zu bringen, mußten sie über die Borkenterrasse der
Rundung abwärtsklettern. Sie waren vielleicht hundert-
zwanzig Meter über ihm, aber höchstens siebzig Meter
über der letzten Gruppe auf dem Parallelast und so in
Reichweite der Bogenschützen. Diese waren Waragondit unter der Führung Edjauwandos. Er rief ihnen seine
Befehle zu, und bald flog die erste Salve Pfeile zum oberen Ast hinauf.

Die Gegner waren leopardenartig gefleckte Katzenmenschen mit Ohrbüscheln und Ziegenbärten. Sechs
von ihnen stürzten, von Pfeilen getroffen, durch den
Lianenteppich. Einer prallte auf einen Krieger der zweiten Gruppe, und beide stürzten in die Tiefe. Die restlichen Wufea und Waragondit erreichten das sichere Ufer

und tauchten in der schützenden Vegetation unter. Die Krieger auf der anderen Seite hatten inzwischen ihr Schießen eingestellt. Odysseus schrie und gestikulierte ihnen über die hundertfünfzig Meter breite Lücke zu. Sie antworteten in gleicher Weise und bedeuteten, daß die Khrauz sich vor den Pfeilen zurückgezogen hätten. Darauf winkte er sie herüber, und sie kamen, so schnell sie konnten, aber bevor die letzten in Sicherheit waren, wurden sie wieder von oben bombardiert. Diesmal verfehlten die Geschosse ihre Ziele, und es gab keine Verluste mehr.

Odysseus ließ seine Leute sechs große Flöße bauen und befahl Glikh, die vor ihnen liegende Strecke abzufliegen und nach Khrauz Ausschau zu halten. Er wollte nicht mit den Flößen in einen Hinterhalt geraten; auf dem Wasser würden sie besonders verwundbar sein. Glikh flog davon und kehrte nach einer Stunde zurück. Er hatte in der dichten Vegetation nichts gesehen.

Der Flußlauf nährte nicht nur üppiges Pflanzenleben. Es gab auch viele schöngefärbte Schmetterlinge, und Odysseus sah eine Libelle mit einer Flügelspannweite von einem halben Meter über die Wasseroberfläche schießen und auf große Wasserläufer Jagd machen. Im faulenden, modrigen Laub des Vorjahrs krabbelten handgroße Mistkäfer, und einmal kam ein Fischotter aus dem Ufergebüsch der anderen Seite und tauchte platschend ins Wasser.

Während die anderen mit Steinäxten und Lianenseilen an den Flößen arbeiteten oder Wache standen, hatte Odysseus Zeit, seine Beobachtungen zu machen und nachzudenken. Die Quelle dieses kleinen Flusses war ein großes Loch über der Gabelung von Stamm und Ast. Nach Glikhs Auskunft pumpte der Baum mehr Wasser aus dem Boden, als er zu seiner Erhaltung brauchte. Der Überschuß wurde an verschiedenen Stellen wie dieser abgelassen. Das Wasser lief dann durch den Kanal, dessen Strömung von der Neigung des

Astes bestimmt wurde, bis es irgendwo in Kaskaden niederstürzte, wenn der Ast einen plötzlichen Abwärtsknick machte.

Dieser Fluß hatte eine Länge von vielen Kilometern. Glikh schätzte die mit Flößen befahrbare Strecke auf sechzig Kilometer, aber er wußte es nicht genau. Der Ast beschrieb keine gerade Linie, und seine Bogen und Windungen erschwerten eine Messung.

Gegen Abend waren die Flöße fertig, und die Expedition schlug ihre Nachtlager an Ort und Stelle auf. Diesmal ließ Odysseus den Lagerplatz am Ufer von einer halbkreisförmigen vorgeschobenen Postenkette bewachen und übernahm selbst die erste Wache auf der Wasserseite. Aber die Nacht verging ohne Störung.

Am anderen Morgen ließen sie die Flöße zu Wasser. Odysseus stieg mit Awina und einem Dutzend anderer Wufea auf das erste, und sie stießen mit langen Stangen, die sie von einer bambusähnlichen Pflanze geschnitten hatten, vom Ufer ab und in die träge Strömung.

In der Mitte des Kanals war das Wasser fünf bis sechs Meter tief, und wo keine Algen und Wasserpflanzen wuchsen, konnte man den Grund sehen. Es gab viele Fische. Im Schilf der dichtbewachsenen Ufer quakten Frösche, und in den Bäumen, die ihre Äste über das Wasser reckten oder sich selbst halb umgesunken hinauslehnten, wimmelte es von Vögeln und Affen.

Wäre nicht die ständige Gefahr gewesen, von den Leopardenmenschen überfallen zu werden, hätte Odysseus diese Flußreise genossen. Das ruhige Dahingleiten auf dem still ziehenden Wasser verleitete zu träumerischer Naturbetrachtung, zu Entspannung und Sorglosigkeit.

Aber das durfte nicht sein, weil mangelnde Wachsamkeit den Tod bedeuten konnte. Jeder mußte bereit sein, schon im nächsten Augenblick in den Kampf zu gehen. Und es gab wohl keinen, der nicht von Minute zu Minute erwartete, daß Speere aus dem dichten Grün geflogen kämen.

So vergingen zwei Stunden, dann glitten die Flöße in eine Verbreiterung des Flusses hinaus, die fast ein See genannt werden konnte. Odysseus hatte andere Riesenäste gesehen, die hier und dort Verdickungen oder Abflachungen gebildet hatten, aber dieser übertraf alles. Der See, dessen Länge nicht abzusehen war, hatte eine Breite von annähernd hundertfünfzig Metern. Auch wurde das Wasser tiefer, so daß die Stangen der Flößer keinen Grund fanden. Odysseus stand vor der Wahl, in der Mitte zu bleiben und die Flöße der minimalen Strömung zu überlassen oder in Ufernähe weiterzufahren, wo seichteres Wasser den Gebrauch der Stangen erlaubte. Er entschied sich für die erste Möglichkeit, denn in der Mitte würden sie vor den Speeren der Khrauz sicher sein und könnten sich nach den Stunden angestrengter Wachsamkeit ein wenig entspannen.

Nicht lange, und er bedauerte seinen Entschluß. Eine dreißigköpfige Herde von Tieren, die aus der Ferne wie Flußpferde aussahen, stampfte aus dem Uferdickicht und tauchte ins Wasser. Schnaubend und blasend begannen die Kolosse ein unbekümmertes Spiel, das sie näher und näher an die Flöße heranbrachte. Als eins der Flußpferde plötzlich zehn Meter neben seinem Floß auftauchte, konnte Odysseus sehen, daß die Ähnlichkeit nur oberflächlich war. Diese Tiere waren große Nager, die sich ganz dem Wasserleben angepaßt hatten. Ihre Augen und Nasenlöcher befanden sich in einer Ebene auf der Oberseite ihrer Köpfe, und bis auf eine Art Pferdemähne auf den dicken Hälsen hatten sie alles Haar verloren.

Plötzlich erschienen drei große Kanus auf dem See. Zwei tauchten hinter ihnen auf, eins kam vom Ausgang des Sees her. Sie waren bemalt und mit einer Art Bugspriet in Form eines geschnitzten Schlangenkopfes ausgerüstet; jedes enthielt neunzehn Leopardenmenschen, achtzehn Paddler und einen Steuermann oder Häuptling im Heck.

Ein paar Sekunden nach dieser Beobachtung sah Odysseus mehrere große Tiere mit schnellen Körperwindungen aus dem Dickicht der Uferböschungen ins Wasser gleiten. Sie sahen wie kurzschnäuzige Krokodile aus, hatten aber keine Beine, sondern bewegten sich wie Schlangen fort.

Odysseus gab den Befehl aus, Wurfbomben und Bogen bereitzuhalten und die Riesenwasserratten, sollten sie den Flößen zu nahe kommen, mit den Stangen abzudrängen. Dann öffnete er einen Lederbeutel und nahm eine der tönernen Handgranaten heraus. Auf seinen Wink eilte ein Wufeakrieger, dessen Pflicht es war, zu allen Zeiten eine brennende Zigarre in Bereitschaft zu halten, an seine Seite.

Die Leopardenmenschen kamen rasch näher, und die Bogenschützen ließen ihre Pfeile fliegen. Mehrere Paddler und ein Steuermann fielen. Ein übereifriger Wufea schleuderte eine Handgranate auf das nächste Kriegskanu, aber weil die Entfernung noch viel zu weit war, lag sein Wurf zu kurz. Dennoch hatte es eine unerwartete Wirkung. Die Handgranate explodierte kurz vor ihrem Aufschlag ins Wasser und versetzte eine in der Nähe hochgekommene Riesenwasserratte so in Panik, daß sie wie von einem Katapult abgeschossen aus dem Wasser tauchte, mit ihren zwei mächtigen Vorderpfoten die Bordwand des Kriegskanus packte und in ihrer Angst über das Hindernis klettern wollte. Das Kanu kenterte, und seine Besatzung verschwand kreischend im Wasser.

Der See brodelte. Odysseus sah eins der beinlosen Krokodile, wie es sich an der Oberfläche um und um wälzte, die untere Hälfte eines Khrauz zwischen den kurzen Kiefern. Die Explosion und das Kentern des Kanus brachten den Angriffsschwung der übrigen Leopardenleute vorübergehend zum Erlahmen, sie hörten auf zu paddeln. Odysseus konnte die Steuerleute Befehle schreien hören, und nach ein paar Minuten formierten sich die zwei restlichen Boote zu einem neuen Angriff. Das Kanu, das vom Seeausgang gekommen war, wurde von einem Steuermann befehligt, dessen Mut die Grenze der Tollkühnheit überschritt. Er stand im Heck seines Kanus, schüttelte seinen Speer und feuerte seine Paddler zu größter Anstrengung an. Offenbar hatte er die Absicht, das erste Floß zu rammen oder zu überfahren, um es dann zu entern.

Die Bogenschützen trafen sechs von seinen Paddlern und durchbohrten seinen Oberschenkel mit einem Pfeil, aber er kniete nur nieder und feuerte seine Krieger weiter an. Das Kanu kam mit beängstigender Geschwindigkeit näher. Odysseus zündete eine Wurfbombe und schleuderte sie, als die Krieger im Boot ihre Paddel fallenließen und aufstanden, um ihre Speere zu werfen. Das Kanu durchschnitt das Wasser auf einem Kollisionskurs mit dem Floß. Nichts, so schien es, konnte es aufhalten.

Aber Odysseus hatte Glück. Seine Bombe traf den Bug des Kanus, und die Explosion riß ihn weg. Wasser schoß hinein und überflutete das Kanu, das kurz vor dem Floß unter der Last seiner Besatzung versank.

Die Explosion war so nahe gewesen, daß alle auf dem Floß halb betäubt waren. Als der schwarze Pulverrauch abgezogen war, sah Odysseus die meisten Besatzungsmitglieder des zerstörten Kanus tot oder besinnungslos im Wasser treiben. Einer nach dem anderen verschwand unter der Oberfläche, zähnestarrende Kiefer schnappten zu und zogen sie hinunter. Die beinlosen Krokodile brachten das Wasser zum Sieden; Odysseus wußte nicht, woher sie alle gekommen waren. Und nun machten sich auch die Riesenwasserratten über die Khrauz her. Nur zwei oder drei erreichten schwimmend das Ufer, während das Blut ihrer Gefährten hinter ihnen das Wasser färbte. Das dritte Kanu trieb langsam über den See fort, gefüllt mit toten und sterbenden Leopardenmenschen. Die Bogenschützen hatten furchtbar unter ihnen gehaust.

Es gab noch einen Unfall, als das dritte Floß von einer auftauchenden Riesenratte einen harten Stoß erhielt und zwei Waragondit über Bord fielen; nur einer von ihnen konnte sich wieder auf das Floß retten, der andere wurde vor aller Augen unter Wasser gezogen und zerrissen.

Langsam trieben die Flöße weiter. Am Nachmittag näherten sie sich langsam dem unteren Ende des Sees; zwischen den zusammenrückenden Ufern nahm die Strömungsgeschwindigkeit wieder zu. Während der Kanal sich weiter verengte, wurde die Strömung noch heftiger und trug die Flöße mit beängstigender Geschwindigkeit dahin. Die Flößer hatten alle Mühe, mit ihren Stangen gefährliche Kollisionen abzuwenden. Odysseus fragte Glikh, ob es ratsam sei, mit den Flößen weiterzufahren. Glikh versicherte ihm, daß die nächsten fünfzehn Kilometer ungefährlich seien. Dann sollten sie die Flöße verlassen, denn nach weiteren drei Kilometern käme ein Wasserfall. Odysseus dankte ihm, obwohl sein Mißtrauen gegen die zwei Fledermausleute so groß geworden war, daß er nach Möglichkeit jedes Gespräch mit ihnen vermied. Er konnte sich des Verdachts nicht erwehren, daß Glikh die Leopardenleute gesehen hatte. Er war dicht über dem Wasser geflogen und hätte wenigstens eins der Kriegskanus sehen müssen. Immerhin war es möglich, daß er nichts gesehen hatte. Und wenn er sie in eine Falle hatte locken wollen, warum war er dann mit ihnen auf dem Floß geblieben? Er hatte die Gefahr mit ihnen geteilt.

Nach längerem Nachdenken entschied Odysseus, daß er nicht fair zu ihnen war. Sein Urteil stützte sich lediglich auf eine unbewußte Abneigung gegen die Wesen. Nicht, daß es richtig wäre, ihnen zu vertrauen. Er glaubte noch immer, daß sie für Wurutana arbeiteten, wer immer das auch sein mochte.

Die Flöße trieben mit gleichbleibender Geschwindigkeit weiter. Nach einer halben Stunde wurde voraus der dumpfe Donner der Wasserfälle hörbar. Odysseus ließ die Flöße weitere drei Minuten stromabwärts schießen, dann gab er in einer Biegung, wo ein umgestürzter Stamm Treibgut angestaut und eine kleine strömungsfreie Zone geschaffen hatte, den Befehl zum Landen. Eins nach dem anderen glitten die Flöße in ruhiges Wasser und stießen gegen die moosgepolsterte Borke der Uferböschung. Zwei Leute fielen bei dem Manöver ins Wasser, blieben aber unverletzt. Sie entluden die Flöße und packten ihre Traglasten, um sofort weiterzumarschieren. Nach ein paar Kilometern kam die Kolonne zu den Fällen. Der kleine Fluß tobte durch den engen Kanal, dann schoß er in einem Bogen über den steil abfallenden und seitwärts wegdrehenden Riesenast hinaus und in den Abgrund. Odysseus schätzte die Fallhöhe bis zum Erdboden auf fünfzehnhundert Meter, aber nur das obere Drittel davon war einzusehen; weiter unten verlor sich alles in weißen Gischtwolken und dunkelgrünem Dämmerlicht.

Nach einigen hundert Metern Abstieg machten sie den Übergang auf einen anderen Ast, der nur einen kleinen Bach hatte. Sie folgten seinem Ufer, obwohl sie watend schneller vorangekommen wären. Aber in dem Wasserlauf gab es schön gezeichnete, aber sehr giftige Schlangen. Kurz vor Sonnenuntergang machten sie einen weiteren Übergang und wanderten den neuen Ast entlang, bis Glikh über der Astgabelung eines nahen Stamms ein großes Loch entdeckte. Er sagte, sie könnten in diesem Loch übernachten, allerdings müßten sie zuvor etwaige tierische Bewohner vertreiben, die darin hausen mochten.

»Der Baum hat viele solcher Höhlen, die oft sehr groß sind«, sagte er. »Gewöhnlich findet man sie, wo ein Ast aus einem Stamm wächst.«

»Ich habe bisher noch keine gesehen«, sagte Odysseus.

»Du wußtest nicht, wo du sie suchen solltest«, sagte Glikh lächelnd.

Odysseus überlegte. Er konnte sein Mißtrauen gegen Glikh nicht überwinden, doch vielleicht tat er ihm damit Unrecht. Glikh mußte selbst interessiert sein, einen guten, leicht zu verteidigenden Lagerplatz zu finden. Andererseits konnte eine Höhle zur Mausefalle werden. Was, wenn die Leopardenleute ihnen hierher folgten und den Eingang umstellten?

Aber seine Leute brauchten einen Ort, wo sie sich entspannen und halbwegs sicher fühlen konnten. Außerdem hatte er einige Verletzte in der Kolonne, die der Pflege bedurften.

»Also gut«, sagte er. »Wir werden heute nacht in dieser Höhle kampieren.«

Er sagte nicht, daß er die Absicht hatte, einige Tage dort zu bleiben. Es gab keine Bewohner, die zu vertreiben waren, obgleich zerbrochene Knochen und frische Losung darauf hindeuteten, daß der Besitzer der Höhle, irgendein großes Tier, bald zurückkehren mochte. Odysseus ließ Knochen und Exkremente hinausschaffen und in die Tiefe werfen, und die Reisenden zogen ein. Der Eingang war etwa sieben Meter breit und drei Meter hoch und öffnete sich in einen runden Höhlenraum von fünfzehn Metern Durchmesser. Die Wände waren so glatt, daß sie wie künstlich poliert aussahen, aber Glikh versicherte, daß es ein natürliches Phänomen sei.

Totes Holz wurde herbeigeschleppt und aufgestapelt, um die Höhlenöffnung bis auf einen schmalen Durchgang zu sperren, und ein Lagerfeuer wurde entzündet. Der Wind trieb den Rauch immer wieder ins Höhleninnere, aber es war auszuhalten.

Odysseus saß mit dem Rücken an der glatten Holzwand, und nach einer Weile kam Awina und ließ sich neben ihm nieder. Sie leckte ihre Arme und Beine und ihren Bauch, dann übertrug sie den reinigenden Speichel auf ihre Hände und wischte sich Gesicht und Ohren. Es war erstaunlich, was der Speichel vermochte. Innerhalb von wenigen Minuten war ihr struppiger, unsauberer und nach Schweiß riechender Pelz geruchlos, schimmernd und glatt. Die Wufea bezahlten für diesen Vorteil mit Haarballen im Magen, die sie von Zeit zu Zeit erbrachen. Odysseus schätzte das Resultat der Säuberung, aber er sah nicht gern dabei zu. Das Lecken und die Bewegungen waren für seinen Geschmack allzu animalisch.

Nachdem sie lange schweigend neben ihm gesessen hatte, sagte sie: »Die Krieger sind entmutigt.«

»Wirklich? Sie sind still, ja. Aber ich hatte gedacht, das sei die Müdigkeit.«

»Das stimmt. Aber sie sind auch niedergeschlagen. Sie flüstern miteinander. Sie sagen, daß du ein großer Gott bist, weil du der Steingott bist. Aber nun sind wir schon seit Tagen auf dem Körper des großen Wurutana selbst. Und du bist ein winziger Gott, verglichen mit Wurutana. Du hast uns nicht alle am Leben erhalten können. Wir haben erst ein kleines Stück Wegs hinter uns, und schon sind viele der Unsrigen tot.«

»Ich sagte vor unserer Abreise, daß einige in der Fremde den Tod finden würden.«

»Du sagtest nicht, daß alle sterben würden, Herr.«

»Nicht alle sind gestorben.«

»Noch nicht«, sagte sie. Dann sah sie seine finstere Miene und fügte hastig hinzu: »Ich sage das nicht, Herr! Sie sagen es, und nicht alle von ihnen. Aber selbst diejenigen, die nicht gesprochen haben grübeln über die Worte der Angst. Und einige haben von den Wuggrud gesprochen.«

Odysseus blickte auf. »Den Wuggrud? Ah, ja, Glikh sprach von ihnen. Sie sollen Riesen sein, die Fremde fressen. Gewaltige, übelriechende Geschöpfe. Sag mir, Awina, hat einer von euch jemals einen Wuggrud gesehen?«

Awina richtete ihre dunkelblauen Augen auf ihn.

»Nein, Herr. Keiner von uns hat sie je gesehen. Aber wir haben von ihnen gehört. Unsere Alten haben uns Geschichten über sie erzählt. Unsere Vorfahren kannten sie, als die Wufea näher bei Wurutana lebten. Und Glikh hat sie gesehen.«

Odysseus hob den Kopf und blickte durch den Höhlenraum. »Glikh! Komm zu mir!« rief er.

Der Gnom erhob sich und kam herübergewatschelt. Er stand vor ihnen und sagte: »Was gibt es, Herr?«

»Warum verbreitest du Geschichten über die Wuggrud? Versuchst du meine Krieger zu entmutigen?«

»Niemals würde ich das tun, Herr«, sagte Glikh ohne eine Miene zu verziehen. »Nein, ich habe keine Geschichten verbreitet. Ich habe nur wahrheitsgemäß die Fragen beantwortet, die deine Krieger mir über Wuggrud stellten.«

»Sind sie so gräßlich, wie die Erzählungen es ihnen nachsagen?«

Glikh lächelte ein wenig. »Niemand kann so gräßlich sein, Herr. Aber sie sind schlimm genug.«

»Sind wir in ihrem Gebiet?«

»Wenn du in Wurutanas Gebiet bist, bist du in ihrem Gebiet.«

»Ich wünschte, wir bekämen ein paar von ihnen zu Gesicht und könnten sie mit unseren Pfeilen spicken. Das würde meinen Leuten die Furcht nehmen.«

»Die Sache mit den Wuggrud ist die, Herr«, sagte Glikh, »daß du sie früher oder später sehen wirst. Aber dann kann es zu spät sein.«

»Willst du mir Angst machen?«

Glikh hob seine faltigen Lider. »Ich, Herr? Einem Gott Angst machen? Wie könnte ich? Nein, Herr, es ist Wurutana, der deine tapferen Krieger so verzagt macht. Die Wuggrud sind es nicht.«

Nachdem Odysseus seine Runde gemacht und sich vergewissert hatte, daß genug Feuerholz da war und die Wachen eingeteilt und auf ihren Posten waren, legte er sich schlafen und dachte: Ich werde ihnen sagen, daß gegen Wurutana selbst nichts zu machen ist. Er ist nur ein Baum. Ein mächtiger, gewaltiger Baum, aber nur eine hirnlose Pflanze, die ihnen nichts anhaben kann. Und die anderen, die Khrauz und die Wuggrud, sind bloß die Läuse auf der Pflanze.

Morgen würde er ihnen dies sagen. Jetzt waren sie zu müde und abgestumpft. Nach einer ungestörten Nachtruhe und einem guten Frühstück würde er ihnen sagen, daß sie ein paar Tage ausruhen könnten. Und er würde ihnen eine zündende Ansprache halten.

Während er über seine Rede nachdachte, schlief er ein.

Zuerst dachte er, jemand wecke ihn für den Wachdienst, doch dann fühlte er sich herumgewälzt, und bevor er reagieren konnte, band ihm jemand die Hände auf dem Rücken zusammen.

Eine Stimme sagte etwas in einer unbekannten Sprache. Die Stimme war der tiefste Baß, den er je gehört hatte.

Er blickte auf. Die Höhle war voller Riesen. Massige Gestalten von zweieinhalb bis drei Metern Höhe stampften umher, Keulen, langstielige Holzschlegel und Speere mit feuergehärteten Holzspitzen in den klobigen Fäusten. Die Angreifer hatten sehr kurze Beine, lange Rümpfe und enorm muskulöse Arme, die ihnen bis über die Knie reichten. Sie waren nackt, und ihre Haarverteilung war überraschend menschenähnlich von dem dichten Fell, das Brust, Bauch und Unterleib bedeckte. Ihre Hautfarbe glich der eines Nordeuropäers, die Haarfarben variierten von rotblond bis kastanienbraun. Ihre humanoiden Gesichter mit den vorstehenden Oberkiefern, den breiten, aufgestülpten Nasen und den starken Überaugenwülsten erinnerten Odysseus an Rekonstruktionen von Neandertalern, die er zu seiner Zeit gesehen hatte. Die Riesen stanken nach Schweiß und Exkrementen.

Die Baßstimme sprach wieder, und Glikhs dünnes, hohes Organ antwortete. Er sprach in einer Sprache, die Odysseus nicht verstand, aber Tonfall und Gesten der ungleichen Gesprächspartner machten deutlich, daß die Wuggrud Glikh nicht als einen Gefangenen betrachteten, sondern als einen guten Bekannten. Als Glikh bemerkte, daß Odysseus ihn beobachtete, kam er grinsend herübergewatschelt, spuckte Odysseus ins Gesicht und trat ihm in die Rippen.

»Du ekelhafter, stinkender Verräter!« knirschte Odysseus. »Ich hätte dir den Hals umdrehen sollen.«

Glikh lächelte und trat wieder zu. »Ja, das hättest du tun sollen, Herr.«

Der Wuggrud, der zuerst gesprochen hatte, packte Odysseus am Kragen und setzte ihn wie eine Puppe aufrecht. Odysseus sah jetzt, daß alle seine Leute gefesselt waren. Nein, nicht alle. Ungefähr zehn lagen tot am Boden, die Schädel eingeschlagen. In der Rückwand der Höhle war jetzt eine Öffnung, die den Blick in einen von Fackeln erhellten Stollen freigab.

So also waren sie überrumpelt worden. Aber wie konnten so wenige so viele überwältigen, selbst wenn diese wenigen Riesen waren? Was war mit den Wachen? Und warum war er vom Lärm des Kampfes nicht aufgewacht?

Glikh kauerte vor ihm nieder und sagte: »Ich hatte ein Pulver von den Wuggrud. Ich tat es in euer Wasser. Es wirkt langsam und subtil, aber sehr zuverlässig.«

Subtil war richtig. Das Wasser hatte rein und unverdächtig geschmeckt, und er hatte weder Kopfschmerzen noch einen schlechten Geschmack im Mund. Er blickte wieder umher. Awina saß neben ihm, gefesselt wie er. Seine Frage an Glikh, warum die zehn Wufea und Waragondit getötet worden waren, erübrigte sich, als ein Wuggrud sich bückte und mit einer einzigen ruckartigen Drehbewegung seiner enormen Hände das Bein eines Wufea abriß. Nachdem er das Fell abgezogen hatte, biß er große Stücke herunter und verzehrte das rohe Fleisch mit Schmatzen, Kauen und zufriedenem Grunzen.

Odysseus war nahe daran, sich zu übergeben. Awina wandte ihren Kopf ab. Glikh und Guakh standen gleichgültig neben dem Feuer.

Zehn Riesen waren in der Höhle, und jeder von ihnen aß einen von den Erschlagenen. Wenn sie einen Knochen abgenagt hatten, ließen sie ihn fallen und wischten ihre blutigen Münder mit den Handrücken ab, bevor sie den nächsten Fleischbrocken abrissen. Als sie sich gesättigt hatten, trugen sie die zerfleischten Kadaver durch den Stollen davon. Odysseus hörte ein vielstimmiges Geschrei und Gelächter und vermutete, daß nun die Frauen und Kinder der Wuggrud ihr Abendessen bekamen. Die Vermutung bestätigte sich, als die Riesen mit leeren Händen zurückkehrten und hinter ihnen einige Frauen und Halbwüchsige im Stollen erschienen, Fleischstücke und Knochen in den Händen, und neugierig herausstarrten. Die Frauen waren beinahe so groß wie die Männer, aber viel fetter. Ihre Brüste, Bäuche, Hüften und Schenkel waren kolossal. Ein Wuggrud, der das Oberhaupt dieser Gruppe oder Sippe zu sein schien, sah sie in der Öffnung stehen, brüllte etwas und zeigte in den Stollen. Die Frauen antworteten in rauhen Tenorstimmen, dann machten sie widerwillig kehrt und watschelten protestierend hinaus. Dieser Rückzug schien dem Häuptling nicht schnell genug zu gehen, denn er versetzte dem letzten der ungeheuren Gesäße einen Fußtritt.

Die Riesen begannen sich zur Nachtruhe niederzulassen, und Odysseus sagte leise zu Awina: »Bei der ersten Gelegenheit greifst du in meine Tasche und ziehst mein Messer raus.«

Er sah Glikh auf der anderen Seite der Höhle mit seiner Frau reden, die herüberblickte und bösartig lächelte.

»Ich werde näher rücken und so tun, als ob ich dir etwas erzählte«, murmelte Odysseus. »Du holst das Messer heraus und läßt die Klinge aufspringen, wenn ich huste. Du weißt, wie es gemacht wird. Und dann schneidest du meine Fesseln durch.«

Er rückte näher zu ihr, und sie steckten die Köpfe zusammen. Er bewegte seine Lippen, als flüstere er. Awina stank nach Schweiß und zitterte vor Angst.

»Selbst wenn es gelingt, was können wir tun?« wisperte sie.

»Wir werden sehen«, sagte er. Ein Riese kam auf sie zu, und Odysseus erstarrte. Aber der Wuggrud kehrte ihnen den Rücken zu und setzte sich vor ihnen nieder. Odysseus hätte sich keine bessere Deckung wünschen können. Nicht lange, und der massige Schädel sank nach vorn. Tiefe, rasselnde Atemzüge verkündeten, daß der Riese eingeschlafen war. Die anderen hatten sich niedergelegt bis auf einen, der am Höhleneingang stand und Wache hielt. Aber er blickte hinaus und schien an den Gefangenen nicht sonderlich interessiert zu sein. Warum sollte er? Sie waren alle gefesselt, und außerdem waren sie klein, und er stand zwischen ihnen und der Außenwelt.

Odysseus machte sich vor allem Sorgen wegen Glikh und Guakh. Jeden Augenblick konnte ihnen das Messer einfallen. Sie waren durch den mächtigen Wuggrud verdeckt, was bedeutete, daß auch sie Odysseus nicht sehen konnten. Das mochte Glikh möglicherweise nicht gefallen; er würde den Wunsch haben, Odysseus' Niederlage zu genießen.

Aber Glikh kam nicht. Vielleicht hatten er und Guakh sich gleichfalls schlafen gelegt. Odysseus hoffte es inbrünstig.

Solange niemand sie beobachtete, konnte Awina schnell arbeiten. Bald hatte sie das Messer in den gefesselten Händen, und Odysseus übertönte das Geräusch der vorschnappenden Klinge mit Husten und Räuspern. Fünfzehn Sekunden später hatte Awina die Riemen durchschnitten. Odysseus massierte seine Handgelenke und bewegte die Finger, um die Blutzirkulation wieder in Gang zu bringen. Dann durchschnitt er Awinas Fesseln.

Die nächste Phase war sehr kritisch. Wenn der Wächter sie sah, oder wenn die beiden Fledermausleute nicht schliefen, würden sie Alarm schlagen. Und in diesem Stadium konnten zwei schwächliche Gefangene nichts gegen die aufgestörten Riesen ausrichten.

Er flüsterte Awina zu, sie solle sich langsam die Wand entlangschieben. Er werde ihr folgen, bis der Schläfer vor ihnen zwischen dem Wächter und ihm sei. Inzwischen habe sie den Wufea neben ihr von seinen Fesseln zu befreien und ihm das Messer zu geben, damit er seinen Nachbarn befreien könne. Und so weiter. Sobald zehn von ihnen frei wären, sei das Messer in der gleichen Weise zurückzureichen. Der Versuch, alle zu befreien, würde zu lange dauern und zu auffällig sein.

Awina gab das Messer und seine Instruktionen weiter. Odysseus konnte jetzt die beiden Fledermausleute sehen. Sie saßen Seite an Seite neben einem schnarchenden Wuggrud, die Köpfe zwischen ihren Knien. Er hatte den Eindruck, daß sie schliefen.

Die Fackeln waren fast ausgebrannt, und das Lagerfeuer am Eingang war zu stumpfroter Glut zusammengefallen. Der Morgen konnte nicht mehr fern sein.

Awina schob das Messer in seine Finger und meldete, daß die anderen bereit seien.

Odysseus spähte um den gebeugten Rücken des Riesen. Der Wächter in der Höhlenöffnung kratzte seinen Rücken mit einem Stück Holz und blickte hinaus. Die Waffen und Vorräte der Gefangenen lagen noch in der Nähe des Eingangs, wo sie sie am Abend verstaut hatten. Die Riesen hatten ihre Waffen griffbereit neben sich gelegt.

Er erhob sich vorsichtig, bewegte sich langsam auf den sitzenden Wuggrud zu, bis er über dem gebeugten Rücken stand. Er langte mit einwärts gerichteter Klinge über die Schulter des Wuggrud und durchtrennte ihm mit einem schnellen Schnitt die Halsschlagader. Das Blut schoß heraus, das Schnarchen wurde zu einem Röcheln, seine Knie öffneten sich, und der Kopf sank ihm nach vorn zwischen die Beine. Odysseus hob den Speer auf und rannte auf den Wächter zu, das blutige Messer zwischen den Zähnen.

Die befreiten Wufea ergriffen die Keulen und Speere ihrer Feinde und fielen über die Schlafenden her. Einer der Riesen schrie gellend, als sein eigener Speer ihn durchbohrte.

Der Wächter ließ seinen Holzstoß fallen und fuhr herum. Er hatte seine Bewegung noch nicht vollendet, als Odysseus ihm den Speer in den behaarten Bauch rannte. Aber die feuergehärtete Spitze war nicht scharf genug und drang nicht tief ein, weil der Bauch des Wuggrud mit Fett und harten Muskeln gepanzert war. Der Koloß wog wahrscheinlich fünf Zentner oder mehr, und der Aufprall warf ihn lediglich einen Schritt zurück. Dann packte er den Speer mit beiden Händen, stieß ihn vor sich her und drang auf Odysseus ein. Dieser stemmte sich gegen den Speer und ging rückwärts. Er konnte nichts tun, als den Speer festhalten und sich durch die Höhle treiben lassen. Glücklicherweise hatte der Wuggrud keine andere Waffe bei sich.

Aber dann stieß der Wächter den Speer mit einem wütenden Brüllen so heftig nach vorn, daß Odysseus auf den Rücken fiel. Der Wuggrud, stark aus der Bauchwunde blutend, drehte den Speer um und hob ihn mit beiden Händen, um ihn Odysseus durch den Leib zu jagen. Seine enorme Kraft hätte einen Telegrafenmast durch den Körper eines Bullen treiben können.

Odysseus schnellte hoch und stieß das Messer durch das Fett und die Muskeln und riß es mit aller Kraft nach oben. Im selben Moment sprang ein grauweißer Körper von hinten auf die Schultern des Riesen und stieß ihm ein Steinmesser ins Gesicht.

Der Riese brüllte wie ein Stier, ließ den Speer fallen

und wankte rückwärts. Odysseus riß das Messer heraus und stieß wieder zu, als der Riese seine Hände hochriß und Awina packen wollte. Er drehte die Klinge herum und zog sie heraus. Der Wuggrud griff an seinen Bauch, und Odysseus stieß das Messer durch seinen Handrükken. Ein Bogen schwirrte, und der Riese fiel auf den Rücken. Ein Pfeil ragte aus seinem Hals.

Odysseus sah sich um. Das Brüllen und Kreischen hatte plötzlich aufgehört. Alle zehn Riesen lagen tot am Boden. Die meisten waren im Schlaf getötet worden. Drei waren rechtzeitig aufgewacht, um sich zu verteidigen; der Kampf hatte weiteren drei Wufea das Leben gekostet.

Aus den Augenwinkeln nahm er eine Bewegung am Eingang wahr. Er wandte den Kopf und sah Guakh davonfliegen. Glikh entfaltete eben seine Flügel, um ihr zu folgen. Odysseus rannte ihnen fluchend nach, griff sich einen Bogen und Pfeile vom Haufen neben dem Eingang und verfolgte sie auf den Ast hinaus. Als er die Seite des Astes erreichte, sah er Glikh fünfzig Meter tiefer zu einem Lianenkomplex flattern. Er legte den Pfeil auf, zielte und ließ die Sehne los. Der Pfeil durchbohrte die dünne Haut des rechten Flügels, der Fledermausmann schrie und stürzte, fing sich wieder flatternd und verschwand hinter dem Lianenvorhang.

Odysseus kehrte in die Höhle zurück und gab sein Messer einem Krieger mit dem Auftrag, die Fesseln der restlichen Wufea und Waragondit zu zerschneiden. Als alle befreit und bewaffnet waren, führte er sie durch den Stollen zur inneren Höhle, wo zehn Frauen und dreißig bis vierzig junge und halbwüchsige Wuggrud hausten. Der Gestank von Kot und Urin war unbeschreiblich. Odysseus hatte das Gefühl, in diesem Mief ersticken zu müssen. Die Wufea und Waragondit nahmen grausame Rache. Sie töteten die Frauen mit Pfeilschüssen, dann erstachen und zerschlugen sie die Jungen. Nach zwei Minuten war kein Wuggrud mehr am Leben.

Vor dem Abmarsch zählte Odysseus seine Leute. Er hatte noch vierundachtzig Krieger, Awina nicht mitgerechnet. Als alle ihre Traglasten aufgenommen hatten und marschbereit standen, kam Aufai, nun der ranghöchste Wufea-Führer, zu ihm und sagte: »Herr, wir sind bereit, dir zurück zu unseren Dörfern zu folgen.«

Odysseus sah ihm in die Augen, aber Aufai wich seinem Blick aus.

»Ich gehe weiter«, sagte Odysseus. »Ich gehe zur südlichen Küste, um zu sehen, ob es dort Sterbliche gibt, die wie ich aussehen.«

Aufai sagte nicht, daß ein Gott dies wissen sollte. Er sagte: »Und Wurutana, Herr?«

»Gegenwärtig ist gegen Wurutana nichts zu machen.«

Was konnte er oder irgendein anderer tun? Wurutana war nur ein Baum, und wer immer hier die Macht hatte und die Fledermausleute und die Wuggrud und vielleicht die Khrauz beherrschte, war nicht ausfindig zu machen. Jedenfalls nicht jetzt. Der Baum war einfach zu groß; die kontrollierende Einheit konnte überall in diesem riesigen und unübersichtlichen System sein. Aber eines Tages, dachte Odysseus, würde er einen Fledermausmenschen fangen und alles über den König von Wurutana und seinen Aufenthalt aus ihm herausquetschen.

Aber warum sollte er diesem verborgenen Herrscher nachspüren? Solange dieser im Baum blieb und die Bewohner der umliegenden Gegenden nicht behelligte, gab es keinen vernünftigen Grund, etwas gegen ihn zu unternehmen. Sollte er tun, was er wollte. Odysseus war nur bis hierhergekommen, weil er nicht gewußt hatte, was oder wer Wurutana war, und weil die Wufea und die anderen zu glauben schienen, daß Wurutana eine Gefahr für sie sei und daß der Steingott etwas dagegen tun könne.

Aber gegen Den Baum selbst konnte niemand etwas

tun. Er würde wachsen und sich ausbreiten, bis er den ganzen Kontinent bedeckte. Die Wufea konnten sich entweder anpassen und lernen, auf ihm zu leben, oder sie konnten Schiffe bauen und andere Länder suchen.

»Gegenwärtig ist gegen Wurutana nichts zu machen«, wiederholte er. »Ich werde weiterziehen und das Küstenland im Süden erforschen. Wenn ihr mich verlassen wollt, mögt ihr es tun. Ich werde keinen zwingen, mit mir zu gehen. Aber ich kehre nicht um. Das ist alles, was ich zu sagen habe.«

Aufai blickte bestürzt drein. Der Gedanke, ohne die Leitung und den Schutz des Steingotts die lange Rückreise anzutreten, schreckte ihn. Sie waren nur so weit mit ihm gekommen, weil er ihnen immer wieder aus schwierigen Situationen herausgeholfen hatte. Und selbst wenn sie ohne ihn durchkämen, würden sie in der Heimat zu erklären haben, warum sie ihren Steingott verlassen hatten.

Odysseus nahm seine Traglast mit einigen Vorräten und zwei Bomben auf den Rücken und sagte: »Komm mit, Awina.«

Er verließ den Höhleneingang und begann, um den gewaltigen Stamm zu queren. Als er nach einer halben Stunde schwieriger Kletterei auf der anderen Seite angelangt war, wo ein anderer Riesenast begann, machte er eine Pause. Er hörte Geräusche hinter sich und sagte: »Kommen sie, Awina?«

Sie lächelte. »Sie kommen.«

»Gut! Dann laß uns weitergehen.«

Er wartete hundert Meter weiter, wo eine starke Quelle entsprang und in eine tiefe Rinne floß, die sich bald zu einem Kanal weitete. Als sie alle den Stamm umklettert hatten und bei der Quelle anlangten, sagte er laut: »Ich danke euch, daß ihr mir treu geblieben seid. Ich kann euch nichts versprechen, als noch mehr von dem zu erleben, was ihr erlebt habt. Es wird hart sein und schwierig und für manchen von uns vielleicht sogar tödlich, aber wenn wir Reichtümer finden, werden wir sie als Gleiche miteinander teilen. Jetzt werden wir wieder Flöße bauen. Aber diesmal wollen wir sie mit Geländern versehen, um Riesenwasserratten und andere Räuber daran zu hindern, einzelne von uns von den Flößen zu holen.«

Während ein Teil der Mannschaft das Material für Flöße und Stangen schlug, durchkämmten die übrigen die Umgebung auf der Suche nach versteckten Feinden und jagdbarem Wild. Als die Flöße fertig waren, hatten die Jagdtruppen drei Ziegen, vier Affen, einen großen Laufvogel und ein Wildschwein erbeutet und zum Lager gebracht. Sie machten Feuer, schlachteten das Wild und steckten es auf Spieße. Als der Duft von Gebratenem ihre Nasen füllte, erfüllte neuer Mut ihre Herzen. Nicht lange, und sie lachten und scherzten wieder, und als Odysseus und Awina mit acht Fischen vom Angeln zurückkehrten, hatte die Stimmung an den Lagerfeuern einen Grad von Ausgelassenheit erreicht, der nicht vermuten ließ, daß dieselben Leute noch vor wenigen Stunden mutlos und niedergeschlagen gewesen waren.

Nach der Mahlzeit bestiegen sie alle vier neuen Flöße, und eine mäßige Strömung trug sie fast zwanzig Kilometer weit, während die Sonne langsam zum Westhorizont wanderte. Es gab keinen Zwischenfall, und nichts deutete auf die Anwesenheit feindlicher Intelligenzen hin — bis sie Glikh auf Parallelkurs sahen. Er flog ungefähr sechzig Meter zu ihrer Linken und hoch genug, um über den Wipfeln der Bäume zu bleiben, die den Raum zwischen dem Flüßchen und der Seite des Astes ausfüllten. Als er bemerkte, daß er gesehen worden war, flog er schneller und verschwand hinter der grünen Wand. Einige Minuten später sahen sie ihn in der Krone einer alten Kiefer sitzen.

Einige Krieger wollten auf ihn schießen, aber Odysseus riet ihnen, ihre Pfeile nicht zu verschwenden. Er fragte sich, wo Guakh sein mochte. Vielleicht war sie vorausgeflogen, um neue Feinde zu verständigen. Vielleicht war sie unterwegs zur Stadt der Dhulhulikh, um die fliegenden Krieger zu mobilisieren.

Die Flöße passierten den Baum, auf dem Glikh saß. Er beobachtete sie, bis die Flöße hinter einer Biegung außer Sicht kamen. Kurz darauf sahen sie ihn wieder über den Wipfeln fliegen, und dann war er verschwunden. Aber eine Viertelstunde später sahen sie ihn wieder auf einem Ast hoch über dem Wasserlauf sitzen und auf sie warten. Dort blieb er, bis die Flöße ein weiteres Mal außer Sicht waren. Diesen Moment benützte Odysseus, um vom Floß an Land zu springen und sich hinter einem Busch zu verbergen. Er legte den Köcher auf den Boden und nahm zwei Pfeile in seine Hand, die den Bogen hielt. Einen dritten Pfeil setzte er schußbereit auf die Sehne.

Er brauchte nicht lange zu warten. Glikh stieß sich vom Ast ab, breitete seine Flügel aus und begann zu flattern. Er verlor an Höhe, stieg wieder auf und überflog die Baumlücke, die Odysseus für seinen Hinterhalt gewählt hatte. Die Entfernung war kaum fünfzehn Meter. Odysseus stand auf und zielte mit einer Körperlänge Vorhalt und schoß.

Der Pfeil durchbohrte Glikhs rechtes Ohr, streifte seinen Nacken und flog weiter. Glikh kreischte und schwenkte ab. Einen Moment sah es aus, als wolle er landen, aber dann schwang er sich mit wilden Flügelschlägen empor, um über das Dschungeldickicht den freien Luftraum jenseits des Riesenastes zu gewinnen. Odysseus hatte den zweiten Pfeil aufgelegt, und diesmal gab er weniger Vorhalt.

Der Pfeil durchschlug Glikhs rechten Flügel und traf seine Schulter. Anscheinend wurde er von einem Knochen abgelenkt, denn er veränderte seine Richtung und fiel ins Dickicht, statt steckenzubleiben, aber Glikh war offenbar verletzt und segelte taumelnd abwärts, um in der dämmerigen Tiefe jenseits des Astes zu verschwinden.

Odysseus seufzte und kehrte zu den Flößen zurück, die unter überhängendem Ufergebüsch auf ihn warteten. Wahrscheinlich würde Glikh seinen Sturz abfangen und irgendwo weiter unten sicher landen, aber wenigstens hatte er ihm den Schreck seines Lebens eingejagt.

»Wir halten hinter der nächsten Biegung«, sagte er, nachdem sie die Flöße in die Strömung gestoßen hatten. Er berichtete ihnen, was geschehen war, und obschon sie enttäuscht waren, daß er Glikh nicht getötet hatte, hatten sie ihren Spaß an seiner Schilderung von Glikhs panischem Schrecken. Einen Kilometer weiter flußabwärts zogen sie die Flöße ins Dickicht, wo sie die Lianenstricke der Verbindungen durchschnitten und die Rundhölzer und Stangen unter Büschen stapelten. Darauf durchquerten sie den Dschungelstreifen und begannen den Abstieg über die Borkenterrassen der Astrundung. Als sie vertikal nicht weiterkamen, ohne Gefahr zu laufen, in die Tiefe zu stürzen, folgten sie den horizontal verlaufenden Terrassen. Als der Abend kam, waren sie in einer der geräumigen Höhlen, die an den Seiten der Riesenäste häufig zu finden waren. Meistens wurden diese Höhlen von Tieren bewohnt — Pavianen, Affen, Raubkatzen und Vögeln. Der Besitzer dieser Höhle war nicht zu Hause, und als er kam, erwies er sich als ein Luchs mit Tigerstreifen. Er machte ihnen die Behausung nicht streitig.

»Wir bleiben hier, bis uns Fleisch und Wasser ausgehen«, sagte Odysseus. »Wenn Glikh nicht abgestürzt oder flugunfähig ist, wird er bald wieder hier oben sein. Aber er wird uns nicht finden.«

Er hatte keine Freude an diesem Versteckspiel, denn seine Leute brauchten Aktivität, aber wenn es ihm damit gelänge, die Fledermausleute samt ihren etwa herbeigerufenen Verbündeten abzuschütteln, würden Untätigkeit und Nervenbelastung sich gelohnt haben.

Am nächsten Morgen war er froh über seine Entscheidung. Er wurde von Awina geweckt, die von fremden Stimmen redete, vielen Stimmen. Er kroch in die Nähe der Höhlenöffnung und lauschte. Die hohen, dünnen Stimmen — weit entfernt, wie es schien — gehörten den Dhulhulikh. Sie riefen einander, als sie über dem Dschungel flogen oder durch die Vegetation watschelten. Aber wahrscheinlich würden sie nicht durch das Dickicht kriechen, denn ihre dünnen Flughäute waren empfindlich.

»Wir werden den Tag hier verbringen«, sagte Odysseus. »Aber wenn sie heute abend noch in der Gegend sind, werden wir uns einen fangen.«

Sie zogen sich so weit wie möglich vom Höhleneingang zurück, und das war gut so, denn ungefähr eine Stunde später flog ein Dhulhulikh vorbei. Er flog schnell, aber es war offensichtlich, daß er die Borkenterrassen und Höhlungen der Astseite absuchte.

Odysseus postierte sich neben der Öffnung und winkte den Wufea-Häuptling auf die andere Seite. Wie er vermutet hatte, kehrte der Fledermausmann bald zurück, um sich das Loch ein wenig genauer anzusehen. Der kleine Bursche landete mit so viel Schwung, daß er ein kleines Stück in die Öffnung laufen mußte, bevor er anhalten konnte. Es war leichtsinnig von ihm, und er schien nicht wirklich damit gerechnet zu haben, daß jemand in der Höhle war. Wahrscheinlich führte er nur Befehle aus und betrachtete diese Nachforschung als lästige Routine.

Wenn das so war, dann erlebte er nun den Schock seines Lebens. Bevor seine Augen sich dem Halbdunkel der Höhle anpassen konnten, wurde er von zwei Seiten gepackt. Eine große Hand verschloß ihm den Mund, und eine harte Handkante traf seinen mageren Nacken.

Odysseus ließ den Bewußtlosen binden und knebeln. Als er nach einer Weile sah, daß der Fledermausmann die Augen geöffnet hatte, sagte er ihm in Ayrata, was er zu tun habe, wenn er am Leben bleiben wolle. Der Gefangene nickte, und der Knebel wurde entfernt.

Sein Name war Khyuks, und er gehörte einer speziellen Angriffseinheit an.

Und wer hatte sie hergerufen?

Darauf antwortete Khyuks nicht. Odysseus drehte ein wenig seinen Fuß, während Aufai ihm den Mund zuhielt. Khyuks wollte noch immer nicht reden, also machte Odysseus sich daran, einen der Flügel mit Löchern zu verzieren. Darauf begann Khyuks zu sprechen. Guakh hatte die Meldung gemacht.

Wie viele Dhulhulik gehörten der Kampfgruppe an? Ungefähr fünfzig.

Odysseus sah die gefiederten und mit Steinspitzen versehenen hölzernen Wurfpfeile in Khyuks' Gürtel und fragte, wie sie die Eindringlinge bekämpfen wollten.

Die Dhulhulik würden natürlich aus der Luft ihre Pfeile auf die Krieger werfen. Und Khrauz würden gleichzeitig auf dem Land angreifen.

In diesem Moment landete ein zweiter Dhulhulik im Höhleneingang. Er war vorsichtiger als sein Gefährte, und als die rechts und links stationierten Waragondit sich auf ihn stürzten, stieß er sich geistesgegenwärtig rückwärts ab und entkam. Doch er kam nicht weit; ein Wufea schoß ihm einen Pfeil in die Brust, und der Fledermausmann fiel ohne einen Laut von sich zu geben in die Tiefe. Alle saßen still und lauschten, ob Schreie von anderen Dhulhulik anzeigten, daß der Erschossene gesehen worden war. Aber sie hörten nichts.

»Irgendwann werden sie die Köpfe ihrer Lieben zählen«, sagte Odysseus. »Und dann werden sie die vermißten Soldaten suchen, darauf könnt ihr euch verlassen.«

»Was tun wir?« fragte Awina.

»Wenn alles ruhig bleibt, verlassen wir die Höhle bei Dunkelwerden und gehen hinauf in den Dschungel. Finden sie uns vorher, dann müssen wir uns auf einen höllischen Kampf gefaßt machen.« Er sagte nicht, daß die Fledermausleute sie auch einfach aushungern konnten.

Manche Fragen beantwortete Khyuks relativ bereitwillig, auf andere waren keine Antworten aus ihm herauszubringen. Seine Konstitution war so zart, daß er nicht viel Schmerz ertragen konnte. Wurden die Schmerzen unerträglich, so wurde er ohnmächtig, und wenn er wieder munter gemacht und von neuem gefoltert wurde, fiel er prompt wieder in Ohnmacht.

Er wollte ihnen nicht sagen, wo die Stadt der Dhulhulikh lag. Er verriet ihnen, daß die Stadt den Geist von Wurutana enthielt, aber er wollte nicht sagen, was der ›Geist‹ von Wurutana war. Er beharrte darauf, daß er es nicht wisse. Er habe Wurutana nie gesehen. Nur die Häuptlinge der Dhulhulikh bekämen ihn zu Gesicht. Wenigstens vermutete er es. Er hatte nie einen Häuptling sagen hören, daß er Wurutana gesehen habe, oder vielmehr Wurutanas Geist. Dieser Baum sei der Körper von Wurutana.

Wurutana war der Gott der Dhulhulikh und der anderen intelligenten Lebensformen, obwohl die primitiven Wuggrud noch eine Anzahl anderer Götter hatten.

Odysseus war neugierig, wie straff die Kontrolle war, die Wurutana ausübte. Er fragte, ob die Khrauz und die Wuggrud jemals untereinander kämpften.

»O ja«, sagte Khyuks. »Jeder Stamm liegt immer wieder im Streit mit seinen Nachbarn. Aber niemand bekämpft uns; alle gehorchen der Stimme Wurutanas.«

»Und wie viele Dhulhulikh gibt es insgesamt?«

Khyuks wußte es nicht. Selbst nach mehrmaliger Ohnmacht blieb er dabei. Er wußte nur, daß es viele gab. Sehr viele. Und warum nicht? Sie waren offensichtlich Wurutanas Günstlinge.

Allmählich wurde es Abend. Die Fledermausmenschen hatten ihre Vorbeiflüge eingestellt. Odysseus vermutete, daß sie ihre Suche auf weiter flußabwärts gelegene Gebiete konzentrierten. Bis sie entdeckten, daß zwei der Ihren fehlten, würden sie nicht wissen, wo sie abhanden gekommen waren. Und es war so gut wie unmöglich, im dunklen Dschungel nach ihnen zu suchen.

Sobald es Nacht geworden war, verließen sie die Höhle. Khyuks wurde gefesselt und geknebelt auf Odysseus' Rücken gebunden. Ohne Zwischenfall erreichten sie die Stelle, wo die zerlegten Flöße versteckt waren; sie wurden in Eile zusammengesetzt, und die Expedition setzte ihre Reise fort. Es war eine mondhelle Nacht, und ein seltsames, grausilbriges Licht erfüllte die oberen Bereiche Des Baums. Aber das ungebrochene Mondlicht sickerte nicht sehr weit herab. Gelegentlich fiel ein Strahl auf die schwarze Oberfläche und malte ein paar dünne Reflexe. Vögel und unbekannte Tiere riefen aus dem Dschungel. Fische sprangen, und hier und dort raschelte und platschte es.

Nach mehreren Kilometern nahm die Strömung zu und trug sie bald so schnell dahin, daß die Flößer nicht mehr mit ihren Stangen staken mußten; nun mußten sie gelegentlich gegen die Ufer stemmen, damit die Flöße in den Biegungen nicht gegen die Böschung getrieben wurden.

Odysseus kauerte neben seinem Gefangenen nieder und nahm ihm den Knebel aus dem Mund.

»Ich bin durstig«, krächzte Khyuks.

Odysseus schöpfte Wasser mit einem halbierten Kürbis und hob Khyuks' Kopf, daß er trinken konnte. Dann sagte er: »Ich glaube, das Wasser fließt auf einen Katarakt zu. Weißt du etwas darüber?«

»Nein«, sagte Khyuks grämlich. »Ich weiß von keinem Wasserfall.«

»Was soll das heißen?« fragte Odysseus. »Daß du diese Gegend nicht kennst, oder daß es am Ende dieses Flusses keinen Wasserfall gibt?«

»Ich bin nie diesen Ast entlang geflogen«, sagte Khyuks.

»Nun«, sagte Odysseus, »du sollst erfahren, ob es einen Wasserfall gibt oder nicht. Ich möchte so schnell wie möglich fort von hier, und wir werden bis zum letzten Moment auf den Flößen bleiben. Wenn wir sie dann verlassen müssen, werden wir keine Zeit haben, uns um dich zu kümmern, fürchte ich.«

Nach einer längeren Pause sagte Khyuks widerwillig: »Nach der Strömung zu urteilen, müssen wir ungefähr fünf Kilometer von der Stelle entfernt sein, wo der erste Katarakt ist.«

»Dann werden wir noch ein Stück fahren«, entschied Odysseus und stopfte den Knebel wieder in Khyuks' Mund.

Minuten später war es aus mit der friedlichen Flußfahrt. Fünfzig Meter voraus lehnte ein großer Baum über dem rechten Ufer, und als Odysseus ihn noch betrachtete und überlegte, daß er einen idealen Beobachtungsstand für die Dhulhulikh abgab, ertönte ein hoher Ruf aus den oberen Ästen, und ein Schwarm dunkler Körper löste sich aus der Krone. Große, ledrige Schwingen breiteten sich aus, und die Fledermausleute verschwanden hinter der Dschungelkulisse. Eine Minute später kamen sie im Rücken der Flöße wieder zum Vorschein, schwenkten auf sie zu und griffen an. Und immer mehr kamen nach.

Odysseus brüllte einen Befehl, und die Flößer stießen ihre Fahrzeuge zum linken Ufer, wo überhängendes Buschwerk einigen Schutz bot. Die Krieger ergriffen Zweige und Wurzeln und zogen sich die Böschung hinauf, während die Flößer ihre Stangen in den Grund stießen und die Flöße an Ort und Stelle hielten. Unterdessen hatten Odysseus und andere schon begonnen, die Traglasten ans Ufer zu werfen. Zuletzt hob er Khyuks und warf ihn mit einem Schwung an Land. Der kleine Kerl landete mit dem Gesicht in einem Busch, und ein Waragondit zog ihn heraus und warf ihn zu den Traglasten.

Inzwischen stießen die ersten Dhulhulikh auf die Flöße herab. Odysseus, noch mit Ausladen beschäftigt, sah einen auf sein Floß zuschießen, einen Kurzspeer in den kleinen Händen. Bevor er heruntergestoßen war, durchbohrte ein Pfeil seine Brust, und er plumpste ins Wasser. Ein langer schlangenähnlicher Körper schoß aus dem Unterholz des anderen Ufers und schwamm dem rasch abtreibenden Körper nach.

Odysseus schoß einen Pfeil in die Schulter eines Angreifers, dann machte er kehrt und sprang ans Ufer, ohne den Fall seines Opfers zu beobachten. Etwas schlug neben ihm in den weichen Humus, wahrscheinlich ein Wurfpfeil, dann war er in der Deckung des Dschungels. Er rief Awina und die Anführer, bis alle geantwortet hatten, dann gab er Befehl, daß die Krieger sich im Uferdschungel einigeln sollten. Während diese Umgruppierung stattfand, flogen die Fledermausleute über dem Dschungel eine Angriffswelle nach der anderen und warfen Kurzspeere und Wurfpfeile ab. Niemand wurde getroffen, und nach einer Weile hörte das blinde Bombardement auf. Ihre Gegner sahen ein, daß sie auf diese Art verloren. Außerdem hatten die Bogenschützen weitere fünf Dhulhulikh abgeschossen. Die restlichen Angreifer zogen sich zu einer Konferenz auf den Baum zurück.

Trotz ihres Rückzugs behielten sie die Oberhand. Ihre Gegner mußten früher oder später den Stamm hinauf- oder hinabklettern, um zu einem anderen Ast zu gelangen. Dabei würden sie nahezu wehrlos sein, und die Dhulhulikh könnten die ganze Truppe mit nur geringem eigenen Risiko auslöschen.

Blieben sie aber im Dschungel dieses Astes, so würden sie das Unausweichliche nur hinausschieben. Die Fledermausleute konnten Verstärkungen holen und sie mit der Zeit zermürben und aushungern, wenn sie den direkten Kampf vermeiden wollten.

Es gab nur eins, dachte Odysseus. Sie mußten versuchen, im Schutz der Dunkelheit und des Dschungels zu entkommen, und das so schnell wie möglich.

Die Stelle, wo der Ast einen scharfen Knick nach unten machte, war kaum drei Kilometer entfernt, aber die Kolonne kam nur sehr langsam voran, weil sie sich erst einen Weg durch den dichten Dschungel bahnen und dabei jedes laute Geräusch vermeiden mußte. Späher der Dhulhulikh kreuzten ständig über den Wipfeln, doch es hatte nicht den Anschein, als ob sie den Abmarsch der Kolonne bemerkt hatten.

Odysseus sah den Nebel des Wasserfalls ungefähr vierhundert Meter voraus, als er auf einen Baum kletterte, um einen Überblick zu gewinnen. Er hatte sich zur Tarnung mit breitblättrigen Ranken umwickelt und sorgfältig darauf geachtet, daß die fliegenden Späher ihn nicht sehen konnten. Wie er gehofft hatte, war die Umgebung in eine Wasserwolke gehüllt, die sich seitwärts ausbreitete. Er legte die Marschroute fest und war im Begriff, wieder abzusteigen, als er einen Dhulhulikh vorbeifliegen sah. Er schmiegte sich an den Stamm, froh über sein Blätterkleid, und beobachtete den anderen. Der Fledermausmann flog ungefähr hundert Meter in Richtung auf den Wasserfall, machte dann plötzlich eine scharfe Schwenkung und kam langsam zurückgeflogen. Odysseus hielt den Atem an, als er sah, daß der Bursche direkt auf den Baum zukam, sich auf einem Ast auf der anderen Seite des Stamms niederließ und seine Flügel zusammenfaltete. Der Dhulhulikh musterte prüfend den Dschungel, blickte jedoch nicht in seine Richtung. Er trug ein Steinmesser im Gürtel und hielt einen Kurzspeer in der Hand. Von seinem Hals hing ein schnekkenförmiges Instrument, das wie ein Widderhorn aussah. Odysseus vermutete, daß es eine Art Signalhorn war. Der Bursche hatte offenbar hier Posten bezogen, um nach ihm und seinen Leuten Ausschau zu halten.

Das Tosen des Wasserfalls übertönte fast alle Geräusche, die von unten kamen. Seine Leute hatten den Dhulhulikh gesehen und warteten die weitere Entwicklung ab. Der Dschungel sah unverändert aus.

Odysseus umkletterte vorsichtig den Stamm, um sich dem Dhulhulikh unbemerkt von hinten zu nähern. Er hatte nur sein Springmesser bei sich, das er zwischen den Zähnen hielt. Er mußte sich mit beiden Händen festhalten und sehr langsam bewegen, damit der Fledermausmann nicht das Rascheln seines Blätterkleids oder das Knacken von Zweigen durch den Lärm des Wassers hörte. Vorsichtig trat er auf den Ast, auf dem der Späher hockte. Es war ein dicker Ast, auf dem er notfalls freihändig stehen konnte, aber in Schulterhöhe verlief ein anderer, dünnerer Ast fast parallel, an dem er sich mit einer Hand bequem festhalten konnte. Er schob einen Fuß vor, zog den anderen nach, wiederholte die Bewegung — und erstarrte. Der Fledermausmann entfaltete seine Flügel halb, schlug sie einmal und faltete sie wieder ein. In diesem Augenblick sah Odysseus das Loch in der Flughaut des rechten Flügels. Nun erkannte er auch die Silhouette des Kopfes und die Haltung der Schultern. Es war Glikh!

Er mußte ihn lebendig haben.

Er bewegte sich noch vorsichtiger, und dann, gerade als Glikh seine Nähe zu fühlen schien und den Kopf wandte, schlug er ihm die Handkante ins Genick, nicht zu hart, weil er die dünne und leichte Halswirbelsäule nicht brechen wollte. Glikh sackte lautlos zusammen und fiel nach vorn; Odysseus mußte mit der anderen Hand zupacken und seinen Flügel festhalten. Er rief seine Leute, sie kamen aus ihren Verstecken, und er ließ den bewußtlosen Glikh in ihre Arme fallen. Als er unten anlangte, war Glikh bereits gefesselt und geknebelt. Einige Minuten später kam er zu sich und öffnete die Augen. Als er sah, wer ihn gefangen hatte, traten ihm die Augen aus den Höhlen, und er wand sich in seinen Fesseln. Er zappelte noch immer, als er auf Odysseus' Rücken geschnallt wurde. Odysseus bat Wulka, den kräftigen Waragondit, der Khyuks auf seinem Rücken trug, das zappelnde Bündel mit einem kräftigen Schlag zum

Stillhalten zu bewegen, und Wulka gehorchte mit Freuden.

Bald erreichten sie den Astknick neben dem stürzenden Wasser, und Odysseus begann als erster den Abstieg ins Ungewisse. Die Dunkelheit und der feine Nebel verbargen sie nicht nur vor unerwünschten Spähern, sie behinderten auch ihre eigene Sicht, obwohl das Mondlicht hier besser durchkam. Odysseus konnte kaum zwei Meter weit sehen. Wassertropfen sammelten sich auf seinem Körper und kühlten ihn ab. Der Weg wurde gefährlich, weil die Rinde schlüpfrig war; hinzu kamen weiche, mit Feuchtigkeit vollgesogene Moospolster, die sich hier überall angesiedelt hatten.

Es war ein sehr langsamer, sehr vorsichtiger Abstieg, der alle Aufmerksamkeit verlangte. Odysseus verlor jedes Gefühl für den Ablauf der Zeit, aber irgendwann machte die Dunkelheit einem fahlen Grau Platz, und er konnte ein wenig besser sehen.

Der Ast schien sich allmählich wieder in die Horizontale zu strecken. Vorsichtig bewegte er sich durch Gischt und Nebel hinaus, vor jeder Gewichtsverlagerung die Festigkeit der Borke unter seinen Füßen prüfend. Der Wasserfall donnerte zu seiner Rechten, Wasser schien überall. Awina kam ihm nachgeklettert und schmiegte sich einen Moment an ihn. Ihr Pelz war naß. Er strich über ihren runden Kopf, fühlte ihre nassen, seidenweichen Ohren und strich ihr mit der Hand über den Rücken.

Weitere Gestalten tauchten aus dem Nebel auf. Er zählte sie. Alle waren da.

Glikh begann sich zu regen. Während des Abstiegs hatte er sich nicht zu rühren gewagt, aber nun versuchte er, seinen Blutkreislauf wieder in Gang zu bringen. Odysseus ging vorsichtig weiter, um aus den naßkalten Nebelwolken zu kommen. Der Anfang des Wasserfalls war ungefähr zweihundert Meter über ihnen. Fledermausleute waren nicht in Sicht. Vor ihnen setzte der Ast sich mehr oder weniger horizontal fort, soweit das Auge reichte. Nichts hinderte sie daran, neue Flöße zu bauen und ihre Reise auf dem Flüßchen fortzusetzen. Aber sie mußten sich bis zum Abend im Dschungel verstecken. Sie konnten einen Teil des Tages verschlafen, aber sie mußten auch auf die Jagd gehen. Ihr Fleischvorrat reichte kaum noch für eine Mahlzeit.

Als der Abend dämmerte, waren sie ausgeruht, aber hungrig. Vier Gruppen gingen auf die Jagd, während die anderen Wache hielten oder Flöße bauten. Eine Stunde später schlachteten sie ein Krokodil, zwei große rote Ziegen und drei Affen.

Sie aßen gut, und alle fühlten sich viel besser, als sie die Flöße bestiegen. Gegen Morgen kamen sie zu einem weiteren Abwärtsknick des Riesenastes mit einem zweiten Katarakt. Sie kletterten hinunter, blieben aber außerhalb der Nebelwolken, und als es Tag wurde, erreichten sie die Fortsetzung des Astes und seines kleinen Flusses. Nachdem sie geschlafen und wieder gejagt hatten, bauten sie neue Flöße. Der Boden des dritten Wasserfalls war auch der Boden des Baums, oder wie Awina es nannte, der Fuß Wurutanas.

Die ungeheuren Stämme, Äste und anderen Vegetationsformen, die über ihnen bis in eine Höhe von dreitausend Metern wuchsen, bildeten ein undurchdringliches Geflecht, das kaum einen Sonnenstrahl durchließ. Zur Mittagszeit herrschte hier unten eine fahle Dämmerung, und morgens und abends ein düsteres Halbdunkel. Der Erdboden zwischen den gigantischen Säulen erhielt alle überschüssigen Wassermassen der großen und kleinen Katarakte und der Regenfälle, soweit sie nicht von den Ästen und ihren Dschungeln aufgefangen wurden. So hatte sich unter Dem Baum ein Sumpf gebildet, ein ungeheurer, unaussprechlich trostloser Sumpf. Die Tiefe des stehenden Wassers wechselte von wenigen Zentimetern bis zu mehreren Metern. In diesem Wasser und im Schlamm gediehen viele seltsame, blasse und gefleckte Pflanzen.

In der Dämmerung sahen sie Bilder wie aus einem Alptraum. Riesige Borkenstücke, viele so groß wie ein Haus, waren von den Ästen und Stämmen herabgefallen und lagen nun halb versunken im Sumpf, um allmählich zu verfaulen, und die Insekten und anderen Tiere, die diese düstere Welt bewohnten, bohrten Löcher und Gänge in die zerfallenden Massen, um darin zu hausen.

Da gab es lange, dünne, weißliche Würmer mit behaarten Leibern; faustgroße weiße Käfer mit gefährlichen Kieferzangen; langnasige, spitzmausähnliche Tiere mit Säbelzähnen; Tausendfüßler, die eine übelriechende Flüssigkeit verspritzten, und eine Menge anderer, nicht weniger abstoßender Lebewesen. Die riesigen, geborstenen Borkenstücke, die Felsblöcken gleich aus der trüben Sumpflandschaft ragten, waren voll von giftigem Leben.

Aus dem Sumpf selbst wuchsen hohe, schlanke, fleischige Pflanzen mit herzförmigen Blättern und gelblichgrünen Beeren. Verfilzte, fußhohe Teppiche aus einem zähen und schleimigen Unkraut bedeckten weite Flächen, wo Schlamm und seichtes Wasser den Wurzeln Halt gaben. Diese Teppiche, obwohl sie von gelben Skorpionen und blassen Hornvipern wimmelten, erwiesen sich als sicher und relativ gut begehbar, solange man sich nicht zu nahe an die dunklen Wasserflächen heranwagte.

Anfangs hatte Odysseus gedacht, daß sie unten bleiben würden. Obwohl sie nur langsam vorankamen, erschien ihm diese Gegend geeigneter als die oberen Bereiche, wo es zu viele Feinde gab. Aber ein Tag und eine Nacht zwischen Wurutanas Füßen waren mehr als genug für ihn und seine Leute. Sie hatten auf einem Borkenstück von der Größe eines Lagerschuppens genächtigt, aber das Getier hatte sie kaum zur Ruhe kommen lassen. Übernächtig und von Insektenbissen geplagt, machten sie sich am Morgen auf die Suche nach einem geeigneten Aufstieg. Sie mußten ein weites Gebiet mit Sumpfseen umgehen und kamen erst gegen Mittag an einen halbwegs einladend aussehenden Stamm. Dankbar kletterten sie hinauf, und als es Abend wurde, erreichten sie einen vielversprechend aussehenden horizontalen Ast, auf dem ein Bach floß. Sie bauten schmale Flöße, erlegten mehrere große Wildschweine und brieten sie. Am nächsten Morgen nahmen sie ihre Reise wieder auf, wohlversorgt mit Proviant, und legten in den folgenden Tagen unbehelligt eine Strecke von annähernd siebzig Kilometern zurück.

Um die Gefangenen an Fluchtversuchen zu hindern, und weil er sie nicht ständig in Fesseln halten wollte, hatte Odysseus Löcher in die Flughäute ihrer Schwingen gebohrt und sie mit Darmsaiten zusammengebunden.

An den Abenden hatte er aus Glikh wertvolle Informationen herausgeholt. Er wußte nun, daß es in vielen der großen Höhlen Kommunikationsmembranen gab, die der Verständigung zwischen den Dhulhulikh und dem Geist von Wurutana dienten. Wie Glikh unter der Tortur verraten hatte, erfolgte der Austausch von Nachrichten durch Klopfzeichen, die dem Morsecode ähnelten. Odysseus traute sich zu, selbst Botschaften an die zentrale Intelligenz durchzugeben. Die Sprache war Ayrata, und er kannte eine ganze Reihe von Buchstabensignalen. Nur mußte er zunächst einmal an eine solche Kommunikationsmembrane herankommen.

Khyuks hatte sich standhaft geweigert, irgend etwas über den Code preiszugeben; er wollte nicht einmal zugeben, daß es so etwas wie einen Code gab. Mit Glikh war es anders. Seine Schmerzwelle war niedriger — oder seine Charakterstärke geringer. Vielleicht war er auch nur intelligenter als Khyuks und begriff, daß er irgendwann im Verlauf der Folter doch zusammenbrechen würde. Warum also nicht gleich aussagen und sich unnötige Schmerzen ersparen?

Khyuks verfluchte Glikh als Verräter und Feigling

und versprach, ihn bei der ersten Gelegenheit umzubringen. Glikh erwiderte, daß er das gleiche mit Khyuks machen werde.

Obwohl Glikh den Code preisgab, verriet er nicht, wo die zentrale Basis seines Volks war. Vielleicht konnte er es tatsächlich nicht sagen. Er schwor, daß er hoch über Dem Baum sein müsse, um bestimmte Navigationszeichen zu sehen, die ihm den Weg zur Basis wiesen. Diese Zeichen waren hohe Stämme mit besonderen Kennzeichen wie dürren Ästen oder charakteristisch geformten Kronen. Von unten aber habe er keine Möglichkeit, die Lage des Heimatstammes, wie er es nannte, zu bestimmen.

Odysseus verwand seine Enttäuschung. Er hatte nicht die Absicht, die Basis der Dhulhulikh anzugreifen, selbst wenn er ihre Lage gewußt hätte. Er hatte nicht die Streitmacht für einen Angriff. Aber er hätte gern gewußt, wo sie waren, so daß er sie später einmal mit einer größeren Streitmacht hätte angreifen können. So oder so, er würde es herausbringen.

Am sechsten Tag neigte der Ast sich wieder der Erde zu, und diesmal war das Gefälle so gering, daß der Bach fast unmerklich in den Sumpf überging, Wieder erstiegen sie einen Stamm, bis sie in tausend Meter Höhe einen vielversprechenden Ast fanden. Zehn Tage später erreichten sie einen dreihundert Meter hohen Wasserfall. Und dort war Der Baum zu Ende. Sie hatten ihn durchquert.

Odysseus fühlte sich benommen. Er hatte sich so daran gewöhnt, daß die Welt ein gigantischer Baum mit zahllosen Ebenen gewaltiger Äste, himmelhohen Stämmen und dichter Vegetation war, daß ihm die Landschaft dort draußen unglaublich leer und weiträumig vorkam.

Vor ihnen lag eine ausgedehnte Ebene, die am Horizont von Gebirgszügen begrenzt wurde. Jenseits der Berge, die vielleicht achtzig oder hundert Kilometer entfernt waren, lag das Meer, wenn er Glikh glauben durfte.

Awina stand neben ihm, nahe genug, daß das seidenweiche Fell ihrer Hüfte ihn berührte. Ihr langer schwarzer Schwanz bewegte sich hin und her und kitzelte manchmal seine Waden.

»Wurutana hat uns verschont«, sagte sie. »Ich weiß nicht, warum. Aber er hat seine Gründe.«

Odysseus sagte gereizt: »Warum kannst du dir nicht vorstellen, daß unser Erfolg ein Verdienst meiner göttlichen Kräfte ist?«

Awina erschrak und blickte zu ihm auf. Ihre Augen waren riesengroß und spiegelten das Blau des Himmels, aber ihre Pupillen waren in der Helligkeit zu schmalen Schlitzen geworden.

»Bitte vergib mir, Herr«, sagte sie. »Wir schulden dir viel. Ohne dich wären wir alle umgekommen. Dennoch bist du ein kleiner Gott, verglichen mit Wurutana.«

»Größe bedeutet nicht unbedingt Überlegenheit«, sagte er. Er war nicht verärgert, weil sie seine göttlichen Eigenschaften anzweifelte oder geringschätzte. So verrückt war er nicht. Er wollte nur seine Leistung gewürdigt wissen, seine menschliche und organisatorische Leistung, selbst wenn er gezwungen war, als ein Gott zu ihnen zu sprechen.

»Gehen wir!« rief er den anderen zu. »Bald werden wir wieder guten, festen Boden unter den Füßen haben!«

Aber der Abstieg zog sich länger hin, als er gedacht hatte, und als sie endlich auf festem Erdboden standen, blieben ihnen nur noch ein paar Stunden Ruhezeit bis zum bevorstehenden Nachtmarsch, der sie aus dem Bereich Des Baums und seiner geflügelten Späher bringen sollte. Die Ebene war eine Savanne, weite Grasflächen mit kleinen Gruppen akazienähnlicher Bäume durchsetzt, und während des Abstiegs hatte Odysseus große Herden von Pflanzenfressern gesehen: Wildpferde, Antilopen, Bisons und die eigenartigen Elefanten, die sich aus dem Tapir entwickelt haben mochten.

Als es dunkelte, zog die Kolonne in die Ebene hinaus. Sie kamen nicht sehr weit, weil sie viel Zeit mit der Jagd verbrachten. Im Morgengrauen machten sie kleine Feuer unter einer Gruppe von Akazien und brieten das Fleisch. Dann verschliefen sie im Schatten der Bäume den Tag, während einige Wache hielten.

Am dritten Tag erreichten sie die Berge und arbeiteten sich zwei Tage lang durch weglosen Urwald aufwärts, bis sie einen Übergang über den Hauptkamm fanden. Zwei weitere Tage brauchten sie zum Abstieg in die Vorberge, und dann, als sie kurz vor Sonnenuntergang auf der Schulter eines bewaldeten Hügels standen, sahen sie in weiter Ferne das glitzernde Meer.

Dann ging die Sonne unter, und der Himmel wurde schwarz. Odysseus fühlte sich von einem Glücksgefühl erfüllt, ohne zu wissen, warum. Vielleicht war es so, weil das Gebirge den Blick auf Wurutana versperrte und die Nacht ihn daran hinderte, irgend etwas zu sehen, das ihn erinnerte, daß er nicht in seiner Zeit und auf einer Erde war, die sich bis zur Unkenntlichkeit verändert hatte. Zwar zeigten die Sterne sich in unvertrauten Konstellationen, aber das konnte er ignorieren. Später ging der Mond auf, und ihn konnte er nicht ignorieren. Er war zu gewaltig, zu bedrohlich nahe.

Bei Sonnenaufgang zogen sie weiter, und am Abend hatten sie die Berge hinter sich. Der nächste Morgen sah sie auf der Wanderschaft durch die Küstenebene. Sie war anfangs dicht bewaldet, aber am folgenden Tag kamen sie in eine Gegend, wo es viele offene Felder, Häuser, Scheunen und Zäune gab.

Die Häuser waren rechteckig, manchmal zweistöckig, gewöhnlich aus behauenen Stämmen, aber gelegentlich aus Bruchsteinmauerwerk. Die Scheunen waren teils aus Stein, teils aus Holz. Odysseus durchsuchte eine Anzahl der Bauwerke, aber alle waren unbewohnt. In manchen hatten sich Marder, Eulen und andere Wildtiere eingenistet. Er fand Figuren aus Stein und Holz und in einem Haus sogar Wandmalereien, alle ziemlich primitiv, aber die zahlreichen Menschendarstellungen zeigten klar, daß die Künstler — die mit den Bewohnern der Häuser identisch sein mußten — Menschen waren.

Aber wo waren sie? Nirgendwo fand sich ein Lebenszeichen, aber sie sahen auch keine Toten.

Zuweilen stießen sie auf ein Haus oder eine Scheune, die eingeäschert waren. Die Ursache war nicht festzustellen. Die Tiere, die in den Stallungen gewesen waren, waren entweder davongelaufen oder verhungert. Nirgendwo war auch nur ein menschlicher Knochen.

Er ließ Glikh kommen und fragte: »Was ist hier geschehen?«

Glikh blickte zu ihm auf und breitete seine Flügel aus, so weit die Darmsaite es erlaubte. »Ich weiß es nicht, Herr! Als ich vor sechs Jahren zuletzt hier war, lebten die Vroomav in dieser Gegend. Abgesehen von gelegentlichen Überfällen der Ignoom und der Neschgai führten sie ein friedliches Leben. Vielleicht werden wir erfahren, was hier geschehen ist, wenn wir zum Hauptdorf kommen. Wenn du mir erlauben würdest, vorauszufliegen, könnte ich es sehr rasch feststellen ...«

Er legte seinen Kopf auf die Seite und lächelte schief. Natürlich konnte er nicht erwarten, daß sein Vorschlag ernst genommen würde, und Odysseus überhörte ihn kurzerhand. Die Kolonne marschierte jetzt eine schmale Landstraße entlang, und die Bauernhöfe zu beiden Seiten wurden zahlreicher. Aber alle waren verlassen.

»Nach dem Zustand der Gebäude und dem Wachstum der Vegetation ringsum zu urteilen, müssen sie vor ungefähr einem Jahr verlassen worden sein«, sagte Odysseus. »Vielleicht vor zwei Jahren.«

Glikh erzählte ihm, daß die Vroomav die einzigen Menschenwesen seien, die er kenne, ausgenommen jene, die die Sklaven der Neschgai seien. Es gebe sogar

Geschichten, nach denen die Vroomav Abkömmlinge von entlaufenen Sklaven der Neschgai seien. Andererseits könnten die Sklaven der Neschgai gefangene Vroomav sein. Wie auch immer, die Vroomav lebten in einem Gebiet von dreihundert Quadratkilometern und hätten eine Bevölkerung von ungefähr achtzehntausend. Als Ackerbauern hätten sie nur wenig Handel getrieben, aber für die Dhulhulikh seien sie die Lieferanten von Korallen- und Muschelschmuck gewesen. Diesen hätten die Vroomav wiederum von den Pauzaidur, einem Volk, das im Meer lebe. Nach Glikhs Beschreibung, die Odysseus allerdings mit Skepsis aufnahm, waren diese Meeresbewohner so etwas wie Delphin-Zentauren.

Odysseus befragte ihn über die Geschichte der Menschen, aber Glikh bekannte, daß er nichts darüber wisse.

Die Landstraße wand sich durch die Küstenebene und führte sie schließlich zu einem von Wällen und Palisaden umgebenen Dorf an einer Meeresbucht. Es hatte einen kleinen Naturhafen, und eine Anzahl von Schiffen lagen zerschlagen am Ufer. Die Auswahl reichte von primitiven Einbäumen bis zu einmastigen Ruderschiffen, die eine entfernte Ähnlichkeit mit Wikingerschiffen zeigten. Anscheinend hatte ein Sturm sie von den Ankern gerissen und auf den Strand geworfen.

Das Dorf sah aus, als ob seine Bewohner sich plötzlich während eines Mittagessens zur Auswanderung entschlossen hätten. Etwa ein Viertel der Häuser war niedergebrannt, aber selbst dies konnte eine natürliche Ursache haben.

Nur ein Gegenstand paßte nicht in das Bild von einer Bevölkerung, die freiwillig ihre Heimat verließ. Dies war ein großer Holzpfahl in der Mitte des Dorfplatzes am Hafen, dessen oberer Teil einen geschnitzten Kopf darstellte. Der Kopf war haarlos und hatte sehr große, fächerförmige Ohren, eine lange Rüsselnase und einen offenen Mund, aus dem handlange Elefantenstoßzähne ragten.

»Neschgai«, sagte Glikh. »Das ist der Kopf eines Neschgai. Sie haben dies als ein Siegeszeichen zurückgelassen.«

»Wenn sie das Land überfallen haben, müßten wir Spuren von Kämpfen und Verwüstungen sehen«, sagte Odysseus. »Wo sind die Skelette?«

»Die Neschgai haben aufgeräumt«, erklärte Glikh. »Sie sind ein sehr sauberes Volk. Sie lieben Reinlichkeit und Ordnung über alles.«

Odysseus suchte und fand mehrere Massengräber. Er ließ eins davon ausgraben, bis ungefähr hundert Skelette aufgedeckt waren. Alle waren menschlich.

»Die Neschgai werden ihre eigenen Gefallenen mitgenommen haben«, sagte Glikh. »Alle Neschgai werden an einem heiligen Ort bestattet.«

»Wie lange haben die Vroomav hier gelebt?«

»Seit etwa zwanzig Generationen, würde ich sagen«, antwortete Glikh.

Warum hatte der Blitz ihn nicht hundert Jahre früher getroffen? dachte Odysseus. Dann hätte er seinesgleichen finden und sich unter ihnen niederlassen können. Und mit seinem technologischen Wissen wären die Menschen nicht von den Neschgai besiegt worden.

Natürlich wäre er jetzt tot, aber wenigstens hätte er Angehörige gehabt, die ihn beweint und sein Andenken bewahrt haben würden. Er war deprimiert, alles erschien ihm sinnlos. Warum sollte er nicht ins Dorf der Wufea zurückkehren und dort in Ruhe unter Leuten leben, die ihn verehrten? Was die Partnerin betraf, die er so dringend brauchte ...

Innerhalb einer Stunde aber hatte er die niedergeschlagene Stimmung abgeschüttelt. Es war das Wesen des Lebens, nicht an den eigenen Tod zu denken, so zu tun, als müsse das Leben immer weitergehen.

Er durchsuchte die Häuser und Tempel, dann ging er zum Strand. Dort lag ein Schiff, das nicht allzu stark beschädigt war. Einige Schiffsplanken am Kiel waren zersplittert, andere verfault und morsch, aber das tragende Gerüst aus Kiel und Spanten, der Mast und die oberen Bordwände machten einen gesunden Eindruck. Das Schiff konnte leicht mit Material aus den Lagerschuppen ausgebessert werden. Er erklärte seinen Häuptlingen, was zu tun war, und sie nickten, als verstünden sie. Aber sie sahen recht besorgt aus.

Ihm kam der Gedanke, daß sie nichts über Seefahrt und Segeln wissen konnten. Tatsächlich war dies ihre erste Begegnung mit dem Meer.

»Eine Fahrt mit diesem Segelschiff wird euch anfangs unvertraut und vielleicht beängstigend erscheinen«, sagte er. »Aber ihr könnt lernen. Und sobald ihr wißt, wie ihr mit dem Schiff umzugehen habt, werdet ihr sogar Freude daran haben.«

Ihre Zweifel waren damit nicht aus der Welt geschafft, aber sie beeilten sich, seine Befehle auszuführen. Er untersuchte die im Lagerschuppen vorhandenen Segel und Ersatzmasten. Alle segelfähigen Schiffe waren für Raatakelung eingerichtet. Vorsegel schienen den Vroomav ebenso unbekannt zu sein wie Gaffel- und Focktakelung, was bedeutete, daß sie wahrscheinlich nicht wußten, wie man kreuzte oder hart am Wind segelte. Er konnte dies nicht verstehen. Es war eine Tatsache, daß der Mensch viele tausend Jahre zur See gefahren war, bevor er Segel erfand, die ihn befähigten, gegen den Wind zu kreuzen. Aber nachdem das Schratsegel erfunden worden war, hätte es für immer in der Technologie des Menschen bleiben müssen. Das war nicht der Fall, also mußte es eine tiefe Lücke in der Kontinuität menschlichen Wissens gegeben haben, einen Rückfall in die Barbarei, Generationen ohne Kontakt mit der See, ohne mündliche oder schriftliche Überlieferung. Wahrscheinlich das Ergebnis einer weltweiten Katastrophe.

Er wählte ein großes Haus für die Häuptlinge, Awina und sich selbst und wies den Kriegern vier getrennte, strategisch günstige Häuser als Wohnquartiere zu. Am Haupttor wurden Wachen postiert und erhielten Anweisung, die großen Trommeln im Haus über dem Tor zu schlagen, wenn sie etwas Verdächtiges sahen.

Drei Wochen später war das Schiff fertig. Es wurde von seinem Trockendock ins Wasser gelassen; und Odysseus ließ die gesamte Streitmacht an der Jungfernfahrt teilnehmen. Die Segelmannschaft hatte er einige Tage lang theoretisch unterwiesen; nun versuchte sie ihr Wissen in die Tat umzusetzen. Mehrmals waren sie nahe daran, das Schiff zum Kentern zu bringen, aber nach einer Woche intensiver Schulung waren sie so weit, daß eine längere Küstenfahrt gewagt werden konnte. Odysseus hatte die Takelung umgebaut und ein Gaffelsegel mit Focksegel installiert. Außerdem hatte er das Schiff mit einem selbstgezimmerten Ruder versehen. Die Vroomav hatten zum Steuern breite Ruderblätter an langen Stangen verwendet.

Er taufte das Schiff ›Neue Hoffnung‹, und an einem schönen, sonnigen Morgen stachen sie in See, um das Land der Neschgai aufzusuchen.

Die Küste war flach, mit vielen guten Stränden und nur wenigen Klippen da und dort. Eichen, Ahorne, Föhren, Fichten und viele andere Bäume, die es auf der Erde seiner Zeit noch nicht gegeben hatte, wuchsen bis nahe an den Strand. Auf den vielen vorgelagerten Sandbänken sonnten sich Herden von Seehunden und Robben.

Odysseus nutzte die Zeit, um Glikh über die Neschgai auszufragen. Der Fledermausmann war nicht gut auf sie zu sprechen.

»Die Neschgai glauben, sie seien besser als alle«, sagte er zornig. »Besser sogar als Wurutana. Dabei waren alle diese schwerfälligen, dickbäuchigen Langnasen vor nicht allzu langer Zeit primitive Wilde wie die Wuggrud und die Khrauz. Aber dann gruben sie die verschüttete Stadt Schabauzing aus und fanden viele Dinge darin, die ihnen erlaubten, in drei Generationen von Wilden zu reichen Besitzern von allerlei Zaubergerät zu werden.«

»Und die Vroomav?« fragte Odysseus.

»Sie lebten früher einmal mit Wurutana. Aber sie verließen ihn, obwohl er ihnen befahl, daß sie bleiben sollten, wo sie waren. Sie sind sehr eigensinnige, lästige und unangenehme Leute, wie du sehen wirst, wenn du ihnen begegnest. Sie zogen zur Küste und bauten hier ihre Häuser. Manche behaupten, daß sie sich zuerst mit den Neschgai verbündeten, die sie dann verräterisch überfielen und versklavten. Einige Vroomav seien geflohen, um hier an der Küste ein Volk zu gründen. Vielleicht wollten sie eines Tages gegen ihre früheren Herren ziehen. Aber die Neschgai schlugen offenbar zuerst zu. Nun, es geschieht den Vroomav recht. Sie lehnten sich gegen Wurutana auf, und jetzt müssen sie dafür büßen.« Glikh schien sehr glücklich über das traurige Schicksal der Menschen zu sein. Nach einer Pause fügte er hinzu: »Doch auch die Neschgai werden ihrem Schicksal nicht entgehen. Ihr Tod wird von Wurutana kommen, der niemals vergißt noch vergibt. Schon jetzt werden sie von den Ignoom und Glassim bedrängt, Brüdern der Wuggrud und Khrauz. Der Baum hat sie ausgesandt, die Neschgai zu vertilgen!«

Glikh starrte über das Wasser, und sein faltiges Gesicht wurde haßerfüllt und bösartig, als er mit gedämpfter Stimme sagte: »Auch die Völker des Nordens werden ausgelöscht, wenn sie sich nicht Wurutana unterwerfen und mit Dem Baum leben wollen. Der Baum wird über die Ebene wachsen, über das ganze Land, und er wird keine Abtrünnigen dulden. Er wird sie töten, so oder so.«

»Der Baum?« sagte Odysseus. »Oder die Dhulhulikh, die Den Baum gebrauchen, um alle anderen ihrem Willen zu beugen? Die vorgeben, Diener Des Baums zu sein, aber in Wirklichkeit seine Herren sind?«

»Was?« sagte Glikh. Er schüttelte seinen Kopf. »Das

ist doch sicherlich nicht dein Ernst? Du mußt verrückt sein!«

Aber er hatte Mühe, ein selbstzufriedenes Lächeln zu verbergen, und Odysseus fragte sich, ob er damit nicht den Nagel auf den Kopf getroffen hatte.

Wenn seine Theorie mehr als eine Theorie war, würde sie vieles erklären. Aber noch immer bliebe viel Unerklärliches übrig. Wie war Der Baum entstanden? Es schien unmöglich, daß er sich natürlich aus einer der Pflanzen entwickelt hatte, die zu seiner Zeit die Erde bevölkert hatten.

Und dann war da das Geheimnis vom Ursprung all der vielen Arten von intelligenten Lebewesen, die untereinander nicht verwandt waren. Hatten sämtliche Säugetierarten plötzlich intelligente Formen entwickelt? Das war mehr als unwahrscheinlich.

Das Schiff segelte die Küste entlang, immer in Sichtweite des Ufers. Nachts ankerten sie, doch in mondhellen Nächten mit guter Sicht segelten sie durch.

Am sechsten Tag ihrer Seereise kamen sie in ein Gebiet mit zahlreichen Untiefen und Felsriffen. Odysseus ließ die Segel einholen und das Schiff mit Riemen und Stangen zwischen den Untiefen durchbugsieren. Gegen Mittag des folgenden Tages, als sie wieder freies Wasser vor sich hatten, passierten sie ein gewaltiges, in einen Küstenfelsen gehauenes Symbol, ein X in einem durchbrochenen Kreis. Glikh sagte, das sei das heilige Symbol von Nesch, dem alten Hauptgott der Neschgai, und markiere die Westgrenze ihres Landes.

»Bald werden wir einen Hafen und eine Stadt sehen«, sagte Glikh. »Und eine Truppengarnison und Handelsschiffe.«

»Handelsschiffe?« sagte Odysseus. »Mit wem handeln sie?«

»Miteinander, hauptsächlich. Aber einige von ihren großen Schiffen segeln weit nach Norden hinauf und handeln mit den Küstenvölkern.«

Odysseus fühlte eine seltsame Erregung. Sie entsprang nicht so sehr der Erwartung einer Konfrontation mit dem Unbekannten als einer neuen Idee. Vielleicht mußten die Neschgai nicht seine Feinde sein. Vielleicht würden sie sich freundlich zeigen und ihm helfen. Ihre Gegnerschaft zum Baum war ein gemeinsames Interesse.

Stunden später umfuhren sie eine Landzunge, und zu ihrer Rechten öffnete sich eine weite Bucht. Ein Wellenbrecher aus schweren Steinblöcken mit einem Befestigungsturm am Molenkopf schützte den inneren Teil der Bucht, und die Einfahrt gab den Blick auf ankernde Schiffe und eine terrassenförmig ansteigende Stadt im Hintergrund frei.

Odysseus steuerte die Einfahrt an, und als sie die Mole passierten, sah er Bewegungen hinter den schießschartenähnlichen Fenstern des Wachtturms. Kurz darauf ertönte ein gewaltiges Gebrüll hinter ihnen. Zurückblickend sah er eine Riesengestalt auf dem Turm stehen, die eine gigantische Trompete blies. Auf den Mauern eines Befestigungswerks oder Sperrforts rechts voraus erschienen mehrere Dutzend Bewaffnete. Odysseus winkte ihnen zu und sah mit Erstaunen, daß die meisten von ihnen Menschen waren. Sie trugen Lederhelme und hölzerne Schilde; einige schwangen Speere, andere zielten mit Pfeilen und Bogen auf das Schiff. Hinter ihnen ragten die grauhäutigen Gestalten der Neschgai auf. Vermutlich waren die Riesen die Offiziere.

Kein Pfeil flog von den Mauern. Wahrscheinlich dachten sie, daß ein einzelnes Schiff kaum mit kriegerischen Absichten in ihren Hafen einfahren würde.

Einen Augenblick später war er seiner Sache nicht mehr so sicher. Ein langes, niedrig gebautes Schiff von der Art einer Galeere glitt rasch auf sie zu. Es war mit Soldaten bemannt und besaß ein Heckruder. Es hatte keine Segel — aber es hatte auch keine Ruderer!

Odysseus' Augen weiteten sich. Daß die Neschgai

technologisch so fortgeschritten waren, hatte er nicht geahnt. Er starrte das ankommende Schiff an. Wie vertrug sich seine fortgeschrittene Antriebsmethode mit den primitiven Waffen seiner Besatzung?

Als die Galeere in einem Bogen hinter ihnen einschwenkte und keine zwanzig Meter entfernt auf Parallelkurs ging, um sie in den Hafen zu eskortieren, nahm seine Verblüffung noch zu. Außer dem Wellenschlag an den Bordwänden und dem leisen Zischen des vom scharfen Bug zerteilten Wassers war kein Geräusch zu hören. Wenn die Galeere von einer Verbrennungsmaschine angetrieben wurde, besaß sie auch eine ausgezeichnete Geräuschdämpfung.

»Was treibt dieses Boot an?« fragte er Glikh.

»Ich weiß es nicht, Herr«, antwortete Glikh. Die Art, wie er das ›Herr‹ aussprach, ließ erkennen, daß er Odysseus' Tage als ›Gott‹ für gezählt hielt.

Seine Leute holten die Segel ein. Andere standen mit Rudern und Stangen bereit, als das Schiff langsam an eine hölzerne Pier glitt. Halbnackte Menschen in Lendenschurzen fingen die hinübergeworfenen Taue auf und wickelten sie um Poller. Die Bordwand rieb sich ächzend an Prallkissen aus geflochtenem Tauwerk. Sekunden später glitt die Galeere an die Pier, und die Soldaten sprangen über die ausgelegten Enterbrücken.

Nun hatte Odysseus Gelegenheit, einige Neschgai aus der Nähe zu sehen. Sie waren zwischen drei und dreieinhalb Meter groß und standen auf stämmigen Säulenbeinen, die in kurzzehigen, fast runden Füßen endeten. Ihre Rümpfe waren im Verhältnis zu den Beinen sehr lang, dabei breit und massig, und ihre Arme waren dick und muskulös wie die Oberschenkel eines Radrennfahrers. Sie hatten vierfingrige Hände.

Ihre Köpfe zeichneten sich durch enorme Ohren und runzlige, sehr bewegliche Rüsselnasen aus, aber beide waren im Verhältnis zum Kopf viel kleiner als bei Elefanten. Die Stirnen waren breit und doppelt gewölbt über brauenlosen grünen, blauen oder braunen Augen. Zwei kleine Stoßzähne ragten fast rechtwinklig aus der Gesichtsebene und schoben die Mundwinkel hoch, so daß ihre breiten, dicklippigen Münder ständig zu lächeln schienen. Ihre Hautfarbe variierte zwischen sehr hellem Grau und schmutzigem Graubraun, und enorme Ketten aus großen Meerschnecken und verschiedenfarbigen Steinen hingen von ihren dicken Hälsen. Ihre einzige Kleidung war ein Lendenschurz.

Für Odysseus verband sich beim Anblick dieser Geschöpfe ihre etwas abstoßende Fremdartigkeit mit einer merkwürdigen Ausstrahlung von Macht und Weisheit. Ein Neschgai in einem prächtigen tiefroten Wollumhang, der ein Zeichen seines Rangs sein mochte, trat vor und sprach Odysseus an, während alle anderen respektvoll zuhörten. Zuerst trompetete er schrill durch die lange Nase — eine Begrüßung, wie Odysseus später erfuhr —, dann hielt er eine kurze Ansprache. Der Inhalt war, daß Odysseus und seine Mannschaft sich ihm, Guschguz, ergeben sollten. Man würde ihn ins Regierungsgebäude in die Hauptstadt bringen, wo der Herrscher und sein Großwesir Schegnif residierten. Dort würde er von Schegnif verhört. Ergebe Odysseus sich nicht freiwillig, so werde er, Guschguz, seine Streitkräfte angreifen lassen.

»Ist dies die Hauptstadt?« fragte Odysseus. Es war die größte Ansiedlung, die er bisher gesehen hatte; trotzdem konnte sie nicht mehr als dreißigtausend Bewohner haben.

»Nein«, sagte Guschguz. »Bruuzgisch liegt östlich von hier. Alle werden jetzt zur Garnison marschieren, wo Transportmittel zur Hauptstadt bereitgestellt werden.«

Odysseus erklärte, daß er als ein Freund komme und keinerlei kriegerische Absichten hege. Er und seine Leute würden sich vernünftigen Forderungen beugen.

Die Kolonne formierte sich, und Odysseus marschierte neben dem schwerfällig stampfenden Guschguz am inneren Hafenbecken entlang und eine steile Straße den Hügel hinauf. Der Riese roch penetrant wie ein schwitzendes Pferd und nicht wie ein Elefant, aber Odysseus empfand den Geruch als angenehm. Doch in den Gedärmen des Neschgai rumpelte und kollerte es unaufhörlich, ein Phänomen, das ihn in diesem Land ständig umgeben sollte. Während sie gingen, zog Guschguz eine große Stange aus gepreßtem Gemüse unter seinem Umhang hervor und begann zu kauen. Die Bedürfnisse ihrer großen Mägen zwangen die Neschgai, einen guten Teil ihrer Zeit mit Essen zuzubringen. Als sie die Oberstadt erreichten, schnaufte Guschguz schwer, und Speichel rann aus seinen Mundwinkeln. Wahrscheinlich neigten die Neschgai zu Herzkrankheiten, Rückenschmerzen und Leiden der Beine und Füße; damit zahlten sie für die Kombination von Größe und Gewicht mit der Körperhaltung von Zweibeinern.

Zu beiden Seiten der ziegelgepflasterten Straße standen bunt bemalte Häuser mit Schnitzereien an den Giebelbalken. Die Straße selbst war frei von Neugierigen, weil ein Vortrupp Soldaten sie geräumt hatte, aber viele große graue und kleine braune Gesichter starrten aus Fenstern und Türen, um den Zug der Fremden zu sehen.

Guschguz ließ sie auf dem Hof vor dem zyklopischen Garnisonsfort stehen und ging mit zwei Neschgai-Offizieren hinein. Eine Stunde verstrich, dann eine weitere. Beim Militär hat sich selbst in Jahrmillionen nichts geändert, dachte Odysseus. Zuerst Hektik, dann Warten, dann wieder Eile, wieder Warten. Millionen Jahre hatten neue Spezies zur Entfaltung gebracht, aber der Stumpfsinn militärischer Prozedur hatte sich nicht geändert.

Schließlich wurden die Torflügel des Forts geöffnet, und eine Reihe von Automobilen und Lastwagen rollte heraus. Sie sahen ein wenig wie die frühesten Wagen seiner Zeit aus, eher wie zweckentfremdete Pferdekutschen und Fuhrwerke. Sie waren bis auf die Räder und

Reifen aus Holz gebaut. Die Räder waren aus Glas oder glasähnlichem Plastikmaterial, und die Reifen sahen wie weißer Gummi aus. Um die gigantischen Neschgai aufzunehmen, mußten die Fahrzeuge groß sein. Die Lenkräder glichen den Steuerrädern von Segelschiffen, und offensichtlich bedurfte es riesenhafter Hände und Kräfte, sie zu drehen.

Unter den Motorhauben drang kein Geräusch hervor. Odysseus legte seine Hand auf das Holz und konnte keine Vibration feststellen.

Die Kultur dieser Neschgai enthielt viele Widersprüchlichkeiten. Primitive Dinge fanden sich neben fortgeschrittenen. Wie waren steinzeitliche Geräte und Waffen mit geräusch- und abgasfreien Motoren zu vereinbaren?

Guschguz saß im Fond des ersten Fahrzeugs. Er aß ein Gemüsegericht aus einer riesigen Schüssel und trank dazu aus einem eimergroßen Krug. Als er die Wartenden erblickte, unterbrach er seine Mahlzeit lange genug, um Essen für die Menschen und die Neuankömmlinge zu bestellen. Sie erhielten eine Art Eintopf, überwiegend aus Gemüse, aber es waren auch Stücke von Pferdefleisch darin.

Nach der Mahlzeit wurden die meisten von Odysseus' Leuten auf die Lastwagen verladen, und die menschlichen Soldaten drängten sich zwischen sie. Odysseus, seine Häuptlinge, Awina und die zwei Fledermausleute bestiegen den zweiten Wagen hinter Guschguz. Langsam rollte die Wagenkolonne vom Platz und in eine ziegelgepflasterte Straße, die nach vielen Windungen endlich aus der Stadt führte. Odysseus beobachtete neugierig den Fahrer, der die Geschwindigkeit mit einem Fußpedal regelte, das zugleich die Bremse darstellte. Das Armaturenbrett bestand aus nur einem Instrument, einer Glasröhre, die mit Flüssigkeit gefüllt war. Der Pegelstand der Flüssigkeit wurde von Teilstrichen gemessen, neben denen Symbole standen.

Odysseus studierte sie, weil sie die ersten Anzeichen von Schrift waren, die er bisher gesehen hatte. Er sah eine spiegelverkehrte 4, ein liegendes H, ein O, ein T und ein durchgestrichenes Z, aber dies waren Symbole, deren Einfachheit wahrscheinlich machte, daß sie erfunden worden waren und nichts mit einer schriftlichen Überlieferung zu tun hatten.

Die Fahrzeuge hatten Windschutzscheiben, aber die Seiten waren offen. Der Gegenwind war kein Problem, weil die Geschwindigkeit höchstens etwa dreißig Stundenkilometer betrug, und sie sank unter zehn, wenn stärkere Steigungen zu überwinden waren. Von den Motoren war nicht das leiseste Geräusch zu hören.

Nach eineinhalbstündiger Fahrt auf einer ungepflasterten Landstraße fuhr die Kolonne in den Hof eines kleinen Forts, und die Reisenden stiegen aus ihren Fahrzeugen in andere um. Odysseus verstand nicht, warum sie die Wagen wechseln sollten, wie man in der Postkutschenzeit die Pferde gewechselt hatte, doch dann kam ihm der Gedanke, daß dieser Vergleich passender sein mochte, als er gedacht hatte. Vielleicht waren die Motoren nicht elektrisch oder mechanisch, sondern biologisch. War es möglich, daß die Neschgai eine Art Muskelmaschine entwickelt hatten?

Etwas später sah er einen Sklaven Treibstoff in ein Rohr an der Seite der Motorhaube gießen. Die Flüssigkeit war bestimmt kein Benzin oder etwas Vergleichbares. Sie war dick und sirupartig und hatte einen Gemüsegeruch. Nahrung für einen lebenden Motor?

Die Kolonne setzte sich wieder in Bewegung. Das Land war hügelig und dicht bewaldet, mit verstreuten Einzelgehöften und kleinen Weilern inmitten sorgfältig bestellter Felder. Auf diesen wuchsen zuweilen seltsame Pflanzen, und als die Fahrzeuge einmal anhielten, um den Neschgai-Chauffeuren Gelegenheit zum Essen und Trinken zu geben, ging Odysseus zu einem solchen Feld. Niemand hielt ihn auf, aber drei Bogenschützen begleiteten ihn. Die Pflanzen waren groß wie Sonnenblumen und trugen auf ihren elastischen Stengeln rundliche Köpfe, die von dunkelgrünen Blättern umhüllt waren. Er öffnete einen dieser Köpfe, indem er die schützenden Blätter auseinanderbog. Unter ihren Deckschichten war eine dünne, fleischiggrüne Platte, deren Oberfläche von breiten und dünnen dunklen, im rechten Winkel sich kreuzenden Linien bedeckt war. An den Schnittpunkten der Linien waren kleine, knotenförmige Verdickungen. Er versuchte sich vorzustellen, wie diese Platte, die in ihrer Beschaffenheit einem Artischockenboden nicht unähnlich war, wohl im Zustand der Reife aussehen mochte. Es bedurfte nicht allzu viel Phantasie — hier hatte er eine noch unreife gedruckte Schaltung vor sich.

Während der weiteren Fahrt betrachtete Odysseus die vorbeiziehenden Felder mit mehr Interesse als zuvor, und schon bald sah er andere Gewächse, deren Form und Aussehen seiner Theorie neue Nahrung gaben. Diese Pflanzen gediehen wie Gurken oder Kürbisse am Boden, und ihre Früchte (oder Körper?) waren blätterumhüllte Walzen von ungefähr einem Meter Länge und einem halben Meter Durchmesser. Seine Theorie war, daß dies die Motoren der Fahrzeuge waren.

Er überdachte die Implikationen seiner Hypothese einer hochentwickelten Pflanzentechnologie, doch brachte ihn das nicht viel weiter. Er wußte nichts über die Art der Energieerzeugung und ihre Wirkungsweise, und so blieb alles bloß Spekulation. Sie fuhren an Pflanzenkulturen vorbei, deren Natur er nicht einmal erraten konnte, und mehrmals kamen sie durch kleine Dörfer, in denen die einfachen, kleinen Häuser der Menschen neben den großen, bemalten und mit feinem Schnitzwerk geschmückten Häusern der Neschgai standen. Nach allem, was er bisher gesehen hatte, mußten auf jeden erwachsenen Neschgai ungefähr drei erwachsene Menschen kommen. So gewaltig und stark die Neschgai waren, er konnte sich nicht vorstellen, daß einer von ihnen drei gewandteren und gemeinsam handelnden Menschen überlegen sein sollte.

Was hinderte die Menschen daran, gegen ihre Herren zu revoltieren? Sklavenmentalität? Eine Waffe, die die Neschgai unbesiegbar machte? Oder lebten beide Rassen tatsächlich in einer Symbiose, deren Vorteile die Menschen für ihren niedrigen Status entschädigten?

Er richtete seine Aufmerksamkeit auf die menschlichen Soldaten seiner Eskorte. Sie waren halb kahl, nicht anders als die Männer und Frauen in den Dörfern, obwohl die Kinder volles Haar hatten. Ihr Haar war lockig, beinahe gekräuselt, und sie hatten braune oder grünlichbraune Augen. Eine einheitliche Hautfarbe gab es nicht; manche waren hellhäutig wie Europäer, manche von einem schönen Dunkelbraun, und dazwischen kamen alle Schattierungen vor. Die Gesichter waren vorwiegend schmal, auffällig waren die Adlernasen, kräftig ausgeprägte Kinnpartien und hohe Backenknochen.

Der einzige fremdartige Zug an ihnen war das Fehlen des kleinen Zehs. Aber dies war vermutlich ein Ergebnis der Evolution. Schon zu seiner Zeit hatten Anthropologen die Ansicht vertreten, daß der Mensch im weiteren Verlauf seiner Entwicklungsgeschichte den kleinen Zeh verlieren werde — wie seine Weisheitszähne.

Die Reise dauerte bis in die Nacht hinein. Fünfmal wechselten sie die Fahrzeuge, und zuletzt kamen sie aus dem Hügelland hinaus auf eine Ebene, die von einer Steilküste zum Meer abgegrenzt wurde. Dort lag eine größere Stadt im Glanz vieler Lichter. Von weitem sahen sie wie schwache elektrische Glühbirnen aus, doch aus der Nähe betrachtet, erwiesen sie sich als etwas anderes. Es schien nicht ausgeschlossen, daß sie lebende Organismen waren. Odysseus sah, daß sie mit kokosnußähnlichen braunen Gehäusen verbunden waren, die Brennstoffzellen — oder lebende Pflanzenbatterien bergen mochten.

Die Stadt selbst war von Mauern umgeben und sah wie eine Illustration von Bagdad aus ›Tausendundeine Nacht‹ aus. Die Kolonne fuhr durch Tore und gewundene Straßen zum Stadtzentrum. Hier mußten sie aussteigen und wurden in ein weitläufiges Gebäude und hinauf in einen Saal geführt, wo man sie einsperrte. Doch dieser unangenehme Aspekt wurde von einer reichhaltigen Mahlzeit gemildert, die für sie bereitstand, und nach dem Essen legten sie sich auf Strohsäcke schlafen.

Am anderen Morgen wurde Odysseus vom Knarren der Türflügel und den stampfenden Tritten mehrerer Neschgai geweckt, die Brotkörbe, Gemüseschüsseln und Milchkrüge hereintrugen. Er frühstückte, wusch sich, ließ sich einen Lendenschurz und Sandalen geben und kehrte in den Saal zurück. Seine Kleider waren so schmutzig und zerrissen, daß er sie nicht mehr tragen konnte; er überließ sie einem Sklaven, der sie waschen und reparieren wollte. Dann folgte er Guschguz aus dem Saal. Die anderen mußten zurückbleiben.

Das Innere des vierstöckigen Gebäudes war so bunt und so reich mit Skulpturen verziert wie das Äußere. Odysseus sah viele Sklaven in den weiten und luftigen Korridoren, aber nur wenige Soldaten. Guschguz führte ihn eine marmorne Prunktreppe hinauf und durch weitere Hallen und Korridore, bis er endlich vor einer Tür haltmachte. Sie trug ein barock anmutendes Hochrelief, das verschlungene, wahrscheinlich mythologische Figuren darstellte, und wurde von zwei Neschgai in blauen Umhängen bewacht. Sie salutierten vor Guschguz, und einer öffnete die Tür. Odysseus sah sich in einem schmucklosen und unordentlich wirkenden Raum mit Wandregalen, die bis zur Decke mit Büchern, Schriftrollen und Papierstapeln angefüllt waren. Hinter einem gigantischen Tisch saß ein Neschgai mit einer randlosen Brille und einem hohen, konischen Hut aus Pergament in einem Berg von Polstern und Kissen. Es war Schegnif, der Großwesir.

Einen Moment später wurde Glikh von einem Offizier hereingeführt. Er grinste, und sein watschelnder Gang hatte etwas Selbstbewußtes, Herausforderndes, was zu einem Teil daran liegen mochte, daß man ihn von seinen Flügelfesseln befreit hatte. Wahrscheinlich hoffte er, Odysseus anschwärzen zu können.

Schegnif stellte Odysseus einige Fragen über seine Herkunft, seinen Namen und den Anlaß seiner Reise, und Odysseus beantwortete sie wahrheitsgemäß. Aber als er sagte, daß er aus einer anderen Zeit komme, die vielleicht zehn Millionen Jahre zurückliege, und daß ein Blitzschlag ihn ›entsteinert‹ habe, schien Schegnif selbst wie vom Blitz getroffen.

Nach einer langen Pause — die Stille wurde nur vom lauten Rumoren in den Gedärmen der drei Neschgai unterbrochen — nahm Schegnif seine Brille ab und polierte die tellergroßen Gläser mit einer Art Bettvorleger; dann schob er die Brille wieder auf seinen breiten Nasenrücken und beäugte sein Gegenüber.

»Entweder bist du ein Lügner oder ein Agent Des Baums«, sagte er. »Oder könnte es sein, daß du die Wahrheit sprichst?« Er richtete seinen Blick auf Glikh. »Sag mir, Fledermaus, spricht er die Wahrheit?«

Glikh schien ein wenig in sich zusammenzusinken. Er blickte Odysseus an und dann wieder Schegnif, offensichtlich im Zweifel, ob es für ihn vorteilhafter wäre, Odysseus als Lügner zu denunzieren oder zuzugeben, daß seine Geschichte wahr war. Schließlich sagte er mit seiner piepsenden Stimme: »Ich weiß nicht, ob er lügt oder nicht. Er sagte mir, daß er der zum Leben erwachte Steingott sei, aber ich war nicht dabei, als er zum Leben erwachte.«

»Hast du den Steingott der Wufea gesehen?«

»Ja.«

»Und hast du ihn gesehen, nachdem dieser Mann erschienen war?«

»Nein. Aber ich schaute auch nicht in den Tempel, um

festzustellen, ob er noch da war. Ich gab mich mit seinem Wort zufrieden, obwohl ich es nicht hätte tun sollen.«

»Ich kann die Katzenleute über ihn ausfragen. Sie werden wissen, ob er der Steingott ist oder nicht«; sagte Schegnif. »Da sie ihn als den zum Leben erwachten Steingott verehren, glaube ich nicht, daß sie ihn einen Lügner nennen werden. Nehmen wir also einstweilen an, daß seine Geschichte wahr sei.«

Er stellte Odysseus eine Reihe von detaillierten Fragen, die Odysseus sichtlich zu seiner Zufriedenheit beantwortete, denn zuletzt legte er die Spitzen seiner Finger, die dick wie Bananen waren, nachdenklich gegeneinander und sagte: »Ich bin höchst erstaunt. Du mußt die lebende Quelle eines Mythos sein, der vor ungezählten Jahrtausenden entstand. Die Wufea fanden dich auf dem Grund eines Sees, der viele tausend Jahre existiert hatte. Aber wußtest du, daß du viele Male an der Oberfläche warst, bevor die Wufea dich fanden? Daß du viele Male verlorengingst oder gestohlen wurdest?«

Odysseus schüttelte den Kopf.

Der Großwesier sagte: »Du warst der Gott oder der Mittelpunkt von mehr als einer Religion. Du warst der Gott irgendeines primitiven Stammes der einen oder der anderen Spezies, und du saßest versteinert auf deinem Stuhl, während das armselige kleine Stammesdorf zur großen Metropole eines hochzivilisierten und mächtigen Reiches wurde. Und du saßest noch dort, als das Reich zerfiel, die Zivilisation unterging und das Volk ausstarb, als um dich noch die von Eidechsen und Eulen bewohnten Ruinen waren. Dein Wiedererwachen ist ein Ereignis, dessen Bedeutung nicht hoch genug eingeschätzt werden kann. Du wirst in der nächsten Zeit nicht über mangelnde Beschäftigung zu klagen haben. Unsere Wissenschaftler sind über dich informiert, und sie können ihren Eifer und ihre Neugierde kaum zügeln.«

»Das ist ja alles höchst interessant«, sagte Odysseus.

Sollte er für diese Leute nichts als eine Mischung von Nachschlagewerk und Untersuchungsobjekt sein? »Aber ich habe viel mehr beizutragen als Nachrichten aus einer fernen Vergangenheit, so wissenswert diese auch sein mögen. Ich habe einen sehr bestimmten Nutzen in Gegenwart und Zukunft. Ich könnte der Schlüssel zum Überleben der Neschgai sein.«

Glikh blickte ihn seltsam an. Schegnif schnaufte, hob seinen Rüssel, als wolle er ihn über den Tisch hinweg beschnuppern, und sagte: »Zu unserem Überleben? Tatsächlich? Erzähle mir mehr darüber!«

»Ich würde es vorziehen, zu sprechen, wenn der Dhulhulikh nicht anwesend ist.«

»Ich protestiere, Herr!« piepste Glikh schrill. »Ich habe geschwiegen, während dieser Mensch seine Lügengeschichte von seinen angeblichen Abenteuern im Baum erzählte. Aber ich kann nicht länger schweigen! Dies ist sehr ernst! Er unterstellt uns Dhulhulikh, die nur mit allen in Frieden zu leben wünschen, finstere Motive!«

»Ich habe mir noch kein Urteil gebildet«, unterbrach ihn Schegnif. »Wir werden alle Aussagen anhören, auch die deines Gefährten, Khyuks. Die anderen werden gegenwärtig befragt, und ich werde noch heute die Zusammenfassung der Gespräche lesen. Übrigens, und das wird auch dich interessieren, Fledermaus, wir besitzen Aufzeichnungen, die darauf hindeuten, daß der Steingott einst hier in der Stadt war. Und dieser hier sieht ganz gewiß wie der Steingott aus, den ich von Bildern kenne. Ebenso gewiß ist, daß er nicht einer von unseren Sklaven ist. Du wirst das volle glatte Haar und die fünf Zehen bemerkt haben, nehme ich an?«

»Ich sagte nicht, daß er ein Sklave oder Vroomav sei, Herr.«

Schegnif sprach in einen orangefarben bemalten Holzkasten auf seinem Tisch, und die Tür schwang auf. Odysseus fragte sich, ob die Neschgai eine Art Radio hatten. Er hatte keine Antennen bemerkt, als sie in die Stadt gekommen waren, aber da war es Nacht gewesen.

Schegnif stand auf und sagte: »Wir werden dieses Gespräch morgen fortsetzen. Ich habe mich nun dringenden Geschäften zu widmen und weiß noch nicht, wie lange sie mich aufhalten werden. Es mag sein, daß ich dich spät am Abend noch einmal zu mir bitten werde, um mir das mit dem Schlüssel zu unserem Überleben erläutern zu lassen. Aber ich rate dir, meine Zeit nicht zu vergeuden, denn sie ist wertvoll.«

»Ich werde gern kommen«, versicherte Odysseus.

»Und ich soll keine Gelegenheit erhalten, mich zu verteidigen?« winselte Glikh.

»Jede Gelegenheit, wie du gut weißt«, entgegnete Schegnif. »Stelle keine unnötigen Fragen. Du weißt, daß ich sehr beschäftigt bin.«

Odysseus wurde in den Saal zurückgeführt, in dem sie alle genächtigt hatten, aber Glikh erhielt ein anderes Quartier, wo offenbar auch Khyuks festgehalten wurde. Die letzten Gruppen von Verhörspezialisten waren im Aufbruch begriffen, als Odysseus zurückkehrte.

Awina eilte zu ihm und fragte: »Wie ist es gegangen, Herr?«

»Wir sind nicht in der Gewalt unvernünftiger Wesen«, antwortete Odysseus. »Ich habe Hoffnung, daß wir die Verbündeten dieser Leute werden.«

Am gleichen Abend wurde er von einem Offizier, der sich mit dem Namen Tarschkrat vorstellte, abgeholt und in Schegnifs Arbeitszimmer geführt. Diesmal lud der Großwesir ihn ein, sich auf einem voluminösen Sitzkissen niederzulassen, und bot ihm eine dunkle, entfernt wie ein Likör schmeckende Flüssigkeit an. Odysseus dankte, doch trank er nicht viel. Das Zeug war ein hochprozentiges Destillat, das wie Feuer im Magen brannte. Schegnif saugte es mit seinem Rüssel ein und spritzte es sich dann in den Mund, während Tränen der Freude — oder des Schmerzes — über seine Wangen rannen. Der

Steingutbehälter vor ihm enthielt wenigstens drei Liter, aber auch er trank nicht viel; er versuchte sich nur den Anschein zu geben. Während er Odysseus' Darlegungen lauschte, tauchte er seinen Rüssel immer wieder in den Krug, aber wahrscheinlich rührte er das Feuerwasser nur um.

Schließlich hob er seine Hand und unterbrach Odysseus mit seinem rumpelnden Baß: »Du glaubst also, Der Baum sei keine intelligente Einheit?«

»Das ist der Eindruck, den ich gewonnen habe«, sagte Odysseus. »Ich glaube, die Dhulhulikh würden gern sehen, daß alle Den Baum als ein übermächtiges Götterwesen anerkennen.«

»Du bist in deinem Glauben wahrscheinlich aufrichtig«, donnerte der Großwesir, »aber ich weiß, daß du irrst. Ich weiß, daß Der Baum ein denkendes Wesen ist. Das Buch von Tiznak hat es uns gesagt. Ich selbst kann es nicht lesen, aber ich glaube denen, die es können.«

»Ob Der Baum ein denkendes Wesen ist oder nicht«, sagte Odysseus, »er wächst. In fünfzig oder hundert Jahren wird er dieses Land bedecken. Und wohin werden dann die Neschgai gehen?«

»In der Nähe der Meeresküste scheint Der Baum in seinem Wachstum behindert zu sein«, sagte der Großwesir. »Andernfalls hätte er uns schon vor langer Zeit überwachsen. Aber er dehnt sich nach Norden aus, und er wird eines Tages alles Land im Norden überschatten, ausgenommen die Küstenregion. Wir fürchten seine Bewohner. Der Baum schickt sie gegen uns, und er wird nicht nachlassen, bis er uns ausgerottet oder gezwungen haben wird, mit ihm zu leben.«

»Und die Dhulhulikh?«

»Bist du es uns sagtest, wußten wir nicht, daß sie im Baum leben. Sie haben immer behauptet, aus dem Norden zu kommen. Wenn deine Geschichte wahr ist, dann sind auch sie unsere Feinde. Dann sind sie, wie man sagen könnte, die Augen Des Baums, während die anderen, die Ignoom und anderen kriegerischen Völker, seine Hände sind.«

»Wenn der Baum eine intelligente Einheit ist«, sagte Odysseus, »dann muß er ein zentrales Gehirn haben. Und dieses Gehirn, hat man es einmal lokalisiert, kann zerstört werden. Und wenn der Baum nur eine hirnlose Pflanze unter der Kontrolle der Dhulhulikh ist, dann können wir die Dhulhulikh in ihren Schlupfwinkeln angreifen und vernichten.«

»Wirklich? Wie könntest du die Schlupfwinkel der Dhulhulikh im Baum ausfindig machen? Oder sie dort angreifen? Sie haben alle Vorteile auf ihrer Seite.«

Odysseus erklärte ihm, wie er es sich vorstellte. Er sprach länger als eine Stunde, bis Schegnif schließlich meinte, er habe genug gehört. Nun müsse er über den Vorschlag nachdenken.

Odysseus verließ den Großwesir in optimistischer Stimmung, aber er wußte, daß Schegnif erneut mit den Fledermausleuten sprechen würde, und es war nicht vorauszusagen, wie sie ihn beeinflussen mochten.

Der eskortierende Offizier führte ihn nicht in den Saal zurück, sondern in eine separate Wohnung. Odysseus fragte ihn, warum er von seinen Leuten getrennt wurde.

»Ich weiß es nicht«, sagte der Offizier. »Ich habe Anweisung, dich hier unterzubringen.«

Die Wohnung war für Neschgai eingerichtet, nicht für Menschen. Die Möbel waren riesig und für ihn unbequem. Immerhin brauchte er nicht allein zu sein. Schegnif hatte ihm zwei menschliche Frauen als Dienerinnen und Gespielinnen zugewiesen. Odysseus fragte sie nach ihren Namen. Die eine hieß Luscha, die andere Thebi. Beide waren jung und attraktiv, und daß der Haaransatz oben auf dem Kopf war, tat ihrer Schönheit keinen Abbruch. Luscha war schlank und kleinbrüstig, aber anmutig und langbeinig. Thebi war vollbusig und üppig. Sie hatte grüne Augen und lächelte viel. Sie erinnerte ihn sehr an seine Frau. Es war möglich, sagte er sich, daß sie sogar von seiner Frau abstammten — und natürlich auch von ihm, denn er hatte drei Kinder gehabt. Aber die Ähnlichkeit mit Clara konnte nur zufällig sein, weil sie keine Gene von so entfernten Vorfahren besitzen würde. Beide hatten dickes, dunkles Haar, das ihnen bis zur Taille reichte. Zu ihren roten, mit grünen Mustern durchwebten Lendenschurzen trugen sie Halsketten aus bunten Steinen.

Sie führten ihn ins Bad, wo sie alle drei eine fahrbare Holztreppe hinaufklettern mußten. Er setzte sich in das Waschbecken, wo die Neschgai ihre Hände zu waschen pflegten, und die zwei Frauen ließen Wasser einlaufen und stiegen zu ihm ins Bad, um ihn einzuseifen.

Später bestellte Thebi Essen und den dunklen Likör, und nach der Mahlzeit kletterte Odysseus in das riesige Bett. Als sie ihn fragten, ob er sie bei sich zu haben wünsche, war er bereits so weit, daß er nicht nein sagen konnte.

Am folgenden Vormittag wurde er wieder zu Schegnif gerufen. Der Großwesir war sichtlich erregt und vergeudete keine Zeit mit Begrüßungsworten.

»Die Dhulhulikh sind entkommen! Ausgeflogen wie Vögel!«

»Sie müssen begriffen haben, daß du meine Geschichte als wahr erkennen würdest«, sagte Odysseus. »Sie wußten, daß die Wahrheit nicht verborgen bleiben konnte.«

»Der für sie verantwortliche Offizier öffnete die Tür, um ihre Unterkunft zu betreten, und sie flogen an ihm vorbei durch die Öffnung, bevor er sie ergreifen konnte. Sie sind schneller und gewandter als wir. Sie flogen durch den Korridor und durch ein Fenster hinaus. Sie hatten das Glück, daß der Korridor leer und das Fenster nicht vergittert war. Und nun muß ich dem Schauzgrooz erklären, wie es zu dieser Flucht kommen konnte.«

Der Schauzgrooz war der Herrscher, König oder Sultan. Wörtlich bedeutete der Titel ›Die längste Nase‹. Der gegenwärtige Schauzgrooz war Zhigbruwzh IV., und er war noch nicht volljährig. Schegnif war der tatsächliche Herrscher, obwohl er jederzeit abgesetzt werden konnte, wenn Zhigbruwzh ihn loszuwerden wünschte. Glücklicherweise schätzte der junge Mann seinen Großwesir, der überdies sein Onkel war.

»Diese Flucht legt den Gedanken nahe, daß die Dhulhulikh wissen, was ich tun will. Und sie werden davon ausgehen, daß du meine Pläne billigen wirst. Das bedeutet wiederum, daß sie angreifen werden, bevor wir diese Pläne verwirklichen können. Ob du meine Vorschläge annimmst oder nicht, sie werden angreifen, denn sie müssen davon ausgehen, daß du es tust. Und die einzige Abwehr dieses Angriffs liegt in der Annahme meiner Vorschläge.«

»Sei dessen nicht so sicher«, sagte der Neschgai. »Du könntest vielleicht meinen, du hättest meine Nase in einer Klemme, aber ich denke darüber etwas anders. Wir sind ein altes Volk mit einer entwickelten Wissenschaft und Technologie. Wir sind nicht von einem kurznasigen Kümmerling abhängig, um unsere Feinde abzuwehren.«

Odysseus ließ ihn reden. Schegnif war aufgeregt über die Flucht der Fledermausleute, und wahrscheinlich fürchtete er die Konsequenzen. Er wußte recht gut, daß er nötig brauchte, was nur Odysseus ihm geben konnte, aber er mußte Dampf ablassen und sich selbst Mut machen. Er konnte reden und prahlen, soviel er wollte, aber dann mußte er mit Odysseus die weiteren Schritte diskutieren. Dies geschah eine Viertelstunde später, als Schegnifs Atem und Phantasie sich erschöpft hatten.

Nach einer langen Pause hob Schegnif seinen Rüssel, um Odysseus in den vollen Genuß seines Lächelns zu bringen, und sagte: »Wie auch immer, es kann nicht schaden, über deinen möglichen Beitrag zu unserer Sache zu sprechen. Wir Neschgai sind Realisten. Und du entstammst einem Volk, das viel älter ist als die Neschgai, obgleich ich nicht möchte, daß du es unseren Sklaven sagst.«

Wie sich zeigte, war den Neschgai das Schießpulver bekannt, aber Schegnif hatte die Herstellung verboten, weil er nicht wollte, daß die Menschen, Sklaven oder Freie, davon erfuhren.

Dies war ein Hinweis, daß die Sklaven nicht glücklich waren und in der Vergangenheit vielleicht revoltiert hatten. Andererseits war es möglich, daß sie zufrieden waren, Schegnif die menschliche Natur aber gut genug kannte, um zu wissen, daß sie versuchen würden, die Oberhand zu gewinnen, wenn die Mittel verfügbar wären.

Odysseus erklärte, daß seine Pläne ohne die Verwendung von Schießpulver undurchführbar seien, und machte Vorschläge, wie man die Herstellung geheimhalten könnte. Schegnif billigte die Idee einer streng isolierten Fabrik, wo nur Neschgai das Pulver herstellen und verarbeiten würden. Odysseus war mit dieser Lösung zufrieden, denn er brauchte das Pulver so bald wie möglich. Auch war ihm klar, daß das sogenannte Geheimnis nicht lange gewahrt bleiben würde; notfalls konnte er zu gegebener Zeit selbst das Rezept unter den Menschen verbreiten.

Darauf erläuterte er Schegnif, wie man Luftschiffe baute. Schegnif ließ sich rasch von der Nützlichkeit solcher Flugmaschinen überzeugen, aber die Technologie und die Beschaffung der nötigen Materialien bereiteten ihm Sorgen. Überdies fand er keinen Gefallen an der Vorstellung, daß die meisten Mitglieder der Luftstreitmacht Menschen sein sollten. Er wollte mehr Neschgai an Bord der Luftschiffe. Odysseus versuchte ihm klarzumachen, daß es eine Frage des Gewichts war, daß jeder zusätzliche Neschgai die Wirksamkeit der Luftstreitmacht verringern würde, weil sie entsprechend weniger

Bomben würde mitführen können, doch der Großwesir war in diesem Punkt mißtrauisch und empfindlich. Odysseus sah ein, daß er vorsichtig taktieren mußte, und so schlug er vor, die Menschen einstweilen aus dem Spiel zu lassen und die Wufea und Waragondit als Luftschiffbesatzungen im Kampf gegen die Dhulhulikh einzusetzen. Sie seien beweglicher und mit den Verhältnissen im Baum vertrauter als die Neschgai oder die Menschen. Dies leuchtete Schegnif sofort ein, und noch am selben Tag erließ er die nötigen Anordnungen zur Durchführung des Vorhabens.

Die folgenden Wochen waren produktiv, wenn auch nicht so produktiv, wie Odysseus wünschte. Die Neschgai sahen zwar so elefantenhaft weise aus, daß sie über menschlichen und allzumenschlichen Eigenschaften wie Kleinlichkeit, Eifersucht, Habgier, Prestigedenken, Kompetenzneid, Trägheit und schlichter Dummheit zu stehen schienen, aber sie standen nicht über diesen Dingen, wenn sie darin auch nicht so aktiv waren wie die Menschen. Das lag einfach daran, daß sie langsamer waren. Und so kam das Projekt nur im Schneckentempo voran. Odysseus verbrachte die Hälfte seiner Zeit mit der Schlichtung administrativer Streitigkeiten, mit dem Besänftigen verletzten Stolzes und mit Nachforschungen über den Verbleib von Materialien oder Arbeitern, die er bestellt hatte.

Er beklagte sich bei Schegnif, der nur die Achseln zuckte und bedauernd mit seinem Rüssel wedelte.

»Es ist das System«, sagte er. »Ich kann nicht viel daran ändern. Ich kann drohen, hier und dort ein paar Nasen abzuschneiden, oder sogar einen Kopf. Aber wenn die Schuldigen gefunden und vor Gericht gestellt werden, wirst du noch mehr Zeit verlieren. Du würdest zuviel Zeit als Zeuge vor Gericht verbringen müssen, um deine Projekte weiterführen zu können. Unsere Gerichtshöfe arbeiten sehr langsam. Sie halten sich an die Devise: ›Ein abgeschnittener Kopf kann nicht wieder angenäht werden.‹ Wir Neschgai vergessen nicht, daß Nesch vor allem der Gott der Gerechtigkeit ist. Man kann nicht sorgfältig und gewissenhaft genug sein, wenn man Ungerechtigkeit vermeiden will.«

Odysseus versuchte es mit List und gutem Zureden. »Die Kundschafter melden, daß eine große Streitmacht von Ignoom und Glassim am Rand Des Baums zusammengezogen wird. Wir müssen mit einem baldigen Angriff rechnen.«

Schegnif lächelte. »Du meinst, wenn ich nicht rasch mit den neuen Waffen und Luftschiffen losschlage, werden wir Verluste erleiden? Nun, du magst recht haben, aber ich kann nichts zur Beschleunigung deiner Projekte tun.«

Es gab keinen anderen, an den er sich hätte wenden können, und so biß Odysseus die Zähne zusammen und stürzte sich von neuem in die Arbeit und den aufreibenden Kampf mit tausend Unzulänglichkeiten. Die Produktion von Schwarzpulver, Bomben und Raketentreibsätzen war inzwischen angelaufen, desgleichen die Herstellung von Schwefelsäure und das Ausschmelzen von Zinkblende. Durch die Reaktion der Schwefelsäure mit Zink sollte der Wasserstoff für die Gasfüllung der Luftschiffe gewonnen werden. Als Material für die Hülle wurde die innere Schale der Pflanze verwendet, die die Motoren lieferte. Sie war sehr leicht, zäh und flexibel. Fünfzig von diesen Schalen, zusammengenäht und mit einer Mischung aus Harz und Pech abgedichtet, ergaben einen hinreichend großen Ballon. Drei solche Ballons sollten nach Odysseus' Plan unter der äußeren Hülle eines Luftschiffs montiert werden.

Das Hauptproblem war der Motor. Die einzige verfügbare Antriebskraft war der pflanzliche Muskelmotor, wie er in den Fahrzeugen und Booten der Neschgai verwendet wurde. Odysseus experimentierte mit verschiedenen Propellerformen, aber alle Versuche blieben unbefriedigend, weil die Motoren die Propeller einfach nicht schnell genug und nicht lange genug drehen konnten.

Eine Lösung des Problems kam von Fabum, einem menschlichen Aufseher einer Motorenpflanzung. Er brachte zwei Fahrzeugmotoren in einem Gehäuse unter und erreichte, daß die Muskelenden beider Motoren zusammenwuchsen. Das Resultat war eine Verdreifachung der Energieleistung. Vier solche Gondeln mit acht Motoren und energiesparenden Übersetzungen für die Propeller reichten aus, um ein Luftschiff bei Windstille auf eine Geschwindigkeit von fünfunddreißig Stundenkilometer zu bringen.

Drei Wochen nach diesem Durchbruch machte das erste Luftschiff seinen Jungfernflug. Das Wetter war günstig, und das Luftschiff kreiste eine halbe Stunde lang über der Stadt, damit die Bevölkerung es sehen konnte. Dann, auf dem Rückflug zum Hangar, warf es zehn dreißigpfündige Bomben auf ein Ziel, ein altes Haus. Nur eine Bombe war ein Volltreffer, aber dieser reichte aus, das Haus völlig zu zerstören. Und Odysseus sagte Schegnif, daß Übung und Zielsicherheit der Mannschaft bald verbessert werde.

Schegnif war sehr beeindruckt und erfreut. Er schenkte Fabum die Freiheit, was zwar bedeutete, daß er praktisch immer noch ein Sklave war, aber er konnte in einem besseren Quartier wohnen und mehr Geld verdienen, wenn sein Brotgeber bereit war, ihm mehr zu zahlen. Und er brauchte nicht mehr um Erlaubnis zu fragen, wenn er die unmittelbare Nachbarschaft verlassen wollte.

Neun weitere Luftschiffe wurden gebaut, während Odysseus die Mannschaften ausbildete. Er beklagte sich wieder über die unnötig große Zahl von gewichtigen Neschgai-Offizieren unter dem fliegenden Personal und die daraus resultierende Verringerung von Reichweite und Ladekapazität. Schegnif wies ihn ab und sagte, das spiele keine Rolle.

Dreimal erschien in dieser Zeit ein einzelner Dhulhulikh über dem Startplatz und beobachtete sie, und zweimal begleitete ein Fledermausmann ein fliegendes Luftschiff. Außer einigen beleidigenden Gesten taten sie jedoch nichts.

Inzwischen hatte Odysseus mit Schegnifs Erlaubnis sein Hauptquartier aus dem Palast zur Luftschiffwerft verlegt. Diese war zehn Kilometer außerhalb der Stadt, und sein Umzug brachte eine beträchtliche Zeitersparnis, wenngleich er jeden zweiten oder dritten Tag in die Stadt fahren und Schegnif Bericht erstatten mußte.

Luscha war fort. Obwohl sie Odysseus zugeteilt war, war sie einem Soldaten zur Ehe versprochen. Weinend — wobei sie aber versicherte, ihren zukünftigen Mann innig zu lieben — nahm sie Abschied. Selbst Thebi, die allen Grund hatte, eifersüchtig zu sein, weinte und küßte sie. Awina schien froh, daß sie nun wenigstens eine Konkurrentin loswurde, aber sie blieb mürrisch und eifersüchtig auf Thebi, die nun ihrer Position als Favoritin sicher war und angefangen hatte, Awina von oben herab zu behandeln. Awina nahm es hin, weil sie ihre Verbindung mit Odysseus nicht in Gefahr bringen wollte, aber sie kochte innerlich. Odysseus sah Gewalttätigkeiten voraus, und um die Situation zu entschärfen, tadelte er Thebi für ihr Benehmen. Thebi brach daraufhin in Tränen aus, während Awina lächelte, zufrieden wie eine Katze, die eben einen gestohlenen Lachs verzehrt hat.

Odysseus arbeitete stets bis tief in die Nacht und stand früh auf; so hatte er meistens nur den Wunsch, ins Bett zu fallen, wenn seine Tagesarbeit getan war. Er wurde der Eifersüchteleien und der Mühe überdrüssig, gekränkte Weiblichkeit zu beschwichtigen. Er hatte einfach nicht die Zeit für komplizierte Beziehungen, und manchmal wünschte er sich, daß beide ihn in Ruhe ließen. Obwohl er sie mit ein paar Worten hätte fortschicken können, wollte er sie nicht verletzen. Außerdem liebte er sie beide, wenn auch auf verschiedene Weise. So blieb ihm nichts anderes übrig, als immer wieder zu vermitteln und einen für alle drei unbefriedigenden Zustand des labilen Gleichgewichts zu erhalten.

Eines Tages ließ er alle zehn Luftschiffe aufsteigen und eine Anzahl schwieriger Manöver fliegen. Von der See wehte ein frischer Wind, und die ungefügen, gasgefüllten Würste bewegten sich schwerfällig und träge. Zwei kollidierten und rissen einander die Motorengondel ab. Sofort wurden sie vom Wind gedreht und abgetrieben, und die Mannschaften mußten Ankerleinen auswerfen und Gas ablassen. Als sie landeten, waren sie zwanzig Kilometer von der Werft entfernt und so schwer beschädigt, daß die Mannschaften sie zurückließen und zu Fuß heimkehrten.

Die übrigen Luftschiffe erreichten den Landeplatz kurz vor Sonnenuntergang. Als die Schiffe in den Hangars verstaut waren und Odysseus über den Platz zu seinem Büro ging, sah er einen lang auseinandergezogenen Schwarm winziger Gestalten im Abendrot am Horizont. Er blieb stehen und beobachtete sie. Es konnten Vögel sein, aber die Art ihrer Flügelschläge und ihre kompakten Körper nährten den Verdacht, daß sie Dhulhulik waren. Er ließ die Alarmtrommel schlagen, ging in sein Büro und verließ sich auf die Soldaten, die das Gelände bewachten.

Gegen Mitternacht wurde er von Schreien vor seiner Tür aus dem Schlaf gerissen. Er sprang aus seinem Bett und öffnete. Draußen war ein Wächter bemüht, zwei kämpfende, kreischende Gestalten voneinander zu trennen. Odysseus sah Awina mit einem Feuersteinmesser in der Hand auf Thebi eindringen, die abwehrend das Handgelenk ihrer Gegnerin umklammert hielt. Awina war kleiner und leichter, aber sie war viel gewandter und stärker als Thebi, und nur Thebis Verzweiflung und die Anstrengungen des Wächters hatten Awina bislang daran gehindert, Thebi das Messer in den Bauch zu stoßen.

Odysseus brüllte, sie solle das Messer fallen lassen.

Im selben Augenblick hörte man draußen eine Explosion, und die Fenster zersplitterten. Odysseus und der Wächter warfen sich zu Boden.

Thebi ließ Awinas Handgelenk los und wandte sich erschrocken um.

Awina ignorierte die Explosion und die drei weiteren, die folgten, und stieß mit dem Messer zu.

Aber Thebi hatte ihren Arm gehoben, und das Messer schlitzte ihr den Unterarm auf, fuhr aufwärts und traf Thebis Kinn.

Thebi kreischte. Odysseus sprang mit einem Fluch auf, schlug mit der Handkante hart auf Awinas Handgelenk und stieß sie zurück, daß sie gegen die Bretterwand flog. Er hob ihr Messer auf und warf es aus dem Fenster, untersuchte Thebis Verletzungen und befahl dem Wächter, sie zu verbinden. Er trug sie in sein Zimmer und legte sie auf sein Bett. Als er zur Tür hinausrannte, erfolgte eine weitere Explosion, viel näher als die vorangegangenen. Die Tür am Ende der Baracke wurde aus den Angeln gerissen, und eine Rauchwolke schoß herein. Eine Gestalt raste durch den Rauch und schrie: »Herr! Die Fledermausleute!«

Es war Wulka, der Waragondit, rauchgeschwärzt und aus einer Schulterwunde blutend.

Odysseus rannte mit ihm hinaus zum Hangar, zwanzig Meter neben seiner Baracke. Zwei Luftschiffe waren dort, mit dicken Hanfseilen am Boden verankert. Sie waren kaum ein paar Schritte in der offenen Halle, als ein Dhulhulikh mit weit ausgebreiteten Schwingen aus der Dunkelheit des Dachgebälks herabstieß und etwas auf Odysseus schleuderte. Dieser sprang instinktiv zur Seite, und vielleicht war es seine schnelle Reaktion, daß ihn der vergiftete Wurfpfeil verfehlte, vielleicht war es auch nur mangelnde Treffsicherheit des Angreifers. Ein Bogenschütze der Waragondit, der an der Seitenwand stand, hob kühl seinen Bogen, folgte der aufwärts flatternden Bewegung des geflügelten Mannes und schoß ihm einen Pfeil in den Bauch. Der Dhulhulikh klatschte mit ausgebreiteten Flügeln auf den Boden.

Mehrere andere Dhulhulikh flogen im oberen Teil des Hangars umher oder hatten sich auf den Luftschiffen niedergelassen, um ihre vergifteten Wurfpfeile zu schleudern. Anscheinend hatten sie ihre Bomben bereits abgeworfen. Draußen über der freien Fläche zwischen den Hangars, die von vereinzelten Fackeln und biologischen Lampen nur spärlich erhellt wurde, kreiste ein Schwarm von Fledermausleuten. Sie stießen aus der Dunkelheit herab, warfen ihre Pfeile oder kleine Bomben mit funkensprühenden Zündschnüren und schwangen sich wieder empor. Es war ein ständiges Auf und Ab, Hin und Her, ein gespenstischer Reigen, und dazwischen das Krachen von Explosionen.

Im Hangar und draußen auf dem Platz lagen Gefallene. Die meisten von ihnen waren Verteidiger: Neschgai, Menschen und einige von seinen Leuten, aber Odysseus sah auch mindestens ein Dutzend von den geflügelten Gnomen zwischen den Toten und Verwundeten liegen.

»Raus aus den Hangars!« schrie er seinen Leuten zu. »Durch die Hintertüren! Weg von den Luftschiffen, bevor sie Feuer fangen!«

Bisher hatten sie Glück gehabt. Keine der Bomben hatte den Wasserstoff in Brand gesetzt.

Kaum hatte er sich umgewandt, hörte er hinter sich einen dumpfen Knall und ein Brüllen, und grelles Licht zuckte über den Landeplatz. Ein Luftschiff, oder wahrscheinlich zwei, denn sie waren paarweise in den Hangars untergebracht, war in Flammen aufgegangen. Es war nur eine Frage von Minuten, daß das Feuer auf die benachbarten Hangars übergreifen und die darin lagernden Luftschiffe entzünden würde.

Odysseus wartete, bis seine Leute durch die Hintertür oder aus der vorderen Öffnung gerannt waren. Einige schafften es nicht und fielen, getroffen von vergifteten Wurfpfeilen.

Er sammelte seine Leute bei den Wohnbaracken. Ein weiterer Hangar explodierte in einer feurigen Gaswolke, und nach fünf Minuten brannten alle sechs Hangars lichterloh. Seine Luftflotte war vernichtet. Odysseus erkannte, daß sie schleunigst aus der Helligkeit verschwinden mußten, denn hier gab es nichts mehr zu retten, und die Dhulhulikh kreisten über ihnen, offenbar entschlossen, das ganze Personal des Stützpunktes zu töten. Trotz der Gefahr weiterer Bombenwürfe und des Übergreifens der Flammen ließ er seine Leute in die Baracken, wo sie wenigstens gegen die Giftpfeile geschützt waren. Durch die zerbrochenen Fenster feuerten sie auf jeden Dhulhulikh, der tief genug flog, um ein halbwegs sicheres Ziel abzugeben.

Weit im Westen, wo die Stadt lag, reflektierten die Wolken flackernden Lichtschein, wahrscheinlich von brennenden Gebäuden. Keine Bomben fielen auf die Baracken, und er vermutete, daß die Angreifer ihren Vorrat aufgebraucht hatten. Aber es war möglich, daß Verstärkungen mit mehr Bomben im Anflug waren.

Eine halbe Stunde später, als die Hangars nur noch schwelende Trümmerhaufen waren, fuhren vier gepanzerte Wagen vor. Ein menschlicher Soldat sprang aus dem ersten Wagen und rannte in Odysseus' Baracke. Er befahl Odysseus, sich beim Neschgai-Offizier im Wagen zu melden. Odysseus eilte hinaus und fand Blizhmag, einen Obristen des Panzerwagenkorps. Blizhmag hatte eine klaffende Stirnwunde, eine Schnittwunde quer über seinem Rüssel und eine schwere Verletzung am linken Arm.

»Ich habe Befehl vom Großwesir, dich und deine Leute aus der Gefahrenzone zu evakuieren«, sagte er. »Aber macht schnell; wir haben es eilig. Feindliche Stoßtrupps sind bereits zwischen uns und der Stadt. Unsere Verteidigungslinien in dieser Gegend sind durchbrochen, und bis wir die Lage stabilisiert haben werden, muß mit einer feindlichen Besetzung dieses Stützpunkts gerechnet werden. Wir halten die Hauptstreitmacht des Gegners noch auf, aber niemand kann sagen, wie lange noch.«

»Gut«, sagte Odysseus. »Meine Leute sind bereit. Aber die anderen Wagen sollten vor die Barackeneingänge fahren. Die Leute können schneller einsteigen, und es wird weniger Verluste geben.«

Blizhmag gab seine Befehle, und eine Viertelstunde später rollte die Kolonne mit dreißig Stundenkilometern über die Landstraße. Die Panzerwagen sahen wie Schildkröten auf Rädern aus. Die gebogenen Dächer waren aus drei Schichten Holz, die Seiten waren doppelwandig und hatten Türen und Schießscharten. Die Besatzung eines Wagens bestand jeweils aus einem Fahrer, einem Offizier und sechs Armbrustschützen. Neben Odysseus kauerten, saßen und standen noch sechzehn oder siebzehn Passagiere eng zusammengedrängt im Wageninneren. Blizhmag hatte die ohnehin matten Scheinwerfer ausschalten lassen, um der Aufmerksamkeit feindlicher Stoßtrupps zu entgehen. Die Straße war ein weißliches Band in der Dunkelheit, und der Fahrer kannte sie auswendig; wiederholt wich er Schlaglöchern oder allzu tief ausgefahrenen Rinnen aus, um den überlasteten Wagen zu schonen.

Sie hatten ungefähr fünf Kilometer zurückgelegt, als der Neschgai-Fahrer seinen mächtigen Schädel näher an den Sehschlitz heranschob und gleichmütig brummte: »Feindlicher Stoßtrupp halbrechts voraus.«

Blizhmag, dem seine Wunden sichtlich zu schaffen machten, beugte sich stöhnend vor und spähte durch seinen Sehschlitz. Odysseus schob seinen Kopf über die Schulter des Fahrers und sah zwanzig bis dreißig blasse Gestalten mit federnden Sätzen über die Felder zur Landstraße laufen, um der Kolonne den Weg abzuschneiden. Blizhmag schaltete die Scheinwerfer ein. Ihre Reichweite betrug kaum zwanzig Meter, aber die Gestalten wurden etwas deutlicher, Augen glänzten rötlich im Widerschein des Lichts. Leopardenartig gefleckte Zweibeiner mit langen Schwänzen hielten Speere und dunkle runde Gegenstände, die Bomben sein mußten. Wie waren die Verbündeten Des Baums zu Schießpulver gekommen?

»Volle Fahrt voraus!« schnaufte Blizhmag. »Fahr sie über den Haufen, wenn sie zu nahe kommen! Armbrustschützen, Feuer frei!«

Der erste der Leopardenmenschen hatte die Straße erreicht. Plötzlich erschien rote Glut in seinen Händen, dann knisterte und sprühte eine kleine Flamme. Er hatte einen Feuerkasten geöffnet und an die Zündschnur einer Bombe gehalten. Die Flamme beschrieb einen Bogen, als die Bombe auf sie zuflog. Eine Armbrustsehne schwirrte, und der Bolzen schlug in die Brust des Leopardenmenschen, der mit einem Schrei zusammenbrach. Etwas schlug dumpf aufs Wagendach, dann folgte eine Explosion, die das Fahrzeug erschütterte und die Insassen fast betäubte. Aber die Bombe war vom Dach abgeprallt und auf der anderen Seite auf die Straße gefallen. Der Wagen fuhr weiter.

Die Angreifer, mit Speeren, offenen Feuerkästen und Bomben bewaffnet, kreisten sie ein. Die Speerträger versuchten ihre Waffen in die Schießscharten und Sehschlitze zu stoßen, und die anderen schleuderten ihre Bomben gegen die Seiten des Wagens.

Die Speerträger fielen, durchbohrt von Armbrustbolzen. Bomben prallten wirkungslos von den Seiten und vom Dach ab und explodierten auf der Straße, wo sie den Angreifern mehr Schaden zufügten als den Besatzungen der Panzerwagen.

Dann war der erste Wagen durch, und die Überlebenden griffen die nachfolgenden Fahrzeuge an. Mehr als die Hälfte von ihnen war tot oder verwundet. Ein Leopardenmann sprang in einem tollkühnen Angriff auf das Dach des letzten Wagens, zündete eine Bombe, sprang ab und wurde in den Rücken geschossen. Die Bombe zerfetzte die zwei oberen Holzschichten und beschädigte die dritte. Die Insassen konnten einige Stunden nichts hören, aber sie blieben unverletzt.

Als die Kolonne in die Stadt rollte, sah Odysseus ein paar brennende Häuser, zersplitterte Fenster und andere, kleinere Schäden. Die Fledermausleute hatten ein paar Dutzend Bomben geworfen und Soldaten und Zivilisten auf den Straßen mit Wurfspießen und Giftpfeilen getötet. Ein Selbstmordkommando war durch die Fenster im vierten Stock des Palastes geflogen (die trotz Schegnifs Anordnung immer noch nicht vergittert worden waren) und hatte mit vergifteten Wurfpfeilen viele Bedienstete und Angehörige der Palastwache getötet, aber der Herrscher und sein Großwesir waren unverletzt geblieben, und alle Angreifer bis auf zwei hatten den Tod gefunden.

Odysseus erfuhr dies von Schegnif, und er riet dem Großwesir, die zwei Gefangenen nicht hinrichten zu lassen. »Wir können sie ins Verhör nehmen, bis sie die Lage ihrer Stadt preisgeben.«

»Und was dann?« fragte Schegnif.

»Dann werden wir die Basis der Dhulhulikh mit einer neuen Luftflotte angreifen und zerstören.«

Schegnif war erstaunt. »Du bist nach den Ereignissen dieses Abends nicht niedergeschlagen?«

»Nicht im geringsten«, antwortete Odysseus. »Tatsächlich hat der Feind sehr wenig erreicht. Vielleicht hat er uns sogar einen Dienst erwiesen, denn wir werden jetzt bessere und größere Luftschiffe bauen. Dazu werden wir mehr Planung, Material und Zeit benötigen, aber sie werden ihren Zweck erfüllen und uns den Sieg bringen.«

»Die Invasion«, entgegnete Schegnif bedächtig, »die zur Zeit bereits eingedämmt ist, hat mich von einer Notwendigkeit überzeugt: Du hast recht mit deiner Auffassung, daß der Gegner ins Herz getroffen werden muß.

Wir könnten unsere Hilfsquellen und unsere Truppen verschleißen, wenn wir uns auf die bloße Verteidigung unserer Grenzen beschränkten. Allerdings sehe ich nicht, wie wir Dem Baum etwas anhaben können, selbst wenn es uns gelänge, seine Augen zu töten, die Dhulhulikh.«

Odysseus erläuterte seine Pläne. Schegnif hörte zu, nickte, befühlte seine Stoßzähne und seinen Rüssel. Dann sagte er: »Ich werde deine Pläne unterstützen. Wir bringen Verstärkungen an die Front, und es gibt keinen Zweifel, daß die Ignoom und die Glassim in den nächsten Tagen eine schwere Niederlage erleiden werden. Wir werden sie schlagen, daß ihnen für lange Zeit die Lust an kriegerischen Abenteuern vergehen wird. Die Bekämpfung der Dhulhulikh wird deine Sache sein.«

»Ich möchte die zwei gefangenen Dhulhulikh selbst verhören und in Gewahrsam halten«, sagte Odysseus. »Darüber hinaus brauche ich alle anderen, die etwa in Gefangenschaft geraten. Einige von ihnen werden uns die gewünschte Information geben.«

Schegnif war einverstanden und versprach, die Vorarbeiten energisch zu fördern.

Wieder arbeitete er von Sonnenaufgang bis in die Nacht, aber er nahm sich die Zeit, dem Streit zwischen Thebi und Awina auf den Grund zu gehen. Beide gaben zu, daß sie sich gestritten hätten, wer von ihnen höher in seiner Gunst stehe und mehr Rechte auf ihn habe. Wie es schien, war Thebi auf ihre Konkurrentin losgegangen, worauf Awina ihr Messer gezogen hatte.

Odysseus nahm sie beide hart ins Gebet, machte sie auf ihre Pflichten aufmerksam und erklärte ihnen, wie sie sich in Zukunft zu benehmen hätten. Schließlich drohte er, daß er sie kurzerhand beide fortschicken würde, wenn sie sich nicht daran hielten. Thebi weinte und Awina winselte, aber sie versprachen Besserung.

Eine seiner ersten Maßnahmen war, daß er eine große

Zahl von Falknern zusammenrief. Diese waren freie Männer, deren einzige Aufgabe darin bestand, Jungfalken aufzuziehen und für die Jagd abzurichten. Statt diesen Raubvögeln die Jagd auf Enten, Tauben und andere gefiederte Beute beizubringen, sollten sie sie lehren, die Fledermausleute anzugreifen.

Fünf Monate später wohnte Odysseus der ersten Vorführung bei, deren Ergebnis über die Brauchbarkeit von Jagdfalken als Waffe gegen die Dhulhulikh entscheiden sollte. Schegnif und einige hohe Militärs waren erschienen und sahen zu, wie ein verdrießlich aussehender Fledermausmann, der wußte, was ihn erwartete, freigelassen wurde. Er flog gegen den Wind auf, stieg auf zwanzig Meter Höhe, schwenkte herum und kam zurück. Er war mit einem Kurzspeer bewaffnet, und man hatte ihm Freiheit und unbehinderte Heimkehr versprochen, falls es ihm gelänge, sich erfolgreich gegen zwei Jagdfalken zu wehren.

Wahrscheinlich glaubte er dem Versprechen nicht, aber er tat, was von ihm verlangt wurde, weil er keine Alternative hatte. Als er in der vorgeschriebenen Höhe zurückkam und das Feld mit den versammelten Beobachtern überflog, nahmen die Falkner den beiden Jagdfalken die Kappen ab und warfen die Vögel in die Luft. Sie kreisten einen Moment, machten ihre Beute aus und stürzten sich heiser schreiend auf den Dhulhulikh. Dieser versuchte ihrem Angriff mit plötzlichen Richtungsänderungen zu entgehen, aber für solche Gegner war er zu groß und zu schwerfällig. Die zwei Falken stießen wie gefiederte Blitze auf ihn herab, der Fledermausmann hatte im letzten Augenblick seine Flügel angestellt und sich herumgeworfen, um ihrem Angriff zu begegnen. Einer der Falken trat seinen Kopf und schlug ihm die Fänge ins Gesicht, worauf er von der Speerspitze durchbohrt wurde, der andere grub die Fänge in seinen Bauch. Der Dhulhulikh kreischte und fiel, konnte sich nicht mehr fangen und schlug hart auf den Rücken.

Der überlebende Falke ließ nicht von seinem Opfer ab und begann, ihn mit Schnabelhieben zu zerfleischen.

»Natürlich können wir nicht für jeden Falken einen Ausbilder mitnehmen«, sagte Odysseus. »Wir werden die Tiere in Einzelkäfigen unterbringen, deren Türen von einem Mechanismus nach außen geöffnet werden können. Dann werden sie hinausfliegen und die nächsten Dhulhulikh angreifen.«

»Hoffen wir es«, seufzte Schegnif. »Ich habe nicht viel Vertrauen in die Wirksamkeit von Falken. Was soll sie daran hindern, sich zu viert oder zu fünft auf einen Dhulhulikh zu stürzen, während die anderen unbehelligt bleiben?«

»Das ist tatsächlich ein Problem, ja«, gab Odysseus zu. »Aber die Ausbilder arbeiten daran, eine Lösung zu finden.«

Trotz seiner Skepsis schien der Großwesir erfreut und befriedigt. Er ging eine Weile mit Odysseus auf und ab, und einmal, während sie sprachen, berührte er Odysseus' Nase freundschaftlich mit der Spitze seines Rüssels.

»Es ist in der Tat eine glückliche Fügung, daß der Steingott von einem Blitzschlag erweckt wurde«, sagte er. »Obwohl es ohne Zweifel Nesch war, der den Blitz schickte. Er tat es, damit du seinem Volk dienen konntest. Das sagen die Priester, und ich, Großwesir Seiner Majestät, beuge mein Haupt, wenn der niedrigste Priester mich über die Wahrheit belehrt.

Und so bin ich ermächtigt, dir zu sagen, daß du eingeladen bist, im Buch von Tiznak zu lesen. Du bist der einzige Fremde, der einzige Nicht-Neschgai, dem diese Ehre jemals zuteil wurde, und auch unter den Neschgai werden nur wenige so geehrt.«

Am folgenden Morgen sollte Odysseus erfahren, was es mit der ehrenvollen Einladung auf sich hatte. Ein grau gewandeter Priester mit einer Kapuze und einem kunstvoll geschnitzten Zauberstab kam zu ihm. Sein

Name war Zischbrum, und er war jung und sehr höflich. Aber er machte klar, daß der Hohepriester Odysseus' Anwesenheit im Tempel wünschte, nicht erbat.

Odysseus fuhr mit seinem Begleiter zum Westrand der Stadt und wurde in einen würfelförmigen Kuppelbau geführt. Die bescheidenen Abmessungen überraschten ihn. Der Innenraum hatte kaum eine Seitenlänge von zwanzig Metern und enthielt nichts als eine Granitstatue Neschs. Dieser Gott sah wie ein männlicher Neschgai aus, doch waren seine Stoßzähne etwas länger, sein Rüssel dicker. Drei Priester standen wie Wächter in einem Dreieck, dessen Mitte die Statue bildete, und wahrscheinlich hatten sie auch die Funktion von Wächtern.

Zischbrum führte seinen Gast am ersten Priester vorbei und blieb stehen. Er bückte sich und drückte auf einen kleinen Steinwürfel, und eine Granitplatte des Bodens vor ihm sank nach unten. Er führte Odysseus eine steile Treppe hinab, die vom matten Licht biologischer Leuchtkörper erhellt war. Die Granitplatte hob sich hinter ihnen und verschloß die Öffnung.

Odysseus hatte keine Ahnung gehabt, daß sich unter der Stadt der Neschgai eine zweite befand. Sie war nicht von den Neschgai erbaut worden, das war ihm bald klar, diese unterirdische Stadt war sehr viel älter, und sie war nicht auf Bewohner von der Körpergröße der Neschgai zugeschnitten.

»Wer hat diese Stadt erbaut?« fragte er.

»Wir wissen es nicht«, erwiderte der Priester. »Wir Neschgai waren ein kleiner und primitiver Stamm, als wir hierherkamen. Wir entdeckten die versunkene Stadt und gruben sie aus, und wir fanden vieles, das wir gebrauchen konnten. Die pflanzlichen Batterien und Motoren, zum Beispiel, wurden aus Saaten gezüchtet, die wir in Behältern konserviert fanden. Auch gibt es viele Objekte, deren Zwecke wir noch nicht bestimmen konnten. Wenn wir es könnten, würden wir vielleicht imstande sein, Den Baum zu zerstören. Dies mag der Grund sein, warum Der Baum so begierig ist, uns zu zerstören.« Nach einer Pause sagte er: »Und dann gibt es das Buch von Tiznak.«

»Tiznak?«

»Er war der größte unserer Priester in den alten Tagen. Nesch verlieh ihm die Gabe, das Buch zu lesen. Folge mir. Ich werde dich zu dem Buch bringen. Und zu Kuuschmurzh, dem Hohenpriester.«

Kuuschmurzh war ein sehr alter und sehr runzliger Neschgai mit dicken Brillengläsern und zittrigen Händen. Er segnete Odysseus, ohne sich von seinem Lager aus Kissen zu erheben, und sagte, er wolle mit ihm sprechen, nachdem er in dem Buch gelesen habe. Das heißt, er wolle es tun, wenn Odysseus imstande sei, in dem Buch zu lesen.

Odysseus ging mit dem jungen Priester an vielen Räumen vorbei, die wie Schaufenster mit Glasscheiben verschlossen waren und aufgefundene Artefakte der versunkenen Kultur enthielten. Es war ein Museum, ein mit viel Behutsamkeit und Verständnis eingerichtetes archäologisches Museum. Sie kamen zu einer Kammer, die nur eine runde Metallplatte von zwei Metern Durchmesser enthielt. Das Metall schien Messing zu sein, und die Platte war leer bis auf ein rechteckiges kleines Messingschild, das nahe dem Rand befestigt war. Dieses Schild trug eine mehrzeilige schwarze Beschriftung. Odysseus blieb stehen und sagte: »Das ist seltsam. Was befand sich auf dieser Platte?«

»Du selbst, wenn man der Legende glauben darf«, sagte Zischbrum. »Die Plattform war leer, als wir Neschgai diesen Raum ausgruben.«

Odysseus' Herz schlug schneller, und er verspürte ein seltsam ziehendes Gefühl im Magen. Er beugte sich über die schwarze Schrift. Der Raum war so still, daß er das Blut in seinen Ohren singen hören konnte.

Die Buchstaben sahen aus, als ob sie sich aus dem lateinischen Alphabet entwickelt haben könnten, aber die Wörter hatten keine Ähnlichkeit mit irgendeiner Sprache, die ihm bekannt war. Der Text hatte sechs Zeilen, und in der ersten Zeile waren drei Wörter in Großbuchstaben. Wenn seine Deutung der Schriftzeichen richtig war, dann lauteten diese Wörter ›Cuziz Zine Nea‹. Konnten sie für Odysseus Sinclair stehen? Die am Schluß des Textes angeführten Daten waren womöglich noch unverständlicher als der Text selbst. Es waren auch keine arabischen Ziffern verwendet worden, aber eine der Jahreszahlen mußte 1985 darstellen, während die zuletzt angegebene sich wahrscheinlich auf das Jahr bezog, in dem dieses Ausstellungsstück auf die Plattform gesetzt und ins Museum gekommen war. So sehr er sich bemühte, er konnte die Aufschrift nicht entziffern.

Doch es spielte auch keine Rolle, ob es 1985 oder 50 000 geschehen war, wobei alle Wahrscheinlichkeit für das frühere Datum sprach. Achtundvierzigtausend Jahre nach seiner Zeit hatten sich Sprache und Schrift sicherlich bis zur absoluten Unkenntlichkeit verändert.

Es spielte keine Rolle: Was eine Rolle spielte, war, daß er einmal auf dieser Metallplatte gesessen hatte, und daß viele Besucher, vielleicht Millionen, im Laufe von einigen hundert oder auch tausend Jahren an ihm vorübergegangen waren, diese Zeilen gelesen und mit ehrfürchtigem Gruseln seine versteinerten Züge betrachtet hatten. Und auch mit Heiterkeit, denn nicht einmal die Gegenwart des Todes kann Menschen davon abhalten, plumpe Witze zu reißen. Sie würden ihn mit Neid betrachtet haben, hätten sie gewußt, daß er wieder auferstehen würde, wenn ihr Staub seit Jahrmillionen verweht und vergessen wäre.

Er fragte sich, was später geschehen war. Hatte jemand ihn gestohlen? War er beim Untergang jener Museums-Zivilisation einfach abhanden gekommen, vom zusammenstürzenden Gebäude begraben worden? War er von der Plattform genommen und an einen anderen

Ort gebracht worden? Wer wußte, was. geschehen war? Es hatte vor so langer Zeit stattgefunden, daß es immer ein Geheimnis bleiben würde.

Er richtete sich auf und folgte Zischbrum durch alte Straßen mit geborstenem, unebenem Pflaster, die jetzt Korridore waren, und schließlich blieb der Neschgai vor einer leeren Wand stehen. Er sprach ein Wort, daraufhin schien die Wand zu schmelzen und neblig zu werden, und vor ihnen öffnete sich ein Durchgang. Odysseus folgte dem Riesen in einen kleinen Raum, der wie das Innere einer Kugel war. Die Innenwandung war mit einer silbrigen, reflektierenden Substanz überzogen, und in der Mitte, ohne sichtbare Befestigung, schwebte ein enorme silbrige Scheibe. Zischbrum nahm Odysseus bei der Hand und führte ihn zu einem Punkt vor der Scheibe. Sie hing senkrecht vor ihm, und er spiegelte sich darin.

Aber die Scheibe spiegelte nicht Zischbrum, der direkt hinter ihm stand.

»Ich kann nicht in dem Buch lesen«, sagte Zischbrum traurig. »Rufe, wenn du gelesen hast«, fügte er hinzu. »Die Tür wird sich öffnen, und ich werde dich dann zu Kuuschmurzh führen.«

Odysseus hörte den Neschgai nicht fortgehen. Er starrte sein Spiegelbild an — und plötzlich löste es sich auf, verdunstete, Schicht um Schicht seines Fleisches verblaßte; sein Gerippe stand vor ihm; auch das verblaßte, und nur die Scheibe blieb.

Er trat einen Schritt vor und dachte, daß er nicht in das feste Material gehen könne — aber wußte er, daß es fest war? Und dann war er *in* der Scheibe. Oder bildete er es sich nur ein?

Um ihn erschienen Dinge, schälten sich aus einem unsichtbaren Nebel, der sich durch sein Erscheinen aufzulösen schien.

Er ging weiter und streckte seine Hand aus, aber er konnte nichts berühren. Er ging durch den riesigen

Baum, der vor ihm war, ging durch Finsternis und kam auf der anderen Seite heraus. Eine Frau, eine schöne braune nackte Frau, die Ohrringe, einen Nasenring, Halsketten und Armreifen trug, ging durch ihn hindurch. Sie ging sehr schnell, wie in einem Zeitrafferfilm.

Dinge eilten vorbei. Jemand beschleunigte den Film noch mehr. Dann verlangsamte er sich, und Odysseus stand im Mondlicht vor einem anderen gigantischen Baum. Der Baum war sicherlich dreimal so groß wie die mächtigste Sequoia im Kalifornien seiner Zeit. Im Stamm, wo er der Erde entwuchs, waren mehrere Öffnungen oder Eingänge, aus denen Lichtschein drang. Ein Junge von vielleicht fünfzehn Jahren, mit Bändern und Quasten in seinem langen Haar und an seinen Ohren, betrat den Baum. Odysseus folgte ihm eine ausgehauene Treppe hinauf. Er verstand nicht, wie er da hinaufgehen konnte, ohne imstande zu sein, irgend etwas anzufassen. Als er den Jungen berühren wollte, griff seine Hand durch ihn.

Der Junge lebte mit einem Dutzend anderen Jugendlichen beiderlei Geschlechts in dem Baum. Sie hatten Lager aus Moos, einen kleinen steinernen Herd, Töpfe, Pfannen und Küchengeräte. In einer Ecke war ein primitiv bemalter Holzkasten, der Lebensmittelvorräte enthielt. Und das war alles.

Er verließ den Baum und wanderte durch eine parkähnliche Landschaft, die zu verblassen begann. Er hatte das Gefühl, daß Zeit verstrich, ungeheuer viel Zeit. Es war wieder Nacht, als die Dinge sich stabilisierten. Überall in dem Land, das er wie ein Geist durchwanderte, wuchsen Bäume, viel größer als die Sequoias. Sie waren riesenhaft und doch waren sie nur Zwergformen Des Baumes, den er kannte. In ihnen waren kleine Städte, und auf ihnen wuchsen gewöhnliche Bäume, die mit Ausnahme des Fleisches alle Nahrung lieferten, die die Bewohner der Städte brauchten.

Es gab auch Bäume, die biologische Labors enthiel-

310

ten. In ihnen experimentierte man mit gezüchteten Katzen und Hunden, die stark vergrößerte Schädelvolumen aufwiesen. Und es gab Affen, die ihre Schwänze und viel von ihrer Behaarung verloren hatten und aufrecht gingen. Und viele andere Tiere, die offensichtlich von Genetikern verändert und Nachkommen gezielter Mutationen waren.

Wieder hatte er das Gefühl, daß viel Zeit verging. Die Erde sah verlassen aus. Feuchtheiße Winde trieben schwere Wolkenmassen über das Land. Die Polarkappen waren geschmolzen, und Erdbeben, Vulkanausbrüche und überflutete Küstenländer verwandelten das Angesicht der Erde. Undurchdringliche Regenwälder überzogen das restliche Land. Kleine Gruppen von Menschen schlugen Lichtungen in den Dschungel und kultivierten bescheidene Felder. Die Dörfer waren klein und weit verstreut, und ihre Bewohner lebten isoliert voneinander.

Große, durchscheinende Tropfen erschienen und schwebten über den Dörfern. Als sie der Wind davontrieb, waren die letzten Überlebenden der Gattung Homo sapiens tot.

Die anderen intelligenten Lebensformen, die Katzen-, Hunde-, Leoparden-, Bären- und Elefantenmenschen, blieben unbehelligt. Wer immer die Tropfen bediente und steuerte — sofern sie nicht selbst lebendige Einheiten waren — wollte nur den Homo sapiens ausrotten.

Die Fledermausleute waren eine genetisch modifizierte Form des Homo sapiens, und auch sie waren ausgerottet worden. Aber als die Tropfen fort waren, kamen überlebende Fledermausleute aus ihren Schlupfwinkeln im Dschungel.

Die Menschensklaven der Neschgai und die Vroomav waren keine Nachkommen des Homo sapiens. Ihre Vorfahren waren mutierte Affen gewesen. Dies erklärte, warum die Tropfen sie am Leben ließen.

Odysseus schwebte weiter über das Gesicht der Erde.

Zeit verstrich, und die Wolkenmassen lockerten sich auf. Das Klima wurde trockener, der Regenwald wich zurück. Und Der Baum begann zu wachsen und sich auszubreiten.

Er schien rückwärts aus der Scheibe zu treten, ohne sein Zutun, ja gegen seinen Willen.

Später, im Gespräch mit dem Hohenpriester, formulierte er seine eigene Theorie über das Buch von Tiznak. Kuuschmurzh hatte eine theologische Erklärung für die seltsamen Dinge, die den Lesern des Buches widerfuhren. Nesch diktierte seinen Inhalt gemäß dem, was der einzelne Leser nach seinem Willen in dem Buch finden sollte. Aber der Hohepriester gab zu, daß seine Erklärung irrig sein könne. Sie sei kein Dogma.

Odysseus glaubte, daß die Hersteller der Scheibe — wer immer sie gewesen sein mochten — eine Aufnahme der Vergangenheit gespeichert hatten, eine Art Filmaufzeichnung. Die Besonderheit des Buches war, daß es in irgendeiner Weise den individuellen Wünschen jedes Lesers Rechnung trug und eine Abfolge von Schlüsselereignissen brachte, die ihn interessierten. Das Buch mußte imstande sein, den Geist des Lesers auszuforschen, und lieferte dann die gewünschte Information. Der einzige und wunde Punkt in seiner Erklärung war, daß die Hersteller die ›Filmaufzeichnung‹ der Vergangenheit wohl kaum nachträglich gemacht haben konnten. Aber sie hatten sie erst recht nicht zur Zeit des jeweiligen Geschehens machen können, denn die wiedergegebenen ›Aufzeichnungen‹ spiegelten Ereignisse, die Jahrmillionen auseinanderliegen mußten. Hatten sie also eine Art Zeitmaschine besessen, um nach Belieben durch die Zeit zu reisen?

»Das mag wohl wahr sein«, sagte der Hohepriester. »Deine Erklärung mag den Tatsachen entsprechen, und sie steht nicht im Widerspruch zu der offiziellen Erklärung, daß Nesch den Inhalt diktiert. Und ist es nicht klar, daß Nesch allein in der Lage ist, weite Zeiträume zu überblicken und ihr Geschehen seinen Auserwählten bildhaft darzustellen?«

Odysseus verneigte sich. Es hatte keinen Sinn, gegen diese Anschauung zu argumentieren.

»Verstehst du jetzt, daß Der Baum eine denkende Einheit und unser Feind ist?« sagte Kuuschmurzh.

»Das Buch hat mir darüber keine klare Auskunft gegeben«, sagte Odysseus. »Aber allmählich beginne ich daran zu glauben.«

Als er zu seinem Stützpunkt zurückkehrte, hatte seine innere Einstellung zu Thebi sich gewandelt. Er sah in ihr nicht länger die potentielle Mutter seiner Kinder. Er bezweifelte sehr, daß sie oder irgendeine andere Vroomav überhaupt von ihm empfangen konnte. Obwohl sie entwicklungsgeschichtlich über den Homo sapiens seiner Zeit hinausgewachsen war — das bewiesen die vierzehigen Füße und die fehlenden Weisheitszähne —, hatte sie wahrscheinlich eine unterschiedliche Chromosomenanordnung. Sie war nicht unfruchtbar, er war kein Partner für sie. Genug Zeit war vergangen, daß dies als erwiesen gelten konnte.

Es war zwar möglich, daß sie von Natur aus unfruchtbar war, aber unwahrscheinlich, den Luscha war auch oft genug mit ihm im Bett gewesen, und hatte auch nicht empfangen. Blieb nur noch die Möglichkeit, daß er durch seine Versteinerung selbst unfruchtbar geworden war.

Er war enttäuscht. Aber dann fragte er sich, warum er enttäuscht sein sollte. Es war nicht seine Schuld, daß er der menschlichen Rasse nicht wieder auf die Beine helfen konnte. Es war auch nicht wichtig, ob die Erde noch einmal Menschen trug oder nicht. Im Gegenteil. Der Mensch war nahe daran gewesen, die Erde zu zerstören. Die schwebenden Tropfen hatten sich darauf konzentriert, Homo sapiens auszulöschen, hatten aber die anderen intelligenten Lebensformen in Ruhe gelassen. Nicht, daß diese von Natur aus edler und weniger schlecht waren. Aber sie hatten der Erde bis dahin nichts Böses zugefügt, und so waren sie verschont geblieben.

Warum sollte er seine verderbliche und destruktive Rasse wiederbeleben? Es gab keinen Grund, der dafür sprach. Aber er fühlte sich trotzdem schuldig, weil er unfähig war, es zu tun.

Dieses Schuldgefühl erklärte, warum er seinem Haushalt eine weitere menschliche Sklavin hinzufügte. Er nannte sie immer noch menschlich, denn in einer Weise waren sie es. Es war ein sehr schönes Mädchen mit goldbrauner Haut und grünen Augen und hieß Phanus.

Ein knappes Jahr nach der Zerstörung des ersten Luftschiffgeschwaders, an einem kühlen, klaren Morgen mit leichtem Südwind, stieg die neue Flotte auf, voran das Flaggschiff, die *Vizhgwaph*, was soviel wie ›Blauer Geist‹ bedeutete. Es war neunzig Meter lang und hatte einen Durchmesser von zwanzig Metern. Ein gräßlicher Dämon war in blauer Farbe auf seinen mächtigen Bug gemalt, unter dem die Gondel des Kommandanten hing. An jeder Seite waren drei Motorengondeln montiert, und unter dem Heck hing eine weitere Gondel mit Bogen- und Armbrustschützen und Bombenwerfern. Das hohle Innere enthielt ein sehr leichtes Holzskelett, Laufgänge, Leitern, Vorratszellen und zehn mächtige Gasballons. Auf der Oberseite des Zigarrenrumpfs befanden sich vier Gefechtsstände mit Bogenschützen, Falknern und Raketenschützen. Weitere Schützen saßen in Seitenbalkons entlang der Mittellinie, und eine Anzahl Öffnungen in der Außenhaut beider Seiten erlaubten es, von den Laufgängen Pfeile hinauszuschießen, Bomben zu werfen oder Falken auszulassen.

Odysseus stand auf der Brücke hinter dem Steuermann. Die Signalleute, die durch Flaggenzeichen mit den anderen Schiffen Verbindung hielten, die Ordonnanzen, die Befehle zu den verschiedenen Teilen des Luftschiffes zu bringen hatten, und mehrere Armbrust- und Bogenschützen waren ebenfalls in der Gondel. Hätte Schegnif nicht darauf bestanden, so viele Neschgai in die Besatzungen aufzunehmen, wäre mehr Platz auf der Brücke, dachte Odysseus mürrisch.

Er war sehr stolz auf seine Luftschiffe, schließlich waren sie seine Idee gewesen. Die Flotte flog in Formation und stieg immer höher. Odysseus hatte eine Flughöhe von viertausend Metern angeordnet; in dieser Höhe war die Luft zu dünn für die Fledermausleute. Sie konnten also die Luftschiffe nicht angreifen, bis diese über ihrem Ziel niedergingen.

Ihr Ziel war das Zentrum Des Baums, wenn ihre Informanten die Wahrheit gesagt hatten. Der Schmerz war ein Feind der Lüge, und die gefangenen Fledermausleute waren schmerzhaften Foltern unterworfen worden, bis sie gesagt hatten, was die Wahrheit sein mochte, denn ihre Aussagen stimmten überein.

Der Baum war von oben gesehen ein von Horizont zu Horizont reichendes Gewirr, ein grüngraues, bunt gesprenkeltes Netzwerk von grauen Ästen, Laub und den verschiedenen Grüntönen der Büsche und Bäume, die auf Dem Baum wuchsen. Hier und dort blitzte die Sonne auf Wasserläufen, und einmal erhob sich eine blaßrosa Wolke aus dem tiefgrünen Dschungel, schwebte über das ungeheure Dickicht, um dann in einen Lianenteppich einzufallen. Es waren unzählige Vögel, die irgend etwas aufgestört hatte.

Der Baum glitt unter ihnen vorbei wie ein erstarrter Ozean. Gelegentlich gab es Stellen, wo die Riesenäste weniger dicht verschränkt waren, so daß man beinahe bis zum Boden des grünen Abgrundes sehen konnte. Welch ein kolossaler Organismus! Nie hatte die Welt Ähnliches gekannt, nicht in all den Milliarden Jahren ihrer Existenz. Es wäre eine Schande und eine Tragödie, ein solches Lebewesen zu vernichten.

Hin und wieder sahen sie fliegende Dhulhulikh tief unter sich. Sie wußten, daß die Luftschiffe des Steingottes und der Neschgai unterwegs zu ihrer Stadt waren. Sie hatten genug Späher und Spione, wahrscheinlich sogar unter den Sklaven der Neschgai.

Die Sonne stand am Westhimmel, als sie sich dem Mittelpunkt Des Baumes näherten, wo sich die Stadt der Dhulhulikh befinden mußte. Die meisten Stämme ragten hier in eine Höhe von dreitausend Metern auf, wo sie ihre mächtigen Kronen ausbreiteten. Ungefähr zehn Kilometer voraus kam ein Stamm in Sicht, dessen Krone die anderen um mehrere hundert Meter überragte. Nach den erpreßten Aussagen der Gefangenen mußte sie die Stadt der Dhulhulikh enthalten. Irgendwo in diesem Stamm und seinen mächtigen Ästen mußten sie ihre Höhlen haben. Natürlich würden sie sich bis zum letzten Moment verbergen.

Odysseus änderte die Formation seiner Flotte, so daß die Luftschiffe in einer Reihe hintereinander das Ziel passieren würden. Sie begannen tiefer zu gehen, und das Flaggschiff war auf dreitausenddreihundert Metern, als es den zentralen Stamm erreichte. Damit war es noch immer außerhalb der Reichweite der Fledermausleute, die nicht viel höher als dreitausend Meter fliegen konnten, und auch das nur ohne zusätzliches Gewicht.

Langsam glitt auf der Steuerbordseite die pilzförmige Baumkrone vorüber. Vögel flatterten auf und strichen ab, als der silbrig schimmernde Goliath vorbeizog.

Dann beschrieb das Flaggschiff einen Bogen von dreihundertsechzig Grad und flog in dreitausend Metern Höhe von neuem an. Es bewegte sich nun mit fünfzehn Stundenkilometern gegen den Wind, und der Vorbeiflug gab der Besatzung genug Zeit, Beobachtungen zu machen. Wieder flogen Vögel auf, Tausende von Vögeln, aber von den Dhulhulikh war keine Spur zu sehen.

Die Stadt war gut versteckt. Die Beobachter in den

Luftschiffen sahen nichts als den üblichen Dschungel und die gelegentlichen Wasserläufe. Und doch hatten die Gefangenen unter der Folter ausgesagt, daß sechseinhalbtausend Krieger ausschwärmen konnten, ihre Stadt zu verteidigen.

Das Flaggschiff sank tiefer, und beim nächsten Vorbeiflug war es nur noch hundertfünfzig Meter über einem der gigantischen Äste. Odysseus gab den Bombenwerfern Befehl, sich bereitzuhalten.

Diesmal hatten sie wieder Rückenwind, und der ungeheure Stamm kam so bedrohlich schnell näher, daß Odysseus versucht war, den Kurs zu ändern, um eine Kollision zu vermeiden, aber er hatte seine Berechnung gemacht, und der Wind war im Abflauen begriffen, so daß plötzliche Böen nicht zu befürchten waren. Nach seiner Rechnung mußten sie den Stamm in etwa hundert Metern Entfernung passieren.

Dieser Vorbeiflug bot ihnen den bisher besten Einblick in die oberen Etagen und in die Verzweigungen der Äste über und unter ihnen.

Noch immer kein Zeichen von den Dhulhulikh.

Odysseus ließ das Flaggschiff von neuem wenden und noch tiefer gehen, doch hielt er größeren Abstand vom Stamm. In dieser Höhe, bereits unter der Wipfelebene der anderen Stämme, herrschte absolute Windstille, die ein sicheres Manövrieren erlaubte. Wie notwendig dies in den relativ engen Räumen war, zeigte sich kurz darauf, als der ›Blaue Geist‹ zwischen zwei Ästen durchschwebte, die einen Höhenabstand von nur achtzig Metern hatten.

Odysseus war zu sehr auf die Manöver konzentriert, um die gefurchte und überwachsene Oberfläche Des Baumes nach Eingängen zur Stadt abzusuchen. Aber als das Luftschiff in einem verhältnismäßig weiten Raum zwischen den Stämmen und Ästen wendete, hörte er einen der Beobachter rufen: »Dort ist eine Öffnung!«

Unter einer gewaltigen Astgabelung war der Eingang zu einer Höhle, oval und vielleicht dreißig Meter breit. Überschattet vom Ast, sah er dunkel und leer aus, doch Odysseus war überzeugt, daß viele Dhulhulikh hinter dieser Höhlenöffnung lauern mußten. Wahrscheinlich warteten sie ab, ob die Angreifer den Eingang entdecken würden. Grauschpaz, der verantwortliche Neschgai-Offizier, streckte seinen dicken Arm aus und sagte: »Da ist ein zweites Loch!«

Er zeigte auf ein weiteres dunkles Oval unter einem Ast im Stamm zu ihrer Rechten.

Das Schiff mußte zwischen beiden Löchern durch, was bedeutete, daß es von beiden Seiten angegriffen werden konnte.

Odysseus ließ diese Information den anderen Luftschiffen übermitteln und befahl ihnen, nicht dem Flaggschiff zu folgen, sondern zu steigen und zu kreisen. Es war eine riskante Situation. Die Fledermausleute konnten leicht über das Luftschiff steigen und Bomben auf seine Hülle werfen. Ein, zwei Treffer könnten genügen, um den ›Blauen Geist‹ in eine Wolke aus Feuer zu verwandeln.

Er ließ Gefechtsalarm geben und befahl den Raketenschützen, im Vorbeiflug auf die Öffnungen zu feuern. Eine Minute später schossen Flammen und Rauch spukkende Projektile vom Luftschiff zu den Höhlenöffnungen hinüber. Mehrere explodierten neben den Eingängen, aber fünf verschwanden in dem einen und drei in dem anderen Loch. Jede Rakete trug einen Sprengkopf mit zehn Pfund Schwarzpulver und einem Aufschlagzünder.

Feuer und schwarzer Rauch schossen aus beiden Eingängen. Körper wurden herausgeschleudert und verschwanden in der Tiefe, und dann war das Luftschiff durch. Einen Augenblick später, während noch immer dichter Rauch aus den Öffnungen quoll, sprangen geflügelte Krieger heraus, fielen, begannen zu flattern und versuchten das Luftschiff einzuholen. Andere folgten ihnen, ein nicht endenwollender Strom von Kriegern.

Gleichzeitig erschienen Dhulhulikh aus anderen, verborgenen Löchern. In den Lianen- und Rankenvorhängen wurde es lebendig, Hunderte von geflügelten Kriegern brachen hervor.

Eine zweite Raketensalve traf die beiden Höhlen und unterbrach die Ströme der ausfliegenden Krieger. Ein anderes Luftschiff überflog die Lianen und entlud einige Dutzend Wurfbomben mit brennenden Lunten. Explosionen zerfetzten das Geflecht an vielen Stellen, und ein paar hundert Körper fielen heraus. Aber die meisten von ihnen fingen ihren Sturz ab und kamen wieder heraufgeflattert.

Awina packte Odysseus am Arm und zeigte zur Steuerbordseite.

»Da!« schrie sie. »Da, unter dem zweiten Ast! Ein riesiges Loch!«

Odysseus sah es, kurz bevor sich die Rundung des Stammes dazwischenschob und ihm die Sicht versperrte. Das Loch war dreieckig und sah aus, als ob es hundert Meter breit wäre. Aus ihm quoll eine breite unabsehbare Kolonne geflügelter Krieger, jeweils vierzig oder fünfzig nebeneinander. Sie marschierten diszipliniert zum Rand, sprangen Reihe um Reihe gemeinsam ab, fielen, breiteten die Flügel aus und begannen zu steigen. Sie beteiligten sich nicht an der Verfolgung des Luftschiffs, sondern flogen aufwärts, als strebten sie einem bestimmten Treffpunkt zu.

Wahrscheinlich wollten sie so hoch wie möglich steigen, um dann in Angriffsformation auf die Luftschiffe herabzustoßen.

Odysseus gab der Flotte Befehl, über die Flughöhe der Dhulhulikh hinaufzusteigen. Dieses Manöver beanspruchte fünfzehn Minuten. Dann bewegte die Flotte sich in Angriffsformation gegen die Wolke von Fledermausleuten, die unterhalb der pilzförmigen Krone den

Stamm umkreiste. Odysseus wollte direkt die Stadt angreifen, aber zuerst mußten sie die fliegenden Truppen niederkämpfen.

Viele Dhulhulikh hatten Wurfbomben, und ihre Zahl schien unerschöpflich. Als sie die Luftschiffe in gleicher Höhe herankommen sahen, verließen sie Den Baum und flogen in weit ausfächernder Formation der Flotte entgegen, doch kurz bevor ihre Angriffsspitze herangekommen war, stiegen die Luftschiffe über den Schwarm. Ein Regen von Wurfbomben fiel auf die geflügelten Bataillone und zerriß den Schwarm durch Explosionen.

Hunderte von Dhulhulikh fielen in die Tiefe, andere taumelten mit matten Flügelschlägen abwärts, verletzt und kampfunfähig, um irgendwo einen rettenden Ast zu finden. Die Schiffe wendeten und kehrten zurück. Die fliegenden Krieger, verzweifelt bemüht, auf die Höhe der Luftschiffe zu kommen, hatten sich inzwischen besser verteilt, um die Wirkung der Bomben abzuschwächen. Trotzdem verloren sie wieder mehrere hundert Leute.

Die Flotte zog über sie hinweg, wendete, und nun sanken die stumpfen Nasen der Luftschiffe. Die Dhulhulikh sahen, daß die Schiffe unter ihnen durchkommen würden. Zweifellos fragten sie sich, welcher Wahnsinn die Eindringlinge befallen haben mochte, aber sie waren entschlossen, ihren Vorteil daraus zu ziehen. Sie kreisten in absteigenden und wieder aufsteigenden Spiralen vor dem Flaggschiff, das tiefer ging, bis es kurz vor den ersten Verteidigern war, dann begann es wieder zu steigen. Es durchstieß die Spirale; kein Dhulhulikh konnte es übersteigen, aber sie umringten es, strömten von allen Seiten herbei und hüllten es ein wie ein Mückenschwarm.

Bomben, von Händen und Katapulten geschleudert, explodierten zwischen ihnen. Die Luft war von Rauchwolken, anfliegenden und abstürzenden Körpern erfüllt. Einen Moment später entließ das Flaggschiff einen Teil seiner Falken. Vier von den anderen Luftschiffen waren dicht hinter dem Flaggschiff, und auch sie hatten die Hälfte ihrer Falken freigelassen. Die übrigen fünf Schiffe hatten abgedreht und sanken tiefer, aber die von den Explosionen und dann von den Falken angerichtete Verwirrung war so groß, daß kein Dhulhulikh an Verfolgung dachte.

Die fünf Luftschiffe schraubten sich um den Hauptstamm tiefer und feuerten Raketen in die Löcher. Die schwerste Konzentration ihres Feuers lag auf dem großen Loch, und eine Rakete schien irgendwo im Inneren einen Bombenvorrat getroffen haben, denn eine Serie von Detonationen waren im Inneren Des Baums zu hören. Die Ränder des Lochs wurden aufgerissen, und als der Rauch abzog, zeigte die Seite des Stamms eine klaffende Wunde.

Odysseus war zufrieden über diesen Erfolg, aber seine Freude verflog, als er bemerkte, daß das letzte der fünf Schiffe in Flammen aufgegangen war.

Eine gewaltige Glutwolke brach aus dem aufreißenden Rumpf, und das Wrack stürzte auf einen Ast, hundert Meter unter dem Loch, wo es innerhalb weniger Minuten ausbrannte.

Die vier übrigen Schiffe stiegen, entfernten sich vom Baum und hielten auf die fünf anderen zu, die inzwischen die Kampfzone verlassen und gleichfalls gewendet hatten. Die Dhulhulikh sahen sich von zwei Seiten angegriffen, aber sie stürzten sich mit dem Mut der Verzweiflung auf die Luftschiffe. Weitere Falken wurden aufgelassen und brachten Unordnung in die Reihen der Angreifer, aber genug Krieger kamen zu den Luftschiffen durch. Sie wurden mit einem Regen von Pfeilen und Armbrustbolzen empfangen, während sie die Zündschnüre ihrer kleinen Bomben in Brand setzten und die verderbenbringenden Kugeln gegen die Schiffe warfen. Einige trafen die Außenhaut des Flaggschiffs, prallten ab und explodierten, doch obwohl sie ein paar große Löcher in die Hülle rissen, blieben die großen Gaszellen im Inneren intakt.

Die Schiffe beider Flottenteile waren einander nun so nahe, daß sie die Dhulhulikh von zwei Seiten unter Feuer nehmen konnten. Die geflügelten Krieger verloren ihren taktischen Zusammenhalt, und als die restlichen Falken aufgelassen wurden, zeichnete sich das Ende der Luftschlacht ab. Hunderte von Fledermausleuten stürzten in die Tiefe, von Pfeilen und Bolzen durchbohrt, und viele von ihnen hatten keine Gelegenheit gehabt, ihre Bomben zu werfen. Andere taumelten, von immer wieder zustoßenden Falken bedrängt, aus dem Kampfgebiet in tiefere Regionen und ergriffen die Flucht.

Ein blendender Lichtblitz zuckte auf, der zu einer schrecklichen, weißglühenden Glutwolke wurde. Odysseus wirbelte herum und sah ein weiteres Luftschiff der zweiten Gruppe brennend abstürzen.

Es fiel langsam, beinahe majestätisch, dann brach es in der Luft entzwei. Weiße und rote Flammen brodelten aus dem Skelett des Rumpfs, und eine lange schwarze Rauchfahne stand über ihm, ein Fanal des Todes. Odysseus sah Gestalten aus den Gondeln springen, einige von ihnen in Flammen. Und viele geschwärzte Leichen geflügelter Krieger fielen mit den torkelnden Wrackhälften in die Tiefe. Das Schiff mußte Gegenstand einer besonders starken Konzentration von Dhulhulikh gewesen sein. So hatten sie ihre Bomben ins Ziel bringen können, nur um in der Glutwolke der Wasserstoffexplosion zu Hunderten das Schicksal ihrer Gegner zu teilen.

Die Fledermausleute schienen nun erheblich dezimiert zu sein — und sie waren vor allem demoralisiert. Odysseus erkannte, daß diese Luftschlacht geschlagen war. Er gab den anderen Luftschiffen Befehl, die restliche Streitmacht der Fledermausleute zu binden und wenn möglich ganz zu vernichten, während er mit dem Flaggschiff die Invasion der Stadt vorbereiten werde.

Bei der nächsten Wendung ließ er das Flaggschiff ausscheren und ging in einem weiten Bogen tiefer. Die Sonne berührte den Horizont und erfüllte die Gondel mit dem Licht des Abendrots, aber die Tiefen Des Baums lagen schon in tiefer Dunkelheit. Kein Dhulhulik zeigte sich, als der ›Blaue Geist‹ durch die Wipfelregion abwärts sank. Bald mußten sie die Suchscheinwerfer einschalten, und einmal fiel ein Lichtkegel auf einen Schwarm geflügelter Leute, die in ein Loch im Stamm flogen. Es schienen überwiegend Frauen und Kinder zu sein, die sich in den Lianenteppichen verborgen hatten und nun im Schutz der Dunkelheit in ihre Wohnungen zurückkehrten.

Odysseus kümmerte sich nicht um sie. Seine Leute in den verschiedenen Bordstationen beobachteten den Luftraum und hielten insbesondere nach Kriegern mit Bomben Ausschau. Er mußte sich auf sie verlassen. Seine Aufmerksamkeit war darauf konzentriert, das Loch über einem Ast wiederzufinden, das Grauschpaz entdeckt hatte. Und dann kam es darauf an, das Luftschiff langsam und vorsichtig in eine Position direkt vor dem Loch zu manövrieren.

Es war ein gewagter Schachzug, vielleicht sogar, wie einige Neschgai gesagt hatten, ›dumm und selbstmörderisch‹.

Langsam schob sich der ›Blaue Geist‹ durch die hereinbrechende Nacht, und eine nervenaufreibend lange Zeit verging, bis die Öffnung gefunden war — die einzige, die über einer Astgabelung lag, anstatt darunter.

Meter um Meter bewegte sich das Luftschiff näher an die Öffnung heran, und als es über dem Ast und vor dem Eingang war, wurden Haltetaue mit Ankerhaken abgeworfen, die sich in der Vegetation und in den Rissen der grauen Borke verfingen und das Schiff festhielten. Mehrere Besatzungsmitglieder ließen sich an den Tauen hinab und sicherten die Verankerungen mit scharfen Hartholzpflöcken, die in die Borke getrieben wurden. Nun konnten die Seilwinden an Bord bedient und das Luftschiff heruntergezogen werden.

Odysseus stieg aus der Gondel auf den Ast. Die anderen drängten ihm nach. Über sich sah er die tastenden Suchscheinwerfer von drei weiteren Luftschiffen. Sie kamen herab, um auf benachbarten Ästen zu ankern. Ihre Besatzungen hatten dann die ungleich schwierige Aufgabe, am Stamm hinabzuklettern und in die Löcher unter den Ästen einzudringen.

Odysseus setzte seinen Lederhelm auf, an dem vorn eine Lampe angebracht war. Sie war nicht sehr hell, weil die Leistung der biologischen Batterie zu wünschen übrig ließ, aber es war besser als nichts.

Die Neschgai, angeführt von Grauschpaz, setzten sich an die Spitze der Invasionstruppen. Jeder von ihnen trug einen großen Schild aus Holz und Leder, und sie waren mit Wurfbomben, Speeren und Keulen bewaffnet. Hinter ihnen kam Odysseus mit Awina und einem Trupp Wufea und Waragondit, den Schluß bildeten Soldaten der Vroomav.

»Wartet einen Moment«, sagte Odysseus zu Grauschpaz. »Wir werden zuerst ein paar Raketen hineinschießen.«

Drei Raketenschützen eilten nach vorn, knieten nieder und zielten, während ihre Kameraden Feuer an die Zündschnüre legten. Mit zischenden Stichflammen und Rauchfahnen verschwanden die Geschosse in der schwarzen Öffnung. Zwei Detonationen folgten, dann eine dritte. Sie klang gedämpft; wahrscheinlich war die Rakete von einer Wand abgeprallt und tiefer ins Innere eingedrungen.

Grauschpaz trompetete schrill und brüllte: »Für Nesch und unseren Herrscher!« An der Spitze der fünfzehn Riesen stürmte er auf die rauchende Öffnung zu. Odysseus zählte bis zehn und folgte mit dem Rest seiner Truppe. Nur die Schützen in den Außenkanzeln des Luftschiffs waren auf ihren Posten geblieben, um etwaige Angriffe versprengter Dhulhulikh abzuwehren. Alle Kämpfer trugen Lederhelme mit Lampen und Steppanzüge zum Schutz gegen die vergifteten Wurfpfeile der Dhulhulikh.

Der Höhleneingang war ein Tunnel, breit genug, daß vier Menschen oder zwei Neschgai nebeneinander gehen konnten, aber nach fünfzehn Metern machte der Tunnel eine Biegung, und sie kamen zu den ersten der inneren Kammern. Das blasse, matte Licht von Hunderten fluoreszierenden Gewächsen an Decken und Wänden schien auf die zerrissenen und verstümmelten Leichen von Frauen, Kindern und alten Männern.

Der Höhlengang weitete sich zu einer Halle mit vielen offenen Kammern auf beiden Seiten. Sie waren in drei Etagen übereinander angelegt und dienten offenbar als Familienquartier. In den beiden unteren Etagen lagen weitere Frauen und Kinder der Dhulhulikh, erschlagen von den Neschgai, und aus den oberen Kammern spähten die angstverzerrten Gesichter einzelner Überlebender.

Sie drangen weiter vor. Seitenstollen zweigten ab, manche von ihnen so breit und hoch wie er selbst. Sie passierten lange Reihen von Kammern, in denen Tiere gehalten wurden, Ställe für Schweine, Geflügel und Ziegen. Öffnungen in der Decke gewährten Einblick in weitere Räume und Korridore. Der ganze Stamm und die von ihm ausgehenden Äste schien von Gängen und Höhlen durchzogen. Odysseus schickte Kundschafter hinauf, um die oberen Räume zu kontrollieren; er wollte nicht in einen Hinterhalt geraten. Jedesmal kehrten die Leute mit der Meldung zurück, daß die Räume leer seien.

Der Trupp stieß weiter vor, und dann kamen sie in den zentralen Teil der Stadt. Hier waren die Neschgai offenbar auf erbitterten Widerstand gestoßen. Ungefähr vierzig Dhulhulikh-Krieger lagen zerschmettert, zwischen ihnen ein gefallener Riese, die graue Gesichtshaut purpurn verfärbt, einen Wurfpfeil in der Seite seines Rüssels. Die Verteidiger hatten tapfer, aber vergeblich gegen die Riesen gekämpft. Anscheinend hatten sie einen großen runden Höhlenraum verteidigt, der ihre Nachrichtenzentrale sein mußte. In den Wänden waren neunzehn von den großen Membranen, von denen Odysseus gehört hatte, aufgespannte Trommelfelle von drei Metern Durchmesser für die Übermittlung der Morsesignale. Und hier lagen die Leichen weiterer fünfzig Erschlagener und zwei tote Neschgai in einer Blutlache, die den ganzen Boden bedeckte.

Grauschpaz erblickte Odysseus, hob seinen Rüssel und begrüßte ihn mit einem schrillen Trompetenstoß. »Dies war zu leicht. Ich fühle keine Befriedigung über den Sieg.«

»Die Sache ist noch lange nicht ausgestanden«, warnte ihn Odysseus. Er postierte Wachen in den Eingängen und trat an eine der Membrane. Er hob seine Hand und klopfte dreimal kurz. Die Membrane vibrierte und dröhnte. Er kannte den Code jetzt. Was ihm an Kenntnissen noch gefehlt hatte, das hatte er den gefangenen Dhulhulikh abgepreßt, und während des vergangenen Jahres hatte er einen Teil seiner spärlichen Freizeit darauf verwendet, den Code auswendig zu lernen und einzuüben.

Nun klopfte er an die Membrane: »Hier spricht der Steingott in der Stadt der Dhulhulikh.«

Man hatte ihm gesagt, daß Der Baum eine denkende Einheit sei, und daß die Dhulhulikh seine Diener seien, aber er konnte es noch immer nicht glauben. Er kam sich selbst ein wenig albern vor, als er die Wörter klopfte.

»Du bist der letzte der Menschen«, dröhnte die Antwort aus der Membrane.

Wer war das? fragte sich Odysseus verblüfft. Irgendein riesiges pflanzliches Gehirn in diesem kolossalen Stamm? Oder hockte ein geflügelter Pygmäe in einer verborgenen Kammer vor einer anderen Membrane?

Ein kleiner Mann, entschlossen, den Mythos des denkenden Baums zu erhalten?

»Wer bist du?« klopfte Odysseus.

»Ich bin Wurutana.«

»Der Baum?«

»Der Baum!« Nach einer Pause folgte die Auskunft: »Schon vor vielen tausend Jahren hörte ich von dir. Jene, die sterben müssen, brachten Berichte über dich.«

»Jene, die sterben müssen, könnten töten«, antwortete Odysseus.

»Nicht mich. Ich bin unsterblich — und unbesiegbar.«

»Wenn das so ist«, klopfte Odysseus, »warum fürchtest du mich?«

»Ich fürchte dich nicht, der du sterben mußt.«

»Warum verfolgtest du mich dann? Was hatte ich getan, um deine Feindschaft auf mich zu ziehen?«

»Ich wollte mit dir sprechen. Du bist ein Fremdling, ein Anachronismus, ein Angehöriger einer Gattung, die seit zwanzig Millionen Jahren ausgestorben ist.«

Odysseus war schockiert. Zwanzig Millionen Jahre waren vergangen? Zwanzig Millionen Jahre! Dann sagte er sich, daß es keinen Grund gab, erschrocken zu sein. Zwanzig Millionen Jahre bedeuteten auch nicht mehr als zehn, oder fünf. Selbst eine Million Jahre überstieg alles, was ein Mensch sich vorstellen konnte.

»Woher weißt du das?« klopfte er.

»Meine Schöpfer sagten es mir. Sie legten eine große Menge Wissen in meine Gedächtniszellen.«

»Waren deine Schöpfer Menschen?«

Mehrere Sekunden blieb die Membrane still, dann kam die Antwort: »Ja.«

Obwohl Wurutana es leugnete, fürchtete er ihn, soviel war klar. Menschen hatten ihn gemacht, also konnte ein Mensch ihn zerstören. Das mußte seine Logik sein. Wahrscheinlich ahnte er nicht, daß dieser Mann im Vergleich mit den Schöpfern Des Baums ein unwissender Wilder war.

»Wir müssen nicht Feinde sein«, dröhnte es aus der Membrane. »Du kannst sicher und behaglich auf mir leben. Ich kann garantieren, daß keins der denkenden Wesen, die auf mir wohnen, dir Schaden zufügen wird.«

»Das mag wahr sein«, erwiderte Odysseus. »Aber die Leute, die auf dir wohnen, haben sich für ein primitives und eingeschränktes Leben in Unwissenheit entschieden. Sie ahnen nichts von Wissenschaft und Kunst. Sie wissen nichts von Fortschritt.«

»Fortschritt? Was hat Fortschritt je anderes bedeutet als Überbevölkerung, Massenmord und die Vergiftung von Luft, Erde und Wasser? Wissenschaft brachte den Mißbrauch der Wissenschaft, den Selbstmord der Rasse und die Agonie des ganzen Planeten, bevor die Rasse sich selbst ausrottete. Dies geschah mehr als einmal. Warum konzentrierten die überlebenden Menschen sich zu Lasten der anderen Naturwissenschaften auf die Biologie? Warum entstanden die Baumstädte? Weil die Überlebenden der Menschheit wußten, daß sie mit der Natur eins werden mußten. Und sie wurden es. Aber es war zu spät. Das Gift war in ihnen, und es war in dem, was sie aßen und tranken.

Andere denkende Wesen traten ihr Erbe an, jene, die der Mensch aus den geringeren Lebewesen in seinem Umkreis geschaffen hatte. Und diese begannen die Fehler und die Verbrechen der Menschen zu wiederholen. Nur war ihre Fähigkeit, Schaden anzurichten, begrenzt, weil der Mensch die natürlichen Vorräte der Erde erschöpft hatte.

Ich bin der einzige, der zwischen den Denkenden und Tötenden und dem Tod des Lebens auf diesem Planeten steht. Ich bin der Baum Wurutana, nicht der Zerstörer, wie Neschgai und Wufea mich nennen, sondern der Erhalter. Ohne mich würde es kein Leben geben, denn ich bewahre das Gleichgewicht. Ich halte die Denkenden an ihrem Platz. Damit nütze ich ihnen und dem Rest des Lebens.

Du aber würdest die Erde wieder zerstören, wenn du könntest. Bestimmt nicht absichtlich, aber du würdest es tun.«

Die letzten Menschen der Baumstädte mußten pflanzliche Computer gezüchtet haben, mit Zellen, die Informationen speicherten und ihre Bibliotheken waren. Aber dann, ob durch Absicht oder einen Zufall der Evolution, war aus der Gedächtnispflanze eine selbstbewußte intelligente Einheit geworden.

Odysseus konnte nicht leugnen, daß das meiste von dem, was Wurutana sagte, wahr war. Aber er glaubte nicht, daß jede Form intelligenten Lebens sich notwendigerweise zu einem destruktiven Element entwickelte. Intelligenz mußte etwas anderes sein als nur ein Vehikel zur Förderung eigensüchtiger Interessen.

Er klopfte: »Ziehe deine Diener, die Dhulhulikh, zurück, und wir werden über unsere Ziele diskutieren. Vielleicht könnten wir zu einer friedlichen Vereinbarung kommen. Dann können wir nebeneinander leben.«

»Die Menschen waren immer Zerstörer.«

Odysseus ließ eine Bombe neben die Membrane legen und zünden, nachdem die Truppe den Höhlenraum verlassen hatte. Als die Explosion verhallt war, kehrten sie zurück. Die Membrane war verschwunden. In der Mitte der Fläche, wo sie sich befunden hatte, sah Odysseus eine abgerissene weißliche Fiber von der Dicke eines Handgelenks. Dies mußte der Nervenstrang sein.

»Legt dieses Ding frei«, befahl Odysseus. »Wir wollen sehen, ob es nach unten führt.«

Kaum hatten seine Leute begonnen, das Holz um die Nervenfaser zu bearbeiten, erfolgte eine unerwartete Reaktion. Aus tausend Löchern in den Wänden schossen Wasserstrahlen von einer Stärke, daß sogar die massigen Neschgai umgerissen wurden. Odysseus fühlte sich wie von Keulenschlägen getroffen und zur Seite geschleudert. Es war, als hätte sich plötzlich ein reißender Gießbach in die Höhle entleert. Die Leiber seiner Begleiter prallten gegen ihn, und er wurde mit ihnen in den Tunnel hinausgeschwemmt.

Dort war es nicht besser. Wasser ergoß sich aus den Wänden und aus den Seitengängen und Kammern. Kreischende geflügelte Frauen und Kinder wurden aus ihren Räumen geschleudert und durch den Tunnel fortgespült. Einige fielen auf die Invasoren, die in der Flutwelle übereinanderkollerten und sich vergeblich bemühten, Boden unter die Füße zu bekommen. Alle hatten ihre Waffen verloren. Sie brauchten ihre Hände zum Schwimmen und Wegstoßen anderer Körper, zum Schutz gegen die schmerzhaften harten Wasserstrahlen. Die Oberfläche der brodelnden Strömung war mit zappelnden, schwimmenden, kämpfenden, schreienden Leibern bedeckt. Und zwischen ihnen trieben tote Dhulhulikh, die lederigen Schwingen ausgebreitet, die Köpfe unter Wasser. Die Waffen Des Baums waren wirksam, aber nicht spezifisch; mit dem Feind ertränkte er auch seine Verbündeten.

Ein paar Minuten später kam der Alptraum für Odysseus zu einem Ende. Die Strömung riß ihn durch die Krümmung des Tunnels, warf ihn gegen die Wand, drehte ihn herum und spülte ihn hinaus. Plötzlich sank der Wasserspiegel, er schwamm hinaus auf den Ast und wurde wie ein Fisch an Land gespült. Das Wasser war noch immer um ihn, aber er hatte wieder Grund unter den Füßen.

Andere, die vor ihm angeschwemmt worden waren, halfen ihm auf. Er nahm seinen Platz unter ihnen ein und half anderen auf, die herausgespült wurden.

Awina wurde herausgefischt, dann kam Grauschpaz aus der Öffnung gewatet, andere Neschgai folgten, dann spülte die Strömung einen zappelnden Klumpen aus Wufea, Waragondit und Vroomav an. Der Ast füllte sich mit triefenden, keuchenden Gestalten. Aber viele von ihnen waren ertrunken oder erdrückt worden.

Odysseus blickte auf. Der Himmel war klar, und der

Mond mußte aufgegangen sein. Er konnte ihn nicht sehen, weil der Stamm die Sicht versperrte, aber er sah das blasse Licht.

Er ging zu Bifak, dem Mann, der das Schiff während der Invasion kommandiert hatte. »Wo sind die Dhulhulikh-Krieger?«

»Die meisten müssen in der Schlacht gefallen sein«, sagte Bifak achselzuckend. »Ich nehme an, daß die Überlebenden geflohen sind.«

Das mochte zwar richtig sein, aber ihr plötzliches Verschwinden beunruhigte ihn. Wohin waren sie geflohen? Odysseus fühlte, daß es nichts Gutes bedeutete.

Der Wasserschwall aus dem großen Loch war inzwischen versiegt. Die Scheinwerfer des Luftschiffs zeigten einen Bodensatz von Ertrunkenen, hauptsächlich Dhulhulikh, fächerförmig vor dem Loch verstreut. Noch mehr mußten mit der ersten Flutwelle von der Astoberfläche gespült worden sein.

Odysseus schätzte, daß die Überflutung mehrere tausend Dhulhulikh das Leben gekostet haben mußte. Er beorderte die Überlebenden von seiner Mannschaft an Bord und ließ die Vorbereitungen zum Start treffen, während er sich über die anderen Schiffe der Flotte informierte. Die Verbindung war mit Blinksignalen aufrechterhalten worden, und die Signalgeber waren über die Situation im Bild.

Ein Luftschiff war während der Invasion von einer Wurfbombe getroffen worden und in Flammen aufgegangen. Die zwei anderen, die hinter dem Flaggschiff heruntergekommen waren, um an der Invasion teilzunehmen, waren ebenfalls im Begriff zu starten. Sie hatten ihre gesamten Kommandoabteilungen verloren, die im Stamm ertrunken oder aus den Löchern gespült und in die Tiefe gerissen worden waren. Die vier restlichen Luftschiffe kreisten über Dem Baum.

Die Leinen wurden losgeworfen, und das Schiff stieg wie ein Aufzug in die Höhe, kam am nächsthöheren Ast vorbei, drehte sich langsam und gewann den relativ freien Luftraum zwischen den oberen Ästen. Die vier Luftschiffe in der Höhe begannen zu sinken, um den Aufstieg der anderen zu decken.

Odysseus stand hinter dem Steuermann und blickte über seine Schulter in die Nacht. »Ich frage mich, wo sie sind«, murmelte er.

»Wer?« fragte Awina.

»Die Dhulhulikh. Trotz aller Verluste müssen sie noch immer eine starke Streitmacht haben. Sie ...«

Im gleichen Moment wurde seine Frage beantwortet. Aus der weit ausladenden Krone über ihnen fielen Scharen von geflügelten Kriegern. Sie ließen sich zu Hunderten mit angelegten Flügeln fallen, um sie erst zu öffnen, als sie eine enorme Fallgeschwindigkeit erreicht hatten. Plötzlich erfüllten sie den Raum zwischen der Baumkrone und den Luftschiffen, dicht wie ein Heuschreckenschwarm. Sie hatten gewartet, bis alle Schiffe unter ihnen waren, um mit einem letzten Großangriff die gesamte Flotte zu vernichten.

Erst später wurde Odysseus bewußt, daß die Fledermausleute unmöglich in die Baumkrone geflogen sein konnten; sie ragte tausend Meter über ihre maximale Flughöhe hinaus. Aber die Erklärung des Unmöglichen war einfach: die Dhulhulikh waren am Stamm hinaufgeklettert.

Hätten die geflügelten Krieger noch Wurfbomben gehabt, so wäre das Schicksal der Flotte besiegelt gewesen. Aber sie hatten keine Bomben mehr. Selbst zu Beginn der Kämpfe hatte nur einer unter fünfzig Dhulhulikh eine Bombe gehabt, und dieser Vorrat war während der Luftschlacht verbraucht worden oder verlorengegangen.

Trotzdem waren die von den Ästen aufsteigenden Luftschiffe in einer fatalen Situation, denn es fehlte ihnen an Personal. Viele Besatzungsmitglieder und Soldaten waren im Baum ums Leben gekommen oder abgestürzt. Das Flaggschiff war etwas besser dran, weil ein großer Teil seines Expeditionskorps überlebt hatte; aber auch hier fehlte es an Bogen- und Armbrustschützen und an Waffen.

So war es kein Wunder, daß die Schützen in den Rumpfstationen, so tapfer sie auch kämpften, überwältigt wurden. Innerhalb von wenigen Minuten waren die drei Luftschiffe mit geflügelten kleinen Gestalten bedeckt, die auf ihnen herumkrabbelten wie Milben auf frisch gelegten Eiern.

Um die Luftschiffe schneller in die Höhe zu bringen, hatte Odysseus die Motorengondel nach oben schwenken lassen, so daß die Propeller fast waagrecht rotierten. So näherten die Schiffe sich rasch der Höhe, in der die Dhulhulik nicht mehr fliegen konnten. Aber das würde nichts nützen, wenn sie die großen Gasballons unter den Außenhüllen aufschlitzten.

Die vier Schiffe über ihnen, voll bemannt und noch mit vielen Bomben, Raketen und Pfeilen bewaffnet, hatten dem Angriff erfolgreicher widerstanden. Ihre Raketen und Bomben hatten die ersten Angriffswellen aus der Luft gefegt. Weitere Fledermausleute kamen nach, aber die Schiffe hatten ihre Geschwindigkeit inzwischen erhöht, und wenn einzelne Angreifer zu ihnen durchkamen, prallten sie entweder von den Hüllen ab oder durchbrachen sie, wobei sie meist ihre Flügel verletzten und ihre dünnen Knochen brachen. Schon nach wenigen Minuten waren die vier oberen Schiffe aus der Gefahrenzone, stiegen höher und wendeten, um unter günstigeren Bedingungen erneut in den Kampf einzugreifen.

Die drei anderen Luftschiffe gewannen nur sehr langsam an Höhe, denn sie hatten die Last Hunderter geflügelter Krieger zu tragen. Diese schwärmten, nachdem sie die Mannschaften der Rumpfstationen getötet hatten, durch die Öffnungen ins Innere. Hier wußten sie eine Zeitlang nicht, was sie unternehmen oder wohin sie sich wenden sollten; denn die Schiffskapitäne hatten alle Lampen ausgelöscht.

So dauerte es deshalb einige Zeit, bis die Dhulhulikh den mittleren Laufgang und dann die Luke fanden, die zur Gondel führte. Die Luke war verschlossen worden, aber während einige mit gefundenen Werkzeugen und ihren Steinmessern gegen die Luke hämmerten, schnitten andere noch weitere Löcher in die Außenhaut. Sie kletterten hinaus, ließen sich fallen und versuchten fliegend an die Gondel heranzukommen. Die meisten von ihnen schafften es nicht, weil das Schiff zu schnell flog. Einige sprangen aus einem Loch im Bug und erreichten die Gondel, wo sie mit ihren Steinmessern vergeblich gegen die dicken Glasfenster schlugen. Odysseus ließ die Fenster öffnen und die geflügelten Krieger unter Feuer nehmen. Sie fielen in die Nacht hinab.

Mit splitterndem Krachen gab die Luke nach. Schreiend ergossen sich die Dhulhulikh über die Leiter in die Gondel und wurden von Armbrustschützen niedergemäht. Dann befahl Grauschpaz die Schützen zur Seite, und er und zwei andere Neschgai räumten mit ihren schweren Streitäxten die Leiter und trieben die Angreifer durch den Laufgang zurück. Odysseus hörte das Kreischen der Dhulhulikh und das wilde Trompeten der Neschgai, da wurde die Dunkelheit zur Rechten von einem blendenden Lichtblitz erhellt, als wieder ein Luftschiff explodierte. Innerhalb weniger Sekunden war es in Feuer gehüllt und stürzte wie eine lodernde Fackel. Ein paar dunkle Gestalten sprangen aus der Gondel, unter ihnen die eines großen Neschgai. Die meisten Dhulhulikh an Bord waren im Innern des Rumpfes bei der Explosion, die sie selbst ausgelöst haben mußten, verbrannt. Oder hatte der Kapitän, als er das Schiff erobert sah, eine Bombe zwischen die Gasbehälter geworfen, um die Eindringlinge und sich selbst und seine Mannschaft in die Luft zu sprengen?

Odysseus sah jetzt, daß das brennende, abstürzende Schiff mit einem tiefer fliegenden zu kollidieren drohte.

»Abdrehen, Dummköpfe!« schrie er aus Leibeskräften. »Abdrehen!«

Aber das Luftschiff schwebte unbeirrt einer Kollision mit dem brennenden Wrack entgegen.

Einen Moment später verließen Hunderte von geflügelten Gestalten das gefährdete Schiff. Sie strömten aus den eroberten Gefechtsstationen und aus den Löchern in der Hülle, ließen sich mit halbgefalteten Schwingen fallen und breiteten sie erst aus, als sie sicher außerhalb der Gefahrenzone waren.

Befreit vom Gewicht der Dhulhulikh, stieg das Schiff rasch höher und war bald über dem abstürzenden Wrack. Odysseus begriff, daß der Kapitän absichtlich auf Kollisionskurs gegangen war. Er und der Rest seiner Mannschaft waren in Gefahr, von den Dhulhulikh überwältigt zu werden, und so hatte er alles auf eine Karte gesetzt.

Der ›Blaue Geist‹ war nun gleichfalls in ernster Gefahr. Das Schiff war so belastet, daß es nicht mehr steigen konnte. Und die Neschgai, mochten sie auch kämpfen wie homerische Helden, würden früher oder später der ungeheuren Übermacht ihrer Gegner unterliegen. Sie hatten nur bisher durchgehalten, weil die Dhulhulikh, um in diesen Höhen kämpfen zu können, ihre Speere und Gürtel mit vergifteten Wurfpfeilen zurückgelassen hatten und sich allein auf ihre Steinmesser und ihre Wendigkeit in der Luft verließen. In ein paar Minuten würden sie wieder die Leiter herunterstürmen.

»Binde das Steuer fest« befahl Odysseus dem Steuermann, »und komm mit mir und den anderen.«

Er zählte seine Leute. Er hatte zwölf Wufea, neun Waragondit und sieben Vroomav.

»Wir haben nur noch eine Chance«, sagte er. »Alle Dhulhulikh zu töten oder zu vertreiben. Folgt mir!«

Der Laufgang war mit Erschlagenen übersät und

schlüpfrig vom Blut. Odysseus rannte, so schnell er konnte, eine Hand am Geländer, in der anderen eine mit Feuersteinspitzen besetzte Keule. Anfangs blieben sie unbeachtet. Die Dhulhulikh umflatterten und umsprangen den einzigen Neschgai, der noch auf den Beinen war. Odysseus streckte drei Gegner nieder, bevor die kleinen Männer überhaupt merkten, daß Grauschpaz Hilfe bekommen hatte. Der Neschgai trompetete ermutigt und sammelte neue Kräfte, um weitere Schläge auszuteilen. Sein gesteppter Panzer war mit Blut bespritzt, auch mit seinem eigenen. Sein Rüssel hatte eine klaffende Wunde, und aus seinem Rücken ragte das Heft eines Steinmessers. Irgendein mutiger Fledermausmann mußte sich von oben auf ihn gestürzt und ihm das Messer mit der ganzen Wucht seines Körpers durch den Panzer in den massigen Rücken gestoßen haben.

Es gab noch etwa fünfzig kampffähige Dhulhulikh, die sich nun mit verzweifelter Wut auf die Neuankömmlinge stürzten. Sie verloren viele der Ihren, aber innerhalb von sechzig Sekunden waren auch drei Wufea, ein Waragondit und zwei Vroomav tot. Doch Grauschpaz, von der Hauptlast des Kampfes befreit, ging zum Angriff über, köpfte allein drei Gegner mit einem weit ausholenden Streich seiner Axt, packte mit blutiger Hand einen Flügel, riß ihn ab und schleuderte den kreischenden kleinen Mann vom Laufsteg. Seine Axt zerschmetterte zwei weitere Schädel, und dann pflückte er einen der geflügelten Burschen von Odysseus' Rücken und brach ihm mit einem Druck seiner Finger das Genick.

Plötzlich flohen die Überlebenden zu den Löchern in der Schiffshülle. Sie hatten genug.

»Schnell die Toten von Bord!« brüllte Grauschpaz. »Wir müssen das Schiff in eine Höhe bringen, wo sie uns nicht mehr erreichen!«

Er drängte sich an ihnen vorbei, stieß sie fast vom Laufsteg, dann bückte er sich ächzend und wälzte die

Riesenkörper seiner Freunde vom Steg. Die Außenhülle des Luftschiffs brach, wo die Toten aufprallten und durchfielen, und die Luft pfiff durch die Löcher, aber das spielte keine Rolle; auf ein paar Löcher mehr oder weniger kam es nun nicht mehr an.

Odysseus und seine Leute warfen die Toten über Bord. Als der Laufsteg geräumt war, turnten ein paar Waragondit und Wufea an den Verstrebungen hinunter und begannen die toten Dhulhulikh abzuwerfen, die unter dem Laufsteg die Innenwandung der Hülle bedeckten. Ein Wufea war so unvorsichtig, das tragende Gerüst zu verlassen, brach durch und verschwand.

Sie waren alle so müde, daß sie sich kaum noch bewegen konnten, aber Odysseus bestand darauf, daß sie das Innere des Schiffskörpers nach versteckten Dhulhulikh absuchten. Vier wurden aufgestöbert, flatterten davon und retteten sich durch Löcher.

Die zusammengeschmolzene Besatzung kehrte in die Gondel zurück. Einige legten sich auf den Boden und schliefen sofort ein. Odysseus zog das Messer aus Grauschpaz' Rückenmuskeln und verband die Wunde, und der Neschgai legte sich zwischen die anderen. Odysseus wußte, daß es keinen Schlaf für ihn geben würde, bis er den ›Blauen Geist‹ sicher ins Land der Neschgai zurückgebracht haben würde.

Wie sich herausstellte, bekam er in den folgenden Nächten genug Gelegenheit zu schlafen. Fünfzehn Stunden lang kämpfte das Luftschiff gegen einen stetigen Südwind an, während es langsam an Höhe verlor. Die Mannschaft suchte nach Lecks und fand vier winzige Löcher, konnte aber keine weiteren feststellen. Als das Schiff endlich die Grenze Des Baums erreichte, kreuzte es bereits in den unteren Regionen der gigantischen Pflanze. Dies hatte zwar den Vorteil, daß es keinen Wind gab, aber die Anforderungen an den Steuermann waren hoch. Er mußte zwischen Stämmen und Ästen, unter Ästen, zwischen Rankenkomplexen und

Wasserfällen manövrieren, und manchmal wurde es so eng, daß kein Durchkommen möglich war und das Schiff gewendet werden mußte. Fünfzehn Kilometer südlich von den letzten Ausläufern Des Baumes ging das Luftschiff auf die Savanne nieder und kam nicht mehr hoch.

Die Überlebenden krochen mit ihren Vorräten und wenigen Waffen unter dem mächtigen, von Löchern durchsiebten Rumpf hervor, dann setzte Odysseus das Schiff in Brand, um zu verhindern, daß es in feindliche Hände fiel. Er hatte während des Rückflugs keine Dhulhulikh gesehen, war aber entschlossen, jedes unnötige Risiko zu vermeiden. Wenn es eine Vorstellung gab, die ihm unerträglich war, dann war es die, daß die Dhulhulikh lernten, eigene Luftschiffe zu bauen.

Sie verließen das ausgebrannte Wrack und durchzogen die Ebene zu den Bergen, hinter denen das Land der Neschgai lag. Die anderen Luftschiffe waren längst vorausgeflogen. Ihre gegen den Wind laufenden Motoren ermüdeten rasch, und die Schiffe hatten Pausen einlegen müssen, bevor die pflanzlichen Muskelmotoren an Erschöpfung starben.

Drei Tage später sahen sie, wie sich von Süden ein Luftschiff näherte, und entzündeten hastig ein Signalfeuer. Anscheinend hatte man sich Sorgen über das Ausbleiben des Flaggschiffs gemacht und eine Suchexpedition ausgesandt, nachdem die Motoren sich erholt hatten.

Sobald das Schiff die Leute um das Feuer ausgemacht hatte, begann es Blinksignale zu senden. Kafbi, ein Vroomav und Kapitän des Schiffs, ließ Odysseus durchgeben: »Wir hatten Glück, daß wir davonkamen, Herr. Im ganzen Land herrschen Mord und Totschlag. Während unserer Abwesenheit erhoben die Sklaven und die Vroomav sich gegen die Neschgai. Alles ist Chaos. Die Neschgai halten Teile des Landes, und die Rebellen halten andere Teile. Unsere Schiffe wurden von den Neschgai in den Hangars zerstört, nur dieses konnte rechtzeitig aufsteigen. Wir haben die Neschgai vertrieben, dann machten wir uns auf die Suche nach dir. Die Sklaven und die Vroomav erwarten, daß du sie zum Sieg führst. Sie sagen, daß du der Gott der Menschen bist, seit undenklichen Zeiten vom Schicksal ausersehen, sie zu befreien und die elefantenköpfigen Ungeheuer vom Erdboden zu vertilgen.«

Der Baum würde bald genug von dieser Entwicklung erfahren, wenn er es nicht bereits gehört hatte. Er würde die restlichen Dhulhulikh und seine anderen halbwilden Bewohner aufbieten und zuschlagen, während die Neschgai und die Menschen einander bekriegten. Hätten die Menschen ihren Aufstand wenigstens verschoben, bis ihr größter Feind besiegt wäre — aber vernunftbegabte Lebewesen folgen selten der Vernunft.

»Der Herrscher und der Hohepriester wurden getötet«, signalisierte Kafbi. »Der Großwesir Schegnif regiert jetzt. Seine Streitkräfte sind im Stadtteil um den Palast eingeschlossen. Bisher konnten wir ihn noch nicht nehmen.«

Odysseus seufzte mutlos. Zwanzig Millionen Jahre des Blutvergießens, der Schmerzen und des Schreckens lagen hinter ihm. Und es sah aus, als würde es auch die nächsten zwanzig Millionen Jahre dabei bleiben. Es hat sich nichts geändert, und es würde sich nichts ändern. Gut, daß er nicht noch einmal so lang leben würde.

Er blickte den verletzten Grauschpaz an, aber der Neschgai und die anderen, Awina ausgenommen, hatten sich nicht die Mühe gemacht, die Signale zu entziffern.

Er stand neben dem Feuer und dachte nach. Awina war an seiner Seite, und ihr Schwanz zuckte nervös hin und her. Auf einmal sagte sie leise: »Herr, und was tun wir, nachdem wir die Neschgai besiegt haben?«

Er tätschelte ihre Schulter. »Ich schätze deinen Optimismus«, sagte er. »›Nachdem‹ wir sie besiegt haben, nicht ›wenn‹! Ich frage mich, was ich ohne dich getan hätte.«

Ein Gefühl von Dankbarkeit überkam ihn, und zum ersten Mal wurde ihm bewußt, mit welch unwandelbarer Treue sie durch alle Schwierigkeiten zu ihm gestanden hatte.

»Es gibt keinen Grund, warum die Sklaven und die Vroomav sich selbst dezimieren sollten, um alle Neschgai abzuschlachten«, sagte er. »Ich glaube, es wäre für alle viel besser, wenn wir einen Waffenstillstand herbeiführen und eine neue Gesellschaft vorbereiten könnten; eine, in der die Neschgai weder Herren noch Sklaven, sondern gleichgestellt sind. Im Kampf gegen Den Baum brauchen wir sie ebensosehr wie sie uns. Wir müssen über Kompromisse nachdenken, Awina. Es ist nicht Schwäche, nach Kompromissen zu suchen. In der Bereitschaft, Kompromisse zu schließen und das Bündnis zu suchen, liegt die Stärke der Vernunft.«

»Die Sklaven und Vroomav wollen Vergeltung«, sagte sie. »Seit Jahrhunderten haben sie unter ihren Herren gelitten. Jetzt wollen sie es ihnen heimzahlen.«

»Ich kann das verstehen«, sagte er. »Aber wenn ihnen eine gute Zukunft geboten wird, können sie die Vergangenheit vielleicht vergessen.«

»Das glaubst du?«

»Gewiß. Zu meiner Zeit vergaßen manchmal alte Feinde die Wunden und Demütigungen der Vergangenheit und wurden sogar Freunde.«

»Herr«, sagte sie und blickte aus den Augenwinkeln zu ihm auf, »als nächstes wirst du davon sprechen, einen Kompromiß mit Dem Baum zu schließen! Mit unserem alten Feind, dem Zerstörer!«

Wer weiß? dachte er. Und warum nicht? Wenn der fleischgeborene Geist sich mit einem anderen fleischgeborenen Geist verständigen kann, dann mußte es auch möglich sein, sich mit einem pflanzlichen Geist, der denselben Gesetzen der Vernunft gehorchte, zu verständigen. Es war eine Frage der Vernunft, nicht der Abstammung.

Lord Tyger

Diese Geschichte ist Edgar Rice Bur-
roughs, ohne den meine Kindheit und
Jugend unermeßlich viel langweiliger
und farbloser verlaufen wären, und
Vernell Coriell, der auf seine Art ein
Lord Tyger ist, gewidmet.

LORD TYGER
erschien ursprünglich als HEYNE-BUCH Nr. 06/3450
Titel der amerikanischen Originalausgabe
LORD TYGER
Deutsche Übersetzung von Wolfgang Eisermann
Copyright © 1970 by Philip José Farmer
Copyright © 1975 der deutschen Übersetzung
by Wilhelm Heyne Verlag, München

ERSTES KAPITEL

Die Riesenschlange, die ein ganzes Dorf geschändet hat

»Meine Mutter Affe, mein Vater Gott.«

Ras Tyger saß auf dem Ast eines Baumes, den Rücken an den Baumstamm gelehnt. Er war mit einem Lendenschurz aus Leopardenfell bekleidet, an dem eine Scheide aus Krokodilleder hing. Aus ihr ragte der Elfenbeingriff eines großen Messers heraus. In der linken Hand hielt er eine Holzflöte.

»Ich bin der einzige Weiße der Welt.

Ich komm aus dem Lande der Geister.«

Er sang in der Sprache der Wantso. Beim Singen wandte er ununterbrochen den Kopf hin und her, um sicherzugehen, daß sich niemand an ihn heranschlich. Der Baum, auf dem er saß, stand ungefähr zehn Meter vom Ufer des Flusses entfernt; zwischen dem Baum und dem Dorf standen noch zwei Bäume. Er konnte alles gut überblicken: Das Dorf, die östlich vom Dorf gelegenen Felder und die Sandbank, die, von der Halbinsel durch einen schmalen Wasserlauf getrennt, im Fluß lag.

Er grinste. Die Panik, die sich der Dorfbewohner bemächtigt hatte, war wie das Echo seiner Musik, das zu ihm zurückströmte.

»O braunhäutige Schönheiten, ich liebe euch. Ich liebe euch wie der Blitz den hohen Baum, wie der Fisch das Wasser, in dem er schwimmt, wie die Schlange ihr Schlupfloch in der Erde.

Am meisten von allen liebe ich dich, Wilida, weil du die Schönste bist und von mir bewacht wirst.

Ich, Lord Tyger, schön und wild, schön wie ein Leopard und ebenso furchterregend, ein Tiger aus dem Land der Geister, der Geister mit der langen Riesenschlange zwischen den Schenkeln und den großen Bienenstöcken, aus denen Honig über Honig quillt.

O braunhäutige Schönheiten, ich liebe euch. Ich liebe euch wie der Stein seinen Sturz, wie der Adler den Wind, wie die Zibetkatze ihre Brut.

Am meisten von allen liebe ich dich, Wilida, weil du die Schönste bist und von mir bewacht wirst.«

Er unterbrach den Gesang, um jene Melodie auf seiner Flöte zu spielen, die ein Wantso in der Hochzeitsnacht seiner Braut spielt, wenn sie in ihrem Käfig auf der Sandbank hockt. Die Flöte klang laut und schrill.

Der Fluß, der nach Westen strömte, machte an der Stelle, an der sich das Dorf erhob, einen weiten Bogen nach Süden. Nach anderthalb Kilometern wandte er sich scharf nach Osten. Er floß nicht ganz einen Kilometer weit genau in östlicher Richtung, schwang dann nach Norden und bog danach wieder nach Süden ab. Von hier aus konnte man in einer Minute die Landzunge überqueren, die durch die Flußwindungen entstanden war. An dieser Stelle hatten die Wantso einen Zaun aufgerichtet, aus sechs Meter hohen, oben scharf zugespitzten Pfählen, der die Halbinsel von der Außenwelt abgrenzen sollte.

Vom Zaun aus gesehen westlich lagen die Felder, auf denen die Frauen Jamwurzeln und Hirse, Gerste, Kohl und Buschbananen zogen. Zwischen den Feldern und dem Flußufer erhob sich das Dorf. Es war von einer doppelten Pfahlreihe umzäunt, behauene, am oberen Ende angespitzte Baumstämme. Auf den Pfahlspitzen waren zusätzlich noch Dornen befestigt.

Innerhalb der Umzäunung standen vierzehn Hütten. Das Große Haus — Rathaus des Stamms, Trauerhaus und Wohnhaus des Häuptlings in einem — lag genau in der Mitte jenes Kreises, den die Doppelreihe der Pfähle bildete. Das Große Haus war rund und hatte einen Durchmesser von ungefähr fünfundzwanzig Metern. Als Baumaterial hatte in der Hauptsache Bambus gedient. Drei Kegel bildeten sein Dach, das mit langen Gräsern und Elefantenbaumblättern gedeckt war. Viele dicke Baumstümpfe hoben es etwa einen Meter über den Erdboden. Zu dem breiten Eingang führte eine aus Bambus geflochtene Treppe hinauf.

Um das Große Haus herum standen acht Hütten im Kreis, um den herum noch einmal vier Hütten einen äußeren Kreis formten. Alle diese Hütten waren klein und rund, jede hatte ein hohes, kegelförmiges Dach und schwebte auf einem einzelnen Baumstumpf ungefähr einen halben Meter über dem Erdboden. Zu dem einzigen Eingang führte jeweils eine geflochtene Bambustreppe.

Die vierzehnte Hütte durchbrach die Symmetrie. Sie stand nahe dem nördlichen Tor in der Palisade. In ihr wohnte der Medizinmann. Die Dachspitze dieser Hütte reichte bis auf knapp einen Meter an den dicken Ast heran, der von dem riesigen, unmittelbar außerhalb der Palisade stehenden Baum aus in das Dorf hineinragte. Manchmal bedienten sich Leoparden dieses Astes, wenn es sie nach einer Mahlzeit aus dem Dorf gelüstete. Auch Ras hatte diesen Weg schon mehrmals benutzt.

Er fand es übrigens einigermaßen idiotisch, erst einen Zaun gegen Eindringlinge zu bauen und ihnen dann den Ast gleichsam als Brücke über dieses Hindernis anzubieten. Als Kind hatte er seine Spielkameraden vom Stamm der Wantso häufig gefragt, warum man den Ast nicht einfach abhackte. Sie hatten ihm erklärt, daß der Baum heilig sei, da ein sehr mächtiger Geist in ihm wohnte. Es handelte sich, wie Ras erfuhr, um Shabagu, den Großen Häuptling, der die Wantso in diese Welt geführt hatte.

Wenn ein Wantso gestorben und im Großen Haus hinreichend betrauert worden war, trug man den Leichnam in die Hütte des Medizinmanns. Wenn er dann in einer Zeremonie freigegeben worden war, zog Shabagu die Seele des Toten an den Haaren zu sich in den Baum hinauf. Die Spielkameraden von Ras hatten ihm leider nie genau sagen können, was danach passierte.

Immerhin erklärte es jedoch, warum die Wantso ihr Haar langwachsen ließen und mit Hilfe von Ziegenbutter und Lehm zu zwei hohen Kegeln auftürmten. So konnte Shabagu nämlich besser mit beiden Händen zupacken, wenn er ihre Seele einmal von seinem Hochsitz auf dem Ast aus zu sich heraufzog.

Diese Sache interessierte Ras. Schon sechsmal, immer wenn ein Wantso gestorben war, hatte er eine ganze Nacht hindurch hoch in dem heiligen Baum gehockt. Einmal war er fast sicher gewesen, daß Shabagu über den Ast gehuscht war. Er war so aufgeregt gewesen — und natürlich hatte er sich schrecklich gefürchtet —, daß er beinahe auf die Erde gestürzt wäre. Aber der Geist Shabagu war wohl doch nur seiner Einbildung, dem Wunsch, ihn zu Gesicht zu bekommen, und dem Mondlicht entsprungen, das auf den im Nachtwind zitternden Blättern tanzte.

Nun, im Augenblick spielte er auf seiner Flöte und bebte vor Vergnügen, als er die Aufregung im Dorf in sich aufnahm. Männer rannten in Hütten und holten ihre Kriegsausrüstung hervor — Speere, Pfeil und Bogen und den Schild. Frauen ließen auf den Feldern Hacken und Spaten fallen, ergriffen Babies und scheuchten, so schnell ihre Füße sie trugen, ältere Kinder vor sich her.

Rotschwarze Hühner mit langen Schwänzen, blauweiße Ziegen mit gewundenen Hörnern und rosa Schweine leisteten hartnäckig ihren Beitrag zu dem Durcheinander. Die Hühner gackerten schrill und jagten aufgeregt in alle möglichen Richtungen. Die Ziegen meckerten und spurteten im Zickzack vor den durcheinander hastenden Männern und Frauen davon. Die Schweine grunzten und quiekten. Männer schrien durcheinander, Frauen kreischten, Kinder wimmerten.

Tibaso, der Häuptling, und Wuwufa, der Medizinmann, standen vor dem Großen Haus. Sie redeten wild aufeinander ein, wobei ihre Nasen sich beinahe berührten und ihre Hände wie ein Schwarm Felstauben, der von einem Habicht angegriffen wird, in alle Himmelsrichtungen aufflogen.

Schließlich hatten sich vor Tibaso und Wuwufa zwölf Männer versammelt. Auf der Plattform oberhalb des Zauns über die Halbinsel standen zwei Männer Wache. Drei Alte, bereits zu zittrig, als daß sie noch als Krieger in Betracht kamen, hockten im Schatten ihrer Hütten. Als Ras alle zusammengezählt hatte, wußte er, daß sechs Männer sich auf der Jagd befanden.

Vier Jungen, die noch sehr jung und also unbeschnitten waren, hockten hinter den Kriegern und gestikulierten tapfer mit ihren dünnen Speeren.

Sewatu und Giinado, Männer mittleren Alters, legten ihre Speere aus der Hand und gingen ins Große Haus, aus dem sie mit dem Thron des Häuptlings wieder zum Vorschein kamen. Sie stellten den Thron, der in der Sonne des Spätnachmittags rötlich schimmerte, auf den großen runden Stein vor dem Haus. Der Thron war aus Mahagoni, mit Palmenöl eingerieben und über und über mit Schnitzereien versehen, die in verzerrter Form Antlitze großer Geister darstellen sollten.

Tibaso stülpte einen Kopfputz aus Federn über sein bereits graues Haar, der eigens so angefertigt worden war, daß ihm die Doppelkegel aus Haar, rotem Lehm und Ziegenbutter nicht im Wege waren. Dann ließ er sich von Wuwufa den mehr als zwei Meter hohen Zauberstab aushändigen und setzte sich auf den Thron. Die anderen Männer hatten inzwischen ebenfalls ihren Kopfputz angelegt. Er war neben einem quadratischen Lendenschurz vorn und hinten ihre einzige Bekleidung. Sie hockten sich vor dem Häuptling auf die Erde und bemalten sich gegenseitig die Gesichter. Zwei alte Frauen, Muzutha und Gimibi, schlurften aus dem Großen Haus hervor und schleppten einen gewaltigen, mit geometrischen Symbolen bemalten Lehmkrug herbei.

Sie stellten ihn dicht neben Tibaso ab und eilten, so schnell ihre morschen Knochen und steifen Muskeln es erlaubten, wieder ins Haus.

Die Männer standen auf und stellten sich ihrem Rang entsprechend vor dem Häuptling auf. Sewatu schöpfte eine Kelle Bier für den Häuptling und Wuwufa aus dem Krug und schenkte dann den anderen aus. Die Männer gingen wieder an ihre Plätze zurück, hockten sich nieder und tranken Bier. Sie blickten zu dem Baum hin, auf dem Ras saß, wandten ihre Blicke aber rasch wieder ab.

Ras wußte, daß sie ihn sehen konnten und flötete noch lauter. Vorerst war er nicht in Gefahr, denn natürlich mußte jetzt erst einmal die lange Konferenz abgehalten werden, ehe etwas unternommen werden konnte — wenn es überhaupt dazu kam. Bis zu einer Entscheidung würden die Krieger noch eine Menge Bier trinken, damit ihr Mut beflügelt wurde und ihre Kehlen während der hitzigen Auseinandersetzungen und langen Reden nicht austrockneten. Es verstand sich von selbst, daß sie ihren ganzen Mut benötigen würden, um jemanden anzugreifen, der in ihren Augen ein Geist war.

Ras unterbrach das Spiel auf der Flöte und schickte seinen lauten Gesang zur Sandbank hinüber. Am Ende des Stegs, der den Wasserlauf zwischen Halbinsel und Sandbank überspannte, stand Bigagi. Er war größer als alle anderen Wantsomänner, dabei allerdings noch einen Kopf kleiner als Ras. Er war überaus hübsch, wenn man sein Gesicht im Moment auch nicht sehen konnte, da es hinter einem großen Büschel rosafarbener Flamingofedern verborgen war, das seinen Kopfputz bildete. Eine eigenartige Sitte, sinnierte Ras, die Sehfähigkeit des Mannes, der seine Braut bewachen soll, derart einzuschränken. Aber ein Wantsobrauch erforderte das. Darüber hinaus trug Bigagi einen Umhang aus Leopardenfell. Darunter war er nackt, wenn man von der roten Farbe, mit der sein Penis bemalt war und der langen, in einen mit Federn besetzten Knoten auslaufenden

Kordel absah, die ihm davon bis zu den Knien herabhing.

Bigagi konnte Ras' Gesang selbst auf diese Entfernung hin noch deutlich verstehen. Er wischte sich die Flamingofedern aus dem Gesicht, schüttelte grimmig seinen Speer und heulte wütend auf. Die kupferne Speerspitze blitzte dunkelrot im Sonnenlicht.

Auf der schmalen Sandbank stand ein Baum. Von ihm zweigte nur ein einziger Ast ab, die anderen Äste waren abgehackt worden. Etwa in der Mitte des Astes war ein aus Krokodilleder geflochtenes Seil befestigt, an dem, ungefähr drei Meter über Schilf und Schlick der Sandbank schwebend, ein fragiles Bambusgebilde hing. Das Krokodillederseil war in der Mitte der unteren Plattform festgeknotet, von jeder Ecke der Plattform aus führten weitere Seile zum mittleren Seil und hielten das Gebilde dadurch in einem unsicheren Gleichgewicht.

Neben dem mittleren Seil, an dem sie sich mit einer Hand festhielt, kauerte Wilida. Sie konnte sich kaum rühren, denn sie lief Gefahr, das Gebilde könnte durch eine unvorsichtige Bewegung aus dem Gleichgewicht geraten. Ein Bambusschild, der mit Lianen und Blättern besetzt und von geschnitzten Geisterbildnissen übersät war, entzog sie den Blicken eines jeden, der unter ihr stand. Sie hockte auf einem kleinen Schemel. Ein gewaltiger, kegelförmiger Hut, aus Stroh geflochten, mit einer breiten, vorspringenden Krempe hüllte ihren Körper in Schatten. Vor dem Gesicht trug sie eine Maske, die ebenfalls aus Stroh geflochten war. Ihre Brüste waren voll und kegelförmig, die Brustwarzen, jede so groß wie die Kuppe ihres Daumens, reckten sich leicht in die Höhe. Die Brustwarzen waren weiß, die Brüste selbst mit drei konzentrischen Ringen rot, weiß und schwarz bemalt. Ihr Hintern und die Schamgegend waren knallrot eingefärbt. Vor der Schamgegend hing überdies noch ein dreieckiges, weißes Geflecht.

Wilida zog mit einer raschen Handbewegung die

Maske vom Gesicht und sah zu Ras herüber. Ihre Zähne blitzten strahlendweiß auf. Dann schob sie die Maske schnell wieder an ihren Platz zurück.

Im Wasserlauf zwischen der Halbinsel und der Sandbank patrouillierten Krokodile, von denen allein die Mäuler, unbehauenen Holzklötzen gleich, und die Knopfaugen aus dem Wasser herausragten. Eine der Bestien sielte sich am südlichen Zipfel der Sandbank im Schlick. Gewöhnlich hielten die Wantso diesen Teil des Flusses durch monatliche Jagden von Krokodilen frei. Hockte jedoch eine Braut in ihrem Käfig auf der Sandbank, dann waren sie wieder zugelassen. Man lockte sie an, indem man einer Ziege oder einem Schwein die Kehle durchschnitt und das Blut flußabwärts treiben ließ. In solchen Zeiten warfen die Dorfbewohner auch ihre Speisereste, totgeborene Kinder oder die zahlreichen Fehlgeburten in den Fluß.

»Ihr habt aber eure Speere gegen mich gerichtet, gegen den weißen Gott, Lord Tyger, der euer Freund sein wollte. Darum, o Wantsomänner, zahle ich es euch Zahn um Zahn heim und richte meinen Speer gegen euch. Und nachts, o Männer, komme ich zu euren Frauen und lasse die große weiße Schlange züngeln, die zwischen meinen Schenkeln wächst. Sie kriecht durch euer Dorf und schnüffelt an euren Türen und riecht eure Frauen, o ihr Männer mit den verschrumpelten und schlaffen Keulen. Sie riecht eure Frauen und folgt ihnen blind, sie bäumt ihren Kopf auf und dringt in sie ein, wenn sie noch bei euch liegen, o Männer.

Und aus zwei großen Bienenstöcken, die unter diesem Ast hängen, unter dem Ast am Baum meines Körpers, quillt Honig über Honig hervor, o Männer, deren Kürbisse in der Nacht der Schlange und des Honigs nur hohl und trocken rasseln.

Ich bin der Blitz, der das Fleisch eurer Frauen versengt, o Wantsomänner, und ihr seid die Funken, die nach dem Gewitter von den Blättern fallen. Ich, Lord

Tyger, habe Rache genommen an euch. Heute nacht werde ich wie eine Fledermaus in ihre Höhle zur schönen Wilida fliegen und eurer Krokodile und Speere nur lachen, sie aber wird mich erkennen.«

Bigagi heulte in ohnmächtigem Zorn auf und schleuderte seinen Speer in die Richtung von Ras, obwohl ihm klar sein mußte, daß er ihn auf diese Entfernung kaum treffen konnte. Das Geschrei der Krieger im Dorf wurde lauter. Einige Frauen lachten.

Tibaso, der Häuptling, sprang von seinem Thron auf, gestikulierte mit dem Zauberstab und rief Ras etwas zu. Wuwufa, der Medizinmann, schnellte wie ein Fisch, den man eben aus dem Wasser gezogen hat, auf der Erde hin und her.

Sie würden nicht aus dem nördlichen Tor heraus gegen ihn anstürmen. Zunächst mußten sie noch mehr Bier trinken und die ganze Angelegenheit detaillierter bereden. Ras kannte sie gut. Zwar lag die endgültige Entscheidung über alle wichtigen Angelegenheiten beim Häuptling, doch mußte er vorher die Meinung jedes einzelnen Mannes hören. Und wenn ein Mann aufstand und redete, dann war es unumgänglich, daß er seinen Standpunkt anschließend mit jedem erörterte, der ihn nicht teilte.

Dennoch beobachtete Ras sorgfältig Bäume und Unterholz am Fluß. Vielleicht lag ein heimkehrender Jäger auf der Lauer, um im günstigen Moment über ihn herzufallen. Wenn der Jäger ein älterer Mann war, also einer, der Ras nicht zum Spielkameraden gehabt hatte, dann würde er ihm natürlich aus dem Weg gehen. Doch war er in Ras' Alter, so war es höchst unwahrscheinlich, daß er ihn als Geist ansah.

»O Wantsojünglinge, ich habe euch wahrlich geliebt, doch am meisten von allen liebte ich dich, Bigaga. Du warst schön und hast mich, das wissen wir beide, auch geliebt. Wir standen uns näher als die Flecken auf dem Fell dem Leoparden; gemeinsam waren wir herrlich wie er. Doch jetzt haben die Flecken sich vom Leoparden getrennt, und allein sind sie nichts, und der Leopard ist häßlich. Er ist häßlich und wehklagt. Die Flecken sind traurig und wehklagen. Doch beide, der Leopard und die Flecken, hassen nun, sie hassen, hassen, hassen! Und ich, ich weine, weine! Doch lache ich auch, lache. Zwar ist diese Welt für Tränen gemacht, Ras aber nicht. Er wird sich nicht in Tränen auflösen. Diese Welt ist gemacht für Tränen und Haß, doch auch für Gelächter. Und also lacht Ras und verhöhnt euch und wird euch Haß um Haß heimzahlen.

O Männer und Frauen, ihr teilt das Geheimnis und die Schuld, und doch macht ihr den Mund nicht auf, weil man euch alle den Krokodilen zum Fraß vorwerfen würde, wenn jeder Mann und jede Frau ihre Schuld eingeständen. Und deshalb wagt es Wuwufa nicht, die bösen Geister unter euch zu vertreiben. Der närrische alte Mann, auch er würde die Krokodile mästen.

Ich, Ras Tyger, weiß das. Ich, der Außenseiter, der Dämon, der bleiche Geist weiß das. Verstohlen wie der Leopard bin ich in euer Dorf gekommen, lautlos wie ein Geist, so manche Nacht, und bin in den Schatten gekrochen, ein Schatten auch ich, und habe beobachtet und gelauscht. Und könnte jetzt Namen nennen, und die Krokodile würden fett werden und es zufrieden sein und würden Wantso verschlingen und als Aas wieder ausscheiden. Eure Kinder aber würden weinen und keinen haben, der sie nährt und vor Leoparden schützt, und keinen, der sie liebt.

O Wantsomänner, eure Frauen haben mich als Geist gefürchtet, doch haben sie ihre Furcht mit dem Verlangen nach der Schlange und nach dem Honig unterdrückt, die Ras ihnen aus dem Dschungel brachte, aus dem Land der Geister. Sie haben nach mir verlangt und mich erkannt, o Männer, sogar die Alten unter ihnen verlangten nach mir und haben geweint, weil sie nicht mehr schön waren. Und ich, Ras Tyger, habe mich im

Schatten der Büsche verkrochen, in die eure Frauen und Töchter sich stahlen, um sich auf meine Lenden zu setzen, und da wußten sie, daß Ras Tyger kein bleicher Geist ist, denn er ist Fleisch von Fleisch und Blut von Blut, nicht verschrumpelt und verkrüppelt, frei. Und ...«

Diesmal war er zu weit gegangen. Bigagi heulte auf und vergaß, daß es ihm unter keinen Umständen erlaubt war, seinen Posten bei der Braut zu verlassen. Er kam über die schwankende Brücke gerannt, einen Speer wurfbereit in der Faust. Sewatu legte einen Pfeil auf den Bogen und schoß ihn auf Ras ab. Der Pfeil verfehlte sein Ziel weit und fiel in den Fluß, wo ein Krokodil danach tauchte. Tibaso führte die vor Wut stöhnenden Männer durch das nördliche Tor auf den Baum zu, auf dem Ras kauerte.

Dicht neben ihm bohrte sich ein Pfeil in die Borke des Stammes. Er erhob sich und brachte sich hinter dem Stamm in Sicherheit. Um von der Flöte nicht behindert zu werden, legte er sie in eine flache Mulde an der Stelle, wo ein Ast aus dem Stamm tritt. Er nahm das Messer zwischen die Zähne und rannte auf dem ausladenden Ast entlang, der sich weit über den Fluß spannte. Ras war schon mindestens fünfzehn Meter vom Ufer entfernt, bevor er einen Punkt erreicht hatte, an dem er Gefahr lief, von dem sich unter seinem Gewicht tief nach unten senkenden Ast abzugleiten.

Ein Speer zischte an ihm vorbei. Ein Pfeil kam ihm so nahe, daß er sich zu größerer Eile entschloß. Er sprang von dem Ast ab und fiel zehn Meter tief, ehe er ins Wasser eintauchte. Er schwamm so schnell er konnte, tauchte aber vorerst nicht auf. Das Wasser war an dieser Stelle ziemlich klar, und die Wantso konnten ihn vom Ufer aus sehen. Der Schlamm hatte es noch nicht verdunkelt. Ras mußte unter Wasser bleiben, bis es ihm möglich sein würde, unvermutet an einer Stelle aufzutauchen, wodurch die Wantso gezwungen wären, ihre Speere und Pfeile überstürzt und wenig treffsicher abzuschießen.

Unter ihm, zu seiner Linken, schoß ein riesiger Schatten auf ihn zu, noch zu undeutlich, um genau zu erkennen, um was es sich handelte. Selbstverständlich wußte er, daß es nur ein Krokodil sein konnte. Er kämpfte gegen die aufsteigende Angst an und schwamm unter Wasser weiter, bis er den Schatten genau erkennen konnte. Und da bemerkte er ein zweites Krokodil.

Schließlich tauchte er auf und holte tief Luft. Er sah, wie die Männer am Ufer ihre Pfeile auf ihn richteten und ihre Speere erhoben, um sie nach ihm zu schleudern. Das eine Krokodil war ihm jetzt ganz nahe. Er tauchte wieder unter und machte ein paar kräftige Schwimmbewegungen. Dann tauchte er wieder auf. Er hatte den Zeitpunkt ganz genau abgepaßt. Zwar waren die meisten Pfeile und Speere von der Bestie abgeprallt, doch hatte ein Speer sie direkt hinter dem Maul erwischt. Sie drehte sich mehrmals um die eigene Achse, wobei sie wütend mit den Beinen strampelte und heftig mit dem Schwanz um sich hieb. Ihr dunkles Blut breitete sich rasch im Wasser aus.

Dadurch wurde das zweite Krokodil abgelenkt. Es steuerte auf die Blutquelle zu. Ras schwamm weg, tauchte wieder unter, schwamm unter Wasser weiter, tauchte wieder auf und schnappte nach Luft, tauchte, schwamm, kam nach oben, um Luft zu schnappen, und schwamm schließlich an der Wasseroberfläche weiter. Er befand sich noch in der Reichweite der Pfeile, doch hätte es schon mit dem Teufel zugehen müssen, wenn man ihn jetzt noch getroffen hätte. Überdies glaubte er sowieso nicht daran, daß der Tod ihn jemals berühren könnte.

Er kletterte ans Ufer und war mit einem Satz hinter schützendem Gebüsch. Ein Pfeil bohrte sich neben ihm in den Erdboden und hinterließ ein kreisrundes Loch in einem Elefantenbaumblatt. Lachend kroch Ras hinter einen Baum. Sonne war in ihm, erfüllte ihn mit Wärme und kitzelte seine Nerven. Das war herrlich; das war Leben.

Kindliche Spiele

Als Ras neun Jahre alt war, gaben Mariyam und Yusufu es auf, ihn wie einen Gefangenen zu halten. Bis dahin hatten sie ihn niemals aus den Augen gelassen, einer von beiden war immer bei ihm gewesen. Aber er pflegte ihnen trotzdem regelmäßig zu entwischen, obwohl ihn jedesmal Prügel erwarteten, wenn er wieder nach Hause kam. Die strenge Bewachung war ihm ein ständiger Dorn im Auge, zumal er überzeugt war, von Leoparden und giftigen Schlangen genug zu wissen und ganz gut allein auf sich aufpassen zu können. War er erst einmal vom Baumhaus herabgestiegen und fühlte festen Boden unter den Füßen, rannte er einfach weg, bis Yusufu außer Atem geriet und mit seinen kurzen und krummen Beinen nicht mehr mithalten konnte. In den Bäumen konnte Ras es mit Yusufu nicht so leicht aufnehmen, da war sein stummelbeiniger Aufpasser genauso flink wie er.

Allerdings scheute Yusufu sich, Risiken einzugehen, vor denen Ras nicht zurückschreckte. Er gab die Verfolgung jedesmal bald auf. Dann fluchte er und stieß Drohungen auf Amharisch, Arabisch und Suaheli aus, die Ras jedoch in den Wind schlug. Doch beschlichen ihn Schuldgefühle, wenn er wieder einmal weggelaufen war, denn er liebte seine Eltern und wollte ihnen in keiner Weise Kummer bereiten. Der Wunsch, frei zu sein, überwog jedoch alles andere. Yusufu lag ihm mit seinen Ratschlägen ständig in den Ohren — tu dies nicht, tu das nicht, geh da nicht zu nahe heran, nimm dich davor in acht. Mit der Zeit kam Ras dann zu der Überzeugung, daß alle Schuldgefühle durch die Tracht Prügel nach einem unerlaubten Ausflug getilgt wurden. Immerhin war das Vergnügen, auf eigene Faust durch die Gegend zu streifen, größer als die Schmerzen, die ihm die Peitschenhiebe bereiteten.

Er durchstreifte das ganze Gebiet zwischen den Felsen und dem See im Norden, den Steilwänden im Osten und Westen und dem Rand der Hochebene, zu deren Füßen der Urwald lag. Bis dahin hatte er sich bisher noch nicht vorgewagt. Der Urwald kam ihm genauso unheimlich vor, wie Yusufu und Mariyam ihn immer beschrieben hatten. Nur ein einziges Mal hatte er seiner Neugier nachgegeben und den Versuch gewagt, von der Hochebene zum Dschungel herabzusteigen, doch da war sofort der Vogel Gottes aufgetaucht und hatte ihn zur Umkehr gezwungen.

Der Vogel war, soweit Ras zurückdenken konnte, immer um ihn gewesen. Doch erst bei dem Abstiegsversuch schien er sich eingehender für ihn zu interessieren. Sonst war er entweder stets auf irgendeinem geheimnisvollen Botengang über ihn hinweggeflogen oder hatte einfach nur für eine Weile hoch in der Luft über ihm geschwebt.

Der Vogel Igziyabhers oder — wie man in unserer Sprache sagen würde — der Vogel Gottes hatte keinerlei Ähnlichkeit mit anderen Vögeln, selbst wenn man davon ausgehen mußte, daß auch er, wie alle anderen Vögel, von Igziyabher geschaffen worden war. Doch durfte man ihn schon als eine besondere Schöpfung betrachten, zu der es erst lange nach der Erschaffung der Welt gekommen war, wenn Ras der diesbezüglichen Auskunft seiner Mutter, Mariyam, Glauben schenken durfte. Laut Mariyam bewachte er in Igziyabhers Auftrag die Welt, besonders allerdings Ras. Und in seinem Bauch saß ein Engel — auch das wußte Ras von seiner Mutter.

Der Vogel Gottes war größer als fünfzig Fischadler zusammen. Sein Körper ähnelte in gewisser Weise einem Fisch, wenn auch einem aus der Form geratenen. Zum Teil konnte der Körper das Sonnenlicht reflektieren, die Sonnenstrahlen prallten von ihm ab wie von dem Spiegel, den Ras besaß. Seine Beine waren starr. Sie hingen aus dem Bauch heraus und waren leicht seitlich ausgestellt. Überaus merkwürdig waren seine Krallen, sie waren nämlich rund, und außerdem konnte er sie offenbar nicht öffnen.

Seine Flügel zweigten von seinem Knochen ab, der oben aus seinem Leib herausragte. Sie wirbelten rasend schnell herum, man konnte sie kaum sehen. Das Eigenartigste aber war, daß sie Laute von sich gaben, und zwar ein monotones tschop-tschop-tschop.

An jenem Tag nun, da Ras zum Urwald hinabsteigen wollte und schon ein Viertel des Weges zurückgelegt hatte, war der Vogel Gottes wie üblich hoch am Himmel erschienen. Ras hatte ihm nur einen kurzen Blick zugeworfen und dann nicht weiter beachtet. Doch plötzlich schwebte der Vogel unterhalb von ihm und kam immer näher. Der Lärm, den er verursachte, machte Ras regelrecht taub. Der Luftstrom seiner Flügel war so stark, daß Ras sich in panischer Angst an den Felsen klammerte. Nur zehn Meter von ihm entfernt blieb der Vogel in der Luft hängen.

Sein Körper war hohl. Er hatte keine Eingeweide, kein Herz und keine Lunge. Zwei Engel saßen darin. Sie hatten rote Gesichter, die wie Masken aussahen. Ihre Körper waren mit einem braunen Material bedeckt, ihr Hals und ihre Hände waren rosa. Einer der Engel saß vorne, der andere stand aufrecht hinter ihm. Er wies mit einer länglichen schwarzen Schachtel, an deren vorderem Ende ein blindes Auge saß, auf Ras.

Dann legte er die Schachtel aus der Hand und bedeutete Ras, wieder nach oben zu steigen. Vor Schreck war Ras unfähig, sich ihm zu widersetzen. Hastig kletterte er nach oben, einmal wäre er fast ausgerutscht. Und dann hatte der Vogel über ihm geschwebt, bis er den ganzen Weg nach Hause gerannt war.

Eigentlich hatte er seinen Eltern gar nichts von diesem Erlebnis erzählen wollen, aber sie wußten schon Bescheid, als er zu Hause ankam. Und da fragte er sich zum erstenmal ernsthaft, ob sie nicht doch tatsächlich mit Igziyabher sprachen, wie sie es immer behauptet hatten.

An seinem neunten Geburtstag eröffneten sie ihm, daß es ihm nunmehr erlaubt sei, von der Hochebene in den Dschungel hinabzusteigen. Allerdings dürfe er sich nur so weit entfernen, daß er ohne Mühe vor Einbruch der Nacht wieder nach Hause zurückgelangen könnte.

»Warum darf ich denn jetzt plötzlich in den Dschungel?« erkundigte sich Ras.

»Weil es geschrieben steht.«

Das war Yusufus stehende Redewendung. Weil es geschrieben steht. Weil es nicht geschrieben steht.

»Geschrieben? Wo?«

»Im Buch.«

Mehr war aus Yusufu nicht herauszukriegen.

Als er sich dann eines Morgens zu seinem ersten Ausflug in den Dschungel auf den Weg machte, weinte Mariyam, drückte ihn fest an sich und flehte ihn an, doch lieber nicht zu gehen. Er sei ihr schönes Kind, sie würde vor Gram sterben, wenn ihm etwas zustieße. Er solle doch lieber zu Hause bleiben, bei ihr, da könne ihm nichts passieren.

Yusufu hingegen brummelte nur vor sich hin, der Junge müsse ja nun schließlich ein Mann werden und außerdem, und das sagte er mit mehr Nachdruck, stehe es geschrieben. Allerdings hatte auch er Tränen in den Augen und ließ sich nicht davon abbringen, ihn wenigstens bis an den Waldrand zu begleiten. Als sie auf die Ebene hinaustraten, die sich kilometerweit vor ihnen ausdehnte, ehe sie sich in dichtem Wald verlor, überprüfte er noch einmal Ras' Waffen: ein großes Messer, das Ras in der Hütte am See gefunden hatte, ein Seil, einen Köcher, in dem zehn Pfeile steckten, und einen Bogen. Darüber hinaus trug er eine Tasche aus Antilopenleder am Gürtel, in der ein kleiner Spiegel, ein Schleifstein für das Messer und ein Kamm aus Schildpatt lagen.

»Selbstverständlich hätte ich es dir überlassen können, die Wantso zu finden, genau genommen, wäre das sogar meine Pflicht gewesen«, meinte Yusufu grollend. »Aber du bist noch nie einem anderen menschlichen Wesen begegnet, du bist der einzige Mensch, den du kennst, womit nicht gesagt sein soll, daß du dich kennst. Ich warne dich also. Die Wantso sind gefährlich. Sie werden bestimmt versuchen, dich zu töten. Nähere dich ihnen also nur mit äußerster Vorsicht und erwarte nicht von ihnen, daß sie dich lieben, so wie deine Mutter und ich dich lieben.

Schleiche dich durch den Urwald, als würde er vor Leoparden wimmeln, was, nebenbei bemerkt, ja tatsächlich auch der Fall ist. Du wirst die Wantso schon von weitem hören. Dann mußt du dich verstecken und dich an sie heranschleichen. Beobachte sie soviel du willst. Aber achte darauf, daß sie deine Anwesenheit nicht bemerken. Sie würden dich auf der Stelle umbringen, doch noch viel schlimmer wäre es, wenn sie dich lebend fingen.

Einen Vorteil hast du allerdings. Ich nehme an, die Wantso halten dich für einen Geist. Sie haben noch nie einen weißen Menschen gesehen. Sie glauben nämlich, Geister sind bleich, was ja auch durchaus sein kann, ich will mich da nicht festlegen, denn schließlich habe ich ja auch noch keinen Geist zu Gesicht bekommen. Zumindest weiß ich aber, daß du kein Geist bist. Aber sie wissen das nicht. Wenn sie dich also sehen und weglaufen, dann renne ihnen um Himmels willen nicht nach.«

Yusufu umarmte ihn. Ras war gerührt, was ihn jedoch nicht davon abhielt, insgeheim festzustellen, daß Yusufu schon wieder etwas kleiner geworden war. Was sollte das erst werden, wenn Ras ausgewachsen war.

Ras küßte ihn und ging schnell davon, denn er spürte, wie ihm die Tränen in die Augen stiegen. Er durchquerte den Wald und stieg an der Felswand nach unten. Diesmal lauerte ihm der Vogel Igziyabhers nicht auf. Der Fluß spaltete sich in zwei Wasserfälle, die sich am Fuße der Felswand wieder vereinigten. Ras folgte den Flußwindungen. Als die Nacht hereinbrach, baute er sich auf einem Baum ein Nachtlager, erlegte einen kleinen Affen, briet ihn über einem Feuer und aß ihn auf. Am nächsten Morgen lief er weiter, und nach einigen Stunden hörte er Stimmen.

Er würde niemals vergessen, welche Erregung ihn ergriffen hatte, als er zum erstenmal fremde Stimmen hörte. Vorsichtig schlich er weiter, und dann sah er die Palisaden am anderen Flußufer. Er kletterte auf einen Baum, von wo aus er die Wantso eine Zeitlang beobachtete. Dann stieg er wieder nach unten und schwamm an einer günstigen Stelle, wo die Uferböschung und dichtes Unterholz ihn vor Entdeckung schützten, durch den Fluß. Von einem Baum aus betrachtete er die Frauen und Kinder auf den Feldern.

Er bebte vor Erstaunen und Neugier, aber auch, weil er ein ganz klein wenig Angst hatte. Obgleich ihm seine Eltern erzählt hatten, daß die Wantso schwarz wären, gekräuseltes Haar hätten und überhaupt schreckliche Ungeheuer seien, also eigentlich gar keine Menschen, hatte er sie sich anders vorgestellt. Sie waren durchaus nicht ›schwarz wie ein Geierarsch‹, wie Yusufu es ausgedrückt hatte, sondern eher dunkelbraun. Mariyam, seine Mutter, war genauso dunkelhäutig wie sie, hatte allerdings glattes Haar, die Nase eines Fischadlers und die schmalen Lippen eines Leoparden. Das Haar der Wantso war auf faszinierende Weise in sich verflochten, verkrümmt und verschlungen wie — nach Meinung von

Yusufu — ihr Charakter. Sie hatten breite und plattgedrückte Nasen, und ihre Nasenlöcher waren in einer Weise aufgerissen, als würde ihnen in jedem Augenblick die Luft wegbleiben. Ihre Lippen waren wulstig.

Yusufu hatte in gewisser Weise Ähnlichkeit mit ihnen, doch war er viel kleiner als sie, wenn man von den Kindern einmal absah. Auch hatten die Wantso nicht den verhältnismäßig unproportioniert großen Kopf von Yusufu und Mariyam und auch nicht deren kurze Ärmchen und krummen Stummelbeine. Außerdem hatte Yusufu einen schwarzen und sehr langen Bart, der ihm bis zu den Knien reichte, während die Wantso überhaupt keine Gesichtshaare hatten.

Ras' Haut war hellbraun. Unter seinem schulterlangen Haar war er bleich wie ein Fisch auf dem Bauch. Er kannte sein Gesicht aus dem Spiegel, den ihm seine Mutter vor einem Jahr geschenkt hatte, und wußte also, daß er seinen Eltern in keiner Weise ähnlich sah. Als er sich zum erstenmal im Spiegel sah, hatte er einen Schreck bekommen und sich vor seinem Anblick geekelt. Vorher war er ja immer der Meinung gewesen, wie Yusufu auszusehen, von der Hautfarbe und dem Bart natürlich abgesehen. Und plötzlich sah er dann seine großen grauen Augen, die schmale Nase und die dünnen Lippen.

Erst eine ganze Weile danach hatte er sich wieder etwas mit seinem Aussehen ausgesöhnt, zumal ihm bei näherem Hinsehen aufgefallen war, daß seine Nase gewissermaßen wie die seiner Mutter war, gerade natürlich, nicht hakenförmig, und auch seine Lippen waren wie ihre, vielleicht nicht ganz so dünn.

Damals, an dem Spiegeltag, wie er ihn später nannte, waren ihm zum erstenmal ernsthafte Zweifel gekommen, ob er auch wirklich der Sohn von Mariyam und Yusufu sei. Gleichzeitig hatte er sie auch nicht länger für Affen gehalten. Sollten sie tatsächlich Affen sein, dann gehörten sie mit Sicherheit zu einer anderen Rasse als

Gorillas und Schimpansen. Er hatte angefangen, sie mit Fragen zu bestürmen und trotz ihrer Ausflüchte und Drohungen keine Ruhe gegeben. Und nach sechs Monaten war Mariyam dann weich geworden und hatte einige seiner Fragen beantwortet. Yusufu wäre nicht sein richtiger Vater, enthüllte sie ihm, er wäre vielmehr erst ihr Liebhaber geworden, als er schon auf der Welt gewesen war.

Sie gab allerdings niemals zu, daß Ras nicht ihr Sohn war. Er konnte reden und reden und sie mit Fragen geradezu bombardieren — sie blieb dabei, ihn empfangen, ausgetragen und zur Welt gebracht zu haben. Und eines Nachts, als Yusufu fischen gegangen war, erzählte sie ihm, Igziyabher wäre sein Vater.

Für Ras war es unbegreiflich, wieso Gott sein Vater sein konnte. Mariyam hatte ihm schon so viele widersprüchliche Geschichten darüber erzählt, wie es zu ihrer Schwangerschaft gekommen war, daß er längst die Hoffnung aufgegeben hatte, jemals eine logische, zusammenhängende und glaubhafte Erklärung dafür zu erhalten. Er nahm sich vor, das Thema später wieder einmal aufzunehmen.

Was Yusufu betraf, so ließ er sich lediglich zu dem Eingeständnis herbei, nicht der Erzeuger von Ras zu sein. Doch beteuerte er, ihn mehr zu lieben, als er einen eigenen Sohn geliebt haben würde, und zwar weil Ras hochgewachsen war, einen Kopf mit den richtigen Proportionen und Arme und Beine von der richtigen Länge hatte — und natürlich, weil er schön war. Er hätte sich nur gewünscht, Igziyabher hätte Mariyam zu sich genommen und nicht ihn, Yusufu, mit ihr belastet.

»Wahrscheinlich nicht einmal Gott selbst könnte die niemals ruhende Zunge von diesem Weib ertragen. Und dann ihr Temperament! Sie ist wie eine Kamelstute mit Verdauungsschwierigkeiten, die in der Brunftzeit kein Hengst besprungen hat!«

Ras ging das Verständnis für diesen Vergleich ab. Er

hatte noch nie ein Kamel aus Fleisch und Blut gesehen, sondern konnte sich lediglich an ein Bild erinnern, das in einem Buch in der Hütte am See abgebildet gewesen war. Yusufu erzählte ihm, früher hätte es in dieser Gegend auch Kamele gegeben, die seien jetzt aber alle tot.

»Und du kannst froh sein, mein Sohn, denn so brauchst du wenigstens nie eins zu riechen.«

Ras, im Gras versteckt und die Wantso beobachtend, mußte an alle diese Dinge denken, während er vor Neugier und Furcht zitterte. In der Hauptsache war er auf die Wantso konzentriert; ein kleiner Teil seiner Aufmerksamkeit richtete sich auf den Dschungel um ihn herum, er horchte gespannt, zog witternd wie ein Hund die Luft ein und blickte aufmerksam um sich; gleichzeitig dachte er an seine Eltern, er sah sie buchstäblich vor sich und hörte ihre Stimmen, als wären sie in diesem Augenblick bei ihm. Und schließlich dachte er noch über diesen in drei Teile gespaltenen Ras nach, wie die Welt zusammengesetzt war, in der vergangenes Geschehen gleichzeitig mit verschiedenen anderen Geschehen vor sich ging und sich außerhalb von ihm und in seinem Inneren abspielten.

Und dann verschmolzen die vier, fünf Teile von ihm und wurden eins, und dieses Eins war bis hinunter in den dunkelsten und tiefsten Teil von ihm, von seinem Fleisch und Geist, vollkommen ein Teil dessen, was vor seinen Augen lag.

Am ersten Tag machte er nicht den Versuch, sich den Wantso zu nähern. Auch bei den nächsten zehn Besuchen hielt er sich sorgfältig versteckt. Zwischen den einzelnen Besuchen lag jeweils seine Woche, denn er wollte seine Eltern nicht beunruhigen. Und außerdem lebten die Wantso weit von seinem Zuhause entfernt, und er war lange unterwegs, um zu ihrem Dorf zu gelangen. Wenn er sie dann einige Stunden lang beobachtet hatte, machte er sich so schnell er konnte vor Einbruch der Dunkelheit auf den Heimweg. Yusufu und Mariyam blickten jedesmal aus dem Fenster oder saßen auf der Veranda des Baumhauses, wenn er heimkam. Er wurde regelmäßig ausgeschimpft und bemühte sich, die Prügel mit der Peitsche durch eine Geschichte zu verhindern. Er erzählte ihnen, daß er gezwungen gewesen sei, sich vor einem Leoparden auf einen Baum zu flüchten, oder daß er versucht hätte, sich an ein Tier heranzupirschen, welches ihm jedoch unglücklicherweise entwischt war. Doch den Peitschenhieben entging er trotzdem nicht, und wenn er sich am Boden wand und schrie, bekam er noch ein paar Hiebe extra.

Doch dann, es war an seinem elften Geburtstag, eröffneten ihm Yusufu und Mariyam, daß er von jetzt ab auch nachtsüber, wenn er wollte, sogar tagelang, wegbleiben könne. Er konnte durchaus nicht verstehen, warum sie ihre Meinung so plötzlich geändert hatten. Schließlich erzählte im Mariyam, Igziyabher hätte es erlaubt.

Mariyam schien mit Gott direkt in Verbindung zu stehen. Ras verbrachte viel Zeit damit, sie heimlich zu belauschen, weil er hoffte, sie und Gott einmal von Angesicht zu Angesicht miteinander reden zu sehen. Aber er wurde stets enttäuscht. Mariyam sprach nur mit Yusufu, oder aber mit sich selbst, wenn Yusufu nicht da war und sie Ras nicht in ihrer Nähe vermutete.

Fortan blieb er, wenn er Lust hatte, was häufig vorkam, tagelang von zu Hause weg, manchmal sogar eine ganze Woche lang. Er durchstreifte das ganze Gebiet südlich der Hochebene und drang bis zu der Stelle vor, wo der Fluß in einen vielarmigen Sumpf überging. Er baute sich ein Floß, um den Sumpf zu durchqueren. Doch ehe er dazu kam, es ins Wasser zu schieben, wurde er von einer Schlange ins Bein gebissen.

Er wäre an dem Schlangenbiß beinahe gestorben. Er lag auf dem Floß, auf das er noch schnell gesprungen war, und litt entsetzliche Schmerzen. Es kam ihm vor, als würden Millionen von Ameisen durch seine Venen

und Arterien kriechen und ihn fortwährend beißen, als
wären sie in seinen Kopf vorgedrungen und dabei, sein
Gehirn aufzufressen. Sein Herz hämmerte wie eine
Trommel, die eine Schreckensbotschaft verbreitet. Er
konnte sich nicht bewegen und mußte fortgesetzt an die
Schmerzen denken und daran, welche Bestie wohl kommen würde, um ihn zu verschlingen, solange er derart
hilflos dalag. Seine Eltern fielen ihm ein, ihr Gram,
wenn er nie mehr nach Hause käme.

Viermal schienen die Sonne und die Sterne auf ihn
herab. Einige Insekten nahmen sich große Freiheiten an
seinem Körper heraus; doch die Ameisen fanden ihn
nicht, den Krokodilen fiel er nicht auf, Geier und Raben
sahen ihn nicht. Und dann war er endlich in der Lage,
sich vom Floß herunter und unter einen schützenden
Baum auf einer Sandbank zu schleppen. Nach zwei weiteren Tagen hatte er soviel Nahrung zu sich nehmen
können, daß er wieder einigermaßen bei Kräften war. Er
aß in der Hauptsache Insekten, die, als er hilflos auf
dem Floß gelegen hatte, seinen Körper mit Bissen und
Stichen übersät hatten. Und dann machte er sich langsam auf den Heimweg. Er brauchte dafür drei Tage und
eine halbe Nacht.

Nach diesem Zwischenfall begnügte er sich fürs erste
damit, in der Nähe des Hauses zu bleiben oder in die
Berge zu gehen, wo er mit den Gorillajungen spielte.
Aber sobald er sich wieder kräftig genug fühlte, wurde
er erneut von Wanderlust gepackt. Allerdings beschloß
er, die Durchquerung des vielarmigen Sumpfes vorerst
auf später zu verschieben.

Die Wantso fesselten ihn viel zu sehr, und so hatte er
den Sumpf schon bald völlig vergessen.

Durch intensives Zuhören und Beobachten hatte er
die Sprache der Wantso inzwischen ein bißchen gelernt. Es war eine merkwürdige Sprache. Sie bediente
sich vier verschiedener Tonhöhen, um gleichklingende
Wörter in ihrer Bedeutung zu unterscheiden. Die Ton-

höhen zeigten auch an, ob etwas geschehen war, ob es gerade geschah, geschehen würde oder im Land der Geister stattfand.

Das Land der Geister, das hatte Ras bald begriffen, war die Hochebene, auf der er lebte. Aus diesem Grunde wagten sich die Wantso immer nur bis an den Fuß der Felsen vor, auf deren Höhe das Plateau lag.

Es stellte sich als ziemlich schwierig heraus, mit einem Wantso in Kontakt zu kommen, zumal er ja nach Möglichkeit erst einmal mit einem Gleichaltrigen sprechen wollte. Die älteren Männer liefen stets mit Speeren und Schilden bewaffnet herum und sahen zudem ganz so aus, als würden sie sie auch bedenkenlos einsetzen. Die Frauen verließen das Dorf nur selten, es sei denn, sie kamen an den Fluß, um Wasser zu schöpfen oder Wäsche zu waschen. Zudem oblag ihnen die Feldarbeit. Die Felder waren auf einer Seite durch einen Zaun begrenzt und wurden immer bewacht. Manchmal wurden die Frauen, wenn sie im Dschungel nach Wurzeln gruben oder Früchte und Beeren pflückten, von Kindern begleitet. Doch dann waren auch Wächter dabei, und diese und die Frauen überwachten die Kinder mit Argusaugen.

Manchmal spielten die Kinder aber auch an den Ufern der Halbinsel. Da gab es viele Bäume und dichtes Unterholz, und im Unterholz hielt Ras sich versteckt und lag auf der Lauer.

Und hier überraschte er Wilida. Sie war ein hübsches und fröhliches kleines Mädchen, das sich an den Spielen überaus lebhaft beteiligte. Ras, der es sich in den Kopf gesetzt hatte, sich mit den Kindern anzufreunden, wartete, bis sie Verstecken spielten und Wilida in einen Busch gekrochen war, der sich nahe von dem befand, in dem er hockte. Um ihr von vornherein seine friedlichen Absichten deutlich zu machen, grinste er, als er sich aufrichtete und sich ihr in den Weg stellte. Bei seinem Anblick blieb Wilida wie angewurzelt stehen, hob beide

Hände in die Höhe und streckte sie abwehrend aus, als wollte sie nicht ihn, sondern die Vision von ihm weit von sich schieben. Dann wurde sie unter der braunen Haut grau, rollte mit den Augen und fiel auf den Rükken.

Ras war tief bestürzt. Er hatte nicht damit gerechnet, daß jemand sich so fürchten könnte, und schon gar nicht vor ihm.

Er hockte sich neben das Mädchen, und als er sah, daß es die Augen aufschlug, hielt er einen Finger vor den Mund. Wilida bewegte tonlos die Lippen. Ras sah sich gezwungen, ihr den Mund zuzuhalten, weil er unter allen Umständen den Schrei abwürgen mußte, der ihr in der Kehle steckte und herauswollte. Sie verdrehte zwar die Augen, wehrte sich ansonsten aber nicht. Sie hörte sich die wenigen Sätze an, die er in der Sprache der Wantso sagen konnte. Die Farbe kehrte in ihr Gesicht zurück. Sie nickte sogar, als Ras sie fragte, ob sie auch nicht schreien würde, wenn er seine Hand von ihrem Mund nähme. Das Nicken fiel einigermaßen dürftig aus, was aber daran lag, daß sie sich kaum bewegen konnte, denn Ras hielt ihren Kopf fest auf den sumpfigen Boden gepreßt.

Er nahm seine Hand von ihrem Mund, und sofort schrie sie aus vollem Halse. Ras flüchtete. In panischer Angst sprang er in den Fluß und schwamm ans andere Ufer. Glücklicherweise waren gerade keine Krokodile in der Nähe. Sobald er sich am anderen Ufer hinter einem Busch versteckt hatte, beobachtete er aufmerksam das Geschehen. Männer rannten hin und her und stocherten mit ihren Speeren im Unterholz herum. Sie redeten laut aufeinander ein, machten ansonsten aber nicht gerade den Eindruck, als wären sie besonders erpicht darauf, etwas zu entdecken.

Zu Hause war Ras schweigsam und saß untätig herum, bis Mariyam ihn fragte, was denn los sei. Er denke nach, sagte er, mehr nicht. Und das entsprach durchaus der Wahrheit, wenngleich ihn die Gedanken, die ihm durch den Kopf gingen, peinigten. Warum hatte Wilida solche Angst vor ihm? Warum sollte sich ein Wantso vor ihm fürchten? War er denn etwa häßlich oder mißgestaltet? Das wollte er nicht glauben. Würden ihn denn dann Yusufu und Mariyam lieben?

Als er nach sechs Tagen zum Wantsodorf kam, spielten die Kinder wiederum im Unterholz. Er schwamm durch den Fluß und wartete ab, bis er Wilida allein zu fassen bekam. Diesmal ließ er die Hand dicht über ihrem Mund, auch wenn sie versprochen hatte, nicht zu schreien. Doch sie hielt sich an ihr Versprechen und schrie nicht.

Sie unterhielten sich eine Weile, zumindest versuchten sie es. Wilida zitterte nicht mehr wie ein Äffchen, das sich heftig darum bemühte, seine Erektion mit einem möglichst ausladenden Orgasmus zu krönen. Bevor sie sich trennten, brachte sie es sogar über sich zu lächeln. Dann rannte sie, erst einmal außerhalb seiner Reichweite, so schnell sie konnte weg. Ras verbuchte es als großen Erfolg, daß sie nicht geschrien hatte und, soweit er feststellen konnte, auch niemandem von ihrer Begegnung mit ihm erzählte. Zur verabredeten Zeit kam sie wieder zu ihrem Treffpunkt. Vor der dritten Begegnung mit ihr suchte er die Umgebung sorgfältig ab, denn er wollte sichergehen, daß sie ihm keine Falle gestellt hatte. Sie sprachen mit geringeren Schwierigkeiten miteinander, und im Verlauf der nächsten fünf Begegnungen machte Ras rasche Fortschritte in der Sprache der Wantso.

Zum sechsten Rendezvous brachte Wilida eine Freundin mit, ein Mädchen namens Fuwitha. Sie war überaus scheu und getraute sich nicht, nahe an Ras heranzukommen oder gar mit ihm zu sprechen. Doch auch sie legte bald ihre Scheu ab und beteiligte sich daran, den bleichen Jüngling die Wantsosprache zu lehren.

Es vergingen noch drei Wochen, ehe Ras einige der

anderen Kinder kennenlernte. Sie kamen schweigend zum vereinbarten Treffpunkt. Die Unterhaltung wurde von Wilida und Fuwitha bestritten, denn die beiden Mädchen waren sehr stolz auf ihre Freundschaft mit dem weißen Geisterknaben. Ras hatte inzwischen begriffen, wofür man ihn hielt, nämlich für den Geist eines toten Jünglings. Deshalb war Wilida auch, als er sich ihr das erstemal in den Weg gestellt hatte, ohnmächtig auf den Rücken gefallen, und deshalb hatten auch die anderen Kinder noch solche Furcht vor ihm. Allein ihre Neugier und die Beteuerungen der beiden Mädchen, es handle sich um einen harmlosen Geist, hatten sie dazu bewegen können, ihre Fucht vorübergehend zu unterdrücken.

Auf der Erde hockend, im Kreis um Ras versammelt, redeten sie mit ihm, kicherten nervös über seine eigenartige Aussprache und wagten es hin und wieder zögernd, eine Hand nach ihm auszustrecken und ihn zu berühren. Ras lächelte stets und gab sich Mühe, immer sanft zu sprechen. Er versicherte ihnen, er habe nicht die Absicht, jemandem etwas zuleide zu tun, vielmehr in jeder Hinsicht ein guter Geist zu sein.

Damals lernte er Bigagi kennen, welcher Wilida zum Manne bestimmt war, sobald beide das heiratsfähige Alter erreicht hätten.

Allmählich fing Ras an, sich an den Spielen der Kinder zu beteiligen. Das war in gewisser Weise riskant, denn er mußte sich ja immer vor den Blicken der Erwachsenen und der anderen Kinder auf den Feldern verbergen. Seine Kenntnisse der Wantsosprache wurden immer besser. Er machte Ringkämpfe mit den Jungen und besiegte sie alle. Sie nahmen das ohne zu murren hin, schließlich konnte kein Mensch etwas gegen einen Geist ausrichten.

Er unterhielt sie mit Geschichten aus dem Land der Geister, erzählte ihnen von seiner Affenmutter und von seinem Affenstiefvater. Seine Angabe, der Sohn von Igziyabher zu sein, also von Mutsungo, wie die Wantso den Geisterchef, die Schöpferspinne nannten, erfüllte sie mit Ehrfurcht. Jedenfalls zu Anfang.

Bigagi wollte wissen, warum er nicht dunkelhäutig und wollhaarig wie sie sei. Mutsungo hätte die ersten Menschen, von denen die Wantso abstammten, aus Spinnweben und Schlamm geschaffen, und alle wären braunhäutig, dicklippig und wollhaarig. Die Shaliku, ein Stamm, der auf der anderen Seite des Sumpfes lebte, seien bereits die zweite Generation, eine Mischung aus Wantso und Krokodilen. Wenn aber Mutsungo tatsächlich der Vater von Ras war, so argumentierte Bigagi, warum sah er dann nicht wie ein Wantso aus? Oder wengistens halb wie eine Spinne?

Wenn es darum ging, Geschichten aus dem Stegreif zu erfinden, dann konnte Ras es mit seiner Mutter aufnehmen. Er erklärte, nicht der Sohn von Mutsungo, sondern von Igziyabher zu sein, der Mutsungo vom Thron der Göttlichkeit gestoßen und sich selbst darauf niedergelassen hätte. Und er, Ras, sei weißhäutig, weil Igziyabher das Braune aus seiner Haut gewaschen hätte, zum Zeichen dafür, daß er Igziyabhers einziger und wirklicher Sohn sei.

Die Kinder waren gekränkt, nicht so sehr deswegen, weil Ras der Sohn Gottes war, sondern vielmehr wegen seiner Behauptung, Mutsungo wäre als Geisterchef abgesetzt worden. Ras fügte hinzu, Mutsungo würde jetzt in dem vielarmigen Sumpf als König der Spinnen leben.

Doch als er sah, daß seine neuen Freunde verstört waren und wahrscheinlich mit ihren Eltern über diese Angelegenheit sprechen würden, lachte er und meinte, er hätte das alles nur erzählt, um sie zu unterhalten. Er mußte unbedingt vermeiden, daß die Erwachsenen seine Anwesenheit erfuhren. In Wahrheit wäre er natürlich der Sohn von Mutsungo, sähe nur deshalb nicht wie eine Spinne aus, weil Mutsungo den Wunsch gehabt hatte, ihn seiner Mutter ähnlich sehen zu lassen. Sie sei ein

Affenweibchen, und deshalb seien seine Lippen schmal und sein Haar glatt. Und er sei weißhäutig, weil seine Mutter ihn durch einen von Mutsungo ausgesandten Blitzschlag empfangen hätte, wodurch alles in ihrem Bauch weiß geworden wäre. Die schmale Nase hätte ihre Ursache darin, daß Mutsungo ihn zu hart angepackt hätte, als er ihn aus dem Mutterleib gezogen hatte.

Die Geschichte vom Blitzschlag stammte von Mariyam; die anderen Einzelheiten hatte Ras hinzuerfunden.

Bigagi meinte, das möge ja alles stimmen, doch Ras — Bigagi nannte ihn Lazazi, das entsprach eher dem Klang und dem Aufbau der Wantsosprache — sei trotzdem ein Geisterkind.

Ras brauste auf. Am liebsten hätte er Bigagi verprügelt. Wilida besänftigte die beiden, indem sie zu bedenken gab, dieser Geistervater von Ras sei vielleicht der Chefgeist in jenem Land im Norden (sie vermied es taktvoll, vom Geisterland zu sprechen), während Mutsungo der Geisterchef in dem Land sei, in welchem sie sich befänden. So wie Basama, der Krokodilgeist, der Chefgeist der Shaliku sei, und so weiter. Außerdem könnten sie die ganze Frage ja lösen, wenn sie erst groß wären; dann könnten sie, wenn sie den Mut dazu hätten, am Fluß entlang nach Süden ziehen, den vielarmigen Sumpf und das Land der Shaliku durchqueren und ans Ende des Flusses und der Welt gehen, wo der Fluß in das Land im Innern der Erde einmündet. Dort, auf einer Sandbank direkt vor dem Eingang zu dem Land im Innern der Erde, lebe Wizozu.

Wizozu sei ein sehr, sehr alter Mann, der alles wüßte und jede Frage beantworten könnte — allerdings gegen eine Belohnung. Er hätte immer gelebt und würde auch immer leben, und er sei, wie Wilida noch einmal ausdrücklich hervorhob, ein schrecklich alter Mann.

Ras sollte noch mehr von Wizozu hören, und er beschloß, ans Ende der Welt und des Flusses zu ziehen, wenn er zum Mann herangewachsen wäre, und Wizozu verschiedene Fragen zu stellen, die anscheinend niemand sonst beantworten konnte.

Er hätte am liebsten seine Eltern nach ihm gefragt, aber da weder Yusufu noch Mariyam jemals den Namen Wizozu erwähnt hatten, fand er es klüger, vorerst zu schweigen. Sie würden bestimmt sogleich vermuten, daß er mit den Wantso gesprochen hatte, und das wollte er unbedingt vermeiden. Obwohl sie schon längst nicht mehr versuchten, ihn von seinen Wanderungen abzuhalten, warnten sie ihn fortgesetzt vor den hinterhältigen und gefährlichen Wantso. Igziyabher würde es bestimmt nicht gefallen, wenn er wußte, daß Ras sich für sie interessierte. Wenn er erst älter wäre, könnte er immer noch ihre Bekanntschaft machen.

Manchmal packte Ras sechs Gummibälle in seine Tasche aus Antilopenfell und nahm sie mit zu dem Treffpunkt. Seine Spielkameraden waren hocherstaunt. Gummi war ihnen bisher unbekannt gewesen, und sie wollten wissen, wie er zu den Bällen gekommen war. Sie seien eines Morgens auf geheimnisvolle Weise in dem Baumhaus aufgetaucht, meinte er. Yusufu hatte ihm gesagt, sie seien ein Geschenk Igziyabhers. Vielmehr Allahs, denn an jenem Tag mußte arabisch gesprochen werden.

Ras zeigte den Kindern sämtliche Taschenspielertricks mit den Bällen, die er von Yusufu gelernt hatte. Er führte ihnen überdies einen Salto rückwärts und Purzelbäume vor. Außerdem machte er ihnen vor, wie er mit dem Messer einen kleinen Punkt in zehn Meter Entfernung treffen konnte.

Manchmal führte Ras Kunststücke auf einem Drahtseil vor. Das Seil war einen Meter über der Erde zwischen zwei Bäumen gespannt. Am liebsten hätte er es viel höher angebracht, um die Kinder noch mehr zu beeindrucken, aber er wollte sich nicht den Blicken der Frauen auf den Feldern oder der Wächter auf der quer über die Halbinsel aufragenden Palisade aussetzen. Er wählte eine Stelle aus, wo das Gelände zum Fluß hin abfiel. Dort lief er über das Seil, während die Kinder staunend auf der Erde hockten und ihm zusahen, von Baum zu Baum, hielt auf halbem Wege an, vollführte einen Salto rückwärts und landete jedesmal wieder mit beiden Füßen auf dem Seil.

Die Kinder machten große Augen und hielten sich den Mund zu. Sie wollten jeden Lärm vermeiden und nicht die Aufmerksamkeit der Frauen oder der älteren Kinder erregen.

Ras krönte seine Vorführung, indem er auf den Händen über das Seil lief und dabei mit den Füßen einen Ball balancierte. Natürlich wollten auch die Wantsokinder ihre Fähigkeiten auf dem Seil ausprobieren. Einige schafften es hin und wieder auch, von einem Baum zum anderen zu laufen. Doch manchmal fielen sie auch herunter und verletzten sich, und dann befürchtete Ras, sie würden heulend zu ihren Eltern rennen.

Doch keins der Kinder verriet ihn. Ras war ihr Geheimnis. Obgleich sie sicherlich vor Verlangen, von ihm zu sprechen, fast geplatzt wären, brachten sie es fertig, ihre Bekanntschaft mit ihm zu verheimlichen. Dafür war in erster Linie Ras verantwortlich, nicht ihre Verschwiegenheit. Er hatte ihnen nämlich gedroht, jeden Verräter mit sich ins Land der Geister zu nehmen. Mehr noch, Igziyabher, sein Vater, würde das ganze Dorf zerstören und jeden Bewohner durch einen Blitz töten.

Bei dieser Drohung waren die Kinder aschgrau im Gesicht geworden und hatten kein Wort mehr herausgebracht. Nach einer ganzen Weile hatte Wilida dann gesagt: »Wenn wir tot sind, dann sind wir ja sowieso Geister und leben wie du im Geisterland.«

»Nein, da irrst du dich«, hatte Ras schnell erwidert. »Wenn jemand spricht, dann schicke ich ihn in die Unterwelt, in die große Hölle, in die der Fluß sich entleert, und er wird auf ewig von Dämonen und Monstren gemartert und kriegt seine Freunde und Eltern nie wieder zu Gesicht.«

Die Kinder hatten aufgekreischt. Offenbar gefiel ihnen ihr Entsetzen aber doch, denn sie bestanden darauf, noch mehr über das zu erfahren, was mit dem Verräter geschehen würde. Ras schilderte genüßlich weitere Einzelheiten; das erregte ihn und schulte seine Phantasie, in der er eine Art Muskel sah, den man durch körperliches Training kräftiger und kräftiger machen kann. Er erzählte den Kindern auch von Wizozu, dem Allweisen, dem durch und durch schrecklichen alten Mann auf der Sandbank vor dem Tor zur Unterwelt. Natürlich wußte er weniger über ihn als sie, was ihn allerdings durchaus nicht anfocht. Nach vielen phantasievoll ausgeschmückten Geschichten über Wizozu, seitens der Zuhörer von Augenrollen und unterdrückten Aufschreien begleitet, hatte er alle, sich eingeschlossen, davon überzeugt, eine Autorität in Wizozufragen zu sein.

Er ließ sich nicht näher darüber aus, was Wizozu als Gegenleistung für die Beantwortung von Fragen verlangte. Er beließ es bei Andeutungen, die viel zu schrecklich waren, als daß man näher darüber hätte nachdenken können. Schon damals wußte er, daß Andeutungen manchmal viel wirkungsvoller sind als die gräßlichsten Beschreibungen.

Die Kinder meinten, Wuwufa, der Medizinmann ihres Stammes, hätte einst den vielarmigen Sumpf durchquert und wäre an der Großen Spinne vorbei und durch das Land der schrecklichen Shaliku und ihrer noch schrecklicheren Krokodilgötter flußabwärts zu der Insel von Wizozu vorgedrungen. Niemand konnte jedoch genau sagen, welchen Preis Wizozu verlangt hatte. Manche behaupteten, es sei Wuwufas Leber gewesen. Die Leber war nach Meinung der Wantso der Sitz der Gedanken. Mochte das nun stimmen oder nicht, alle waren sich jedenfalls darüber einig, eine gewisse Wahrscheinlichkeit wäre nicht auszuschließen. Immerhin führte

Wuwufa sich manchmal auf, als hätte er den Verstand verloren, und außerdem verfiel er häufig in krampfartige Zuckungen.

Ras nahm sich insgeheim vor, Wizozu eines Tages einen Besuch abzustatten. Mit neun Jahren hatte er viele Fragen, auf die er keine befriedigende Antwort bekommen konnte. Drei Jahre später wollte er Wizozu zwar immer noch aufsuchen, doch hatten einige der Fragen sich inzwischen geändert.

Zu der kleinen Gruppe gehörten fünf Kinder; zwei Jungen, Bigagi und Sutino, und drei Mädchen, Wilida, Fuwitha und Golabi. Nachdem sie sich nun schon ein halbes Jahr kannten, weihten sie Ras in einige andere Spiele ein, die nichts mehr mit dem Versteckspiel, dem Rate-welcher-Finger-Spiel und den anderen Ratespielen der ersten Zeit zu tun hatten. Eines Nachmittags, als sie nur einen Meter vom Fluß entfernt unter einem Baum hockten, machte Wilida, verschämt kichernd, eine Bemerkung über Ras' Geschlechtsteil, das so groß und weiß sei. Bigagi war sofort gekränkt. Schließlich, so meinte er, sei seins mindestens genauso groß, und was die Weißheit betraf, so würde Ras' Schwanz dadurch aussehen wie ein Wurm, der immer unter einem Stein lebt. Ein toter Wurm übrigens, soweit er sehe. Wilida, noch immer kichernd, entgegnete, ihrer Meinung nach wäre er gar nicht so tot, wie er im Augenblick aussehe. Sie hätte den Wurm schon sehr lebendig erlebt, nämlich dann, wenn Ras mit den Jungen oder Mädchen gebalgt hätte. Und sie sei sicher, daß er größer sei als Bigagis.

Bigagi stand auf und begann, an seinem Glied herumzuspielen. Er forderte Ras auf, dasselbe zu tun. Ras stellte sich neben ihn und fing an, die Vorhaut vor- und zurückzuschieben. Er war mit seinen Genitalien wohlvertraut. Denn obgleich Yusufu und Mariyam mit drohendem Unterton Idiotie und Impotenz prophezeit hatten, wenn er onanieren sollte, hatte er es schon häufig getan, sobald sie nicht in seiner Nähe waren. Und außerdem hatte er einen Freund, einen Affen, der stets mit dem größten Vergnügen an seinem Glied lutschte, auch wenn Ras dabei noch nie zu einem Orgasmus gekommen war.

Jetzt war er gezwungen, auch in dieser Hinsicht seine Überlegenheit über seine Spielkameraden unter Beweis zu stellen. Und weil alle gespannt zusahen, war er besonders erregt.

Sutino, vom Zusehen angeregt und von den Mädchen gedrängt, stellte sich neben Ras und Bigagi. Die Mädchen verglichen schamhaft kichernd die Ergebnisse und kamen zu dem Schluß, das Sutino nicht ins Gewicht fiel. Er war zwar wütend, ließ sich aber nicht davon abhalten, weiter zu onanieren. Bigagi und Ras lagen, was die Länge betraf, Kopf an Kopf, aber in bezug auf die Dicke war zweifellos Ras der Sieger. Bigagi beharrte darauf, es auch in dieser Hinsicht mit seinem Konkurrenten aufnehmen zu können, er brauche nur etwas Unterstützung. Golabi ließ sich nicht lange bitten. Sie kniete vor ihm nieder und nahm sein Glied in den Mund. Daraufhin ging Ras zu Wilida, was ihre Kicherlust natürlich noch verstärkte. Sie kniete sich in den Schlamm und starrte gebannt auf die dicke lange weiße Rute, die zwischen ihren wülstigen Lippen verschwand und wieder zum Vorschein kam. Dann blickte sie zu Ras auf. Er hatte ihr Kräuselhaar hinter den Ohren gepackt, machte ruckartige Bewegungen mit dem Becken und stieß ihr sein Glied bis tief in den Hals.

Er fand das Gefühl großartig, doch endete es stets mit einem stechenden Schmerz in den Hoden. Er konnte nicht kommen. Bigagi und Sutino konnten es auch nicht; das war sein einziger Trost.

Ras wurde schließlich zum Sieger erklärt. Hinterher spielte jeder mit jedem. Die Jungen machten es gegenseitig mit dem Mund, die Mädchen leckten sich gegenseitig am Kitzler. Wilida gab ihre Erfahrungen mit Tuguba zum besten, einem älteren Jungen aus dem Dorf.

Hin und wieder, wenn er es geschafft hatte, sie von den Erwachsenen und anderen Kindern wegzulocken, hatte er versucht, seinen Penis in ihre Scheide zu stecken. Nach einigen vergeblichen Versuchen hatte sie das dann aber abgelehnt, weil es zu weh getan hatte. Er hatte sich also damit begnügen müssen, ihr seinen Samen in den Mund zu spritzen. Wilida war dabei jedesmal von einem berauschenden Gefühl durchströmt worden, das sie zwar nur unvollkommen beschreiben konnte, von dem sie aber ziemlich sicher war, daß es Ähnlichkeit mit dem habe — wenn auch vielleicht nicht ganz so ekstatisch —, von dem die älteren Frauen des Stammes immer sprachen, deren Erfahrungsaustausch sie wiederholt gelauscht habe. Und wenn sie daran dachte, wie ihre Mutter schrie, stöhnte und seufzte und was für wirres Zeug sie redete, wenn sie von ihrem Vater genommen wurde, dann wäre sie, Wilida, ziemlich sicher, noch nie einen Orgasmus gehabt zu haben. Doch liebe sie die Erregung, die alles Geschlechtliche ihr bereite, besonders aber das manchmal auftretende »berauschende Gefühl«.

Auch Ras fand die sexuellen Spiele herrlich, sträubte sich aber anfangs noch, eines der anderen Kinder von hinten zu nehmen. Die ständigen Ermahnungen seiner Eltern und ihr Abscheu vor allem, was mit Fäkalien zu tun hatte, waren nicht ohne Wirkung auf ihn geblieben. Aber natürlich konnte er einem Versuch nicht widerstehen, und so trieb er es zuerst mit den Mädchen und später dann auch mit den Jungen. Hinterher machte er sich jedesmal sorgfältig sauber und achtete darauf, daß die anderen das auch taten.

Manchmal veranstalteten sie Pinkelwettbewerbe, aus denen Ras gewöhnlich als Sieger hervorging. Er konnte ganze Handbreit weiter und höher pinkeln als Bigagi.

377

Drittes Kapitel

Die Frauen in der Nacht

Die Zeit verging, und Ras lief Gefahr, von den älteren Kindern erwischt zu werden. Er brachte es jedesmal fertig, sich rechtzeitig ihren Blicken zu entziehen und hinter einem Busch zu verschwinden. Nach dem zwölften Mal fand er es dann aber doch klüger und sicherer, zumindest tagsüber am anderen Ufer des Flusses zu bleiben.

Es gab eine Stelle, an der die Kinder durch den Fluß schwimmen konnten, ohne dabei von den Feldern aus oder von den Wachposten auf den Palisaden gesehen zu werden. Sie gewöhnten sich daran, Ras im Gebüsch auf dem gegenüberliegenden Ufer zu treffen, von wo aus sie sich dann so tief in den Dschungel zurückzogen, daß ihre Stimmen im Dorf nicht mehr zu hören waren. Das Vordringen in verbotenes Territorium war zwar aufregend, doch fühlten sie sich nie so recht wohl dabei. Denn außer daß sie sich vor Leoparden in acht nehmen mußten, waren sie auch nie sicher, ob Ras nicht versuchen würde, sie ins Land der Geister zu entführen.

Ras war jetzt weniger mit ihnen zusammen, als ihm lieb gewesen wäre. Fünf Tage in der Woche mußte er leider von morgens bis abends mit Unterricht verschwenden, Gewichte heben, rennen, akrobatische Übungen machen, klettern, Speerwerfen, Messerwerfen und Bogenschießen. Er mußte sämtliche Tricks lernen, die Yusufu über Angriff und Verteidigung ohne Waffen, allein mit denen des Körpers, kannte, und Yusufu kannte anscheinend Hunderte solcher Tricks. Daneben mußte er Englisch, Arabisch, Suaheli und Amharisch lesen und schreiben lernen, wobei das Hauptgewicht auf Englisch gelegt wurde.

Die Bücher in der alten Hütte am See waren in englischer Sprache geschrieben. Größtenteils handelte es sich allerdings um Bilderbücher; unter den Illustrationen standen einfache Erklärungen für die einzelnen Buchstaben des Alphabets, wie beispielsweise A WIE AFFE oder B WIE BAUM. In manchen der Bücher standen unter jedem Bild einfache Sätze wie »Jim und Jane sehen den Hund rennen«. Jim und Jane mochten ja einen Hund sehen, Ras hatte noch nie einen zu Gesicht bekommen. Ihm sah der Hund auf dem Bild ganz nach einem Schakal aus.

Yusufu war genötigt, Ras zu helfen, die Wörter unter den Bildern mit diesen selbst in Verbindung zu bringen. Als er Ras eines Tages fragte, ob er schon lesen gelernt hätte, war er wütend geworden, denn Ras hatte wissen wollen, was das denn sei — lesen. Das, so hatte Yusufu erwidert, müsse er schon selbst herausfinden.

»Warum?« wollte Ras wissen.

»Weil es geschrieben steht.«

Schließlich hatte Yusufu eingewilligt, Ras wenigstens die Anfangsgründe des Lesens beizubringen. Er weigerte sich aber hartnäckig, es in der Hütte zu tun, in der die Bücher waren. Ras müsse sie für den Unterricht schon in den Wald bringen und darüber hinaus versprechen, in der Hütte am See oder im Baumhaus nie ein Wort darüber zu verlieren.

»Warum denn nicht?«

»Weil es geschrieben steht.«

Auf diese Weise hatte Ras also angefangen, Englisch lesen und schreiben zu lernen, etwa einen halben Kilometer landeinwärts vom Baumhaus entfernt unter einem großen Baum sitzend. Bald konnte er sich mit Yusufu auf englisch unterhalten, doch bestand Yusufu weiterhin darauf, daß er nur dann englisch sprechen dürfe, wenn Yusufu es ihm ausdrücklich erlaubt hätte.

Je älter Ras und seine Spielkameraden vom Stamm der Wantso wurden, desto weniger Zeit hatten sie, sich zu treffen. Die Mädchen arbeiteten jetzt schon häufiger auf den Feldern oder im Haus, und die Jungen gingen mit ihren Vätern auf die Jagd, denn sie mußten dieses Handwerk beizeiten erlernen. Ras war froh, daß es nicht umgekehrt war. Ihm machten die Spiele mit den Mädchen mehr Spaß, besonders mit Wilida. Sie war mutiger und wagte es häufiger als die anderen beiden, sich von der Arbeit wegzustehlen oder nachts aus dem Dorf zu schleichen und sich mit Ras zu treffen.

Dann unterhielten und amüsierten sie sich. Sie forderte ihn auf, das neueste Rätsel zu lösen, oder erzählte im interessante Begebenheiten aus dem Dorf. Und er berichtete ihr, was er in der Zwischenzeit gemacht hatte. Sie liebten es, sich zu streicheln und zu betasten und zu küssen — überhaupt alles zu tun, was ihnen Spaß machte und sie erregte. Eines Nachts zeigte Ras ihr, wie die Gorillas einander begatten: das Weibchen hockt auf allen vieren, und das Männchen dringt von hinten in es ein. Dabei hatte Wilida ihren ersten Orgasmus. Ras freute sich mit ihr; doch er war enttäuscht, daß es bei ihm immer noch nicht klappen wollte. Allmählich fragte er sich, ob das Vergnügen die schmerzvollen Stiche in den Hoden wert war, die ihm hinterher regelmäßig zu schaffen machten.

Und dann kam eine Zeit, in der er wochenlang weder Wilida noch eins der anderen Mädchen zu Gesicht bekam. Wilida hatte ihn schon vorher darauf vorbereitet, daß sie sich bald nur noch innerhalb der Dorfumzäunung bewegen dürfe und bei der Arbeit auf den Feldern ständig streng bewacht werden würde. Die Einweihungsriten standen nahe bevor. Wenn sie die erst hinter sich hatte, dann waren ihr keine sexuellen Spiele mehr erlaubt. Ein ganzes Jahr lang würde sie keinen erwachsenen Mann berühren dürfen, nicht einmal ihren Vater. Und im Anschluß daran würde sie heiraten, und zwar, so war es ausgemacht, Bigagi. Nach der Hochzeit würde sie Ras kaum noch treffen können, denn mit dem Ehebruch hatte es so seine Bewandtnis. Der erste Seitensprung einer verheirateten Wantsofrau wurde mit Spießrutenlaufen geahndet. Jeder Dorfbewohner konnte mit Peitschen und Stöcken auf sie einprügeln. Und betrog sie ihren Mann ein zweitesmal, dann wurde sie unausweichlich den Krokodilen zum Fraß vorgeworfen.

Für einen verheirateten Mann galten andere Regeln. Wenn er die Ehe das erstemal brach, wurde er von seiner Frau und von dem Mann verprügelt, dem er Hörner aufgesetzt hatte. Tat er es ein zweitesmal, mästete auch er die Krokodile.

Ras war tiefbetrübt. Die Strafen kamen ihm völlig sinnlos vor.

»Das ist eben so Brauch«, sagte Wilida.

»Und was passiert mit den Kindern, wenn ihre Eltern von Krokodilen gefressen werden?« wollte Ras wissen.

»Die nimmt dann ihr Onkel zu sich.«

Ras wollte sich nicht mit ihr streiten. Er hatte die Phrase »das ist eben so Brauch« schon zu oft gehört. Was war, war nun einmal. Man konnte dagegen ebenso wenig machen wie gegen Yusufus »weil es geschrieben steht«.

»Ich will aber nicht allein bleiben«, sagte er nach einer Weile. »Ich will bei dir sein, mit dir spielen und sprechen und Liebe mit dir machen.«

»Es geht nicht. Das ist eben der Brauch«, erwiderte Wilida. Sie war sehr traurig.

»Aber du kannst doch zu mir kommen, wenn sich eine Gelegenheit bietet, oder?« beharrte Ras.

Wilida blieb eine Weile still. Dann sagte sie: »Möchtest du, daß mich die Krokodile fressen?«

»Nein! Ich verstecke mich doch und beobachte dich und warte auf die Gelegenheit, bei dir sein zu können. Und wenn ich erwischt werde, bringt man mich vielleicht um. Wenn ich das Risiko eingehe, warum du dann nicht auch?«

Sie antwortete nicht.

Da sagte er: »Komm zu mir in mein Haus. Jetzt gleich!«

Sie zuckte zusammen. Ihre Augen weiteten sich vor Entsetzen, und sie sagte: »Nicht in das Land der Geister! Da würde ich Angst haben!«

»Bin ich etwa ein Geist!« entgegnete Ras. »Bin ich etwa nicht aus Fleisch? Hast du das Gefühl, daß ich ein Geist bin, wenn ich ihn tief in dir habe?«

Wilida schüttelte den Kopf und wandte sich zum Gehen. Sie beugte sich vor und küßte ihn flüchtig auf den Mund.

»Meine Großmutter hat mir Geschichten von Mädchen erzählt, die von Geistern entführt wurden und mit ihnen in ihr Land gegangen sind. Man hat sie nie wiedergesehen.«

Ras ließ sie gehen, obgleich er einen Augenblick lang mit dem Gedanken gespielt hatte, sie zu zwingen, mit ihm zu kommen. Nach dieser Unterhaltung strich er Tag und Nacht um das Dorf herum. Er sah Wilida und die anderen Mädchen ziemlich oft und kam schließlich auch dahinter, weshalb es für sie sehr schwierig sein würde, sich unbemerkt davonzumachen, selbst wenn sie es gewollt hätten. Sie wurden nämlich auf Schritt und Tritt von zwei alten Frauen begleitet.

Was die Jungen betraf, Bigagi und Sutino, so waren sie plötzlich sehr feindselig gegen ihn geworden. Als er eines Tages hinter einem Baum hervortrat, um Bigagi zu begrüßen, mußte er sich blitzschnell auf die Erde schmeißen, um dem Speer auszuweichen, den dieser nach ihm schleuderte. Das hatte ihn so entsetzt, daß er schreiend weggelaufen war. Später hatte ihn die Wut gepackt, und er hatte beschlossen, Bigagi umzubringen. Er hätte seinen Entschluß wohl auch wahrgemacht, doch gelang es ihm nie, so nahe an Bigagi heranzukommen, daß ein Angriff sich gelohnt hätte. Von jetzt an wurde es für ihn schwieriger, sich dem Dorf zu nähern. Die Wantso waren anscheinend hinter ihm her. Er hatte zwei Frauen belauscht, die auf den Feldern in der Nähe von einem Gebüsch, in dem er gerade hockte, arbeiteten, und ihrer Unterhaltung entnommen, daß Bigagi und Sutino ihn den Erwachsenen verraten hatten. Das ganze Dorf war daraufhin in Panik geraten. Wuwufa, der alte Medizinmann, hatte die Kinder einer Reinigungszeremonie unterzogen, und fortan mußten sie Amulette tragen, die sie vor dem Geisterjungen schützen sollten. Die Mädchen wurden monatelang sorgfältig beobachtet, bis man sicher war, daß der Geist sie nicht geschwängert hatte.

Ras sehnte sich nach Wilida und verzehrte sich in seinen Träumen nach ihr. Er saß stundenlang auf einem Baum am Flußufer gegenüber dem Dorf und wartete darauf, sie zu Gesicht zu bekommen. In Gedanken unterhielt er sich mit ihr und dachte sich ihre Antworten aus, während sie vor ihrer Hütte über ein Herdfeuer gebeugt dastand und von seiner Nähe nichts ahnte. Sie war jetzt mit einem Gürtel aus Baumrinde und einem weißen dreieckigen Lendenschurz aus demselben Material bekleidet. Um den Kopf trug sie ein Band aus Mäusefellen, deren weiße Innenseiten nach außen gekehrt waren. Von dem Band hingen viele Troddeln und kleine, geschnitzte Fetische herab. Ihr Hintern wurde jeden Morgen aufs neue weiß bemalt.

Ras erfuhr zum erstenmal am eigenen Leibe, was Yusufu hatte sagen wollen, als er ihm einmal erklärt hatte, daß ein Mann sich für etwas Unerreichbares das Herz aus der Brust reißen kann. Jetzt saß ihm ein Schmerz in der Brust, und von seinem Penis ging ein Ziehen aus, das sich durch den ganzen Bauch ausbreitete. Es war, als würde ein vergifteter Pfeil in ihm stecken. Das Gift war schmerzlich süß, nicht flammend-tödlich, und es gab Zeiten, da er das Gefühl hatte, seine Wirkung zu genießen. Nein, er genoß sie nicht wirklich. Er fand nur, daß es besser sei, diese Zurückweisung zu erdulden, als mit dem Bewußtsein zu leben, daß Wilida tot und dadurch für immer für ihn verloren sei. Denn er hatte ja durchaus nicht die Absicht, bis in alle Ewigkeit um das Dorf herumzustreichen. Er wollte etwas unternehmen, um sie zurückzugewinnen. Und das wäre unmöglich, wenn sie tot gewesen wäre.

In einer mondlosen Nacht kletterte er auf den großen heiligen Baum und ließ sich von dem ausladenen Ast aus behende auf das Dach von Wuwufas Hütte hinab. Das ging nicht ganz ohne Geräusche vonstatten, Zweige und Blätter raschelten unter seinen Füßen, und die Dachbalken bogen sich unter seinem Gewicht und knackten. Eine Ratte, die auf einem Dachbalken geschlafen hatte, lief laut peifend davon. Ras verharrte eine Weile unbeweglich, bis er sicher war, Wuwufa nicht im Schlaf gestört zu haben. Der Medizinmann hatte zwar den ganzen Tag über mit anderen Männern Bier getrunken, würde also bestimmt nicht so leicht aufwachen, aber es war ja durchaus möglich, daß seine Frau einen leichten Schlaf hatte.

In der Nähe grunzte ein Schwein. Eine Fledermaus flatterte über ihn hinweg, dunkel und hastig und schaudererregend wie ein Gedanke an den Tod. Ras wartete noch eine Weile, bevor er das Dach hinunterrutschte und auf die Erde sprang. Auch das ging zu seinem Bedauern nicht ganz lautlos vor sich. Das Schwein grunzte noch einmal; die Fledermaus schwirrte dicht über seinen Kopf hinweg, kehrte wieder zurück und sank wie ein Stück Nacht, das herniederfällt, vor ihm auf die Erde. Ehe sie den Erdboden ganz erreicht hatte, stieg sie wieder auf. Eine zweite Fledermaus schloß sich ihrem Zickzackkurs an. Ras war ganz froh, sie zu sehen, denn die Wantso glaubten, Dämonen und böse Geister würden manchmal die Gestalt von Fledermäusen annehmen, aus dem Dunkel hervorgeschwirrt kommen und mit ihren winzigen Händen einen Wantso an den Doppelkegeln, zu denen sein Haar aufgetürmt war, ergreifen und mit sich forttragen. Aus diesem Grunde verließen sie nach Einbruch der Dunkelheit auch nur höchst unwillig ihre Hütten, es sei denn, es würden viele Fakkeln brennen und viele Menschen in der Nähe sein.

Dennoch, einige kamen nachts aus ihren Hütten gekrochen, und zwar so leise, daß möglichst nur wenige andere etwas davon merkten. Es gab Kräfte, die stärker waren als alle Furcht vor Dämonen und bösen Geistern. Ras wußte das. Er hatte die Nachtschwärmer so manches Mal von seinem Platz auf dem Ast des heiligen Baumes aus beobachtet.

Er zog sein Messer aus der Scheide und rannte in geduckter Haltung zum Großen Haus. Er kauerte sich in die Dunkelheit darunter und lehnte sich mit dem Rükken an einen der Pfähle, auf denen das Haus stand. Er wartete. Über ihm, im Großen Haus, schnarchte jemand. Dann vernahm er ein Stöhnen und Murmeln. Er mußte grinsen. Als er eben aus seinem Versteck hervorkriechen wollte, bemerkte er eine Frau, die sich direkt gegenüber von ihm aus einer Hütte herabließ. Die zusammenklappbaren Treppen wurden nachts eingezogen. Die Hütte, aus der die Frau kam, gehörte Tobato und Seliza, und obgleich Ras das Gesicht der Frau nicht sehen konnte, erkannte er sie an den Umrissen ihres Körpers und an ihrer Art zu gehen.

Seliza war eine durchaus hübsch zu nennende Frau, die allerdings schon etwas zur Fülle neigte. Sie war aber immer noch ziemlich attraktiv, und Ras hatte schon öfter einmal darüber nachgedacht, wie sie wohl im Busch sein würde — Gedanken übrigens, die er sich über jede Frau im Dorf, ob hübsch oder nicht, gemacht hatte. Wenn sie sich jetzt ins Freie wagte, in die ihrer Meinung nach doch von Dämonen schwirrende Luft, dann wurde sie mit Sicherheit selbst von einem Dämon geritten. Sie war bestimmt nicht aus der Hütte gekrochen, um ihre Notdurft zu verrichten. Wilida hatte ihm erzählt, daß für diesen Zweck in jeder Hütte mehrere Gefäße zur Verfügung standen. Sie wurden in eine große Grube außerhalb des Dorfes entleert, und der Grubeninhalt wurde später als Dünger benutzt, wenn er gebraucht wurde. Der Gestank, den die Grube ausströmte, schien außer Ras niemandem etwas auszumachen. Besonders bei Nordwind war er nachgerade unerträglich. Aber seine Meinung zählte hier ja nicht.

Seliza schlich um ihre Hütte herum und blieb dann stehen. In dem Augenblick trat eine Gestalt, die leicht als Mann auszumachen war, hinter einer Hütte des äußeren Kreises hervor. Der Mann ging auf Seliza zu, und Ras konnte ihn nicht mehr sehen. Eine Minute verging. Dann kamen die beiden Hand in Hand ziemlich schnell auf das Große Haus zu. Ras zog sich hinter den dicken Mittelpfosten zurück. Es war klar, daß die beiden auch unter das Große Haus kriechen wollten, und Ras hätte zu gern gewußt, warum sie sich ausgerechnet diesen Platz aussuchten. Wahrscheinlich, so überlegte er, konnten sie weder aus dem nördlichen noch aus dem südlichen Tor ins Freie schleichen, weil das zuviel Lärm verursacht hätte, und sowohl das östliche als auch das westliche Tor waren bewacht. Zwar schliefen die Wachtposten wie gewöhnlich, doch allein das Knacken eines Astes hätte sie vielleicht aufgeweckt.

Vielleicht kamen sie also unter das Große Haus, weil der Häuptling und seine Frau als feste Schläfer bekannt waren. Und Chufija, deren Sohn, war seit einer schweren Krankheit, die er als Kind durchgemacht hatte, schwachsinnig. Er war zu nichts zu gebrauchen; seine Fähigkeiten beschränkten sich darauf, Vögel und Affen aus den Getreidevorräten zu vertreiben, Bier zu trinken und auf die Schmähungen und Hänseleien der anderen mit einem blöden Lächeln zu reagieren.

Seliza flüsterte dem Mann etwas zu und kicherte verhalten. Er ermahnte sie murmelnd, leise zu sein. Ras hatte ihn bereits an seinem Gang zu erkennen vermeint, als er jetzt seine Stimme hörte, fand er seine Vermutung bestätigt. Es war Jabubi, Wilidas Vater. Er konnte seine

Hände nicht von anderen Frauen lassen, wenn er sich unbeobachtet fühlte. Man hatte ihn zwar schon mehrmals des Ehebruchs bezichtigt, doch hatte man ihn bisher noch niemals in flagranti erwischt. Selbst Wuwufas fachmännische Bemühungen hatten Jabubi bisher noch zu keinem Geständnis getrieben. Offenbar hatte er sehr gute Nerven.

Ras war entzückt. Wenn Jabubi hier war, dann paßte einer weniger auf seine Tochter auf. Das Dumme war nur, daß die beiden ausgerechnet auf den Pfahl zugekrochen kamen, hinter dem er sich versteckt hielt. Er mußte verschwinden, und zwar so schnell wie möglich. Wegen seiner hellen Haut war er ziemlich gut zu sehen, also mußte er ziemlich lautlos und ohne ihre Blicke auf sich zu ziehen wegkriechen. Er kroch auf Händen und Knien rückwärts davon, den dicken Mittelpfahl immer zwischen sich und ihnen. Als er mit den Füßen an einen anderen Pfahl stieß, wollte er sich umdrehen, um dahinter zu verschwinden. In dem Augenblick kamen Seliza und Jabubi um den Mittelpfahl herum. Ras erstarrte mitten in der Bewegung. Dann sank er ganz langsam in sich zusammen, bis er flach auf der Erde lag.

Seliza und Jabubi hielten sich eng umschlungen. Ihr Atem ging laut, und sie schmatzten und juchzten und stöhnten derart hemmungslos, daß Ras sich ernstlich fragte, ob sie wohl völlig den Verstand verloren hätten, was, wie er sich dann eingestehen mußte, ja wohl auch durchaus der Fall war.

Plötzlich gab Seliza ein grunzendes Geräusch von sich. Jabubi flüsterte etwas, auf das sie ebenfalls flüsternd antwortete. Sie erhoben sich, und kamen auf allen vieren erneut auf Ras zugekrochen. Er wußte, daß sie von seiner Anwesenheit keine Ahnung hatten, denn wenn sie noch jemanden unter dem Haus vermutet hätten, wären sie längst geflüchtet, ohne Rücksicht auf den Lärm, den sie dabei verursacht hätten, zumal es sich nach ihrer Meinung ja nur um einen Geist hätte handeln können. Doch vermutlich hatten sie die erste Stelle nur verlassen, weil Seliza sich über die Unebenheiten des Erdbodens oder über einen Stein unter ihrem Rükken beklagt hatte. Jedenfalls krochen sie nur ein paar Schritte weiter und hielten wieder an. Endlich konnte Ras wieder atmen, was er, seit die beiden sich aus ihrer Umarmung gelöst hatten und auf ihn zugekrochen waren, nicht gewagt hatte.

Jetzt war der Weg frei. Er glaubte nicht, daß sie ihn bemerken würden, wenn er jetzt aufstünde und den langen Weg zwischen den Hütten hindurch zu Wilida liefe. Das ineinanderverschlungene Knäuel, das Seliza und Jabubi im Schatten bildeten, das Rasseln ihrer Atemzüge durch weit aufgerissene Nasenlöcher, das Schmatzen und Schlucken, das Juchzen und Stöhnen, das tief in der Kehle ansetzte und nur halb über die Lippen drang, hatten Ras so erregt, daß sein Penis steil aufgerichtet war und vor Verlangen zuckte. Doch statt ihn zu Wilida eilen zu lassen, schien er ihn, so wie es die Nase eines hungrigen Leoparden zu einem Reh zieht, in Richtung Seliza zu lenken. Nachdem die Richtung erst einmal feststand, trieb — vielmehr zog — er ihn zu ihr, denn so heftig und mächtig war plötzlich sein Verlangen.

Er war kaum in der Lage, einen ekstatischen Aufschrei zu unterdrücken, als er sich von hinten an Jabubi heranschlich, der sich eben aufgekniet hatte und wieder in Seliza eindringen wollte.

Sie hatte gerade die Beine gehoben und wollte sie ihrem Liebhaber über die Schultern legen, als Ras Jabubi mit dem Griff seines Messers einen kräftigen Schlag in den Nacken versetzte. Jabubi stöhnte auf und sackte langsam vornüber. Ras stieß ihn zur Seite und war mit einem Satz über Seliza. Noch ehe sie schreien konnte, hatte er ihr den Mund zugehalten. Sie zitterte wie ein Schlickhaufen, bevor er von der Wasserströmung über eine Klippe geschwemmt wird. Ihre Augen waren vor

Schreck weit aufgerissen, und selbst in dieser Dunkelheit konnte man das Weiße darin erkennen. Sie machte erst gar nicht den Versuch, sich zu wehren oder zu fliehen. Das Weiße in ihren Augen verschwand. Ihre Lider waren zugeklappt. Ihr Körper schien in sich zusammenzusinken und wurde zu einem leblosen Bündel. Seliza war in Ohnmacht gefallen.

Ras beherrschte sich noch so lange, bis er sich überzeugt hatte, ob Jabubi aus seiner Bewußtlosigkeit nicht schon wieder erwacht war. Doch der lag auf der rechten Seite, den Mund leicht geöffnet, und atmete schwer. Und da drang Ras tief in Seliza ein und hatte nach ein paar kräftigen Stößen einen Samenerguß.

Es war der erste Orgasmus seines Lebens, der langersehnte Höhepunkt nach so vielen vergeblichen Bemühungen, bei denen es immer nur beinahe geklappt hatte. Für mehrere Sekunden war er außerstande, einen klaren Gedanken zu fassen. Jeder hätte ihn in diesem Augenblick angreifen können, ohne auf irgendeinen Widerstand zu stoßen.

Nur langsam besann er sich und bekam seinen Körper wieder in die Gewalt. Seliza erwachte aus ihrer Ohnmacht. Er redete besänftigend auf sie ein. Er versprach ihr, sie nicht ins Land der Geister zu verschleppen, wenn sie ruhig bliebe.

Doch Selizas Schock und ihre Furcht waren gar nicht so groß, wie es anfangs den Anschein gehabt hatte. Ras war kein Unbekannter mehr und durchaus nicht unerwartet aufgetaucht. Seit fast einem Jahr sprachen die Wantso über nichts anderes als den Geisterknaben, mit dem ihre Kinder gespielt hatten. Einige Male war er auch schon gesehen worden, meistens am Tage, einmal aber auch in der Nacht. Die Erwachsenen wußten, daß er ihren Kindern nichts zuleide getan und auch nie jemanden bedroht hatte. Man hatte sich irgendwie an ihn gewöhnt.

Obwohl ihr Herz dumpf dröhnte wie die Läufe eines

Hasen, der von einer Buschkatze über harten Boden gejagt wird, war es doch nicht so erschüttert, daß es aussetzte. Seliza stöhnte und fing wieder an zu zittern. Ras, der sich noch nicht aus ihr gelöst hatte, nahm seine rhythmischen Bewegungen wieder auf, und langsam fiel sie in den Rhythmus ein. Mit jedem Stoß, den sie mit einem grunzenden Röcheln begleitete, wurde ihre Furcht ein bißchen weiter zurückgedrängt. Vielleicht hoffte sie, es würde ihr nichts geschehen, wenn sie den Geisterknaben glücklich machte. Welche Gründe sie auch haben mochte, jedenfalls beteiligte sie sich durchaus echt und mit Hingabe an dem Liebesspiel, und nachdem ihn ein zweiter Höhepunkt geschüttelt hatte, so wie ein Hund eine Ratte zu Tode schüttelt, bemerkte er, daß sie seinen Rücken in ekstatischer Lust ganz zerkratzt hatte.

Jabubis Stöhnen mischte sich unter das von Ras und Seliza. Er bewegte sich. Ras versetzte ihm noch einen Schlag, diesmal gegen die Schläfe, und wandte sich wieder Seliza zu. Er hatte erwartet, sie würde zu fliehen versuchen, während er mit Jabubi beschäftigt war. Statt dessen war sie ruhig liegengeblieben und zog ihn erneut zu sich heran, nachdem Jabubi erst einmal wieder außer Gefecht gesetzt war.

Später erzählte sie ihm auch, warum. Sie war so scharf auf einen Mann gewesen, dessen Penis richtig steif werden konnte, daß sie ihre Furcht vor Geistern zwar nicht vergessen, doch vorübergehend verdrängt hatte. Sie hatte zwar keine Ahnung, was er hinterher mit ihr machen würde, doch für den Augenblick war sie glücklich, ihn in sich eindringen zu lassen, zumal ihr ohnedies nichts anderes übrigblieb. Seine wiederholten Versicherungen, er würde ihr nichts zuleide tun, trugen dazu bei, ihre Furcht zu besänftigen.

In jener Nacht kam Ras nicht mehr bis zu Wilida. Er hatte Angst, Seliza zu verlassen und innerhalb der Dorfumzäunung zu bleiben, denn er war nicht sicher, ob sie dann nicht das ganze Dorf zusammenschreien würde. Und wenn sie ruhig bliebe, dann könnte ja Jabubi Krach schlagen, wenn er aus seiner Bewußtlosigkeit erwachte. Deshalb blieb er also noch ein paar Stunden bei Seliza. Er mußte eine Pause einlegen, um Jabubi mit seinem Seil an Händen und Füßen zu fesseln und ihm zu drohen, ihm die Zunge abzuschneiden, falls er einen Laut von sich geben sollte. Jabubi versprach zähneklappernd, sich nicht zu mucksen. Ras erinnerte ihn ganz nebenbei auch daran, daß es für ihn schließlich nicht so leicht sein würde, seinen Aufenthalt unter dem Großen Haus zu erklären.

Seliza wollte Jabubi nicht zum Zuschauer haben. Sie zog Ras hinter einen Pfahl, wo Jabubi sie nicht sehen konnte und machte sich daran, Ras Glied wieder aufzurichten. Als es dämmerte, mußte Ras gehen, denn er wollte nicht Gefahr laufen, von den Wachtposten bemerkt zu werden. Er schlug Jabubi noch einmal bewußtlos und löste seine Fesseln. Der Ärmste tat ihm aufrichtig leid, und er hoffte nur, er würde am nächsten Tag nicht zu sehr unter Schmerzen zu leiden haben. Doch in dieser Nacht hätte er ihn sogar umgebracht, nur um an Seliza heranzukommen.

Am nächsten Tag schrie Jabubi Zeter und Mordio. Es blieb ihm allerdings gar nichts anderes übrig, denn seiner Frau und auch anderen Dorfbewohnern waren die Beulen, die er auf dem Rücken und am Kopf hatte, nicht entgangen, als er über Schmerzen geklagt hatte. Der alte Wuwufa kam herbeigeeilt und schwang trostspendende Rasseln über ihm und überschüttete ihn mit Pulvern und Beschwörungsformeln. Und nachdem er erst Jabubis Geschichte von Dämonen, die ihn im Schlaf heimgesucht und verprügelt hätten, vernommen hatte, hielt er eine Geisteraustreibung für unumgänglich. Unter der hatte Jabubi mehr zu leiden als unter Ras' Schlägen. Und dann mußte er auch noch ein Abführmittel trinken, mit dessen Hilfe auch der letzte Rest des Bösen, das die Bewohner der Nacht möglicherweise in ihm zurückgelassen hatten, aus ihm herausgetrieben werden sollte.

Das war der Beginn von Ras' Liebesbeziehungen zu nahezu allen erwachsenen Frauen des Wantsostammes. Von nun an kam er häufig mit Seliza im Busch zusammen. Wenn sie ihn immer noch für einen Geist hielt, dann hatte sie sich wahrscheinlich eingeredet und damit beruhigt, daß er ihr schließlich nichts Böses antat. Im Gegenteil, er tat ihr mehr Gutes an als sonst jemand, mit dem sie es vorher getrieben hatte. Denn er war nicht durch das grausame Steinmesser verkrüppelt worden, das die Wantso bei den Beschneidungsriten benutzten.

Wie nicht anders zu erwarten gewesen war, vertraute sich Seliza, deren großes und redseliges Mundwerk bekannt war, einer Freundin an. Von Pamathi brauchte sie nicht zu befürchten, verraten und dem Spießrutenlaufen ausgeliefert zu werden.

Pamathi hatte sich selbst schon schuldig gemacht, wenn auch mit einem anderen Mann. Sie war zwar anfangs entsetzt, doch siegte ihre Neugier, und sie überredete Seliza, sie beim nächsten Schäferstündchen mit Ras hinter einem Baum versteckt zusehen zu lassen. Seliza sagte Ras nichts von dieser Abmachung. Doch er wußte von der verborgenen Zeugin. Denn bevor er Seliza traf, suchte er jedesmal das ganze Gelände von verschiedenen Bäumen aus sorgfältig ab. Es war ihm also nicht entgangen, daß Seliza mit Pamathi gekommen war. Und bei der nächsten Zusammenkunft verschwand er plötzlich. Ehe Pamathi begriff, wie ihr geschah, hatte er sie schon von hinten genommen.

Von nun an kamen die beiden Freundinnen immer gemeinsam zum Stelldichein und wechselten sich ab.

In der Zwischenzeit war Ras mit seinem Vorhaben, zu Wilida zu gelangen, noch keinen Schritt weitergekommen. Tagsüber wurde sie zu streng bewacht, und nachts wurden seine Bemühungen, zu ihrer Hütte zu schleichen, von den erwachsenen Frauen vereitelt. Sie lauerten anscheinend unter jeder Hütte auf ihn und wollten ihn nicht vorbeilassen. Anfangs hätte er es auch gar nicht über sich gebracht, sie abzulehnen. Als es ihm eines Nachts schließlich doch einmal gelungen war, an ihnen vorbeizukommen, hätte es ihn beinahe erwischt. Jabubi, Wilidas Vater, lag nämlich noch wach, was ein Zufall sein mochte. Vielleicht wartete er aber auch jede Nacht, seit Ras sein zärtliches Spiel mit Seliza unterbrochen hatte. In jener mondlosen Nacht also, als Ras mit klopfendem Herzen, erfüllt von der Vorfreude auf seine geliebte Wilida, unter dem vor dem Hütteneingang angebrachten Vorhang durchkriechen wollte, hörte er drinnen einen Seufzer. Im selben Moment sah er — zumindest kam es ihm so vor —, wie sich eine dunklere Masse aus der Dunkelheit löste und warf sich wieder nach draußen, indem er sich mit beiden Händen auf dem Fußboden aufstützte, sich abstieß und nach hinten warf. Neben dem Eingang blieb etwas in der Bambuswand stecken, vermutlich ein Speer, und dann erhob Jabubi aus voller Kehle ein Geschrei. Ras floh. Um ihn herum wurde es im Dorf lebendig. Er kletterte an der Wand von Wuwufas Hütte nach oben, schwang sich aufs Dach und von da aus auf den Ast des heiligen Baums und sprang außerhalb der Umzäunung auf die Erde.

Diesmal war er noch einmal entwischt, wie schon so manches Mal. Und doch war er gerade in Zeiten, in denen Wilida am strengsten bewacht wurde und eingesperrt war, am häufigsten mit ihr zusammen.

Zwischen seinem zwölften und vierzehnten Lebensjahr sah er sich heimlich viele Beschneidungszeremonien und Einweihungsriten an, die bei den Jungen vorgenommen wurden, wenn sie dreizehn, und bei den Mädchen, wenn sie zwölf Jahre alt waren. Die beiden Rituale mußten streng geheim vor sich gehen. Sie wurden mitten im Dschungel zelebriert, nahe den Bergen im Osten. Bei der Beschneidung der Jungen durften keine Frauen anwesend sein, und umgekehrt durften Männer nicht an der Einweihung der Mädchen teilnehmen. Die wütenden Männer und Frauen hätten jeden, dessen Anwesenheit nicht erlaubt war, mit ihren Fingernägeln und Zähnen in Stücke gerissen, wenn er erwischt worden wäre.

Doch Ras fiel es nicht schwer, beide Rituale, hoch auf einem Baum oder im Gebüsch hinter dem Rücken der Wachtposten und Teilnehmer hockend, zu belauschen. Er wurde mit den Beschwörungsformeln und Gesängen vertraut, mit den rituellen Gesten, dem Abtrennen der Vorhaut und dem Aufschlitzen der Haut am Penisschaft, was große Narben hinterließ, und mit dem Abschneiden der Klitorisspitze.

Er hielt alle diese Dinge für sinnlos; er litt mit den Opfern und wurde zornig, als Sutino, sein Spielkamerad, bei der Beschneidung infiziert wurde und zwei Wochen später unter Qualen starb.

Und er konnte sich auch nicht vorstellen, warum sich ein Junge willig einem Eingriff unterwarf, der ihn für den Rest seines Lebens zum halben Mann machte, zum halben Mann, noch ehe er überhaupt ein Mann war. Die Kinder erklärten ihm natürlich, das sei Brauch. Bigagi, der das Beschneiden, Einkerben und Abtrennen überlebte, äußerte Ras gegenüber niemals seine Meinung über diesen Brauch. Aber vielleicht war der Speerwurf, den er so überraschend auf Ras abgegeben hatte, auch Kommentar genug.

Ein Jahr, nachdem Wilida und zwei ihrer Freundinnen den Einweihungsriten unterworfen worden waren, wurden sie etwa einen Kilometer vom Dorf entfernt in Bambuskäfige gesperrt, die an dicken Ästen von den Bäumen herabhingen. Hier mußten sie, jede in einem anderen Käfig, ein halbes Jahr zubringen. Sie konnten sich zwar hören, aber nicht sehen. Alte Frauen bewachten und fütterten sie und badeten sie einmal am Tage.

Das war die einzige Gelegenheit, bei der die Käfige auf die Erde herabgelassen wurden und die Mädchen sich ein paar Minuten die Beine vertreten durften. Die alten Frauen gaben ihnen Tag und Nacht Ratschläge, nach einem halben Jahr war das ein Vorrat, der bis ans Ende ihres Lebens reichen würde.

Ras hörte zu und lernte mehr über die Wantso als er sich jemals hätte träumen lassen.

Alle vier Tage kamen die Mütter der Mädchen zu Besuch, setzten sich unter die Käfige und riefen ihnen Neuigkeiten aus dem Dorf und Klatsch zu. Manchmal wurden sie auch von anderen Frauen besucht. Die meiste Zeit über waren sie jedoch allein, fühlten sich elend und hatten Angst. Leoparden strichen unter den Käfigen herum oder stiegen auf die Bäume, sprangen von dort aus auf die Käfige und versuchten, ihre Pranken durch die Gitterstäbe zu stecken. Dann schrien die Mädchen, und die alten Wachtfrauen schrien von ihren sicheren Hütten auf der Erde aus die Leoparden an.

Ras hatte Mitleid mit Wilida, die so grausam behandelt wurde, und war manchmal zornig. Doch kühlte sein Zorn ab, als er herausfand, daß die Lage zwar schlecht für die Mädchen, doch gut für ihn war. In gewisser Hinsicht war sie allerdings auch für die Mädchen gut. Wenn er sicher war, daß die alten Frauen sich für die Nacht in ihrer Hütte verbarrikadiert hatten, stieg er auf den Baum und kroch auf allen vieren über den Ast. Und nachdem er Wilida leise angerufen hatte, damit sie ihn nicht etwa für einen Leoparden hielt, ließ er sich an dem dicken Hanfseil, an dem der Käfig hing, zu ihr hinunter. Er öffnete die Tür und ging zu ihr hinein.

Wilida war überglücklich, ihn zu sehen, denn so hatte sie wenigstens jemanden, mit dem sie reden und Verkehr haben konnte, der sie wärmte und vor den Leoparden beschützte. Allerdings wurden seine Besuche seltener, nachdem sie erwähnt hatte, wie einsam die anderen beiden Mädchen seien. Fortan verbrachte er auch hin und wieder eine Nacht mit Fuwitha oder Kamasa. Außerdem traf er sich auch noch mit einigen Frauen aus dem Dorf in den Büschen oder schlich sogar ins Dorf, um Verabredungen unter den Hütten wahrzunehmen.

Yusufu und Mariyam machten sich seinetwegen Sorgen. Er war so blaß und wurde immer magerer und hatte dunkle Ringe unter den Augen — »als ob kleine Fledermäuse, die vor Müdigkeit mit dem Kopf nach unten schlafen, unter seinen Augen hingen«, wie Yusufu es ausdrückte.

Und so empfand Ras das halbe Jahr, in dem die Mädchen in ihren Käfigen hockten, als eine glückliche Zeit. Erst als Wilida ihm eröffnete, daß dieser Zustand bald beendet sein würde, wurde er wieder unglücklich. Zu allem Übel würde Wilida Ende des Jahres Bigagi heiraten. Bis dahin mußte sie bei ihrer Mutter leben und im Haushalt arbeiten. Dann würde sie in den Brautkäfig auf der Sandbank westlich vom Dorf gesetzt werden, und Bigagi würde ihre Bewachung übernehmen. Nach zwei Nächten und einem Tag im Brautkäfig würde die Hochzeit stattfinden.

Ras bat sie, mit ihm in sein Land zu kommen. Sie würde dort glücklich sein, das schwor er ihr.

Sie lehnte es ab. Natürlich, sie liebte ihn, aber sie liebte auch ihre Eltern, ihren Stamm und ihr Dorf. Sie würde umkommen, wenn sie das alles verlassen müßte.

Ras könnte sie ja sehen und mit ihr sprechen und es hin und wieder mit ihr machen. Selbstverständlich nur, wenn er noch Zeit und Energie für sie erübrigen könnte, wie sie sarkastisch hinzufügte.

Unter solchen Bedingungen wollte er sie nicht mehr sehen, erwiderte Ras. Er wolle frei und vor aller Augen mit ihr leben. Und wenn sie mit ihm käme, dann würde er ihr versprechen, niemals wieder eine der anderen Wantsofrauen zu besuchen.

Wilida ließ sich nicht erweichen. Er hörte auf, sie zu bitten. Er gab auch den Plan auf, sie zu entführen. Sie hatte es ernst gemeint, als sie sagte, sie würde umkommen, wenn sie von ihrem Stamm getrennt würde.

Trotzdem war er wütend auf sie und konnte sie nicht ganz begreifen. Und als Wilida in ihren Brautkäfig gesperrt war und Bigagi seinen Wachtposten bezogen hatte, da konnte er nicht länger an sich halten. Er setzte sich am hellichten Tag auf den heiligen Baum und verhöhnte das ganze Dorf aus dieser sicheren Entfernung. Er mußte es einfach tun, und er hoffte sehnlichst, es würde etwas passieren, was ihn und Bigagi in einem Zweikampf verwickeln würde. Er wollte Bigagi töten, doch wiederum wollte er es auch nicht.

Am liebsten hätte er auch Wilida getötet, doch auch das wollte er eigentlich nicht.

Jetzt hatten sie ihn vertrieben, und er hielt sich hinter einem Busch versteckt und spielte mit dem Gedanken, nach Einbruch der Dunkelheit zur Sandbank zu schwimmen, Bigagi zu bezwingen und es mit Wilida zu treiben. Und hinterher wollte er sie töten. So wütend war er auf sie.

Die Nacht brach herein … Das Geräusch war ein entfernter, flatternder Klang, wie der Flügelschlag einer Fledermaus in der Nacht. Es wurde schnell lauter, und dann war es ein Knattern, wie wenn ein Speer mit aller Kraft durch die Luft gewirbelt wird, schneller und schneller, bis seine Spitze die Luft in einzelne Stücke zerhackt. Tschop-tschop-tschop. Und unter dem Knattern war ein dumpfer, röhrender Klang zu hören, der so laut wurde, daß er das Knattern fast übertönte.

Es war der Vogel Gottes, und er würde bald über ihm sein.

Viertes Kapitel

Brennende Vögel

Soweit er zurückdenken konnte, war der Vogel Gottes immer um ihn gewesen. Er nistete auf der Spitze einer schwarzen Felssäule, die mitten aus dem See aufragte und fast bis an den Himmel reichte. Tage vergingen, manchmal sogar Monate, und Ras begann sich zu fragen, ob der Vogel wohl nie wieder erscheinen würde. Doch dann hörte er das entfernte Tschop-tschop-tschop seiner rotierenden Flügel, und da tauchte er auch schon aus dem Himmel hervor. Er wurde größer, blieb über der Säule in der Luft stehen und sank langsam aus seinem Blickfeld in sein verborgenes Nest.

Tage vergingen, manchmal sogar Monate, bevor Ras das Tschop-tschop-tschop wieder hörte. Er rannte jedesmal ans Seeufer, es sei denn, er schwamm gerade oder ruderte in seinem Einbaum. Der Vogel Gottes schwang sich auf, stieg hoch und höher und flog über die Felsen hinweg, die den Rand der Welt bildeten, und verschwand im Himmel.

Manchmal sah Ras ihn auch landeinwärts fliegen. Er sah, wenn er im Freien stand, den Vogel auf sich zukommen. Anfangs war er bei der Gelegenheit immer in den Wald gelaufen und hatte sich versteckt. Doch später blieb er einfach stehen, wo er war, den Speer in der Faust, und wartete darauf, daß der Vogel näherkommen würde. Allerdings nur, wenn er die Möglichkeit hatte, doch noch in einen sicheren Unterschlupf zu rennen, falls er dazu gezwungen sein sollte.

Einige Male hatte der Vogel Gottes so dicht über ihm geschwebt, daß er einen Mann in seinem Bauch erkennen konnte. Bei zwei Gelegenheiten hatten auch schon zwei Männer darin gesessen.

»Das sind keine Menschen, sondern Engel«, hatte

Mariyam, seine Mutter, ihm auf seine diesbezüglichen Fragen geantwortet. »Igziyabher schickt seine Engel mit dem Vogel aus und läßt dich beobachten. Sie müssen Ihm berichten, ob du artig gewesen bist oder nicht.«

Igziyabher — das war Gott, Allah, Dio oder Mungo, das hing ganz davon ab, welche Sprache seine Eltern gerade sprachen. Ras dachte an Gott immer als Igziyabher, denn das war der Name, den seine Mutter ihm gegenüber beim ersten Mal benutzt hatte und den sie am häufigsten benutzte.

»Wenn Igziyabher herausfinden will, Mutter, ob ich artig bin, warum muß Er denn dann Engel ausschicken? Ich dachte, Er kann von dem Stuhl der Herrlichkeit aus, auf dem Er sitzt, alles übersehen?«

Mariyam war nie um eine Antwort verlegen, und so kam es häufig vor, daß sie sich widersprach.

»Er schickt die Engel aus, damit sie etwas zu tun haben, o Sohn. Sie arbeiten ja nicht, sie sitzen nur zu Seinen Füßen und singen Tag und Nacht Sein Lob. Doch wollen Engel hin und wieder auch einmal Ferien machen und sind glücklich, wenn sie im Bauch des Vogels herumfliegen und die Erdenwesen überwachen können.«

Einmal hatte Mariyam ihm erzählt, daß einer der Engel Gott gelästert hätte und dafür bestraft worden wäre. Der Vogel hätte ihn verschluckt und langsam mit den Säften in seinem Bauch verdaut. Der Engel war bei lebendigem Leibe verspeist worden und hatte leiden müssen, bis er in seine Einzelteile zerfallen war. Igziyabher hatte anschließend die Fleischstückchen und Knochen wieder zusammengesetzt und einen neuen Engel daraus gemacht, der ihn nicht mehr lästern würde.

Sie hatte ihm das erzählt, als er einmal frech zu ihr gewesen war. Sie hatte ihn mit einer Nilpferdpeitsche verprügelt, wobei Ras unbeweglich stehengeblieben war und sich Mühe geben mußte, ihr nicht ins Gesicht zu lachen. Zwar hatten die Peitschenhiebe ein bißchen weh getan, aber Mariyam war gar zu klein und nicht gerade stark. Darüber hinaus hatte sie auch nicht mit ganzer Kraft zugeschlagen, wie sie es ja hätte tun können. Und hinterher hatte sie geweint, weil sie ihm zwei blutige Striemen auf dem Rücken beigebracht hatte.

Sie hatte seinen Rücken mit Salbe eingerieben und dabei noch mehr geweint.

»Deine Haut ist wie aus Gold, mein Sohn, und es schmerzt mich, wenn ich sie zerstören muß. Als ich dich das erstemal in meinen Armen hielt, da warst du ein rosiges und überaus wunderschönes Baby mit großen, dunkelgrauen Augen und mit dem Lächeln eines neugeborenen Engels. Jetzt ist deine Haut schon dunkler geworden, denn die Sonne hat sie geküßt, doch ist sie noch immer glatt wie der polierte Zahn eines Elefanten.«

»Das mag wohl sein, hier und da«, hatte Ras erwidert. »Mir machen ein paar Narben mehr oder weniger nichts aus, noch dazu, wenn sie so klein sind. Ich habe Hunderte von Narben. Hier diese Schulter ist schon ganz zerklüftet. Das war der Leopard, der mich fast getötet hätte, wenn ich ihm nicht zuvorgekommen wäre. Und dieses Ohrläppchen hier trägt die Narben von Wilidas Bissen, denn sie ist so vernarrt in mich, daß sie mich am liebsten auffressen würde.«

Mariyam hatte zornig aufgeschrien und sogleich wieder nach der Peitsche gegriffen und ihm noch ein paar Hiebe versetzt. Ras war lachend davongelaufen, obgleich sie ihm gedroht hatte, ihn auf einen Ameisenhügel zu binden, wenn er nicht augenblicklich zurückkäme, um seine gerechte Strafe zu empfangen.

»Dein Vater und ich haben dir schon abertausend Mal gesagt, du sollst die Finger von diesen Wantsomädchen lassen! Eines Tages wird Igziyabher dich mit ihnen erwischen und dich für immer ins Höllenfeuer schmeißen!«

Die Hölle war, wenn man einer von Mariyams Geschichten glauben durfte, die Höhle am anderen Ende der Welt. Ihr Eingang lag da, wo der Fluß ins Innere der Erde einmündete.

»Soweit ich mich erinnere, hast du doch gesagt, daß Igziyabher am Ende der Welt wohnt, oder?«

»Ja, das habe ich gesagt, du Hohlkopf. Aber Er sitzt in der Höhe über der Hölle, und eine Seele muß durchs Höllenfeuer durch, bevor sie in den Himmel gelangen kann.«

»Und wann kommt Igziyabher mich besuchen, Sein erwähltes Kind, wenn ich dir glauben soll? Hat Er etwa Angst vor mir?« stichelte Ras weiter.

»Er fürchtet sich vor nichts! Warum sollte Er? Meinst du, Er ist so dumm und erschafft Wesen, die Ihm etwas zuleide tun könnten?«

»Es gibt so viele dumme Sachen in dieser Welt«, hatte Ras erwidert. »Ich finde, Er hätte sich alles besser überlegen sollen, ehe Er diese Welt geschaffen hat.«

»Lästere Ihn nicht, o Sohn! Er könnte dich hören und herunterkommen und vor dich hintreten, und vor der Herrlichkeit Seiner Erscheinung würdest du dich winden und in Rauch auflösen wie Fett in der Pfanne, wenn man sie zu lange auf dem Feuer läßt.«

»Ich würde Ihm ein paar Dinge sagen und vielleicht an Seinem langen weißen Bart zupfen.«

Mariyam hatte sich bei diesen Worten die Ohren zugehalten, hatte aufgestöhnt und war bedächtig hin- und hergewippt. »Gotteslästerung! Gotteslästerung! Mit Sicherheit wirst du die Qualen der Hölle zu spüren bekommen!«

»Der Junge ist sehr mutig«, hatte Yusufu eingeworfen. »Er fürchtet sich vor nichts.«

Als Ras an diesem Morgen auf die Ebene hinaustrat, um nach Hause zu gehen, sah er nach vielen Wochen, die er schon gar nicht mehr zählen konnte, zum erstenmal wieder den Vogel Gottes. Die Sonne stand eine

Handbreit über den Bergen. Der Vogel war noch weit weg, sein Flügelschlag noch nicht zu hören. Ras hätte ihn wahrscheinlich gar nicht bemerkt, wenn er nicht das Sonnenlicht reflektiert hätte. Er legte die Hand über die Augen und sah ihn hin und wieder, zumal er noch dreimal in der Sonne aufblitzte.

Plötzlich tauchte ein anderer großer Vogel auf. Er war Ras näher, sein Röhren war deutlich zu hören, seine Umrisse gut zu erkennen. Er kam aus dem Himmel hervorgeschossen, als hätte dieser auf seiner blauen Haut eine blaue Pustel, die aufgeplatzt war und ihren fauligen Inhalt freigegeben hatte. Ras war zugleich erschreckt und angeekelt. Im ersten Augenblick dachte er, Igziyabher hätte einen zweiten Vogel ausgesandt, um ihn endlich für seine Missetaten und für seine großspurigen, prahlerischen Worte bestrafen zu lassen.

»Warum hat er solange damit gewartet?« murmelte er vor sich hin. »Ich habe doch gar nichts getan, was ich nicht schon lange tue.«

Er erhob seinen Speer. Wenn in diesem Vogel ein Engel oder gar Igziyabher selbst sitzen sollte, dann müßte er erst einmal auf der Erde niedergehen, um den jeweiligen Passagier abzusetzen. Der Engel oder Igziyabher sollten sich beim Aussteigen gefälligst gleich auf die Erde werfen, wenn sie die Absicht haben sollten, Ras gegenüberzutreten, denn sonst würde sich ihnen die eiserne Spitze seines Speers in den Bauch bohren.

Mariyam hatte immer gesagt, die Waffen der Menschen könnten den Engeln und ihrem Schöpfer nichts anhaben. Das mochte wohl sein. Doch mußten sie dann schon eine Haut haben, dicker als die eines Nilpferds. Und er, Ras, hatte seinen Speer schon in mehr als ein Nilpferd gebohrt. Und sollte das Wesen in dem Vogel tatsächlich eine Haut aus Eisen haben, dann sollte es sich auf einen Kampf gefaßt machen. So leicht würde er sich ihm nicht unterwerfen.

Der zweite Vogel wurde größer und lärmender. Er

flog hoch über Ras hinweg. Er atmete erleichtert auf, offenbar hatte er es also doch nicht auf ihn abgesehen.

Er konnte, da er unter ihm stand, deutlich erkennen, daß dieser Vogel sich von dem auf der Säule im See nistenden unterschied. Seine Flügel ragten steif auf beiden Seiten des Rumpfes aus ihm heraus, so wie die eines Fischadlers, wenn er sich vom Wind tragen läßt. Doch waren sie nicht wie beim Fischadler an den Schultern angebracht, sondern an der Unterseite des Körpers, der übrigens an einen Fisch erinnerte.

Selbst in der Farbe glich er einem Fisch. Er war silbergrau. Und von dieser Farbe hoben sich Zeichen ab, Buchstaben, solche wie in den Büchern, die Ras als Junge in der alten Hütte am See gefunden hatte.

Im Gegensatz zum Vogel Gottes hatte dieser hier nicht solche merkwürdig runden Klauen am Ende knochiger Beine. Er hatte überhaupt keine Klauen, ja nicht einmal Beine. Vielleicht hatte er sie eingezogen und dicht an den Körper geschmiegt, unter seinen Federn verborgen, was ja viele Vögel tun, wenn sie fliegen.

Die Höhe, in der er über Ras hinwegsauste, übertraf noch die der Felssäule im See, und die war mindestens dreihundert Meter hoch. Der Vogel Gottes, er hatte inzwischen seine Richtung geändert, flog jetzt direkt auf den Eindringling zu. Beide waren gleich hoch, und der Abstand zwischen ihnen wurde schnell geringer. Sie hätten sich vermutlich über den niedrigen Hügeln unmittelbar südlich vom See getroffen, wenn der Vogel mit den steifen Flügeln nicht plötzlich den linken Flügel angehoben hätte und nach rechts abgebogen wäre. Er vollführte eine halbe Drehung und gewann dabei an Höhe, stieg höher und höher und kam dann wieder auf Ras zu. Der Vogel Gottes flog seitwärts hinter ihm her.

Die Sonnenstrahlen wurden sowohl von der Brust des Eindringlings als auch von der des Verfolgers zurückgeworfen. Aus der einen Seite des Verfolgers ragte etwas Dunkles hervor, und plötzlich sah Ras, wie zwei rote Blitze daraus hervorzuckten.

Und dann waren beide Vögel über ihm. Das Tschop-tschop-tschop und das Röhren vermischten sich. Hinten aus dem Körper des Vogels mit den steifen Flügeln traten auf einmal Flammen hervor. Rauch zog wie eine Fahne hinter ihm her. Er drehte sich um und flog auf den Vogel Gottes zu. Der schwenkte ab und ergriff in nördlicher Richtung die Flucht. Doch dann kam er wieder zurück, und zwar mit einer Drehung, die den Eindruck erweckte, er würde auf einer unsichtbaren Nadel tanzen.

Aus dem Vogel mit den steifen Flügeln loderten immer größere Flammen hervor. Sein Röhren schwoll an und wurde wieder schwächer. Er stieg höher als der Vogel Gottes und tauchte auf einmal beinahe senkrecht auf ihn hinunter. Der Vogel Gottes warf sich zur Seite und ergriff erneut die Flucht. Die dunklen Speere, aus denen vorher die Blitze geschossen waren, ragten jetzt aus seiner anderen Seite heraus. Doch Ras konnte keine Blitze mehr sehen. Die Flucht schien zu glücken, denn der Vogel Gottes hatte sich schnell nach unten sinken lassen und raste jetzt waagerecht davon. Doch der brennende Vogel ließ nicht von ihm ab. Er machte alle seine Bewegungen nach und kam ihm immer näher. Etwas Schwarzes fiel aus seiner Seite heraus und überschlug sich mehrmals. Und plötzlich löste sich ein weiterer Gegenstand davon ab, entfaltete sich wie eine Blume und wurde schließlich zu einer großen weißen Blüte. Unter der Blüte hing eine Gestalt. Es war nicht zu erkennen, ob es ein Mensch oder ein Engel war. Die weiße Blüte und die Gestalt trieben langsam nach Süden ab. Sie schwebten, getragen vom Wind, der Erde entgegen.

Ras hätte natürlich gern gesehen, an welcher Stelle die Gestalt auf der Erde auftreffen würde. Doch im Moment war seine Aufmerksamkeit von den beiden Vögeln gefesselt. Ihre Geräusche klangen jetzt anders. Der Vogel mit den steifen Flügeln, eine Blüte aus Feuer mit Blättern aus schwarzem Rauch, hatte den Vogel Gottes eingeholt. Er flog seitlich daran vorbei. Seine Flügel hingen schon etwas nach unten, und mit einem davon berührte er die rotierenden Flügel des Gottesvogels. Sie zerbarsten in Stücke. Der Vogel Gottes taumelte und begann, torkelnd zur Erde zu sinken.

Kurz darauf explodierte der Vogel mit den steifen Flügeln. Er wurde zu einem feuerroten Ball, und der Ball wurde immer größer und hüllte auch den Vogel Gottes ein. Dann fiel er nach unten, schneller als der Vogel Gottes. Aus dem Feuerball löste sich eine Gestalt, und gleich darauf war über ihr eine leuchtendgelbe Blüte aufgegangen.

Da sich das alles ganz in seiner Nähe abspielte, konnte Ras deutlich erkennen, daß im Bauch des Gottesvogels noch jemand saß. Er stand aus seinem Sitz auf und sprang aus der seitlichen Öffnung des Vogels nach draußen. Und im Fallen ging er in Flammen auf.

Aus der verwundeten Seite des Vogels quollen nun ungezählte kleine, weiße Gegenstände hervor. Sie tanzten wie lose Federn durch die Luft und kamen langsam zur Erde geschwebt. Zuerst sahen sie aus wie rechteckige Perlen, die auf einem blauen Faden aufgereiht hinter dem Vogel Gottes herfluteten. Doch der Faden hatte sich schon bald aufgelöst, und dann waren die Perlen überall. Als sie die Erde fast erreicht hatten, erkannte Ras, daß es Papierblätter waren, die genauso aussahen wie die Seiten in den Büchern in der alten Hütte am See.

Der Vogel Gottes gab einen lauten Schmerzensschrei von sich und ging ebenfalls in Flammen auf. Er torkelte über Ras hinweg dem Wald zu. Noch immer strömte Papier aus ihm heraus, aber auch das brannte jetzt. Die Gestalt, die zuletzt aus ihm herausgesprungen war, schlug etwa hundert Meter von Ras entfernt hinter einem Baum auf die Erde.

Nahe dem Dschungel im Südosten, ungefähr vierhundert Meter von Ras entfernt, schwebte die weiße Blüte. Ras konnte die Gestalt, die darunter hing, jetzt besser erkennen und mußte vor Überraschung aufschreien, als er ihr langes gelbes Haar bemerkte.

Gelbes Haar!?

Mariyam hatte einmal gesagt: »Deine Frau wird eine weiße Haut und vielleicht gelbes Haar haben.«

Damals hatte er das merkwürdig gefunden und war sich auch gar nicht so ganz sicher gewesen, ob ihm gelbes Haar gefallen würde.

»Du wirst eine Frau haben, denn so steht es geschrieben«, hatte Yusufu bemerkt. »Ob sie auch gelbes Haar haben wird, das wird durchaus nicht versprochen.«

Der Vogel Gottes berührte die Baumspitzen im Südosten und versperrte den Blick auf die gelbhaarige Gestalt. Er zerbarst unter Getöse. Flammen schossen in die Höhe. Unzählige kreischende Vögel flogen auf. Es sah aus, als hätte jemand Pfeffer in die Luft geworfen. Und auf Ras' Augen hatten sie durchaus die Wirkung von Pfeffer, denn sie nahmen ihm die Sicht auf die gelbhaarige Gestalt, die, wie er annahm, den Erdboden noch nicht erreicht hatte. Aber dann war auch der Vogelpfeffer nicht mehr zu sehen, weil die zwischen den Bäumen aufsteigenden gewaltigen Rauchschwaden ihn verdeckten.

Inzwischen konnte Ras auch die Gestalt unter der gelben Blüte nicht mehr sehen. Er begann, auf die Flammen zuzulaufen, blieb aber gleich wieder stehen und hob seinen Speer wurfbereit in die Höhe. Ein Leopard war aus dem Dschungel gebrochen und kam mit großen Sätzen auf ihn zu, die Ohren nach hinten und dicht an den Kopf gelegt, fauchend.

»O herrlicher Todesbringer, heute sollst du einen Gefährten haben!« brach es aus Ras hervor. »Meinen Speer!«

Doch der Leopard würdigte ihn keines Blickes; er

hetzte an ihm vorüber, gefolgt von drei kleinen Antilopen mit gewundenen Hörnern, einer langhalsigen Buschkatze und einem Mungo. Die Tiere waren in panischer Flucht vor den Flammen begriffen und rannten Seite an Seite. Ras mußte lachen und setzte den Weg zur Absturzstelle des Gottesvogels fort, behielt den Speer jedoch vorsichtshalber wurfbereit in der Hand. Aber die Tiere würden ihm nichts tun, es sei denn, er würde sie an ihrer Flucht hindern.

Er ließ das dichte Unterholz hinter sich und lief unter den mit Schlingpflanzen überladenen Bäumen weiter. Der Urwald war wie ausgestorben. Als ihm der Qualmgeruch in die Nase stieg, verbarg er sich in der Nähe des Flußufers hinter einem Busch. Der Vogel Gottes hatte ein Dutzend Äste mit sich in die Tiefe gerissen und war auf dem sumpfigen Waldboden zerschellt. Er lag keine drei Meter vom Wasser entfernt und brannte lichterloh. Ringsum wurden die Büsche schwarz, ihre Blätter rollten sich zusammen. Einige hatten Feuer gefangen, und wenn gerade Trockenheit geherrscht hätte, wäre Ras in arge Bedrängnis gekommen. So aber bestand kaum die Gefahr, daß die Büsche weiter unten am Fluß sich auch entzünden würden.

. Der Vogel Gottes war durchaus nicht aus Fleisch und Blut und Federn. Vielmehr bestand er aus einem unbekannten Material und aus Eisen. Ras konnte ihn im Moment nicht genauer untersuchen, denn er war noch viel zu heiß. Er beschloß, sich zunächst auf die Suche nach der gelbhaarigen Gestalt zu machen. Für ihn stand fest, daß es sich nur um eine Frau handeln konnte, denn er mußte, seit er zum erstenmal ihr gelbes Haar gesehen hatte, immerzu an Mariyams Worte denken. Wahrscheinlich war sie auf der anderen Seite des Flusses heruntergekommen. An dieser Stelle war der Fluß fast zweihundert Meter breit. Mit Krokodilen war hier nicht zu rechnen, weil das Wasser zu kalt war, denn der See, aus dem der Fluß gespeist wurde, war nicht weit entfernt. Hinzu kam, daß der Lärm, den der Vogel Gottes beim Absturz verursacht hatte, wohl jedes Krokodil panikartig in die Flucht getrieben hätte, wie Ras vermutete, wobei ihm wahrscheinlich sogar noch die Exkremente, die es in seiner Angst ausgestoßen hätte, als zusätzliche Antriebskraft gedient hätten.

Ras ging über die abschüssige Uferböschung ans Wasser. Im Morast bemerkte er die Abdrücke der Schwimmfüße einer riesengroßen Wasserratte. Die Strahlen der Sonne hatten diese Seite des Flusses noch nicht erreicht. Der Schlamm war kühl und ließ ihn frösteln, als er zwischen seinen Zehen hindurchquoll. Er tauchte in das kalte Wasser und schwamm, sich nur mit den Füßen abstoßend und mit der linken Hand die Richtung haltend, während er mit der rechten den Speer, den Bogen und den Köcher mit den Pfeilen über der Wasseroberfläche balancierte, ans andere Ufer.

Von da aus lief er nach Westen. Er blickte sich aufmerksam nach allen Seiten um. Das Unterholz war hier aufgrund des bleichen Dämmerlichts, das durch die vielen, mit Lianen bewachsenen Bäume nach unten drang, nicht sehr dicht. Hierher gelangte fast nie der Kuß der Sonne, der Göttin des Lebens. Die Pflanzen, die überlebt hatten, tasteten sich mit letzter Kraft an den Baumstämmen nach oben und waren meistens schon abgestorben, noch ehe sie die dünne Luft erreicht hatten, wo die Sonne schien. Ras konnte in jede Richtung etwa hundert Meter weit sehen, aber natürlich konnte die gelbhaarige Person auch hinter einem der dicken Stämme sein.

Eines aber stand fest, die große weiße Blüte würde sich nicht so leicht verbergen lassen.

Er war schon einige hundert Meter weit vom Fluß entfernt, als er einen unterdrückten Schrei ausstieß und einen Luftsprung machte. Er schlug sich auf Beine und Füße, um die schwarzen Ameisen abzuschütteln, die sich darin festgebissen hatten. Sie waren überall, verschmolzen mit den Schatten und schwärmten zielstrebig auf ein unbekanntes Ziel zu. Sie bewegten sich in einer breiten Marschsäule vorwärts, die von seinem jetzigen Standpunkt aus tief in den Dschungel hinein verlief. Er trat ein paar Schritte zurück und versuchte, parallel an dem wimmelnden Teppich entlangzulaufen. Er wollte den Ameisenstrom überholen und auf seiner anderen Seite wieder zurücklaufen. Doch nachdem er schon mehr als einen Kilometer weit gelaufen war, wurde ihm klar, daß die emsige Kolonne sich noch kilometerweit hinziehen konnte. In der Zwischenzeit war der gelbhaarige Engel wahrscheinlich von denselben Ameisen längst gezwungen worden, nach Westen zu laufen.

»Engel haben Flügel«, hatte seine Mutter ihm erzählt.

»Warum hat denn der Engel, der im Bauch des Gottesvogels sitzt, keine Flügel?« hatte er wissen wollen.

»Weil Engel sich häufig unter Menschen mischen, um zu erfahren, was los ist und vor sich geht oder um eine Nachricht von Igziyabher zu überbringen. Dann nehmen sie ihre Flügel vorher ab und hängen sie an einen Haken.«

»Aber der Engel im Bauch des Vogels versucht doch gar nicht, wie ein Mensch zu sein. Warum trägt er denn seine Flügel dann nicht?«

»Woher weißt du denn, daß er sie nicht trägt? Hast du ihn schon einmal aus der Nähe gesehen und festgestellt, daß er keine Flügel trägt?« Mariyam war ziemlich ungehalten gewesen.

Was machte ein Engel, wenn er einmal ohne seine Flügel auf der Erde gestrandet war? Würde Igziyabher höchstpersönlich ihn abholen kommen oder würde er einen anderen Engel mit Ersatzflügeln oder einen anderen Vogel aussenden, um ihn aufnehmen und in den Himmel zurückbringen zu lassen? Ras hätte zu diesem Thema noch unzählige Fragen gehabt.

Er hastete weiter. Er wollte unter keinen Umständen aufgeben und hoffte, die Ameisen doch noch überholen zu können. Dabei fiel ihm noch eine Sache im Zusammenhang mit den Engeln ein. Manchmal sprachen sein Vater und seine Mutter über sie, als wären sie geschlechtslos.

»Sie sind zwischen den Beinen genauso glatt wie du auf der Stirn«, hatte Yusufu gesagt. »Wenn Igziyabher mehr Engel braucht, dann erschafft Er sich welche.«

»Aus dem Licht der Sterne«, hatte Mariyam hinzugefügt, begierig, ihrem Sohn die Arbeitsweise der Welt und Gottes zu erklären. »Er macht die Engel aus dem Licht der Sterne, und eines Tages wird Er alle Sterne aufgebraucht haben, und dann wird der Himmel schwarz sein und das Ende der Welt nahe. Also bete, mein Sohn, bete. Denn der Gott des Zorns ...«

»Hör auf, Mariyam! Du weißt doch genau Bescheid!« hatte Yusufu ihren Redestrom unterbrochen. »Es gibt Ohren, die hören, und Hände, die Rache nehmen, wenn einige Lügner gewisse Dinge verbreiten.«

An jenem Tag hatte Ras noch viele Fragen gestellt. Eine davon betraf Mariyams frühere Erzählung über die Engel, die auf die Erde kommen und sich mit den Töchtern der Menschen vereinigen. Wenn Engel aber geschlechtslos waren, dann ...

Er blieb stehen. Ein Geräusch, wie wenn ein großer Ast abgebrochen wäre, war von rechts zu ihm gedrungen. Er konnte nicht genau sagen, aus welcher Entfernung das Geräusch gekommen war, denn eigentlich hatte es doch etwas anders als das Abbrechen eines Astes geklungen. Irgendwie kam es ihm unheimlich vor.

Es knackte noch einmal, diesmal etwas leiser. Das Knacken kam aus derselben Richtung wie das erste Geräusch.

Eine Frau schrie auf, und wieder knackte es, gefolgt vom Aufschrei eines Mannes. Dann war es totenstill.

Ras zögerte einen Moment, zuckte die Achseln und rannte so schnell er konnte durch den Ameisenstrom. Erst nach hundert Metern krallte die erste Ameise ihre

Zangen in seine Füße. Er biß die Zähne zusammen und rannte weiter. Er konnte jetzt unmöglich stehenbleiben und sie abschütteln, sie wären scharenweise über ihn hergefallen. Er hatte einen Entschluß gefaßt und konnte nicht mehr zurück. Vielmehr, er wollte nicht mehr zurück. Er wollte weiterlaufen, ungeachtet aller Qualen, um denjenigen zu erreichen, der geschrien hatte. Immerhin war er umsichtig genug, nicht geradewegs auf den Punkt zuzulaufen, von dem die Schreie gekommen waren. Vielleicht waren es gar keine Engel gewesen, die da geschrien hatten, vielleicht waren es Wantso. Er bezweifelte zwar, daß die Wantso sich so nahe ans Land der Geister heranwagten, doch gleichzeitig war ihm auch klar, daß man bei ihnen nie sicher sein konnte. Sie waren genauso unberechenbar wie Yusufu und Mariyam, sie taten Dinge, die man von ihnen nie erwartet hätte — und meistens sogar noch ziemlich dumme.

Darüber hinaus, und das durfte er bei seinen Überlegungen nicht außer acht lassen, konnten die Engel ja auch auf irgendeine ihm unbekannte Art und Weise gefährlich sein. Da war zum Beispiel dieses Knacken von vorhin, das hatte ihm irgendwie ein prickelndes Gefühl gegeben.

Als er meinte, die kleinen Peiniger, deren Zugriff wie Feuer brannte, nicht länger ertragen zu können, sah er den ersten Engel. Er lag auf dem Rücken, die Arme weit von sich gestreckt, den Mund geöffnet. Er war über und über mit Ameisen übersät, und als Ras, von einem Bein aufs andere hüpfend, einige von ihnen aus seinem Gesicht wischte, da war das Gesicht ganz rot. Die gefräßigen Tiere hatten bereits die Haut weggefressen, und die roten Muskelstränge lagen frei. Sein Haar war braun und glatt. Neben der rechten Hand des Toten lag ein merkwürdig aussehender Gegenstand aus Metall.

Ras konnte nicht länger verweilen, um ihn eingehender zu untersuchen. Wenn er nicht auf der Stelle weiterlief, dann würde er bald genauso tot sein wie der Engel

— wenn es überhaupt ein Engel war. Der Tote sah nämlich ziemlich menschlich aus. Und außerdem — konnten Engel denn überhaupt sterben? Wenn ja, wer konnte sie töten? Andere Engel? Ein gefallener Engel? Ein Abgesandter des Teufels?

Doch darüber nachzudenken, war jetzt nicht die Zeit. Die Bisse der Ameisen peinigten ihn und brannten jeden Gedanken fort. Er war nur noch von dem rasenden Verlangen beherrscht, wegzukommen.

Er war schon zweihundert Meter weit gelaufen, hatte Haken um Büsche geschlagen und war über umgebrochene Bäume gesprungen, als er sich nicht mehr beherrschen konnte und dem Drang zu schreien nachgab. Er machte ohnehin schon soviel Lärm, daß man ihn einen halben Kilometer weit hören konnte. Er konnte sich auch nicht vorstellen, daß jemand im Hinterhalt lag und die Ameisen über sich hinwegschwärmen ließ.

Er schrie aus vollem Hals. Und dann sah er den Bach vor sich, nahm für die letzten Meter alle Kraft zusammen und warf sich kopfüber ins Wasser. Er wälzte sich auf dem Grund des Baches im Schlick und kratzte die Ameisen von seinem Körper. Das Wasser wurde trübe, der aufgewirbelte Schlamm vermischte sich mit den zermalmten Ameisenkörpern. Ras blieb eine Weile unbeweglich im Wasser liegen und sah zu, wie es wieder klar wurde. Er war unendlich dankbar für die Erleichterung, die die Kühle seinem Körper verschaffte.

Er stieg aus dem Bach und hob den Speer und den Bogen auf, die er ans andere Ufer geworfen hatte, bevor er ins Wasser eingetaucht war. Er nahm den Köcher von der Schulter, machte ihn auf und goß das Wasser aus. Die Federn an den Pfeilen waren völlig durchnäßt und schlammverschmiert.

Auf dieser Seite des Bachs gab es keine Ameisen. Er lief auf und ab und suchte in dem sumpfigen Boden nach Spuren. Er fand aber keine. Nach zwei Stunden vergeblicher Suche kam er zu dem Schluß, daß der zweite Engel wohl in eine andere Richtung gelaufen sein mußte. Vielleicht war er auch schon tot und längst bis auf die Knochen abgenagt.

Welcher von beiden war der Engel? Igziyabhers Engel kämpften nicht gegeneinander. Einer mußte also ein Teufel sein. War der Tote der Teufel gewesen? Mariyam hatte einmal gesagt, das Gute würde stets über das Böse triumphieren, woraufhin Yusufu wütend geschnaubt und eingewandt hatte: »Wenn es so wäre, dann würden wir nicht hier sein und dieses Leben führen. Die Welt wird vom Teufel beherrscht, und du weißt das sehr gut, du Großmutter der Lügen!«

Yusufu pflegte immer Bemerkungen zu machen, die er jedoch nicht näher erklären wollte, wenn Ras ihn darum bat. »Ich mache den Mund auf, und die Worte fliegen heraus, mein Sohn, ehe ich sie daran hindern kann. Aber hin und wieder muß ein Mann sich mal Luft machen, sonst wird er verrückt.«

Ras setzte die Suche noch eine Stunde lang fort. Dann war er überzeugt, den Engel — wenn es einer war — nur noch durch Zufall finden zu können. Allmählich begann er zu glauben, daß es sich bei den Gestalten, die er gesehen hatte, weder um Engel noch um Teufel gehandelt hatte. Der Tote hatte genauso wie ein Mensch ausgesehen und schien durchaus nichts Göttliches an sich zu haben. Bedenklich stimmte ihn nur, daß er an dem Leichnam keine Wunde gesehen hatte. Vielleicht hätte er eine gefunden, wenn er die Möglichkeit gehabt hätte, ihn eingehender zu untersuchen. Aber welche Waffe hinterließ schon keine Spuren?

Andererseits, wenn das gelbhaarige Wesen ein Engel war, warum hatte es dann zugelassen, daß sein Vogel getötet wurde?

Das war alles sehr verwirrend, wie so viele Dinge. Auf alle diese Fragen gab es Antworten, das stand fest, doch waren es so viele verschiedene Antworten. Mariyam zum Beispiel blieb niemals bei derselben Geschichte, Yusufu doch. Auch die Wantsomädchen sagten immer dasselbe, doch ihre Geschichten unterschieden sich wiederum von denen seiner Eltern.

Und dann war da noch Gilluk, der König der Sharrikt, den er aus dem Wantsodorf entführt hatte, wo er gefangen gehalten worden war. Er hatte ihn ein halbes Jahr lang in einem Käfig im Dschungel festgehalten und während dieser Zeit die Sprache der Sharrikt gelernt, um Gilluk Fragen stellen zu können. Und dabei hatte er festgestellt, daß Gilluks Antworten mit denen der anderen überhaupt keine Ähnlichkeit hatten.

FÜNFTES KAPITEL

Ein Brief von Gott an den Mond

Innerlich war er auf die Vergangenheit konzentriert, äußerlich auf die Gegenwart. Er lief nach Norden und bemerkte in einiger Entfernung, nordöstlich von seinem Standpunkt, etwas Weißes. Er schlich vorsichtig näher. Hin und wieder verharrte er bewegungslos hinter einem Baum und horchte. Affen plapperten und kreischten, ein winziger Vogel mit übermäßig großem Kopf und einem langen, geraden Schnabel krächzte im Vorbeifliegen. Je näher er dem weißen Etwas kam, desto vorsichtiger wurde er, doch schließlich stellte er beruhigt fest, daß der gelbhaarige Engel nicht in der Nähe war. Das Weiße war nur die Blüte, an der ›sie‹, wie er den Engel inzwischen nannte, schwebend zur Erde gekommen war. Die Blüte hatte sich an einem Ast verfangen. Sie war aus der Form geraten und schleifte, als wäre sie ihres Saftes beraubt, welk auf der Erde. Ras kletterte auf den Baum, von dem sie herabhing, um sie eingehender zu untersuchen. Sie war aus einem weichen Material, das er nicht kannte, und viele Stricke, an denen Riemen angebracht waren, aus einem ihm ebenfalls unbekannten Material hingen von ihr herab.

Er bemühte sich eine Weile, die welke Blüte — oder was es sonst sein mochte — von dem Ast freizubekommen, was ihm schließlich auch gelang. Er rollte sie zu einem Bündel zusammen und verstaute sie in einem großen Loch, das er in einem abgestorbenen Baum entdeckte. Er hätte sie zwar gern mit nach Hause genommen, um sie genau zu untersuchen, doch im Augenblick wollte er sich nicht damit belasten.

Unter dem Baum, von dem die Blüte herabgehangen hatte, waren Spuren zu sehen, kleine Abdrücke, die offensichtlich von ebensolchen Hüllen stammten, wie er sie an den Füßen des von den Ameisen angenagten Wesens gesehen hatte. Sie führten zu einem der vielen kleinen Flußläufe in dieser Gegend. Doch am anderen Ufer des Flüßchens kamen sie nicht wieder zum Vorschein. Ras durchquerte den Wasserlauf mehrmals in südöstlicher Richtung und kam dann zu der Stelle zurück, wo sich die Spuren verloren. Von hier aus suchte er in nordwestlicher Richtung weiter.

Der Magen knurrte ihm, aber er wollte die Suche jetzt unter keinen Umständen unterbrechen und nach etwas Eßbarem jagen. Er hätte jederzeit einen Affen erlegen können, denn die Federn an den Pfeilenden waren längst wieder trocken.

Die Zeit brannte ihm unter den Nägeln. Er wollte sie nicht damit vertun, einen Affen erst mühsam abzuziehen und dann zu braten. Natürlich hätte er ihn unterwegs auch roh verzehren können, doch mochte er ihn gebraten lieber. Früher hatten ihn seine Eltern häufig dazu ermuntert, rohes Fleisch zu essen, es selbst aber nur angerührt, wenn es gebraten war. Als er nach dem Grund gefragt hatte, hatten sie ihm erwidert, er müsse sich an rohes Fleisch gewöhnen. Es stehe so geschrieben.

Doch dann hatte er einmal ein Guineahuhn roh gegessen und war daraufhin krank geworden. Heftiges Fieber hatte ihn geschüttelt, und Schweißausbrüche und wilde, schreckliche Träume hatten einander abgewechselt. Yusufu und Mariyam hätten ihn keine Sekunde aus den Augen gelassen, wenn es nicht von Zeit zu Zeit notwendig gewesen wäre, daß Yusufu auf die Jagd ging. Mariyam hatte ununterbrochen geweint und ihn, obgleich er ihr damals schon über den Kopf gewachsen war, in den Armen gewiegt, mit leiser Stimme vor sich hingesummt und ihn ihr ›schönes Baby‹ genannt. Yusufu hingegen hatte mit bemerkenswertem Erfindungsreichtum immer neue Flüche vor sich hingemurmelt und irgend jemandem Rache geschworen. Allerdings hatte er dann nicht mit der Sprache herausgerückt, als Ras ihn nach seiner Genesung fragte, von wem die Rede gewesen war.

Fortan verlangten sie von ihm, nie wieder rohes Fleisch zu essen, weil es auf einmal, wie sie ihm erklärten, entsetzliche Gifte und kleine todbringende Wesen enthalte. Doch da war es schon zu spät. Er war auf den Geschmack gekommen. Zwar schmeckte ihm wenigstens leicht angebratenes Fleisch besser als rohes, doch wenn er allein unterwegs war, hatte er manchmal keine Zeit zu großartigen Vorbereitungen und machte sich über ein erbeutetes Tier her, in dem noch die Wärme des Lebens steckte, das eben erst daraus entwichen war. Oder er hob, so wie jetzt, schnell einen Felsbrocken hoch und stillte seinen Heißhunger mit den blinden, weißen, beinlosen Kreaturen, die sich darunter befanden.

Die Sonne sank schon auf die Berge zu, als er zu der Überzeugung kam, daß der gelbhaarige Engel das Flüßchen verlassen haben mußte, ohne Spuren zu hinterlassen. Er war auf seiner Suche inzwischen bis weit in die steilen, zerklüfteten und von dichtem Buschwerk bewachsenen Hügel im Nordwesten vorgedrungen. Er passierte einen verlassenen Gorillarastplatz, und einmal vernahm er das dumpfe Aufklatschen von Fäusten auf einer großen Brust.

Er gab sich keine Mühe, die Gorillahorde zu finden. Die Affen in dieser Gegend wollten nichts mit ihm zu tun haben. Entweder ergriffen sie die Flucht, wenn er sich ihnen näherte, oder eines der Männchen verteidigte sein Revier und versuchte, ihn zu vertreiben. Östlich von dem Baumhaus, in dem er mit seinen Eltern lebte, gab es eine Gorillafamilie, die ihn akzeptierte, doch selbst ihr mußte er sich vorsichtig nähern, wenn er längere Zeit abwesend gewesen war. Er kannte sie seit seiner Kindheit. Damals hatte Yusufu ihn Tag für Tag hingetragen und ihn allmählich eingeführt.

Yusufu hatte, wie Ras später, als er schon sprechen konnte, erfuhr, zwei Jahre dazu gebraucht, um die Affen ganz allmählich und vorsichtig an seine Gegenwart zu gewöhnen.

Und warum er sich soviel Mühe damit gegeben hatte? Weil es geschrieben stand, daß Ras mit den Gorillas spielen und einer von ihnen werden wird. Warum? Weil es geschrieben stand.

Zu der Zeit wußte Ras noch nicht einmal, was Schreiben ist. Das erfuhr er erst, als Yusufu ihm erlaubte, die Hütte am See zu betreten, in der er die Bücher fand. Und obwohl er mehr von den Bildern als von dem angetan war, was darunter geschrieben, vielmehr gedruckt, stand, bestand Yusufu darauf, daß er, wenn er erst älter wäre, unbedingt herauszufinden versuchen müsse, was das Gedruckte meinte.

Und dann hatte Yusufu die Hütte wieder sorgfältig verschlossen und versprochen, ihm die Bücher wieder zu zeigen, wenn er das vorgeschriebene Alter erreicht haben würde. Ras hatte natürlich sofort wissen wollen, ob sich unter den Büchern auch dasjenige befand, in welchem das vielzitierte ›Es steht geschrieben‹ vorkommt. Doch Yusufu hatte seine Frage verneint, mit einer unbestimmten Geste angedeutet, daß jenes Buch woanders aufbewahrt würde und gesagt: »Es ist in den Händen von Igziyabher. Ich habe es noch niemals zu Gesicht bekommen.«

Er beschloß, die Nacht im Dschungel zu verbringen. Der weite Weg bis zum Baumhaus war ihm jetzt zu beschwerlich. Außerdem wollte er die Suche nach dem gelbhaarigen Engel gleich am nächsten Morgen wieder aufnehmen und zur Not den ganzen Tag daransetzen. Falls er sie bis Sonnenuntergang immer noch nicht gefunden haben sollte, wollte er aufgeben. Er war ziemlich sicher, daß ihm in dieser Gegend niemand so leicht entgehen konnte. Sollte er sie dennoch nicht finden, dann gab es dafür nur eine Erklärung: Ihr waren irgendwie Flügel gewachsen, und sie war davongeflogen.

Er sah sich nach einem Baum um, auf dem er sich ein Lager für die Nacht errichten konnte. Er mußte hoch genug sein, denn sollte ein Leopard hinter ihm herklettern, würde er dabei soviel Lärm machen, daß er aufwachte. Darüber hinaus mußte ein Ast mit dem Stamm eine Gabel bilden, auf der sich bequem eine Plattform aus Ästen, kleinen Zweigen und Blättern bauen ließ. Natürlich wäre er auf einem derartigen Lager der Feuchtigkeit und Kälte der Nacht ausgesetzt, doch das konnte er ertragen.

Er fand einen entsprechenden Baum und baute sich sein Nachtlager, und kurz vor Sonnenuntergang erlegte er einen kleinen Affen. Er trug ihn fast einen halben Kilometer weit von dem Baum weg, zog ihm das Fell ab, trennte den Kopf, Arme und Beine und den Schwanz ab und nahm ihn aus, wobei er sorgfältig darauf bedacht war, die Eingeweide nicht zu beschädigen. Er entzündete ein kleines Feuer, spießte den Rumpf des Affen auf einen grünen Zweig und drehte ihn über den Flammen. Blut tropfte zischend ins Feuer. Leoparden machten sich bemerkbar. Normalerweise würden sie ihn zwar nicht angreifen, doch mußte er damit rechnen, daß der Blutgeruch sie in Versuchung führen könnte. Außerdem wußte er, daß es in der Nähe des Wantsodorfes ein paar menschenfressende Leoparden gab. Vielleicht trieben sie sich gerade hier herum. Aber eigentlich war das auch wiederum nicht wahrscheinlich, denn alle Großkatzen hatten ihr eigenes Territorium, ihre eigenen Jagdgründe, und die Menschenfresser kamen nicht hierher.

Sie hatten auch ihre Gewohnheiten, ebenso wie Menschen, nur konnte man sich ebensowenig wie bei Menschen darauf verlassen, daß sie sich an ihre Gewohnheiten auch immer hielten.

Er machte sich gierig über seine Mahlzeit her, riß mit den Zähnen große Bissen aus dem Affenkörper, kaute sie kräftig durch und schluckte sie geräuschvoll hinunter. Dann lief er zu dem Baum zurück, auf dem das Nachtlager auf ihn wartete. Unterwegs blieb er ein paarmal stehen, lauschte intensiv und versuchte, die Dunkelheit mit den Blicken zu durchdringen. Einmal sah er, wie sich etwas im Schatten bewegte. Er erstarrte und umklammerte den Speer fester. Doch dann hörte er ein Grunzen, dem mehrere unterdrückte Quietscher folgten. Es war nur ein Flußschwein mit seinen Jungen.

Er schlief sofort ein und träumte. Ein Leopard strich unter dem Baum hin und her. Von Zeit zu Zeit richtete er sich auf und schärfte seine Krallen an der Borke. Seine gelbgrünen Augen, grausam und leuchtend zugleich, als hätten sie Gott einst erblickt und trügen die Erinnerung an Seine Herrlichkeit noch in sich, starrten lüstern zu ihm herauf. Die Flecken auf seinem Fell flossen ineinander, sein buschiger und kräftiger Schweif peitschte die Luft. Er schlich hin und her, und jedesmal wenn er zu Ras aufsah, bleckte er die Zähne, scharfe, gelbe Zähne ...

Die Schönheit der Bestie versetzte Ras in Begeisterung.

O geschmeidige, kraftvolle Schönheit mit schwarzen Flecken auf dem Rücken und pelzigem, weißem Bauch!

Zum Töten geschaffen. O Herrlichkeit, die du gekommen bist, mich in Stücke zu reißen, mein Fleisch und mein Blut mit deiner rauhen, roten Zunge zu lecken!

Dann war der Leopard auf dem Ast über ihm und setzte zum Sprung an. Ras hob den Speer und schleuderte ihn mit aller Kraft in das aufgerissene Maul der Bestie. Die Speerspitze drang durch den Schädel, hinterließ aber keinerlei Spuren. Das Tier löste sich langsam auf, wie ein Schatten im Licht. Sein Körper verschwand, nur der Schädel blieb in der Luft hängen und nahm menschliche Züge an. Er grinste zu ihm herunter. Blaßblaue Augen starrten ihn an. Wo hatte er diese Augen schon einmal gesehen?

Er konnte sich im Augenblick nicht daran erinnern, war aber beunruhigt. Er hob die Hand, mit der er vorher den Speer gehalten hatte, und ballte sie zur Faust. Und da verschwand auch der Schädel. Ras sah zur Erde hinunter und bemerkte den Kadaver einer Ziege. Vor ein paar Tagen hatte er ihn schon einmal gesehen, halb unter einem Gebüsch verborgen. Ein Leopard hatte sich über ihn gebeugt und die Eingeweide gefressen.

Während er jetzt die Ziege betrachtete, schwoll ihr Körper an von den Gasen, die sich bei der Verwesung bilden, Würmer schlängelten sich ins Freie, gefolgt von winzigen, hüpfenden Gestalten. Es waren schwarze Männer mit vier Krokodilsfüßen und einem Kopf, der größer war als ihr Körper. Ihr Maul reichte bis in den Nacken und war mit vielen Reihen scharfer und spitzer Zähne gefüllt.

Guluba, der Geist, der den Wantso den Tod bringt, hatte so einen Kopf!

Auf einmal war auch der Schädel mit den blaßblauen Augen wieder da. »Durch Tod mehr Leben«, sang er in der Wantsosprache.

»Und durch Leben mehr Tod«, fielen die schwarzen Männer ein und hüpften rhythmisch von einem Bein aufs andere.

Dann fielen sie über Ras her. Ihre kleinen Krokodilsfüße waren eiskalt.

Ihm war klar, daß sie ihn fressen wollten. Er sprang auf und schüttelte sie ab.

Und in dem Moment wachte er auf. Der Traum floß an ihm ab wie das Wasser nach einem Bad im See. Doch die winzigen, eiskalten Pfoten waren kein Bestandteil des Traums. Hunderte von Baumfröschen zogen über ihn hin, ein Strom aus wimmelndem Fleisch, der sich über den Baum, sein Nachtlager, seinen Körper ergoß.

Er fürchtete sich nicht, er ekelte sich nicht. Er wartete geduldig, bis der letzte Frosch auf seinen Körper gehüpft, ihn überquert hatte und wieder hinuntergehüpft war. Über ihm schwamm der wolkenlose Nachthimmel im Mondlicht, das sich wie ein Wasserfall, wie eine Wolke aus schillernden, graugelben Schmetterlingen durch das Gewirr der Blätter ergoß. Es prallte von den Tierchen ab, die hastig über ihn hinzogen, geräuschlos einem Ziel entgegen, das nur sie kannten — und vielleicht nicht einmal sie. Die Stille wurde nur vom klagenden Rascheln der Blätter unterbrochen, denn die hüpfende Invasion hatte sie aus ihrer Ruhe aufgeschreckt. Bei Tage waren die Baumfrösche blaßgrün, ihre Saugpfoten borkenbraun.

Allmählich erstarb das Rascheln der Blätter. Er war wieder allein. Er legte sich nieder und versuchte, noch etwas zu schlafen. Doch es gelang ihm nicht. Er setzte sich auf und kramte in der Tasche aus Antilopenfell herum, holte Kieselsteine, ein Hohleisen und einen feingeäderten, hellrosa Holzklotz mittlerer Härte hervor. Und als der Wolfsschwanz, die falsche Morgendämmerung, die Nacht erbleichen ließ, da war der Holzklotz zu seinem Alptraum geworden, zu einem Leopardenschädel, aus dessen Augenhöhlen Blumen sprießten.

Er drehte sein Werk hin und her und murmelte nach einer Weile: »Nicht schlecht, aber auch nicht gerade gut.« Er stand auf, streckte sich und blickte um sich. In einem Busch, etwa fünfzig Meter von ihm entfernt, seinen Blicken durch einen Baumstamm fast verborgen, hing ein Stück Papier. Am Abend vorher war es noch nicht dagewesen. Möglicherweise war es über Nacht dorthin geweht worden. Aber nein, die Nacht war ja windstill gewesen. Er hatte es nur nicht sehen können, weil es schon zu dunkel gewesen war.

Er suchte das Gebiet sorgfältig mit seinen Blicken ab und überzeugte sich, daß keine Gefahr auf ihn lauerte — jedenfalls keine große Gefahr, auf die kleinen Gefahren mußte er es ankommen lassen —, kletterte dann von seinem Nachtlager auf die Erde und schlich sich vorsichtig auf den Busch zu, in dem das Stück Papier hing. Er kannte Papier, hatte schon öfter welches gesehen und berührt und wußte, daß es harmlos war, doch die Tatsache, daß es aus dem Vogel Gottes stammte — denn woher sonst sollte es stammen — ließ es in seinen Augen doch irgendwie unheimlich erscheinen.

Langsam streckte er die Hand danach aus und berührte es. Dann zog er die Hand wieder zurück, blickte zum Himmel auf, als wollte er prüfen, ob Gott die Berührung Seines Eigentums nicht erzürnte und Seine Strafe bereits unterwegs war, griff dann aber doch zu und befreite das Papier aus seiner Gefangenschaft in den Ästen.

Es war an mehreren Stellen eingerissen, ansonsten aber noch gut zu lesen. Ganz oben stand die Zahl 24, die Seitenzahl des Buches, wie er annahm, zu dem das Blatt offenbar gehört hatte.

doch der erste starb an Pneumonie! Der zweite wurde wahnsinnig! Immerhin fast wahnsinnig! Was für ein Verlust, welch eine Tragödie! Das Geld, die Zeit, alle meine Hoffnungen und Anstrengungen waren umsonst und nutzlos gewesen. Doch nein! Ich hatte meine Zeit nicht verschwendet, ich hatte ja eine Menge gelernt. Nach der langen Zeit, in der ich die schwärzeste aller Verzweiflungen

*durchlebte und mit dem Gedanken spielte, die ganze Sache
aufzugeben, bekam ich plötzlich wieder Mut. Die Kraft und
Beständigkeit, mit der ich als abgebrannter Emigrant aus
Amerika in der Zeit der schlimmsten Wirtschaftskrise zu
einem der reichsten Männer in Südafrika geworden war,
hielten mich schließlich doch davon ab, das Projekt aufzugeben, das mir so viele Jahre hindurch lieb gewesen war
und das nicht nur für mich, sondern für die ganze Welt
wichtig war, für eine Welt, die entsetzt aufgeschrien hätte,
wäre etwas davon zu ihr gedrungen, mich aber eines Tages
dafür ehren wird.*

*Glücklicherweise hatte der Schwachsinnige einen jünge-
ren Bruder, sechs Jahre später geboren und erst drei Monate
alt, als meine Pläne wieder Gestalt annahmen. Diesmal
ging ich ganz anders vor, um mich seiner zu bemächtigen,
denn die früheren Helfershelfer hatten versucht, mich zu
erpressen, ein Fehler, für den sie übrigens gebüßt haben. Ich
habe dafür gesorgt, daß sie niemals wieder jemanden verraten werden. Der Spruch ereilte sie durch den Weinstock,
und ich durfte sicher sein, daß keiner den verabscheuungs-
würdigen Trick noch einmal versuchen würde. Der Name von*

Ras verstand kaum etwas von dem, was er da las. Eine Reihe von Wörtern waren ihm völlig fremd. Pneumonie, Tragödie, Geld, nutzlos, abgebrannter Emigrant,
Amerika, Südafrika — und noch viele andere. Yusufu
konnte sie ihm vielleicht erklären.

Er faltete das Blatt Papier zusammen und verstaute es
in seiner Tasche aus Antilopenfell. Dann aß er die Überreste seines Abendbrots auf, warf die Knochen weg und
machte sich wieder auf die Suche nach dem goldhaari-
gen Engel. Als es Mittag war, hatte er noch immer nichts
gefunden, nicht einmal den steifflügeligen Vogel, der in
der Nähe des Gottesvogels auf die Erde gefallen war.

Er lief zu Igziyabhers totem Vogel zurück. Die Flammen waren erloschen, die Asche und die Knochen abgekühlt. Er berührte den Leichnam an mehreren Stellen

und war außerordentlich überrascht. Die Knochen des Vogels waren aus demselben Material wie sein Messer. Er wurde nachdenklich, doch nach einer Weile war er zu der Überzeugung gekommen, daß ein Vogel, den Igziyabher geschaffen hatte, schließlich durchaus Knochen aus Metall haben konnte und nicht unbedingt die ansonsten üblichen Knochen haben mußte. Sein Messer stammte ja auch von Igziyabher, denn nach Aussage von Mariyam hatte es eines Tages nach einem Blitzschlag auf der Erde gelegen. Offensichtlich befaßte sich Igziyabher also mit Metall und hatte diesen Vogel entworfen. Es bestand kein Grund, weshalb Er ihm keine Knochen aus Metall hätte geben sollen. Mehr noch, warum hätte Er ihn nicht ganz und gar aus Metall machen sollen, zumal ja bei näherer Betrachtung deutlich ersichtlich war, daß der Vogel überhaupt kein Fleisch auf den Knochen gehabt hatte?

An diesem Punkt seiner Überlegungen begann Ras sich zu fragen, ob die ersten Wesen, die Igziyabher geschaffen hatte, nicht sowieso nur ein Versuch gewesen waren und ob er nicht später zu dem Entschluß gekommen war, daß fleischlose Geschöpfe mit Metallknochen denjenigen aus Fleisch und richtigen Knochen überlegen waren? Das konnte durchaus sein. Nur, aus seiner Sicht, aus der Sicht des Geschöpfes aus Fleisch und Knochen, stimmte Igziyabhers These nicht. Denn schließlich, was konnte einer mit Metallknochen schon *fühlen?*

Ein entferntes Knattern schreckte ihn aus diesen Betrachtungen auf. Er duckte sich entsetzt und ängstlich. Da kam doch tatsächlich noch ein Vogel!

Er verkroch sich blitzschnell unter einem nahen Busch. Und da war der Vogel auch schon heran. Er sah genauso aus wie der tote und blieb etwa fünfzig Meter über der Absturzstelle in der Luft stehen. Ras erkannte in seinem Bauch zwei Engel — oder Männer? — mit Masken. Er hätte es zu gern gesehen, wenn der Vogel auf der Erde aufgesetzt hätte und die Engel — oder Männer? — den toten Vogel untersucht hätten. Doch statt dessen zog er ein paar Kreise über den Wipfeln der Bäume, als wollte er die Engel aus dem toten Vogel suchen, vermutlich wohl auch den gelbhaarigen Engel aus dem Vogel mit den steifen Flügeln, und flog dann in nördlicher Richtung davon. Wahrscheinlich begab er sich in sein Nest auf der Spitze der schwarzen Steinsäule im See.

Ras nahm die Suche wieder auf. Er konzentrierte sich jetzt auf das Gebiet, über das die Ameisen dahingezogen waren. Zwar fand er die Spuren, die der gelbhaarige Engel hinterlassen hatte, doch führten sie ihn im Zickzack lediglich wieder zu dem schmalen Flußlauf, wo sie verschwanden und auch nicht wieder auftauchten. Wer weiß, vielleicht war sie im Wasser flußaufwärts oder flußabwärts gewatet? Er probierte auch diese Möglichkeit noch aus, lief im Flußbett ein paar Kilometer flußaufwärts, kam dann zu der Stelle zurück, wo die Spuren endeten, und lief ein paar Kilometer flußabwärts — doch er hatte kein Glück.

Vermutlich war sie also wohl doch im Himmel verschwunden. Und da der Wunsch, sich von Yusufu die Bedeutung der Buchseite erklären zu lassen, immer stärker wurde, entschloß er sich schließlich, sich auf den Heimweg zu machen. Er lief also wieder flußaufwärts, denn das war die einfachste Art der Fortbewegung, überquerte an einer bestimmten Stelle eine Landzunge und kam an den großen Fluß, dem er bis zum Fuß der Wasserfälle folgte. Dicht neben den Wasserfällen gab es einen Pfad, der auf die Hochebene hinaufführte. Eigentlich war es gar kein Pfad, man mußte nur genau wissen, wann man seine Füße wohin zu setzen hatte, und die Vorsprünge, Überhänge und Einbuchtungen kennen. Ein Fremder hätte stundenlang gebraucht, um den Aufstieg von zweihundert Metern zu bewältigen. Ras schaffte ihn, wenn er Lust hatte, in zehn Minuten.

Und heute hatte er Lust. Nach kurzer Zeit war er auf der Hochebene angekommen. Nach Norden zu stieg das Gelände ganz allmählich an, bis es nach etwa zehn Kilometern von einer schwarzglänzenden Felswand begrenzt wurde, die mehrere hundert Meter steil aufragte und ganz den Eindruck machte, als hielte Gott zornig eine schwarze Hand ausgestreckt und würde jedem Entgegenkommenden zurufen: »Halt! Keinen Schritt weiter!«

Mariyam, deren Phantasie nie erlahmte, wenn es darum ging, ihrem Sohn die Zusammenhänge der Welt zu erklären, hatte ihm erzählt, die schwarze Steilwand sei die Grenze der Welt, über der der Himmel, den sie eine blaue Verlängerung der Felsen nannte, ein Dach forme. Jeden Tag würde die Sonne, so wie eine Fliege oder Eidechse an einer Wand oder unter der Decke des Baumhauses, in welchem sie wohnten, entlangkriecht, westwärts über die blaue Verlängerung der Felsen kriechen und abends in einem Tunnel verschwinden, der unter der Welt ins Gestein gehauen war. Wie durch ein Wunder würde sie das Ende des Tunnels im Osten genau bei Tagesanbruch wieder erreichen.

Die Sonne, Sehay auf Amharisch, so Mariyam weiter, war in gewisser, allerdings noch nicht eindeutig geklärter Weise auch Igziyabher, zumindest jedoch ein flammender Vogel, auf dem Er hin und wieder ausritt, wie sie auf Ras' bohrende Fragen hin widerwillig einräumte. Ras, der die Sonne schon ein paarmal deutlich gesehen hatte, wenn sie dicht über den Felsen hing oder halb verborgen hinter einem Dunstschleier, war allerdings der Meinung, sie ähnle eher einem strahlenden Ei als einem Vogel. Und als Mariyam ihm dann zu verstehen gab, daß der Vogel noch nie gebrütet hätte — denn wenn er es täte, müßte man auf unbeschreibliche Schrecklichkeiten gefaßt sein, wahrscheinlich würde die ganze Welt dabei in Flammen aufgehen —, da war er noch mehr verwirrt.

Und wenn Yusufu ihr nicht ins Wort gefallen wäre und sie aufgefordert hätte, es endlich zu unterlassen, dem Jungen derartige Lügengeschichten aufzutischen, wäre der Eindruck ihrer Erzählung auf ihn wahrscheinlich noch nachhaltiger gewesen.

An der Stelle, an der die Hochebene steil nach unten zum Dschungel hin abfiel, war sie etwa zehn Kilometer breit. Wie im Norden wurde sie auch im Osten und Westen von hohen schwarzglänzenden Felswänden begrenzt. Die rückten, je näher sie der nördlichen Steilwand kamen, immer enger zusammen, so daß diese nur eine Breite von sieben Kilometern ausfüllte.

Unmittelbar oberhalb der Steilwand, die den südlichen Abschluß der Hochebene bildete und über die sich die Wasser in die Tiefe ergossen, wucherte der Dschungel genauso üppig wie unterhalb davon. Er dehnte sich drei Kilometer tief über die ganze Breite der Hochebene aus, manchmal auf hügeligem, manchmal auf felsigem Gelände. Wenn man ihn durchquert hatte, trat man auf eine Ebene hinaus, auf der unzählige verkrüppelte Bäume wuchsen. Sie ging in ein steiler ansteigendes Gebiet über, die Bäume wurden zahlreicher, standen jedoch noch nicht so dicht, daß sie einen Wald ergeben hätten, der den Namen Dschungel verdient hätte. Erst auf den Hügeln nahe den drei die Hochebene umgebenden Felswänden nahm die Vegetation wieder einen dschungelartigen Charakter an. Und in diesen Gebieten traf man gewöhnlich die Gorillahorden an.

In der Nordwestecke der Hochebene traten an der Stelle, wo das schwarzglänzende Gestein den blauen Himmel traf, drei Wasserfälle hervor und stürzten in die Tiefe, und zwar in den See, der an dieser Stelle, unmittelbar am Fuß der Nordwand, drei Kilometer breit war, sich an seinem südlichen Ufer aber auf eine Breite von zwei Kilometern verengte. An diesem Südufer nun nahmen drei kleine Flüßchen ihren Anfang und näherten sich nach vielen Windungen dem Abgrund im

Süden der Hochebene. Seite an Seite stürzten sie in die Tiefe und speisten den Fluß am Fuße des Plateaus.

Ras folgte einem Wildwechsel durch den Dschungel und trat auf die Ebene hinaus. In einiger Entfernung weideten eine Elefantenherde, eine Büffelfamilie, Antilopen und ein paar Warzenschweine. In der Ferne heulte ein Schakal. Die Ebene war etwa fünf Kilometer lang und drei Kilometer breit, es gab auf ihr nicht mehr sehr viel Wild, doch seit Ras fast alle Leoparden erlegt hatte, vermehrte es sich wieder rascher. Zwar versorgten Yusufu und er ihren Haushalt hier mit Frischfleisch, aber natürlich töteten sie längst nicht soviele Tiere, wie die Leoparden es getan hatten. Die Ebene diente auch Janhoy, dem Löwen, als Jagdrevier, doch er fing nicht viel. Er brauchte Jagdgefährten, die ihm das Wild zutrieben. Für diese Aufgabe gab Ras sich nur selten her.

Wenn man aus dem Dschungel trat, konnte man in der Ferne die Spitze der schwarzen Felssäule erkennen, die sich aus dem See erhob. Sie wurde höher und höher, während man die Ebene überquerte und den steileren Pfad hinaufging, der zum Waldland führte. Und dann, wenn man das Waldland hinter sich hatte und an das vergleichsweise kahle Seeufer trat, hatte man sie in ihrer ganzen Größe vor sich.

Sie glänzte schwarz und sah irgendwie verwachsen aus, denn sie stieg nicht senkrecht in die Höhe, sondern hing einmal nach dieser, einmal nach jener Seite über. Und das ging so bis zur Spitze, die mindestens dreihundert Meter über dem Wasserspiegel des Sees lag.

Schon als kleiner Junge hatte Ras diesen Steinfinger merkwürdig und bedrohlich gefunden. Warum ragten aus der sonst so ebenmäßigen Fläche des Sees nicht noch andere Gebilde auf? Was hatte das Gestein dazu veranlaßt, aus dem Wasser hervorzutreten und zu erstarren? Die einzige Erklärung, die Ras für diesen Umstand hatte, war, daß die Erdkruste auf dem Grund des

Sees einem enormen Druck nachgegeben haben mußte, daß das Gestein sehr heiß und also flüssig gewesen und bis zu seiner jetzigen Höhe aufgeschossen war. Und dann hatte es sich schlagartig abgekühlt und war erstarrt. Und nun stand es da bis in alle Ewigkeit.

Vor Urzeiten war der Vogel Gottes erschienen und hatte sich auf der Spitze ein Nest gebaut.

Ras lief am östlichen Ufer des Sees entlang in nördlicher Richtung, bis er zu den geschwärzten Steinen kam, die anzeigten, wo früher einmal die Hütte gestanden hatte. Von hier aus wandte er sich nach Osten, stieg den leicht ansteigenden Hügel hinauf, der mit hohem Gras bewachsen war, und gelangte in den Wald. Hier waren fast alle Bäume sehr hoch, hatten dicke Stämme, von denen wenige, doch weit ausgreifende Äste nahezu rechtwinklig abzweigten. Die Blätter der Bäume waren nicht größer als eine Hand und quadratisch. An der dem Stiel gegenüberliegenden Seite hatten sie eine kleine Einkerbung, wodurch sich zwei Spitzen ergaben. Die kleineren, mit Blättern bewachsenen Äste waren allerdings so zahlreich, daß die oberen Teile der Bäume ganz grün waren. Einmal im Jahr brachten die Thimatobäume weiße, steife, siebenblättrige Blüten und große, dreieckige, an den Seiten abgeflachte Nüsse mit glänzenden schwarzen Schalen hervor.

Außerdem trugen die Bäume das ganze Jahr über Tausende von formenreichen und farbenfrohen Vögeln, Affen und anderen Tieren. Das Schnattern, Kreischen, Quaken, Trillern, Klappern, Zirpen und Trompeten nahm tagsüber kein Ende und setzte sich nachts, wenn auch mit verminderter Lautstärke, fort. Seit seiner frühesten Kindheit hatte Ras dieses melodische und gefällige Durcheinander von Geräuschen im Ohr.

Er blickte in die Höhe und lächelte bekannten Gestalten zu. Ein paar Affen hangelten sich blitzschnell auf die Erde und kamen ihm entgegengelaufen, wandten sich aber bald wieder von ihm ab, weil er ihnen nichts mitgebracht hatte. Das Unterholz zwischen den Bäumen war nicht sehr dicht, längst nicht so dicht wie im Dschungel, denn zwischen den Bäumen war kaum Platz, armdicke Lianen rankten sich von einem Stamm zum anderen, die Äste benachbarter Bäume bildeten ein undurchdringliches Gewirr, und so drang nur wenig Licht bis auf die Erde vor und gestattete lediglich den glücklichsten und widerstandsfähigsten Pflanzen zu überleben. Nur für wenige Stunden um die Mittagszeit wurde die Dämmerung unter den Bäumen etwas aufgehellt.

Doch die oberen Teile der Bäume erreichte die Sonne leichter, und dort drängte sich allerlei Getier. Und dort war, mindestens fünfundzwanzig Meter über dem Erdboden, das Haus von Yusufu, Mariyam und Ras. Es stand auf einer Plattform aus dicken Bohlen, die über zwei große und starke Äste gelegt waren, welche genau im richtigen Winkel aus dem Stamm traten und so bestens geeignet waren, eine Plattform zu tragen. Das Haus bestand aus Bambus von den Hügeln, war rund, hatte ein konisches, mit Elefantenbaumblättern gedecktes Dach, dessen Unterbau ebenfalls aus Bambus bestand, drei Türen und zwei Fenster. Es war in drei Räume unterteilt. Zwischen der Hauswand und dem Rand der Plattform war noch Platz für eine breite Veranda, die sich um das ganze Haus herumzog. Sie war gegen den Abgrund hin durch ein Bambusgitter abgesichert, und Ras konnte sich noch gut daran erinnern, wie es ihm zum erstenmal, von Mariyam ängstlich festgehalten, erlaubt worden war, über das Gitter hinweg zum — wie es ihm damals vorgekommen war — aufregend weit entfernten Erdboden zu blicken.

Man konnte auf drei verschiedenen Wegen zum Haus aufsteigen. Da waren einmal die an den Baumstamm genagelten hölzernen Ringe, dann der Aufzug, der mit Hilfe von Seilen und komplizierten Mechanismen bewegt wurde, und eine Strickleiter. Der Aufzug und die

Strickleiter erforderten ein erhebliches Maß an Muskel-
kraft (von der Kompliziertheit des Aufzugs ganz zu
schweigen) und wurden für den Aufstieg daher selten
benutzt, für den Abstieg dafür aber um so öfter.

In seiner Kindheit hatte es nur dieses eine Haus gegeben. Doch vor fünf Jahren waren Yusufu und Mariyam,
die allmählich in die Jahre kamen, des ständigen Auf-
und Absteigens über die Strickleiter oder mit dem Aufzug müde geworden und hatten direkt unter dem
Baumhaus ein zweites Haus errichtet, fast eine Kopie
des ersten. Seitdem diente das Baumhaus nur noch als
Schlafstätte.

Ein paar Affen hockten auf dem Dach der Veranda.
Auf einem Tisch neben dem Eingang schlief friedlich ein
Schimpansenweibchen. Ein Pangolin, ein mit einem
Schuppenpanzer bewehrter Ameisenfresser, strich um
das Haus herum. Die schrillen Stimmen von Yusufu
und Mariyam drangen selbst auf diese Entfernung hin
zu ihm. Er runzelte die Stirn und verspürte, wie Übelkeit in ihm aufstieg. Manchmal fand er ihre ewigen
Zänkereien und ihr Gekeife lustig, doch meistens stör-
ten sie ihn, machten ihn unsicher und wütend.

Es kam ihm so vor, als wären sie früher immer
freundlich und liebevoll gewesen und hätten mit fröhli-
cheren Stimmen gesprochen. Doch im Lauf der Jahre,
als alle ihre Bekannten, die anderen Erwachsenen, da-
hinstarben und sie schließlich allein zurückgeblieben
waren, war es ihnen offenbar immer schwerer gefallen,
miteinander auszukommen. Ras konnte das irgendwie
verstehen. Wenn ein Dritter dabei war, mit dem sie sich
unterhalten konnten, nahm ihre Streitsucht geringfügig
ab. Sie ließen sie dann an ihm aus und hackten mit vereinten Kräften auf ihm herum, sobald er nach Hause
kam. Er wurde den Eindruck nicht los, daß sie ihn für
ihre mißliche Lage verantwortlich machten, doch worin
diese mißliche Lage bestand, das wollten oder konnten
sie ihm nicht erklären.

Und da waren auch noch andere Dinge, die er an ihnen nicht verstand.

Yusufu pflegte beispielsweise von Zeit zu Zeit zu fragen: »Bildest du dir etwa ein, du seist kein Affe?« Und dann reckte sich der winzige Mann mit dem großen Kopf, dem unproportioniert langen Körper und den kurzen, krummen Beinen, die kaum länger als Ras' Unterarme waren, jedesmal in die Höhe, er stellte sich sogar auf die Zehenspitzen, um sein braunes, verknittertes Gesicht mit der eingedrungenen Nase und den Nasenlöchern eines Gorillas, den dicken Lippen (sie waren nicht so dick wie die der Wantso) und dem dünnen weißen Bart, das von wolligem weißen Haupthaar eingerahmt war, so nahe wie möglich an das seines Sohnes heranzubringen.

»Beuge dich nieder, du Sohn eines Kamels«, murmelte er dann, wenn er das Vergebliche seines Bemühens einsah. »Beuge dich vor, Djinn, damit ich, dein Vater, der ich zu meiner immerwährenden Schande Begatter eines Gorillaweibchens bin, dich anständig und schmerzvoll verprügeln kann und dir bessere Manieren beibringe.«

Doch Ras blieb jedesmal aufrecht stehen und grinste auf ihn herab, und Yusufu, das dunkle Gesicht vor Wut verzerrt, hüpfte auf und ab und ließ seinen Bart durch die Luft wirbeln. Er fluchte auf Suaheli, Arabisch, Englisch und Amharisch und fletschte die Zähne.

»Muß ich dich also bestrafen, *Lord* Tyger, und dich in die Bäume peitschen, die du liebst wie der Affe, der du in Wahrheit bist? Beuge dich nieder! Tu, was ich, dein Vater, der Besitzer deines Körpers, befehle! Beuge dich nieder, Kameldreck, aus dem nur rein zufällig ein Mensch geformt wurde!«

»Was ist ein Kamel?« unterbrach Ras ihn dann bei diesen Worten, obwohl Yusufu ihm das Tier schon unzählige Male beschrieben hatte.

»Dein leiblicher Vater ist das, dieser Sohn von Shaitan, diese stinkende, spuckende und bucklige Kreatur, in deren Kopf nur üble Gedanken gedeihen! Dein Vater war ein Kamel, deine Mutter aber ein Affenweibchen!«

»Du hast mir doch erzählt, du seist mein Vater, und du hast immer behauptet, ein Affe zu sein!«

»Und was für ein Affe!« kreischte Mariyam regelmäßig dazwischen. »Aber er ist gar nicht dein leiblicher Vater, er ist dein Stiefvater und täte gut daran, sich dessen zu erinnern, dieses Monstrum, ausgeschlüpft aus einem Rabenei!«

In letzter Zeit kam es Ras so vor, als würden die beiden ihn dafür verantwortlich machen, daß sie in dieser Welt lebten. Was stimmte denn nicht mit dieser Welt? Wo wollten sie denn sonst sein?

Er blickte an der Hütte vorbei und bemerkte in der Ferne, zwischen den Bäumen hindurchschimmernd, die schwarzen Felsen, die die Welt umrahmten.

»Sie sind schwarz wie die Zunge des Teufels«, hatte Mariyam von ihnen gesagt.

»Wie ein Geierarsch«, hatte Yusufu hinzugefügt. Und mit diesen Worten hatten sie ihre geheimsten Gedanken enthüllt.

»Sechstausend Fuß steil in die Höhe«, hatte Yusufu auf die Frage seines Sohnes erwidert.

»Fuß?«

Wie lang war ein Fuß? So lang wie einer von Ras' Füßen, meinte Yusufu. Doch Ras konnte sich noch gut daran erinnern, daß seine Füße früher einmal kleiner gewesen waren.

»Wie ein Kinderfuß?« hatte er gefragt.

»Geliebter Sohn, Banane meines Auges«, hatte Yusufu angehoben. »Du machst dich lustig über mich, einen Mann mit weißen Haaren und vielen Runzeln im Gesicht, die von den unablässigen Sorgen über dich herrühren. Erzürne mich nicht, sonst bin ich gezwungen, dir die Haut abzuziehen und daraus eine Peitsche zu knüpfen, um dich mit ihr zu Tode zu prügeln.«

»Wie lang ist ein Fuß?« Ras war beharrlich geblieben. »Ich weiß selbst, wie groß meine Füße jetzt sind. Aber ich wachse ja noch. Was ist, wenn ich weiterwachse und die Mauern der Welt, die heute sechstausend Fuß hoch sind, auf ihre halbe Höhe zusammenschrumpfen? Was, wenn ich wachse und die Welt zusammenschrumpft und ich groß wie die Säule in der Mitte des Sees werde?«

Yusufu hatte über diesen Vergleich gelacht und war für eine Weile glücklich gewesen.

Ras blieb etwa zwanzig Meter vom Haus entfernt stehen und machte sich durch lautes Rufen bemerkbar, denn es konnte gefährlich sein, einfach so hereinzuplatzen. Yusufu war nervös und konnte sein Messer nach ihm werfen, ohne darüber nachzudenken, wen er vor sich hatte.

Die schrillen Stimmen verstummten. Die Tür ging auf und Mariyam kam ins Freie gelaufen. Yusufu folgte ihr auf dem Fuße. Mariyam reichte Ras bis zur Hüfte. Im Verhältnis zu ihrem Körper war ihr Kopf viel zu groß, ihre Beine waren kurz und krumm. Sie trug ein weißes Gewand, das fast auf der Erde schleifte. Sie lachte und weinte gleichzeitig. Er schloß sie in die Arme, hob sie in die Höhe und drückte sie an sich, und sie küßte ihn und benetzte sein Gesicht mit ihren Tränen.

»Oh, mein Sohn, ich hatte schon befürchtet, dich nie wiederzusehen!«

Das sagte sie immer, wenn er länger als einen Tag weggewesen war, und wenn sie es vielleicht auch nicht ganz wörtlich meinte, ging aus diesen Worten doch hervor, daß sie ihn vermißt hatte. Ihre Begrüßungsformel war ihm noch nie lästig gewesen.

Er stellte sie wieder auf die Erde und strich über ihr weißes, von einigen schwarzen Fäden durchzogenes Haar. Er wartete darauf, ausgeschimpft zu werden, denn das blieb niemals aus, weil er sie durch seine lange Abwesenheit gegrämt hatte.

Yusufu, vielleicht ein paar Zentimeter größer als seine Frau, mit schlohweißem Haupthaar und einem langen, grauen Bart, den einige schwarze Strähnen durchzogen, kam auf krummen Stummelbeinen auf ihn zu und sagte: »Beuge dich nieder, der du größer bist als ein Straußenvogel, damit du mich küssen kannst, wie ein respektvoller Sohn seinen Vater küßt.«

Ras gehorchte, und der alte Mann küßte ihn dafür dankbar auf die Lippen.

Sie gingen ins Haus, wo in der Mitte des Raums in einem aus Mörtelsteinen aufgeschichteten Herd ein Feuer brannte. Viele Gerüche durchzogen den Raum. Es roch nach Affen, nach ihren noch nicht beseitigten Exkrementen, nach Vögeln und Vogelmist, nach einem schweißgetränkten Hemd von Yusufu, das längst reif war für die Wäsche, und nach Qualm, beißend und durchdringend nach Qualm. Der Schornstein zog nämlich nicht richtig, und jeder Windstoß bewirkte, daß sich dicke Rauchschwaden ins Zimmer wälzten. Seit Jahren lag Mariyam ihrem Mann mit der Bitte in den Ohren, endlich den Schornstein zu reparieren, und seit Jahren versprach Yusufu, sich darum zu kümmern, sobald das Wetter es erlauben würde. Ras hatte sich wiederholt erboten, die Feuerstelle und den Schornstein zu reparieren oder auch gleich neu zu bauen, doch Yusufu verwahrte sich jedesmal gegen den stummen Vorwurf, er würde es ja doch nie erledigen, der sich hinter diesem Angebot verbarg. Nein, bei Allah, er würde die Sache bei der erstbesten Gelegenheit in Ordnung bringen. Doch nichts geschah.

Ras hustete und sagte: »Seht mal hier!« Er zog die Buchseite aus seiner Antilopenfelltasche. Yusufu und Mariyam wurden unter der dunklen Haut aschgrau, machten aber ein völlig ahnungsloses Gesicht. Mariyam verschanzte sich sofort hinter ihrer Unfähigkeit zu lesen. Yusufu ließ sich viel Zeit, und nachdem er jedes Wort sorgfältig studiert und mit den Lippen geformt hatte, behauptete er schließlich, kaum etwas verstanden zu haben.

Ras war sicher, daß sie ihm etwas vormachten. Yusufus Bemerkung und sein Gesichtsausdruck kamen ihm eine Idee zu beherrscht vor, Mariyam tat auch ungewöhnlich zurückhaltend, und beide waren überaus wortkarg.

Ras wurde wütend und sagte ihnen auf den Kopf zu, daß sie weit mehr wüßten, als sie ihm sagen wollten. Sie waren empört und fingen an, ihn zu beschimpfen. Sie übertrieben ihre Rolle ein bißchen. Doch was er auch sagte, nichts konnte sie dazu bringen, irgend etwas einzugestehen. Mariyam hielt das Papier für einen Brief oder eine Botschaft von Igziyabher an die Mondjungfrau, vielleicht, so meinte sie, hätte Igziyabher aber auch damit begonnen, die Geschichte der Welt aufzuschreiben, von ihrer Erschaffung bis zur Gegenwart.

»Warum habt ihr mich eigentlich nicht gefragt, woher ich den Brief habe?« schrie Ras sie unbeherrscht an. »Kommt es euch nicht auch merkwürdig vor, daß ihr mich nicht sofort danach gefragt habt?«

Es kam ihnen nicht merkwürdig vor, und sie fragten auch jetzt nicht danach. Ras erzählte ihnen trotzdem von dem Vogel mit den steifen Flügeln, von seiner heftigen Auseinandersetzung mit dem Vogel Gottes, von dem gelbhaarigen Wesen und von dem toten Mann mit den braunen Haaren.

»Natürlich war das gelbhaarige Ding ein Teufel!« kreischte Mariyam. »Sie flog in einem dämonischen Vogel, in einem der Vögel Satans, und außerdem hat sie den Vogel Gottes angegriffen. Und der tote Mann muß einer ihrer Teufelskumpane gewesen sein, den Igziyabher zerschmettert hat!«

»Du selbst hast unzählige Male behauptet, Igziyabher sei allmächtig«, erwiderte Ras. »Wie kommt es dann, daß ein Vogel Satans den Vogel Gottes mit sich in die Tiefe reißen konnte? Und warum hat Igziyabher nicht auch den gelbhaarigen Teufel getötet, wie Er es mit dem mit den braunen Haaren getan hat?«

»Wer kann schon sagen, warum Igziyabher dies oder das tut?« meinte Mariyam. »Seine Wege sind zahlreich und verschlungen. Wir, Seine Geschöpfe, können sie nicht begreifen. Doch bin ich wahrlich froh«, lenkte sie ab, »daß du dem gelbhaarigen Teufel nicht begegnet bist. Sie hätte dich bestimmt vernichtet oder mit sich in die Hölle genommen, was letzten Endes noch schlimmer gewesen wäre.«

»Woher weißt du eigentlich, daß der gelbhaarige Teufel eine Frau war?« wollte Ras wissen.

Mariyam schluckte ein paarmal und brachte schließlich hervor: »Weil es Satan ähnlich sieht, eine Frau auszuschicken, um dich desto leichter in die Hölle locken zu können.«

Ras hatten ihre Geschichten von Teufeln und von Satan und von der Hölle in der Höhle am Ende des Flusses stets mehr interessiert als geängstigt. Außerdem kannte er inzwischen die bösen Geister der Wantso und der Sharrik aus Erzählungen und wußte, daß keine der drei Versionen mit einer der anderen übereinstimmte und jeder — die Wantso, Gilluk, der König der Sharrik, und Mariyam — sich in bezug auf die Geisterwelt im Besitz der Wahrheit glaubte.

Daß Yusufu und Mariyam ihn nicht nach Einzelheiten befragten, war ein Beweis dafür, daß sie etwas vor ihm verbargen. Er war wütend und konnte nur mit Mühe den Wunsch unterdrücken, die Wahrheit aus ihnen herauszuschütteln. Kräftig die Tür hinter sich zuknallend, verließ er das Haus. Er streifte stundenlang durch den Wald. Seine Heimkehr war Zeitverschwendung gewesen, das wurde ihm mehr und mehr klar. Er mußte in das Gebiet zurückkehren, wo das gelbhaarige Wesen auf die Erde gefallen war, und weitersuchen.

Doch erst war noch etwas anderes zu erledigen. In drei Tagen würde Bigagi seine Braut, Wilida, aus dem

Käfig auf der Sandbank holen und über die Brücke ins Dorf geleiten und damit die ganztägige Hochzeitsfeier einleiten. Ras wollte sich in der kommenden Nacht auf die Sandbank schleichen und Wilida entführen. Wenn er sie in einem sicheren Versteck untergebracht haben würde, wollte er die Suche nach dem Engel oder Teufel (oder was sie auch sein mochte) wieder aufnehmen.

Eine Stunde vor Einbruch der Dunkelheit kehrte er nach Hause zurück. Mariyam war damit beschäftigt, in einem Ziegelofen auf der Veranda Brot zu backen. Kurz nach ihm kam Yusufu und brachte einen Hasen mit, den er mit einem Pfeil erlegt hatte. Beide begrüßten ihn wie gewöhnlich, waren ansonsten aber sehr wortkarg. Ras hätte gern mit ihnen gesprochen. Er zwang sich aber dazu, ruhig zu bleiben. Nach einer Weile wurden Yusufu und Mariyam nervös. Sie sprachen über dies und das, stritten sich über Kleinigkeiten, erwähnten jedoch mit keinem Wort den Brief, die beiden Vögel oder das gelbhaarige Wesen.

SECHSTES KAPITEL

Ein versteinerter Blitz — und ein Messer

Er sah Mariyam zu, wie sie ein paar glühende Holzkohlen aus der Hütte brachte. Sie entfachte unter dem Grillrost auf der Veranda ein Feuer, spießte den Hasen auf einen Eisenstab und hängte ihn über die Flammen.

Eisen, dachte Ras. Woher hatte sie es? Soweit er sich erinnern konnte, hatte es den Rost und den anderen Hausrat aus Eisen immer gegeben. Doch erst kürzlich hatte er nach der Herkunft gefragt.

»Was hast du gegessen?« wollte Mariyam wissen.

»Ein Ferkel. Ich habe es vor ein paar Tagen geschossen. Und gestern eine Baumratte.«

Yusufu und Mariyam verzogen angeekelt das Gesicht. Zumindest Mariyam, das wußte er, ging es dabei nicht so sehr um das Ferkel, vielmehr um die Ratte. Yusufu verspürte schon bei dem Gedanken Übelkeit, eins der beiden Tiere essen zu müssen.

Und das war wirklich seltsam. Als Kind hatten sie ihn stets dazu angehalten, alles zu essen, war nur irgend eßbar war: Würmer, Spinnen, Bambusschoten und Mäuse — nur kein Aas. Doch selbst hatten sie kaum etwas von dem angerührt, was er aß. Damals hatten sie ihren Ekel noch vor ihm verbergen können, vielleicht war er ihm auch nur nicht aufgefallen. Jetzt fiel ihm so manches auf, was er damals als Selbstverständlichkeit angesehen hatte.

»Ich gehe schwimmen«, sagte er plötzlich. »Vielleicht auch fischen. Ich bin rechtzeitig zum Essen zurück.«

Sie hatten nichts dagegen. Er ging weg, blieb jedoch in einiger Entfernung stehen und sah zurück. Sie hockten auf der Veranda, die Köpfe zusammengesteckt, und sprachen wild gestikulierend aufeinander ein. Sie waren also noch mehr aus der Fassung gebracht als er. Aus irgendeinem Grund wollten sie ihn aber nichts davon merken lassen. Seine Erzählung und der Brief hatten sie beunruhigt.

Er zuckte die Achseln und setzte seinen Weg durch die Dämmerung unter den Bäumen und das Gekreisch der Affen und Vögel fort. Er schwamm eine Weile im See. Als er aus dem Wasser kam, sah er gerade noch, wie Kebbede, ein Schimpanse, mit seinem Lendenschurz und dem Messer davonlief. Er setzte ihm nach, doch der Schimpanse flüchtete sich wild kreischend auf einen Baum und verschwand in den höheren Regionen des Waldes. Ras rief ihm in mehreren Sprachen Verwünschungen nach und schwor ihm Rache, hauptsächlich auf arabisch, weil man in dieser Sprache am besten fluchen konnte und die Skala der Obszönitäten, phantasievoll ausgemalten Torturen und Beleidigungen sehr breit waren.

Als er nach Hause zurückkam, erzählte er seinen Eltern, was passiert war. Mariyam meinte sogleich, Igziyabher würde Seinen Sohn zweifellos mit einem neuen Messer ausstatten, das dem gestohlenen in nichts nachstehen würde. Vielleicht sogar schon sehr bald, denn am Himmel brauten sich bereits Wolken zusammen. Offenbar hatte Igziyabher sich über etwas geärgert, denn dann schwitzte er Wolken aus, fluchte Donner und warf Messer auf die Erde hernieder, die beim Herabfallen wie Blitze aussahen.

Noch ehe die Sonne untergegangen war, kamen die Wolken, hochaufgetürmt, schwarz und ständig ihre Form verändernd, über die Felsen im Westen geschossen und brachten die Kühle des Steinhimmels mit sich. Ras, seine Eltern und die Tiere rückten um das Herdfeuer in der Mitte des Raums enger zusammen. Sie mußten husten, wenn der Wind den Qualm durch den Schornstein nach unten drückte und in der Hütte verteilte. Yusufu stampfte mit dem Fuß auf und fluchte; er spuckte ins Feuer, und der Gestank nach verbrannter Spucke vermischte sich mit dem Qualm.

Ras fror nicht so sehr wie die beiden Alten. Er war daran gewöhnt, selbst bei niedrigsten Temperaturen fast ungeschützt im Freien zu schlafen. Doch innerlich zitterte er; das Eis des Unbekannten und einer ungewissen Zukunft lag ihm wie ein Kloß im Magen.

»Woher kommen die Messer?« fragte er auf einmal.

Yusufu räusperte sich und sagte: »Wir haben dir die Geschichte schon abertausend Mal erzählt, du Dummkopf.«

»Das waren abertausend Lügen«, erwiderte Ras heftig. Er blickte dem alten Mann durch den Qualm hindurch in die geröteten und tränenden Augen. »Wenn der Teufel der Vater der Lügen ist, dann bist du der Teufel.«

»Und du bist ein frecher, undankbarer Sohn! Wenn du nicht die Gestalt eines Elefanten hättest und ich durch mein Alter und die Krankheiten, die ich aus Sorge über dich bekommen habe, nicht so schwach wäre, dann würde ich dich durchprügeln, bis du lauter heulst als der Sturm.«

Der Wind hatte an Heftigkeit zugenommen und hörte sich an wie ein schrilles Pfeifen. Zwischendurch dröhnten Donner, als würden gewaltige Felsbrocken in die Tiefe krachen. Ganz in der Nähe ging mit ohrenbetäubendem Lärm ein Blitz nieder. Die verqualmte Luft wurde weiß. Alle drei sprangen gleichzeitig auf.

Mit unverhohlenem Sarkasmus bat Ras: »Erzähl mir doch noch einmal die Geschichte von den Messern, Mutter, die Igziyabher auf die Erde schleudert und von denen jedes ein Blitzschlag ist.«

Mariyam blickte zu ihm auf und machte ein ganz betrübtes Gesicht. »Es ist wahr, mein Sohn. Würde ich, deine Mutter, dich wohl belügen? Wenn es draußen stürmt, dann deshalb, weil Igziyabher wütend ist. Und er ist wütend, weil Seine Geschöpfe gesündigt haben. Dann will Er sie erschrecken, damit sie wieder demütig werden. Manchmal tötet Er einen Sünder, der es besonders schlimm getrieben hat, als Warnung für die anderen.

Du, mein Sohn, und es schmerzt mich, das sagen zu müssen, hast bei den schwarzen Wantsofrauen gelegen. Igziyabher mag das nicht.«

Ras, dessen Atem vor unterdrückter Wut schwer ging, sprang auf, blickte um sich und versetzte der Tür einen Fußtritt, daß der Bambusriegel zerbrach, mit dem sie gesichert war. Sie ging krachend auf. Regen und Wind ergossen sich in den Raum. Ein Blitz zuckte in der Nähe nieder und tauchte alles in weißes Licht. Yusufu und Mariyam schrien in panischer Angst auf.

»Ich habe nichts Böses getan!« brüllte Ras so laut er konnte. »Was habe ich schon gemacht, was sonst niemand macht? Warum soll ich mich quälen, wo doch Yusufu und die Wantsomänner, wo alle männlichen Tiere in der ganzen Welt ihre Frauen haben? Warum?«

Er drohte der tosenden Dunkelheit mit der Faust. Mariyam kreischte und eilte zu ihm und schlang ihre kurzen Ärmchen um seine Hüften.

»Igziyabher hat eine weiße Frau für dich aufgespart! Es ist Sein Wille, daß du eine Frau nimmst, die so ist wie du. Und deshalb verbietet er dir, mit den schwarzen Weibern herumzuhuren!«

»Woher weißt du denn so genau, daß Igziyabher eine weiße Frau für mich hat?« schnauzte Ras sie an. »Flüstert Er dir etwa Seine Geheimnisse zu?«

Mariyam wandte ihm ihr braunes Adlergesicht zu und klammerte sich noch fester an seine Beine.

»Du mußt mir vertrauen, mein Sohn! Ich weiß es!«

»Woher weißt du es? Wann hast du mit Ihm gesprochen?«

Tränen strömten über ihr Gesicht, als sie sagte: »Glaube mir, mein Sohn, ich weiß es!«

»Laß mich los, Mutter! Ich will hinaus, damit Er mich sehen kann. Soll Er es nur wagen, mich zu strafen! Ich habe nichts Böses getan! Er ist böse, weil Er mich für etwas töten will, wozu Er mich veranlaßt hat!«

Mariyam schrie auf. Sie ließ ihn los, trat zurück und hielt sich die Ohren zu.

»Solches Geschwätz will ich nicht hören! Er wird dich umbringen!«

Yusufu nahm einen langen Schluck aus einer Ziegenlederflasche. Er wischte sich die Lippen ab und murmelte: »Laß den Dummkopf doch rausgehen und niedergeschlagen werden, Mariyam. Es wird nicht deine Schuld sein.«

Er nahm noch einen Schluck, wischte sich die Lippen mit dem Handrücken ab, hustete und sagte: »Es wird auch nicht Igziyabhers Werk sein. Wenn Ras etwas zustößt, wird das nichts weiter als ein Unfall sein, den er allein seiner Dummheit zu verdanken hat!«

»Halt den Mund, du ...« Ras hörte das Ende des Satzes nicht mehr. Er war ins Freie gerannt, hinaus in Regen und Wind. Er lief wie gehetzt auf die Hügel zu, rutschte ein paarmal auf dem feuchten Gras und auf dem aufgeweichten Boden aus und wäre fast hingefallen. Zahlreiche Blitze erhellten ihm den Weg und ermöglichten es ihm, den meisten Hindernissen auszuweichen, den Büschen, umgestürzten Bäumen und den Bächen. Er erklomm den Hügel und hastete auf der anderen Seite den Abhang hinunter, dem Dschungel entgegen, wo die Gorillas lebten.

»Schlag mich, du große Hyäne da oben!« rief er laut und schüttelte drohend die Faust. »Wirf deine Messer aus Feuer! Versuch doch, mich zu erstechen mit dem heißen, weißen Tod!«

Er lief wieder bergan, etwas langsamer jetzt, weil der Pfad steil anstieg und schlüpfrig war. Mehrmals ging er in die Knie oder fiel der Länge lang hin, doch jedesmal stand er wieder auf und rannte weiter.

»Ich habe keine Angst vor dir! Mariyam, meine Mutter, hat versucht, mir Angst einzuflößen vor dir! Aber ich fürchte mich nicht! Mutter, habe ich das gesagt? Dieses mißgestaltete, kleine Geschöpf mit der braunen Haut ist nicht meine Mutter! Sie hat gelogen, als sie mir erzählte, ein Affenweibchen zu sein. Und sie hat auch gelogen, als sie sich meine Mutter nannte.

Wie hätte ich, ICH, aus einer solchen Gestalt hervorgehen sollen? Ich bin nicht ihr Sohn!«

Er blieb stehen und streckte beide Arme in die Höhe, mehr fragend als abwehrend.

»Wessen Sohn bin ich?«

Und da geschah etwas Eigenartiges. Er hätte eigentlich auf der Stelle bewußtlos sein müssen. Doch hinterher behauptete er steif und fest, noch genau erlebt zu haben, was ihn umwarf, und daß durchaus nicht alles schwarz und leer geworden war. Nicht einmal für den Bruchteil einer Sekunde.

Im Gegenteil: Die Welt wurde strahlendhell. Er war im Herzen des Feuers. Die Arme, die er in die Höhe gestreckt hatte, füllten sich mit Licht. Er konnte durch die Haut hindurch bis auf die Knochen blicken. Er war ein Skelett, um das sich Flammen wie Fleisch gelegt hatten.

Der Blitz hüllte ihn ein, tanzte an dem Baumstamm zu seiner Rechten entlang, torkelte über die Erde, schlüpfte wie eine Schlange in ein Erdloch.

Irgendwo in seinem Innern formte sich eine kleine, glühende Weltkugel aus einem feurigen Ableger des Blitzes. Sie wurde größer und größer, und nach einer Weile konnte er inmitten des Flammenmeers den Teil der Welt erkennen, an den er sich am besten erinnerte. Er war winzigklein. Als wäre die Welt in seinem Kopf noch einmal erschaffen worden. Da, drei Fäden — die Wasserfälle. Eine blaue Pfütze — der See. Aus dem See aufragend wie der ausgestreckte Arm eines schwarzen Giganten, bevor er endgültig untergeht — die Felssäule. Am Ufer die alte Hütte und um sie herumtanzend — sieben kleine, splitternackte schwarze Gestalten.

Das konnten nur Mariyam, Yusufu, Abdul, Ibrahimu, Sara, Yohannis und Kokeb sein. Kokeb hatte er noch gut im Gedächtnis, doch an die anderen, mit Ausnahme seiner Eltern natürlich, konnte er sich nur noch schwach erinnern. Aber plötzlich fielen ihm wieder viele Einzelheiten im Zusammenhang mit ihnen ein.

Abdul war an Lungenentzündung gestorben. Sara war von Ibrahimu ermordet worden, der sich anschließend die Kehle durchschnitt. Yohannis war im See ertrunken und Kokeb verschwunden, als Ras neun Jahre alt war. Wahrscheinlich hatten Leoparden ihn verschleppt.

Jetzt tanzten sie alle um den Feuerball in seinem Innern, machten Luftsprünge und Purzelbäume und liefen hin und wieder auf allen vieren wie Affen, die zu sein sie behauptet hatten. Tanzt, ihr kleinen schwarzen Affen, tanzt!

Er sah sich selbst, den kleinen Jungen, auf dessen Körper das Licht der Sonne hell sich spiegelt. Er warf mit Messern, Stunde um Stunde. Er schoß Pfeile ab. Er machte Saltos rückwärts, lief auf einem Drahtseil, schluckte Feuer und vollführte alle Kunststückchen, die die kleinen Männer und Frauen so gut beherrschten und die sie ihm unter allen Umständen auch beibringen wollten. Der Feuerglobus wuchs noch schneller. Er sah die Gorillahorde wieder, mit der er und seine Eltern und Kokeb manchmal zusammengelebt hatten. Er kletterte auf Bäume, rannte auf Ästen entlang, sprang wie ein Gorilla. Das konnte er besser als seine behaarten, langarmigen Lehrer, gewandt, sicher, furchtlos. Und er war glücklich, ihnen in dieser Hinsicht überlegen zu sein.

Er war ziemlich lange überzeugt gewesen, eine Gorillamißgeburt zu sein, haarlos und mit komischen Gesicht, schwächlich und verklemmt, außer wenn es darum ging, in den Bäumen herumzutoben — und natürlich was die Intelligenz betraf!

Der Feuerball stieg aus ihm auf und hüllte ihn ein. Er war wie ein großes weißes Herz, das sich durch schwarzes Fleisch drückt. Er drängte die Schatten in ihm und um ihn herum zurück.

Von der Spitze der Säule erhob sich schreiend und kreischend der große Vogel. Gott, Igziyabher, saß auf seinem Rücken. Gott war ein weißer Mann. Folglich hatte er große Ähnlichkeit mit Ras. Sein Gesicht hatte, als es näherkam, einen unbestimmten Ausdruck und veränderte fortgesetzt seine Form.

Dann schwammen hinter dem von Igziyabher zwei andere Gesichter ins Blickfeld. Das eine gehörte einem jungen weißen Mann und sah dem von Ras ähnlich; das andere einer jungen weißen Frau. Auch das sah dem von Ras ähnlich.

Beim Anblick dieser beiden Gesichter fiel ihm ein, als kleines Kind oft von ihnen geträumt zu haben.

Als er wieder zu Bewußtsein kam, konnte er nur die Augenlider bewegen. Der Morgen dämmerte; der Himmel über ihm war blau, am Rande seines Blickfelds gelblich-rot. Er lag auf dem Rücken, mit dem Kopf hügelabwärts. Wahrscheinlich hatte er sich um die eigene Achse gedreht, als er umgefallen war. Von einem Ast über ihm tropfte Wasser dicht neben seinem Kopf auf die Erde. Ein kleiner gelber Vogel mit knallroten Schwanzfedern flog über ihn hinweg. In der Nähe grunzte etwas.

Er fror, obgleich sein ganzer Körper taub und gefühllos war. Die Kälte kam von innen heraus. Der Feuerball war zu einem kalten, schweren Stein geworden und rollte durch seinen Körper.

Er wollte sich wehren, sich von den Ketten seiner selbst befreien, konnte sich aber nicht bewegen. Er bekam Angst, und nach einer Weile wurde er wütend. Die Kälte in ihm verwandelte sich in Hitze. Wer hatte ihm das angetan? Igziyabher?

»Du hast kein Recht, mir so etwas anzutun!« rief er stumm. »Was habe ich dir getan? Nichts! Oh, wenn ich dich nur in die Finger bekäme! Ich würde dich umbringen!«

Die Wut ballte sich einen Moment lang zu einer kleinen, heißen Faust. Aus ihrer Wärme schöpfte er Kraft und untersuchte seine Lage so gut er konnte. Wenn er die Augen bewegte, konnte er über den Bäumen die Spitze der Felssäule im See sehen. Darüber hinaus konnte er einen Teil des Hügelabhangs und das Gebiet am Fuß des Hügels überblicken, soweit es nicht durch Bäume und Bambus verdeckt war.

Außer den Blättern bewegte sich nichts. Er hoffte, es würde sich auch nichts weiter bewegen, allenfalls seine Eltern, um nach ihm zu suchen. Aber warum sollten sie ihn suchen? Er ging ja immer weg, wenn er Lust dazu hatte, und kam ganz nach Belieben nach Hause zurück. Wahrscheinlich dachten Yusufu und Mariyam, er sei zu einem Abenteuer aufgebrochen oder wolle sie durch sein Ausbleiben strafen.

Vielleicht, und an diese Hoffnung klammerte er sich, würden sie sich aber doch Sorgen machen, weil so viele Blitze niedergegangen waren, und nach ihm suchen.

Wieder hörte er ein Grunzen in der Nähe. Er schrak innerlich zusammen, verharrte nach außen hin jedoch unbeweglich wie ein Felsbrocken. Hatte er ein Schwein gehört? Im Grunde war das ziemlich egal, denn wenn er noch lange hier liegenbliebe, würden ihn bestimmt bald entweder Schakale, Leoparden oder Ameisen aufspüren.

Ein Schatten fiel auf sein Gesicht, der Schatten von einem langbeinigen Vogel von anderthalb Meter Schulterhöhe mit fast schwarzen Flügeln und weißer Schwanzspitze. Sein Hals war lang, sein Kopf nackt, der Schnabel lang und scharf. Er strömte Gestank nach Exkrementen und verwestem Fleisch aus. Sein ganzes Gehabe machte den Eindruck, als würde er sich überaus wichtig finden.

Und das war durchaus angebracht. Aasfresser waren schließlich wichtig.

»O Marabu«, rief Ras ihn lautlos an. »Noch bin ich kein Aas! Doch wenn nicht bald jemand kommt, der mich liebt, werde ich es über kurz oder lang sein.«

Mein Gott! dachte Ras. Ich bin in meinem eigenen Fleisch begraben!

Er wollte schreien, war dazu aber nicht in der Lage. Sicherlich hätte er den Vogel dadurch für eine Weile verscheuchen können. Und wenn es nur für kurze Zeit gewesen wäre. Dann hätte er ja seinetwegen wiederkommen können. Die ausdruckslosen Augen des Marabu, abgestumpft vom Anblick vieler Tode, würden bald an dem langen, scharfen Schnabel entlang in seine Augen blicken, der Schnabel würde niedersausen und ihm ein Auge auspicken.

Mit dem verbleibenden Auge würde er mitansehen

können, wie der Kopf des Vogels auf dem langen Hals in die Höhe steigt, den Schnabel nach oben gereckt, um besser schlucken zu können. Und dann würden die ausdruckslosen Augen ihn wieder ansehen, würden rasch einen Blick in die Umgebung werfen und nach Feinden Ausschau halten, die auch ein Marabu hat. Dann noch einmal das Aufblitzen des messerscharfen Schnabels, der letzte Anblick ... Doch er würde noch fühlen können ...

Der Marabu stieß einen kehligen Laut aus und stolzierte schnellen Schritts davon, die Flügel leicht gespreizt haltend. Und wieder fiel Ras ein Schatten aufs Gesicht. Der Schattenspender hatte diesmal ein schwarzes Gesicht, seine Nase bestand fast ausschließlich aus zwei enormen Nasenlöchern, die wie zwei leere Augenhöhlen aussahen. Er hatte ausladende Kinnbacken, und zwischen den geöffneten Lippen traten große, gelbe Hauer hervor. Zwei große, braune Augen blickten unter Knochenwülsten hervor, die mit borstigen Haaren bedeckt waren.

»Nigus!« versuchte Ras zu rufen. »Nigus! Hilf mir!«

Nigus, das amharische Wort für Herrscher, war Ras' Bezeichnung für den Gorilla. Der fünf Zentner schwere Brocken, mit dem Ras vor acht Jahren noch gespielt hatte, war inzwischen Herr über eine kleine Horde. Er war früher ein gutmütiger Bursche gewesen. Ras hatte manchmal den ganzen Tag über mit ihm herumgetollt, hatte ihn gejagt und sich von ihm jagen lassen. Doch eines Tages, als er sich von hinten an Nigus herangeschlichen und dabei wie ein Leopard gefaucht hatte, hatte Nigus zu seinem Erstaunen nicht wie sonst kreischend die Flucht ergriffen, sondern sich auf ihn gestürzt. Seither zeigte eine große Narbe auf seiner Schulter an, wie tief ein erschrockener Gorilla beißen kann.

Nigus gab ein paar grunzende Laute von sich und beugte sich über Ras, um ihm in die Augen zu blicken. Sein Atem roch angenehm nach Bambussprossen. Mit einem großen, verrunzelten schwarzen Daumen strich er ihm über die Augen und drückte sie ein wenig nach innen. Dann schüttelte er ihn wie einen Holzklotz.

»Tu etwas!« versuchte Ras ihm zuzurufen. »Hol Yusufu und Mariyam!«

Doch selbst wenn es ihm gelungen wäre, seine Verzweiflung in Worte zu kleiden, hätte er den Gorilla nicht dazu bringen können, ihn zu verstehen. Und selbst wenn er ihn verstanden hätte, hätte er wahrscheinlich keine Hilfe geholt. Denn Ras war nicht mehr sein Freund. Er war nur noch geduldet.

»Du undankbares, hirnloses Haarbündel!« dachte Ras. »Erst vor zwei Jahren habe ich dich vor einem Leoparden gerettet. Ich habe ihn verscheucht, und wenn ich nicht gewesen wäre, würden von dir jetzt nur noch ein paar verwitterte Knochen unter einem Busch übrig sein. Hilf mir!«

Nigus stöhnte. Ras fragte sich, ob er wohl seinen Tod betrauerte oder einfach nur über das Mysterium des Todes nachdachte. In dem Fall schien es ihn jedenfalls nicht besonders zu beunruhigen. Er wandte sich von Ras ab, der nach einer Weile das Geräusch schmatzender Lippen und kauender Zähne vernahm.

Wahrscheinlich waren noch mehr Gorillas in der Nähe, denn er konnte deutlich Grunzer, Schmatzlaute und Husten unterscheiden. Einmal klatschten bloße Handflächen auf eine breite Brust.

Dann hörte er ein Hecheln, das ihn schaudern ließ.

Er wartete, etwas anderes konnte er ohnedies nicht tun. Die Schakale würden ihn bestimmt bald entdeckt haben. Und die Anwesenheit der Gorillas würde ihnen gar nichts ausmachen. Er hatte schon Schakale erlebt, die hinter einem Leoparden hergerannt waren, ihm ein Stück der Beute entrissen und sich aus der Reichweite seiner Krallen in Sicherheit gebracht hatten. Sie waren nicht dumm und wußten genau, was sie wollten.

Und da tauchte auch schon ein Gesicht über ihm auf,

und er spürte den Druck von zwei Pfoten auf der Brust. Ein bräunlicher, spitz zulaufender Kopf grinste auf ihn hernieder, aus dem seitlich eine Zunge heraushing. Zwei funkelnde schwarze Augen starrten ihn an, und er nahm den scharfen Geruch wahr, den bei einem Schakal eine Drüse unter dem Schwanz ausströmt.

Am liebsten hätte er laut geschrien, denn er war sicher, er würde sich — wenn auch nur für kurze Zeit — besser fühlen, wenn es ihm möglich sein würde, seine Verzweiflung aus sich herauszustoßen.

Da wurde ihm auf einmal bewußt, und der Gedanke kam ihm reichlich unwichtig vor, daß er die Pfoten des Schakals spüren konnte. Allmählich schien das Leben also wieder von seinem Körper Besitz zu ergreifen.

Ein mächtiges Brüllen ließ den Boden unter ihm erzittern. Das scharfgeschnittene Gesicht des Schakals verschwand jaulend und bellend aus seinem Blickfeld. Der buschige Schwanz des Tieres strich ihm übers Gesicht, als es sich umwandte und wegrannte.

Ein Leopard? Nein, das Brüllen hatte zu tief geklungen. Es konnte natürlich auch ein ungewöhnlich großes Exemplar sein. Doch was auch gebrüllt hatte, es hatte nicht nur die Schakale, sondern auch die Gorillas erschreckt. Sie brachen kreischend durch das Bambusdickicht. Der riesige, rötliche Körper von Nigus sprang über ihn hinweg.

Janhoy! dachte Ras, als ein anderes Gesicht in sein Blickfeld kam, gekrönt von einer zotteligen, aufgeplusterten, braungelben Mähne, unter der zwei große Ohren, zwei große goldene Augen und eine knollige Nase saßen. Und die größten und schärfsten Zähne der Welt!

»Janhoy!« versuchte Ras zu sagen. Tränen liefen ihm übers Gesicht, und selbst im Rausch der Erleichterung fiel ihm auf, daß er sie fühlen könnte. Da legte ihm der Löwe auch schon beide Pranken auf die Brust und drückte ihn mit seinem Gewicht nieder.

Die Worte, die er gern gesagt hätte, steckten ihm in

der Kehle. »Janhoy! Geh nach Hause! Hol meine Eltern!«

Janhoy stöhnte und fuhr ihm mit der Zunge übers Gesicht. Ras bedauerte fast, schon wieder Empfindungen zu haben. Die Zunge war rauh, und wenn der Löwe ihn noch länger so ableckte, würde er ihm bald die Gesichtshaut abgeschabt haben.

Ein gewaltiges Schnurren ließ Janhoy vibrieren. Die Schwingungen übertrugen sich auf Ras.

»Sei nicht so zufrieden, du Trottel!« dachte Ras. »Tu lieber etwas! Oh, du hirnlose Katze, du großnasiger Dummkopf!«

Aber trotz des Ärgers war er glücklich. Solange Janhoy bei ihm war, würde ihn wenigstens niemand fressen. Doch wie lange würde er wohl bei ihm bleiben?

Janhoy rieb seinen gewaltigen Kopf an Ras. Er hörte auf zu schnurren, erhob sich, stieß ein dumpfes klagendes Miauen aus und packte ihn mit einer Tatze und schüttelte ihn. Da Ras nicht reagierte, fing er an, ihm die Brust abzulecken.

»Er versucht, mich aus meinem Körper zu graben«, dachte Ras. »Mach nur so weiter, Janhoy, dann werde ich bald aus meinem Fleisch und meinen Knochen herausspringen können. Ich werde mich zu dem Ort auf der anderen Seite des Himmels aufmachen, von dem Mariyam soviel gesprochen hat. Und du, mein großer, hübscher, hirnloser Löwe wirst hier unten bleiben und niemanden haben, der sich um dich kümmert, weil du versucht hast, mich zum Leben zu lecken, mir statt dessen aber nur das Fleisch von den Knochen geleckt hast!«

Janhoy begann zu brüllen. Zwischendurch warf er einen vorwurfsvollen Blick auf Ras, als wäre er beleidigt, ihn nicht aufwecken zu können. Die Haut rings um die schwarze Nasenkugel legte sich in Falten.

»Brüll nur!« sprach Ras zu sich. »Brüll, bis alle Welt aus Angst vor dir zittert!«

Und er stellte sich die gewaltige Stimme von Janhoy

vor, wie sie über die Welt hinfliegt, ein Schattenlöwe, blaßgolden, mit großen Zähnen und Krallen, der sich weiter und weiter ausdehnt, die Welt zwischen den Felswänden verdunkelt und jedes Lebewesen erbeben läßt. Yusufu und Mariyam natürlich nicht. Sie würden herbeieilen.

In dem Augenblick hörte er Rufe. Janhoy brüllte noch einmal, wie um die Rufe zu beantworten, und verstummte dann, als die beiden Gestalten nahe genug herangekommen waren. Mariyams braunes Knittergesicht beugte sich über Ras, und ihre Tränen mischten sich mit seinen.

»O Sohn, wir hatten dich schon tot geglaubt.«

Erst nach drei Tagen konnte Ras Arme und Beine wieder richtig bewegen und die Finger krumm machen, um etwas zu halten. Nachdem er aus der Hütte gewankt war und die saubere, süße Luft eingesogen und den blauen Himmel wiedergesehen hatte, meinte er: »Wie schwach ich bin, Mutter, seit ich aus dem Land der Toten zurückgekehrt bin. Dort gibt es keine Stärke.«

»Warst du wirklich im Himmel?« fragte Mariyam, die Augen weit aufgerissen.

Er lachte und erwiderte: »Wenn das der Himmel war, von dem du immer sprichst, Mutter, dann gib mir lieber die Hölle, die du mir so oft ausgemalt hast.«

»Du hast bestimmt die Hölle gesehen, nicht den Himmel. Sonst würdest du nicht solche lästerlichen und spöttischen Reden führen.«

Yusufu mischte sich brummend ein: »Der Junge hätte sich doch vor Angst in die Hosen gemacht, wenn seine Eingeweide nicht auch gelähmt gewesen wären.«

Ras hörte nicht mehr hin. Die Brandwunde schmerzte, die der Blitz auf seinem Körper hinterlassen hatte. Sie war breit wie die Kuppe seines kleinen Fingers und begann unterhalb des Haaransatzes über der rechten Schläfe, folgte dem Haaransatz wie der Strand dem Seeufer, zog sich in einer geraden Linie über die linke

Wange und an der linken Halsseite nach unten, überquerte die Brust, lief im Zickzack über die Rippen, schlängelte sich über den Bauch und verschwand in den Schamhaaren, tauchte zwischen den Schenkeln wieder auf, lief an der Innenseite des linken Schenkels abwärts, schlug einen Haken um das Knie, zog sich über das Schienbein, machte unter dem Knöchel einen Bogen und endete hinten am Hacken.

Yusufu hatte den roten Streifen auch schon untersucht. »So schlimm ist das nicht. Nach einer Woche ist die Wunde bestimmt abgeheilt, vielleicht schon eher, du bist ja gesund. Du hast das Glück der Jungen und Dummen. Ich kannte einmal einen Mann, der auch vom Blitz getroffen worden war und überlebt hatte. Bei ihm war allerdings ein kleiner Dachschaden zurückgeblieben. Na, bei dir wird man den Unterschied ja nicht so merken.«

»Behalt doch gefälligst deine Beleidigungen für dich, du schmieriger, kleiner Großkopf«, zeterte Mariyam. »Ich für meinen Teil bin Igziyabher dankbar, daß Er meinen Sohn verschont hat.«

»Wo ist eigentlich das Messer?« fragte Ras.

»Was?«

»Na, das Messer. Ich habe kein Messer gesehen.«

Yusufu ging ins Haus und kam mit einem blitzenden Messer zurück. Es sah genauso aus, wie jenes, das der Schimpanse ihm gestohlen hatte. Er überreichte es Ras und sagte: »Hier. Wir haben es dicht neben deinem Körper gefunden.«

»Wirklich?« erwiderte Ras. »Merkwürdig, daß ihr nach einem Gewitter immer ein Messer findet, ich aber nicht.«

SIEBENTES KAPITEL

Der Pfeil

Erst am nächsten Tag dachte Ras an Wilida. Ihr Gesicht weckte ihn kurz vor Sonnenaufgang. Sie hatte gestern geheiratet!

Er konnte nichts mehr dagegen machen. Obgleich er in der Lage war, Arme und Beine zu bewegen, seinen Kopf hin und her zu drehen und für eine Weile aufrecht zu sitzen, war er noch viel zu schwach und unbeholfen, als daß es ihm möglich gewesen wäre, ohne Unterstützung von Yusufu oder Mariyam zu stehen.

Er kochte vor Wut. Wenn er doch nur nicht in das Gewitter hinausgelaufen wäre, um Igziyabher herauszufordern! Und Igziyabher hatte seine Herausforderung natürlich angenommen. Kein Zweifel, wenn Er gewollt hätte, dann hätte Er ihn ohne weiteres umbringen können, statt ihn nur ein bißchen zu versengen und zu lähmen.

Er hoffte sehr, die Schwäche würde bald überwunden sein. Was aber, wenn sie bis an sein Lebensende andauerte?

Bei dem Gedanken wurde er noch wütender, anstatt sich zu fürchten. Igziyabher war ungerecht gegen ihn und hielt ihn grausam davon ab, Wilida aus Bigagis Armen zu entführen. Wenn er erst wieder richtig bei Kräften war, das schwor er sich, dann würde er sie Bigagi und den Wantso wegnehmen. Er würde sie mit solcher Inbrunst lieben, daß sie gar nicht auf die Idee käme, traurig zu sein, weil sie ihren Stamm verlassen hatte, und so könnten sie dann bis an ihr Lebensende glücklich sein. Sie würden sich gemeinsam auf die Suche nach dem gelbhaarigen Wesen machen, denn das war natürlich ein Geheimnis, das er nicht so mir nichts dir nichts in den Wind schlagen konnte, ohne die Lösung zu kennen. Und auch wenn sie sie nicht finden sollten, würden sie bis ans Ende des Flusses ziehen und Igziyabher entgegentreten. Dort würde Ras Antworten auf seine zahlreichen Fragen erhalten, und dann würde er mit Wilida hierher ins Waldland zurückkehren, und er würde ihnen ganz in der Nähe von Yusufu und Mariyam ein Haus bauen. Und alle würden glücklich sein.

Zuerst mußte er also wieder so kräftig wie vor dem Blitzschlag werden. Das dauerte länger als er erwartet hatte. Zwei Wochen vergingen, ehe er wieder schnell rennen konnte, ehe er wie ein Schimpanse auf einen Baum klettern und das Messer treffsicher werfen konnte, ehe er so schnell wie möglich und ohne anzuhalten zur Säule in der Mitte des Sees hin und wieder ans Ufer zurückschwimmen und Janhoy mit ausgestreckten Armen über den Kopf heben konnte.

»Und jetzt ziehe ich wieder los«, verkündete er am Morgen des vierzehnten Tages nach dem Blitzschlag. »Ich gehe ans Ende des Flusses, zum Sitz Igziyabhers. Und da werden wir es ausmachen.«

Er hielt es nicht für angebracht, jetzt schon etwas von Wilida zu erwähnen.

Mariyam weinte und sagte, er sei verrückt. Der Blitz habe offenbar sein Gehirn gesotten. Er würde des Todes sein, wenn Igziyabher Wind davon bekäme, wie überaus respektlos und unverschämt — um nicht zu sagen gotteslästerlich — er sei. Hatte er denn etwa vergessen, was mit den Leuten geschehen war, die den Turm gebaut hatten, um den Himmel zu stürmen?

»Igziyabher wird dich strafen!« rief Mariyam ihm nach. Dann erschien ihr dunkles Fischadlergesicht über der Brüstung der Veranda. »Du kannst dich Ihm nicht widersetzen! Denk an den Blitz! Er hat dich mit Seinem glühenden Messer gezeichnet! Das nächste Mal wirst du sterben! Mein schönes, mein geliebtes Baby, du darfst nicht sterben!«

Er blickte zu ihrem Wehgeschrei nach oben und hätte

fast damit aufgehört, sich abzuseilen. Er fühlte sich schmerzlich berührt, wie immer, wenn sie sich wirklich Sorgen um ihn machte und nicht nur so tat.

Das schwarze, eingedrückte Gesicht Yusufus tauchte neben ihr auf und sein langer, grauweißer Bart hing über die Brüstung wie Moos von den Ästen der Sumpfbäume.

»O Sohn, gewöhnlich plappert deine Mutter wie eine hirnlose Äffin, aber jetzt spricht sie weise! Verlaß diesen Ort nicht, mach dich nicht auf die Suche nach Igziyabher!«

»Warum sollte ich wohl nicht gehen?« rief Ras ihm zu. »Du bist nicht mein Vater, und deine Frau ist nicht meine Mutter! Ich bin nicht das Kind von Affen!«

Er erreichte den Erdboden und ließ das Seil los, konnte sich aber nicht entschließen, wegzugehen. Sie schienen sich tatsächlich um ihn zu ängstigen. Und er liebte sie doch, auch wenn sie größere Lügner als die Wantsojäger waren.

Yusufu rief nach unten: »Du solltest nicht gehen, denn du wirst sterben! Auch ist die Zeit noch nicht reif!«

Ras schwieg einen Moment lang. Dann sagte er ruhig, doch laut genug, um gehört zu werden: »Wofür ist die Zeit noch nicht reif? Antworte mir auf diese Frage!«

Mariyam schrie: »Es ist noch nicht die Zeit! Noch nicht, laß dir das gesagt sein! Igziyabher hat es gesagt!«

»Sieh an, Igziyabher!« erwiderte Ras. »Soll Er doch Seinen Kopf in Seinen Hintern stecken und niesen!«

Er lachte schallend und fügte hinzu: »Igziyabher! Ich werde Ihn finden und selbst mit Ihm reden! Und ich werde Antworten auf meine Fragen bekommen!«

Mariyam weinte laut, als Ras zwischen den Bäumen davonging, von denen jeder dicker war als die Entfernung, die er mit einem Laufschritt zurücklegen konnte. Das Wehklagen wurde schwächer, als würde es auf seinem Weg von Stamm zu Stamm ermüden, und schon bald wurde es hinter ihm von den Bäumen verschluckt.

Über ihm trafen sich die ausladenden Äste, Lianen wanden sich von Baum zu Baum, und auch Blumen wuchsen hier, rot wie der Zorn des Leoparden und schwarz wie ein Gorilla unter einem Baum im Regen und so warm, weich und blaßrot wie die Innenseiten der Schamlippen einer Wantsojungfrau. Affen, groß und schwarz, mit silbernen Backenhaaren und blaugrauen Augen in der Farbe von Sturmwolken jagten über die Lianen. Sie riefen ihm etwas zu, aber er antwortete ihnen nicht. Ein Stock fiel dicht neben ihm zur Erde, doch er blickte nicht auf. Er wußte, daß der Anführer der Horde ihn geworfen hatte, das junge Männchen mit den Narben von Leopardenkrallen auf Gesicht und Rücken. Ras war oft von Stöcken und verfaulten Früchten getroffen worden, manchmal auch von stinkender, verrotteter, matschiger, gelbgrüner Affenscheiße. Er beschleunigte den Schritt, und sein Peiniger kreischte seine Enttäuschung hinter ihm her.

Vom Baumhaus bis zum Waldrand war es ungefähr ein Kilometer. Von da an fiel das Gelände leicht ab und traf nach ungefähr zweihundert Metern auf den See. Knöchelhohes Gras, gezackt und rauh, bedeckte den abschüssigen Weg bis dicht an den See. Irgend etwas oder irgend jemand — Mariyam behauptete, es sei Igziyabher gewesen — hatte runde Steine aneinandergereiht, von denen einige so groß waren, daß sie ihm bis zur Hüfte reichten, und andere so breit, daß er von einem zum anderen Ende zwei Schritte machen mußte.

Er kletterte auf einen der Steine und blickte eine Weile über den See. An dieser Stelle hatte er in so jungem Alter schwimmen gelernt, daß er sich schon gar nicht mehr daran erinnern konnte. Das Wasser war sehr kalt, und man konnte es nicht lange darin aushalten, ohne blau zu werden und wie ein verängstigter Affe zu zittern. Doch wie angenehm war anschließend das Eingehülltsein von der Sonne und das köstlich warme Gefühl, wenn die Gänsehaut wieder glatt wurde.

Am nördlichen Ufer des Sees stiegen die Felsen steil aus dem Wasser auf. Sie waren schwarz und zerklüftet und hoben sich deutlich vom Weiß der drei Wasserfälle ab. Derjenige der Wasserfälle, der ihm am nächsten war, war ungefähr anderthalb Kilometer entfernt. In seinem Einbaum war er früher häufig so dicht wie möglich an die Stelle herangepaddelt, wo das Wasser schäumend und mit Getöse in den See eintritt. Dabei hatte er festgestellt, daß die Felsen dahinter etwas zurücktraten und eine Mulde bildeten. Es war ihm gelungen, das Boot durch das wirbelnde Wasser und den regengleichen Dunst zu steuern und hinter der Wasserwand ein Versteck zu finden, das ihm seither immer lieb gewesen war.

Er blickte von dem Stein aus, auf dem er stand, auf das flache Wasser nahe dem Ufer. Ein Fisch schwamm zwischen den Pflanzen hin und her. Der alte Kimba war ungefähr einen Meter lang, hatte große starre Augen und über jedem Auge sowie mitten auf dem Kopf ein Horn.

»Reiz mich heute nicht«, sagte Ras zu ihm. »Ich habe viele Jahre versucht, dich zu fangen, was mir eines Tages vielleicht auch gelingen wird. Doch heute nicht, ich habe keine Zeit und wichtigere Dinge vor, was ich nicht etwa sage, um deine Gefühle zu verletzen.«

Links von ihm bildeten Flamingos eine wabernde, rosafarbene Wolke, die sich zur Hälfte auf dem Ufer und zur anderen Hälfte im Wasser ausbreitete. Enten und Pelikane schwammen in einigen hundert Metern Entfernung. Ras fragte sich, ob er den See wohl jemals wiedersehen würde. Wie oft war er hierher gerannt, gefolgt von Yusufu oder Mariyam. Es kam ihm jetzt so vor, als wäre er damals dem Busen der Welt näher gewesen.

»Ich habe mir jeden Morgen meinen Weg aus der Schale der Nacht gepickt«, murmelte er. »Das war jedesmal ein Gefühl gewesen, das ich nicht mit Worten beschreiben kann. Alles schien so herrlich zu sein, schien vor Schönheit und Fremdartigkeit zu pulsieren. Jetzt ist es noch immer schön, und das Unbekannte schreit nach mir mit einer Stimme, die ... die was? Es ruft mich, und ich muß es finden. Aber es ist nicht mehr dasselbe wie damals, als ich noch für die Herrlichkeit offen und die Welt eine lebendige Sache war.

Dennoch, wenn ich so geblieben wäre, dann hätte ich niemals erfahren, wie es ist, in eine Frau einzudringen.«

Er erinnerte sich an den Tag, an dem ihn Yusufu und Mariyam am Ufer angesprochen hatten, als er hinausgeschwommen war.

»Du bist kein unschuldiges Kind mehr, o Sohn, du mußt deine Nacktheit bedecken«, hatte Mariyam gesagt und ihm einen Lendenschurz aus Leopardenfell entgegengestreckt.

»Er ist schon seit langer Zeit nicht mehr unschuldig«, hatte Yusufu gebrummelt. »Ich habe gesehen, wie er ein Gorillaweibchen gevögelt hat — Keyy nennt er es, glaube ich —, und zwar von hinten, wie ein Tier.«

Mariyam hatte entsetzt einen spitzen Schrei ausgestoßen.

»O du Verdorbener! Sodomie! Sicherlich warst du den Augen Igziyabhers verborgen, als du diese abscheuliche Sünde begangen hast. Sonst hätte er dich verbrennen lassen, so wie dein Pflegevater es neulich mit dem kleinen Entchen getan hat, als er betrunken schlief, anstatt den Vogel zu bewachen!«

Yusufu hatte sich Mühe gegeben, weiterhin finster zu blicken, und dann grinsend hinzugefügt: »Mehr noch, ich habe ihn und seinen Schimpansenfreund — diesen spöttischen Satansbraten — beobachtet, wie sie sich gegenseitig mit der Hand einen runtergeholt haben.«

Diesmal war Mariyams Schrei noch lauter ausgefallen. Sie hatte mit dem Lendenschurz nach Ras geschlagen.

»Du bist böse, die verdorbene Brut eines Sodomiten! Das Gorillaweibchen war wenigstens noch eine Frau, aber dieser Schimpansenrüpel ist ein Mann! O Igziyabher!«

»Allmählich habe ich es satt, diesen Namen zu hören!« hatte Ras eingeworfen. »Muß ich denn unbedingt warten, bis der alte Lügner mir die schöne weiße Frau schickt, die Er mir, wie du behauptest, versprochen hat? Ich kann nicht mehr warten. Wartet etwa der Leopard, bis er von Igziyabher die Erlaubnis bekommt, sein Weibchen zu besteigen?«

»Leg diesen Lendenschurz an«, hatte Yusufu verlangt. »Dein Apparat ist enorm, wahrlich wie der eines Elefantenbullen. Deine Haare sprießen zwischen den Schenkeln wie Gras nach dem Regen. Du bist längst ein Mann und mußt deine Nacktheit bedecken, denn sonst beleidigst du Igziyabher und machst ihn zornig.«

Ras hatte keine Lust verspürt, sich verprügeln zu lassen oder mit seinen Eltern zu streiten, und hatte den Lendenschurz angelegt. Er war insgeheim sehr aufgeregt gewesen, was er den beiden Alten natürlich nicht eingestehen wollte, denn schließlich war es doch ein bedeutsamer Abschnitt in seinem Leben gewesen.

Später trug er den Schurz nur, wenn er Lust dazu hatte, was nicht oft der Fall war.

An jenem Tag hatte er allerdings der Versuchung nicht widerstehen können, sie zu fragen, warum er Kleidung tragen mußte, wo sie doch nackt wie Affen herumliefen, noch nackter eigentlich, denn sie hatten keine Haare am Körper, die ihr Geschlecht verdeckten.

»Weil wir Affen sind«, hatte Yusufu ihm geantwortet.

Bei diesen Worten war Ras ein Gedanke gekommen, der ihn erschreckt hatte. Seine Eltern waren *keine* Affen. Sie sahen überhaupt nicht aus wie Affen — und sie konnten *sprechen*. Kein Affe seiner Bekanntschaft konnte sprechen. Die einzigen Wesen, die sprechen konnten, waren er, seine Eltern und die Wantso, die auch keine Affen waren.

Yusufu und Mariyam belogen ihn also. Warum? Oder

glaubten sie tatsächlich, Affen zu sein? Die Wantsokinder glaubten, von zwei Geschöpfen abzustammen, die Mutsungo aus Schlamm und Spinnweben geformt hatte. Ras bezweifelte das zwar, aber bitte, es mochte ja stimmen. Und während er diese Überlegungen angestellt hatte, war sein Blick zu der schwarzen Säule geschweift, die sich aus der Mitte des Sees erhob. Sie war ungefähr zwanzig Meter breit und stieg zu einer Höhe von mindestens dreihundert Metern auf. Dicht über der Wasseroberfläche war sie ganz glatt, aber wiederum nicht so glatt, daß er nicht irgendwie, wenn er es nur stark genug wollen würde, an ihr hochklettern hätte können. Diese Säule war die einzige unerfreuliche und furchterregende Sache, die der See an sich hatte. Seit er die ersten Worte verstehen konnte, hatten seine Eltern ihn gewarnt, sich ihr zu nähern. Die Säule sei schrecklich und gefährlich. Jeder, der versuchen sollte, sie zu erklimmen, wäre mit Sicherheit des Todes.

»Die Urmenschen, also die, die Igziyabher zuerst erschaffen hat, haben sie gebaut«, hatte Mariyam erklärt. »Sie haben einen Turm gebaut, um den Himmel zu erreichen. Zu der Zeit gab es hier noch keinen See. Das Land war so trocken wie das, auf dem du jetzt stehst. Die Leute bauten einen Turm, der bis in den Himmel reichen sollte. Und als Igziyabher das sah, da sprach er: »Wenn sie dazu in der Lage sind, was werden sie dann wohl als nächstes machen? Sie werden bestimmt von der Turmspitze aus in den Himmel steigen und Uns aus dem himmlischen Palast vertreiben.«

»Uns?« hatte Ras erstaunt gefragt. »Igziyabher ist *wir*?«

»So wird die Geschichte — eine wahre Geschichte — erzählt, ja. Unterbrich mich nicht, Kind«, hatte Mariyam erwidert. »Igziyabher wurde also zornig und sandte eine Flut herab, die alle Erbauer des Turms ertränkte.

Deshalb gibt es hier jetzt den See. Einst war das Land trocken, jetzt aber ist es ein mit Wasser gefülltes Tal.

461

Und die Gebeine der kühnen Turmbauer blicken aus dem Schlamm zu dir auf, wenn du über sie hinwegschwimmst.«

Ras, dem ein Schauer über den Rücken gelaufen war, hatte erwidert: »Aber die Säule. Wie können Menschen eine feste Säule aus Steinen bauen? Ein Turm, sagst du?«

»Igziyabher hat den Turm in festes Gestein verwandelt, damit er den Menschen bis in alle Ewigkeit als Mahnung stehenbleibt, besonders aber den spöttischen und großmäuligen und hohlköpfigen Jungen, damit sie sich vor Ihm demütig und furchtsam betragen.«

Ras dachte über diese Geschichte nach, die ihm vor vielen Jahren erzählt worden war, jetzt aber in seinen Ohren klang, als hätte er sie eben erst gehört, und sich vor seinem inneren Auge ausnahm, als hätte sie eben erst stattgefunden. Er hörte das Tschop-tschop-tschop des Gottesvogels und blickte auf. Der Vogel kam aus seinem verborgenen Nest auf der Spitze der Felssäule, dem einstigen Turm, den Menschen erbaut hatten, weil sie den Himmel stürmen wollten.

Dann kam er über den See auf ihn zugeflogen, war bald über ihm und an ihm vorbei, und sein Schatten huschte ein paar Meter neben ihm übers Wasser. Ras hielt zum Schutz gegen die Sonne die Hand über die Augen, wandte sich um und blickte ihm nach. Der Vogel flog in derselben Höhe weiter, bis er hinter den Bäumen verschwand. Er mußte etwa drei Kilometer vom Seeufer entfernt gelandet sein.

Einen Moment lang dachte Ras daran, ans Ufer zurückzukehren und durch den Wald zu laufen, um den Vogel zu suchen. Was machte er in dieser Gegend? Warum war er hier gelandet? Oder war er vielleicht gar nicht gelandet? Vielleicht schwebte er dicht über der Erde, wie er es häufiger tat, und zwar offenbar deshalb, um dem Engel in seinem Bauch die Möglichkeit zu geben, das, wofür er sich jeweils interessierte, besser sehen zu können?

Ras hatte es noch nie geschafft ganz dicht an den Vogel heranzukommen. Jedesmal wenn er durch das Unterholz geschlichen war, um ihn aus der Nähe zu betrachten, hatte der Vogel sich in die Luft geschwungen und sich seinen Blicken entzogen. Warum sollte er es jetzt also noch einmal probieren? Es würde bestimmt genauso ergebnislos enden.

Doch solange er sich auf seinem geheimnisvollen Botengang befand, war sein Nest unbewacht.

Ras paddelte in dem Einbaum zum Fuß der Felssäule und umkreiste sie. Aus der Ferne wirkte das Gestein schwarz und ebenmäßig und glänzte. Doch wenn man es dicht vor sich hatte, wies es viele kleine Löcher und Unebenheiten auf. Es ähnelte dem Panzer eines großen schwarzen Käfers, gesehen durch ein Vergrößerungsglas, wie Mariyam es ihrem Sohn zum zehnten Geburtstag geschenkt hatte.

Er umkreiste die Säule ein paarmal. Auf der östlichen, der windabgekehrten Seite befand sich ungefähr zwei Meter über dem Wasserspiegel ein Felsvorsprung. Er war nicht sehr ausladend und bildete eine schräg nach innen geneigte Fläche. Wenn Ras den Stein fest anpackte, konnte er sich auf die Ausbuchtung hochziehen und, dicht an den Felsen gepreßt, sogar darauf stehen. Er hatte das schon oft probiert. Meistens hatten seine Bemühungen allerdings damit geendet, daß er ausgerutscht und in den See gefallen war. Und wenn es nicht gleich beim ersten Versuch klappte, wurde es schwierig, weil er mit nassen Händen schlecht zugreifen konnte. So mußte er nach jedem Sturz erst wieder ins Boot klettern, was nicht ganz leicht war, und abwarten, bis die Hände wieder trocken waren. Erst dann konnte er sich von dem schwankenden Einbaum aus noch einmal auf den Vorsprung ziehen. Stand er aufrecht oben, war es kein Problem, andere kleine Unebenheiten zu finden, an denen er sich festhalten konnte. Einmal war es ihm gelungen, mehr als zehn Meter an der Säule in die Höhe zu klettern, bevor er ausgerutscht und in die Tiefe gestürzt war. Dabei wäre er beinahe auf dem Boot aufgeschlagen, obgleich er sich in der Luft gedreht hatte und mit den Händen voran senkrecht ins Wasser eingetaucht war.

Übrigens hatten Yusufu und Mariyam über diesen Sturz Bescheid gewußt. Er war nie dahinter gekommen, wieso sie davon erfahren hatten, denn sie hatten an dem Tag das Haus nicht verlassen und ihn also unmöglich sehen können. Sie hatten ihm jedenfalls seine Klettertouren wütend verboten, und Yusufu hatte ihn sogar mit der Peitsche verprügelt. Irgendwie mußte Igziyabher sie auf geheimnisvolle Weise davon in Kenntnis gesetzt haben.

Als er jetzt so um die Säule herumpaddelte, spielte er wieder mit dem Gedanken, noch einmal einen Aufstieg zu probieren. Inzwischen war er ja kräftiger als vor einem Jahr, allerdings natürlich auch schwerer. Doch machte er sich deswegen keine Sorgen, er würde es schon schaffen, zumal der Vogel ja auch nicht in der Nähe war. Warum sollte er es also nicht wagen?

Der Haken war nur, daß der Vogel zurückkommen konnte, während er auf halber Höhe war. Er beschloß, doch lieber zu warten, bis der Vogel einmal nach Westen davonflog, um Igziyabher Bericht zu erstatten, denn das würde bestimmt einige Zeit in Anspruch nehmen, und dann würde er mehr Muße bei seinem Vorhaben haben.

Der Plan war zwar gut, im Grunde aber doch sinnlos. Er wollte Igziyabher finden, der Gott und gleichzeitig sein Vater war. Nur Igziyabher könnte ihm seine Fragen beantworten. Warum sollte er, Sein Sohn, warten, bis Er sich entschließen würde, aus dem Himmel herabzusteigen und mit ihm zu reden. Ras hatte es gründlich satt, auf Antworten zu warten. Warum sollte er sich weiterhin von Finsternis nähren, wo doch ein Bankett aus Licht auf seines Vaters Tafel bereitstand?

Wenn er dem Vogel doch nur eine Falle stellen und ihn fangen könnte! Er würde ihn schon zwingen, ihm seine Fragen zu beantworten. Er würde den Engel in seinem Bauch mit Gewalt dazu bringen, mit ihm zu sprechen, so wie er es mit Gilluk, dem König der Sharrikt, getan hatte, der ein halbes Jahr lang sein Gefangener gewesen war, nachdem er ihn aus dem Wantsodorf entführt hatte. Vielleicht könnte er sogar im Bauch des Vogels zum Sitz von Igziyabher reisen und brauchte gar nicht westwärts bis ans Ende der Welt zu wandern?

Er kam zu dem Schluß, daß der Aufstieg auf die Säule erst später an der Reihe war, und paddelte ans Ostufer des Sees zurück. Er hatte das Boot gerade aufs Ufer gezogen, als er den Flügelschlag und ein gedämpftes Röhren vernahm und der Vogel Igziyabhers über ihm erschien. Er schwebte mindestens hundertfünfzig Meter hoch und stieg rasch zur Spitze der Säule auf. Ras war froh, sich entschlossen zu haben, die Säule heute nicht zu erklimmen.

Er machte sich langsam auf den Heimweg. Er fürchtete sich vor den Bitten und Drohungen seiner Eltern, wenn er ihnen eröffnen würde, daß er tatsächlich entschlossen wäre, wegzugehen. Diesmal, das nahm er sich vor, wollte er sich auf keine Diskussion mit ihnen einlassen. Er wollte sie nur von seinem Entschluß unterrichten, sie auf den Arm nehmen und zum Abschied küssen und davongehen. Er war ein Mann, das mußten sie begreifen, und konnte es nicht länger zulassen, wie ein Kind behandelt zu werden.

Dann war da noch Wilida. Wenn nicht der merkwürdige Vogel mit den steifen Flügeln aufgetaucht wäre, hätte er sie aus ihrem Käfig auf der Sandbank befreit und entführt. Sie wäre mit ihm gekommen und hätte in dem Haus gelebt, das er für sie auf der Hochebene erbaut hätte. Und wenn die Zeit reif gewesen wäre, hätte er sie Yusufu und Mariyam vorgestellt. Sie hätten zwar Zeter und Mordio geschrien und geflucht, doch am Ende hätten sie sie doch akzeptieren müssen. Wenn sie ihn liebten, und daran zweifelte er nicht, dann würden sie auch Wilida lieben.

Er wollte die Möglichkeit, Wilida könnte es ablehnen, mit ihm zu gehen, gar nicht erst ins Auge fassen. Sie liebte ihn ja, das wußte er. Doch war es natürlich etwas anderes, ob sie ihn heimlich im Busch traf, oder ob sie seinetwegen ihren Stamm verließ. Sie hatte zwar Spaß an ihm, sie liebte ihn, aber würde sie auch ins Land der Geister mit ihm ziehen?

Sie hatte ihm einmal erklärt, sie würde eingehen, wenn sie von ihrem Stamm getrennt leben müßte. Sie würde ihre Augen und ihr Herz verschließen und aufhören zu leben. Ein jeder Wantso würde ohne seine Leute sterben. Trennung vom Stamm war eine schlimmere Strafe als den Krokodilen vorgeworfen oder verbrannt zu werden.

Die anderen Frauen hatten übrigens dasselbe gesagt, als er sie halb im Scherz einmal gefragt hatte, ob sie mit ihm kommen würden, um immer bei ihm zu leben. Sie wollten zwar alle von ihm geliebt werden, darüber hinaus wollten sie aber nichts mit ihm zu tun haben.

Er hatte sogar an den Versuch gedacht, als Wantso anerkannt zu werden. Wenn er im Dorf leben würde, als Wantso, dann würde Wilida sowohl ihn als auch ihre Leute haben. Als er diese Überlegungen anstellte, wußte er noch nicht, wie sehr die Wantsomänner ihn haßten. Sie würden ihn bestimmt niemals akzeptieren, auch wenn er sie nicht mit seiner ungebrochenen Manneskraft beleidigt und ihre Frauen verführt hätte. In ihren Augen war er ein Fremder, für immer. Und wäre es ihm auch zumindest teilweise gelungen, sie davon zu überzeugen, daß er kein Geist war, so hätte er in ihnen stets ein Gefühl der Unsicherheit erzeugt. Für sie war er nun einmal ein Geist, und er würde es immer bleiben.

Das ist mir egal, dachte er. Wenn Wilida mich so liebt wie ich sie, wird sie schon mit mir kommen.

Gemeinsam werden wir uns auf die Suche nach Igziyabher machen.

Ich will sie jedenfalls fragen, ob sie Lust dazu hat.

Er trat auf die Lichtung und blieb stehen. Ein kleiner grüner Vogel mit schwarzen Flügeln, weißem Hals und rotem Kopf schien im Flug erstarrt zu sein.

Ras spürte einen dumpfen Schlag. Langsam, sehr langsam begann sein Herz wieder zu schlagen.

Der kleine braune Körper, der am Fuß der Treppe zur Veranda auf dem Rücken lag, mit ausgebreiteten Armen, offenem Mund und weit aufgerissenen Augen — war Mariyam. Aus ihrer Brust ragte ein Pfeil.

Eine ganze Weile konnte Ras sich nur langsam und mit Mühe bewegen, wie ein Insekt, das in dem Saft gefangen ist, der aus einer Wunde in der Baumrinde fließt. Er hielt Mariyam im Arm. Ihr Körper war noch warm, das Blut rings um die Wunde noch nicht eingetrocknet. Er schüttelte sie, und ihr Kopf rollte bei jeder Bewegung hin und her. Sein Schmerz war so kalt wie das Wasser tief unter der Oberfläche des Sees. Der Schmerz war da, war aber noch nicht aufgetaut.

Er gab es auf, sie aufzuwecken. Er legte sie auf die Erde zurück und machte sich auf die Suche nach Yusufu. Er rief seinen Namen. Er durchsuchte das Haus zu ebener Erde und dann das Baumhaus, und dann lief er ziellos durch den Wald und rief ununterbrochen Yusufus Namen.

Schließlich wankte er zu Mariyam zurück. Er setzte sich auf die Erde, nahm sie auf den Arm und wiegte sie hin und her.

Die Sonne stieg schon vom Zenit herab, da löste er sich von ihr. Er untersuchte den Pfeil. Es war ein Pfeil, wie die Wantso ihn benutzten, aus Zitronenbaumholz geschnitzt, schwarz und rot bemalt und mit vier Federn von einem Vogel mit grünem Schwanz besetzt. Seine kupferne Spitze war mit gelben Riemen aus dem Fell einer goldfarbenen Maus befestigt.

Allmählich verging die Dumpfheit und Schuldgefühle traten an ihre Stelle. Er jammerte und weinte vor Schmerz und Reue. Die Wantso hatten seine Mutter getötet, weil er ihren Zorn herausgefordert hatte durch seine verführerischen Reize und spöttischen Gesänge. Ihr Zorn hatte ihre Furcht vor dem Land der Geister besiegt und sie dazu getrieben, ihm zu folgen. Und da sie ihn nicht vorfanden, töteten sie Mariyam. Und Yusufu nahmen sie vermutlich mit sich. Sie würden ihn foltern.

Doch vielleicht hatten sie sich noch gar nicht zurückgezogen? Vielleicht lagen sie irgendwo im Hinterhalt? Oder schlichen sich an ihn heran?

Er stand auf, drohte wütend mit dem Pfeil und rief laut in den Wald: »Kommt nur heraus, Wantsomänner! Ich werde euch alle töten!«

Niemand antwortete. Die Affen kreischten wie gewöhnlich, ein Vogel schüttelte sein Gefieder aus, in der Ferne schrie ein Fischadler.

Ras suchte den festgetretenen Boden um das Haus nach Spuren ab, fand aber nur die, die er selbst hinterlassen hatte. Die Wantso mußten ihre mit Zweigen verwischt haben, und zwar nicht nur in der Nähe des Hauses, sondern auch außerhalb der Lichtung. Offenbar wollten sie die Möglichkeit ausschließen, von ihm eingeholt zu werden, solange sie ihr eigenes Gebiet noch nicht wieder erreicht hatten.

Die Sonne sank auf die Felsgipfel zu. Ras trug Mariyam in den Wald. Am Fuße des Hügels fand er eine Stelle, wo in einer Mulde eine Zeitlang Regenwasser gestanden hatte und wo der Boden ziemlich locker war. Er hob mit dem Messer und mit den Händen eine Grube aus. Bevor er Mariyam weinend hineinlegte, küßte er sie noch einmal auf beide Wangen. Dann warf er Erde auf ihren Körper, bis er fast ganz bedeckt war. Als nur noch ein kleines Stückchen Haut von ihr zu sehen war, zögerte er einen Moment. Er hatte das Gefühl, sie würde für immer und ohne Hoffnung auf Wiederkehr weg sein, wenn nichts mehr von ihr zu sehen wäre.

Doch dann warf er entschlossen eine letzte Handvoll Erde in die Grube, und Mariyam war weg.

Den Rest des Tages verbrachte er damit, große Steine zusammenzutragen und über das Grab zu schichten. Erst nach Einbruch der Dunkelheit hatte er es geschafft. Nun würden keine Aasgeier an seine Mutter herankommen. Befriedigt ging er weg.

Im Baumhaus machte er den Wantsopfeil sauber und steckte ihn in seinen Köcher. Er schwor sich, den Pfeil zu den Wantso zurückzubringen.

Kurz vor Sonnenaufgang fiel er in einen unruhigen Schlaf. Er weinte und stöhnte und rief viele Male den Namen seiner Mutter. Als die Sonne aus ihrem unterirdischen Tunnel hervorkam, stand er auf. Er rasierte sich, wie er es jeden Morgen tat. Der Spiegel zeigte ihm ein abgehärmtes Gesicht mit geröteten Augen. Er aß etwas getrocknetes Fleisch und ein paar Früchte. Dann verstaute er den Kamm und den Spiegel in seiner Tasche aus Antilopenfell, und nachdem er das Messer noch einmal geschärft hatte, steckte er auch den Schleifstein dazu. Bevor er sich abseilte, suchte er den Wald sorgfältig mit den Augen ab. Trotz der tiefen Trauer hatte er nicht vergessen, daß die Wantso ihm vielleicht auflauerten. Allerdings glaubte er nicht, daß sie es gewagt hatten, sich die ganze Nacht über im Land der Geister aufzuhalten.

Yusufu hatten sie bestimmt mitgenommen, denn sie mußten sich logischerweise sagen, daß Ras ihnen dann um so sicherer nachkommen würde. Jetzt lagen sie wahrscheinlich irgendwo am Fuß der Hochebene auf der Lauer. Oder sie hatten Yusufu mit ins Dorf genommen, wo sie sich sicherer fühlten und Yusufu auch besser martern konnten.

Ras war noch nicht weit gegangen, als er Janhoy

durchs Gebüsch auf sich zuschleichen sah. Doch er hatte jetzt keine Lust, mit dem Löwen Verstecken zu spielen, und rief ihn an. Janhoy war außerordentlich enttäuscht und sah ihn gekränkt an. Ras tätschelte ihn und zauste seine Mähne. Dann sagte er: »Heute kannst du aber nicht mitkommen. Du würdest mir nur im Weg sein, und außerdem könnte dir auch etwas zustoßen. Ich will dich nicht auch noch verlieren, Janhoy. Du bist mir doch sehr ans Herz gewachsen.«

Doch Janhoy ließ sich nicht abwimmeln. Er bestand darauf, Ras zu begleiten. Und selbst als sie das Ende der Hochebene erreicht hatten, wo die Felsen steil abfallen, wollte er nicht zurückbleiben. Ras schimpfte ihn aus und warf mit Steinen nach ihm, und schließlich zog Janhoy sich zurück.

Als Ras am Fuße der Steilwand angekommen war, sah er nach oben. Janhoys große Nase und seine gekränkten Augen waren noch zu sehen.

»Ich komme ja wieder!« rief er dem Löwen zu.

Doch er machte sich Sorgen um den Löwen. Denn obgleich Yusufu und er ihm beigebracht hatten, wie er jagen muß, hatte er es schwer, durch eigene Anstrengung genügend zu fressen zu finden. Auf der Hochebene gab es außer Leoparden, Antilopen, Schweinen und Gorillas kaum großes Wild. Früher, als Ras noch ein Kind war, hatte es noch ein paar Zebras gegeben. Doch die waren längst den Leoparden zum Opfer gefallen. Hin und wieder schaffte Janhoy es, ein Schwein zu reißen. Antilopen konnte ein einzelner Löwe nicht so leicht fangen, und Leoparden waren viel zu flink und geschickt für ihn. Und was die Gorillas betraf, so war Janhoy, da Ras ihn früher häufig als Spielkameraden mit zu ihnen genommen hatte, derart an sie gewöhnt, daß sie in seinen Augen mit Yusufu, Mariyam und Ras auf einer Stufe standen. Sie waren sozusagen Nicht-Fleisch.

Wenn Ras und Yusufu nicht gelegentlich Antilopen für ihn — oder mit ihm — gejagt hätten, wäre er wahrscheinlich verhungert. Wie würde er sich jetzt wohl durchschlagen, da seine einzige Stütze nicht mehr bei ihm war?

Nun, irgendwie mußte er eben durchkommen.

ACHTES KAPITEL

Das Übel wird verbrannt

Als er einen halben Kilometer im Dschungel zurückgelegt hatte, blieb er stehen. Der Gedanke an den hungernden Janhoy quälte ihn und war ihm unerträglich. Aber er konnte doch jetzt unmöglich wieder auf die Hochebene steigen und sich die Zeit nehmen, eine Antilope oder ein Schwein zu jagen, um den Löwen bis zu seiner Rückkehr am Leben zu erhalten. Yusufu brauchte ihn. Er wurde vielleicht schon in diesem Augenblick gemartert. Ras schüttelte den Kopf und setzte seinen Weg fort.

Vom Fuß der Felsen aus, über die der Fluß in die Tiefe stürzt, waren es gut fünf Kilometer bis zum Wantsodorf. Der Fluß legte wegen der vielen Windungen allerdings von den Wasserfällen bis zum Dorf zehn Kilometer zurück. Ras schnitt den Weg ab, so gut es ging. Er rannte, wo das Unterholz nicht zu dicht war, er schwang sich von Ast zu Ast, wo die Bäume dicht genug beieinander standen — übrigens war das eine beschwerliche Art der Fortbewegung, wenn man sein Körpergewicht in Betracht zog —, und er durchschwamm den Fluß, wann immer er seinen Weg kreuzte. Vom Baumhaus bis zum Dorf der Wantso waren es rund fünfzehn Kilometer, aber wegen der unvermeidlichen Umwege legte Ras zweiundzwanzig zurück. Die Sonne setzte sich wie ein großer goldroter Vogel zur Ruhe. Ras beschloß, einen Affen zu schießen und zu Abend zu essen, denn er befürchtete, der Hunger könnte seine Kräfte zu rasch versiegen lassen. Und dann würde er nicht mehr viel ausrichten können, wenn er das Dorf erreicht hatte.

Er wollte eben einen von den Wantso viel benutzten Pfad überqueren, als er Schritte hörte. Er verkroch sich schnell hinter einem Busch, gerade rechtzeitig, um nicht gesehen zu werden. Gubado, der alte Harfenspieler, kam auf dem Pfad daher, einen kleinen Bogen und einen Köcher über die Schulter gehängt, wie sie zur Jagd auf kleineres Wild benutzt wurden. In der einen Hand trug er eine tote, gefleckte Ratte, in der anderen einen Speer. Zwischen den Zähnen hielt er zwei rechteckige, weiße Zettel, die in dem beim Vorwärtsschreiten entstehenden Luftstrom flatterten.

Der alte Mann hatte zwei Briefe von Gott gefunden.

Ras trat hinter dem Busch hervor, wenige Schritte vor dem Harfenspieler. Gubado blieb stehen. Sein Mund klappte auf, seine Augen wurden groß. Die beiden Zettel segelten im Zickzack auf die Erde. Ras gestikulierte mit dem Messer und hob an, den Alten nach Yusufu zu fragen. Gubado ließ die Ratte und den Speer fallen und griff sich mit beiden Händen an die Brust. Sein Kopf sank nach hinten, sein Gesicht verzerrte sich. Er taumelte ein paar Schritte zurück, und sein Mund ging dabei lautlos auf und zu. Schließlich stieß er »Uh-uh-uh!« hervor, fiel auf den Rücken und blieb bewegungslos liegen.

Ras beugte sich über den Toten. »Alter, ich wollte dir doch gar nichts tun. Ich weiß, du warst zu alt und schwach, um mit den Kriegern zu ziehen, die meine Mutter umgebracht haben. Dem Klang deiner Harfe habe ich außerdem immer gern gelauscht, verborgen im Gebüsch. Ich habe mir sogar selbst eine Harfe gebaut und gelernt, darauf zu spielen, indem ich mich an die Art erinnerte, in der du die Saiten gezupft hast.«

Er fing an, Gubado den Kopf abzuschneiden.

»Aber letzten Endes wärst du schließlich auch mit den Mördern gezogen, vielleicht wärst du sogar der Mörder gewesen, wenn du nur jung genug gewesen wärst. Und dessen eingedenk hätte ich dich doch umgebracht, wenn nicht die Furcht dein Herz zum Stillstand gebracht hätte.«

Das Messer drang leicht durch das Fleisch. Bei der Wirbelsäule wurde es schwieriger. Ras mußte eine Weile darauf herumhacken und herumsägen, ehe er sie durchgetrennt hatte. Dann wischte er das Messer ab und wetzte es am Schleifstein. Gubados trübe Augen starrten zu ihm auf.

»Mach mir keinen Vorwurf, Alter«, fuhr Ras fort. »Du hättest mit mir dasselbe gemacht, wenn du dazu in der Lage gewesen wärst.«

Er steckte das Messer in die Scheide zurück und hob die beiden Zettel auf. Es war schon zu dunkel zum Lesen, und der Mond war noch nicht aufgegangen. Er faltete die Zettel zusammen und verstaute sie in der Tasche. Dann ergriff er den Kopf des toten Harfenspielers an der rechten Haarkrone und ging schnell weiter. Kaum hatte er zehn Meter zurückgelegt, als er hinter sich ein Brüllen hörte.

»Janhoy!«

Er drehte sich um und rannte hundert Meter zurück. Da stand sein großer Freund und brüllte noch immer.

»Pst!« sagte Ras. »Du lockst uns ja die Wantso auf den Hals!«

Er kraulte Janhoy die Mähne. Der Löwe schmiegte sich an ihn und schnurrte geräuschvoll. Er folgte Ras bis zu Gubados Leichnam und blieb stehen. Speichel triefte ihm aus dem Maul.

»Du hast es also tatsächlich fertiggebracht, an den Felsen herunterzuklettern? Du bist ja fast wie eine Ziege, du ungeschicktes Monstrum! Und was soll ich jetzt mit dir machen? Eigentlich bist du der Geist, nicht ich, und du verfolgst und behinderst mich.«

Zum Jagen war es zu spät und zu dunkel. Janhoy würde bis zum Morgengrauen hungern müssen, wenn nicht noch länger. Erst mußte Yusufu befreit werden, wenn das überhaupt noch möglich war. Wenn nicht, dann mußte er gerächt werden.

Janhoy schlich sich vorsichtig an Gubados kopflosen Körper heran. Ras zögerte einen Moment. Schließlich meinte er: »Friß nur, Janhoy. Etwas anderes kann ich dir nicht bieten, und mit dem da hast du wenigstens was zu tun, solange ich weg bin.«

Er ermunterte den Löwen nicht gern dazu, Menschenfleisch zu fressen. Doch womit hätte er ihn sonst beschäftigen sollen?

Janhoy war zwar hungrig, hegte aber noch Zweifel. Natürlich wollte er Gubado fressen, wiederum hielt er es aber auch nicht für schicklich. Er beschnüffelte den Toten und leckte dann zur Probe etwas Blut vom Hals ab. Und nachdem er Ras, wie um dessen Reaktion zu prüfen, einen Blick zugeworfen hatte, ließ er sich auf den Leichnam nieder und fing an, ihn in Stücke zu zerreißen.

Ras zog sich ins Gebüsch zurück. Er wollte Janhoy nicht zu nahe kommen und in ihm den Eindruck erwekken, er selbst habe auch Appetit auf Gubado. Der Löwe war so ausgehungert, daß er vermutlich, zumal zu Beginn der Mahlzeit, sogar Ras' Annäherung an sein Futter wütend abgeschlagen hätte. Ras ging weiter, und nach einer Weile erstarben hinter den Windungen des Pfades die Geräusche, die der Löwe beim Fressen machte.

Oberhalb des Dorfes, wo das Wasser ihm nur bis zur Brust reichte, durchquerte er den Fluß. Krokodile brauchte er hier nicht zu fürchten, das Wasser war zu kalt. Doch als ein Fisch sein Bein streifte, meinte er, sein Herzschlag würde aussetzen. Schließlich kam er an den Zaun, der sich über die Landzunge zog. Er legte Gubados Kopf auf die Erde und versteckte sich im Gebüsch. Auf der Plattform innerhalb der Umzäunung brannten zwei Fackeln. In ihrem Schein sah er Thikawa, einen Mann in mittleren Jahren, und Sazangu, dessen jungen Neffen. Nur ihre Oberkörper ragten über den Zaun. Ihre Gesichter glänzten, als wären sie mit Öl eingerieben. Thikawa trug einen Kopfschmuck aus weißen Federn, und sein Gesicht war mit weißen Streifen bemalt. Er stützte sich auf einen langen Speer und unterhielt sich mit seinem Neffen.

Ras legte einen Pfeil auf, spannte den Bogen und zielte sorgfältig. Das Sirren der Sehne ließ die beiden Wächter zusammenzucken. Sazangu stieß einen unterdrückten Schrei aus. Thikawa bäumte sich auf und fiel hintenüber. Der Pfeil ragte aus seiner Brust. Sazangu schrie lauter und duckte sich hinter dem Zaun, noch ehe Ras den nächsten Pfeil aus dem Köcher ziehen konnte. Er hängte den Bogen über die Schulter und kletterte auf einen hohen Baum. Mit dem Bogen war das eine erhebliche Anstrengung, aber er ließ sich Zeit und schließlich konnte er auf die Plattform herabsehen.

Sazangu hatte sich dicht an den Zaun geschmiegt. Er schrie immer noch. Offenbar hatte er die große Trommel völlig vergessen, auf die er eigentlich schlagen mußte, um Alarm auszulösen. Thikawa war nicht mehr zu sehen. Wahrscheinlich war er von der Plattform gestürzt. Ras legte einen Pfeil auf den Bogen und rief Sazangus Name. Sazangu hörte auf zu schreien. Er stand auf und wollte mit einem Satz von der Plattform springen. Der Pfeil erwischte ihn dicht über dem Gesäß, als er gerade die Brüstung losließ.

Über dem Osttor des Dorfes, hinter den Feldern brannten die Fackeln so hell, daß Ras deutlich sehen konnte, wie das Tor aufging. Unter dem Torbogen tauchten andere Fackeln auf. Sie tanzten hin und her und kamen schließlich über die Felder hinweg auf den Zaun über die Landzunge zu. Ras stieg vom Baum herab, hob Gubados Kopf auf und sprang dicht neben dem Zaun in den Fluß. Er hielt den Kopf, seinen Speer, den

Bogen und den Köcher mit einer Hand aus dem Wasser und hielt mit der anderen die Richtung. Er brauchte nur einen kleinen Halbkreis zu schwimmen, um innerhalb der Umzäunung wieder ans Ufer zu gelangen. Von dort aus lief er durchs Unterholz zu einem großen Baum. Aus einem Loch, das er als Versteck benutzte, holte er ein Seil und hängte es sich über die linke Schulter.

Inzwischen brannten über jedem der vier Tore Fackeln, und über jedem stand ein Mann oder ein Junge auf Wache. Auch an dem Pfosten unterhalb des Astes, der vom heiligen Baum aus über den Zaun ins Dorf ragte, waren Fackeln angebracht, und vermutlich stand dort auch ein Wächter. Das Osttor war offen, denn die Gruppe, die den Lärm am Zaun über der Landzunge untersuchte, war noch nicht wieder ins Dorf zurückgekehrt.

Ras schlich am östlichen Zaun entlang bis dicht an das Tor. »Chufiya! Chufiya!« rief er nach oben.

Der Sohn des Häuptlings lehnte sich über den Zaun und starrte in die Dunkelheit.

»Wer ist da?« wollte er wissen.

»Lalazi Taigaidi!«

Der Pfeil traf Chufiya zwischen die Schultern. Er wurde von der Wucht des Schusses herumgewirbelt und fiel hinter dem Zaun auf die Plattform. Ras stürmte vor, in der linken Hand Gubados Kopf. Er legte ihn mitten in den Torweg und machte kehrt. Eine Frau schrie auf. Einige Männer riefen etwas. Vor dem Nordtor blieb Ras stehen. Kufuna, der Wächter, hatte sich umgewandt und sah sich das Durcheinander im Dorf an. Ras rief seinen Namen, und als Kufuna sich umdrehte, traf ihn ein Pfeil in die Brust. Ohne einen Laut von sich zu geben, stürzte er von der Plattform in die Tiefe.

Nahe der Stelle, wo Kufuna auf der Erde aufgeschlagen sein mußte, erhob sich noch mehr Geschrei. Ras lief inzwischen am Zaun entlang zum Westtor. Bigagi stand nicht mehr auf der Brücke, und der Käfig war auch weg. Shewego, ein ältlicher Mann, stand auf der Plattform über dem Westtor auf Wache. Er war für seine Nervosität bekannt, doch im Augenblick schien er nachgerade aus dem Häuschen zu sein. Wie ein Vogel drehte er hektisch den Kopf hin und her, als wollte er gleichzeitig in alle Richtungen blicken. Im Schein der Fackeln bemerkte er Ras' helle Haut, schrie auf und sprang mit einem Satz über die Brüstung der Plattform in die Tiefe. Er fiel sechs Meter tief. Der Pfeil verfehlte ihn.

Ras fluchte auf Amharisch und rannte weiter zum Südtor. Dort stand Pathapi Wache, ein ehemaliger Spielkamerad von Ras. Irgend jemand mußte ihn gewarnt haben, vielleicht hatte er auch den Ereignissen entnommen, was vor sich ging. Er drehte sich im richtigen Moment um, schleuderte seinen Speer nach Ras und ergriff die Flucht.

Ras machte kehrt und lief in den Schatten des Zauns auf der Westseite zurück. An der Brücke zur Sandbank durchschnitt er mit dem Messer die Seile, an denen sie befestigt war. Dann rannte er schnell über die Brücke auf die Sandbank und zerschnitt die Seile auch dort, allerdings nur soweit, daß die Brücke noch an einigen Fasern hing. Er stieß einen langgezogenen, heulenden Schrei aus. Im Dorf wurde es still. Nur ein paar Kinder weinten, Schweine quiekten, Hühner gackerten. Eine Minute verging. Plötzlich erhob sich Wuwufas Stimme. Sie klang wie ein schrilles Schnattern. Kurz darauf knirschten Riegel, und das Westtor schwang langsam auf. Sechs Männer, Fackeln in der Hand, spähten vorsichtig in die Dunkelheit.

»Hier bin ich!« rief Ras und erhob sich an dem auf der Sandbank liegenden Ende der Brücke zu voller Größe. »Hier bin ich! Ich, Lord Tyger!«

Wuwufa hüpfte hinter den sechs Kriegern hin und her, als würde er einen kleinen Tanz aufführen, und befahl ihnen mit schriller Stimme, den Geist zu töten. Doch keiner rührte sich. Tibaso trat auf den Plan und herrschte sie an. Sie traten von einem Bein aufs andere und blickten sich an. Tibaso nahm schließlich einem der Männer den Speer aus der Hand, trat auf die Brücke und schleuderte ihn nach Ras.

Ras duckte sich zur Seite. Dann sprang er an eines der Seile und zerschnitt es mit einem kräftigen Hieb. Das Seil zersprang mit einem Knall, das Seilende schlug Ras gegen die Brust. Im Nu war er auf der anderen Seite der Brücke und zerschnitt auch dort das Seil. Tibaso kreischte vor Wut. Die Brücke stürzte auf der Seite der Sandbank in den Fluß. Tibaso rutschte kopfüber ins Wasser.

Leider hatte Ras aber inzwischen drei Krokodilsschädel bemerkt, die am Ufer auf Pfähle aufgespießt waren. Das hieß soviel, daß die Krokodile aus Anlaß von Wilidas und Bigagis Hochzeitsfeier aus der Gegend verjagt worden waren. Die Leiber der Bestien hatten beim Hochzeitsschmaus vermutlich das Hauptgericht abgegeben.

Tibaso lief also nicht Gefahr, lebendigen Leibes gefressen zu werden. Er konnte ans Ufer schwimmen, wo er sich behäbig wie ein Nilpferd abmühte, die steile Böschung hinaufzukriechen. Die sechs Krieger hatten sich nun doch zum Handeln entschlossen, sie legten Pfeile auf ihre Bögen und gaben ihrem Häuptling Deckung. Ras zog sich hinter einen Baum zurück und ließ die Salve an sich vorbeischwirren. Einige Pfeile bohrten sich ganz in seiner Nähe in den Boden.

Er ließ den Kriegern keine Zeit zu einer zweiten Salve, sondern trat hinter dem Baum hervor und schoß einen Pfeil auf Tibaso ab. Doch weil das Licht zu schwach war und er zu hastig gezielt hatte, verfehlte der Schuß sein Ziel, der Pfeil drang durch Tibasos linken Oberschenkel, statt ihn mitten in den Rücken zu treffen. Tibaso schrie auf und richtete sich kerzengerade auf. In Windeseile hatte er die Böschung erklommen und das Tor erreicht und war bereits verschwunden, als die Krieger eine zweite Ladung Pfeile auf Ras abgaben. Doch der war längst wieder hinter dem Baum in Sicherheit. Die Krieger rannten ihrem Häuptling nach und verschlossen das Tor hinter sich.

Ras warf seinen Speer über den Fluß und schwamm ans andere Ufer. Er kletterte auf den Baum, auf dem er an jenem Nachmittag vor zwei Wochen gesessen und die Wantso mit seinen spöttischen Gesängen aufgebracht hatte. Er stellte fest, daß der ganze Stamm vor dem Großen Haus versammelt war. Tibaso lag mit dem Gesicht nach unten in dem Thronsessel und hielt mit beiden Händen die Lehnen umklammert. Seine beiden Frauen standen neben ihm und hielten ihn fest, zumindest versuchten sie es, während Wuwufa bemüht war, ihm den Pfeil aus dem Oberschenkel zu ziehen. Die Pfeilspitze war durch das Fleisch gedrungen und ragte vorn wieder heraus. Wuwufa brach die Pfeilspitze ab und zog den Pfeilschaft langsam heraus. Tibaso gab keinen Ton von sich. Ein Verwundeter darf nicht jammern, wenn seine Wunden behandelt werden, will er als tapferer Krieger gelten.

Die Leichen der von Ras getöteten Männer lagen Seite an Seite in der Nähe des Häuptlings. Die Menge hielt sich in respektvoller Entfernung von ihnen auf; nicht einmal die lauthals wehklagenden Frauen wagten sich näher an sie heran. Kinder weinten; Ziegen, Schweine und Hühner, durch die allgemeine Aufregung verstört, vergrößerten das Durcheinander durch ihr Meckern, Quietschen und Gackern. Der Schein von vielen Fackeln beleuchtete glänzende schwarze Haut, rötliche, zu zwei Hörnern aufgetürmte Haare, rötliche Speerspitzen aus Kupfer und Gesichter von Männern, die durch die weiße Kriegsbemalung, zickzackförmige Linien, entstellt waren.

Neben den Leichen lag auch Gubados Kopf. Ras zählte die Toten und war verwirrt. Eigentlich hätten es nur vier sein sollen, doch es waren fünf. Er konnte auf die Entfernung hin und im flackernden Licht der Fackeln nicht genau erkennen, wer der überzählige Tote war. Er kannte zwar die Umrisse, die Körperform, den Gang, die Gesten und die Stimme jedes einzelnen Wantso, doch diese Kenntnis nützte ihm in diesem Falle nichts, denn der Tote war eingefallen und konturlos. Er mußte erst die Namen der Lebenden und der Toten durchgehen, bevor er wußte, um wen es sich handelte. Es konnte nur Wiviki sein, Suthunas Mann, der Vater von Fibida, einem sechsjährigen Mädchen. Wiviki war offenbar schon früher am Tage gestorben, und eigentlich hätte er längst im Großen Haus liegen müssen. Weshalb hatte man ihn zu den anderen gelegt?

Auf einmal stand Bigagi vor dem Häuptling. Er fuchtelte mit seinem Speer herum und sagte etwas. Die anderen Männer unterbrachen ihre Unterhaltung, die Frauen und Kinder stellten für einen Moment ihre lautstarke Trauer zurück. Bigagi war offensichtlich dabei, sie zu irgendeiner Tat anzustacheln. Als er eine lange Rede beendet hatte, klapperten die Männer mit ihren Speeren und brachen in Geschrei aus. Ras vermeinte, auch seinen Namen zu hören.

Bigagi hatte das Kommando übernommen. Er schien größer und massiger und kräftiger geworden zu sein. Er war der Mann, der Ras am gefährlichsten werden konnte, denn er kannte ihn gut und war nicht von derselben Angst vor ihm besessen wie die anderen. Dazu kam, daß er ehrgeizig war. Ras hatte ihn oft sagen hören, daß er gern Häuptling werden würde. Damals hatte er das allerdings als kindlichen Traum von Größe gedeutet, zumal er selbst ja auch davon geträumt hatte, Igziyabher zu sein. Tibaso, der Häuptling, hatte die Lage nicht mehr in der Hand. Er war völlig auf den Schmerz konzentriert, die ihm die Wunde im Oberschenkel bereitete.

Bigagi löste sich aus der Menge und ging wieder zum Thron des Häuptlings. Er ergriff den Schild, der seitlich daran lehnte. Tibaso versuchte aufzustehen, sank aber sogleich wieder zurück. Sein Kopf sackte zur Seite. Bigagi rief etwas, woraufhin die beiden Frauen Tibaso unter die Arme griffen und zwischen sich ins Große Haus führten. Wuwufa, der alte Medizinmann, und Bigagi redeten laut aufeinander ein, und plötzlich fiel Wuwufa auf die Erde und rollte hin und her.

Ras wartete noch einen Moment. Er wollte die weitere Entwicklung abwarten, bevor er ging. Er mußte unbedingt herausfinden, wo Yusufu festgehalten wurde, doch es sah ganz so aus, als würde er das vorerst noch zurückstellen müssen. Unter den augenblicklich herrschenden Umständen hatte er keinerlei Gelegenheit, sich ins Dorf zu schleichen. Doch immerhin würde man Yusufu jetzt auch nicht martern, weil vordringlichere Dinge zu erledigen waren. Bigagi würde wahrscheinlich einen Trupp zusammenstellen und das Gebiet rings um das Dorf absuchen lassen.

Ras beschloß, sich ans andere Flußufer zurückzuziehen und vor Sonnenaufgang noch etwas zu schlafen. Sollten die Wantso sich doch im Gebüsch auf der Halbinsel totsuchen; ans andere Ufer würden sie sich bestimmt nicht wagen. Er stieg von seinem Beobachtungsposten herab, schwamm durch den Fluß und lief etwa anderthalb Kilometer, bis er an einen Baum kam, auf dem er den Rest der Nacht verbringen konnte. Er schlief sehr unruhig und wachte ein paarmal auf. Einmal meinte er, Janhoy in der Ferne brüllen zu hören.

Im Licht der Morgendämmerung nahm er die Zettel aus der Tasche, die Gubado gefunden hatte, und las sie durch. Sie waren noch feucht. An einigen Stellen war die Druckerschwärze verwischt, und viele Buchstaben waren ausgelöscht. Den größten Teil des Geschriebenen konnte er noch entziffern.

— 139 —

einziger Ort, wo Afrika noch so ist, wie es vor dem Auftauchen des weißen Mannes war. Und im Gegensatz zum größten

Teil des präkaukasischen Afrika ist es ein gesundes Fleckchen. Es gibt keine Moskitos, weil es keine stehenden Gewässer gibt. Selbst das Wasser im großen Sumpf ist ständig in Bewegung. Demzufolge tritt also auch keine Malaria auf, ebensowenig Tsetsefliegen, Bilharziose, Pocken und venerische Krankheiten. Erkältungen kommen bei den Wantso und Sharrikt nicht vor. Die hauptsächlichen Todesursachen sind kriegerische Auseinandersetzungen, Unfälle, menschenfressende Leoparden, Schlangenbisse, Krokodile (bei den Sharrikt) und Infektionen durch Schnitte und Wunden. Die Beschneidungsriten der Wantso, abgesehen davon, daß sie jeden Mann halb impotent machen, führen ebenfalls ziemlich häufig zu Infektionen und Tod. Die Wantso sind sich dessen sehr wohl bewußt; doch wie die Menschen überall auf der Welt lassen auch sie nicht davon ab, einen Brauch fortzuführen, und wenn er noch so lebensgefährlich ist. Die Beschneidungsriten haben allerdings einen Wert für das Überleben im weitesten Sinne, da sie die Bevölkerung zahlenmäßig auf einem bestimmten Niveau halten (50±5), obgleich die hohe Todesrate unter der männlichen Nachkommenschaft zur Bevölkerungskontrolle nicht nötig wäre, da die Wantso Kenntnisse in der Geburtenkontrolle haben.

Ich will an dieser Stelle gleich eingestehen, daß ich die Wantso verabscheue — aus gutem Grund, wie der Leser sehen wird. Sie sind ein durch und durch verdorbenes Volk und haben Ras in den Sumpf ihrer Verderbtheit hineingezogen. Irgendwie gefallen ihm diese ekelerregend primitiven Kretins. Er hat sich an ihren widerlichen Sexspielen beteiligt, die ich hier nicht näher beschreiben will, um die Gefühle meiner Leser nicht zu beleidigen — obgleich diese meine Aufzeichnungen natürlich nicht vor meinem Tode lesen werden, so daß mir ihre Gefühle im Grunde gleichgültig sein könnten; aber für mich gelten Moralbegriffe für Tote wie für Lebende und

Das zweite Blatt trug eine viel höhere Seitenzahl.

meine Söhne, die undankbaren Schweine, schlagen nach der Mutter, einem verkommenen Weibsstück, das mich vor langer Zeit verlassen hat. Aber sie war klüger als diese. Sie hat gar nicht erst den Versuch gemacht, viel Geld aus mir herauszuschlagen; sie wußte, was mit ihr passieren würde, wenn sie es versucht hätte. Meine Söhne haben sich von ihrer Geldgier hinreißen lassen und jeglichen Sinn für das verloren, was für einen Menschen gut ist. Sie haben versucht, mich aus meinem eigenen Geschäft zu verdrängen, aus jenem Konzern, den ich mit tausend Dollar Anfangskapital (die ich mir seinerzeit geliehen habe) zu seinem gegenwärtigen Geschäftsumfang von 30 Millionen ausgebaut habe. Mein Geschäft, für das ich wie ein Sklave gearbeitet, für das ich Not und Schlaflosigkeit erduldet habe, ist zu dem riesigen Unternehmen nur zu einem einzigen Zweck ausgebaut worden: Für dieses Tal, für diesen Ras Tyger, auf daß ich das Buch in die Wirklichkeit umsetzen und den Spöttern eines Tages zeigen könnte, was für ignorante, hirnlose und seichte Hyänen sie sind! Ich habe mehr als drei Millionen für dieses Projekt ausgegeben, es ist mein Werk, ganz allein mein Werk! Sie (meine Söhne) haben verlangt, daß ich ihnen sage, wo das Geld geblieben ist; sie haben Detektive angeheuert, um mir nachspionieren zu lassen, wenn ich Johannesburg verließ. Aber ich danke Gott, daß ich ein paar loyale Diener hatte, die meine Interessen vertraten und mich warnten — gut bezahlte Diener natürlich, Diener, die wußten, was ihnen geschieht, wenn sie mich betrügen. Und deshalb verschwanden die Detektive für immer von der Bildfläche, wenn sie mich verfolgten, und das geschah ihnen auch ganz recht. Sie erlitten dasselbe Schicksal wie alle, die versucht haben, mich zu hintergehen, und wie diejenigen, die nichts von mir und meinem Hauptanspruch wußten und versucht haben, in dieses Tal vorzudringen.

Die Existenz dieses Ortes ist natürlich seit langer Zeit bekannt, aber außer meinen Helfern und mir weiß niemand etwas von seiner Natur, was er enthält, was hier vorgeht. Noch

Ras verstand nicht viel von dem, was er las. Viele Wörter waren darunter, deren Bedeutung er nicht kannte: Afrika, Malaria, Bilharziose, venerisch, Johannesburg, Detektive und so weiter. Wenn das Wörterbuch nicht zusammen mit der Hütte am See verbrannt wäre, dann hätte er ihre Bedeutung nachschlagen können. Yusufu kannte sie vielleicht — falls Yusufu noch lebte und er ihn finden würde.

Er faltete die Buchseiten zusammen und steckte sie zu der anderen Seite in die Tasche. Er verstaute die Tasche in einem Loch im Baumstamm unmittelbar über einem Ast und verdeckte das Loch mit Blättern und Zweigen. Er ging zum Fluß zurück, und zwar zum südlichen Ende des Zauns über die Landzunge. Auf der Plattform über dem Tor im Zaun stand niemand Wache. Im Dorf wurden Trommeln geschlagen, der Stierimitator trompetete, und Kürbisflaschen rasselten. Ras bezog einen Beobachtungsposten auf einem Baum nahe dem Flußufer im Süden des Dorfes. Von dort aus konnte er alles übersehen, was im Dorf vor sich ging.

Die Toten und Gubados Kopf lagen noch immer Seite an Seite auf der Erde, mitten im Dorf. An dem einen Ende der Reihe lag ein Leichnam, der in der Nacht zuvor noch nicht dagewesen war. An seinem Umfang erkannte Ras ihn: Es war Tibaso, der Häuptling. Entweder hatte die Wunde im Oberschenkel ihm den Tod gebracht, oder aber Bigagi hatte ihn getötet. Doch das war nicht wahrscheinlich. Auf dem Thron des Häuptlings saß Bigagi, und der ganze Stamm hatte sich vor ihm versammelt. Tibasos Witwen und Wilida standen hinter ihm. Wuwufa, Kopf und Schultern unter einem kegelförmigen Turm aus Latten und Stroh verborgen, tanzte vor der Menge. In der Hand hielt er einen Fliegenwedel, die Schwanzspitzen eines Wasserbüffels. Er wedelte damit hin und her und schlug in die Menge. Von Zeit zu Zeit hielt er inne, beugte sich etwas vor oder neigte sich zur Seite, als würde er intensiv horchen.

Es dauerte eine Weile, bis Ras begriff, was da vor sich ging. Das Schweigen der Menge half ihm auf die Sprünge, die geduckte Haltung und die weit aufgerissenen Augen jedes einzelnen, die starr auf Wuwufa gerichtet waren, von dem ein jeder sich offensichtlich bedroht fühlte —, und natürlich die Fliegenwedel. Er hatte diese Zeremonie noch niemals mit eigenen Augen gesehen, kannte sie jedoch aus Wilidas Beschreibungen. Wuwufa war dabei, denjenigen zu erschnüffeln, von dem das Böse ausging.

Über die Wantso war eine Katastrophe hereingebrochen. Die Hälfte aller erwachsenen Männer war tot, großes Leid war über den Stamm gekommen. Jemand war verantwortlich dafür, und dieser Jemand mußte erschnüffelt werden, ehe er noch mehr Übel anrichten konnte. Alle waren verdächtig, Männer, Frauen, Kinder, doch einer war verdächtiger als die anderen, trug soviel Böses in sich, daß es aus ihm herausgelaufen war und das Verderben unter den Wantso ausgestreut hatte. Einer mußte ermittelt werden, ehe noch mehr Leid zubeißen konnte wie eine Schlange.

Wuwufa stampfte vor der Menge auf und ab und wedelte mit dem Büffelschwanz. Er tanzte an der vordersten Reihe entlang und schüttelte den Wedel vor jedem Gesicht, und jeder duckte sich und zuckte zurück. Wuwufa ging zwischen den Reihen auf und ab, er schob das Entsetzen vor sich her und ließ hinter sich Erleichterung zurück. Er ging durch die Reihen und berührte niemanden, und dann stampfte er auf und krümmte sich zusammen und neigte den Oberkörper mit dem Lattenturm einmal in diese, einmal in jene Richtung. Endlich bahnte er sich den Weg zu Bigagi, Thiliza, Favina und Wilida.

Bigagi zeigte als einziger keinerlei Zeichen von Furcht. Er hatte den Blick auf Wuwufa geheftet, als wollte er ihm den Rat geben, ihn nicht mit dem Büffelschwanz zu berühren. Die drei Frauen schraken zurück und waren bemüht, sich hinter dem Thron vor dem näherkommenden Geisterbeschwörer in Sicherheit zu bringen.

Ras fragte sich, ob Bigagi und der alte Medizinmann letzte Nacht wohl noch eine Auseinandersetzung gehabt hatten. Hatte Wuwufa ihm den Anspruch auf den Häuptlingsthron streitig gemacht? Glaubte Wuwufa, sich ihn vom Halse schaffen zu können, indem er ihn als denjenigen ausschnüffelte, von dem das Böse ausströmte? Oder hatte er eine der Frauen im Sinn?

Wuwufa blieb stehen und ließ den Büffelschwanz vor Bigagi auf und nieder tanzen. Bigagi hatte einen Schild gepackt, wandte den Blick aber nicht von Wuwufa ab. Der tanzte hin und her und neigte das kegelförmige Gebilde lauschend zur Seite. Dann ging er an Bigagi vorbei zu den Frauen. Sie drehten sich um, als fürchteten sie, der Wedel könnte sie am Rücken berühren. Als der Schwanz sich ihren Gesichtern näherte, legten sie erschreckt den Kopf in den Nacken und hielten sich die Hände vors Gesicht. Thiliza brach vor Entsetzen in die Knie.

Doch Wuwufa beachtete sie nicht weiter, sondern konzentrierte sich auf Wilida. Er näherte sich ihr von rechts, dann von links. Er schlängelte seinen Körper hierhin und dorthin, und in jeder Stellung verharrte er lange Zeit. Er schüttelte den Wedel über ihrem Kopf und ließ ihn um ihren Körper kreisen. Einmal schlug er ihr damit zwischen die Beine. Anschließend hielt er ihn dicht an die Maske, wie um daran zu riechen.

Ras umklammerte mit beiden Händen den Ast, auf dem er saß. Wilida sollte also die Hexe sein. Natürlich, sie mußte das Böse ausgestreut haben. Sie war ihm als erste begegnet; sie war die beste Freundin des Geisterknaben gewesen, und später sein größte Geliebte. Der Geisterknabe war an die Dorfbewohner nur herangekommen, weil sie damals nicht davongelaufen war, als er sich ihr in den Weg gestellt hatte. Der Geisterknabe hatte sich vor dem ganzen Dorf gebrüstet, sie von allen am meisten zu lieben. Und hatte der Geisterknabe, Lord Tyger, nicht den Tod der Hälfte der erwachsenen Männer auf dem Gewissen? Wilida, das war die Lösung. Sie war die Schuldige unter den Schuldigen.

Ras hatte das Gefühl, Wuwufas Entscheidung würde noch durch etwas anderes beeinflußt. Wenn er nämlich Wilida als Hexe ausmachte, dann zeigte er dem neuen Häuptling gleichzeitig, daß er mehr Macht hatte als er. Er war Herr über die Welt der Geister, und die war schließlich noch immer mächtiger als die des Fleisches. Das hatte Yusufu einst seinem Sohn erzählt, und jetzt bewahrheiteten sich diese Worte vor seinen Augen.

Die Menge stöhnte auf, als der Büffelschwanz Wilidas Gesicht wieder und wieder streifte. Wilida hielt den Kopf gesenkt, ihre Arme hingen schlaff an ihrem Körper herunter, und langsam brach sie in die Knie. Bigagi war aufgesprungen, er schimpfte und stieß seinen Schild wütend auf die Erde. Wuwufa beachtete ihn gar nicht. Er rief Tuguba und Sewatu heran, und sie führten Wilida zwischen sich ins Große Haus. Sofort strömten die Frauen aus, um Holz für den Scheiterhaufen zu sammeln, auf dem die Hexe verbrannt werden sollte.

Indessen machten die Männer sich an die Arbeit, für die sie zuständig waren. Sie hoben die Leichen auf kleine Stühle und banden sie mit langen Seilen an der Rückenlehne fest. Die meisten waren steif wie gefällte Bäume. Gubados Kopf wurde ebenfalls auf ein Stühlchen gesetzt, damit auch er dem Verbrennen der Hexe zusehen könnte.

Ras spürte Übelkeit in sich aufsteigen, als er sich bewußt wurde, welches Schicksal Wilida erwartete. Da kam eine Frau, Seliza, durch die Büsche auf ihn zu, und er stieg von seinem Beobachtungsposten auf die Erde. Hinter Seliza, ein paar Meter nur, trottete Thifavi, Wuwufas Sohn, einen Speer in der Hand. Er rief Seliza zu, sich beim Holzsammeln zu beeilen. Aus seinen unruhigen Blicken ging hervor, daß er sich hier draußen nicht sehr wohl fühlte, obwohl noch heller Tag war.

Ras schlich von hinten an Thifavi heran, als Seliza sich gerade abgewandt hatte, um mit einer Kupferaxt einen Busch abzuhacken. Offenbar hatte Thifavi etwas gehört, oder er blickte sich nur zufällig um. Vor Schreck bekam er große Augen, und sein Mund klappte auf. Er drehte sich ganz um und riß dabei seinen Speer hoch. Ras wich der Speerspitze aus und stieß dem Sohn des Medizinmannes sein Messer in die Kehle. Dann ließ er ihn vorsichtig auf die Erde sinken, damit Seliza durch das Geräusch des fallenden Körpers nicht aufmerksam wurde. Mit einiger Anstrengung zog er dem Toten das Messer aus der Kehle, dessen Spitze sich in der Luftröhre verklemmt hatte. Mit einem Satz war er über Seliza und drückte sie mit dem Gesicht nach unten auf die Erde. Mit der linken Hand hielt er ihr den Mund zu, mit der rechten setzte er ihr das blutige Messer an die Halsschlagader.

»Mit dem Tod wirst du hier liegen«, sagte er, »und mein Messer wird in dich eindringen, nicht ich, wenn du mir Lügen erzählst!«

Seliza schüttelte heftig den Kopf. Ras nahm die Hand von ihrem Mund und erlaubte ihr, sich aufzusetzen.

»Sag mir die Wahrheit«, forderte er sie auf. »Wer hat den Pfeil abgeschossen, der meine Mutter getötet hat?«

Selizas Zähne klapperten so sehr, daß sie kaum ein Wort herausbringen konnte.

»Ich ... ich ... wirklich ... ich ... weiß nicht!«

»Eure Männer müssen sich doch damit gebrüstet haben, daß sie ins Land der Geister gezogen sind und die Affenmutter von Ras Tyger, dem Geist, getötet haben, obwohl sie gar keine Äffin war, ebensowenig wie ich ein Geist bin, was du ja sehr wohl weißt. Wer war es? Bigagi? Er ist der einzige, dem ich den Mut zutraue.«

Seliza nickte, und nachdem sie erst einmal angefangen hatte, konnte sie nicht wieder aufhören.

»Also war es Bigagi! Ich dachte es mir! Er wird eines langsamen Todes sterben. Zwar werden alle eure Männer sterben, doch bei ihnen wird es schneller gehen, nur bei Bigagi nicht. Jetzt sage mir noch, wo Yusufu ist, mein Vater!«

Seliza, die noch immer nickte, erwiderte: »Yusufu? Dein Vater? Es gibt im Dorf keinen Yusufu, dein Vater, wirklich nicht. Ich habe keine Ahnung von ihm!«

»Ein kleiner schwarzer Mann mit langen grauen Haaren im Gesicht, na?« bohrte Ras weiter. »Mein geliebter Pflegevater! Du mußt es doch wissen! Wo ist er? Im Großen Haus?«

Auch bei diesen Worten nickte Seliza, und wieder konnte sie nicht mehr damit aufhören.

»Und wann soll Wilida verbrannt werden?« forschte Ras weiter.

»Heute natürlich! Sobald der Scheiterhaufen errichtet ist.«

Ras stand auf und trat ein paar Schritte zurück, hielt das Messer jedoch weiterhin drohend auf sie gerichtet. Er sagte: »Geh nun ins Dorf und sage Bigagi, daß Yusufu und Wilida auf der Stelle freizulassen sind. Sie sollen durch das westliche Tor kommen, damit sie in einem Einbaum den Fluß überqueren können. Niemand darf ihnen folgen.

Wenn sie nicht freigelassen werden, wenn ihnen etwas zuleide getan wird, töte ich jeden Mann im Dorf und brenne die Hütten und die Umzäunung nieder, so daß Frauen und Kinder kein Zuhause mehr haben und den Leoparden schutzlos ausgeliefert sind.

Und sage Bigagi außerdem, auch wenn er Yusufu und Wilida freigibt ...«

Er sprach nicht weiter. Er wollte Bigagi nicht unnötig reizen. Der würde schon noch früh genug herausfinden, daß er die Absicht nicht aufgegeben hatte, ihn umzubringen.

Er hob das Messer, hielt jedoch mitten in der Bewegung inne und fragte: »Wiviki? Was hat ihn getötet?«

»Ein gelbhaariger Geist war es!« Seliza schien froh, ihm diese Nachricht mitteilen zu können. »Er und Sazangu waren auf der Jagd. Da hörten sie es rascheln im Gebüsch, und als sie sich näher schlichen, sahen sie den Geist. Er war kleiner als du, bleicher, mit langem, gelbem Haar und eingehüllt in ein eigenartiges braunes Material. Er hatte eine stumpfe Axt in der Hand, nicht sehr groß, und zeigte mit dem Ende des Griffes auf Wiviki, als er aufsprang und seinen Speer nach dem Geist schleudern wollte. Es folgte ein Geräusch, wie wenn ein trockener Zweig zerbricht, und dann fiel Wiviki tot um. Der Geist rannte weg. Wiviki hatte keine Wunde, nur ein kleines Loch in der Brust. Er ...«

»Das reicht!« unterbrach Ras den Redestrom. Er ritzte Seliza mit der Spitze seines Messers die Haut am Oberarm auf und befahl: »Hau ab!«

So schnell ihre dicken Beine es erlaubten, lief Seliza schreiend ins Dorf zurück. Ras ging schnell ans Ufer, schwamm durch den Fluß und lief zu einer Stelle, von der aus er das Dorf am anderen Ufer gut überblicken konnte. Dort stieg er wieder auf einen Baum, um das weitere Geschehen zu beobachten. Seliza jammerte noch immer, als einige Frauen sie in ihre Hütte führten. Bigagi stürmte vor den Kriegern auf und ab. Ein Krieger war jetzt jeder Mann, der kräftig genug war, einen Speer aufrecht zu halten. Bigagi hielt eine laute Rede und deutete zwischendurch immer wieder mit dem Schild auf die Büsche, wo Thifavi lag.

Ras zählte die Männer, die im Dorf versammelt waren. Dann suchte er die Gegend rings um das Dorf aufmerksam mit den Augen ab, bis er Zebedi, den er im Dorf vermißt hatte, im Gebüsch entdeckte, und zwar in der Nähe des Baums, von dem aus er vor zwei Wochen in den Fluß gesprungen war. Dem Baum gegenüber kauerte Fatsaku, ein zwölfjähriger Junge, im Gebüsch.

Bigagi wollte sich offenbar keine Blöße geben. Fatsaku sollte Verstärkung alarmieren, falls Ras wieder auf den Baum steigen sollte, und Zibedi, der mit zwei Speeren und mit Pfeil und Bogen bewaffnet war, sollte Ras töten, sobald er versuchen sollte, auf diesem Wege noch einmal zu entkommen.

Er zählte die Männer im Dorf noch einmal sorgfältig durch, bis er sicher war, daß nicht noch jemand im Hinterhalt lauerte. Dann stieg er von dem Baum herab und kroch zu Zebedi, der kurz darauf sein Leben aushauchte, während das Blut aus seiner aufgeschlitzten Schlagader schoß und Ras sein Gesicht in den Schlamm drückte, um jeden Schrei zu ersticken.

Als Zebedi nicht mehr blutete, schlug Ras einen Bogen nach Norden und Osten und überquerte den Fluß. Er kam von hinten an Fatsaku heran, doch der Junge war nervös wie ein Äffchen, das einen Leoparden wittert. Er drehte sich pausenlos um, und als er einen Streifen heller Haut entdeckte, sprang er schreiend auf, ließ den Speer liegen und rannte ins Dorf. Ras warf ihm sein Messer nach, verfehlte ihn aber. Er holte das Messer zurück, schwamm ans andere Ufer und nahm seinen Beobachtungsposten wieder ein.

Inzwischen war die Hütte, die als Scheiterhaufen dienen sollte, fertig. Es war eine hastig errichtete Konstruktion; sie wurde zwar von langen Gräsern zusammengehalten, lief aber dennoch Gefahr, jeden Moment zusammenzubrechen. Doch ihren Zweck würde sie wohl erfüllen.

Man führte Wilida aus dem Großen Haus auf den Platz in der Mitte des Dorfes, wo Wuwufa unter seiner Maske hervor eindringlich auf sie einsprach. Bigagi saß vorgebeugt auf dem Thron. Er sagte kein einziges Wort. Wilida hielt den Kopf gesenkt und machte einen beherrschten Eindruck. Ihre Haut war grau, wie Ras trotz der Entfernung deutlich erkannte. Sie wehrte sich nicht, als man sie vorwärtsstieß und in die Hütte drängte. Ihre

Hände waren auf dem Rücken zusammengebunden, und sie fiel hin. Ihre Füße ragten aus dem Eingang der Hütte heraus. Einige Frauen traten dagegen, bis sie sie in die Hütte zog.

Dann schichteten die Frauen vor dem Eingang große Zweige und Büsche auf. Als er geschlossen war, nahm Wuwufa seiner Frau eine Fackel aus der Hand und entzündete mit ihr die nördliche, westliche, südliche und östliche Ecke der Hütte. Bigagi erhob sich vom Thron. Als wüßte er, daß Ras von irgendwoher zusah, drehte er sich einmal um die eigene Achse, wobei er viermal stehenblieb, den Schild drohend gegen die Welt außerhalb des Dorfes erhob und etwas rief.

Es war windstill, doch die Hütte hatte schnell Feuer gefangen. Hoch loderten die Flammen, steil stieg der Rauch in die Höhe. Wilida begann gellend zu schreien. Sie hörte erst auf, als die Hütte in sich zusammenbrach und das lodernde Dach sie unter sich begrub.

NEUNTES KAPITEL

___

Die Abrechnung

Ras erbrach sich. Dann lag er lange auf dem Ast, das Gesicht der Erde zugewandt, und starrte auf die Büsche und Elefantenohrpflanzen. Schließlich kletterte er von dem Baum herab und bemerkte auf dem Weg nach unten, daß einige Käfer und Insekten bereits damit begonnen hatten, seinen Mageninhalt, der teilweise gegen den Baumstamm gespritzt war, zu verzehren. Er ging zum Fluß, um sich den schlechten Geschmack aus dem Mund zu spülen und seine Kehle und seinen besudelten Körper zu säubern.

Für Wilida konnte er nichts mehr tun, als um sie zu

trauern und ihre Mörder zu töten. Wenn er Seliza glauben durfte, dann war Yusufu noch nicht tot. Doch er war jetzt nicht mehr so sicher, ob sie ihm nicht nur erzählt hatte, was er ihrer Meinung nach hatte hören wollen. Fest stand zumindest, daß er keine Spur von Yusufu entdeckt hatte. Vielleicht hatten die Wantso ihn unterwegs vom Baumhaus in ihr Dorf umgebracht? Vielleicht war er ihnen auch entwischt und in die Berge geflohen?

Er konnte kaum noch klar denken. Die beiden Menschen, die er neben Yusufu am meisten geliebt hatte, waren tot.

»Aller guten Dinge sind drei«, hatte Mariyam oft gesagt.

»Diesmal nicht!« sagte Ras laut vor sich hin.

Er ging zu der Stelle zurück, wo er Gubados Leichnam zurückgelassen hatte, und suchte Janhoy. Von dem alten Harfenspieler war kaum noch etwas übrig geblieben. Seine Knochen lagen in der Gegend verstreut herum, und zwei Schakale nagten an ihnen herum, während sechs Raben, im Halbkreis um die Schakale hockend, darauf warteten, ihrerseits an die Reihe zu kommen. Nicht weit davon entfernt, hinter einem Busch, schlief Janhoy. Er lag auf dem Rücken, mit prallem Bauch, die Vorderpfoten auf der Brust verschränkt, die Hinterbeine in die Luft gestreckt.

»Wenn ich ein Wantso wäre, könnte ich dir jetzt einen Speer in deinen fetten Bauch rammen, und du würdest nie mehr aus deinen Löwenträumen erwachen — was immer es sein mag, wovon ein Löwe träumt«, sagte Ras. »Schlaf gut und lange, Janhoy. Im Augenblick habe ich keine Zeit für dich, und auch in der nächsten Zeit werde ich mich kaum um dich kümmern können.«

Er zog den Wantsopfeil aus dem Köcher, der Mariyam getötet hatte, und sagte: »Und du, du wirst zu dem Mann zurückfliegen, der dich in Mariyams Herz gezielt hat. In sein Herz sollst du zurückkehren. Mit deiner Hilfe soll Bigagi noch diese Nacht sterben.«

Den Rest des Tages verbrachte er unruhig schlafend auf einem Baum. Erst das Geschrei von Affen und Vögeln holte ihn in die Wirklichkeit zurück. Ein paarmal hatte er von Mariyam und Wilida geträumt, als wären sie noch am Leben, und dann war er weinend erwacht. Im letzten Traum hatte er Yusufu als Gefangenen in einer Wantsohütte gesehen. Da wußte er, daß er sich keinen Schlaf mehr leisten konnte, bevor der kleine Mann nicht in Sicherheit war. Kurz vor Sonnenuntergang kehrte er zu dem großen Baum am Flußufer gegenüber dem Dorf zurück.

Die Abenddämmerung senkte sich purpurfarben herab. Die Tiere des Tages kamen allmählich zur Ruhe, und die Nachttiere nahmen ihren Platz ein. In der Ferne brüllte ein Leopard. Ras hörte ein scharrendes Geräusch und vermutete, daß der Leopard Zebedis Körper gefunden hatte. Das Geräusch wurde lauter. Nun zerrte der Leopard den Leichnam wohl an eine Stelle, die ihm für die Mahlzeit besser geeignet schien. Bald würde der größte Teil von Zebedi, der als der »Lacher« bekannt gewesen war, im Bauch der Raubkatze verschwunden sein, und Schakale und Raben würden seine Knochen sauber abnagen. Und dann würde Gras über sie wachsen. Zebedi wäre für immer dahin. Ebenso wie Gubado, der alte Harfenspieler. Er würde zu Löwenmist werden, und seine Knochen würde auch schon bald Gras bedecken.

»Doch ich erinnere mich noch gut an Zebedis Lachen und an seine Witze, die mir Wilida erzählt hat. Und auch den Klang von Gubados Harfe habe ich noch im Ohr, und ich werde seine Lieder vielleicht eines Tages wieder auf meiner Harfe spielen. Und Mariyam und Wilida ...«

Er versuchte, nicht mehr an Mariyam und Wilida zu denken. Jeder Gedanke an sie schnitt tief ins Mark seiner Seele.

Im Dorf brannten Fackeln und beleuchteten jeden Winkel. Die Toten wurden von den Stühlchen genommen und ins Große Haus getragen. Einige Frauen waren dabei, vor den Hütten auf Steinen und in Töpfen die Abendmahlzeit zu bereiten. Andere beklagten lautstark die Toten. Bigagi saß auf dem Thron des Häuptlings und aß von einer hölzernen Platte, die Seliza ihm hinhielt. Er sprach mit vollem Mund auf Wuwufa und die Krieger ein, die vor ihm hockten. Über jedem Tor brannten Fakkeln, und auf den Plattformen standen kleine Jungen und hielten Wache. Nur ihr Haarschopf war in dem V zu sehen, das die am oberen Ende angespitzten Pfähle bildeten. Die Kinder gaben ein dankbar schlechtes Ziel ab.

Und Yusufu? Wo war er?

Ras wechselte den Baum, um das Dorf aus einem anderen Blickwinkel einsehen zu können. Wie er vermutet hatte, stand auch unter dem Ast, der vom heiligen Baum über den Zaun ins Dorf ragte, ein Wachtposten, und zwar Pathapi. Er sollte vermutlich verhindern, daß Ras über den Ast ins Dorf eindrang.

Die Dunkelheit nahm zu. Der Mond war noch nicht aufgegangen. Frauen und Kinder zogen sich in die Hütten zurück, bis auf diejenigen, die im Großen Haus bei den Toten wachten. Die Krieger versammelten sich um Bigagi, um seine Anweisungen entgegenzunehmen. Dann wurden die Kinder von den Plattformen zurückgerufen und nach Hause geschickt. Bis auf eine wurden alle Fackeln gelöscht. Im Schein der letzten Fackel sah Ras, wie die Männer sich in die Schatten unter den Hütten zurückzogen. Pathapi kroch unter Wuwufas Hütte. Bigagi ging ins Große Haus, doch Ras war sicher, daß er sich nicht zur Ruhe legte, sondern sprungbereit hinter dem Eingang wartete.

Auch die letzte Fackel wurde in einen Wasserkrug gehalten und verlosch. Dunkelheit und Stille senkten sich über die Hütten. Selbst das Jammern und Stöhnen der Frauen im Großen Haus erstarb allmählich.

Ras kletterte von seinem Beobachtungsposten auf die Erde und schwamm durch den Fluß. Aus einem Baumloch holte er Feuerstäbe und ging daran, ein Feuer zu entfachen. Nach einer Weile blies er die Flamme am Ende eines langen, trockenen Zweiges aus und lief rasch zum heiligen Baum. Mit der Glut in der Hand stieg er nach oben, was nicht ganz einfach war. Als er es geschafft hatte, warf er die Glut über den Zaun auf das Dach von Wuwufas Hütte.

Sofort schlug jemand, wahrscheinlich Wuwufa, Alarm, und dann hörte er, wie nackte Füße über den festgetretenen Boden schlurften. Er sprang auf die Erde und rannte am Zaun entlang zum Westtor. Dort knüpfte er das Seilende zu einer Schlinge und warf sie über eine Pfahlspitze. Dann hangelte er sich an dem Seil in die Höhe. Er spähte durch die Dornen, die den oberen Abschluß des Zauns bildeten. Im Schein des brennenden Dachs sah er Wuwufa und seine Frau aufgeregt vor ihrer Hütte hin und her rennen. Auf dem Dach bemühten sich zwei Männer, die Flammen mit Einbootpaddeln auszuschlagen. Andere Männer standen um die Hütte herum und riefen ihnen Anweisungen zu. Doch alle Mühe war vergebens; durch ihre heftigen Schläge verteilten sie kleine Brandherde über das ganze Dach. Mehrere Frauen schleppten Krüge mit Wasser herbei. Bigagi war nirgends zu sehen.

Plötzlich trat er hinter der Hütte hervor, die Ras am nächsten stand. Er stieß einen gellenden Schrei aus und warf gleichzeitig seinen Speer nach Ras. Ras ließ das Seil los und verschwand hinter den Pfahlspitzen. Im Fall packte er das Seil wieder, zog sich so hoch, daß er mit einer Hand in das V zwischen den Pfahlspitzen greifen konnte, wobei ihm die Dornen schmerzhaft die Hand zerkratzten, löste die Schlinge und ließ sich auf die Erde fallen. Bigagis Speer hatte die Pfahlspitze gestreift und lag inzwischen auch auf der Erde. Ras hob ihn auf und lief am Zaun entlang bis dicht an das Nordtor. Eigentlich hatte er erwartet, daß die Wantso aus dem Südtor und aus dem Westtor kommen und versuchen würden, ihn zu umzingeln. Doch als er sich dem Nordtor näherte, ging es gerade auf. Er änderte die Richtung und lief auf die Bäume und Büsche in einiger Entfernung vom Dorf zu. Dann änderte er auch diese Absicht wieder und blieb stehen. Er wandte sich um und wartete, bis das Tor ganz geöffnet war.

Der Speer traf Gifavu, der als erster aus dem Tor trat, in den Bauch. Er stürzte hintenüber und riß dabei auch den Mann hinter sich um. Inzwischen war auch das Südtor aufgegangen. Bigagi und drei andere Männer wollten gerade ins Freie treten, als sie die Schreie der Männer am Nordtor hörten. Sie machten kehrt und rannten dorthin.

Ras war längst klar geworden, daß Bigagi den Kampf nicht aufgeben würde. Er brauchte ein klares Ergebnis: entweder er oder Ras. Natürlich könnte Ras sich die Männer einen nach dem anderen vornehmen, sich nach jedem Treffer in den Dschungel zurückziehen und später wiederkommen, um erneut zuzuschlagen. Das ließe sich beliebig fortsetzen, zumal die Wantso sich nicht einfach im Dorf verbarrikadieren konnten. Von Zeit zu Zeit waren sie gezwungen, ins Freie zu kommen, um Nahrung und Wasser heranzuschaffen. Wenn es hart auf hart kommen sollte, könnte er sie auch ausräuchern. Offenbar hatte Bigagi ähnliche Überlegungen angestellt und seinen Leuten klargemacht, daß sie ihre Scheu vor der Dunkelheit überwinden und dem Geisterknaben auch in der Nacht nachstellen müßten. Nicht einmal Gifavus Tod sollte sie davor zurückhalten.

Ras flüchtete zum Fluß und wollte ans andere Ufer schwimmen. Dicht neben ihm peitschten Pfeile ins Wasser. Er war gezwungen zu tauchen. Sein Bogen und die Pfeile wurden naß. Bis auf den Pfeil, der Mariyam getötet hatte, warf er alles weg, auch das Seil. Er klemmte den Pfeil hinter den Lendenschurz, das einzige, was er anhatte.

Er kam kurz an die Wasseroberfläche, atmete tief ein

und bemerkte, daß drei Männer hinter ihm herschwammen. Sechs Gestalten, die sich dunkel von der Nacht abhoben, standen am Ufer und warteten offenbar darauf, daß er auftauchen würde. Sie bemerkten ihn jedoch nicht. Er tauchte wieder unter und schwamm unter Wasser auf seine drei Verfolger zu. Hin und wieder verharrte er bewegungslos, damit er sie hören konnte. Als er sicher war, daß einer von ihnen genau über ihm schwamm, tauchte er von unten an ihn heran. Es war nicht ganz einfach, unter Wasser wirkungsvoll mit dem Messer zuzustoßen, so packte er, um einen Halt zu haben, den Schwimmer am Bein und stieß ihm die Klinge mit aller Kraft in den Bauch. Dann zog er das Messer wieder heraus und tauchte auf. Er war genau zwischen den beiden anderen. Der Erstochene trieb mit dem Gesicht nach unten und mit ausgebreiteten Armen flußabwärts.

Bigagi rief den beiden anderen Schwimmern etwas zu, woraufhin sie sich zögernd Ras zuwandten. Er tauchte wieder unter, und als er spürte, wie jemand sein Bein berührte, tauchte er noch tiefer. Seine Ohren begannen zu sausen, als er mit einer Hand den kalten Schlamm auf dem Grund des Flusses berührte. Über sich hörte er undeutliche Geräusche, es klang so, als würden viele Hände und Füße auf dem Wasser aufschlagen. Waren etwa die Männer, die vorher am Ufer gestanden hatten, jetzt auch hinter ihm her? Wenn ja, dann hatte Bigagi mit Sicherheit dafür gesorgt, daß wenigstens ein Bogenschütze noch am Ufer stand. Doch in der Dunkelheit würde es mit seiner Treffsicherheit nicht weit her sein. Noch war niemand auf die Idee gekommen, Fackeln herbeizuschaffen.

Er wußte nicht mehr, in welcher Richtung er zu schwimmen hatte. Er tastete sich auf dem Grund des Flusses entlang. Auf einmal stieg den Boden steil an. Also bewegte er sich auf das falsche Ufer zu. Gut, dachte er, soll es das falsche Ufer sein. Es würde sowieso niemand damit rechnen, daß er ausgerechnet an dem Ufer wieder auftauchen würde, das er eben erst verlassen hatte. Und wenn doch, dann konnte er es auch nicht ändern. Er war kaum noch imstande, die Luft anzuhalten; die Angst, plötzlich den Mund zu öffnen und zu versuchen, zu atmen, preßte ihm wie eine eiserne Faust die Kehle zusammen.

Die Wasseroberfläche war dicht über ihm ein hellerer Streifen in der Finsternis. Ganz langsam, die Versuchung niederkämpfend einfach aufzutauchen und einzuatmen, rollte er sich auf den Rücken und ließ sich an die Oberfläche tragen. Das Wasser brach auf seinem Gesicht auseinander und rollte seitlich davon ab. Er atmete ganz aus und zog dann in tiefen Zügen die Luft ein. Undeutlich hörte er ein Plätschern und Rufen, denn seine Ohren waren noch unter Wasser. Er ließ sich wieder untersinken und tastete sich wenige Zentimeter unter der Wasseroberfläche über den Schlamm am Ufer entlang. Seine Finger berührten Wurzeln, eine Tonscherbe und einen Knochen, der sich wie eine Schweinshaxe anfühlte. Die Strömung nahm zu. Er war in dem engen Wasserlauf zwischen der Sandbank und dem Ufer angekommen. Doch er setzte seinen Weg fort, bis er das Gefühl hatte, auch das letzte bißchen Luft wäre aus ihm entwichen und er wäre nur noch eine vergehende Leere. Da erst steckte er, mit Mühe gegen die Angst ankämpfend, den Kopf aus dem Wasser. In langen, wohl bemessenen Zügen atmete er ein, kroch über das Ufer an den Zaun und lehnte sich dagegen. Er mußte sich eine Weile ausruhen. Am Ufer, und zwar an der Stelle, an der er ins Wasser gesprungen war, herrschte ein großes Durcheinander. Fackeln erleuchteten die Szene. Er unterschied Stimmen von Frauen und Kindern. Es hörte sich an, als wäre das ganze Dorf am Fluß versammelt.

Vielleicht war das tatsächlich der Fall, vielleicht hatte Bigagi alle zusammengetrommelt und ließ sie an der Suche teilnehmen. Mit der Anzahl wuchs ihre Stärke — und ihr Mut.

Ras stand auf, noch etwas wackelig auf den Beinen, und ging am Zaun entlang, bis zum Südtor. Es stand offen. Vorsichtig spähte er um die Ecke. Wuwufas Hütte brannte lichterloh, die Flammen loderten bis zum Ast des heiligen Baums empor. Kein Mensch war zu sehen, nur Wuwufa. Er hockte vor seiner Hütte auf der Erde und starrte ins Feuer. Selbst die Kleinkinder waren am Fluß.

Ras schlich sich von hinten an den alten Mann heran und tippte ihn auf die Schulter. Wuwufa zuckte zusammen, stieß einen Seufzer aus und blickte auf. Seine Augen weiteten sich vor Schreck; sein Mund klappte auf.

»Es ist deine Schuld, daß Wilida verbrannt wurde«, sagte Ras.

Wuwufa zitterte am ganzen Leibe und versuchte, auf die Füße zu kommen. Ras versetzte ihm mit der Fußsohle, die schwielig und hart wie Eisen war, einen Tritt unters Kinn. Wuwufa fiel bewußtlos um. Sein Unterkiefer war gebrochen, Blut sickerte ihm aus dem Mund. Ras steckte sein Messer wieder in den Gürtel und hob den alten Mann auf. Er hielt ihn mit ausgestreckten Armen über dem Kopf und trat so dicht an die brennende Hütte heran, wie die Hitze es ihm erlaubte. Dann schleuderte er ihn durch den Eingang ins Innere. Sekunden später stürzte das Dach ein, dann die Wände.

Zuerst warf Ras einen Blick ins Große Haus. Er fand nur die Leichen und Gubados Kopf darin, keine Spur von Yusufu und keinen Anhaltspunkt dafür, daß er jemals dort gewesen war. Er zog aus einem an der Wand aufgeschichteten Stapel Fackeln eine heraus und entzündete sie an der Glut in einem bauchigen Tonkrug. Dann kippte er die Glut an die Wand und steckte mit der Fackel an mehreren Stellen Wände und Hängematten in Brand.

Anschließend durchsuchte er eine Hütte nach der anderen, warf die Feuerstellen um und entzündete leicht entflammbare Teile. Er mußte sich beeilen, denn bald würden die Wantso die Brände entdecken. Und wenn Bigagi so klug war, wie er meinte, dann würde er an allen Toren Männer postieren, ehe er durchs Nordtor hereinkäme.

Unter den Hühnern, Ziegen und Schweinen brach eine Panik aus. Die Hühner rannten gackernd in alle möglichen Richtungen, nur nicht in die, in welcher sie in Sicherheit gekommen wären, nämlich durch eins der Tore ins Freie. Die Ziegen versammelten sich nahe einer Hütte, die noch nicht brannte, und folgten dann einem erfahrenen Bock durchs Südtor nach draußen. Die Schweine warfen sich quiekend gegen die Koben. Ras spielte einen Augenblick lang mit dem Gedanken, sie freizulassen, kam jedoch zu dem Schluß, daß das doch zuviel Zeit in Anspruch nehmen würde. Er hatte nicht mehr viel Zeit. Denn trotz des Lärms der Tiere war eine deutliche Veränderung in den Stimmen der Wantso am Fluß nicht zu überhören. Offenbar hatten sie inzwischen bemerkt, daß ihr Dorf niederbrannte. Er hatte nicht mehr viel Zeit.

Drei Hütten waren noch unversehrt. In einer von ihnen sah er einen Bogen und einen Köcher mit Pfeilen liegen. Ihm fiel ein, daß er seine Waffe im Fluß weggeworfen hatte. Er prüfte den Bogen und warf ihn sich über die Schulter. Den Köcher hängte er über die andere Schulter. In der linken Hand hielt er die Fackel, in der rechten das Messer. Als er die Hütte eben wieder verlassen wollte, fand er gerade noch Zeit, in eine günstige Wurfposition zu springen. Denn ein Mann, in ohnmächtiger Wut schreiend, kam in die Hütte gestürmt und warf seinen Speer nach ihm.

Für großartige Ausweichmanöver war in der Hütte kein Platz. Ras ließ sich nach vorn fallen und warf im Fallen sein Messer nach dem Mann. Er traf Pathapi mitten in die Brust. Pathapis Speer streifte ihn am Kopf. Die Speerspitze rutschte über die Kopfhaut, wodurch der Speer aus seiner Flugbahn geriet und ihm mit dem Schaft einen heftigen Schlag versetzte. Er sprang auf, zog Pathapi das Messer aus der Brust und wischte sich das Blut aus den Augen, das in Strömen an ihm herunterfloß und seine Sicht behinderte.

Pathapi hatte offenbar auf eine Gelegenheit gewartet, seinen Kameraden zu zeigen, daß er kein Feigling war, obwohl er früher am Abend fluchtartig seinen Posten verlassen hatte. Außerdem handelte es sich hier um seine Hütte, und jeder Mann wird zur wilden Bestie, wenn es darum geht, sein Heim zu verteidigen. So jedenfalls kam es Ras vor. Also hatte Pathapi seinen Mut bis zur Raserei gesteigert und war in dieser unüberlegten Weise vorgegangen, wo es doch besser gewesen wäre, wenn er ruhig vor der Hütte gewartet hätte, bis Ras ins Freie getreten wäre, um ihn dann mit seinem Speer zu durchbohren. Ras wischte sich noch einmal das Blut aus den Augen, legte einen Pfeil auf den Bogen und rannte aus der Hütte. Sie brannte inzwischen lichterloh, und er konnte unmöglich noch länger darin verweilen, selbst wenn er es gewollt hätte. Draußen hatte der Rauch den Raum zwischen den Palisaden vollständig ausgefüllt. Nur die brennenden Hütten waren durch die dichten Schwaden hindurch noch zu erkennen. Seine Augen brannten; er begann zu husten. Er ging in die Knie und kroch auf allen vieren weiter. Plötzlich sah er Männerbeine auf sich zukommen.

Um den Blutstrom zu stoppen, der ihm schon wieder die Sicht zu versperren drohte, scharrte er an einer Stelle, wo ein Wasserkrug umgefallen war, Schlamm zusammen und schmierte ihn auf die Kopfwunde. Dann setzte er einen Pfeil auf die Bogensehne und zielte, obwohl seine Augen sich mit Wasser füllten, auf einen Punkt oberhalb der Beine, die ihm am nächsten waren. Jemand schrie auf; die Beine bewegten sich rückwärts, und dann fiel der Mann, dem ein Pfeil aus der Brust ragte, auf die Erde. Daraufhin änderten die anderen Beine die Richtung und entfernten sich durch das Südtor. Die Torflügel schlossen sich. Er konnte die anderen Tore zwar nicht sehen, nahm aber an, daß auch sie inzwischen geschlossen worden waren. Er war im Dorf gefangen. Die Hitze nahm zu, der Rauch senkte sich langsam auf die Erde.

Er kroch zum Zaun und preßte sein Gesicht auf den Boden. So blieb er die ganze Nacht über liegen und wartete ab. Der Rauch hüllte ihn nie vollständig ein, und auch die Hitze wurde nicht unerträglich. Die Hütten waren schnell niedergebrannt; der Zaun fing glücklicherweise kein Feuer. Sein Kopf fühlte sich an, als wäre unter dem Schlamm ein Feuer ausgebrochen, doch er biß die Zähne zusammen und gab keinen Laut von sich. Er wurde sehr durstig; er hatte ein Gefühl im Mund, als hätte ein Ameisenstrom jeden Tropfen Flüssigkeit aus seinen Poren gesogen.

Die Sonne ging auf. Der Rauch hatte sich verzogen. Von den Aschehügeln, die einmal die Hütten und das Große Haus gewesen waren, stiegen dünne Rauchfäden in die Luft. Er war von oben bis unten grauschwarz. Seine Augen brannten so heiß wie die Asche aussah. Er kratzte ein Stückchen von dem ausgetrockneten Schlamm auf seinem Kopf ab. Er war unter der Ascheschicht vom Blut schwarz.

Die Sonne stieg höher. Sein Durst nahm zu. Der Geruch nach Rauch und verbranntem Fleisch hing wie der Atem des Todes zwischen den Palisaden. Der Mann, den er zuletzt erschossen hatte, war im Qualm nicht zu erkennen gewesen. Doch auch jetzt, im Licht der Sonne, war nicht auszumachen, um wen es sich handelte, denn sein Gesicht war eine graue Maske.

Er verriegelte die Tore, eins nach dem anderen. Wenn die Wantso zu ihm vordringen wollten, dann sollten sie über den Zaun kommen. Draußen wurden Rufe laut; dann hörte er, wie Holz aufgeschichtet wurde und Äxte klirrten. Zuerst fürchtete er, sie würden den Zaun niederbrennen, doch plötzlich tauchte Bigagis Kopf über dem Südtor auf, und da wußte er, daß sie das Holz aufgeschichtet hatten, um besser am Zaun hochklettern zu können.

Er stand genau in der Mitte des Dorfes, den rauchgeschwärzten Häuptlingsthron hinter sich, und legte auf Bigagi an. Bigagis Kopf verschwand. Das Geschrei wurde lauter. Er setzte sich auf den Thron und wartete. Bald schon würden sie ihn von allen Seiten angreifen. Er würde vielleicht ein paar von ihnen töten, und dann wäre er selbst an der Reihe.

Wieviel Männer hatten überlebt? Er zählte in Gedanken die Toten und mußte grinsen. Sie waren nur noch fünf. Diese fünf würden also über den Zaun kommen, und wenn sie dabei nicht geschickt vorgingen, dann würden sie wohl kaum noch Gelegenheit haben, seinen Leichnam zu verstümmeln. Doch vielleicht würden sich dann die Frauen auf ihn stürzen?

Die Sonne stieg höher. Er wurde noch durstiger. Es wurde Mittag. Die Wantso palaverten laut vor dem Zaun und beachteten ihn gar nicht. Er mußte an den Fluß denken und wurde noch durstiger. Bigagi und zwei andere Männer waren auf Bäume gestiegen und sahen auf ihn herunter. Er überhäufte sie mit Beschimpfungen, bis seine Kehle völlig ausgetrocknet war. Er zeigte ihnen die beiden Speere, die Axt und den Bogen mit den Pfeilen, was er alles dem Mann abgenommen hatte, den er getötet hatte.

Die drei stiegen wieder von den Bäumen herab. Statt dessen tauchten Frauen in den Bäumen auf und beschossen ihn. Er rührte sich nicht vom Fleck. Die Frauen konnten mit Pfeil und Bogen nicht umgehen; sie schossen immer daneben. Und jeden Pfeil, der auf ihn abgeschossen wurde, konnte er gegen sie einsetzen, während ihr Vorrat immer geringer wurde.

Dann tauchte Bigagis Kopf über dem Südtor auf, Thailugos über dem Westtor. Jabubi, Wilidas Vater, blickte über das Nordtor, und Wakuba, ein weißhaariger alter Mann, über das Osttor. Ziipagu kletterte auf einen Baum,

Bogen und Pfeile auf den Rücken geschnallt. Er fluchte auf die Frauen, weil sie nutzlos waren.

Ras stand auf und schoß auf Ziipagu. Doch seine Hand zitterte vor Schwäche und Durst, und so blieb der Pfeil einen halben Meter über Ziipagu im Baum stecken. Ziipagu schrie auf und stürzte auf die Erde. Kanathi, die auf demselben Baum war, ließ ihren Bogen fallen und ging hinter dem Baumstamm in Deckung.

Bigagi und die anderen Männer richteten sich auf. Jeder hatte den Bogen gespannt und war bereit, einen Pfeil abzuschießen.

Ras schoß als erster und ließ sich gleichzeitig neben dem Thron auf die Erde fallen. Sein Ziel war Wakuba gewesen, der alte Mann, weil er davon ausgegangen war, daß der sich nicht so schnell wie die anderen dukken würde. Seine Annahme war richtig gewesen. Wakubas Pfeil verfehlte ihn, die der anderen auch. Zwei Pfeile bohrten sich dicht neben seinen Beinen in die Erde. Einer durchbohrte den Thron. Wakuba war an der Schulter getroffen. Er wirbelte herum und fiel hintenüber. Die anderen legten wieder Pfeile auf, schossen diesmal aber nicht gleichzeitig. Ras ließ seinen Bogen fallen und rollte sich vom Thron weg, dann sprang er mit einem Satz zurück und hob den Bogen wieder auf. Die zweite Salve hatte ihn verfehlt. Jetzt war er an der Reihe.

Ziipagus Kopf erschien genau im richtigen Moment über dem Zaun und lenkte Ras von Thaigulo ab. Er spannte blitzschnell den Bogen und ließ den Pfeil mit der unglaublichen Geschmeidigkeit und Treffsicherheit losschwirren, die ihm in unendlich vielen Übungsstunden unter Yusufus unbestechlicher Anleitung in Fleisch und Blut übergegangen war. Der Pfeil drang Ziipagu bis zu den Federn in die Kehle. Ziipagu stürzte wie ein Baum.

Und wieder schwirrten Pfeile an Ras vorbei. Einer drang so dicht neben ihm in die Erde, daß sein Schaft ihm zitternd gegen die Innenseite der linken Wade schlug. Die

Männer heulten vor Wut auf; einige Frauen kreischten. Bigagi tobte und vergaß darüber zu schießen. Ras zeigte ihm mit triumphierender Gebärde den Pfeil, den er für ihn aufgehoben hatte, und brachte es trotz seiner trokkenen Kehle fertig, ihm zuzurufen, daß er nur für ihn, für ihn allein bestimmt sei.

Dann ließ er blitzschnell den Bogen fallen, beugte sich vor, ergriff einen Speer und rannte auf Jabubi zu. Im ersten Moment war Jabubi wie gelähmt. Seine Augen wurden so groß, daß Ras das Weiße darin erkennen konnte. Erst allmählich schien die Erstarrung sich zu lösen. Er legte auf Ras an. Ras stürmte weiter auf ihn zu, doch als Jabubi die Sehne losließ, sprang er zur Seite. Der Pfeil ging weit daneben. Zwei andere Pfeile verfehlten ihn nur um wenige Zentimeter. Er setzte den Angriff auf Jabubi fort. Jabubi hatte noch Zeit, den nächsten Pfeil aus dem Köcher zu ziehen und den Bogen zu spannen, war aber in der Aufregung ziemlich ungeschickt. Vermutlich zitterten ihm die Hände, weil der Geisterknabe es auf ihn abgesehen hatte, weil der Geisterknabe es fertig gebracht hatte, zu überleben und das Dorf niederzubrennen und fast alle Männer zu töten. Was auch immer in ihm vorgehen mochte, jedenfalls ließ er den Pfeil fallen und bückte sich, um ihn aufzuheben. Für den Bruchteil einer Sekunde war er hinter dem Zaun verschwunden. Als er sich wieder aufrichtete, sah er den Speer auf sich zufliegen.

Er schrie auf und ließ Pfeil und Bogen über den Zaun ins Innere des Dorfes fallen. Er drehte sich um und wollte sich in Sicherheit bringen. Es wäre besser gewesen, wenn er in die Knie gegangen wäre, oder wenn er sich flach auf den Boden geworfen hätte. Der Speer bohrte sich in die Muskeln über dem Schulterblatt. Er rutschte vom Holzstapel in die Tiefe.

Ras hob den Pfeil und den Bogen auf, die Jabubi ihm so großzügig zur Verfügung gestellt hatte, und gab einen Schuß auf Thaigulo ab. Thaigulo duckte sich. Der

Pfeil blieb in einer Pfahlspitze stecken, sein Schaft brach ab. Ras atmete schwer. Er konnte sich nur noch mit Mühe auf den Beinen halten. Er schleppte sich zum Thron und zu den Waffen zurück, die er dort zurückgelassen hatte. Bigagi schoß zweimal auf ihn, doch Ras ließ sich dadurch nicht aus der Ruhe bringen. Er glaubte schon längst nicht mehr, daß ihn noch irgend etwas aufhalten könnte. Die Wantso jedenfalls nicht. Vielleicht sein Hunger, der Durst, die Erschöpfung.

Thaigulo kam wieder zum Vorschein und schoß auch zweimal, beide Male weit daneben. Vielleicht dachte er dasselbe wie Ras, vielleicht wußte auch er inzwischen, daß Ras sowieso gewinnen würde. Außer ihm war nur noch Bigagi da, um mit dem Geisterknaben zu kämpfen. Vielleicht kam er sich auf einmal verlassen vor.

In der Ferne klang das Tschop-tschop-tschop auf. Bigagi, Thaigulo und Ras blickten zum Himmel. Doch Ras wandte sich gleich wieder ab und nahm den Pfeil, der Mariyam getötet hatte, und setzte ihn auf die Sehne. Er zielte sorgfältig auf Bigagi. Doch Bigagi hatte ihn wahrscheinlich aus den Augenwinkeln beobachtet, denn plötzlich hob er sich nicht mehr als unbewegliches Ziel gegen den Himmel ab, sondern war hinter dem Zaun verschwunden. Ras war enttäuscht und wartete, daß er wieder auftauchen würde.

Auf einmal war der Vogel Gottes heran. Er flog dicht über den Baumwipfeln vom Fluß her auf das Dorf zu. Er stieg etwas höher, hielt an und blieb in der Luft stehen. Die Wantso brachen in entsetztes Geschrei aus. Bigagi erschien über den Pfahlspitzen, schoß rasch einen Pfeil auf Ras ab und duckte sich wieder. Da er den Pfeil zu hastig auf den Weg gebracht hatte, flog er ein ganzes Stück über Ras' Kopf hinweg.

Ein merkwürdiges Geräusch setzte ein, ein ohrenbetäubendes Geknatter. Von den Pfählen, hinter denen Bigagi sich geduckt hatte, splitterten Holzspäne ab. Langsam sank der Vogel tiefer. Ras sah einen der maskierten Engel. Er hielt sich am hinteren Ende von zwei zylindrischen Gegenständen fest, aus denen in rascher Folge Flammen hervorzuckten.

Der Vogel schwenkte auf den Zaun zu und drehte eine Runde über dem Dorf. Das Geknatter nahm kein Ende. Die Zwillingszylinder spuckten ununterbrochen Flammen.

Die Frauen und Kinder schrien und schrien.

Dann trat Stille ein. Der Vogel erhob sich in die Höhe und verschwand wie er gekommen war. Im Luftzug seiner rotierenden Flügel schwankten die Bäume. Das Tschop-tschop-tschop wurde allmählich leiser und war schließlich nicht mehr zu hören.

Ras wartete eine ganze Weile. Dann ging er zum Westtor, schob langsam die Torflügel auf und blickte ins Freie. Unmittelbar vor dem Tor lagen die Leichen von drei Frauen. Sie hatten große Löcher im Fleisch. Die Erde um sie herum war über und über mit Blut bespritzt. Der Kopf der einen Frau war nur noch Matsch aus Knochen, Fleisch und Gehirn, ein blutiger Klumpen.

Ras wankte über die Toten hinweg zum Fluß, um zu trinken. Mehrere große Blutlachen, die wie aus der Form geratene Flöße aussahen, trieben flußabwärts. Als er die Hände ins Waser eintauchte, schwamm, von den Wellen gewiegt, ein Kind an ihm vorüber, den Kopf unter Wasser. Er hatte keinen Durst mehr. Er stand auf und ging schmerzerfüllt um das Dorf herum. Einige Wantso lagen auf der Erde, da, wo die unsichtbaren Steine sie erschlagen hatten, die die zylindrische Waffe des Vogels auf sie gespuckt hatte, als sie auf die Bäume zurennen wollten. Andere lagen im Fluß und wurden von der Strömung fortgetragen.

Als er am Osttor vorüberging, sah er, wie in zweihundert Meter Entfernung ein Mann aus dem Ufergebüsch schlüpfte. Es war Bigagi. Er schob einen Einbaum ins Wasser, sprang hinein und begann, mit vornüber geneigtem Oberkörper, als müsse er sich gegen die Wogen des Schreckens stemmen, wie wild flußabwärts zu paddeln.

Ras sah ihm nach, bis er seinen Blicken entschwunden war. In diesem Moment empfand er nichts, nur ein dumpfes Erstaunen, weil ausgerechnet Bigagi, der für dies alles verantwortlich war, entkommen sollte. Nachdem er das ganze Gebiet um das Dorf herum abgesucht hatte, stand fest, daß Bigagi als einziger Wantso überlebt hatte.

Von einem hohen Baum schwebten zwei Raben nieder und hüpften vorsichtig auf ein kleines Kind zu, dessen Rippen auf einer Seite weggerissen waren. Es war schon halb mit Ameisen bedeckt. Der eine Rabe hackte auf die Wunde ein, der andere pickte dem Kind ein offenes Auge aus. Bald würden Aasgeier die Toten bedecken und sich aus dem Himmel herabschwingen, und auch Schakale und Hyänen würden nicht lange auf sich warten lassen. Sie würden einen Festschmaus abhalten. Und selbst wenn mit der Nacht die Leoparden kämen, würde niemand zu kurz kommen. Fürs erste war genug für alle da, soviel war sicher.

Ras ließ sich am Ufer nieder. Die Stille wurde hin und wieder vom Krächzen der Raben oder von einem gelegentlichen Flügelschlag unterbrochen. Manchmal schrie in der Ferne ein Vogel. Ras fühlte sich leer wie die Stille. Nie wieder würde ein Wantso den Mund aufmachen und sprechen. Eine Zeitlang würde noch das Summen der Fliegen daraus ertönen, doch dann würden auch die Fliegen verschwunden sein.

Er mußte daran denken, mit welchem Vergnügen er den Wantso zugehört hatte, wenn er im Unterholz verborgen war. Er mußte an die erregenden und interessanten und lustigen Gespräche mit Wilida und Fuwitha, mit Bigagi und den anderen denken. Welch einen Lärm hatten die Dorfbewohner gemacht, wenn die Männer und Frauen, die Kinder und Babys ihre Stimmen wie Rauch aus dem Dschungel in den Himmel aufsteigen ließen! Bestimmt hatte auch Igziyabher den Rauch ihrer

Stimmen gerochen; bestimmt hatte auch Er Geschmack daran gehabt, so wie Sein Sohn, wenn er im Unterholz verborgen lauschte.

Nun gab es auf der ganzen Welt niemanden mehr, mit dem er sprechen konnte, nur Bigagi. Doch mit Bigagi konnte er nicht sprechen. Er mußte ihn töten. Aber sein Haß war dahin. Selbst Bigagi haßte er nicht mehr. Doch er mußte ihn töten. Die Verpflichtung dazu war noch lebendig, der Wunsch nach Rache war tot.

Er dachte an Igziyabher. Wahrlich, Er beschützte Seinen Sohn. Er hatte das Feuer im Dorf gesehen und Engel im Vogel ausgeschickt, damit sie Seinen Sohn retten. Ras war ihm nicht dankbar dafür. Er wäre mit den Männern auch allein fertig geworden, obwohl er verwundet und umzingelt war. Außerdem wäre Bigagi dann nicht entkommen. Und die Frauen und Kinder wären noch am Leben. Er hätte sich zum Häuptling gemacht und wäre den Frauen ein Mann gewesen, er hätte ihnen erklärt, warum er ihre Männer hatte umbringen müssen. Sie hätten ihn bestimmt anerkannt und ihn nicht länger als Geist betrachtet. Er wäre der einzige Mann im Stamm gewesen, er hätte sie beschützt und wäre für sie auf die Jagd gegangen. Er hätte sie geliebt.

Oder gaukelte er sich nur etwas vor? Wäre der Traum vielleicht schnell vergangen, wenn eine der Frauen ihn im Schlaf erstochen hätte? Vielleicht hätten sie ihm den Tod ihrer Männer niemals vergeben, obwohl ihm doch gar nichts anderes übrig geblieben war, obwohl die Männer doch selbst Schuld hatten? Träumte er einen falschen Traum? Er würde es niemals erfahren.

Er stand auf und trank. Und dann, als hätte das Flußwasser ihm Nahrung für Tränen gegeben, weinte er. Er weinte über Yusufu und Mariyam, über Wilida, die toten Frauen und Kinder und, obgleich er nicht wußte weshalb, auch über die toten Männer und über Bigagi.

Doch am meisten, so schien es ihm, weinte er über sich.

Die anderen, außer Bigagi, hatten Trauer und Schmerz hinter sich. Der Unglückliche war er, denn nur er konnte nicht trauern, denn ihm war nichts als seine Trauer geblieben.

Nach einer Weile brachte sein schmerzgekrümmter Körper keine Tränen mehr hervor, und die klaffende Wunde auf seinem Kopf erinnerte ihn daran, daß er noch am Leben war. Er wollte den Schmerz loswerden, deshalb aber nicht gleich sterben. Nicht einmal sein uferloser Gram hatte in ihm den Wunsch aufkommen lassen, sich zu den Toten zu gesellen.

Er säuberte die Wunde auf seinem Kopf. Als sie wieder zu bluten anfing, bedeckte er sie erneut mit Schlamm. Er sammelte ein paar Pfeile auf, die die Wantso auf der Flucht weggeworfen hatten und schwamm durch den Fluß, Pfeile und Bogen mit einer Hand über Wasser haltend. Sein Ziel war ein Unterschlupf auf einem Baum, wo er die Nacht verbringen konnte. Er wollte versuchen zu schlafen und am nächsten Tag auf die Jagd gehen.

Er hatte erst die Hälfte des Weges zurückgelegt, als er sich hinsetzen und ausruhen mußte. Er zitterte am ganzen Leibe und fühlte sich schwindelig und schwach. Da hörte er es im Gebüsch rascheln, und als er aufblickte, starrte ihn durch die Blätter hindurch ein bleiches Gesicht an. Im Sonnenlicht schimmerte gelbes Haar.

ZEHNTES KAPITEL

Der gelbhaarige Engel — oder Dämon

Der Engel oder Dämon aus dem Vogel mit den steifen Flügeln trat mit leeren Händen aus dem Gebüsch. Sie lächelte; ihre Zähne waren eben und weiß. Sie sah unheimlich aus; sie war sehr bleich und hatte eine schmale und scharfgeschnittene Nase und dünne Lippen. Ihre Augen waren grau wie die Klinge seines Messers. Ihr Körper war fast genauso gekleidet wie der des Engels, der aus dem brennenden Vogel Gottes gefallen war. Das weiche, braune Material hing lose daran herunter, und wenn es um den Oberkörper nicht enger gewesen wäre und dadurch nicht große und wohlgeformte Brüste angedeutet hätte, dann hätte er gar nicht gewußt, ob sie ein Mann oder eine Frau war. Ihre Füße und Beine waren von der Wade abwärts mit bearbeiteter Tierhaut bedeckt. Sie trug einen Gürtel, an dem zwei Halfter hingen; in dem einen steckte ein Messer, in dem anderen ein Gerät aus Eisen.

Sie half ihm zu dem Baum, auf dem sich der Unterschlupf befand, und folgte ihm nach oben, nachdem er unter Mühe und Schmerzen hinaufgeklettert war. Sie untersuchte seine Wunde, gab ein paar unterdrückte Laute von sich und zog schließlich aus einer prallgefüllten Brusttasche eine Schachtel. Sie schüttete einen weißlichen Puder auf den Riß in seiner Kopfhaut.

Ihre Sprache war ein ziemliches Kauderwelsch. Ras konnte nur den Kopf über sie schütteln und die Augen schließen. Wenn sie etwas Böses im Schilde führte, dann hätte sie ihn leicht gefangen nehmen oder töten können. Zudem schien ihm das Gerät aus Eisen für den Tod des Mannes verantwortlich zu sein, der aus dem brennenden Vogel zur Erde geschwebt war. Er war ziemlich sicher, er enthielt dieselbe Art Tod, den die Doppelzylinder im Vogel auf die Wantso gespuckt hatten. Zweifellos hatte sie auch Wiviki damit getötet.

Irgendwann in der Nacht wachte er auf und fand sie an seiner Seite sitzend. Der Mond ging gerade auf, und so konnte er sehen, wie sie ihm zulächelte. Er sah auch, daß sie sehr müde und, soweit man das aus dem Gluckern und Rumpeln in ihrem Magen schließen konnte, sehr hungrig war. Sie sprach mit gedämpfter Stimme auf ihn ein, und wiewohl er sie auch diesmal nicht verstand, hatte er das Gefühl, daß sie eine andere Sprache als vorher benutzte. Er fragte sie auf amharisch nach ihrem Namen. Sie sagte etwas, doch wiederum, wie er mit Sicherheit herauszuhören meinte, in einer anderen Sprache. Dann schlief er erneut ein.

Er erholte sich sehr schnell. Nach sechs Tagen war er in der Lage, so kraftvoll und energiegeladen wie immer herumzulaufen. Inzwischen hatte er sich an ihre weiße Haut, an ihren eingehüllten Körper und an ihr gelbes Haar gewöhnt. Er hatte sogar schon das Gefühl, es eines Tages vielleicht doch attraktiv zu finden. Mehr noch, als er sie am siebenten Tag beobachtete, wie sie im Fluß ein Bad nahm, bekam er eine Erektion. Sie war dünner als Wilida und hatte längere Beine, doch ihre Brüste waren fast genauso groß und fest — soweit man das beim Hinsehen feststellen konnte. Ihre Schamhaare waren rötlichbraun, eine Farbe, die er recht anregend fand.

Er verließ sein Versteck hinter einem Busch und gesellte sich zu ihr. Sie bekam einen Schreck und ging rückwärts, bis ihr das Wasser bis zum Hals reichte. Er wunderte sich, doch wenn sie es unbedingt im Wasser und aus irgendeinem merkwürdigen Grund im Stehen machen wollte — bitte, an ihm sollte es nicht liegen. Er watete auf sie zu, versicherte sich vorher aber noch einmal, daß keine Krokodile in der Nähe waren. Aber sie stieg aus dem Wasser und zog sich hastig an.

Als er auch aus dem Wasser kam, hielt sie ihm das Gerät aus Eisen entgegen. Sie sprach mit zorniger Stimme und richtete die ganze Zeit über das offene Ende des Eisens auf ihn. Ras, dem einfiel, wie es Wiviki ergangen war, ging nicht näher an sie heran. Grinsend stand er vor ihr, streckte beide Fäuste vor und machte ruckartige Bewegungen mit dem Becken.

Sie verzog als Antwort darauf angeekelt das Gesicht und versuchte, ihren ganzen Abscheu in die Stimme zu legen.

Er war zugleich erstaunt und beleidigt. Die einzige Frau, die ihn jemals abgelehnt hatte, war Mariyam gewesen. Die Erinnerung daran war schmerzlich, denn in seinem ganzen Leben war er nicht so ausgepeitscht worden wie an jenem Tag, an dem er Mariyam gefragt hatte, ob sie bei ihm liegen wolle. Yusufu und Mariyam hatten, während sie ihn mit vereinten Kräften verprügelten, auf ihn eingeschrien, er sei verdorben, gemein, degeneriert und pervers. »Man liegt doch nicht bei seiner eigenen Mutter! Das hat man ja wohl seit den Tagen der bösen Männer Noahs nicht mehr gehört! Wenn Igziyabher diesen unheiligen Wunsch in dir entdeckt, wird Er dich mit Sicherheit totschlagen!«

Selbst heute war er noch nicht der Überzeugung, daß es falsch gewesen war, der geliebten Mutter seine Zuneigung in ihrer eindringlichsten Form anzutragen, doch wenn Mariyam so nachdrücklich der Ansicht war, sein Ansinnen wäre verdorben, dann würde sie diese Ansicht auch nicht ändern. Und später, als er herausgefunden hatte, daß selbst die Wantso derartige Praktiken monströs fanden, begann er sich zu fragen, ob mit ihm vielleicht doch etwas nicht stimmte.

Nun, diese Frau hier war nicht seine Mutter. War es möglich, daß Engeln — oder Dämonen — diese höchste aller Vergnügungen ebenfalls untersagt war? Oder war sie vielleicht Igziyabhers Frau und wollte dessen eifersüchtigen Zorn nicht auf sich ziehen? Jedenfalls war sie zwischen den Beinen nicht so glatt wie er auf der Stirn, was Yusufu von den Engeln behauptet hatte.

Welchen Grund sie auch haben mochte, sie ließ keinen Zweifel an der Tatsache, daß sie ihn nicht wollte. Darüber hinaus bestand sie darauf, daß er sein steil aufragendes Geschlechtsteil bedeckte, weil sie es offenbar widerlich fand, obzwar er durchaus nicht verstehen konnte, weshalb jemand durch etwas derart Großartiges beleidigt sein sollte, abgesehen von den Wantsomännern natürlich, die ja doch aber ganz einfach nur eifersüchtig gewesen waren, und zwar bestimmt aus gutem Grund.

Auf ihr Drängen hin holte er aus einem Baumloch einen Lendenschurz aus Leopardenfell, den er dort vor langer Zeit einmal versteckt hatte, und legte ihn an. Sie schien erfreut und zufrieden, obgleich der Schurz von Insekten und Nagetieren schon arg zugerichtet worden war.

Inzwischen hatte er begriffen, daß Englisch eine der Sprachen war, die sie an ihm ausprobierte. Das half ihm allerdings auch nicht sehr viel weiter. Bis auf ein verstümmeltes Wort hie und da war ihre Sprechweise immer noch Kauderwelsch für ihn. Und sie verstand sein Englisch auch nicht, hatte aber offenbar einige Wörter erkannt. Gleich nach dem ersten Versuch, sich auf Englisch zu verständigen, zog sie zwei halbverkohlte Zettel aus der Tasche. Es waren Briefe von Gott.

Er las sie, so gut er konnte. Auf dem ersten stand folgendes:

Verdacht, daß sie — und zwar seit langer Zeit — meine Anweisungen nicht beachten. Von Anfang an, und seitdem immer wieder, habe ich ihnen genaue Anweisungen gegeben, was sie ihm zu sagen hätten, und ihnen in den kleinsten Details ausgemalt, wie sie sich in seiner Gegenwart und selbst dann zu verhalten hätten, wenn er nicht in der Nähe wäre, falls er sie heimlich beobachten sollte. Aber sie sind
       hassen mich, obwohl ich sie gerettet habe
aus
ne Arbeit oder sich Sorgen machen müssen über

Der zweite Brief lautete:

       mit den Wantso bekannt werden
       zu jung. Er hat sie wahrscheinlich schon seit   Jahren besucht. Sonst hätte er ihre Sprache nicht so gut gesprochen. Das ist ein Beispiel für das, was ich meinte, als ich da-

von sprach, daß die Dinge ihren eigenen Lauf zu nehmen scheinen, gleichgültig, wie sehr ich mich auch bemühte, die Situation so zu steuern, wie der Meister sie beschrieben hat. Natürlich bin ich ein hartgesottener Realist — da kann man jeden fragen, der in Südafrika mit mir zu tun hatte! — und ich wußte, daß

Ras überlas die beiden Bruchstücke einige Male, bevor er seine eigene Sammlung aus der Tasche zog und ihr hinhielt. Sie brach beim Lesen ein paarmal in erstaunte Ausrufe aus und reichte ihm die Zettel dann mit einem Achselzucken zurück. Hübsche Schultern, dachte er.

In der Nacht versuchte er noch einmal, sich an sie heranzumachen, aber sie zog die Waffe — eine Zweiunddreißiger, wie sie sie nannte — und legte auf ihn an. Er grinste und legte sich wieder hin, zog jedoch seinen Lendenschurz zurück, damit sie auch sehen konnte, was sie sich da versagte. Sie spuckte ihn an und sprudelte hastig etwas in einer unenglischen Sprache hervor. Sie drehte ihm allerdings nicht den Rücken zu, was er klug und vorsorglich fand.

Später in der Nacht stieg er von dem Baum herab und streifte durch das Wantsodorf. Der Lärm, der während der letzten Tage von dort zu ihnen gedrungen war, hatte erheblich nachgelassen. Tag und Nacht hatten Leoparden gebrüllt, Schakale gebellt und Hyänen gekichert. In der zweiten Nacht war einmal Janhoys Brüllen zu hören gewesen. Ras wußte genau zu sagen, wann Janhoy gegen Leoparden kämpfte; es gab bestimmte Geräusche, die nichts anderes bedeuten konnten. Doch zum Eingreifen war er zu schwach gewesen. Außerdem hatte Janhoy auch noch nie einen Kampf gegen einen Leoparden verloren, wenngleich man natürlich nicht voraussagen konnte, was passieren würde, wenn ein ganzes Rudel über ihn herfiele.

Der Mond schien hell, als er den Fluß durchschwamm. Eine Ratte huschte in die Schatten, als er an einem Armknochen vorüberkam. Überall schimmerten bleiche Knochen; ein Totenschädel, an dem noch ein paar dunkle Fleischfetzen hingen, starrte zum Mond auf. Ras überzeugte sich, daß keine Leoparden auf den Ästen kauerten, bevor er auf einem Baum stieg. Er rief Janhoy und vernahm fast gleichzeitig ein Rascheln als Antwort. Der Löwe trat aus der Lichtung und blickte sich suchend um. Ras stieg vom Baum herab und begrüßte ihn.

Am nächsten Morgen kehrte er mit Janhoy zu dem Unterschlupf zurück. Die Frau schlief noch. Ras machte die beiden vorsichtig miteinander bekannt. Anfangs benahm Janhoy sich, als würde er die Frau für eine leckere Mahlzeit halten. Sie wehrte sich, als Ras sie an sich zog und anfing, sie zu küssen und zu streicheln, doch sehr bald hatte sie begriffen, worauf er hinauswollte, und fügte sich. Sie stieß nicht einmal seine Hand weg, als er ihre rechte Brust tätschelte, wurde jedoch steif wie ein Brett. Janhoy beschnüffelte sie, und Ras kam es so vor, als wollte er sich vergewissern, daß sie auch wirklich akzeptabel war und sein Freund keinen Fehler machte. Als die Frau sicher war, daß Janhoy den Entschluß gefaßt hatte, sie annehmbar und ungefährlich zu finden, stieß sie Ras' Hand zurück und ging davon, allerdings zögernden Schrittes. Ras mußte lächeln. Er hatte deutlich gefühlt, wie ihre Brustwarze unter seiner Berührung groß und steif geworden war. Ihre Zurückweisung war also nur Theater.

Aber warum tat sie so, als würde sie ihn nicht wollen?

Ein paar Minuten später hörte er das Tschop-tschop des Vogels. Er flog über die Bäume hinweg nach Osten. Nach einer Weile kam er zurück und kreiste über der Gegend. Ras kam es so vor, als würde er etwas suchen, und als wäre er der Gegenstand der Aufmerksamkeit. Doch nachdem er ein paar Kreise gezogen hatte, verschwand der Vogel in südlicher Richtung.

Warum suchte der Vogel — vielmehr die Engel in seinem Bauch — nach ihm? Hatte Igziyabher ihnen den

Auftrag gegeben, sich zu vergewissern, ob er in Sicherheit war? Immerhin war deutlich geworden, daß die Engel — wenn sie Engel waren — durchaus ihre Grenzen hatten. Und Igziyabher auch. Sie konnten nicht durch Bäume hindurchsehen, und Igziyabher hatte auch keine Augen, die alles sahen, wie Mariyam immer behauptet hatte. Dennoch, die Engel verfügten über die Abschußvorrichtungen für den unsichtbaren Tod, und die respektierte Ras.

Kurz nachdem der Vogel außer Hörweite war, sprach die Frau ihn in einem sehr langsamen Englisch an.

»Mein Name ist Eeva Rantanen.«

Ras war entzückt. Er sprach genauso langsam und sorgfältig.

»Ich heiße Ras Tyger. Ras bedeutet *Lord* auf amharisch.«

Eeva lächelte und sagte: »Tu sags mir, warum tu Englisch so merkwürdig sprichs — sprichs?«

»Du sprichst komisch, nicht ich«, erwiderte Ras. »Na, jedenfalls können wir uns jetzt verständigen, wenn wir sehr langsam sprechen. Warum hast du das nicht schon früher gemacht?«

Sie zuckte die Achseln und meinte: »Ich tachte, du kanns Englisch nicht gut sprechen, vielleicht überhaupt nicht. Ers, als ich sah, wie tu die Papiere ankucks, tachte ich, tu bis nur neugierig und weiß nicht, was die Worte bedeuten. Aber ich tachte, ich versuche es wieder. Verstehs tu?«

»Ja, in einem Punkt hast du recht. Da sind ein paar Wörter in den Briefen, die ich nicht verstehe. Kannst du sie mir erklären?«

Sie bat ihn, seine Frage zu wiederholen. Er wiederholte sie. Sie hockten sich nebeneinander, und Ras zeigte ihr die fraglichen Wörter. Als sie alle Seiten durchgegangen waren, sagte sie: »Tu nenns sie Briefe. Was meins tu tamit?«

Ras erzählte ihr, worum es sich seiner Meinung handelte. Sie sah ihn verblüfft an und meinte schließlich: »Tu muß mir alles über tich erzählen, ja?«

Ras erhob sich. »Später. Ich erzähle es dir, wenn wir unterwegs sind, im Einbaum.«

Sie gingen zum Fluß und schwammen ans andere Ufer. Janhoy folgte ihnen. Ras führte sie an eine Stelle vor dem Westtor, wo die Wantso ihre Einbäume festzumachen pflegten. Ras hatte sie letzte Nacht nicht untersucht und war enttäuscht, weil alle vier nicht mehr wassertauglich waren. Die Waffen des Vogels hatten auch das dicke Holz durchschlagen. Alle Boote waren von Löchern übersät und nicht mehr zu reparieren.

Da er nicht vier oder gar fünf Tage darauf verwenden wollte, einen neuen Einbaum zu brennen, entschloß er sich, ein Floß zu bauen. Aber auch dafür brauchte er zwei Tage. Er durchwühlte die Asche im Dorf, bis er genügend eiserne und kupferne Beile, Krummäxte, Spaten und Hacken gefunden hatte. Er versah sie mit neuen Stielen, die er mit dem Messer aus Zweigen schnitzte. Die Klinge seines Messers wurde viele Male stumpf, und er mußte viel Zeit aufwenden, um sie mit dem Schleifstein aus seiner Antilopenfelltasche zu schärfen. Dann machte er sich daran, einige Zaunpfähle auszugraben. Eeva half ihm. Janhoy verschwand, vermutlich um zu jagen.

Am nächsten Tag, bei Einbruch der Dunkelheit, war das Floß fertig. Es war ungefähr vier Meter lang und eineinhalb Meter breit. Die Stämme wurden durch Lianen zusammengehalten. Der Bug lief spitz zu, damit er das Wasser besser zerteilen konnte. Zur Ausrüstung gehörten zwei lange Stangen, die ihnen dazu dienen sollten, sich vom Flußbett oder vom Ufer abzustoßen, sowie drei Paddel. Er hatte sie gefunden. Sie waren der allgemeinen Vernichtung nicht anheim gefallen.

Inzwischen wußte er, was die Doppelzylinder im Vogel ausgespuckt hatten. Als er zwischen den Knochen der Wantso herumsuchte, entdeckte er mehrere Scheiben aus weichem, grauem Metall. Er brachte sie mit den spitz zulaufenden grauen Hülsen und den mattgelben Zylindern in Verbindung, die Eeva in der drehbaren Trommel ihrer Waffe stecken hatte. Er bat sie, ihm die Sache zu erklären, und sie erfüllte ihm den Wunsch, so gut sie konnte. Die Waffen des Vogels, meinte sie, würden ein größeres ›Kaliber‹ als sie benutzen; zudem wären die Enden seiner ›Kaliber‹ eingekerbt, wodurch sie zu *Dum-Dums* würden.

Ras war überrascht. Das Wort erinnerte ihn an seine Kindheit, an eine Zeit, als alle sieben ›Affen‹ noch am Leben gewesen waren. Bei Vollmond waren sie nackt in den Wald gezogen, wo auf einem Erdhügel inmitten einer Lichtung eine Trommel stand. Und dort hatten sie *Dum-Dum* getanzt. Mariyam und Sara hatten mit Stökken einen Rhythmus auf der Trommel geschlagen, und die fünf Männer waren wild herumgesprungen und hatten dabei langgezogene, heulende Schreie ausgestoßen. Ras hatte mit ihnen getanzt und die ganze Sache sehr lustig gefunden. Doch nachdem die ersten drei ›Affen‹ gestorben waren, war es vorbei gewesen mit den *Dum-Dums*. Yusufu meinte damals, sie hätten nunmehr ihren Sinn verloren. Daraufhin hatte Ras sich bemüht, unter den Gorillas einen *Dum-Dum* zu organisieren, war aber zu keinem rechten Ergebnis gekommen. Zwar hatten ein paar von den jüngeren Gorillas eine Zeitlang mit ihm getanzt, doch war ihr Interesse nie von langer Dauer gewesen. Und Ras hatte auch nicht das Gefühl gehabt, sie würden den Tanz wirklich genießen.

Doch davon erzählte er Eeva nichts. Die Erinnerung machte ihn traurig. Er grämte sich noch immer, wenn er an seine Eltern dachte.

Am folgenden Morgen ließen sie das Floß zu Wasser. Sobald es in der Flußmitte gut vorwärts kam, frühstückte sie Affenfleisch und Früchte. Eeva erkundigte sich nach Janhoy. Ras sagte: »Natürlich lasse ich ihn nicht gern zurück, weil er vielleicht hungern muß. Aber ich kann ihn unmöglich mitnehmen. Er würde nur im Weg sein, und außerdem müßte ich pausenlos für ihn jagen. Er wird schon durchkommen.«

Kaum hatte er ausgesprochen, da brüllte Janhoy ganz in ihrer Nähe. Er stand am südlichen Ufer. Ras rief ihm zu, er solle verschwinden, doch der Löwe schwamm ihnen nach und brachte das Floß beinahe zum Kentern, als er heraufkletterte. Ras fluchte auf arabisch und amharisch, war aber doch glücklich, daß Janhoy darauf bestanden hatte, mitzukommen. Er hatte sich schon Vorwürfe gemacht, weil er ihn einfach so zurückgelassen hatte. Janhoy drückte das Floß mit seinem Gewicht tiefer ins Wasser, so daß ständig Wellen über Deck spülten. Es dauerte eine Weile, bis Ras den Löwen soweit gebracht hatte, sich in die Mitte des Floßes zu legen und sich nicht zu rühren. Das zusätzliche Gewicht ließ sie langsamer vorankommen.

Eeva wollte wissen, warum sie flußabwärts führen. Er öffnete den Mund, um es ihr zu erklären, doch sie ließ ihn gar nicht zu Wort kommen. »Is es, weil tu aus dem Tal herauswills? Das wird nicht einfach sein. Vielleicht sogar unmöglich.«

»Was für ein Tal?« fragte Ras. »Wir kommen durch kein Tal.«

Sie starrte ihn einen Moment lang überrascht an und wollte etwas erwidern. In dem Augenblick, das Floß durchfuhr gerade eine Flußbiegung, tauchte das erste Krokodil auf. Es hastete mit seinen kurzen Beinen über das Ufer, verschwand im Wasser und legte sich in die Strömung, als hätte es die Absicht, ihnen den Weg abzuschneiden.

Weiter flußabwärts bewegten sich noch ungefähr zwanzig andere Krokodile über den Uferschlamm ins Wasser. Ein paar andere, die weiter vom Fluß entfernt waren, hoben den Kopf an und kamen ebenfalls ans Ufer gerannt und glitten ins Wasser. Dabei gaben sie seltsame Laute von sich, die sich wie ein entferntes Donnern anhörten.

Janhoy stand auf und beantwortete ihr Donnern mit einem tiefen Röhren.

»Ich glaube nicht, daß sie aufs Floß kommen«, sagte Ras, »aber bei ihnen weiß man nie. Und wenn sie unters Floß gelangen und Janhoy nervös wird und hin und her springt, dann kippen wir um.«

Jetzt wünschte er sich, seine Gewissensbisse und seine Zuneigung zu dem Löwen hätten ihn nicht dazu veranlaßt, ihn mitzunehmen.

»Wir sollten lieber näher ans Ufer heranfahren«, fuhr er fort. »Dann können wir wenigstens an Land springen, wenn es sein muß. Ich habe diese Bestien noch nie so furchtlos erlebt.«

Eeva stemmte sich mit ihrem ganzen Gewicht gegen die Stange. Dann legte sie sie auf einmal aus der Hand. Ein schuppiger Rücken war ganz in ihrer Nähe aus dem Wasser aufgetaucht. Ras rief ihr zu, weiter zu schieben. Doch statt dessen zog sie die Zweiunddreißiger aus dem Halfter und zielte so gut sie konnte auf die Bestie. Die unerwartete Detonation ließ Ras und Janhoy aufspringen. Das Krokodil drehte sich mehrmals um die eigene Achse. Das Wasser färbte sich rot. Die anderen Krokodile wandten sich der Blutquelle zu. Eeva nahm die Stange wieder auf, und nach einer Weile hatten sie die nächste Biegung erreicht. Hier war nur ein einziges Krokodil zu sehen, und das strebte auf den Lärm hinter ihnen zu.

»Sie haben wahrscheinlich eine Versammlung abgehalten«, meinte Ras. »Oder eine Vereinigung.«

Er lachte. Er hatte nicht oft die Gelegenheit, einen Scherz zu machen. Eeva sah ihn verwundert an. Wahrscheinlich fragte sie sich, worüber er lachte. Er gab sich gar nicht erst die Mühe, es ihr zu erklären. Doch einen Moment lang machte ihn der Gedanke, daß Yusufu ihn verstanden und gelacht hätte, traurig.

Er erklärte Eeva, warum sie flußabwärts fuhren.

»Wer ist Igziyabher?« fragte sie.

»Gott.«

»Dein Vater?«

»Das jedenfalls hat Mariyam, meine Mutter, behauptet«, erwiderte Ras. »Sie war ein Affenweibchen — sagte sie zumindest. Aber ich glaube, sie hat gelogen. Und wenn sie in dem Fall gelogen hat, stimmt die Sache mit Igziyabher vielleicht auch nicht.«

Eeva war verwirrt, nicht über seine Aussprache. Sie bat ihn, ihr seine Geschichte von Anfang an zu erzählen. Er meinte, er wisse nicht, wo er anfangen solle. Und außerdem solle sie den Mund halten, solange er die erste Frage beantworte.

»Du bist wie Mariyam. Die konnte auch nie ihren Mund halten.«

Eine Zeitlang war er still und dachte an das liebe, kleine, braune Gesicht.

»Was is dann ... denn los?«

»Es gibt Geister. Aber nicht solche, an die die Wantso glauben — glaubten.«

»Was?«

»Außerdem, Bigagi, der meine Mutter und meinen Vater getötet hat ...«

»Tein Vater? Tu has toch gesagt, tein Vater is Gott?«

»Mein Pflegevater. Der Mann von Mariyam.«

»Mann?«

»Bigagi hat sie getötet. Er hat die Wantsomänner angeführt; sonst hätten sie den Mut wohl nicht aufgebracht. Sie glauben — glaubten — ich wäre ein Geist.«

Und das war mein Glück, dachte er. Wenn sie nicht soviel Angst vor mir und der Nacht gehabt hätten, dann hätte ich es nie und nimmer geschafft, soviele von ihnen umzubringen. Es war ihr — wie war doch das Wort? — Aberglaube gewesen! Der hat sie umgebracht. Na, zumindest hat er mir geholfen. Natürlich wäre ich auch ohne Schwierigkeiten mit drei von ihnen auf einmal fertig geworden, schließlich bin ich viel stärker als sie, viel schneller und tödlich wie ein Leopard. Trotzdem, wenn sie mit dem Gehirn und nicht mit den Eingeweiden gedacht hätten, hätte ich es doch niemals gewagt, das ganze Dorf auf einmal anzugreifen. Und wenn sie nicht diese sinnlosen Beschneidungsriten durchführen würden, wären ihre Frauen wahrscheinlich auch nicht so scharf darauf gewesen, ihre Männer zu betrügen.

Eeva war irritiert. »Warum antwortest tu nicht?«

»Bigagi muß sterben«, sagte Ras. »Ich glaube, er weiß genau, daß ich nicht aufgebe, bevor ich ihn gefunden und getötet habe. Natürlich war er über den Vogel Gottes entsetzt und ist deshalb geflohen. Ich glaube, er hat sich nach Süden gewandt. Er wird wahrscheinlich ins Land der Sharrikt gehen. Er kann sich ihnen zwar nicht zeigen, weil sie ihn sonst töten oder zum Sklaven machen. Aber er wird sich in ihrer Nähe aufhalten. Ich habe mich auch immer in der Nähe der Wantso herumgetrieben. Es wird ihm nichts anderes übrig bleiben, auch auf die Gefahr hin, gefaßt zu werden. Einfach nur andere Menschen sehen und ihre Stimmen hören, auch wenn es Feinde sind, ist besser als Stille, die Sprache der Toten. Vielleicht unterwirft er sich ihnen sogar und wird ihr Sklave. Die Sharrikt haben Sklaven, mußt du wissen, die von den Wantso abstammen. Bigagi findet es vielleicht besser, ein Sklave zu sein, als keinen Menschen zu haben, mit dem er sprechen kann und der sich um ihn kümmert.«

Er schwieg. Er stieß das Floß vom südlichen Ufer ab, auf das es zugetrieben war. Dann fuhr er fort: »Wenn du nicht wärst, hätte ich auch niemanden, mit dem ich mich unterhalten könnte. Außer den Sharrikt. Aber ich würde mich nicht zum Sklaven machen lassen. Ich würde in den Vielarmigen Sumpf gehen — Gilluk wird jetzt da sein —, ich würde Gilluk umbringen und auf die Weise König der Sharrikt werden. Nur ... ich mag Gilluk, auch wenn er — arrogant? — war. Ich würde es vielleicht nicht über mich bringen, ihn zu töten. Aber wie sollte ich sonst König werden? Weißt du, Eeva, manchmal ist es schwer, mit dem Leben fertig zu werden. Für alles, was man tut, muß man etwas aufgeben, oder man muß etwas tun, was man gar nicht will.«

»Ich ... ich ... verstehe nicht alles, was tu sags«, erwiderte Eeva.

Völlig überrascht stellte er ihr eine Frage, die sie in Erstaunen versetzte.

»Was?« fragte sie. »Warum lasse ich dich was nicht machen?«

»Du kennst das Wort nicht? Also gut. Warum läßt du mich nicht Liebe mit dir machen?«

Tränen schossen aus ihren Augen. Sie sagte: »Mein Mann is erst vor trei Wochen gestorben. Und außerdem, ich liebe tich toch gar nicht.«

Das schien zu ihrer Zufriedenheit alles zu erklären. Ras befriedigte es durchaus nicht, es erklärte ihm auch nichts. Er konnte ihren Gram verstehen, auch, daß ihr Verlangen dadurch eingeschränkt war. Aber der Tod ihres Mannes lag immerhin schon drei Wochen zurück. Inzwischen mußte doch wenigstens ein Funke Verlangen zurückgekehrt sein. Sie lebte, und wie hätte man das Leben besser feiern können? Wie könnte man die Geister der Vergangenheit besser vertreiben? Er hatte Mariyam und Yusufu und Wilida geliebt, und noch lange würde er von Zeit zu Zeit Kummer über ihren Tod empfinden, dessen war er sicher. Doch zwischendurch würde er sich trotzdem daran erinnern, daß er ein lebendiges Wesen, ein Mensch aus Fleisch und Blut war. Hatte sie denn etwa aufgehört zu essen, nur weil ihr Mann getötet worden war?

Nicht, daß Lieben und Essen in seinen Augen dasselbe war. Aber beides waren Dinge, die man tun mußte, wenn man leben wollte.

Sie schwiegen eine ganze Weile. Dann sprachen sie nur über Dinge, die in sicherer Entfernung von seiner Frage lagen. Als die Sonne zwei Handbreit über den Felsen stand, sagte Eeva: »Ein Zwergnashorn!«

Das Zwergnashorn kam schnaufend und geräuschvoll

525

die Luft einziehend aus dem Ufergebüsch an den Fluß gewatschelt. Ras wußte, daß es ein Nashorn war. Allerdings hatte Yusufu ihm nie gesagt, daß es auch *Zwerg*-Nashörner gibt.

Janhoy stand fauchend auf.

»Du hast wohl Hunger«, sagte Ras auf amharisch. Dann wandte er sich auf englisch an Eeva: »Erschieß das Nashorn mit deiner Zweiunddreißiger.«

»Nein, ich will die Kugeln für Notfälle aufheben«, erwiderte sie.

Er sah sie verwundert an. Sie fuhr fort. »Notfälle. Gefahren, die unbedingt den Einsatz der ... Kugeln nötig machen.«

»Gefahren? Wie mich?« fragte er zurück.

»Ja. Und wie die Sharrikt.«

Sie ließen das Floß auf den weichen Uferschlamm auflaufen. Ras band ein Seilende an einen Beilstiel, den er auf dem Floß zwischen zwei Pfählen festklemmte, und das andere an einen Busch. Dann folgten sie zu dritt den Spuren des Nashorns, und als sie es grunzen und schnauben hörten, krochen sie vorsichtig auf das Geräusch zu. Sie sahen vier ausgewachsene und ein junges Nashorn vor sich.

Janhoy pirschte sich an sie heran. Ras schlug einen Bogen um die Gruppe und blieb stehen, bevor er den Wind im Rücken hatte. Eeva ging hinter einem Busch in Deckung. Ras legte einen Pfeil in den Bogen ein und kroch langsam vorwärts. Plötzlich kam Janhoy mit einem gewaltigen Satz hinter einem Busch hervor.

Die Nashornfamilie ergriff die Flucht. Ras schoß einem Bullen einen Pfeil ins Bein, und dann noch einen in den Bauch, nachdem er zu Boden gegangen war. Janhoy griff das Junge an, wünschte sich aber im selben Moment, er hätte es nicht getan. Die Mutter des Jungen ging ihn an, mit weit geöffnetem Maul, und biß auf ihn ein. Janhoy konnte sich losreißen, hatte aber zwei tiefe Wunden auf dem Rücken. Plötzlich brach einer der flüchtenden Bullen aus dem Gebüsch. Entweder hatte er die Flucht abgebrochen, oder er war auf seinem gewohnheitsmäßigen Zickzackkurs rein zufällig wieder auf die Lichtung geraten. Er donnerte wütend auf Janhoy zu. Der Löwe wich ihm aus und mußte schließlich das Feld räumen, weil auch das Weibchen noch hinter ihm her war. Quietschend machten sich die beiden Erwachsenen mit dem Jungen in Richtung Fluß davon. Janhoy folgte ihnen, zog sich jedoch jedesmal zurück, wenn eines der Tiere sich umdrehte und einen kurzen Angriff gegen ihn startete.

»Er wird gleich wieder zurück sein«, sagte Ras zu Eeva. Er fing an, auf das linke Hinterbein des toten Bullen einzuhacken. »Heute abend können wir Steaks essen, und Janhoy kann sich den Bauch vollschlagen. Hieran hat er für eine Woche genug, wenn er es versteht, Leoparden, Schakale, Hyänen und Aasgeier zu vertreiben. Und während er sich vollstopft, fahren wir weiter. Ich habe keine Lust, mich noch länger mit ihm zu belasten.«

An dem Abend, als sie an einem kleinen Feuer Fleisch aßen, sagte Eeva: »Stimmt es, daß du niemals aus diesem Tal herausgekommen bist?«

Ras hatte sich mittlerweile an ihre Aussprache gewöhnt. Ihre Worte klangen in seinen Ohren nun, als würden sie »korrekt« ausgesprochen.

»Wenn du meinst, ob ich jemals über die Felsen hinausgekommen bin — das meinst du doch, oder? — nein. Ich habe versucht, an ihnen in die Höhe zu steigen, wiewohl meine Eltern immer gesagt haben, Igziyabher würde mich töten, wenn er mich dabei sähe. Ich bin sowieso nur halb hinaufgekommen. Und ich kann klettern wie ein Pavian. Mariyam meinte, hinter den Felsen gäbe es nichts. Der Himmel sei eine Kuppel aus blauem Gestein. Der Rest der Welt bestünde nur aus Stein. Aber wo lebt Igziyabher? Wohin fliegt der Vogel? Woher kommst du? Was bist du? Eine Frau, ein Engel? Ein Dämon oder irgendein Tier? Vielleicht ein Geist?«

»Ich bin eine Frau, und dadurch bin ich alles zusammen — bis auf den Geist natürlich«, sagte sie.

Sie unterhielten sich noch eine Weile, was zur Folge hatte, daß Ras immer verwirrter wurde. Er löschte das Feuer, und sie liefen ein Stück weiter, bis sie meinten, weit genug vom Kadaver des Nashornbullen entfernt zu sein. Ras baute eine kleine Plattform auf zwei Ästen, und sie versuchten zu schlafen. Der Lärm aus der Gegend, wo das Nashorn lag, legte sich die ganze Nacht über nicht. Ein paarmal fragte Eeva: »Hast du keine Angst, daß Janhoy von Leoparden getötet werden könnte?«

»Er kann sehr gut selbst auf sich aufpassen«, meinte Ras. »Das sollte er jedenfalls tun. Ich kann schließlich nicht die ganze Nacht über aufbleiben und ihm die Leoparden vom Hals halten.«

»Machst du dir seinetwegen keine Sorgen?«

»Yusufu hat immer gesagt, Janhoy sei der König der Tiere. Natürlich, wenn sich genügend Leoparden auf ihn stürzen . . .«

Er begann, vom Baum herabzusteigen. »Wo willst du hin?« fragte sie.

»Ein paar Leoparden schießen«, erklärte er. »Das wird die anderen verjagen. Oder sie sind so damit beschäftigt, die toten aufzufressen, daß sie sich nicht um Janhoy kümmern.«

»Aber dir könnte doch etwas passieren!«

»Das stimmt.«

»Bitte, geh nicht!«

Er kletterte wieder zu ihr auf die Plattform und legte sich hin. Nach einer Weile sagte er: »Du willst mich, aber du willst mich nur teilweise.«

»Du wolltest ja gar nicht gehen!« sagte sie empört. »Du hast nur so getan, damit ich . . .«

Sie sprach nicht weiter. Er sagte: »Denk mal darüber nach, was aus dir wird, wenn ich dich verlasse.«

Sie sagte noch immer nichts. Er wartete eine Weile, und dann, da er sich plötzlich müde fühlte, schlief er ein.

Am nächsten Morgen zogen sie weiter. Janhoy schlief noch. Ras verabschiedete sich stumm von ihm und ging davon. Der Löwe lag auf dem Rücken hinter einem Busch, die Pfoten halb in die Luft gestreckt, den Bauch zu einem festgestopften Höcker aufgeworfen. Ras hatte wieder ein schlechtes Gewissen, obgleich er sich vergewissert hatte, daß sein Freund nicht hungern müßte. Es gab in der Gegend genügend Nashörner, Wasserbüffel und Flußschweine, und wenn nötig, könnte Janhoy auch Krokodile fangen und töten, oder sogar Leoparden.

Er band das Seil vom Busch los und schob das Floß übers Ufer, auf das er es vor dem Abendessen noch geschoben hatte, ins Wasser. Er setzte sich mitten darauf und überließ Eeva die ganze Arbeit. Sie sah ihn fragend an, sagte aber nichts. Die aufgehende Sonne erwärmte die Luft und ließ die Bäume grün werden. Das Wasser war von dem Schlamm, den es mitführte, mattbraun.

Ras hockte da und blickte nur auf, als ein Rabe wie ein schwarzer Gedanke über seinen Kopf hinwegschoß. Er zog seine Flöte hervor und spielte eine freundliche, doch melancholische Melodie, die er als Junge komponiert hatte, als einmal Traurigkeit wie der Schatten einer vorübergehenden Wolke auf ihn gefallen war. Die Ufer glitten vorbei, und Eeva senkte hin und wieder die Stange ins Wasser, damit das Floß nicht auflief. Nach einer Weile legte Ras die Flöte beiseite.

»Der Fluß windet sich durch das Tal«, sagte Eeva, »als wäre er verrückt. Das Tal kann unmöglich länger als vierzig Kilometer sein, doch der Fluß ist mindestens siebzig Kilometer lang.«

»Er ist wie eine Schlange, die in der Zeit der Paarung nach einem Weibchen sucht«, meinte Ras.

Er hatte sie anscheinend nicht ganz verstanden. Und wiederum verstrichen die Minuten in Schweigen. Ras fing an, mit der rechten Hand aufs Floß zu schlagen. Zwei sanfte Schläge, dann ein harter. Noch zwei sanfte und ein harter. Eine Pause, dann das Ganze noch einmal.

Noch immer aufs Holz schlagend sagte er: »Manchmal fühle ich mich wohl. Manchmal nicht. Dann nehme ich ein Stück Holz und schnitze eine Figur, die meine Gefühle darstellt. Jetzt habe ich kein Holz zum Schnitzen. Aber die Flöte kann eine musikalische Figur schnitzen. Und manchmal kann ich auch aus Worten eine Gestalt machen.«

Er befeuchtete seine Lippen und hob, noch immer aufs Floß trommelnd, zu singen an:

»Weiß ist der Schädel im Grün,
Grün ist das Gras im Weiß.
Weiß ist ihr Geist im Licht,
Licht ihre Stimme im Blau,
Blau eines Grams im Schwarz,
Schwarz wie der Schmerz in der Nacht,
Nacht der Würmer im Rot,
Rot wie die Striemen im Weiß,
Weiß ist der Schädel im Grün,
Grün des Grases im Weiß.«

Er trommelte DAM!-da-da, DAM!-da-da, DAM!

Als er geendet hatte, waren beide eine Zeitlang still. Die Flußufer schlängelten sich an ihnen vorbei, traten näher heran und zogen sich weiter zurück. Ein strahlender, grünrotweißer Königsreiher schoß wie der Ausruf eines Gottes vorüber, der durch Vögel spricht.

Schließlich sagte Eeva: »Ist das dein Gedicht? Hast du dir das ausgedacht?«

»Gerade eben«, erwiderte er. »Ich mache meine Gedichte lieber auf amharisch, weil ich das am besten spreche. Nur, wenn ich das diesmal auch gemacht hätte, hättest du nichts verstanden. Ich brauche einen Zuhörer, der mit dem Herzen zuhören kann.«

Tränen liefen ihm über die Wangen. Er sah zu ihr auf und bemerkte, daß sie auch weinte. Er sagte: »Du weinst um deinen Mann.«

»Und um mich«, sagte sie. »Ich weiß nicht, wie ich aus dieser Falle herauskommen soll. Soweit ich gesehen habe, als wir hier hereinflogen, verschwindet der Fluß irgendwo in den Bergen und fließt kilometerweit unterirdisch weiter, ehe er wieder zum Vorschein kommt.«

Ras meinte: »Ich verstehe dich nicht. Erklär es mir.«

Er hörte ihr zu, und hin und wieder mußte er sie unterbrechen und bitten, etwas zu verdeutlichen. Selbst dann konnte er einige Dinge noch nicht glauben.

Sie sagte: »Wenn ich in diesem Tal aufgewachsen wäre und es mein Leben lang für die ganze Welt gehalten hätte, wenn ich geglaubt hätte, daß der Himmel eine Kuppel aus blauem Gestein ist und Gott am Ende des Flusses, am Ende der Welt lebt — und all die anderen Dinge, die du mir erzählt hast —, nun, dann würde ich es auch nicht verstehen. Was dich betrifft, so weiß ich nicht, wie du hierher gekommen bist und warum du hier bist. Ich kann dir allerdings sagen, daß ich überrascht bin. Und ich war schockiert, als wir von dem Hubschrauber angegriffen wurden.«

»Der Vogel Gottes ist also nur eine ... eine Maschine? Ein Kanu, das fliegt? Und du bist kein Engel oder Teufel?«

»Du glaubst mir nicht«, sagte sie. »Du hast dasselbe Gefühl, das ich auch haben würde, wenn jemand mir erzählte, daß dieses Universum nur eine Illusion ist, eine Bühnendekoration aus Pappmaché.«

»Universum? Illusion? Pappmaché? Bühnendekoration?«

Eeva hatte Schwierigkeiten, diese Dinge zu erklären.

»Die Vögel ... die Hubschrauber ... du hast sie gesehen? Ich würde gern mal da hinaufsteigen und mir ihr Nest angucken. Aber Mariyam hat mir erzählt, Igziyabher würde am Ende des Flusses leben.«

Er hielt inne. Selbst wenn nur ein kleiner Teil von dem stimmte, was Eeva sagte, dann hatte Mariyam sogar noch mehr gelogen, als er angenommen hatte.

Eeva fragte ihn nach Igziyabher. Er erklärte es ihr und sagte dann: »Als du über die Berge gekommen bist, hast du da Igziyabher gesehen?«

Sie schüttelte den Kopf. »Nein. Niemand hat Gott je gesehen.«

»Er ist mein Vater«, gab Ras zu bedenken.

Eeva fragte: »Wer hat dir das erzählt?«

»Meine Mutter. Und die muß es doch schließlich wissen.«

»Ich weiß wirklich nicht, wo ich bei dir mit dem Unterricht anfangen soll«, sagte sie. »Du bist einmalig. Ich glaube, du bist geopfert worden — ein schrecklicher Gedanke. Ich glaube, daß jene Papiere — die, die du Briefe von Gott nennst — aus einem Buch stammen, das diese ... Person ... geschrieben hat. Er hat sein — wie soll man es sagen? ... Experiment? Projekt? — beschrieben.«

»Prayekt?«

»Projekt«, wiederholte sie langsam und deutlich.

Er verstand das Wort weder in der einen noch in der anderen Aussprache. Und wiederum begab sie sich in ein endlos erscheinendes Labyrinth von Erklärungen, Erklärungen, die wiederum erklärt werden mußten.

Er erfuhr auch etwas über sie. Sie war Finnin, in der Stadt Helsinki geboren, wo sie den größten Teil ihres Lebens verbracht hatte. Ihre Mutter war schwedischer Abstammung und Lutheranerin. Ihr Vater kam aus einer jüdischen Familie, die vor zweihundert Jahren aus Deutschland eingewandert war. Der Vater ihres Vaters war zum Swedenborgianismus übergetreten, aber ihr Vater war Atheist, und sie auch. Sie hatte an der Universität von Stockholm einen anthropologischen Doktorgrad erlangt. Stockholm liegt in Schweden.

Es dauerte eine Stunde, bis diese wenigen Feststellungen erklärt waren. Ras mußte von jedem unbekannten Wort eine Definition wissen, und die Definitionen führten sie beide in Labyrinthe. Die Sonne brannte durch das letzte Blau und ließ die Dunkelheit herein. Sie legten am Ufer an, wo sie eine Stelle fanden, an der sie hinter sich einen überhängenden Felsen und vor sich ein Feuer hatten. Ras schoß einen Affen und bereitete ihn so gut er konnte für Eeva zu, die sich vor der rohen Keule, die er ihr zuerst angeboten hatte, ekelte. Gleichzeitig wollte sie aber auch wissen, ob ein Feuer wirklich nötig war. Konnte denn Bigagi nicht in der Nähe sein?

Ras meinte, er bezweifle das sehr. Bigagi würde sich soweit wie möglich von dem Tod entfernt haben, den der Vogel ausgeteilt hatte. Nicht zu erwähnen — er tue es gleichwohl —, daß Bigagi auch vor ihm, Ras, Angst haben würde und sicherlich bestrebt wäre, soviel Zwischenraum wie möglich zwischen sich und ihn zu legen. Mehr noch, die Wantso verließen einen Unterschlupf niemals zur Nachtzeit, nur in extremen Notfällen.

Dann meinte er: »Ein Anthropologe ist demnach jemand, der die Menschen studiert? Ich bin ein Anthropologe. Ich habe meine Eltern und die Wantso und Gilluk, den König der Sharrikt, studiert.«

»Aber nicht mit wissenschaftlichen Methoden«, erwiderte sie. »Obwohl du die Wantso mit deinen Methoden wahrscheinlich weit besser beschreiben könntest als jeder Anthropologe.«

Sie nahm ihre Geschichte wieder auf. Während des Krieges hatte sie in Schweden gelebt, weil die Deutschen nach Finnland gekommen waren, um gegen die Russen kämpfen zu helfen. Obgleich die Finnen nicht antisemitisch eingestellt waren und den Deutschen nicht erlaubt hatten, ihre Praktiken während des Aufenthalts in Finnland auszuüben, hatte ihr Vater sie und ihre Mutter nach Schweden geschickt. Er war umgekommen, als er Seite an Seite mit den Deutschen gekämpft hatte.

Sie nannte das ironisch (ein Ausdruck, den sie erklären mußte), aber er hätte sein Land geliebt und die Russen ebensosehr wie die Deutschen gehaßt, weil er gewußt habe, daß die Russen im Gegensatz zu ihrer offiziellen Politik außerordentlich antisemitisch eingestellt waren.

ELFTES KAPITEL

Eine kurze Bekanntschaft

Ras, der die vielen neuen Wörter und Erklärungen hörte, hatte das Gefühl, in seinem Kopf hätte sich eine Termitenkolonie angesiedelt und würde von einem Ameisenfresser angegriffen. Gedanken prallten aufeinander, kippten um, strampelten mit allen sechs Beinen, knallten gegen seine Schädeldecke und bissen sich darin fest.

»Du bist ärgerlich«, sagte Eeva. »Warum?«

»Ich weiß es nicht. Aber was du mir erzählt hast, das macht mich wütend. Ich fühle mich, als ob ... als ob jemand mit einem Messer auf mich losginge, als würde er versuchen, mir etwas wegzunehmen.«

»Aha! Das ist es also. Du willst es nicht hören! Es bedroht dich! Es macht alles, woran du bisher geglaubt hast, zu einer Lüge, nicht wahr? Soll ich aufhören?«

»Sprich nur weiter«, erwiderte er grimmig.

Ihr Mann war auch Anthropologe gewesen. Sie hatte ihn auf der Universität kennengelernt, wo sie zusammen studierten. Nachdem sie nach Helsinki zurückgekehrt waren, hatten sie geheiratet. Später hatten sie an den Universitäten von Helsinki und München Vorlesungen gehalten, eine Forschungsreise ins Amazonasbekken und mehrere nach Afrika unternommen, und hatten dann mit amerikanischer Unterstützung die Expedition hierher gestartet.

Die Existenz dieses Tales war schon lange bekannt. Eine frühere Expedition, eine amerikanische, hatte versucht, mit einem Amphibienflugzeug nach hier vorzudringen. Doch das Flugzeug war kurz nach dem Start abgestürzt und niemand hatte überlebt.

»Man konnte sich den Absturz seinerzeit nicht erklären. Ich bezweifle, daß es ein Unfall gewesen ist. Und wir hatten entsetzliche Schwierigkeiten, von den Behörden die Genehmigung für unser Unternehmen zu kriegen. Es war so schwierig, daß uns bald klar wurde, daß irgend jemand es darauf angelegt hatte, uns zurückzuhalten. Mika war der Ansicht, die Behörden würden bestochen, hatte aber keine Beweise. Erst als er anfing, unseren Fall eingehender zu untersuchen, erhielten wir plötzlich die Einreiseerlaubnis. Doch unsere Schwierigkeiten waren damit noch längst nicht zu Ende. Mein Mann mußte zum Beispiel einen Eingeborenen vertreiben, der versuchte, in der Nacht vor unserem Abflug das Flugzeug in Brand zu stecken. Und dann der Angriff durch den Hubschrauber ... Jemand wollte uns hier nicht haben. Ich nehme an, es war der Schreiber jener Zeilen, die du Briefe von Gott nennst. Es muß jemand sein, der Gott spielt.«

Ras sagte langsam: »Wenn du die Wahrheit sagst ... du meinst ... dieses ... Tal? ... ist seit langer Zeit bekannt? Was meinst du damit?«

»Ach, ein paar Flugzeuge, die gezwungen waren, ihren Kurs zu ändern, haben davon berichtet. Und einmal hat ein Militärflugzeug diese Gegend überflogen.«

»Warum habe ich sie nicht gesehen?«

»Weil sie sehr hoch geflogen sind. Hast du jemals mehrere lange, dünne Wolken, fast Streifen, ganz unvermittelt am Himmel auftauchen sehen, die nur ein paar Minuten sichtbar blieben und dann ebenso unvermittelt wieder verschwanden?«

Ras schüttelte den Kopf.

»Dann hast du sie verpaßt. Aber wenn du jemals solche Streifen sehen solltest — es sind gefrorene Auspuffgase eines Düsenflugzeugs.«

Das führte zu weiteren Erklärungen. Schließlich seufzte Ras und sagte: »Ich glaube, wir sollten uns lieber schlafen legen.«

Er war so durcheinander, daß er ganz von der Idee abkam, sie zu bitten, mit ihm zu schlafen. Sie sah müde aus, wollte aber noch weitersprechen.

»Die Hubschrauber kommen vom Gipfel jener Felssäule im See. Du sagst, man kann sie nicht besteigen?«

»Ich habe gesagt, ich war bisher noch nicht in der Lage, sie zu besteigen.«

»Hast du die Absicht, es noch einmal zu versuchen?
Vielleicht nachts, wenn man dich nicht sehen kann?«

»Nachts würde es natürlich viel schwerer sein. Aber
ich werde es versuchen. Später. Zuerst will ich Bigagi
finden und umbringen. Und dann muß ich Igziyabher
finden. Er kann bestimmt alle meine Fragen beantworten.«

»Es gibt keinen Igziyabher. Weder am Ende dieses
Tals, noch in der großen Welt außerhalb davon. Nirgends.«

»Nun, das werde ich schon selbst herausfinden«, sagte er.

Er stand auf. »Ich sollte noch mehr Holz auflegen. Ich
mache mir wegen Bigagi keine Sorgen, doch es gibt Leoparden hier in der Nähe.«

Er hatte gerade ein paar große, klobige Äste kunstvoll
über dem Feuer aufgeschichtet, als Eeva einschlief. Und
wieder spürte er ein Verlangen nach ihr in sich aufsteigen. Die Unruhe, die sie mit ihren Erzählungen in ihm
hervorgerufen hatte, und der Kummer über den Tod seiner Eltern und Wilidas hatten es vorübergehend be-
schwichtigt. Doch im Moment war die Unruhe vergangen, und die Geister von Yusufu und Mariyam und Wilida verschwammen vor seinem inneren Auge, und er
konnte jetzt an sie denken, ohne das Gefühl zu haben,
ein scharfes Messer würde sich in seine Brust bohren.

Eeva wachte mit einem Seufzer auf, als hätte sie seine
Gedanken gelesen. Aus ihren Augen war die Schläfrig-
keit schnell verschwunden. Sie sah ihn an und meinte:
»Mach dir keine Hoffnungen auf mich, Ras. Ich möchte
nicht gezwungen sein, dich zu erschießen.«

»Warum willst du nicht bei mir liegen?«

»Weil mein Mann noch nicht lange tot ist und ich ihn

noch betraure. Es stimmt, wir sind nicht sehr gut miteinander ausgekommen, wir haben uns schon seit einiger Zeit mit dem Gedanken getragen, uns scheiden zu lassen. Zum Teil lag das wohl daran, daß er ... unfruchtbar war. Er kam sich immer so vor, als wäre er kein vollständiger Mann. Ich war der Meinung, wir könnten Kinder adoptieren. Gott weiß, daß es genügend Kinder gibt, die Eltern brauchen, doch er wollte das nicht. Entweder sollten wir seine Kinder haben oder gar keine. Und ... da waren noch andere Dinge, weißt du?

Aber auch wenn es nicht so wäre, auch wenn ich niemanden betrauern würde, wollte ich nichts mit dir zu tun haben. Ich will in dieser Wildnis nicht schwanger werden und ein Kind austragen müssen.

Das ist noch nicht alles. Der Hauptgrund ist, daß ich dich nicht liebe.«

Ras war erstaunt. »Du haßt mich doch aber nicht, oder?«

»Nein.«

»Ich habe die Gorillaweibchen oder die Wantsofrauen auch nicht geliebt — bis auf Wilida natürlich. Aber ich habe bei ihnen gelegen. Warum kann ich nicht auch etwas mit dir haben? Hast du es nicht gern mit einem Mann?«

Sie sagte: »Wie kann ich dir nur erklären, was ich meine? Du bist so vollkommen unschuldig, nicht in der Beziehung, sondern was dein Wissen über bestimmte Dinge betrifft. Du bist Rousseaus *Noble Savage*; jedenfalls in gewisser Hinsicht.«

»Rousseau?«

Es folgten weitere Erklärungen. Ras, nur mit halbem Ohr zuhörend, spielte mit dem Gedanken, sich einfach über sie zu werfen. Es würde nicht so schwer sein, ihr das Schießeisen zu entreißen, wenn sie schliefe. Das mußte sie doch aber auch wissen. Trotzdem schlief sie. Wollte sie vielleicht, daß er ihr die Pistole wegnahm?

Zwang. Sie hatte auch davon gesprochen, daß böse

Männer unwillige Frauen einfach zwangen. Das war einer der Punkte gewesen, über den er lange nachgedacht hatte. Er hatte noch nie eine Frau gezwungen; er war nicht einmal auf die Idee gekommen. Doch vielleicht belog er sich da ein bißchen. Wenn er die Wantsofrauen nachts überrascht hatte, hatte er ihre Furcht vor ihm, dem Geist, ausgenutzt, um sein Ziel zu erreichen. Damals hatte er aber auch niemals eine Zurückweisung erwartet, zumindest hätte er in dem Fall immer geglaubt, zurückgewiesen zu werden, weil er ein Geist war.

»Ich verstehe wirklich nicht, warum du mich nicht willst«, sagte er nach einer Weile. »Es ist doch schon Wochen her, seit du einen Mann gehabt hast, und du bist doch auch nicht krank gewesen. Bin ich vielleicht häßlich? Meine Eltern und die Wantsofrauen haben immer gesagt, daß ich sehr schön sei. Und ich bin auch nicht wie die Wantsomänner, ich kann noch eine richtige Erektion kriegen, mich hat kein Steinmesser halb verkrüppelt. Mein Temperament ähnelt nicht dem eines halbverhungerten Leoparden; ich lache und bin vergnügt, ich rede gern und höre gern zu. Ich liebe es, mit jemandem zu schmusen, jemanden zu lieben. Ich liebe Spaß und Gelächter und das Gefühl des Fleisches. Wenn du mich nicht liebst, so haßt du mich doch auch nicht; und du hast auch nicht gesagt, daß ich dir nicht gefalle oder daß du mich abstoßend findest. Ich verstehe dich wirklich nicht.«

»Du bist gekränkt«, sagte sie. »Ich nehme an, du bildest dir ein, dafür einen guten Grund zu haben, nicht wahr? Aber es besteht wirklich kein Anlaß, gekränkt zu sein. Meine Herkunft ist deiner so ganz und gar fremd. Ich stamme aus einer anderen Gesellschaft, und die ist so anders, wie du es dir überhaupt nicht vorstellen kannst. Du brauchst also nicht beleidigt zu sein. Nimm einfach mein Wort — ich habe bestimmt gute Gründe für mein Nein.«

Er seufzte und sagte dann: »*Nein* ist ein kurzes und

zugleich sehr weitreichendes Wort. Eine ganze Welt kann sich dahinter verbergen.«

»Eine Welt, die du lieber gar nicht kennenlernen solltest«, meinte Eeva. »Unglücklicherweise wird die Welt dich nicht in Ruhe lassen. Sie wird mit jedem Tag kleiner, und die Menschen haben weniger und weniger Platz auf ihr. Sie werden auch dieses Tal überschwemmen. Es wird andere Menschen geben, die meinem Mann und mir folgen. Dann ... ich weiß es nicht. Ich mag gar nicht daran denken. Was werden sie aus dir machen? Was werden sie mit dir anstellen?«

Ihre Worte machten ihn unsicher. Etwas Enormes und Schwarzes und Tödliches lag hinter den Bergen. Sie sprach so überzeugend. Vielleicht war der Himmel doch kein blaues Gestein?

»Leg dich schlafen und vergiß das alles, solange du noch kannst«, sagte sie.

»Was soll ich denn machen?« fragte er. »Wichsen?«

Eeva erwiderte etwas in einer Sprache, die er für finnisch hielt. Es hörte sich an wie eine Beleidigung.

»Es ist mir scheißegal, was du machst! Solange du nur nicht versuchst, mich zu zwingen! Und jetzt — geh schlafen!«

Der Mond war bereits aufgegangen, als sie wieder aufwachte. Sie setzte sich auf, die Pistole in der Hand, und rief mit schriller Stimme: »Was ist das denn? Ras! Warum bewegen sich die Äste denn so? Ras! Ein Leopard!«

Ras hörte nicht auf. Die Schatten der Äste und Bäume verdeckten ihn fast vollständig, doch ein Mondstrahl fiel mitten auf seinen Körper, und sie konnte sehen, was er machte. Es sprudelte silbern hervor.

»*Jumala!*« brach es angeekelt aus ihr hervor. Dann sagte sie auf englisch: »Du widerliches Miststück!«

Ras sagte: »Na, jedenfalls ist das besser, als sich zu quälen.«

Einen Moment lang hatte es den Anschein, als hätte

es ihr die Sprache verschlagen. Dann meinte sie: »An wen hast du gedacht?«

Er stöhnte und sagte: »Wilida!«

Sie war empört. »Und du willst also Liebe mit mir machen und dir dabei einbilden, ist sei deine schwarze Freundin? Pfui Teufel! Ich kann dieses faulige Zeug nicht riechen! Mach, daß du zum Fluß kommst und dich wäschst!«

»Erregt es dich?« fragte Ras.

»Ich sollte dich abknallen!«

»Erregt es dich?«

Er erhielt keine Antwort. Er schloß die Augen und war im selben Moment eingeschlafen. Am nächsten Morgen sprach Eeva lange Zeit kein Wort. Ihre Augen waren rot, darunter lagen bläuliche Ringe. Sie bewegte sich etwas steifgliedrig, als hätte sie die ganze Nacht verkrampft dagelegen. Ras grinste sie an und erklärte, sie sähe aus wie eine Hundertjährige. Er hatte erwartet, angebrummt oder geschlagen zu werden, wie von seinen Eltern, wenn er sie vor dem Frühstück gehänselt hatte.

Statt dessen weinte sie. Er legte ihr den Arm um die Schultern und sagte, daß es ihm leid tue. Doch sie wandte sich ab.

Und dann, als sie sah, wie er in hohem Bogen über die Äste pinkelte, konnte sie nicht länger an sich halten.

»Hast du überhaupt kein Schamgefühl?« schrie sie ihn an. »Ich hasse dich! Bist du ein Mann oder ein Baby? Du bringst mich noch zum Kotzen mit deinem Benehmen. Wie du denkst, wie du ißt! Besonders wie du ißt! Du grunzt und schmatzt und sabberst wie ein Schwein! Ja, das bist du, ein Schwein!«

Sie fing wieder an zu weinen. Ras meinte: »Es ist wohl besser, wenn ich allein weiterziehe. Du machst mich immerzu nur wütend. Außerdem komme ich ohne dich auch viel schneller voran. Und dann, wenn ich nicht wütend bin, dann will ich bei dir liegen, und das kommt mich hart an. Ich mag das gar nicht!«

Eeva heulte noch lauter. Zwischen den Schluchzern sagte sie: »Ich habe solche Angst, und ich bin ganz allein!«

»Warum? Du hast doch mich. Du bist sicher. Und du kannst mit mir sprechen und könntest Liebe mit mir machen, wenn du nicht so verrückt wärst!«

»*Ich* soll verrückt sein?« kreischte sie. Nach einer Weile hörte sie auf zu schluchzen und trocknete sich die Tränen ab. »Ich habe mir immer eingebildet, stark zu sein. Ich bin nicht unfähig. Ich bin noch niemals in einer Situation gewesen, mit der ich nicht fertig werden konnte. Du solltest mich einmal auf einer Expedition erleben, da bin ich wie ein Mann. Und ich bin ja auch nicht blöde. Nur ... dies hier ... es ist alles so plötzlich gekommen, es ist so barbarisch, so entsetzlich fremd. Und auch so schwer. Ich glaube nicht, daß ich jemals aus diesem Tal herauskomme, und es kann sehr lange dauern, bis jemand erscheint und nach mir sucht. Und dann auch noch dieser Jemand, der mich umbringen will. Warum? Ich weiß es nicht.«

»Sei meine Frau, und du bist sicher.«

»Ich kann auf mich selbst aufpassen«, sagte sie.

Ras lachte.

»Ich hatte nur einen Moment der Schwäche«, fuhr sie fort. »Es wird schon werden. Jetzt fühle ich mich schon viel besser.«

»Du siehst wie eine rotäugige Hyäne aus«, stichelte Ras.

»*Jumala*! Was erwartest du eigentlich? Ich habe kein Make up bei mir. Ich war halbverhungert und habe nie länger als eine halbe Stunde hintereinander geschlafen, ich starre vor Dreck, meine Kleider sind zerrissen und fast verfault, mein Haar ist völlig in Unordnung und ...«

Ras unterbrach sie: »Yusufu hat mir einmal erzählt, Igziyabher habe versprochen, daß die weiße Frau, die meine Frau sein würde, goldenes Haar hätte. Sie würde eine blonde Wucht sein. Du hast goldenes Haar. Bist du eine Wucht? Du benimmst dich nicht gerade wie meine Frau, eher wie ein Dämon, für den Mariyam dich von Anfang an gehalten hat. Auf jeden Fall nicht so wie eine Frau, die Igziyabher mir geschickt hätte, es sei denn, er haßt mich.«

Eeva starrte lange vor sich hin, bevor sie weitersprach: »Ich glaube, *Wucht* ist ein Slangausdruck, den man jetzt nicht mehr benutzt. Wie meinst du das — man hat sie dir versprochen?«

Ras erklärte es ihr. Aber sie verstand nicht genau, was er sagte. Und jetzt, als er seine Erklärung noch einmal überdachte, verstand er sie auch nicht mehr genau. Die Unterhaltung schien ihr jedoch zu helfen. Sie lachte sogar einmal über etwas, was er sagte. Und dann verschwand sie für eine Weile im Gebüsch. Er ging in die entgegengesetzte Richtung und scheuchte eine goldene Ratte auf, die er mit einem Pfeil an die Erde nagelte. Sie wartete irgendwie besorgt, als er zurückkam. Sie hatte gebadet und, so gut es ihr in dem schlammigen Wasser möglich gewesen war, ihr Haar gewaschen. Sie warf einen zweifelnden Blick auf die Ratte, half ihm aber, ein Feuer zu machen. Und als die Ratte einigermaßen durchgebraten war, aß sie ziemlich hungrig.

Nachdem er das Feuer gelöscht hatte, bat er sie, sich noch einmal die Wunde auf seinem Kopf anzusehen.

Sie meinte: »Offenbar hast du dich nicht infiziert. Eigentlich heilt sie erstaunlich schnell. Du mußt enorme Regenerationskräfte haben.« Dann erklärte sie ihm, was Regeneration bedeutet.

Ras rasierte sich am Fuß. Sie schaute ihm zu, wie er das Rasiermesser mit dem Schleifstein schärfte, wie er den Pinsel und das restliche Stückchen Seife im Wasser aufweichte und die Haare abschabte, vor einem ungestürzten Baum hockend, auf den er den Spiegel gesetzt hatte.

»Wer hat dir beigebracht, dich zu rasieren?« wollte sie wissen.

»Yusufu. Er hat mich dazu angehalten, mich jeden Morgen zu rasieren, denn das, so meinte er immer, stehe in dem Buch so geschrieben. Das Buch sagt viele Sachen, die ich nicht beachte, aber rasieren, das mache ich sehr gern. Ich hasse Stoppeln in meinem Gesicht. Ich glaube, ich hasse sie besonders deshalb, weil Jib sie hat. Er hat es nie gelernt, sich zu rasieren. Er ist dumm wie ein Gorilla. Er hat einen langen Bart, der ihm bis zum Bauch reicht, und der ist immer schmutzig und mit Dornen übersät. Er stinkt.«

»Jib?« fragte sie.

»Jib, das bedeutet Hyäne auf amharisch«, erklärte Ras. »Er lebt mit einer Gorillaherde in den Bergen. Nicht mit der von Negus. Mit der von Menelik. Jib ist auch ein weißer Mann. Um genauer zu sein, er ist mein Bruder. Das haben mir Yusufu und Mariyam jedenfalls gesagt. Mariyam hat gesagt, er habe das Gehirn eines Gorillas, weil er Igziyabher geärgert hat. Mir pflegte sie immer zu drohen, ich würde auch wie Jib werden, wenn ich nicht täte, was Igziyabher will — bis ich dann vorgab, mich zu ängstigen und zu weinen anfing. Da hat sie aufgehört. Außerdem hat Yusufu ihr auch gedroht, er würde sie dumm und dämlich schlagen, wenn sie nicht aufhören würde.«

Eeva war überrascht und verharrte eine Zeitlang gedankenverloren in Schweigen. Als sie das Floß wieder ins Wasser schoben, war sie guter Laune. Sie hatte ihr langes Haar in einen — wie sie es nannte — »Psycheknoten« gebunden, ein Ausdruck, den sie ihm buchstabierte. Er sagte, sie sähe jetzt viel hübscher aus, und das schien sie fröhlich zu stimmen. Sie redete viel, manchmal sehr übermütig. Sie erzählte ihm vom Skilaufen in den Bergen Europas. Ras dachte, es müßte ein großer Spaß sein, an den Abhängen ins Tal zu rutschen und von den Bergen in die Tiefe zu fliegen. Sie deutete nach Osten, auf einen Berg mit weißen Streifen, und sie beschrieb, wie sich Schnee anfühlt — auf der Hand, im Gesicht und zwischen den Zehen. Ras kannte das Wort Schnee, denn Yusufu hatte ihm gesagt, was das Weiße auf den Bergen ist.

»Du schnüffelst in meiner Vergangenheit herum wie ein Fuchs auf der Fährte eines Hasen«, sagte er. »Du scheinst über alles, was ich dir erzähle, erstaunt zu sein.«

»Ich habe dir ja schon vorher gesagt, daß du einzigartig bist. Ich glaube nicht, daß es je einen Menschen wie dich gegeben hat.«

Ras ging so weit in seine Vergangenheit zurück, wie seine Erinnerung ihn trug. Er konnte ihr sogar ein paar Dinge beschreiben, die passiert waren, kurz nachdem er Laufen gelernt hatte.

»Bemerkenswert!« meinte Eeva. »Nur wenige Menschen können sich an ihre früheste Kindheit in derartigen Einzelheiten erinnern. Wenn du dich doch nur an die Zeit davor erinnern könntest! Mariyams Gesicht ist das erste, was du sehen kannst? Davor nichts, absolut nichts?«

Ras kamen die Tränen, als er an Mariyam dachte. Er würde das liebe, kleine, braune Gesicht niemals wiedersehen, er würde niemals wieder ihre Umarmung spüren, ihre Küsse, niemals wieder ihre beratende, befehlende, lachende, liebende Stimme hören.

Eeva sah verlegen aus, fuhr aber fort, ihm Fragen zu stellen.

»Du kannst unmöglich in diesem Tal zur Welt gekommen sein. Das glaube ich nicht. Ganz sicher haben die Zwerge, die dich aufgezogen haben — sie waren Zwerge, kleine Menschen, keine Affen —, dich nicht gezeugt. Die Sachen, die sie dir erzählt haben, die sie beiläufig fallengelassen haben, will ich mal sagen, zeigen deutlich, daß sie die Welt draußen gut gekannt haben. Aber warum haben sie sich als Affen ausgegeben? Warum jene Hütte am See, die Bücher und alle die anderen Sachen? Und was ist mit dem anderen weißen Jungen, mit Jib? Lebt er tatsächlich mit den Gorillas? Aber du hast mir doch gesagt, du und deine Eltern, ihr hättet das auch

544

getan, eine Zeitlang jedenfalls? Doch Jib konnte nicht sprechen? Vielleicht war er geistig zurückgeblieben? Oder taubstumm?«

»Er konnte besser hören als ich«, sagte Ras. »Und er war durchaus in der Lage, vier oder fünf Wörter zu wiederholen, die ich ihm beigebracht habe. Wasser. Essen. Schmerz. Mann. Und meinen Namen. Aber das hat lange gedauert. Ich habe immer mit ihm gespielt, obwohl Yusufu gesagt hat, ich solle es nicht tun. Yusufu und Mariyam waren sich nicht darüber einig, warum Jib nicht sprechen konnte. Er meinte, das läge einfach daran, daß Gorillas eben nicht sprechen können. Er wollte nie so recht mit der Sprache heraus, wenn es um Jib ging. Er wurde jedesmal wütend oder traurig, wenn ich ihn ausfragen wollte.«

Eeva holte ihre Briefe aus der Brusttasche und bat ihn, ihr auch seine noch einmal zu zeigen. Sie las sie durch und meinte dann: »Sie ergeben jetzt etwas mehr Sinn, wenn auch nicht viel mehr. Es hat demnach noch ein drittes Kind gegeben. Er war vermutlich der erste. Mein Gott! Was für ein Monstrum!«

»Das Kind?«

»Nein, du Einfaltspinsel ... entschuldige! Ich bin wütend geworden, ich ... mach dir nichts draus. Ich meine das Monstrum, das dir und den beiden anderen dies alles angetan hat. Ihr seid wahrscheinlich alle entführt worden. Der Schreiber, das Monstrum, war Geschäftsmann in Südafrika, stammt aber aus Nordamerika. Zumindest das steht fest. Wer ist der Meister, den er erwähnt? Was ist das Buch?«

»Ich weiß es nicht«, sagte Ras. Er stemmte sich mit aller Kraft gegen die Stange, wodurch das Floß so an Fahrt gewann, daß Wasser über Deck spülte. Ihre Redeweise machte ihn zornig, wie wenn irgend etwas Löcher in eine Statue frißt, die er geschnitzt hat, dachte er, oder wenn jemand sich über eine seiner Zeichnungen lustig macht.

Der Morgen und der Nachmittag waren anregend und

vergnüglich gewesen, und jetzt verstörten ihn ihre Fragen und ihre Sicherheit, daß mit seiner Welt etwas nicht stimmte. Er wollte ihr das gerade sagen, als er das Tschop-tschop-tschop des Vogels hörte, der über die grüne Wand der Bäume zum Fluß kam. Eeva holte tief Luft, stand eine Sekunde wie erstarrt und verschwand dann mit einem Kopfsprung im Wasser. Sie machte zehn oder zwölf Schwimmbewegungen, stand auf und watete ans Ufer, von wo aus sie in den Dschungel rannte.

Ras folgte ihr nicht. Er brauchte sich nicht zu verstekken. Der Vogel hatte noch nie versucht, ihm etwas zuleide zu tun. Im Gegenteil, er hatte ihm immer geholfen, wenn er geglaubt hatte, er würde sich in Gefahr befinden. Es bestand kein Grund zu der Annahme, daß er seine Haltung inzwischen geändert hatte. Trotzdem fühlte er sich nicht ganz wohl in seiner Haut, als der Vogel jetzt röhrend und das Sonnenlicht widerspiegelnd wenige Meter über den Baumwipfeln am nördlichen Ufer auftauchte und auf ihn zugeflogen kam. Zwei Männer saßen darin. Einer bediente das Steuer, wie Eeva es genannt hatte. Der andere stand hinter dem Piloten und blickte über die Maschinengewehre hinweg nach draußen, die Eeva ebenfalls beschrieben und benannt hatte. Beide Männer — Eeva hatte gesagt, es seien Männer — trugen braune Anzüge und weiße Masken.

Der Vogel — der Hubschrauber — flog so dicht über ihn hinweg, daß der Luftzug ihn fast umwarf, die Wellen aufpeitschte, daß Floß schüttelte und ihn taub machte. Ras blickte ihm nach. Er flog etwa dreißig Meter flußaufwärts, hielt an, drehte sich um und kam wieder zurück. Der Mann hinter dem Maschinengewehr deutete auf die Spuren, die Eeva im Uferschlamm hinterlassen hatte. Der Vogel schwang wieder herum. Die Gewehre zeigten jetzt auf den Dschungel. Feuer spritzte aus ihnen hervor. Ras hörte die Schüsse trotz des Lärms, den der Vogel machte. Blätter und Büsche gerieten in Bewegung.

»Halt! Halt!« schrie Ras.

Plötzlich stieg der Hubschrauber höher und verschwand, nur etwa zwei Meter über den Spitzen der Bäume dahinfliegend. Er kam aber noch einmal in Sicht, weil er ziemlich steil in die Höhe kletterte. Er war jetzt ungefähr hundert, vielleicht hundertfünfzig Meter vom Fluß entfernt. Da fiel etwas aus ihm heraus, ein glänzender, tränenförmiger Gegenstand. Ein Rauschen setzte ein, eine gewaltige rote Zunge schoß in die Höhe, Rauch entwickelte sich, Bäume und Büsche bogen sich in dem plötzlich erzeugten Wind nach außen. Dann setzte Hitze ein, und Bäume und Büsche wurden wie von unsichtbarer Hand wieder nach innen gezogen. Ein eigenartiger Geruch stieg Ras in die Nase. Die Hitze wurde größer. Der Dschungel war eine Mauer aus Hitze.

Ras ruderte das Floß mit kräftigen Schlägen ungefähr fünfzig Meter flußabwärts, sprang ans Ufer, zog es auf den Schlamm, damit die Strömung es nicht wegtragen konnte, und jagte in den Dschungel. Er lief parallel zu den Flammen durchs Unterholz. Ein Vogel prallte kreischend gegen einen Baum und fiel auf die Erde. Sein Gefieder stand in Flammen. Ras mußte husten, als ihm der Qualm der brennenden Federn in die Luftröhre kam.

Das Feuer war eine Glocke von ungefähr hundert Meter Durchmesser und dreißig Meter Höhe. Es breitete sich rasch aus, Bäume und Büsche verzehrend, kam jedoch an den nassen Pflanzen, die sich in dem heftigen Regen vor zwei Tagen vollgesogen hatten, zum Stillstand. Es dauerte Stunden, ehe Ras näher herangehen konnte, und selbst dann war die Asche für seine nackten Füße noch zu heiß. Gegen Abend war sie soweit abgekühlt, daß er über die ausgebrannte Öde laufen konnte. Das Unterholz war weg. Einzelne größere Bäume standen noch, hatten aber weder Äste und Blätter noch Borke. Die Zähne der Flammen hatten sogar die Stämme angenagt.

Nahe dem Rand des toten Gebietes lag ein Bündel, das

vielleicht einmal ein Affe gewesen war. Das Fell war restlos abgesengt, der Schwanz, die Pfoten und die Ohren waren verschwunden. Durch die Schädeldecke schimmerten schwarze Knochen. Ras wurde übel. Er war entsetzt. Es bestand keine Hoffnung, daß Eeva entkommen war. Wenn die Menschen in dem Vogel wirklich nur Menschen waren, wie sie behauptet hatte, dann hatten sie doch die Kräfte eines Gottes.

Er entdeckte noch andere Bündel gerösteten Fleisches, auch am Rand der ausgebrannten Zone. Wenn Eeva im Zentrum des Flammenmeers gewesen war, dann war mit Sicherheit nichts von ihr übrig geblieben. Nicht einmal ihre Knochen.

Bei Einbruch der Dunkelheit kam der Vogel noch einmal zurück und kreiste ein paarmal über der Todeszone. Ras versteckte sich und wartete ab, bis er ihn nicht mehr hören konnte. Wie betäubt ging er zum Floß zurück.

Es war nicht mehr da. Im ersten Moment freute er sich, weil er meinte, Eeva wäre den Flammen vielleicht doch entkommen und hätte sich davongemacht. Aber er bemerkte keinerlei Spuren im Schlamm, nur seine eigenen. Er hatte das Floß nicht weit genug aufs Ufer gezogen, und die Strömung hatte offenbar so lange an ihm gearbeitet, bis es herumgeschwungen und weggeschwommen war.

Er hockte lange hinter einem Busch. Selbst im Zorn war seine Einbildungskraft lebendig. Er wußte, daß seine Gedanken wie die Sonne waren, wenn sie hinter dem Horizont versinkt. Der rote Ball war sein Zorn. Die Dunkelheit, die einsetzt, weil die Sonne verschwindet, war die Schwermut, die ihn bedrohte. Er fühlte sich in die Nacht sinken und alle schönen Farben hinter sich herziehen: das Rosa aus der Unterseite einer Wolke, das Tiefblau des Himmels dicht über dem östlichen Horizont, das kleine Fleckchen rauchlosen Feuerblaus im Herzen einer Wolke, einen Spritzer blassen Froschgrüns und ein Bündel Orange-Rötlichgelb, das im Dunst zu beiden Seiten der Sonne aufscheint. Wenn er jetzt versank, würden die lieblichen Bande des Lebens mit ihm versinken. Alles würde schwarz wie das Auge des Schakals, wie die Absicht eines Leoparden.

Der Tod von Eeva Rantanen war der letzte Stoß, der die Sonne in den Abgrund schickte.

Zwölftes Kapitel

Der vielarmige Sumpf

Er hatte die bleiche Frau nicht wie Mariyam, Yusufu und Wilida geliebt. Doch war seine Zuneigung stetig gewachsen, auch wenn sie ihn frustriert, geärgert und verwirrt hatte.

Jetzt war sein Zorn wie die Abendkühle, aber noch immer rot, Sonne, und er würde es nicht zulassen, daß er in der kühlen, betäubenden Düsternis versank. Die Sonne am Himmel, die mußte untergehen; die Sonne in seinem Innern mußte es nicht. Er wollte Rache nehmen. Er wollte Bigagi für das töten, was er getan hatte. Er wollte Igziyabher töten, weil Er den Vogel ausgesandt hatte, Eeva zu töten. Also mußte er zunächst Bigagi verfolgen, um diese Pflicht sobald wie möglich zu erledigen; und dann würde er bis ans Ende des Flusses fahren und Igziyabher die Rechnung präsentieren. Anschließend aber würde er zum See zurückkommen und auf die Säule steigen. Und dann wären der Vogel und die Männer in seinem Bauch an der Reihe.

Der rote Ball am Horizont seiner Gedanken — er konnte ihn deutlich sehen — stieg wieder auf. Die Farben in der nach innen gekehrten Wölbung wurden leuchtender. Die Sonne in seinem Innern konnte rückwärts wandern, von Westen nach Osten, und den Tag wiederbringen und die Nacht abwerfen — wie eine Schlange die Haut. Das war der Unterschied zwischen der unerbittlichen Welt außerhalb seines Körpers und der Welt in seinem Innern.

Er ging ans Ufer. Zum Glück hatte er seine Tasche und die beiden Wantsoäxte nicht auf dem Floß zurückgelassen, sondern ins Gebüsch geschleudert, als er vom Floß gesprungen war. Er nahm sie an sich. Die Suche nach geeigneten Bäumen, das Fällen und das Zurechtschneiden der Pfähle auf die gewünschte Länge und Dicke dauerten bis zum nächsten Nachmittag. Er band die Pfähle mit Lianen zusammen. Dann ging er auf die Jagd. Ein Pfeil brachte einen Papagei herunter. Das Federrupfen, Anzünden eines Feuers und Braten dauerte noch einmal eine Stunde. Inzwischen war es zu spät zum Ablegen geworden.

Doch schon nach einer halben Stunde war ihm klar, daß er viel zu unruhig war, als daß er die Reise auf den nächsten Morgen verschieben könnte. Er stieß das Floß vom Ufer ab. Der Fluß trug ihn gnädig um mehrere Biegungen herum. Nach einem Kilometer traten die Ufer dichter zusammen; die Strömung wurde stärker; das Floß gewann an Geschwindigkeit. Auf einmal sprangen die Ufer auseinander. Solange waren sie Nachbarn gewesen, jetzt trennten sie sich. Es gab keinen Fluß mehr. Der Sumpf, der Vielarmige Sumpf, dehnte sich vor ihm aus. Die Stange, mit der er das Floß vorwärts schob, tauchte nur ein kleines Stück ins braune Wasser ein, dann sank sie tief in den sumpfigen Untergrund. Er mußte vorsichtig hantieren, wenn er sie nicht verlieren wollte.

Die Sonne war hinter den Bergen verschwunden. Der Himmel, zu dem er manchmal durch Blätter und Geäst aufblickte, war noch leuchtendblau. Unter den Bäumen nahm die Dunkelheit zu. Lianen hingen überall. Sie waren überall. Sie waren wie eine gewaltige Schlangenfamilie, die sich am Schwanz aufgehängt hatte, um besser am Wasser nippen zu können. Büschel breiter, flacher Polster wichen widerwillig vor dem Floß auseinander. Ein großes Insekt, dessen Flügel seiner Brust so nahe kamen, daß er einen Luftzug spüren konnte, flatterte vorüber. Ein schwarzer Gedanke an einem schwarzen Ort.

Wasser schlug übers Deck und schwemmte warm über seine Füße. Etwas Dünnes und Klebriges berührte sein Gesicht, und er beugte sich vor, um es wegzuwischen. Er blickte auf und bemerkte eine Spinne, groß wie sein Kopf, die an ihrem Netz heruntergeeilt kam, um die Störung zu untersuchen. In diesem Licht war sie schwarz, doch er hatte eine ganze Menge von ihrer Sorte bei Tageslicht gesehen, damals, als er seinen ersten Ausflug hierher unternommen hatte, und wußte, daß sie eigentlich purpurfarben war, winzige gelbe Höcker auf dem ganzen Körper hatte und acht karmesinrote Augen.

Wenn ein Mensch von dem gelbumrandeten Mund gebissen würde, so hieß es bei den Wantso, würde er nur noch schreien und sich am Ende selbst ertränken, um seinen Qualen ein Ende zu bereiten. Ras glaubte durchaus nicht alle Märchen, die er im Laufe der Zeit so gehört hatte, doch er hatte nicht die Absicht, sie auf ihren Wahrheitsgehalt zu überprüfen. Sicher war, daß diese Spinnen überaus bösartig aussahen.

Dicht neben dem Floß schlüpfte etwas im Wasser vorüber und zog einen Silberstreifen hinter sich her. Ras riß die Stange aus dem Wasser und stieß damit in die schwärzeste Stelle des Dunkels. Die Stange traf etwas Festes. Dann schlug etwas im Wasser hin und her. Er schob das Floß weiter, und als er an einen früheren Natternbiß dachte, brannte die längst verheilte Narbe an seinem Fuß.

Ein paar Sekunden später berührte etwas Hartes und Kaltes seine Schulter. Er stieß einen unterdrückten Schrei aus und warf sich flach aufs Floß. Zitternd blieb er mit dem Gesicht nach unten eine Weile liegen. Als er sich aufkniete und wieder zu rudern begann, kauerte er sich zusammen und blickte fortgesetzt nach links und rechts. Ein Spinnengewebe legte sich um seinen Kopf, und als er es wegwischte, zog er noch mehr von den klebrigen Fäden herunter. Seine Hand umschloß die trockene, leergesaugte Hülle eines großen Schmetterlings. Er warf sie ins Wasser. Wie ein Kreuz schwamm sie davon, sich langsam um sich selbst drehend.

Die Nacht war noch warm, aber er bekam eine Gänsehaut. Er hatte ein Gefühl, als würden ganze Wasserberge aus den kühlen Tiefen einer Bergquelle über ihn hinkriechen. Das Gefühl war so lebhaft, daß er unwillkürlich seine Schultern berührte, um sich zu vergewissern. Dies hier war weitaus schlimmer als ein Dschungel voller Leoparden. Hier gab es nichts Schönes. Die Spinnen und Schlangen waren in die Farbe der Nacht getaucht, eingebettet in Schweigen und Gift. Die Bögen, die die niedrig hängenden dicken Zweige und die dunklen gedrungenen Baumstämme formten, schienen eine ununterbrochene Folge von Türen zum Tod zu sein. Spinnweben griffen nach ihm mit kraftlosen, doch beharrlichen Händen. Er wurde von dem grauen, klebrigen Zeug bedeckt, von oben bis unten eingewickelt und in eine Hülle eingeschlossen, als wäre er den Spinnen ein großer Schmetterling. Selbst das obere Ende der Stange war grau; es sah wie ein langer, dünner Geist aus — wie der Geist einer Schlange, mußte er unwillkürlich denken, und dann wünschte er, er könnte aufhören an Schlangen zu denken.

Wann würde der Mond wohl aufgehen? Dann wäre dort oben in den Blättern und Lianen Licht, und etwas davon würde sicherlich auch nach hier unten tröpfeln. Dann könnte er zumindest die großen Spinnen als Spinnen erkennen. Er würde nicht mehr jeden großen Knoten an einem Baumstamm für eine Spinne halten, die darauf wartete, ihn anzuspringen, und nicht jede Liane für ein Reptil.

Er starrte vor sich hin. Ein Klumpen Dunkelheit jagte über den Ast vor ihm. Er schlug mit der Stange danach, verfehlte ihn aber. Das Floß verlor an Geschwindigkeit und stieß gegen einen Baumstamm. Er konnte nur seinen eigenen Atem hören. Dann ... kratzte etwas auf Holz.

Er drehte sich um, konnte aber außer einem Schimmern weit hinten am Ende unzähliger Reihen gekrümmter Bögen aus Ästen und Baumstämmen nichts sehen. Er seufzte tief. Es gab hier eine ganze Menge, das einem Angst machen konnte, aber warum sollte er Angst haben? Waren es die Erzählungen von den Schrecken des Sumpfes, die Mariyam ihm eingetrichtert hatte, seit er sprechen konnte? Oder war es sein eigener Tod, vor dem er nach dem Biß der Natter gestanden hatte? Oder war es etwas anderes, etwas, das so alt war wie der Tod selbst?

Der Sumpf stank. Die Blüten der Wasserpflanzen waren nicht zu sehen; sie strömten den Geruch einer Ratte aus, die seit zwei Tagen tot ist. Vermoderndes, mit Wasser vollgesogenes Holz und die toten Würmer darin mischten ihren unterschwelligen Gestank darunter. Das Wasser bewegte sich nur träge, dennoch, es bewegte sich und durfte eigentlich nicht diesen Geruch nach Stagnation haben. Dennoch, es stank. Dick vom Schlamm wälzte es sich so langsam wie das Blut eines sterbenden Menschen voran. Es roch sogar ein bißchen wie Blut. Es strömte den Geruch von vielen unerfreulichen Dingen aus.

Das ist meine Nase, die mit wilden, erschreckten, stinkenden Gedanken denkt, sagte er leise zu sich selbst. Das Wasser riecht nicht wie Blut. Das bilde ich mir nur ein. Die Spinnen warten nicht auf die Gelegenheit, über mich herfallen zu können. Sie haben Angst vor mir. Sollte einmal eine auf mich herunterfallen, dann wäre das ein Zufall. Und erst die Schlangen! Sie kommen nur rein zufällig in meine Nähe. Sie greifen mich nicht an; sie können mich nicht fressen, und das wissen sie. Aber es gibt Zufälle.

Als er zum erstenmal in den Sumpf vorgedrungen war, vor sechs Jahren, war er nur wenige Meter unter den Ästen hindurchgefahren und schon gebissen worden. Damals war es ihm so vorgekommen, als hätte die Natter nur auf ihn gewartet, als wäre sie von Igziyabher ausgesandt worden, um ihm den Zugang zum Sumpf zu versperren.

Und jetzt, wenn Igziyabher etwas dagegen hatte, daß er den Sumpf durchquerte, dann würde Er eine Riesenspinne auf ihn werfen.

»Wirf nur!« sagte Ras laut. »Ich werde sie zermalmen und weiterfahren!«

Nichts geschah. Er ruderte weiter. Schließlich, als hätte er bisher gezögert, seinen Glanz mit der Bösartigkeit des Sumpfes zu vermischen, ging der Mond auf. Seine Strahlen tanzten auf den Blättern der höchsten Äste, die in der sanften Brise dort oben raschelten. Hier unten war die Luft unbeweglich wie ein Tier, das seiner Beute auflauert. Etwas Licht schlängelte sich durch die Blätter und berührte hier und da das Wasser mit Mondglanz, verwandelte einen kleinen Hügel in Graugrün oder breitete ein vermoderndes Grün über einen Moosballen, und einmal zeigte es ihm einen langen, dünnen, gebogenen Stengel mit einer totengelben Blüte darin, der aus einer Spalte in einem Baumstamm hervorragte.

Das Mondlicht berührte Spinnweben, als wären sie Harfensaiten; der Klang war lautlos, doch Ras konnte ihn sehr wohl hören. Ein runder Gegenstand rannte mit zwölf langen Beinen über ein Spinnengewebe, blitzte dunkelrot auf und war weg. Das Gewebe selbst war asymmetrisch, nach einer Seite hängend, mit Fäden, die sich in einigen Zonen in verrückten Diamantenformen zusammenballten und in anderen weit auseinander ragten. Die Spinne, die dieses Netz gesponnen hatte, mußte krank oder wahnsinnig gewesen sein, dachte Ras.

Von was für verkümmerten oder kranken Gedanken konnte eine wahnsinnige Spinne besessen sein? Winzige, rote Tupfer, die auf absurd verkrümmten Krallen über den schwarzen, schwammigen Untergrund eines kurzlebigen Gedächtnisses hüpfen? Die auf den Splittern eines Schimmers zuhüpfen, den zerbrochenen Diamanten im Herzen eines gesprenkelten Hirns, um dort ihre Krallen anzubeten oder zu wärmen vor seinem kristallenen Hauch? Und über ihnen gezackte Muster, durch die aus jedem Auge Licht fällt, Licht, gefiltert von den Spinnweben in den Trägern, die die Augen halten?

Etwas plätscherte. Ras sprang auf und schimpfte auf amharisch. Dann lachte er, als der Kopf eines großen Froschs in einem Lichtstrahl erschien. Ein Quak-Quak stieg in der Nähe auf. Andere Frösche fielen ein. Sofort wurde der Sumpf weniger unheimlich. Ras schob das Floß weiter. Der Frosch war vor ihm, schwamm auf sein Ziel zu, was immer das sein mochte. Wahrscheinlich ein Weibchen oder irgendeine Mahlzeit, dachte Ras.

Auf einmal tauchte der Frosch unter. Er war nicht getaucht. Er hatte sich aufgerichtet, seine mit Schwimmhäuten versehenen Pfoten in die Luft gestreckt, und dann war er rückwärts versunken und untergegangen. Der flache, schwarze Schwanz irgendeines Tieres war kurz zu sehen, und dann waren nur noch kleine Wellen und eine Luftblase übrig, die lange Zeit nicht platzen wollte.

Noch mehr Spinnweben spannten sich in den Bögen vor ihm. Jetzt, da er sie im Mondlicht sehen konnte, zerschlug er sie mit der Stange, wischte die Stange ab und schob das Floß weiter, bis er zum nächsten Spinnengewebe kam. Die Spinnen kamen nach unten gelaufen, um die Beute zu untersuchen, die sich ihrer Meinung nach im Netz gefangen hatte, hielten dann aber inne, wenn das Gewebe zerstört war. Ras hob die Stange an, um die Spinnen herunterzuschlagen, oder um sie zu stoßen, damit sie sich zurückzogen. Einmal fiel eine auf sein Floß, und er hätte es in dem Versuch, ihr auszuweichen und zugleich mit der Stange zu erschlagen, fast zum Kentern gebracht. Sie hüpfte vor und zurück, bevor sie ihn ansprang. Mitten im Sprung erfaßte er sie mit der Stange und schleuderte sie ins Wasser und in die Dunkelheit.

Die ganze Nacht über ging es so weiter. Gegen Morgen waren nur noch wenige Spinnweben da, und die meisten waren zerstört. Die Bäume standen nicht mehr so dicht beieinander. Das Wasser wurde seichter, und schließlich stieß das Floß auf den sumpfigen Grund. Ras mußte es aufgeben und im Wasser, das ihm nur bis zu den Knöcheln reichte, oder im Schlamm weiterlaufen. Er nahm an, daß es auch Wasserwege für das Floß gab, da die Sharrikt und die Wantso das ganze Sumpfgebiet in ihren Booten durchquerten, wenn sie einander bekämpften. Aber diese Wege jetzt zu finden, das würde zuviel Zeit in Anspruch nehmen. Er fand es am besten, zu Fuß weiterzugehen, obwohl ihn der Gedanke innerlich schaudern ließ. Die Vegetation, die aus dem Wasser ragte, war ziemlich dicht, und Schlangen konnten sich sehr gut darin verbergen. Er benutzte die Stange, um den Weg vor sich zu untersuchen. Dadurch kam er nur langsam voran und war ziemlich nervös.

Manchmal versank er bis zu den Knöcheln, manchmal bis zum Schienbein im Schlamm. Seine Füße kamen jedesmal mit einem schmatzenden Geräusch daraus hervor, als hätte der Sumpf die Absicht, sie zu verschlingen. Das Gras hatte scharfe, zackige Ränder, die ihm die Beine zerschnitten. Einmal wurde er von einem kleinen Insekt gestochen. Vor Schmerz schrie er auf und machte einen Luftsprung. Nach einer Weile ließ der Schmerz nach, doch der Stich hinterließ einen knallroten Fleck von der Größe einer Daumenspitze auf seinem Bein.

Nachdem er etwa einen Kilometer auf diese Weise zurückgelegt hatte, konnte er hin und wieder auf etwas höher gelegene Stellen überwechseln. Er ging sogar noch vorsichtiger weiter, da es ihm so vorkam, als würde er allmählich ans Ende des Sumpfgebietes kommen. Eine Schlange von etwa anderthalb Meter Länge mit schimmerndem schwarzen Kopf und dunkelrotem Körper versuchte, seiner Stange auszuweichen. Er zerschlug ihr das Rückgrat, schnitt ihr den Kopf ab, häutete sie, nahm die Eingeweide heraus und aß sie roh.

Er war mit dem Essen noch nicht ganz fertig, als er vor sich Rufe hörte. Er warf die Stange weg und kroch so gut er konnte im Schlamm weiter. Vor ihm lag ein Wasserlauf und der niedrige Hügel, oder die Sandbank, woher das Geräusch kam. Das Wasser stieg ihm bis zur Hüfte, ehe es wieder seichter wurde. Auf der Sandbank standen Bäume, und zwischen ihnen wuchs dichtes Unterholz. Die Bäume standen dicht genug, so daß er von einem zum anderen springen konnte. Er mußte dabei nur vorsichtig vorgehen.

Von einem Baum am Rande der Sandbank aus blickte er auf einen Streifen schwarzen, sandigen Bodens, der ungefähr zwanzig Meter breit war. Dahinter erhob sich wieder eine Sandbank, doch war sie noch so hoch, wie die, auf der er sich augenblicklich befand. Obgleich die Bäume auch dort ziemlich dicht standen, waren sie doch weit genug auseinander, daß er hin und wieder zwei Männer erblicken konnte. Beide trugen ein weißes Gewand. Beide waren dünn und fast zwei Meter groß. Sie hatten dunkelbraune Haut und lange, knochige Beine. Sie sprangen hin und her, rufend und brüllend, wobei der eine mit einem Speer und der andere mit einem Schwert fuchtelte.

Der Mann mit dem Schwert war Gilluk, der König der Sharrikt.

DREIZEHNTES KAPITEL

Wer ist denn nun eigentlich der Gefangene?

Vor drei Jahren war einer von Ras' wiederholten Besuchen im Dorf der Wantso auf den dritten Tag nach der Gefangennahme von Gilluk, dem König der Sharrikt, gefallen. Von seinem Beobachtungsposten auf einem Baum am anderen Flußufer aus bemerkte er den Bambuskäfig vor dem Großen Haus. Der Käfig war ungefähr zwei Meter hoch und einen Meter breit. Er hing an einem Seil von einem Bambuspfahl herab, welcher mit beiden Enden auf einer Konstruktion auflag, die jeweils aus drei massiven Holzbeinen bestand. Der Käfig und die Aufhängevorrichtung waren eigens für diese Gelegenheit gebaut worden, wie Ras in Erfahrung brachte, als er die Unterhaltungen einiger Dorfbewohner mitanhörte.

Er belauschte die Gespräche der Frauen auf den Feldern und der Wächter am Nordtor. Das ganze Dorf schwankte zwischen Jubel und Ablehnung. Die Gefangennahme des Königs der Sharrikt würde noch nach Generationen besprochen oder besungen werden. Den Wantso war es früher schon häufiger gelungen, den einen oder anderen Sharrikt in ihre Gewalt zu bringen, das letzte Mal vor vier Jahren. Doch niemals zuvor war ihnen ein König in die Hände gefallen. Sie würden ihn königlich behandeln; seine Folterung würde sich mindestens einen Monat hinziehen, wenn nicht länger, und dann würden sie ihn mitsamt seinem Käfig bei lebendigem Leib verbrennen.

Das war der Grund für den Jubel. Die Ablehnung war aus der Gefahr erwachsen, die Sharrikt könnten herkommen, um Gilluk mit Gewalt zu befreien. Man war genötigt gewesen, rings um das Dorf zusätzliche Wachen aufzustellen und Spione auszusenden, die die Aufgabe hatten, alle Bewegungen der Sharrikt zu beobachten. Und das hatte zu Härten geführt, denn die Wantso konnten es sich nicht leisten, soviele Männer für derartige Pflichten abzustellen. Die Wächter und Spione hätten nämlich eigentlich jagen müssen. Die Beschränkung der Fleischlieferungen hatte bereits zu Beschwerden geführt. Tibaso, der Häuptling, hatte daraufhin vor den Männern eine Rede gehalten und sie eindringlich ermahnt, Ruhe zu bewahren und abzuwarten. Sie sollten ihre Frauen beschwichtigen, wenn diese sich beklagten. Dies sei zwar eine Zeit der schweren Krise, doch auch des gewaltigen Triumphes. Nichts Gutes erwüchse ohne die gleichzeitige Notwendigkeit zur Selbstbescheidung, zu harter Arbeit, unablässiger Aufopferung und unermüdlicher Wachsamkeit.

Der Stamm der Wantso würde eine einheitliche Front bilden und jede Invasionsmacht zurückschlagen, wie er es in der Vergangenheit immer getan hatte. Die Wantso seien schließlich ein großes Volk — in Wahrheit das Volk überhaupt, denn das sei die Bedeutung des Wortes Wantso — und müßten, das läge in der Natur der Sache, Macht über die Sharrikt gewinnen, eine Art zweibeiniger, überaus zurückgebliebener Tiere. Und so weiter.

Man hatte seiner Zustimmung lauthals Ausdruck gegeben und die eindringlichsten Sätze des Häuptlings wiederholt; man hatte geräuschvoll mit den Speeren gerasselt und eine Menge Bier getrunken. Das ganze Dorf — Männer, Frauen und Kinder, die Wachen nicht ausgenommen — hatte sich in der Nacht nach der Gefangennahme von Gilluk derart betrunken, daß die Sharrikt vor Anbruch des Tages freie Hand gehabt hätten, ihren König zurückzuholen, ohne irgend jemanden auch nur im geringsten zu stören, von den Hühnern und Schweinen einmal abgesehen. Das alles erfuhr Ras von den Frauen, die über den Vorfall lachten und den neuesten Dorfklatsch über das eine oder andere Ereignis in der Nacht des Besäufnisses austauschten.

Am nächsten Tag hatte Tibaso seine Leute wieder vor sich versammelt und sie ermahnt, nüchtern zu bleiben, bis man sicher sein könne, daß die Gefahr vorüber sei. Während der Ansprache hatte er Bier getrunken, um seine Kehle anzufeuchten und seinen Kater zu bekämpfen.

Es fiel Ras nicht schwer herauszubekommen, wie Gilluk gefangen worden war. Die Frauen und Wächter sprachen das Vorkommnis viele Male und in allen Einzelheiten durch. Demnach starteten die Sharrikt offenbar einmal im Jahr einen Angriff, und zwar stets am siebenten Tag nach dem siebenten Neumond des Jahres. Man hatte aus dem Grund also zwei Wantsojungen auf einer Plattform in einem Baum nahe der Stelle postiert, wo der Fluß unvermittelt zum Vielarmigen Sumpf wird. Die Jungen hatten das Kriegskanu mit sieben Sharrikt kurz vor Einbruch der Dunkelheit in den Fluß einfahren sehen. Die Invasoren hatten einen Kilometer flußaufwärts angehalten und ihr Nachtlager aufgeschlagen, und so war es den Wantsojungen gelungen, eine Stunde später im Schutz der Dunkelheit an ihnen vorbei zu paddeln.

Am nächsten Tag, als die Sharrikt sich an das Dorf heranschlichen, waren sie in einen Hinterhalt geraten. Ein schweres Stück Mahagoniholz war von einem Baum herabgefallen und hatte ausgerechnet den König bewußtlos geschlagen. Daraufhin waren die Wantso hinter Bäumen und Büschen hervorgekommen und hatten um den leblosen Körper von Gilluk gekämpft. Die Sharrikt, zahlenmäßig unterlegen, hatten nach der ersten Salve Pfeile und Speere schon drei Verwundete zu beklagen gehabt, doch nichtsdestoweniger tapfer jeden Angriff auf ihren König abgeschlagen. Ein Sharrikt war dabei getötet worden, zwei weitere verwundet. Erst daraufhin hatten die Sharrikt die Flucht ergriffen und waren entwischt, obgleich es den Wantso ein leichtes gewesen wäre, sie vollständig aufzureiben. Aber das hatten sie nicht getan, zumal sie ja einen glänzenden Sieg errungen und auf ihrer Seite weder Verwundete noch Tote zu beklagen gehabt hatten. Weshalb hätten sie also ihr Glück unnötig herausfordern sollen?

Die Sharrikt hatten zwar Gilluk zurückgelassen, das *bibuda*, wie die Wantso es nannten, aber gerettet. Ras hatte aus den deutlichen Beschreibungen der Frauen entnehmen können, worum es sich dabei handelte — nämlich um die Waffe, die der König immer trug, um ein Schwert. Anscheinend war es das einzige Schwert, das es überhaupt gab, auch bei den Sharrikt, und allein der König war berechtigt, es zu tragen. In Wahrheit, wenn man den Wantso glauben konnte, war das Schwert der eigentliche König der Sharrikt, denn der Mann, der sich das Recht erworben hatte, es zu tragen, wurde nur aus Höflichkeit König genannt.

Gilluk, der Mann im Käfig, war so schwarz wie ein Wantso. Im Gegensatz zu seinen kleinen und untersetzten Häschern war er jedoch groß und schlank. Sein Haar sah eher lockig aus, nicht gekräuselt, doch Ras, der es ja nur aus der Ferne sah, wollte sich da nicht festlegen. Jedenfalls war es lang und formte oben auf dem Kopf eine Art Bienenkorb. Das Gesicht des Königs war länglich und schmal, seine Stirn hoch und glatt. Er hatte dunkle und große Augen. Seine Nase sah aus wie die von Mariyam, also wie die eines Fischadlers. Seine Wangenknochen standen deutlich hervor, seine Lippen waren schmal, sein Kinn fliehend. Er war auf eine Weise gekleidet, wie Ras es noch niemals zuvor gesehen hatte, was allerdings nicht für den kurzen Umhang aus Leopardenfell galt. Er trug ein Gewand mit langen Ärmeln, das seinen ganzen Körper bedeckte und bis zu den Knien reichte. Es war aus irgendeinem weißen Gewebe gemacht und oben am Hals mit roten und schwarzen Symbolen, geometrischen Zeichen versehen.

Gilluk stand aufrecht in seinem Käfig, hielt sich mit beiden Händen an den Gitterstäben fest und starrte seine Bezwinger finster an. Diese machten sich über ihn lustig und warfen mit spitzen Stöckchen nach ihm. Er rührte sich nicht, allenfalls dann, wenn eins der Stöckchen seine Augen zu treffen drohte. Nur in dem Fall wandte er den Kopf zur Seite.

Ras wußte, was die Wantso mit ihm vorhatten. Wenn er mit Wilida und den anderen Kindern zusammen gewesen war, hatte er ihren lebhaften Beschreibungen der Marter des letzten Gefangenen gelauscht. Dabei hatten die Kinder sich die Lippen geleckt und die Augen gerollt, hatten gekichert oder sich vor schierem Entsetzen geschüttelt. Nur Wilida hatte offenbar ein klein wenig Mitleid mit dem Sharrikt gehabt, und das war einer der Gründe gewesen, weshalb Ras sie in sein Herz schloß. Er war sich allerdings auch nicht ganz im klaren darüber, warum ihre Haltung ihm gefallen hatte, denn sie hatte zugleich eine gewisse Sympathie für den Gefangenen gezeigt. Na, und wenn der Sharrikt die Wantso in Ruhe gelassen hätte, dann würde er schließlich auch nichts zu leiden gehabt haben. Warum hatte er sich denn nicht um seine eigenen Angelegenheiten gekümmert und war südlich vom Sumpf geblieben?

Vermutlich aus genau demselben Grund, dachte Ras jetzt, aus dem ich mich darauf einlasse, die Wantso zu belauschen. Es war einfach aufregend und leichtsinnig. Und man mußte eben die Konsequenzen auf sich nehmen, wenn man gefangen wurde.

Neugier und das Außergewöhnliche an der Idee, nicht der Wunsch, Gilluk vor der Folter zu retten, trieben Ras zu der Entscheidung, den König zu stehlen. Ein wenig spielte auch hinein, daß die Wantsomänner ihn durch ihre ständige Zurückweisung gekränkt hatten und er sich dafür rächen wollte. Und natürlich das Verteufelte an der Sache. Welch eine aufregende Tat würde es sein, welch ein Spaß! Schon bei dem Gedanken daran lief ihm ein Schauer über den Rücken.

Ihm war natürlich klar, daß es nicht so einfach sein würde. Er mußte sich Zeit lassen. In der ersten Nacht stieg er auf den heiligen Baum, um sich den Schauplatz aus der Nähe anzusehen. Beim Käfig wurde ein Feuer unterhalten, vor dem die ganze Zeit über ein Mann saß und Wache hielt. Er wurde etwa alle drei Stunden abgelöst, und der neue Wächter und der Mann, den er abgelöst hatte, hockten gewöhnlich noch eine Zeitlang am Feuer und unterhielten sich.

Die eine Seite des Käfigs ließ sich öffnen. Sie war mit Stricken aus Antilopenleder festgebunden. Nur die Aufmerksamkeit der Wächter war es, die Gilluk davon abhielt, den Käfig eigenhändig zu öffnen.

Auf den Plattformen über den vier Toren stand jeweils ein Wachtposten. Eigentlich wäre es ihre Aufgabe gewesen, die Gegend außerhalb des Dorfes im Auge zu behalten, doch konnten sie es nicht unterlassen, pausenlos den Gefangenen anzustarren.

Am folgenden Tag ging das Dorf zu einer mehr oder weniger normalen Tagesordnung über, abgesehen von der ungewöhnlich großen Zahl von Wächtern. Die Frauen waren auf den Feldern, und zwei Männer und zwei Jungen verließen das Dorf, um zu jagen oder zu fischen. Tibaso saß auf dem Thron und besah sich Gilluk und trank Bier. Wuwufa, der Medizinmann, angetan mit einem hoch aufragenden, kegelförmigen Kopfputz und einer hölzernen Gesichtsmaske, tanzte um den Käfig herum und schwang dabei einen Büffelröhrer über dem Kopf. Dessen tiefes Summen und der Klang der Harfe, auf der Gubado spielte, waren den ganzen Tag über zu hören.

Gegen Mittag zogen fast alle Männer in kleinen Grüppchen davon, wahrscheinlich, wie Ras dachte, um nach Sharrikt Ausschau zu halten. Wenn sie auf die Jagd gingen, bemalten die Wantso ihre Gesichter nämlich nicht, allenfalls dann, wenn sie hinter einem ungewöhnlichen Tier her waren, einem Leoparden oder Krokodil mit einem gewissen Ruf, einen Namen. Doch dann zogen sie stets alle gemeinsam los und spalteten sich nicht in kleine Gruppen.

Die einzigen Erwachsenen, die im Dorf zurückblieben, waren Tibaso, der Häuptling, Wuwufa, der Medizinmann, der alte Gubado und drei Frauen, die sich um die jüngeren Kinder kümmerten. Die übrigen Frauen und die älteren Kinder waren auf den Feldern. Zwei Männer hielten Wache. Einer stand auf der Plattform über dem Tor im Zaun, der sich über die Landzunge zog, der andere auf der Plattform über dem Westtor.

Ras dachte, es brauchten jetzt nur ein paar Sharriktkrieger das Dorf vom Dschungel aus zu beobachten, dann könnten sie ihren König ohne Schwierigkeiten befreien. Doch im Grunde waren die Wantso durchaus nicht so nachlässig gewesen. Es bestand nämlich kaum die Gefahr, daß der ursprüngliche Kriegertrupp etwas unternehmen würde, und bis die Eindringlinge ins Land der Sharrikt zurückgekehrt waren, einen größeren Trupp zusammengestellt hatten und erneut ins Gebiet des Wantsodorfes eingedrungen waren, das würde Tage dauern.

Als Ras nun sah, wie die Jäger das Dorf verließen, hatte er eine Idee, die so gewagt schien, daß er sie mit Gewalt unterdrücken mußte. Warum sollte er nicht sofort ins Dorf gehen, durchs Nordtor, und den König aus dem Käfig herauslassen? Bis der Wächter am Westtor von der Plattform herabgestiegen wäre — wobei noch zweifelhaft war, ob er überhaupt den Mut haben würde, sich dem Geist in den Weg zu stellen —, hätte er die Käfigtür längst aufgemacht. Er würde dem König ein Messer und einen Speer in die Hand drücken, und sie würden den Wächter umbringen, falls er es wagen sollte, sie anzugreifen. Der fette Tibaso und der alte Wuwufa wären kaum ein Hindernis. Ras und der König könnten einen der Einbäume nehmen, die vor dem Dorf im Uferschlamm lagen, den Fluß überqueren und im Dschungel verschwinden. Vielleicht würde Gilluk sich weigern, ihm nach Norden zu folgen, vielleicht würde die weiße Haut seines Befreiers ihn sogleich an etwas Geisterhaftes denken lassen? Aber zweifellos würde wohl am Ende doch seine Freiheitsliebe siegen. Und wenn nicht, dann war Gilluk dumm und die Mühe vermutlich nicht wert, die Ras seinetwegen auf sich zu nehmen bereit war.

Andererseits hatte auch die Idee einiges für sich, sich im Schutze der Nacht ins Dorf zu schleichen, den Wächter am Feuer zu überfallen und den König in die Freiheit zu führen. Die größte Schwierigkeit bei der Ausführung dieses Plans bestand allerdings darin, daß er über den heiligen Baum und das Dach von Wuwufas Hütte eindringen und auch wieder verschwinden mußte. Wenn er dabei Lärm machte und jemand zu früh Alarm auslöste, würde das ganze Dorf aus den Hütten hervorkommen. Er selbst konnte sich auf seine Beine und auf seine Geschicklichkeit verlassen, doch wie stand es damit beim König? Und wenn der erste Versuch fehlschlüge, hätte ein zweiter kaum noch eine Aussicht auf Erfolg. Man würde die Wachtposten rings um den Käfig verstärken. Außerdem würden die Torposten ihn mit Sicherheit sofort bemerken, sobald er im Lichtkreis des Feuers vor dem Käfig auftauchte.

»Ich mache es jetzt!« sagte er laut zu sich selbst. Irgendwie hielt er dies für den richtigen Zeitpunkt, er wußte selbst nicht, warum. Alles, was er wußte, war, daß dies der richtige Zeitpunkt war.

Er stieg von seinem Beobachtungsposten herab und huschte von einem Baum oder Busch zum anderen, bis er vor dem Nordtor stand. Es war zwar geschlossen, aber der große Riegel auf der Innenseite war nicht vorgelegt. Er drückte das Tor vorsichtig auf, gerade weit genug, daß er hindurchschlüpfen konnte. Es quietschte, doch wurde das Geräusch der hölzernen Scharniere vom Summen des Büffelröhrers, vom Klang der Harfe und von Wuwufas Gesang übertönt. Vom Tor aus rannte er zu Wuwufas Hütte und verkroch sich für einen Moment darunter. Niemand schrie auf. Chufiya, der Wächter am Westtor, hatte sich gerade umgedreht. Sazangu, der Junge, der am Zaun östlich von den Feldern Wache hielt, trank gerade aus einem Krug.

Sein Herz stampfte wie ein Wantso beim Tanz. Er zitterte am ganzen Körper. Doch er packte seinen Speer fester, atmete tief durch, kam unter der Hütte hervor und ging in der Nachmittagssonne zur Mitte des Dorfes, als hätte er sein ganzes Leben hier verbracht. Noch ehe irgend jemand ihn sah, hatte er sich dem Käfig bereits bis auf zwanzig Meter genähert.

Wuwufa hörte auf zu tanzen und zu singen. Der hölzerne Büffelröhrer drehte sich an dem Seil noch eine ganze Weile über seinem Kopf, denn der Arm, der das Seil hielt, war in der Luft erstarrt. Der Büffelröhrer drehte sich immer langsamer; das Geräusch der Luft, die sich durch seine Löcher preßte, erstarb zu einem leisen Pfeifen. Die Kinder stoben kreischend nach allen Richtungen auseinander, soweit wie möglich weg von Ras. Tibaso stand mit Mühe aus seinem Thron auf und ließ den Holzbecher mit Bier in den Staub fallen. Er stieß einen gellenden Schrei aus und versuchte, sich unter dem Thron zu verkriechen. Chufiya, der Wächter am Westtor, heulte auf. Mit weit aufgerissenen Augen packte Gilluk die Gitterstäbe des Käfigs und fing an zu zittern.

Wuwufa erwachte aus seiner Erstarrung, fiel zu Boden und fing an, hin- und herzurollen, wobei er wie ein verwundeter Schakal japste. Ras ging gemächlich an ihm vorüber, konnte es sich aber nicht verkneifen, einen Moment bei Tibaso zu verweilen und ihm einen kräftigen Tritt in den ausladenden Hintern zu versetzen. Tibaso, dessen Kopf bereits unter dem Thron steckte, quietschte und versuchte, noch weiter unter den Thron zu kriechen.

Ras lachte und trat an den Käfig. Er zerschnitt die Stricke aus Antilopenleder mit dem Messer. »Komm heraus, Gilluk! Wir müssen schnellstens verschwinden!« sagte er in der Sprache der Wantso.

Gilluk ließ mit keiner Regung erkennen, ob er ihn verstanden hatte. Er rührte sich nicht vom Fleck. Unter der dunkelbraunen Haut wurde er grau, seine Zähne schlugen klappernd aufeinander. Doch er wehrte sich nicht, als Ras ihn bei der Hand nahm und aus dem Käfig ins Freie zog. Er tat ganz so, als würde er vom Tod persönlich abgeführt.

»Ich bin kein Geist. Ich bin Gottes Sohn«, sagte Ras. Gilluk stöhnte nur auf und benahm sich weiterhin so, als wäre seine Seele von ihm gewichen.

»Verstehst du die Sprache der Wantso?« erkundigte Ras sich, fügte jedoch sofort hinzu: »Na, das macht nichts.«

Er beschloß, Gilluk lieber keine Waffe in die Hand zu geben. Vielleicht würde er seinen Befreier angreifen, wenn er den Schock überwunden hatte.

Ras schob ihn vor sich her auf das Westtor zu. Chufiya, der Sohn des Häuptlings, dessen Verstand etwas zurückgeblieben war, hielt die Augen geschlossen und stand auf der Plattform und stieß seinen Speer in alle möglichen Richtungen, wobei er fortgesetzt etwas vor sich hinmurmelte. Ras und Gilluk gingen unter ihm hindurch aus dem Tor, ohne daß Chufiya aufgehört hätte, blindlings mit dem Speer in die Gegend zu stochern.

Niemand folgte ihnen. Gilluk saß im Bug des Einbaums, und Ras paddelte. Inzwischen hatte er sich entschlossen, ein paar Kilometer flußaufwärts zu fahren und dann erst in den Dschungel zu gehen, anstatt den Fluß zu überqueren und sofort in die grüne Undurchdringlichkeit einzutauchen. Die Jäger würden noch nicht sobald heimkehren, und aus dem Dorf würde bestimmt niemand versuchen, sich auf ihre Spur zu setzen.

Als sie den Einbaum verließen und auf die Stelle zugingen, wo er den König unterbringen wollte, mußte Ras lachen. Er war glücklich. Die Angelegenheit kam ihm köstlich vor, jetzt, da die Gefahr überstanden war. Er hatte das Gefühl, er müßte sich auf der Erde wälzen und stundenlang lachen. Er machte sogar ein paar Tanzschritte. Der König der Sharrikt schreckte jedesmal zurück und fing an zu zittern, wenn Ras ihm zu nahe kam.

Und so brachte er den König in sein Gefängnis für die

nächsten sechs Monate. Dabei handelte es sich um einen Bambuskäfig, den er eigentlich als Leopardenfalle gebaut hatte. Er war ursprünglich im Dschungel, in der Nähe der Steilfelsen, an deren Fuß das Land der Wantso anfängt, aufgestellt gewesen. Er bedeutete Gilluk durch ein Zeichen mit der Hand, in den Käfig zu kriechen, und machte die Tür hinter ihm zu. Gilluk, ein ganzer Mann, hätte sich vermutlich innerhalb weniger Minuten selbst befreien können, wenn Ras nicht Maßnahmen getroffen hätte, das zu verhindern. Er hatte eine Vorrichtung erdacht, die einen Pfeil abschoß, sobald die Tür angehoben wurde. Natürlich konnte Gilluk sich auf den Boden legen, um dem Pfeil zu auszuweichen, doch die Tür war ziemlich schwer, und um sie aus dieser sehr ungünstigen Lage hochstemmen zu können, dazu brauchte er schon überaus kräftige Muskeln. Mehr noch, sobald die Tür von innen angehoben wurde, löste ein Mechanismus eine Sperre, und ein unten mit spitzen Bambusstäben versehenes Gatter sauste auf den am Boden liegenden Mann nieder. Und wenn sie bis zu einem Winkel von 45 Grad angehoben wurde, ging auch der in nächster Nähe angebrachte Pfeil los. Ras war auf diese Vorrichtung sehr stolz, und manchmal wünschte er sich, Gilluk würde versuchen, aus dem Käfig auszubrechen, damit er Gelegenheit haben würde festzustellen, wie gut der Mechanismus funktionierte.

Er erklärte dem König eingehend, was geschehen würde, falls er einen Ausbruch versuchen sollte. Zuerst tat Gilluk so, als würde er ihn nicht verstehen, doch nachdem er alles noch einmal wiederholt hatte, nickte er mit dem Kopf und sagte etwas in der Sprache der Wantso. Jetzt verstand Ras ihn nicht, denn das Wantso, das der König sprach, hatte nur entfernt etwas mit der Sprache zu tun, die er selbst kannte. Die Sache klärte sich später auf, als der König ihm erzählte, daß er sein Wantso von den Sklaven der Sharrikt gelernt hätte. Die Sklaven waren Nachkommen gefangener Wantso, die den Sharrikt vor vielen Generationen in die Hände gefallen waren, und sie sprachen längst eine Sprache, die sich erheblich von der unterschied, die die Ras bekannten Dorfbewohner sprachen.

Ras bereitete etwas Affenfleisch zu und bot es dem König an. Der lehnte es ab. Ras war nicht sicher, ob er grundsätzlich kein Affenfleisch aß oder ob er sich fürchtete, die Speise des Geisterknaben zu essen. Er zuckte die Achseln und überließ es dem König zu entscheiden, ob er — wenn überhaupt jemals — etwas essen wollte.

Am nächsten Morgen fing er an, die Sprache der Sharrikt zu erlernen. Zuerst verweigerte Gilluk die Mitarbeit, aber als Ras ihm versprach, ihn freizulassen, wenn er ihm seine Sprache beibringen würde, ihn aber umzubringen, wenn er es ablehnen sollte, änderte Gilluk sofort seine Haltung. Und mittags nahm er sogar etwas zu sich. Anschließend führte Ras ihn ins Freie, den Speer wurfbereit auf ihn gerichtet, damit er seine Notdurft verrichten konnte und nicht länger gezwungen war, den Käfig zu verunreinigen.

An diesem Abend kehrte Ras noch einmal zum Wantsodorf zurück. Er wollte herausfinden, was für einen Wirbel die Entführung des Königs gemacht hatte. Er stieg auf den heiligen Baum und legte sich oberhalb von Wuwufas Hütte auf den über den Zaun ins Dorf ragenden Ast, von wo aus er alles gut übersehen und mitanhören konnte, was gesprochen wurde. Mit Ausnahme der Wachtposten waren alle erwachsenen Männer um ein großes Feuer vor dem Thron des Häuptlings versammelt.

Bigagi, einen Speer in der Hand, hielt eine Rede.

»Dieser Geist ist kein Geist!« erklärte er.

»Ahh!« wiederholten die Männer im Chor. »Dieser Geist ist kein Geist?«

»Dieser Geist ist kein Geist«, sagte Bigagi noch einmal. »Er kommt aus dem Land der Geister.«

»Er kommt aus dem Land der Geister?«

Bigagi sagte: »Er kommt aus dem Land der Geister. Aber dieser Geist ist kein Geist!«

»Dieser Geist ist kein Geist!« wiederholte der Chor der Männer.

Bigagi lief auf und ab und schüttelte von Zeit zu Zeit drohend den Speer gegen die Dunkelheit außerhalb des Dorfes.

»Dieser Geist ist kein Geist«, fuhr er fort. »Er ist kein Geist. Er ist der Sohn eines Affenweibchens und eines hohen Geistes.«

»Er ist der Sohn eines Affenweibchens und eines hohen Geistes?« summte die Menge fragend.

»Er ist der Sohn eines Affenweibchens und eines hohen Geistes!« wiederholte Bigagi. »Der Geist hat es mir selbst gesagt!«

»Der Geist hat es dir selbst gesagt?«

»Der Geist, der kein Geist ist, hat es mir selbst gesagt, ja. Das war, als ich noch jung war, bevor ich ein Mann wurde. Wilida und Sutino und Fuwitha und Pathapi und ich haben mit dem Geist gespielt, als er noch ein Kind war. Wir haben im Gebüsch und am Flußufer gespielt.«

»Ahh!« hauchten die Männer.

»Jetzt ist Sutino tot und ein Geist. Wir können ihn nicht mehr fragen«, sagte Bigagi, »es sei denn, Wuwufa fragt für uns. Doch wenn ihr mir nicht glaubt, dann fragt Wilida oder die anderen, die noch am Leben sind.«

»Wir sollen Wilida oder die anderen fragen, die noch am Leben sind?« fragten die Männer.

»Sie werden euch sagen, daß ich nicht lüge!«

»Dieser Geist trägt den Namen Lazazi Taigaidi!«

»Dieser Geist trägt den Namen Lazazi Taigaidi!«

»Dieser Geist ist kein Geist!«

»Dieser Geist ist kein Geist!«

»Dieser Geist blutet!«

»Ahh! Dieser Geist blutet!«

»Ich habe genau gesehen, wie er blutet. Sein Blut ist rot!«

»Sein Blut ist rot?« fragten die Männer erstaunt. »Ahh!«

»Das Blut der Geister aber ist weiß! Das Blut der Geister ist weiß!«

»Das Blut der Geister ist weiß!«

»Dieser Geist blutet rotes Blut!«

»Dieser Geist blutet rotes Blut!«

»Dieser Geist ist kein Geist! Dieser Geist ist der Sohn eines Affenweibchens und eines hohen Geistes!«

Ehe die Männer den Satz wiederholen konnten, schaltete Tibaso, der Häuptling, sich ein. »Ist denn der Sohn eines hohen Geistes kein Geist?« fragte er.

Bigagi rief: »Dieser Geist kann sterben! Also ist er kein Geist!«

»Dieser Geist kann sterben?« staunten die Männer im Chor.

»Ahh!« meinte Tibaso. »Aber dieser Geist lebt im Land der Geister. Würde ein lebendes Wesen es denn wagen, im Land der Geister zu leben?«

Bigagi rief: »Shabagu, unser großer Vorfahre, hat uns in dieses Land geführt!«

»Shabagu, unser großer Vorfahre, hat uns in dieses Land geführt!« wiederholten die Männer verwundert, als hätte Bigagi ihnen eine Neuigkeit mitgeteilt.

»Shabagu war der Sohn eines hohen Geistes!« rief Bigagi in die Menge. »Seine Mutter war Zudufa, eine Wantsofrau!«

»Shabagu war der Sohn eines hohen Geistes. Seine Mutter war Zudufa, eine Wantsofrau!«

Bigagi hob die Stimme. »Shabagu ist gestorben!«

»Ahh! Shabagu ist gestorben! Wirklich, er ist gestorben!«

»Lazazi Taigaidi ist der Sohn eines hohen Geistes! Shabagu war der Sohn eines hohen Geistes! Shabagu ist gestorben! Lazazi Taigaidi kann auch sterben!« argumentierte Bigagi.

»Ahh! Er kann sterben! Er kann auch sterben!«

Die Männer rasselten begeistert mit ihren Speeren und riefen wieder und wieder: »Er kann sterben!«

Wuwufa ließ sich die Gelegenheit nicht entgehen. Er sprang auf und fing an zu tanzen. Er schüttelte dabei eine Peitsche, an deren Ende drei kleine Tonglöckchen angebracht waren.

»Er kann sterben«, stöhnte er. »Er kann sterben! Der Geisterknabe kann sterben!«

Nun litt es auch die anderen Männer nicht länger auf ihren Plätzen; sie standen auf und tanzten. Dabei sangen sie im Chor: »Er kann sterben! Er kann sterben!«

Tibaso erhob sich mühsam aus seinem Thron und stieß seinen Schild auf den Hügel, der ihn über die Menge erhob. Die Männer hörten auf zu tanzen.

»Wer also wird den Geist töten?« verlangte der Häuptling zu wissen.

»Dieser Geist ist kein Geist!« Bigagi ließ sich die neuerliche Bekräftigung dieser Tatsache nicht nehmen. »Ich werde den Sohn eines Affenweibchens und eines hohen Geistes töten! Ich, Bigagi, mit dem Speer meines Vaters!«

Der Speer, von Ras geschleudert, bohrte sich wenige Sekunden später dicht vor Bigagi in die Erde. Sein Schaft vibrierte. Die Männer wurden still und sahen sich gegenseitig erstaunt an. Dann blickten sie vorsichtig in die Runde und rollten die Augen. In diesem Moment stieß Ras den schrillen, heulenden Schrei aus, den Yusufu ihn gelehrt hatte. Die Männer blickten auf und erkannten im Schein es Feuers auf dem Ast über Wuwufas Hütte Ras' weiße Gestalt.

Sie riefen und schrien wild durcheinander und stießen sich gegenseitig beiseite, um möglichst schnell zu ihren Hütten zu gelangen. Nur Wuwufa traute sich nicht in seine Hütte. Der alte Medizinmann lag auf der Erde, hatte die Augen weit aufgerissen, bewegte die Lippen, wobei ihm Speichel aus den Mundwinkeln tropfte und sein Körper zuckte.

Ras stieß den Schrei noch einmal aus und zog sich zurück.

Bei seinem nächsten Besuch im Dorf der Wantso stellte er fest, daß Bigagi sich seinen Speer angeeignet hatte. Er behauptete inzwischen, Lazazi Taigaidi könne mit seinem eigenen Speer getötet werden und er, Bigagi, würde das persönlich übernehmen.

Spät in derselben Nacht schlich Ras sich ins Dorf und nahm Bigagi den Speer wieder ab. Als er am äußeren Kreis der Hütten entlanglief, um zum heiligen Baum zurückzukehren, blieb er stehen. Warum sollte er Wilida nicht einen Besuch abstatten?

Je mehr er darüber nachdachte, desto erregter wurde er bei dem Gedanken an sie. Er lief zu ihrer Hütte, in der sie mit ihren Eltern und einem kleinen Bruder lebte. Sie lag der Hütte gegenüber, die dem Westtor am nächsten stand. Vorsichtig, wie er es auch bei Bigagis Hütte getan hatte, schob er die Bambusmatte beiseite, die nachts anstelle einer Tür heruntergelassen wurde. Unten war sie mit zwei Schnüren an zwei kleinen Pfählen festgebunden. Ras schlüpfte zwischen Matte und Türrahmen ins Innere der Hütte. Er verharrte eine Weile, bis sich seine Augen an das gedämpfte Licht gewöhnt hatten. Die Hütte war durch eine nicht ganz zwei Meter hohe Bambuswand in zwei Räume unterteilt. Wilidas Eltern schliefen in dem inneren Raum. Sie und ihr Bruder, ein siebenjähriger Junge, hatten ihr Lager im Vorraum, links und rechts von der Eingangstür, auf Bastmatten.

Ras legte sich neben Wilida und flüsterte ihr ihren Namen ins Ohr. Als sie leise aufstöhnte, legte er ihr eine Hand auf den Mund. Sie wachte auf und versuchte, sich aufzusetzen, doch er drückte ihren Kopf nieder und flüsterte wütend auf sie ein. Sie hörte auf, sich zu wehren, zitterte aber am ganzen Leibe. Ras konnte mit der anderen Hand, die er auf ihre linke Brust gelegt hatte, fühlen, wie ihr Herz klopfte.

»Ich tue dir ja nichts, Wilida«, sagte er leise. »Wenn du nicht schreist, nehme ich meine Hand von deinem Mund.«

Sie nickte mühsam mit dem Kopf, und er nahm daraufhin seine Hand weg. »O Ras, was willst du?« flüsterte Wilida.

»Dich, Wilida! Schon lange sehne ich mich nach dir. Hast du nicht auch ein bißchen Sehnsucht nach mir gehabt?«

Sie küßte ihn, und bevor er ihren Kuß erwidern konnte, sagte sie: »Warte!«

Sie stand auf und schlich sich vorsichtig zur anderen Seite des Raumes. Dort hantierte sie mit Tonkrügen herum, deren Scheppern ihn nervös machte. Als sie zurückkam, erklärte sie ihm: »Ich habe einen Trank zu mir genommen, der mich vor einer Schwangerschaft schützt!«

»Warum willst du mein Kind nicht haben?« fragte er.

»Weil jeder im Dorf sofort wüßte, daß es von dem Geisterknaben ist, und man würde es den Krokodilen vorwerfen. Mich aber würde man verbrennen.«

Eine Stunde später setzte sich Wilidas Bruder plötzlich auf und fing an zu weinen. Na, das ist kein Wunder, dachte Ras, bei dem Lärm, den wir gemacht haben.

Wilidas Mutter rief ihren Namen, und Wilida antwortete und versprach ihr, das Kind zu beruhigen, das wahrscheinlich einen bösen Traum gehabt habe. Ras rollte sich auf die Seite und versteckte sich hinter ihrem Körper. Doch als sie den Platz an seiner Seite verließ und zu ihrem Bruder ging, ließ sie ihn ungeschützt liegen. Er behielt die Nerven und hoffte, Thizabi, der Bruder, würde in der Dunkelheit das weiße Bündel auf dem Bett seiner Schwester nicht bemerken.

Wilida besänftigte den Kleinen, und bald darauf war er wieder eingeschlafen. Dann bat sie Ras zu gehen, weil es für sie beide doch viel zu gefährlich sei. Sie versprach ihm, ihn bei der ersten sich bietenden Gelegenheit wieder zu treffen, allerdings außerhalb des Dorfes.

Schließlich meinte sie: »Übrigens, ich habe die Frauen im Dorf reden hören. Sie sagen, du hättest es draußen in den Büschen mit Seliza getrieben. Stimmt das?«

Ras war ein geschickter Lügner, denn im Laufe der Zeit hatte er erkannt, daß Lügen ein bequemes Mittel war, der Bestrafung durch seine Eltern zu entgehen.

»Ach, ich würde Seliza nicht anrühren, selbst wenn mein Verlangen sehr groß wäre und dieses Ding hier sich länger als mein Speer ausdehnen würde. Ich sehne mich nur nach dir, Wilida!«

Eine Stunde vor Sonnenaufgang verließ er das Dorf, im selben Moment, als aus Bigagis Hütte ein Schrei aufstieg. Aus allen Hütten quollen Menschen ins Freie, die sich um Bigagi versammelten. Er sei aufgewacht, erklärte er, und habe sogleich bemerkt, daß der Speer des Geisterknaben nicht mehr neben ihm lag. Wer hatte ihn weggenommen?

Bigagi hatte die Frage kaum ausgesprochen, als der Speer aus der Dunkelheit mitten ins Dorf gesaust kam und dicht neben dem Thronhügel in der Ecke stecken blieb, gefolgt von einem heulenden Schrei. Binnen zehn Sekunden waren alle, einschließlich Bigagi, wieder in ihren Hütten verschwunden.

Ras stieg von dem heiligen Baum herab und machte sich auf den Weg zu seinem Gefangenen. Gilluk hatte seine Furcht vor ihm nun schon ein wenig überwunden. Er hatte Ras seine Sprache gelehrt, und nach zwanzig Tagen konnte Ras sich auf mittlerem Niveau einigermaßen mit dem König unterhalten. Gilluk nutzte die Tatsache, daß sein Entführer die Sprache der Sharrikt sprach, aus und beklagte sich über die beengten Umstände, unter denen er zu leben gezwungen war. Ras ging daran, einen größeren Käfig zu bauen.

Nach einem Monat hob Gilluk erneut zu klagen an. Ras baute einen Käfig, den man schon beinahe ein Haus nennen konnte. Er war sechs Meter lang, sechs Meter breit und drei Meter hoch. Er wurde von einem spitzen

Dach gekrönt und war mit Matten ausgestattet, die man beliebig zu Wänden ausrollen konnte.

Gilluk beschwerte sich darüber, daß sein Essen nicht gut genug zubereitet wurde. Daraufhin briet Ras ihm das Fleisch immer gut durch.

Gilluk beschwerte sich, daß er keine Frau habe und deshalb leiden müsse. Zu Hause, im Land der Sharrikt, hätte er jede Nacht drei Frauen befriedigen müssen, aber natürlich nur außerhalb der Menstruationsperioden. Sonst ...

»Was ist sonst?« wollte Ras wissen.

»Sonst denken sie, meine Kräfte lassen nach, und ein schwacher König bedeutet ein schwaches Königreich. Und dann würden sie unseren Gott mit mir füttern, Baastmaast, das Krokodil.«

»Ich kann dir leider keine Frauen besorgen«, erklärte Ras. »Du wirst dich schon von deiner Hand lieben lassen müssen.«

»So etwas tut ein König doch nicht!« Gilluk war empört. »Das machen nur kleine Jungen.«

»Wirklich?« lachte Ras. »Vielleicht bei den Sharrikt. Ich habe noch nie eingesehen, warum ich mich quälen sollte, obgleich meine Eltern immer wieder sagen, das müßte ich schon. In gewisser Hinsicht erinnerst du mich an meine Eltern. Aber erzähle mir doch noch mehr von euren merkwürdigen Bräuchen!«

Eines Tages nannte Ras ihn König, und da erwiderte Gilluk: »Ich bin nicht länger der König der Sharrikt. In dem Augenblick, da ich Tookkaat, das göttliche Schwert, verloren habe, habe ich aufgehört, König zu sein. Ich könnte es wieder werden, während des siebten Neumonds des neuen Jahres, wenn der neue Halter des Schwerts, also der augenblickliche König, in den Großen Sumpf gehen und sich gegen alle Herausforderer verteidigen muß.«

Gilluk erläuterte Ras, daß ein jeder königlichen Geblüts, dem es gelänge, den König während dieser Zeit zu töten, König werden könne. In den letzten sieben Jahren habe er, Gilluk, stets alle Herausforderer im Großen Sumpf erschlagen. Jetzt habe es allerdings den Anschein, als habe das Schwert ihn für immer verlassen.

»Wenn ich dich frei ließe, was würdest du dann tun?« wollte Ras wissen.

»Nun, ich würde mich bis zum siebenten Neumond im Großen Sumpf verbergen. Dann würde ich denjenigen töten, der augenblicklich der König der Sharrikt ist, und in mein Dorf zurückkehren. Wenn ich vorher zurückginge, würde der jetzige König mich töten lassen. Er hätte das Recht dazu und wäre schön dumm, wenn er keinen Gebrauch davon machte. Es gibt nämlich unter meinen Leuten keinen größeren Krieger als mich.«

»Wieviele Männer haben königliches Blut in ihren Adern?« fragte Ras.

»Alle Sharrikt sind königlichen Blutes.«

»Ich bin der Sohn von Gott«, erklärte Ras stolz. »Würden die Sharrikt mich als König anerkennen, wenn ich den Mann mit dem Schwert umbrächte?«

Gilluk zögerte sehr lange mit der Antwort. Vermutlich hatte die Frage ihn überrascht, vielleicht hatte sie ihm sogar die Sprache verschlagen. Schließlich meinte er: »Wie kann ein Nicht-Sharrikt König der Sharrikt sein?«

»Ich sehe nicht ein, warum nicht«, erwiderte Ras.

»Das hat es noch nie gegeben.«

»Das heißt ja nicht, daß es das nicht eines Tages geben kann, oder?« beharrte Ras.

»Die Hände meines Verstandes können diese Idee nicht greifen«, sagte Gilluk.

»Was würde denn geschehen, wenn ich den Mann mit dem Schwert umbrächte und das Dorf der Sharrikt mit dem Schwert beträte?« fragte Ras.

»Ich glaube, die Sharrikt wüßten gar nicht, was sie tun sollten. Entweder würden sie dich töten, würden weglaufen oder dich ignorieren.«

»So leicht kann man mich nicht ignorieren«, erklärte Ras.

Ein paar Wochen später klagte Gilluk erneut über die Enge in seinem Gefängnis.

»Du hast jetzt zwei Zimmer«, meinte Ras. »Dein Haus ist so groß wie die Hütte eines Wantso — bis auf das Große Haus, in dem der Häuptling wohnt. Doch das ist zugleich auch das Trauerhaus.«

»Mein Haus im Land der Sharrikt hat viele Zimmer«, meinte der König. »Es hat mehr Zimmer als ich Finger und Zehen. Es ist ein Steinhaus und drei Stockwerke hoch. Um das zweite Stockwerk herum zieht sich eine hölzerne Veranda. In der Mitte ist ein riesiger Hof.«

»Da wohntest du, als du noch König warst, denn es war das Königshaus«, sagte Ras. »Jetzt bist du jedoch kein König mehr.«

»Ja, doch ist mein Lebensstil noch immer königlich.«

Irgendwie fühlte Ras sich verpflichtet, wenigstens noch ein Zimmer an das Haus anzubauen. Gilluk war darüber glücklich, doch schien er noch immer nicht so recht zufrieden zu sein. Allmählich gewann Ras Interesse an der Bauerei, überdies war seine Neugierde erwacht. Er wollte sehen, wieweit Gilluk seine Forderungen noch ausdehnen würde. Deshalb errichtete er noch zwei Räume.

Gilluk gab zu, daß das Haus jetzt schön sei, bemängelte jedoch die fehlende Veranda, auf der er sich an der frischen Luft ergehen könnte.

Ras baute also auch eine Veranda. Der König sah ihm bei der Arbeit zu und brachte hin und wieder Verbesserungen und neue Arbeitsmethoden zur Vereinfachung der Sache in Vorschlag. Als Ras die Veranda vollendet hatte, war er gezwungen, einen großen Käfig um das Haus herumzubauen. Er konnte Gilluk ja nicht auf die Veranda lassen, ehe er nicht Mittel und Wege geschaffen hatte, um ihn davon abzuhalten, einfach auf und davon zu gehen. Der Käfig mußte zudem stabil sein, und dann setzte Ras noch ein Dach obendrauf, damit Gilluk auch bei Regen in dem schmalen Hof vor der Haustür herumlaufen konnte.

Zwischendurch mußte er noch Zeit finden, für den König auf die Jagd zu gehen und zu kochen. Außerdem mußte er alle paar Tage nach Hause gehen und seine Eltern besuchen. Und ins Dorf der Wantso ging er auch von Zeit zu Zeit, um die Entwicklung zu beobachten und es mit Wilida oder — wenn sie sich nicht freimachen konnte — mit Seliza und selbst mit Fuwitha zu treiben. Eines Tages begegnete er Thiliza, der jüngsten Frau des Häuptlings, als sie gerade mit einem Wasserkrug auf dem Kopf vom Fluß zurückkehrte. Sie fiel beinahe in Ohnmacht, doch er sprach besänftigend auf sie ein und setzte ihr dabei ein Messer an die Kehle. Nach einer Weile erklärte er ihr, was er von ihr wollte. Sie wagte es nicht, nein zu sagen, doch ihrer anfänglichen Furcht war rasch Begeisterung gefolgt, und sie verabredete sich danach mit ihm zu weiteren Begegnungen in den Büschen. Mit der Zeit kamen dann noch ein paar andere Frauen hinzu, die alle ganz wild darauf waren, sich dem Geisterjungen hinzugeben.

Ras berichtete Gilluk von seinen Abenteuern mit den Frauen. Gilluk liebte es, Einzelheiten zu hören, denn offenbar hielt er die ganze Sache für einen herrlichen Scherz, den Ras sich mit den Wantsomännern erlaubte. Doch am Ende war er stets deprimiert.

»Ich nehme an«, fragte Ras, »du willst immer noch eine Wantsofrau für dich haben?«

»Ja, natürlich, es sei denn, du kannst mir eine Sharriktfrau besorgen«, meinte Gilluk. »Schließlich habe ich als König jede Nacht drei Frauen beschlafen, und gelegentlich, stell dir vor, tagsüber noch eine gutaussehende Sklavin oder freie Frau.«

»Wenn ich dir eine Frau herbrächte, dann müßte ich sie ja auch ins Haus sperren. Ich könnte sie ja nicht wieder gehen lassen, weil sie die Männer herbringen würde. Und dann würden sie dich wieder gefangen nehmen.«

»Du brauchst sie ja nicht wieder gehen zu lassen«, gab Gilluk zu bedenken. Er sah auf einmal glücklicher aus, als Ras ihn jemals zuvor gesehen hatte.

»Das würde die Frauen doch unglücklich machen«, sagte er. »Ich habe nichts gegen die Wantsofrauen. Um ehrlich zu sein, ich liebe sie sogar. Warum sollte ich eine von ihnen unglücklich machen, nur um dir einen Gefallen zu tun?«

Darauf wußte der König nichts zu erwidern. Schließlich sagte Ras: »Zwei Dinge setzen mich in Erstaunen. Das eine ist, warum arbeite ich so schwer, um dich glücklich zu machen? Das zweite, warum hast du noch nie versucht zu fliehen? Wenn ich in deiner Lage gewesen wäre, hätte ich es schon vor langer Zeit geschafft, mich zu befreien. Und ich bin sicher, du hättest es auch geschafft, wenn du gewollt hättest, oder?«

»Es sind noch sechs Monate bis zum siebenten Neumond des neuen Jahres«, erwiderte Gilluk. »Ich wüßte doch gar nicht, wohin ich gehen sollte. Meinst du, ich will bis dahin im Großen Sumpf leben?«

Ras rollte mit den Augen und verzog das Gesicht, als er schließlich hervorbrachte: »Du willst also hier nur ein bequemes Leben führen und wie in deinem Steinpalast gefüttert werden!«

»Deine Bemühungen werden dir eines Tages vergolten«, erklärte Gilluk großzügig. »Außerdem lernst du die Sprache der Sharrikt und genießt den Vorzug und das Vergnügen meiner Gesellschaft.«

»Das alles könnte ich doch mit weit weniger Anstrengung haben«, meinte Ras.

»Nein. Denn wenn ich nicht zufrieden bin mit dir, unterhalte ich mich auch nicht.«

»Na, ein kleines Feuerchen auf deinen knochigen Rippen würde dich bestimmt zum Plappern bringen, wie einen Affen.«

»Nein«, sagte Gilluk, »da irrst du dich. Ein Sharrikt beugt sich niemals der Folter. Er lacht und singt und beleidigt seine Feinde, bis die Haut Blasen wirft und das Fleisch sich in Rauch auflöst und die Knochen zu schmoren anfangen. Ich würde niemals tun, was du von mir verlangst!«

Nach dieser Unterhaltung erklärte Gilluk, das Haus würde ja nun allmählich so, wie es sein sollte. Allerdings sei es noch nicht angemessen möbliert. Ras stöhnte und fragte ihn, was für Möbel er denn haben wolle. Gilluk beschrieb ihm in allen Einzelheiten eine Reihe von Gegenständen.

»Und wieviel Zeit hast du gebraucht, um alle diese Dinge herzustellen?« wollte Ras wissen.

»Ich?« Gilluk war erstaunt. »Ich habe überhaupt nie etwas getan. Ein König arbeitet doch nicht mit seinen Händen, um Gegenstände herzustellen. Das ist eine Arbeit für Handwerker. Ein König regiert seine Leute; er formt sie; sie sind sein Werk.«

»Du bist nicht mein König«, antwortete Ras. »Aber sei unbesorgt, ich werde dir Möbel bauen. Versteh mich recht, ich tue es nur, weil es mir Spaß macht, solche Dinge herzustellen, besonders dann, wenn sie aus Holz geschnitzt werden. Ich mag es, unbehauenes Holz zu nehmen, unförmige Blöcke, und das freizulegen, was in ihnen verborgen ist.«

»Und ich mag es, unbehauene Menschen zu nehmen, noch nicht bearbeitete Geister, und das aus ihnen hervorzuholen, was in ihnen verborgen ist — wenn überhaupt etwas darin verborgen ist.«

»Nun, ich mag das auch«, erwiderte Ras. »Aber nicht so wie du. Bei den Menschen benutze ich Worte, nicht das Messer wie beim Holz, doch ich benutze die Worte, um anderen Menschen zu helfen, sich mir und sich selbst zu enthüllen. Du jedoch, wenn ich dich richtig verstanden habe, formst die Menschen nach deinen Ideen, danach, was sie für deine Zwecke sein sollen. Ich habe keinen ànderen Zweck im Sinn, nur meine Neugier und mein Vergnügen, andere Menschen kennenzulernen.«

»Ich forme sie so, wie sie zu ihrem eigenen und zum Vorteil des Königreichs geformt sein sollten«, erklärte Gilluk.

»Ich glaube, es wäre für ein Königreich das beste, wenn die Menschen sich entsprechend ihrer eigenen Form entwickelten. Das ist wie beim Holzklotz, der eine ihm gemäße Form hat, welche ich mit meinem Messer freilege. Diese Form kann nur von mir gefunden werden. Ein Wantso würde wahrscheinlich eine andere finden, wenn er Holz schnitzte, und ein Sharrikt wieder eine andere. Du aber zwingst alle Menschen dazu, sich nach einer einzigen Form auszurichten, wenn ich recht verstanden habe, was du mir über deine Arbeit als König erzählt hast. Das ist nicht gut. Jeder Mensch sollte sein eigener Bildhauer sein.«

»Dann wäre ein Königreich kein Königreich mehr, sondern eine Pavianhorde.«

»Paviane sind ein schlechtes Beispiel für dich«, sagte Ras. »Denn eine Pavianhorde ist in der Tat ein Königreich, ein solches jedenfalls, wie du es beschrieben hast.«

»Du hast ja keine Ahnung«, erwiderte Gilluk milde.

»Das gebe ich zu«, sagte Ras. Und er machte sich daran, Möbel für Gilluk zu bauen und zu schnitzen.

Der König war allerdings wenig erfreut, als Ras ihm das erste Zimmer zeigte, in dem Stühle, ein Tisch, ein Diwan, zwei Vasen und eine Statue standen.

»Zuerst haben die Möbel und die Vasen ausgesehen, als hätte ein Sharrikt sie angefertigt. Aber das Endergebnis ist etwas merkwürdig«, nörgelte Gilluk. »In meinem großen Steinhaus sind die Möbel rechtwinkelig und solide und schwer. Das läßt auf Vertrauen und Sicherheit schließen. Deine Arbeiten aber sind gewunden und oberflächlich und leicht, und sie haben diese und jene Form und verwirren mich. Sie sehen zwar aus wie Stühle und ein Tisch und ein Diwan und Vasen, aber die Ähnlichkeit muß man erst suchen.«

»Ich finde, sie sehen großartig aus«, schwärmte Ras. »Und, ja, auch merkwürdig, doch in einer anregenden Weise merkwürdig. Es hat mir Spaß gemacht, sie anzufertigen, und so ist es mir gelungen, Schönheit zu schaffen. Die Möbel, die du mir beschrieben hast, kamen mir unerträglich langweilig und häßlich vor.«

»Und die Statue?« erkundigte sich Gilluk. »Also, ich muß schon sagen, glaubst du im Ernst, daß ich so aussehe?«

»Nicht für das Auge, das die Sonne sieht und die Welt, die sie bemalt. Aber hinter den Augen neben meiner Nase gibt es noch ein Auge. Und das sieht dich so. Wenn dir die Sachen nicht gefallen, die ich für dich gemacht haben, nehme ich sie eben wieder weg. Du kannst dir ja deine Möbel selber bauen.«

»Sie sind besser als gar nichts«, sagte Gilluk. »Ich denke, man kann sich daran gewöhnen. Du baust mir doch aber natürlich noch ein Bett?«

»Als nächstes baue ich dir ein Bett«, erwiderte Ras. »Aber beklag dich nicht darüber.«

»Ach, was ist schon ein Bett, wenn keine Frau darin ist?« jammerte Gilluk.

Ras schlug die Hände überm Kopf zusammen und verließ den riesigen Käfig. Wenn er weiterhin versuchen würde, meinte er, dem König zu gefallen, dann würde am Ende ein Haus dastehen, das sich von einer Felswand zur anderen und von den Wasserfällen im Norden bis dahin erstreckt, wo der Fluß in den südlichen Bergen verschwindet. Vermutlich müßte er jeden Baum auf der Welt fällen und zu Möbelstücken verarbeiten. Und wahrscheinlich würde der König trotzdem nicht zufrieden sein.

Er beschloß, Gilluk schon bald freizulassen. Es waren nur noch drei Wochen bis zum siebenden Neumond des neuen Jahres. Dann würde er das Haus für sich zu Ende bauen. Es würde einen herrlichen Unterschlupf abgeben, weit weg von zu Hause. Aber natürlich würde er noch ein paar unterirdische Ausgänge graben müssen, denn er wollte auf keinen Fall darin gefangen sein und nur einen einzigen Ausgang zur Verfügung haben. Dann überlegte er, wie sehr seine Eltern sich darüber freuen, wie sie es loben würden. Dadurch geriet er in einen ziemlichen Konflikt, denn einerseits wollte er einen heimlichen Unterschlupf ganz für sich allein haben, andererseits wollte er sein Werk aber mit Yusufu und Mariyam teilen. Doch er bezweifelte sehr, ob sie überhaupt den weiten Weg machen würden, um es anzusehen. Schließlich waren sie noch nie von der Hochebene herabgestiegen — zumindest behaupteten sie das immer.

Doch Gilluk machte ihm einen Strich durch die Rechnung. Als er ihn nämlich an dem festgesetzten Tag freilassen wollte, hatte er sich bereits selbst befreit. Mehr noch, das Haus und der Käfig waren eingeäschert.

Einen Moment lang war er so wütend, daß er mit dem Gedanken spielte, dem König zu folgen und ihn umzubringen. Doch die Wut und das Gekränktsein legten sich bald, und schließlich war er überhaupt nicht mehr so sicher, ob er sich rächen würde, selbst wenn sich eine Gelegenheit dafür bieten sollte. Schließlich war es ja nicht Gilluks Schuld, daß es ihm verwehrt war, Schönheit zu würdigen. Und außerdem war er Ras gegenüber zu keinerlei Dankbarkeit verpflichtet. Er, Ras, hatte aus der Bekanntschaft mit dem König mehr Nutzen gezogen als der König aus der Bekanntschaft mit ihm. Er hatte das Haus auch nicht gebaut, weil er dazu gezwungen gewesen war; er hatte es aus freien Stücken gebaut. Und Gilluk hatte darin als Gefangener gelebt, solange er als Gefangener hatte leben wollen.

VIERZEHNTES KAPITEL

Vertauschte Fronten

Einen Moment lang war es still, dann folgten weitere Rufe. Und wieder Stille. Ein Geräusch, wie wenn jemand hinfällt, ein kurzer schriller Schrei. Stille. Danach klappernde Geräusche. Ras stieg vom Baum und rutschte an der steilen, schlammigen Böschung nach unten. Was vorher noch wie fester, sandiger Boden ausgesehen hatte, stellte sich als Sumpfloch heraus. Seine Füße sanken sofort ein. Er zog sie heraus und entschloß sich, schnell hindurchzulaufen. Er hoffte, das schmatzende Geräusch, das jeder Schritt verursachte, würde von den Männern auf der Sandbank nicht gehört, wenngleich das kaum anzunehmen war. Doch noch ehe er das Sumpfloch halb durchquert hatte, war es ihm völlig egal, ob er Lärm machte und ob man ihn hören würde oder nicht. Er war bis zu den Hüften eingesunken. Seine Füße fanden keinen Halt mehr. Bei jeder Bewegung sank er tiefer.

Vor Angst hätte er am liebsten wild um sich geschlagen. Ihm fiel ein Rat von Yusufu ein, wie er sich zu verhalten hätte, falls er einmal in eine derartige Situation geraten sollte. Also unterdrückte er das Verlangen, wild um sich zu schlagen, und warf sich auf den Rücken, streckte die Arme weit von sich, wobei er die Handflächen nach oben kehrte. Den Speer ließ er fallen. Nach einigen Sekunden war nichts mehr von ihm zu sehen. Zwar drohte sein Oberkörper wieder zu versinken, doch dafür kamen seine Beine nach oben. Er strampelte vorsichtig und schob sich ein Stückchen zurück. Dadurch gelang es ihm, seine Beine aus der klebrigen Umarmung zu befreien und lang auszustrecken. Aber er sank trotzdem weiter ein, allerdings langsamer, weil er sein Körpergewicht auf eine größere Fläche verteilt hatte.

Als nächstes wollte er sich schnell umdrehen. Die Bewegung wurde durch den Bogen und den Köcher, die er noch auf dem Rücken trug, vereitelt. Der Köcher hatte sich mit morastigem Brei gefüllt. Er hing ihm wie ein Bleigewicht auf dem Rücken und zog ihn in die Tiefe. Schließlich gelang es ihm, Bogen und Köcher abzustreifen, doch da war er bereits so tief eingesunken, daß nur noch sein Kopf aus dem Sumpfloch ragte. Kaum war der Köcher frei, da wurde er auch schon mit einem schwappenden Schmatzen in die Tiefe gerissen. Ras lag jetzt auf der Seite, wodurch er die Schwimmfähigkeit eingebüßt hatte und noch schneller unterging. Er wagte eine verzweifelte Drehung und schaffte es dann tatsächlich, wieder auf den Rücken zu kommen und Arme und Beine auszustrecken. Nur sein Kopf lag noch auf der Seite. Er sah die Abdrücke, die sein Körper im Morast hinterlassen hatte. Sie füllten sich rasend schnell wieder auf.

Eine dünne, stinkende Moorschicht lag auf seinem Körper und Gesicht. Er schmeckte die säuerliche Beschaffenheit und hatte den üblen Gestank in der Nase. Es roch wie Tod. Aus der Tiefe schickten verrottete Leichen ihren Modergeruch herauf.

Über ihm stand hoch die Sonne. Aus entfernten Bäumen erhob sich Vogelgeschrei und Affengekreisch. Alle waren sie mit ihren eigenen Angelegenheiten beschäftigt, fraßen, bumsten, hielten Ausschau nach Feinden und stritten. Ein großer Aasgeier flog über ihn hinweg und krächzte höhnisch auf ihn herab. Nun, er würde ihn nicht fressen können, wenn er erst im Moor versunken wäre. Dieser Gedanke bereitete Ras geradezu grimmiges Vergnügen.

Er hatte allerdings durchaus nicht die Absicht, sein Leben hier zu beenden.

Die Tasche aus Antilopenfell, die noch an seinem Gürtel hing, schien ihn nicht zu belasten, obwohl sie den Spiegel, den Rasierapparat und den Schleifstein enthielt. Doch eine Luftblase hielt sie an der Oberfläche.

Was sein Messer betraf, so war es zwar schwer, aber er wollte sich nicht von ihm trennen. Erst wenn er vor die Wahl gestellt wäre, entweder zu versinken oder es wegzuwerfen, wollte er es aufgeben.

Er rollte sich noch einmal herum und versuchte zugleich, sich durch ruckartige Bewegungen so zu drehen, daß er parallel zum Rand des Sumpflochs zu liegen kam. Noch ein Ruck, und er hatte es geschafft. Jetzt konnte er damit beginnen, zu rollen, flach zu liegen, zu rollen, flach zu liegen und zu rollen, bis er den seichteren Teil des Moorlochs erreicht haben würde. Die Tasche am Gürtel behinderte seine Bewegungen zwar, doch fiel das kaum ins Gewicht.

Plötzlich hörte er seinen Namen rufen. Er hob den Kopf etwas an und sah rechts vor sich, ganz am Rand seines Blickfelds, Gilluk, den König der Sharrikt. Er setzte eben einen Fuß auf einen umgestürzten Baum, der eine Brücke von einer Sandbank zur anderen schlug. In der einen Hand hielt er das bis zum Griff hinauf blutverschmierte göttliche Schwert, in der anderen einen abgeschlagenen Kopf.

Ras versuchte, das Tempo seines Rettungsmanövers zu steigern, um schnellstens aus dem Moorloch herauszukommen. Als er einigermaßen festen Boden unter den Füßen spürte und sich aufrichten konnte, stand Gilluk bereits vor ihm am Ufer.

Gilluk lächelte und sagte: »Ras Tyger!«

Ras lächelte und sagte: »Gilluk, König der Sharrikt!«

»Nicht König, bevor ich nicht alle getötet habe, die gern König werden möchten«, erwiderte Gilluk. »Von den vier Männern, die in den Großen Sumpf gekommen sind, um mich herauszufordern, und mir das göttliche Schwert abzunehmen, sind drei tot. Zwei Köpfe habe ich in einem hohlen Baum versteckt, den dritten Kopf siehst du hier. Einer hat mich noch nicht gefunden, und ich ihn auch nicht.«

Ras war in einer verzwickten Lage. Er steckte bis zu

den Knien im Sumpf und konnte weder zur Seite noch nach vorn springen. Er hätte zwar sein Messer ziehen und damit werfen können, aber es war ziemlich glitschig, und Gilluk würde sich vermutlich bei der ersten Bewegung mit der Hand zum Messer auf die Erde werfen. Und wenn Ras dann versuchen sollte, an der glatten Böschung nach oben zu steigen, wäre er ohne Abwehrmöglichkeiten dem Schwert ausgesetzt. Er könnte zwar das Messer ziehen und nur so tun, als würde er damit werfen und dann, noch ehe Gilluk das Täuschungsmanöver durchschaut hätte, an der Böschung auf die Sandbank klettern, doch er war sicher, daß er sich für derartige Tricks nicht flink genug bewegen konnte. Er war eindeutig im Nachteil.

»Was hast du vor?« fragte er den König.

Gilluk überlegte. Der Mann, dessen Kopf an den langen Haaren von seiner Hand herabbaumelte, mußte früher große Ähnlichkeit mit Gilluk gehabt haben. Der Kopf war schmal, das Gesicht flach und länglich. Die Augenbrauen traten buschig hervor, und die Wimpern waren so lang und dicht, daß sie wie Blütenblätter aussahen. Die Nase war dünn und gebogen, die Oberlippe lang und breit, das Kinn wuchtig und mit einem Grübchen versehen. Die Augen waren geschlossen. Überraschenderweise war auch der Mund geschlossen. Der ganze Gesichtsausdruck erweckte den Anschein, als ob der Kopf gedankenverloren über diesen ungewohnten Zustand nachdächte, indem er sich befand. Am Hals löste sich ein Tropfen Blut und fiel auf die Erde.

Schließlich sagte Gilluk: »Was soll ich mit dir machen?«

Wenn er sich die Entscheidung noch lange überlegt, dachte Ras, dann braucht er sie gar nicht erst zu treffen. Denn er sank schon wieder ein, und wenn es hier auch nicht so schnell ging wie in der Mitte des Sumpflochs, würde er vermutlich in wenigen Minuten von der Bildfläche verschwunden sein.

Gilluk wußte das wahrscheinlich so gut wie er, trotzdem sprach er bedächtig weiter. »Dieses Moor hat schon viele Menschen und Tiere auf dem Gewissen. Tief unten lebt ein gar schrecklicher und mächtiger Gott mit seinen beiden Frauen. Er läßt nur ganz selten ein Opfer entkommen. Du bist dennoch entkommen — jedenfalls bis hierher. Du mußt ein Liebling der Götter oder zumindest schwer totzukriegen sein. Oder beides. Nun, soweit ich mich erinnere, hast du mir erzählt, daß du der Sohn eines Gottes bist, der — wie hieß er doch gleich ...?«

»Igziyabher«, warf Ras ein. »Nicht *ein* Gott. *Der* Gott.«

»Natürlich gibt es nur einen Gott«, sagte Gilluk. »Aber er hat viele Formen und viele Leben, und das alles zu gleicher Zeit. Kannst du das verstehen? Dieses Schwert hier ist zum Beispiel ein Gott. Ich auch, obwohl ich sterblich bin. Doch ich stehe nicht hier, um mit dir über Religion zu diskutieren.«

»Warum stehst du hier?« erkundigte sich Ras.

»Wenn ich dich tötete und deinen Kopf mit mir nähme, dann wären meine Leute erstaunt. Und man würde mich als wahrhaft großen König ansehen. Bis ans Ende der Welt würden die Sänger meinen Ruhm verbreiten, wenn der Himmel in gefrorene Stücke blauen Gesteins zerbricht und das große Krokodil alle gläubigen Sharrikt durch Eis und Feuer ins Land vieler und ruhmreicher Kriege führt, wo ein Mann den ganzen Tag lang kämpfen und sogar getötet werden kann und dennoch am Abend wieder aufersteht, um alles zu essen, was er will, um mit allen Frauen zu schlafen, die er will ...«

»Das ist interessant«, warf Ras ein.

»Seit dem großen König Tabkut hat kein König mehr einen Dämon getötet«, schwärmte Gilluk.

»Die Wantso hielten mich für einen Geist«, gab Ras zu bedenken.

»Du kannst getötet werden, also bist du ein Dämon, kein Geist«, sagte Gilluk mit Bestimmtheit.

»Welches ist denn der Unterschied zwischen Dämon

und Geist?« fragte Ras. »Und außerdem, woher weißt du denn so genau, daß ich getötet werden kann? Hast du mich schon einmal tot gesehen? Bin ich nicht von der grünen Sumpfnatter gebissen worden und habe überlebt? Habe ich nicht mit bloßen Händen gegen einen Leoparden gekämpft und überlebt? Ist nicht der Blitz in mich gefahren? Weshalb meinst du, ich könnte getötet werden?«

Er redete, um Zeit zu gewinnen, wußte aber gleichzeitig, daß er nicht zuviel Zeit gewinnen durfte, da er sonst aus der Unterhaltung einfach verschwinden würde. Er spielte wieder mit dem Gedanken, das Messer nach Gilluk zu werfen, zumal das das einzige zu sein schien, was er tun konnte. Andererseits wollte er Gilluk aber auch nicht zum Angriff zwingen, wenngleich er momentan nur bis zu den Knien im Sumpf steckte. Er beschloß, noch ein paar Minuten zu warten.

Gilluk lächelte und sagte: »Ich habe wohl gesehen, wie du dich geschnitten hast, als du seinerzeit mein Haus bautest. Geister bluten nicht, und Dämonen haben grünes Blut, das kocht.«

»Mein Blut ist rot und kocht nicht.«

»Das war doch nur eine Täuschung, mit der du mich hinters Licht führen wolltest. Doch es ist dir nicht gelungen, vor mir zu verbergen, daß du bluten kannst.«

Ras zuckte die Achseln. Schließlich konnte sich jeder Begründungen für sein Handeln ausdenken, jeder, den er kannte.

»Warum bist du hier?« fragte Gilluk. »Läufst du vor den Wantsomännern davon, weil sie nicht länger mitansehen wollten, wie du es mit ihren Frauen treibst? Oder hast du noch immer diese lächerliche Absicht, König der Sharrikt zu werden?«

»Alle Wantso sind tot, bis auf einen«, erzählte Ras, und er beschrieb dem König, was geschehen war.

Gilluk war verstört. »Alle tot?« murmelte er. »Das ist nicht zu fassen. Und traurig. Gegen wen sollen wir denn fortan Krieg führen? Jetzt haben wir keine Feinde mehr, nur noch dich.«

»Ich bin kein Feind«, erwiderte Ras. »Es sei denn, du bestehst darauf, daß ich einer bin. Doch vergiß den Vogel Gottes nicht. Er hat die Wantso getötet, weil er meinte, sie wollten mich töten. Igziyabher, mein Vater, wacht über mich. Wenn er sieht, daß ihr, die Sharrikt, mich getötet habt, wenn ihr auch nur die Absicht habt, mich zu töten, ja, selbst wenn ihr mich nur gefangen nehmt ...«

Gilluk hatte den Vogel Gottes in den letzten zwanzig Jahren ein paarmal zu Gesicht gekriegt allerdings niemals so richtig aus der Nähe. Für ihn war er nicht der Vogel Gottes. Für ihn war er ein Gott der Lüfte und hieß Faalthunh.

Ras fiel auf, daß der Aasgeier, der über ihn hinweggeflogen war, als er im Sumpfloch zu versinken drohte, zurückgekehrt war und sich auf einem Ast über Gilluk niedergelassen hatte. Seine Hoffnung auf Ras war vermutlich erneut erwacht, und wahrscheinlich gelüstete es ihn nach dem Kopf, der Gilluk von der Hand baumelte. In der Tat, dachte Ras, der Geier zieht seinen Vorteil aus der Sache, gleichgültig, wer auch gewinnen oder verlieren wird. Als Geier hat man kein schweres Leben, es sei denn, ein größerer Aasfresser kommt daher.

»Ich glaube nicht«, fuhr Gilluk fort, »daß die Götter sich mehr um dich kümmern als um irgendeinen Sharrikt, ganz zu schweigen vom König der Sharrikt. Außerdem, ich habe schließlich das göttliche Schwert in der Hand, und ich bin ziemlich sicher, daß es mich beschützen wird.«

»Den Mann, dem du es abgenommen hast, hat es auch nicht beschützt, und es hat die Wantso nicht daran gehindert, dich gefangen zu nehmen«, sagte Ras. »Woher willst du schon wissen, daß es sich nicht eventuell dazu entschlossen hat, sich mir in die Hand zu geben?«

Gilluk machte ein verwirrtes Gesicht. Es entstand eine lange Pause. Ras zog seine Beine nacheinander vorsichtig an und bewegte sich ein Stückchen zur Seite. Gilluk hatte nichts dagegen einzuwenden. Inzwischen reichte Ras das Moor nur noch bis an die Waden, doch er spürte erneut, wie er wieder einsank. Gilluk sagte endlich, als sei die Angelegenheit ein für allemal durch eine nicht zu diskutierende Logik festgelegt: »Du bist kein Sharrikt. Das göttliche Schwert wird es nicht zulassen, daß du es an dich nimmst.«

»Laß mich aufs Ufer, dann können wir es ja feststellen«, meinte Ras.

»Nein. Das wäre lächerlich«, erwiderte Gilluk. »Ich glaube, ich sollte lieber ...«

Er zuckte zusammen, als der Aasgeier über ihm laut krächzte und wegflog.

»Paß auf, hinter dir!« rief Ras ihm zu.

Er hatte niemanden gesehen, doch es war klar, daß irgend jemand oder irgend etwas den Geier aufgescheucht haben mußte.

Gilluk wirbelte herum. Ein Mann rief etwas in der Sprache der Sharrikt. Gilluk rannte auf die Stimme zu, und Ras konnte ihn nicht mehr sehen. Er befreite sich eiligst aus seiner mißlichen Lage und kroch die Uferböschung hinauf. Er lugte vorsichtig über den Rand und sah, wie Gilluk sich mit erhobenem Schwert auf einen Sharrikt stürzte, der eine große Keule in der Hand hielt. Sie war vorn mit Stacheln aus Kupfer besetzt und war anscheinend aus sehr hartem Holz, denn wenn das Schwert drauf traf, prallte es ab und hinterließ nur eine unbedeutende Kerbe. Der Mann mit der Keule war genauso groß wie Gilluk, doch er war jünger und kräftiger gebaut. Er hatte Ähnlichkeit mit dem König und dem Mann, dessen abgeschlagenen Kopf Ras gesehen hatte. Der Kopf lag jetzt übrigens am Rand der Böschung, wo Gilluk ihn hingeworfen hatte, und starrte, da seine Augenlider sich beim Aufprall auf die Erde etwas geöffnet hatten, nachdenklich zum Himmel auf.

Ich hätte den Kopf nicht hingeworfen, dachte Ras, sondern dem Angreifer entgegengeschleudert, und wenn er sich dann geduckt hätte, um ihm auszuweichen, hätte ich ihm das Schwert in den Bauch gerammt. Oder ich wäre näher an den Mann herangegangen und hätte ihm den Kopf ins Gesicht geschleudert.

Er wischte sich den Schlamm von Händen und Füßen ab, säuberte sein Messer und wartete die weitere Entwicklung ab. Der Kampf hatte, wie ihm schien, etwas Rituelles. Der Angreifer schwang seine Keule, und Gilluk wehrte sie mit dem Schwert ab. Anstatt nun aber die gespickte Keule als Schwert oder Speer einzusetzen und sofort zuzustoßen, solange Gilluks Abwehrwaffe unten war, trat der Angreifer einen Schritt zurück und wartete. Und sobald Gilluk sein Schwert wieder angehoben hatte, ließ der Angreifer die Keule dagegen sausen — und so ging es weiter.

Bei jedem Zusammenprall der Waffen grunzten die beiden. Ihre dunkelbraune Haut glänzte, ihre einstmals weißen Gewänder wurden vom Schweiß allmählich dunkel. Nach einer Weile war nicht mehr zu übersehen, daß Gilluk schneller ermüdete als sein Gegner. Offenbar hatten die vorausgegangenen Kämpfe ihm enorme Kräfte abverlangt.

»Stoß doch zu!« rief Ras. Aber Gilluk beachtete ihn nicht. »Benutz doch die Schwertspitze!« fügte Ras hinzu.

Schon bald stand der König mit dem Rücken an einem Baum. Noch ein paar Schläge mit der Keule, und das Schwert würde ihm aus der Hand sinken. Und dann, so nahm Ras an, würde Gilluk so unbeweglich wie der Baum in seinem Rücken stehenbleiben und den tödlichen Schlag erwarten. Es war widerlich. Ein Kampf um Leben und Tod war nun wirklich nicht der richtige Zeitpunkt, sich rituellen oder sonst welchen Bräuchen zu unterwerfen. In dem Augenblick hatte man einfach die Pflicht, jeden Trick, den man kannte oder der einem gerade einfiel, anzuwenden.

Gilluk wurde das Schwert aus der Hand geschlagen, und er blieb, wie Ras vermutet hatte, tatsächlich stehen, aufrecht, starren Blickes, ohne mit der Wimper zu zukken. Diese noble Haltung war durchaus bewunderungswürdig, doch nicht nachahmenswert. Ras sah gar nicht ein, weshalb er die Exekution tatenlos mitansehen sollte.

Er hob einen schweren Ast vom Baum auf und schlich sich von hinten an den Sieger heran. Er bewegte sich geräuschlos, doch mußte Gilluks Gesichtsausdruck den anderen gewarnt haben. Er wirbelte auf einmal herum, hob die Keule und verteidigte sich nach Leibeskräften. Ras ließ den Knüppel fallen, warf das Messer aus der linken in die rechte Hand und ließ es durch die Luft sausen. Der Sharrikt schrie auf und fiel auf die Seite. Ras drehte ihn auf den Rücken und zog ihm das Messer aus der Brust.

»Ich hatte leider keine Zeit, sonst hätte ich richtig mit ihm gekämpft«, sagte er entschuldigend zu Gilluk.

Gilluk antwortete nicht. Wahrscheinlich, nahm Ras an, wußte er nun nicht, was er als nächstes tun sollte. In einer derartigen Situation war er bestimmt noch nie gewesen. Er machte keinerlei Anstalten, das Schwert aufzuheben, sondern murmelte lediglich etwas Unverständliches vor sich hin, als Ras es für ihn aufhob.

»Gibt es noch mehr Herausforderer?« erkundigte er sich beim König.

Gilluk nickte, was bei den Sharrikt soviel wie ›nein‹ bedeutete.

»Ich habe dich schon einmal gefragt, was du vorhast«, fuhr Ras fort.

Gilluk rutschte langsam an dem Baumstamm nach unten, bis er auf der Erde saß. »Bringst du mich denn nicht um?« fragte er.

»Solange du mich nicht dazu zwingst.«

»Ich kann nicht als König heimkehren«, stöhnte Gilluk. »Das ist ganz ausgeschlossen. Ich habe das Schwert an einen anderen verloren und ...«

»Hier hast du es wieder«, erwiderte Ras. Er packte das Schwert, wog es prüfend mit beiden Händen und bewunderte seine Länge und die Schärfe und Festigkeit und die eigenartigen Symbole auf dem Griff und auf der Klinge. Dann warf er es hin, so daß es mit der Spitze in der Erde steckenblieb und aufrecht dastand.

»Jetzt bist du König«, sagte er zu Gilluk.

Gilluk meinte: »Das ist nicht recht.«

»Du krächzt wie der Aasgeier«, sagte Ras. Er hockte sich vor Gilluk auf die Erde. Tränen liefen dem König aus den Augen und ließen sie glänzen wie polierte Ebenholzkugeln in einem Platzregen.

»Nun sei doch nicht so betrübt«, versuchte er ihn zu trösten. »Sieh die Sache doch einmal so an: Das göttliche Schwert ist ein Gott, habe ich recht? Und es bestimmt, wer König wird, oder? Und jetzt liegt es in deinen Händen, und alle Herausforderer sind tot. Das Schwert hat also entschieden, daß du auch weiterhin König sein sollst.«

»Ich weine nicht, weil ich nicht weiß, was ich tun soll. Ich weine, weil mein jüngerer Bruder, mein Tannup, tot ist.«

Gilluk deutete auf den Kopf. »Und weil mein Vetter, Gappuk, tot ist. Und ich weine über die anderen beiden, die ich getötet habe, denn es waren meine Neffen. Ich habe sie alle geliebt. Und in ein paar Jahren wird auch mein Sohn Tinnup versuchen, mich zu töten.«

»Wenn sie dich genauso geliebt hätten wie du sie, warum haben sie dann versucht, dich umzubringen?« fragte Ras.

Stöhnend stand Gilluk auf und zog das Schwert aus der Erde.

»Unter den Männern der Sharrikt ist es Brauch, in den Großen Sumpf zu gehen und dort zu versuchen, den König zu töten. Vor vielen Jahren habe ich meinen Vater getötet, fast genau an dieser Stelle.«

Er hob das Schwert ganz in die Höhe und schlug dann

auf Gappuks Hals ein. Es mußte schon ziemlich stumpf sein, vielleicht war Gilluk auch durch die Kämpfe oder durch seinen Kummer — oder durch beides zusammen — schon zu geschwächt. Jedenfalls mußte er zweimal darauf herumhacken, bevor er den Kopf vom Rumpf getrennt hatte. Er ergriff die beiden Köpfe an den langen Haaren und brach auf, die Köpfe in der einen, das Schwert in der anderen Hand haltend. Ras folgte ihm. Sie gingen um das Sumpfloch herum, stiegen über den umgestürzten Baum hinweg und gelangten auf eine Lichtung. Zwei Körper lagen dort Seite an Seite. Gilluk nahm, noch immer weinend, die dazugehörigen Köpfe aus dem hohlen Baumstamm, flocht die Haare jedes einzelnen zu einem festen Strick auf, band die Stricke zusammen und warf sich die Köpfe über die Schulter. Er ging nach Westen davon. Ras lief links neben ihm her. Er achtete darauf, sich außerhalb der Reichweite des Schwerts zu halten.

»Willst du die Toten nicht bestatten?« fragte er den König nach einer Weile. »Oder wenigstens im Sumpfloch versenken?«

»Ich schicke Sklaven her und lasse sie heimholen. Dann werde ich eine Andacht zelebrieren — ich bin nämlich auch zugleich Oberpriester —, und danach werden die Leichname Baastmaast übergeben.«

»Ach ja, dem Krokodilgott.«

»Gott als Krokodil«, verbesserte Gilluk. »Ich glaube, ich habe dir davon erzählt, als ich seinerzeit dein ... Gast war.«

Er warf Ras einen eigenartigen Blick zu. Ras fragte sich, was er wohl denken mochte.

Vorsichtshalber sagte er: »Ich stelle mich unter deinen Schutz.«

»Du darfst sicher sein, daß ich mich wie ein König verhalten werde«, erwiderte Gilluk.

»Du bist anscheinend überhaupt nicht dankbar, daß ich dir dein Leben gerettet habe«, sagte Ras. »Wenn ich gewußt hätte, daß ich die Sache für dich dadurch so kompliziert mache und dir solchen Kummer bereite, hätte ich mich bestimmt nicht eingemischt.«

»Das liegt einfach nur daran, daß es dafür kein Vorbild gibt«, meinte Gilluk. »Ich muß mir etwas einfallen lassen. Sag auf keinen Fall, was vorgefallen ist. Ich werde meine Leute nicht belügen, auch wenn es natürlich zu ihrem eigenen Nutzen wäre, zumindest nicht, solange ich nicht dazu gezwungen bin. Ich zeige ihnen Gappuks Kopf und lasse sie bei der Annahme, daß ich ihn getötet habe.«

Nachdem sie etwa einen Kilometer weit durch sumpfiges Gebiet gewatet waren, gelangten sie in einen höher gelegenen und trockneren Bereich. Gilluk ging auf einem gewundenen Pfad durch dichten Wald voran. Als sie auf offenes Gelände hinaustraten, waren sie ganz in der Nähe des Flusses. Er hatte sich hinter dem Sumpf wieder gebildet. Von hier aus ging es allmählich bergab.

Noch einmal mußten sie ein kurzes Stück mit dichtem Baumwuchs und Unterholz durchqueren, ehe sie erneut an den Fluß gelangten, der seinen verschlungenen Weg wieder aufgenommen hatte. Sie stiegen auf eine Anhöhe, von der aus man das Land kilometerweit überblicken konnte. Der Fluß wurde unvermittelt breiter und formte einen herzförmigen See. An der breitesten Stelle hatte er einen Durchmesser von gut einem Kilometer. Auf dem blauen Wasser lagen viele Boote, in denen Fischer in weißen Gewändern saßen. Am entferntesten Ende des Sees stand eine rosafarbene Wolke, die, wie Ras sicher war, nur ein großer Flamingoschwarm sein konnte. In der Nähe des Nordufers erhob sich eine kleine Insel. Auf ihrem gekrümmten Rücken schimmerte ein kreisrundes Steingebäude ohne Dach weiß in der Sonne.

»Das Haus des Baastmaast«, erklärte Gilluk. »Dort werden die Leichen abgelegt. Baastmaast frißt sie auf und befördert ihre Seelen in seinem Bauch in die Unterwelt.«

Am Seeufer stieg ein steiler Hügel in die Höhe, auf dessen Spitze ein Gebäude stand, das größte, das Ras je gesehen hatte. Es war rund und aus großen weißen und dunklen Steinblöcken errichtet. Vier hohe schlanke Türme wuchsen im Norden, Süden, Westen und Osten aus dem Dach.

Zwischen dem Seeufer und dem Fuß des Hügels im Osten drängte sich eine Reihe kleinerer Häuser, die Gilluk als die Stadt bezeichnete, in der Fischer, Handwerker und Sklaven lebten. Auf drei Seiten des Hügels dehnten sich kilometerweit Felder ins Land. Ihr sattes Grün wurde von braunen Wegen und Straßen und von einer Reihe blauer Kanäle durchzogen, die vom See gespeist wurden.

Ras war erstaunt. Er hatte sich ein kleines, von einem Zaun umgebenes Dorf und ein Feld wie bei den Wantso vorgestellt. Gilluk hatte während der Gefangenschaft viel über die Sharrikt erzählt, doch hiervon hatte er nur wenig gesagt. Jetzt, als er darüber nachdachte, fiel Ras auch der Grund dafür ein. Gilluks Beschreibungen waren stets Antworten auf seine Fragen gewesen. Und die hatten sich in der Hauptsache auf die Sprache, die Gebräuche und die Lebensart der Sharrikt bezogen. Über ihre Wohnungen oder ihr Kunsthandwerk hatte er nur wenig wissen wollen, mit Ausnahme der Kunstwerke und Musikinstrumente.

Als sie etwa einen halben Kilometer hügelabwärts gelaufen waren, kamen sie an einen Wachtposten. Zwei Männer standen auf einem hohen Bambusgerüst auf einer Plattform. Sie trugen hohe, kegelförmige Hüte aus hellorangefarbener Flußschweinhaut und weiße Gewänder. In der Hand hielten sie große runde Schilder aus Flußpferdleder und lange Speere mit kupfernen Spitzen. Als sie Gilluk erkannten, schlugen sie salutierend die Speerspitzen zusammen. Anschließend starrten sie ziemlich tölpelhaft Ras an. Gilluk wurde ungeduldig und fragte sie, ob sie vielleicht den Verstand verloren hätten. War ihnen denn nicht mehr gegenwärtig, welches ihre Pflichten waren, wenn der siegreiche König aus dem Großen Sumpf nach Hause zurückkehrte?

Die Wächter lösten sich aus ihrer Erstarrung, und ihre Augen verkleinerten sich auf die übliche Größe. Einer fing an, auf eine große Trommel einzuschlagen. Der andere kam über die Leiter nach unten und beugte ein Knie und stieß die Spitze seines Speers vor Gilluk in den Staub. Als er sich wieder erhob, sah er sich Ras genauer an und begann zu zittern. Es dauerte eine Weile, bis seine Zähne zu klappern aufhörten.

Erst als Gilluk ihm einen energischen Befehl erteilte, drehte der Mann sich um und schritt ihnen auf ihrem triumphalen Marsch zum Königspalast voran.

Die Wächter sahen aus wie eine Mischung aus Wantso und Sharrikt. Sie waren größer als ein Wantso, doch kleiner und untersetzter als Gilluk, hatten dickere Lippen, plattere Nasen und sehr dichtes gekräuseltes Haar. Gilluk bestätigte Ras' Vermutung. Die königliche Familie, die Beamtenschicht und die Priesterkaste waren die einzigen reinblütigen Sharrikt, die es noch gab, und die einzigen, die überhaupt als Sharrikt galten. Die freien Männer stammten von Sharriktherren und Wantsosklavinnen ab. Gilluk schien sich für seine Erklärungen geradezu entschuldigen zu wollen. Ursprünglich, sagte er, als die Sharrikt auf diese Welt gekommen waren, seien sie reinrassig gewesen. Sie hätten die Wantso angegriffen, die zu der Zeit hier gelebt hätten, wo die Sharrikt jetzt lebten, hätten einige getötet, andere zu Sklaven gemacht und den Rest über den Großen Sumpf hinweg aus der Gegend vertrieben. Von Anfang an sei jeder Sharrikt des Todes gewesen, der mit einer Sklavin Kinder zeugte. Trotzdem hatten aber Wantsofrauen ihren Herren Kinder zur Welt gebracht, und die Strafe war, nachdem sie zum Gesetz erklärt worden war, nicht mehr angewendet worden. Ein König, dem mehrere Sklavinnen ein Dutzend Kinder geboren hatten, hatte das Gesetz geändert. Und mit der Zeit hätten Bauern und Handwerker so viele Kinder in die Welt gesetzt, daß man gezwungen war, sie zu freien Männern zu erklären.

Zur reinrassigen Aristokratie gehörten etwa fünfunddreißig Personen, vielmehr einunddreißig, da inzwischen ja vier von ihnen ihr Leben im Großen Sumpf gelassen hatten. Daneben gab es etwa achtzig freie Bauern und Handwerker und sechzig Sklaven. Ein gewisser Prozentsatz der Freien durfte als Wächter, Verteidigungssoldaten und Polizisten Waffen tragen, doch in den Krieg durften nur die Reinrassigen ziehen. Das erklärte, warum Gilluk so entsetzt gewesen war, als er erfuhr, daß alle Wantso tot waren. Jetzt konnte man keine Unternehmen mehr starten, um den Mut und die Geschicklichkeit der jungen Sharrikt auf die Probe zu stellen und die alten zu unterhalten.

»Die Wantso verlangten, daß ihre jungen Männer einen Elefanten, einen Büffel oder einen Leoparden töten, ehe sie vollgültige Krieger werden durften«, sagte Ras.

»Ach, die Wantso!« rief Gilluk verächtlich aus. »Bei uns muß ein junger Mann einen Leoparden töten, das ist der erste Schritt auf dem Weg zum Krieger. Dann muß er an einem Überfall teilnehmen, bei dem er vor mindestens zwei Zeugen einen Wantso töten oder wenigstens verwunden muß. Erst danach ist er berechtigt, um die Königswürde zu kämpfen, wenn er will.«

»Ehe ich es vergesse«, fuhr er fort, »nimm den Lendenschurz aus Leopardenfell ab. Nur ein Sharrikt darf Leopard tragen. Die Leute könnten in Verwirrung geraten, wenn sie Leopard an dir sehen.«

»Wenn ich den Schutz abnehme«, sagte Ras lachend, »dann muß jeder Mann in deinem Königreich seine Frau einsperren.«

Gilluk machte ein sehr ernstes Gesicht und meinte: »Vielleicht hast du recht. Also gut, laß ihn an — im Moment jedenfalls.«

»Es war nur ein Scherz«, sagte Ras.

Sie kamen zu den Feldern, wo Frauen und Kinder an die Straße gelaufen kamen, um dem König zu huldigen. Die Männer folgten ihnen, um nach dem Grund der Aufregung zu sehen. Die meisten von ihnen blieben kurz vor dem Straßenrand stehen, als sie Ras sahen. Kinder versteckten sich hinter den wogenden Röcken ihrer Mütter, lugten mit großen Augen dahinter hervor und warfen ihm scheue Blicke zu. Ras grinste, woraufhin sie mit einem Aufschrei die Hände vor die Augen schlugen.

»Wie ich sehe, muß ich meine Leute noch erziehen«, grollte Gilluk. »Sie müssen lernen, daß du nur ein gebleichter Mensch bist, kein Geist.«

»Ich hoffe, es gelingt dir«, sagte Ras. »Ich habe es satt, ständig Leute zu erschrecken.«

»Ich glaube, das Problem kann ich lösen«, meinte Gilluk. Bei dieser Bemerkung fühlte Ras sich unsicher; es war einer von vielen rätselhaften Aussprüchen, die der König seit dem Kampf im Großen Sumpf von sich gegeben hatte.

»Geh hinter mir«, forderte Gilluk ihn auf einmal auf. »Niemand darf neben mir gehen, und vor mir darf nur ein Herold und ein Leichnam in einer Beerdigungsprozession sein und diejenigen natürlich, die ihn tragen.«

Ras blieb ein paar Schritte zurück. Die Menschenmenge am Straßenrand wurde dichter. Hier lagen die Bauernhöfe dichter beieinander. Viele Schweine, Hühner, Ziegen und Büffel, die die Sharrikt als Haustiere hielten, liefen frei herum. Auf den Feldern wuchsen Jamwurzeln, süße Kartoffeln, Hirse und andere Pflanzen.

Die Sharrikt waren ein größeres und reicheres Volk als die Wantso. Es war klar, daß sie durchaus in der Lage gewesen wären, eine gutausgerüstete Streitmacht auszusenden und die Wantso zu vernichten, wenn sie gewollt hätten. Und Ras hatte den Wantso geglaubt, wenn sie sich damit gebrüstet hatten, daß sie eines Tages die Sharrikt abschlachten und die Erde von ihnen befreien würden.

Als sie sich jetzt dem Hügel näherten, auf dem der Königspalast stand, gesellten sich zehn Krieger, befehligt von einem Vetter des Königs (wie Ras später herausfand), als Ehrengarde zu ihnen. Gilluks drei Frauen, jede unter einem Sonnenschirm stehend, der von einem Sklaven gehalten wurde, begrüßten ihn. Er küßte ihre Fingerspitzen und berührte sie dann an der Stirn, während sie vor ihm auf den Knien lagen. Alle drei sahen Gilluk sehr ähnlich. Zwei waren seine Cousinen, die Hauptfrau war seine Schwester.

Die Frauen erhoben sich und folgten dem König. Sie hätten sich gern an seine Fersen geheftet, aber Ras hatte sie durch seine Anwesenheit so erschreckt, daß sie mehr als zwanzig Schritte zurückblieben.

Gilluks weißhaarige Mutter, die von zwei starken Wantsosklaven in einer Sänfte getragen wurde, kam den Hügel herab, um ihren Sohn willkommen zu heißen. Sie weinte vor Freude, weil Gilluk noch am Leben war, und vor Schmerz, weil ihr jüngerer Sohn tot war. Ein Priester, in ein weißes Gewand gehüllt, das auf der Erde schleifte, einen Dreispitz auf dem Kopf, der von einem ausgestopften jungen Krokodil gekrönt war, begrüßte Gilluk. Während alle, bis auf die Frauen und die Mutter des Königs, in der prallen Sonne standen, hielt der Priester eine lange Rede.

Ras, hungrig und ungeduldig wie er war, unterbrach die Rede einige Male durch betont laute Furze. Die Frauen kicherten. Gilluk wandte sich um und starrte sie drohend an, woraufhin sie ruhig wurden. Schließlich kam der Priester zum Ende, und die ganze Prozession stieg über breite Steintreppen den Hügel hinauf. Oben angekommen, geleitete Gilluk den Zug durch ein breites und hohes rechteckiges Tor in das Gebäude, das sogar noch größer war, als Ras es sich vorgestellt hatte. Aus der Ferne hatte es wie ein Haus ausgesehen. Aber es waren eigentlich zwei, um die herum sich eine hohe Mauer zog. Zwischen den beiden Gebäuden, auf einer hölzernen Plattform, standen mehrere Bambuskäfige.

In einem der Käfige befand sich Bigagi.

Ras war überrascht. Er öffnete den Mund, um Gilluk zu fragen, wie Bigagi ihm in die Hände gefallen war und warum er davon bisher nichts erwähnt hatte. Doch in dem Moment deutete Gilluk auf Ras und befahl den Wachen, ihn in einen der Käfige zu sperren. Da sie ihn sofort umzingelten und ihre Speerspitzen nur wenige Zentimeter von seinem Körper entfernt waren, wehrte er sich nicht.

Nachdem er eingesperrt war, fragte er den König, warum er ihm dies antue.

»Das ist eine Frage der Gerechtigkeit«, erwiderte Gilluk. »Du hast mich sechs Monate lang in einem Käfig gehalten, also ...«

»Und wenn die sechs Monate um sind?« unterbrach Ras.

»Ich weiß es noch nicht. Du bist ein echtes Problem.«

»Warum?« fragte Ras. »Warum kann ich denn nicht als Sharrikt unter euch leben? Ich bin ja keine Bedrohung für dich.«

»Tja, ich weiß nicht, wie ich mich dir gegenüber verhalten soll«, meinte Gilluk. »Du kannst unmöglich als göttlicher Sharrikt behandelt werden. Andererseits bist du zu gefährlich, als daß du ein Sklave sein könntest. Du würdest dich in den Dschungel absetzen und gegen uns einen Krieg anzetteln, wie du es bei den Wantso gemacht hast. Ein Freier kannst du auch nicht sein, da du niemals auf den Feldern arbeiten oder Befehle von uns befolgen würdest.

Immerhin, du hast mir nichts zuleide getan und die Sharrikt auch in keiner Weise bedroht. Und ich mag dich, mußt du wissen, obwohl du ein Wilder bist. Ich weiß augenblicklich also wirklich noch nicht, was ich tun werde, wenn die sechs Monate um sind. In der Zwischenzeit mußt du jedenfalls dafür büßen, daß du mich gefangen gehalten hast.«

Schließlich lächelte er und fügte hinzu: »Du wirst dich über deine Behandlung nicht zu beklagen haben. Ich werde dich ebenso gut behandeln, wie du mich behandelt hast. Natürlich heißt das auch, daß du keine Frauen bekommst. Ich habe dich seinerzeit um Frauen gebeten, wie du dich erinnern wirst, und du wolltest mir keine besorgen.«

»Ich wollte nicht?« protestierte Ras. »Ich konnte nicht.«

»Oh, du hättest sehr wohl gekonnt. Du wolltest nur nicht.«

Ras deutete auf Bigagi.

»Ich muß ihn töten. Er hat meine Eltern auf dem Gewissen. Was hast du mit ihm vor?«

»Ich werde über ihn noch nachdenken«, erklärte Gilluk. »Er wurde eine Nacht vor meinem Aufbruch in den Großen Sumpf gefangen. Er hat versucht, eine Sklavin dazu zu bewegen, mit ihm auf und davon zu ziehen. Doch sie hat sich geweigert. Sie war nämlich verheiratet und liebte ihren Mann — die Wantso, die hier leben, werden nämlich nicht beschnitten, mußt du wissen. Was hätte ihr Bigagi außer Hunger und Gefahr also schon bieten können? Sie hat ihn übertölpelt, und er hat sie und einen Soldaten umgebracht, ehe er gefaßt werden konnte. Er ist eine wahnsinnige Hyäne. Normalerweise würde er zur Abschreckung öffentlich gefoltert werden. Na, ich weiß noch nicht genau, wie ich mich da entscheide. Es wäre vielleicht ganz interessant, ihn gegen dich antreten zu lassen. Manchmal lassen wir gefangene Wantsokrieger gegeneinander kämpfen. Sie wollen zwar nicht kämpfen, tun es aber trotzdem, denn wenn sie sich weigern, werden beide getötet. In eurem Fall ist das anders, da würde einer gern den anderen umbringen. Im Grunde würdet ihr also mehr von dem Kampf haben als wir, wenn ich euch gegeneinander antreten ließe.«

Ras erkundigte sich, welches Schicksal den Sieger erwarten würde.

»Nun, wenn der Wantso wüßte, daß er gemartert wird, wenn er dich besiegt, würde er sich vielleicht von dir töten lassen, um der Folter zu entgehen. Also muß ich ihm versprechen, daß er am Leben bleibt, würde ihn aber wohl blenden lassen. Und wenn du ihn tötest, wirst du gefoltert. Das ist nur gerecht. Schließlich hättest du uns ja um das Vergnügen gebracht, ihn zu foltern«, philosophierte er.

Ras ging diese Art Logik nicht ganz ein, und er sagte das dem König. Gilluk erwiderte, das könne man von ihm auch nicht erwarten, schließlich sei er ja nur ein gebleichter Wilder. Er solle sich jedoch nicht beklagen, denn man würde ihm in den nächsten sechs Monaten ein bequemes Leben bieten — bis auf den Mangel an Frauen natürlich.

»Vielleicht lasse ich dich auch gar nicht gegen den Wantso antreten«, fuhr Gilluk fort. »Wer weiß? Vielleicht lasse ich dich am Leben? Vielleicht lasse ich dich sogar frei?«

»Ohne mich vorher zu blenden?« fragte Ras.

»Wer weiß?« Gilluks Lächeln verriet, daß er es darauf angelegt hatte, Ras die nächsten sechs Monate zur Qual zu machen.

»Ich möchte es nicht tun«, meinte Gilluk. »Ich mag dich. Aber ein König muß darauf achten, daß der Gerechtigkeit genüge getan wird, gleichgültig, wie sehr eine Entscheidung ihn auch persönlich schmerzen mag. Und jetzt, was kann ich für dich tun?«

»Bring mir etwas zu essen«, sagte Ras. »Ich habe Hunger. Und dann verschwinde, damit dein Anblick mir nicht den Appetit verdirbt.«

Fünfzehntes Kapitel

Tot, halbtot, lebendig

»Was willst du denn jetzt schon wieder?« fragte Gilluk.

Ras konnte es ihm nicht mit einem Wort sagen, denn in der Sprache der Sharrikt gab es keine Bezeichnung für »Laufkäfig«. Er beschrieb genau, was er wollte und wie es gebaut werden könnte.

»Ich habe dir schon einen größeren Käfig gebaut, in dem Stangen angebracht sind, an denen du deine Muskeln stärken kannst«, sagte Gilluk. »Ich habe Verbindungen und Rohre installiert und ein Wasserrad errichtet und Sklaven abgestellt, die es bedienen, damit du jederzeit trinken und baden kannst, wenn du Lust dazu hast. Das hat mich schon eine Menge Material und Arbeitskraft gekostet ...«

»Es hat dich doch selbst interessiert, nicht wahr?« warf Ras ein. »Ich habe also dafür gesorgt, daß du dich nicht langweilst.«

Gilluk druckste herum, runzelte die Stirn und sagte schließlich: »Stimmt. Ich habe sogar schon daran gedacht, auch in meinem Haus so ein Wassersystem installieren zu lassen. Aber dieser rotierende Käfig! Warum willst du den denn haben?«

»Ich kann mich hier drin nicht richtig austoben. Ich brauche Platz, damit ich laufen kann, und zwar schnell, Kilometer um Kilometer. Und das kann ich in dieser engen Bude nicht ohne einen rotierenden Käfig. Natürlich, du könntest mir auch einen Käfig bauen, der einen halben Kilometer lang ist, das würde mir auch genügen.«

Ras lachte. Gilluk sagte: »Warum lasse ich nicht gleich das ganze Land mit einem Käfig überziehen? Wärst du dann zufrieden?«

»Ich wäre noch immer im Käfig«, erwiderte Ras.

»Also gut«, entschied Gilluk. »Ich gewähre dir deine

Bitte, weil du mich auch einigermaßen anständig behandelt hast, als ich dein Gefangener war. Aber verlange nicht mehr. Verlange nicht, daß ich dir den Mond herunterhole.«

»Könntest du das denn?« wollte Ras wissen. »Wenn ich richtig verstanden habe, lautet einer deiner vielen klangvollen Titel ›Bändiger des Mondes‹.«

»Als Oberpriester bin ich auch dafür zuständig«, erklärte Gilluk. »Manchmal habe ich den Eindruck, du machst dich über mich lustig. Du scheinst dir offenbar nicht darüber im klaren zu sein, wie ernst deine Lage ist. Ich könnte dich jederzeit foltern oder töten lassen.«

»Du hast mir sechs Monate versprochen. Ist das Wort eines Königs nicht mehr wert als das eines Sklaven?«

»Manchmal zwingen gewisse Erfordernisse des Staates einen König dazu, sein Wort zu widerrufen. Das Wohlergeben der Untertanen steht an erster Stelle.«

Er unterbrach Ras, der zu einem Protest anheben wollte. »Du hast deinen Lendenschurz aus Leopardenfell noch immer um. Ich weiß, ich habe dir erlaubt, ihn anzulassen, aber ich habe es mir anders überlegt. Meine Leute sind schon verwirrt deswegen.«

»Sag ihnen, daß ich der Sohn Gottes bin, somit also göttlich und durchaus berechtigt, Leopard zu tragen.«

»Das würden sie nicht verstehen und nur noch mehr verwirren, denn du bist kein Sharrikt. Und ich lehne diese Begründung ab, weil sie meinen Untertanen nicht zum Vorteil gereicht.«

»Aha, dann gibst du also zu, daß ich Gottes Sohn sein könnte?«

»Ich bestreite, daß er dein leiblicher Vater ist«, sagte Gilluk. »Natürlich sind alle Geschöpfe in gewisser Weise Gottes Sohn, da er sie ja erschaffen hat. Und die Sharrikt insbesondere, denn sie hat er ja mit der göttlichen Mutter Erde gezeugt. Du aber bist, deiner eigenen Aussage zufolge, das Kind eines Affenweibchens. Das scheint darauf hinzudeuten, daß du eigentlich ein gebleichter Wantso bist, weil die Wantso ja von einer Hyäne und einer Schimpansin abstammen.«

»Die Wantso sind ... waren ... nicht dieser Ansicht. Sie behaupteten, die einzigen wahren Menschen zu sein. Und tatsächlich bedeutet der Name Wantso wörtlich soviel wie ›Wahrer Mensch‹.«

»Ein Schakal würde auch gern ein Leopard sein«, meinte Gilluk abfällig. »Doch genug mit diesem Geschwätz. Willst du mir nun endlich deinen Lendenschurz geben?«

»Und wenn ich mich weigere?«

»Dann entziehe ich dir das Essen und das Wasser.«

»Ich habe dir nie etwas entzogen«, sagte Ras vorwurfsvoll. »Habe ich dich etwa je gezwungen, dein übrigens reichlich dämlich aussehendes weißes Gewand auszuziehen?«

»Dazu hattest du keinen Grund.«

Ras zögerte. Nachgeben hieße ein Prinzip aufgeben. Andererseits machte er sich nicht viel aus dem Schurz, und Gilluk wäre bestimmt so starrköpfig und würde ihn verdursten lassen. Und doch, er würde Gilluks Respekt verlieren (und den Respekt vor sich selbst), wenn er so ohne weiteres nachgäbe. Nur, er wollte leben, damit er fliehen konnte.

»Nun?« fragte Gilluk drohend.

»Du wirst mir den Schurz schon abnehmen müssen«, sagte Ras. »Schick ein paar von deinen Männern rein. Sie können es ja versuchen.«

Gilluk setzte ein mildes Lächeln auf. »Du würdest wohl zu gern ein paar von ihnen umbringen, was? Wie ich dich kenne, würdest du es vermutlich sogar schaffen, noch bevor sie dich überwältigt hätten. Nein, mein Lieber. Gib mir das Fell hier durch die Stäbe.«

»Du gibst also zu, daß ich den Kriegern der Sharrikt überlegen bin«, stellte Ras mit Befriedigung fest. »Wenn dem so ist, dann muß ich göttlich sein, göttlicher als ihr Sharrikt. Und somit bin ich berechtigt, das Leopardenfell zu tragen.«

Gilluk warf ihm einen finsteren Blick zu und sagte: »Es ist schwer, Fehler in deiner Logik zu finden. Ich habe jedoch ein Argument gegen dich in der Hand, das stärker ist als deine Logik. Und das ist meine Macht. Wir werden ja sehen, wie widerstandsfähig und logisch du bist, wenn deine Zunge dir im Mund anschwillt und dein Körper krächzend vor Durst nur noch Staub von sich gibt.«

Ras zitterte, während er innerlich mit sich kämpfte. Er knirschte mit den Zähnen und sagte nach einigen Minuten: »Hier. Du kannst es haben.«

Er hielt das Fell durch die Stäbe und ließ es fallen. Gilluk bedeutete einer Sklavin lächelnd, es aufzuheben. Seine drei Frauen standen ein paar Schritte hinter ihm und fingen an zu kichern und zu tuscheln. Gilluks Lächeln erstarb ihm auf den Lippen. Mit finsterer Miene brüllte er seine Frauen an, sie sollten verschwinden.

Ras sagte: »Ich habe es dir ja gesagt.« Er packte mit beiden Händen zwei Bambusstäbe und zog sie auseinander und steckte seinen Kopf hindurch.

»Du kannst meinen Lendenschurz ruhig haben. Ich trage ihn trotzdem noch«, erklärte er.

Gilluk war einigermaßen überrascht. »Wie meinst du das?« fragte er.

Ras überlegte eine Weile und suchte nach dem Wort für ›geistig‹. Vielleicht gab es in der Sprache der Sharrikt keinen Ausdruck dafür. »Du hast mir meinen Lendenschurz weggenommen«, sagte er dann. »Trotzdem trage ich die Idee davon noch an mir, sozusagen einen geisterhaften Lendenschurz.«

Obwohl Gilluk über diese Worte entrüstet war, waren sie nicht ohne Eindruck auf ihn geblieben. Er bat Ras, sich näher zu erklären.

»Du kannst mir mein Leopardenfell wegnehmen. Du kannst mich töten. Aber du kannst nichts gegen die Idee unternehmen, daß ich eines Leopardenfells würdig bin. Auch wenn du mich jetzt umbrächtest, hätte ich in diesem Punkt doch nicht mit dir übereingestimmt. Und die Idee, daß ich das Leopardenfell noch immer trage, die lebt weiter, sie existiert, auch wenn ich tot bin.«

»Aber ...« sagte Gilluk. Er stockte und runzelte die Stirn. Seine Augen schienen nach innen zu blicken. »Ich muß darüber noch etwas eingehender nachdenken. Deine Worte bringen mein Gehirn zum Jucken, und je mehr ich es kratze, desto mehr juckt es. Als ich damals bei dir im Käfig saß, war es genauso. Jetzt sitzt du in meinem Käfig. Trotzdem machst du genau dasselbe mit mir.«

»Die Idee von meiner Freiheit besteht noch, auch wenn ich eingesperrt bin«, sagte Ras.

Gilluk ging kopfschüttelnd davon. Ras war glücklich, daß er nicht dageblieben war, um sich noch weiter mit ihm zu unterhalten. Er wußte auch nicht genau, was er eigentlich gemeint hatte. Die Idee von der ›Idee‹ war ihm gekommen, als hätte es sich um eine reife Frucht gehandelt, die vom Baum gefallen war.

Ideen waren Schatten. Sie tauchten ebenso plötzlich auf wie ein Schatten, wenn ein Mann im grellen Sonnenlicht aus seiner Hütte tritt.

Ras war begeistert. Waren denn ›Ideen‹ Wesen mit einem Eigenleben? Waren sie wie Geister oder Dämonen, die von einem Menschen Besitz ergreifen können und auch dann noch weiterbestehen, wenn der Mensch stirbt oder wenn die ›Ideen‹ ausgetrieben werden? Wenn das wahr wäre, dann mußten sie aber auch einen Sinn für Unterscheidung haben, denn sonst würde ja jeder Mensch dieselben Ideen haben. Warum war beispielsweise diese ›Idee über Ideen‹ ihm gekommen, nicht aber Gilluk?

Am nächsten Tag erschienen die Handwerker und nahmen von Ras die Anweisungen für den Bau des rotierenden Käfigs entgegen. Gilluk und zwei Speerträger standen dabei, um zu verhindern, daß die Handwerker zu dicht an Ras herangingen, und um sicher zu gehen, daß wirklich nur über das Projekt gesprochen wurde. Später, als die Handwerker Bambus herbeigeschafft hatten und sich an die Arbeit machten, wurden sie zu äußerster Vorsicht ermahnt und angehalten, ihr Handwerkszeug — die Kupfermesser, Sägen und Stemmeisen, die Hobel, Bohrer und Äxte — nicht in der Reichweite von Ras liegenzulassen. Der Käfig bekam einen kleinen Anbau, und in diesem wurde das Laufrad aufgestellt. Die Handwerker zersägten die Stäbe des Käfigs auf der Seite, wo er an den Anbau stieß, mit eigens verlängerten Sägen von außen. Ras wurde freundlich aufgefordert, die abgesägten Stückchen Bambus aus dem Käfig zu werfen, und er war freundlicherweise dazu bereit.

Der Bau dauerte insgesamt eine Woche. In dieser Zeit kamen Gilluks Mutter und die Frauen häufig, um bei der Arbeit zuzusehen. Die Frauen verbrachten allerdings die meiste Zeit damit, Ras anzusehen, aber nur, wenn Gilluk ihnen den Rücken zudrehte. An den Handwerkern hatten sie geringeres Interesse. Gilluk erlaubte ihnen nicht, mit Ras zu sprechen. Am liebsten hätte er es auch seiner Mutter verboten, doch sie schlug seine diesbezüglichen Bitten in den Wind. Ihr Leben verlief schmerzvoll und langweilig, und sie hatte nicht die Absicht, auf dieses Vergnügen zu verzichten. Seit einigen Jahren litt sie unter geschwollenen Gelenken, ihre Hände und Füße waren fast steif. Die Unterhaltungen mit ihrer Tochter und ihren Nichten waren unerträglich, und die Trivialitäten der Gespräche der Sklavinnen irritierten sie. Es gab so wenig Interessantes bei Hofe, weshalb sie entzückt gewesen war, als Ras auftauchte. Anfangs begnügte sie sich damit, in einem Holzstuhl auf einem Kissen zu sitzen und zuzusehen, während zwei Sklaven ihr Luft zufächelten und die Fliegen verscheuchten. Sie hörte zu, wenn Gilluk und Ras sich unterhielten. Doch nach einiger Zeit begann sie, Ras Fragen zu stellen.

Er gewann die alte Frau lieb. Sie hatte einen genauso wachen Geist wie ihr Sohn, und außerdem konnte sie sehr lustig sein, wenn sie nicht gerade von Schmerzen gepeinigt war.

Durch sie bekam er seine Tasche aus Antilopenfell und den größten Teil ihres Inhalts zurück. Schon vom zweiten Tag seiner Gefangenschaft an hatte er Gilluk in den Ohren gelegen, daß er sich rasieren müsse. Gilluk hatte es strikt abgelehnt, ihm die Tasche zu geben, und immer wieder erklärt, er könne ihm den Spiegel und den Rasierapparat nicht in die Hände geben. Der Rasierapparat könne dazu benutzt werden, die Stricke zu zerschneiden, mit denen die Käfigtür zugebunden war. Und was den Spiegel betraf, so sei er ohnedies eine Erfindung des Teufels. Er hätte die Fähigkeit, den Verstand eines Menschen zu fesseln, man brauche nur lange genug hineinzusehen.

Ras versicherte dem König, er würde den Rasierapparat jeden Morgen nach dem Rasieren wieder zurückgeben. Zum Rasieren brauche er aber den Spiegel. Und was machte es Gilluk schon aus, wenn sein Verstand gefesselt würde? Doch Gilluk ließ sich nicht erweichen. Die Bartstoppeln in Ras Gesicht wurden immer länger, sein Kinn juckte. Er wurde nervös. Außerdem wollte er den Spiegel nicht nur als Rasierhilfe einsetzen.

Shikkut, Gilluks Mutter, war von seinem Bart zugleich fasziniert und abgestoßen. Er erklärte ihr, wie er sich davon befreien könnte, wie sehr er ihn selber störte und daß seine Eltern ihm beigebracht hätten, die tägliche Rasur sei eine religiöse Pflicht. Am nächsten Tag trat Gilluk an den Käfig und warf mit saurer Miene die Tasche durch die Stäbe. Er gab Anweisungen, Ras den Rasierapparat jeden Morgen nach der Rasur wieder abzunehmen. Die übrigen Sachen, die außerdem noch in der Tasche waren, durfte er behalten.

Ras fragte ihn, warum er seinen Entschluß geändert habe, doch Gilluk ging weg, ohne die Frage zu beantworten. Eine Stunde später ließ sich Shikkut in den Hof tragen. Sie erzählte ihm, was vorgefallen war. Sie hatte Gilluk gebeten, Ras die Rasierutensilien doch auszuhändigen, doch als sie merkte, daß freundliche Argumente keine Wirkung auf ihren Sohn hatten, hatte sie ihm die Zunge herausgestreckt. Gilluk wurde immer unsicher und betrübt, wenn sie das tat. So hatte er schließlich nachgegeben.

Ras bedankte sich bei Shikkut und unterhielt sich noch eine Weile mit ihr. Er lernte viel über den Aufbau des Palastes und die Topographie des Landes. Außer Shikkut hatte niemand die Erlaubnis, mit ihm zu reden, allenfalls über die notwendigen Dinge des alltäglichen Lebens.

Trotzdem unterhielt Ras sich nachts mit den beiden Wächtern.

Er bemühte sich auch, mit Bigagi ins Gespräch zu kommen, aber der sprach weder mit ihm noch mit sonst jemandem. Er hockte ununterbrochen in einer Ecke seines Käfigs und bewegte sich nur ganz selten.

Eines Tages flog der Vogel Gottes über den Palast hinweg. Ras konnte ihn leider nicht sehen, weil das Dach seines Käfigs ihm die Sicht versperrte. Die Sharrikt rannten schreiend ins Haus. Nur ein Wächter und Gilluk blieben draußen stehen. Dem Wächter hatte man eingeschärft, er würde des Todes sein, wenn er seinen Posten aus irgendeinem Grund verlassen würde. Und Gilluk, der Verteidiger seines Volkes, mußte natürlich demonstrieren, daß er bereit war, für diese Aufgabe zu sterben. Er stand vor dem großen Tor in der Sonne und schüttelte wütend sein Schwert, wobei er gewagte Herausforderungen ausstieß. Zu jedermanns Erleichterung war der Vogel bald wieder verschwunden. Doch etwa eine halbe Stunde später kam er noch einmal zurück, und dieselbe Szene wiederholte sich.

Hinterher sagte Gilluk zu Ras: »Meinst du, er hat nach dir Ausschau gehalten?«

»Ich habe keine Ahnung«, meinte Ras. »Ich habe niemals mit ihm gesprochen.«

Er wußte, daß Gilluk sich Sorgen machte und daran dachte, wie es den Wantso ergangen war.

Zwei Tage nach diesem Zwischenfall verkündete Gilluk, er würde mit einigen Kriegern flußaufwärts ziehen, um das Gebiet beim Wantsodorf in Augenschein zu nehmen. Dabei hoffte er, Janhoy fangen oder töten zu können. Ras' Erzählungen von dem Löwen hatten ihn fasziniert.

Ras äußerte sich nicht zu diesem Vorhaben. Gilluk meinte: »Was dich betrifft, so habe ich die nötigen Anweisungen gegeben. Bilde dir ja nicht ein, du könntest in der Zwischenzeit fliehen.«

Ras grinste ihn nur an.

Bald wurde jedoch deutlich, daß er keinerlei Möglichkeiten hatte, seinen Plan auszuführen. Tagsüber war er ständig von vielen Menschen umgeben, und nachts bewachten ihn drei Wächter, nicht nur zwei wie bisher. Er konzentrierte seine Aufmerksamkeit auf Bigagi und gab sich alle Mühe, ihn wütend zu machen. Bigagi saß wie ein riesiger Frosch aus Ebenholz in seinem Käfig, der aussieht, als würde er jeden Moment loshüpfen. Sein vornüber gesunkener Oberkörper, der breite Mund und die scheinbar unbeweglichen Augen verstärkten diesen Eindruck von einem Frosch noch. Auf seinem Gesicht liefen Fliegen herum, krabbelten ihm über die Nase, die Lippen und selbst über die Augenlider. Er rührte sich nur selten von der Stelle, trank Wasser oder aß etwas und verrichtete seine Notdurft. Nachts schlief er in der hockenden Froschstellung. Als der König schon vier Tage unterwegs war, fiel Ras auf, daß Bigagi fast nichts mehr zu sich nahm. Am fünften Tag pinkelte er unter sich hin. Das lag nicht etwa daran, daß er zu faul war aufzustehen — er merkte es einfach nicht mehr.

Ras fiel es wie Schuppen von den Augen: Bigagi setzte alles daran, aus dem Leben zu scheiden. Seine Leute waren tot, der Versuch, mit der Wantsosklavin einen neuen Stamm zu gründen, war gescheitert. Er hatte resigniert. Das Leben verließ ihn. Er war wie ein Bach, der von der Quelle abgeschnitten ist und langsam von der

Sonne aufgesogen wird. So starb ein Wantso, wenn er behext war oder fern von seinem Stamm leben mußte. Taub, unter schwere Schatten gedrückt, ließ er seine Seele aus sich heraus, und der Zugriff des Verstandes und die Kraft des Körpers wurden schwächer und schwächer.

Ras wurde wütend, als er Bigagis Betrug bemerkte. Er überschüttete ihn mit Beleidigungen und drohte ihm gräßliche Torturen an. Er schmähte ihn und verglich ihn mit einer Schlange, einer Hyäne, einem Schakal, einem Stinktier, einem Pavian. Doch Bigagi hörte ihn offenbar gar nicht mehr.

»Dein Stamm ist tot, ja!« schrie Ras. »Meine Leute sind auch tot! Yusufu und Mariyam waren die einzigen, die ich außer Wilida jemals geliebt habe! Und Wilida ist auch tot! Du Wurm, der du dich in den Hintern toter Geier bohrst und so dein Leben fristest, warum hast zu zugelassen, daß Wilida umgebracht wurde? Du rück-gratloser, saftloser, sackloser, schwanzloser Waschlappen, warum bist du nicht aufgestanden und hast um sie gekämpft? Und warum hast du meinen Vater und meine Mutter getötet? Sie haben dir niemals etwas getan! Du mußtest sie nicht töten, meinen Yusufu und meine Mariyam!«

Ras heulte vor Gram und Wut.

Gilluks Mutter, die dieser Szene in der Nähe unter einem Sonnenschirm sitzend beiwohnte, rief ihm zu: »Warum tust du das? Siehst du denn nicht, daß er bereits weggetreten ist — oder wegtreten will? Sein Geist hat doch schon den halben Weg ins Land der Schatten zurückgelegt!«

»Ich will nicht, daß er jetzt schon stirbt«, antwortete Ras. »Ich will, daß er im Vollbesitz seiner Kräfte bleibt und um sein Leben kämpft, wenn ich ihn töte! Er betrügt mich!«

»Ich glaube nicht, daß du ihn deshalb unbedingt von den Geistern zurückrufen willst«, sagte Shikkut. »Ich glaube vielmehr, daß du ihn noch immer liebst, daß du ihn jedenfalls gern lieben würdest. Deshalb willst du nicht zulassen, daß er stirbt.«

Einen Moment lang war Ras so überrascht, daß er gar nicht antworten konnte. Dann sagte er: »Warum sollte ich wohl den Mann lieben, der meine Eltern auf dem Gewissen hat, der es zugelassen hat, daß Wilida getötet wurde? Ich will ihn nur umbringen!«

»Du hast ihn aber einmal geliebt?« wollte Shikkut wissen.

»Sehr«, erwiderte Ras. »Aber er hat sich gegen mich gestellt.«

»Dann liebst du ihn immer noch, auch wenn du ihn gleichzeitig haßt.«

Über diese Bemerkung mußte Ras in den folgenden Tagen viel nachdenken. Doch er wollte und wollte nicht einsehen, daß die alte Frau die Wahrheit gesprochen hatte. Er haßte Bigagi mit jeder Faser seines Körpers, und das sagte ja wohl alles.

Bigagi wurde immer magerer. Zwischen seinen Rippen fiel die Haut ein, und sein Kopf dehnte sich aus. Wenn er sich beschmutzte, bewegte er sich nur zur Seite, wenn die Wächter ihn mit einer langen Stange wegschoben, damit sie den Käfig sauber machen konnten. Schweigend und unbeweglich ertrug er das Wasser, das man kübelweise über ihn schüttete. Dann leerte er drei Tage hintereinander seine Eingeweide überhaupt nicht, vermutlich deshalb, weil nichts drin war, ließ aber Wasser ab. Seine Augen zogen sich vor dem Licht immer tiefer in den Kopf zurück.

Gilluks Mutter meinte: »Mein Sohn wird ihn nicht martern können. Wenn er nicht bald zurückkommt, wird er ihn nicht einmal mehr lebendigen Leibes Baastmaast zum Fraß vorwerfen können.«

»Wenn er jetzt stirbt, muß er dann in seinem Käfig verrotten und die Luft verpesten mit seinem Gestank, bis Gilluk zurückkommt?« fragte Ras.

Shikkut zuckte die Achseln. »Es steht mir nicht zu, etwas zu unternehmen. Es gab einmal eine Zeit, da Frauen die Sharrikt regierten. Damals gab es keine Priester, sondern Priesterinnen. Doch dann tötete der große Tannus Fakkuk die Königin, deren Beischläfer er zu der Zeit lediglich war, und wurde mit einer kleinen Schar von Männern Herrscher. Das ist nun schon lange her, die Sharrikt waren noch nicht durch das Loch in den Felsen aus der Unterwelt hervorgekommen, um hier zu leben. Doch seitdem sind sie immer zur Hölle gegangen.«

Die letzte Bemerkung hieß wörtlich: »Seitdem wurden sie immer von den Schakalen gefressen«, konnte aber auch bedeuten: »Seitdem sind sie vor die Hunde gegangen«.

»Das ist interessant«, meinte Ras. »Doch was kann man für Bigagi tun?«

»Nichts.«

»Ich verstehe ihn nicht. Der Verlust, den ich erlitten habe, und die Trauer, die ich leide, sind gleichfalls groß. Aber lege ich mich deshalb etwa hin und sterbe?«

»Du bist kein Wantso«, sagte Shikkut. »Und auch kein Sharrikt. Ich bin ziemlich sicher, daß du aus dem Käfig herauskommen wirst. Und dann Gnade den Sharrikt! Besonders meinem Sohn Gilluk!«

»Dann sind wir ja schon zwei«, sagte Ras. »Liebst du Gilluk eigentlich?«

»Ich liebe ihn sehr.«

»Ich glaube, du haßt ihn auch sehr«, erklärte Ras. »Er hat deinen Mann, seinen Vater, umgebracht, und deinen jüngeren Sohn, seinen Bruder.«

Shikkut war einigermaßen verwirrt, fing sich aber schnell wieder. »Es mag sein, daß du recht hast«, meinte sie. »Nur, er mußte sie töten. Das verlangt der Brauch. Und wie ich schon gesagt habe, ich bin sicher, du wirst irgendwie aus diesem Käfig herauskommen. Mein Sohn hat einen Fehler gemacht, weil er dich nicht sofort getötet hat.«

Ras fragte grinsend: »Würdest du mir denn helfen, aus dem Käfig herauszukommen?«

Sie kicherte und erwiderte: »Niemals! Aber ich hätte große Lust, dir dabei zuzusehen, wie du die Flucht bewerkstelligst. Ich sage dies, weil ich von Königinnen und Priesterinnen abstamme. Wir haben ein Wissen, das über das Wissen hinausgeht. Wir können sehen, was sich unter dem Fleisch der Menschen verbirgt und unter der Hülle der Dinge.«

Ras antwortete nicht. Mußte daran denken, daß sie ihm entgegen dem Willen ihres Sohnes ein Mittel zur Flucht in die Hand gegeben hatten. Wußte sie etwas, oder hatte sie vielleicht nur das Gefühl, ein Instrument der Vorsehung zu sein? Ein Gefühl, das mehr war als Vorahnung? Er bezweifelte allerdings, ob sie sich darüber im klaren war, was sie getan hatte, als sie ihren Sohn dazu überredete, ihm den Spiegel und den Schleifstein zurückzugeben. Vielleicht hatte sie trotzdem tief im Innern eine Ahnung, daß sie den Ruin ihres Sohnes bewirkte!

Nach acht Tagen kehrte Gilluk wieder heim. Seine Ankunft wurde durch entferntes Trommeln angekündigt, durch Harfen, Flöten, Dudelsäcke und Marimbas. Wenige Minuten später kam ein Soldat in den Hof gelaufen und verkündete, was alle bereits wußten. Diener, Sklaven, die drei Frauen und Shikkut, die in einer Sänfte getragen wurde, eilten den Hügel hinab, um den König zu begrüßen. Als einzige blieben Bigagi, Ras und zwei Wächter im Palast zurück. Ein Wächter stellte sich ans große Tor und beschrieb dem anderen in allen Einzelheiten, was unten vor sich ging. Der andere verließ seinen Posten nicht. Allerdings hatte er den Gefangenen den Rücken zugedreht, um besser hören zu können.

Ras spielte mit dem Gedanken, diesen Moment zu benutzen, um den ersten Schritt in seinem Fluchtplan zu unternehmen. Nach einigem Zögern kam er zu dem Schluß, daß die Situation durchaus noch nicht reif war.

Er machte die Tasche aus Antilopenfell wieder zu und stellte sich an die Seite des Käfigs, die dem Tor am nächsten lag. Nach einer Weile marschierte der Herold ins Blickfeld, gefolgt von Gilluk, der das göttliche Schwert mit beiden Händen vor sich hertrug, den Griff auf gleicher Höhe mit dem Gesicht.

Hinter Gilluk tauchte ein Kopf auf, groß und mit einer braungelben Mähne. Seine Augen waren leblos wie grüne Steine, und seine rote Zunge hing ihm seitlich aus dem geöffneten Maul. Dann wurde der Pfahl sichtbar, auf dem der Kopf steckte.

Ras schrie vor Schmerz auf und hämmerte mit den Fäusten gegen die Gitter seines Käfigs.

Hinter dem Mann, der unter dem Gewicht von Janhoys Kopf beinahe zusammenbrach, kamen die anderen jungen Männer, die mit Gilluk unterwegs gewesen waren. Vier von ihnen trugen zwischen sich einen Leichnam an Armen und Beinen. Hinter ihnen schleppten zwei das Löwenfell. Die Ehrengarde folgte ihnen unmittelbar auf den Fersen. Einer von ihnen hielt ein Seil, dessen anderes Ende einer Gefangenen um den Hals lag. Sie war in Lumpen und schmutzig und konnte sich vor Müdigkeit kaum noch auf den Beinen halten. Ihr Gesicht war von roten Flecken, Insektenstichen, übersät. Unter den Augen lagen dunkle Ringe und Streifen. Das einstmals blonde Haar hatte eine schmutzigbraune Farbe angenommen.

Ras erstarrte, als er die Frau sah, von der er angenommen hatte, daß sie bei lebendigem Leib verbrannt wäre.

Shikkut, auf ihrer Sänfte thronend, kam als nächste ins Blickfeld, gefolgt von den drei Frauen des Königs, seinen Onkeln, Tanten, Basen, Nichten und Neffen. Dicht hinter ihnen erschien die Musikkapelle und dann die Freien und eine Reihe von Sklaven.

Gilluk blieb vor Ras' Käfig stehen. Er sagte nichts, bis der ganze Hof mit Menschen gefüllt war, doch auf seinem Gesicht lag ein triumphierender Ausdruck.

»Deine Bestie war groß und sah zum Fürchten aus«, hob er zu sprechen an. »Aber als wir auf sie stießen, lag sie schlafend auf dem Rücken, den Bauch prall vom Fleisch der Flußpferde. Sie wachte erst auf, als wir wenige Schritte von ihr entfernt waren. Sie kam auf ihre Pfoten, doch drei Speere waren schon auf sie abgegangen. Und dann habe ich ihrem Leben mit dem göttlichen Schwert ein Ende gemacht. Das also war die große Katze, von der du behauptet hast, sie sei der König der Tiere.«

Ras wies auf den Toten, der inzwischen auf der Erde lag. »Janhoy hat ihn doch nicht getötet?«

»Nein! Sie hat ihn getötet!«

Gilluk zeigte auf Eeva Rantanen.

»Tattniss hat sie aufgestöbert, als wir in der Nähe des Wantsodorfes herumstreiften. Sie hatte sich hinter einem Busch versteckt. Tattniss versuchte, sie mit einem Speer zu töten, aber er war zu entsetzt. Ich habe versucht, meine Leute davon zu überzeugen, daß du kein Geist bist, aber meine Mutter ist die einzige, die mir wirklich glaubt. Tattniss war bei dem Angriff nicht mit dem Herzen, und deshalb brachte die Frau es fertig, ihm den Speer aus der Hand zu winden. Sie ließ sich nach hinten fallen und zog ihn ihm weg. Tattniss konnte nicht schnell genug weglaufen. Sie hat ihn von hinten aufgespießt. Dann haben wir sie umzingelt, und obgleich sie uns offenbar nicht verstehen konnte, begriff sie, daß ich sie nicht töten, sondern nur gefangennehmen wollte. Deshalb gab sie nach.«

»Das war sehr vernünftig«, sagte Ras. »Für eine Frau.«

»Du hast auch nicht versucht, dir den Weg freizukämpfen«, sagte Gilluk. Er lächelte höhnisch.

»Zu viele waren in meiner Nähe«, meinte Ras. »Wenn ich jedoch in ihrer Lage gewesen wäre, hätte ich gekämpft. Aber, wie gesagt, sie hat sich ganz richtig verhalten.«

»Es ist besser, zu leben und die Möglichkeit zu haben, später zu entfliehen. Das willst du doch sagen, oder? Vergiß es. Du wirst sechs Monate in diesem Käfig bleiben. Danach ...«

Die Leiche von Tattniss, begleitet von seinem heulenden Weib, von Mutter, Vater und Bruder, wurde zum Haus von Baastmaast auf der Insel gebracht. Eeva wurde in einen leeren Käfig gesperrt. Gilluk setzte sich auf einen riesigen, mit Leopardenfellkissen gepolsterten Mahagonisessel. Er trank Bier, und die Kapelle spielte. Die Ehrengarde trieb die Sklaven und freien Bauern durch das Tor ins Freie, und ließ nur die Sharrikt und Handwerker im Hof zurück. Als genügend Platz geschaffen war, tanzten die Sharrikt, und die Freien und Sklaven klatschten draußen zum Rhythmus der Musik in die Hände.

Janhoys Kopf und sein Fell wurden zu Füßen von Gilluk niedergelegt, und zwei Sklaven verscheuchten die Fliegen, die von dem getrockneten Blut und verfallendem Fleisch angezogen wurden. Nach einer Weile wurden Gilluk der Gestank und die Fliegen zuviel. Er befahl, die Trophäen wegzutragen. Zwei Gerber, die nicht gerade erfreut zu sein schienen, daß sie das Fest verlassen mußten, trugen den Kopf und das Fell den Hügel hinunter. Ras blickte dem auf dem Pfahl schwankenden Kopf nach, bis er hinter einer Wegbiegung verschwunden war.

»Ich vermute, du willst Rache nehmen für den Löwen!« rief Gilluk ihm über den Lärm hinweg zu.

»Ich werde meine Rache kriegen!« erwiderte Ras.

Gilluk lachte und trank noch mehr Bier aus einem Krug mit schlankem Hals. Er sagte etwas zu seinen Frauen, woraufhin sie in Gelächter ausbrachen, einander ansahen und mit den Hüften wackelten. Gilluk, der bemerkt hatte, wie Ras sie beobachtete, grinste ihn an. Ras warf ihm einen finsteren Blick zu.

Das Bier wurde aus einem Vorratsraum in einem der

Gebäude und aus der Stadt am Fuß des Hügels herangeschafft. Nach mehreren Stunden hörten die Verwandten
des Königs auf zu tanzen, ließen sich auf Stühlen nieder
und tranken Bier. Die Freien tanzten noch. Hin und wieder beugten sie sich vor dem König nieder und küßten
seine Knie. Gilluks Mutter wurde müde und ließ sich in
ihre Räume tragen. Eeva saß in ihrem Käfig auf dem
Fußboden und riß gierig Fleisch von Schweinerippen ab
und trank dazu Wasser aus einem Krug. Von Zeit zu Zeit
nickte sie Ras zu, als wollte sie ihm zu verstehen geben,
daß sie gern mit ihm sprechen würde, wenn es nicht so
laut wäre.

Das Bier schwemmte die Furcht der Menge vor den
beiden Weißen weg. Einige Männer traten dicht an die
Käfige von Bigagi und Eeva heran, riefen ihnen Beleidigungen zu und machten obszöne Gesten. Bigagi bemerkte sie ebensowenig wie die Fliegen, die auf seinem
Körper herumkrochen. Ein Mann bepinkelte ihn, worüber außer den beiden anderen Gefangenen jeder lachte. Ein anderer Mann griff durch die Stäbe nach Eeva.
Sie biß ihm in die Hand. Alle lachten, außer dem Mann,
der gebissen worden war. Einige Männer und Frauen
versuchten, Hand an sie zu legen. Eine Frau kreischte
auf, als Eeva ihr die Hand umdrehte. Gilluk stand auf
und schrie ihnen zu, sie sollten verschwinden. Es war zu
spät. Ein Mann war zu dicht an Ras' Käfig herangetre-
ten. Noch ehe er begriffen hatte, wo er war, wurde er
von hinten gepackt, sein Kopf knallte gegen die Stäbe,
er wurde herumgewirbelt und durch die Stäbe gezogen.
Bewußtlos, mit blutender und vermutlich gebrochener
Nase wurde er weggetragen. Danach brauchte Gilluk
der Menge nicht mehr zu befehlen, sich von den Gefangenen fernzuhalten.

Nach diesem Zwischenfall fühlte Ras sich besser. Der
König schien nicht verärgert zu sein. Die Menge war bis
auf die Verletzten in noch besserer Stimmung als vorher,
weil Blut geflossen war. Die Musik und der Tanz gingen

weiter, bis der Mond aufging. Da hatte auch Gilluk genug. Auf unsicheren Beinen stand er auf, befahl der Kapelle und den Tänzern, nach Hause zu gehen und zog sich, gestützt von seinen Frauen, in sein Schlafzimmer zurück. Ras war froh, daß der Trubel zu Ende war, doch er beneidete den König.

»Laß eine für mich hier!« rief er ihm nach, aber Gilluk hörte ihn nicht.

Der Mond erhob sich über die ersterbenden Geräusche im Palast und in der Stadt, wo man sich allmählich zur Ruhe begab. Bis auf das entfernte Heulen eines Schakals lag bald dichtes Schweigen über dem Hof. Die Wächter, die ebenfalls etwas Bier getrunken hatten, stützten sich verschlafen auf ihre Speere. Eeva war in ihrem Käfig eine schwarzsilberne Gestalt. Sie war so ruhig, daß Ras meinte, sie sei eingeschlafen.

»Eeva!« rief er ihr zu.

Sie hob den Kopf, setzte sich aufrecht hin und sagte mit verschlafener Stimme: »Ja?«

»Ich habe gedacht, du bist tot.«

»Beinahe wäre ich auch getötet worden«, meinte sie. »Ich glaubte, du wärst umgekommen. Ich hatte den Eindruck, sie hätten die Napalmbombe aus Versehen auf dich abgeworfen. Vielleicht auch ganz bewußt. Ich weiß nicht, was die Leute in dem Hubschrauber vorgehabt haben.«

Sie erzählte ihm, was alles geschehen war, nachdem sie sich in den Dschungel geflüchtet hatte. Um möglichst weit von dem Maschinengewehrfeuer wegzukommen, das durch Bäume und Büsche peitschte, war sie gerannt, gefallen, gekrochen und wieder gerannt. Trotz des schwierigen Bodens hatte sie vielleicht schon hundert Meter zurückgelegt, als die Napalmbombe fiel. Sie befand sich nicht in Reichweite der Explosion, doch der Luftdruck hatte sie umgeworfen. Sie war hinter einem kleinen Bach in den Schlamm gefallen, aber die Hitze hatte ihre Kleider angebrannt und ihre Haare versengt.

Ihre Arme, Hände und Ohren waren noch Tage danach verbrannt und rot gewesen. Glücklicherweise hatte sie kurz vor dem ersten Feuersturm ausgeatmet. Sonst wären ihre Lungen vielleicht geplatzt. Sie hatte ihren Atem so lange angehalten, bis sie aus der unmittelbaren Gefahrenzone heraus gewesen war, obgleich sie die ganze Zeit über den Wunsch gehabt hatte, laut zu schreien. Es ist möglich, daß sie vielleicht schon weit genug weg und die Vorsichtsmaßnahme unnötig gewesen war, aber sie hatte sie trotzdem ergriffen.

Kurz nachdem die Bombe explodiert war, hatte sie ihre Pistole verloren.

Einen Kilometer vom Feuer entfernt war sie an einen kleinen Tümpel gekommen. Sie hatte sich bis zum Hals hineingestellt und ihr Gesicht mit dem kalten Wasser benetzt. Das hatte sie deshalb getan, um den möglichen Grad der Verbrennungen, die sie vielleicht davongetragen hatte, niedrig zu halten. Zu dem Zeitpunkt wußte sie ja noch nicht, ob sie ernsthafte Verbrennungen erlitten hatte oder nicht. Sie hatte es zwar nicht angenommen, aber mit der Möglichkeit rechnen müssen, weil sie ja einen Schock haben konnte und die Verbrennungen aus dem Grund vielleicht nicht spürte. Natürlich hatte sie eine Art Schock erlitten, aber das war lediglich die Reaktion auf den mit knapper Not entronnenen Tod gewesen, nicht auf die Verbrennungen.

Der Hubschrauber war einige Male über ihr Versteck hinweggeflogen. Einmal war wenige Meter von ihr entfernt eine Geschoßgarbe in die Büsche gefahren. Sie hatte sich nicht gerührt, weil sie wußte, daß man sie nicht sehen konnte. Sie hätten einfach nur blind in die Gegend geschossen, um sie möglicherweise dazu zu bringen, ins Freie zu rennen, falls sie der Bombe entgangen sein sollte.

»Ich weiß nicht, warum sie so scharf darauf sind, mich umzubringen«, sagte sie. »Ich bin doch gar keine Gefahr für sie, und meine Chancen, jemals aus diesem Tal herauszukommen, sind denkbar gering. Es scheint so, als wollten sie aus irgendeinem Grund nicht, daß ich mit dir zusammen bin. Warum?«

»Vielleicht wird Igziyabher uns das sagen, wenn wir ihn aufsuchen«, meinte Ras. Eeva schnaubte vor Abscheu oder Zweifel durch die Nase.

Erst zwei Tage später sei sie zu der Stelle zurückgekehrt, wo sie das Floß verlassen hatte. Sie hatte zwar nach ihrer Pistole gesucht, sie aber nicht mehr gefunden. Sie hatte angenommen, Ras sei mit dem Floß flußabwärts in den Sumpf gefahren oder das Floß sei allein weggeschwommen.

Sie war auf direktem Weg zum Gebiet des Wantsodorfes zurückgekehrt, wobei sie, wenn die Möglichkeit dazu bestand, über Land gegangen oder aber durch den Fluß geschwommen war, wann immer er ihr den Weg versperrt hatte. Einige Male hatte sie wegen der Krokodile umkehren müssen. Sie hatte ein paar Krokodileier ausgegraben und das Eigelb getrunken, und einmal konnte sie eine kleine Schlange mit einem Stock erschlagen. Die Eier und die Schlange hatten sie bis zu den Wantsofeldern ernährt. Dort, so hatte sie gehofft, würde sie Gemüse finden. Aber Affen, Zibetkatzen, Vögel und Insekten waren schon vor ihr dagewesen und hatten die Felder kahlgefressen.

Beim Durchstreifen des Dschungels rings um das Wantsodorf hatte sie einen Hasen in einer Falle gefunden. Er stank bereits, doch sie hatte ihn trotzdem gegessen. Danach war sie drei Tage lang so krank gewesen, daß sie gemeint hatte, sterben zu müssen. Schließlich gelang es ihr, einen Frischling mit einem Knüppel zu erschlagen, mußte sich dann allerdings vor der wütenden Mutter auf einen Baum retten. Ihre Hoffnung, den Frischling verzehren zu können, wenn die Herde weitergezogen sein würde, erfüllte sich nicht, denn die Herde hatte sich selbst darüber hergemacht.

»Ich hatte das Gefühl, alle Welt hätte etwas zu essen,

nur ich müßte hungern«, sagte sie. »Ich konnte hinsehen wo ich wollte, überall waren die Tiere dabei, zu fressen. Ich wurde immer magerer und schwächer, und wahrscheinlich wäre ich bald selbst gefressen worden. Doch dann fand ich ein Antilopenjunges mit einem gebrochenen Bein. Ich vertrieb die Mutter — sie war zwar tapfer, aber klein — und zwei Schakale, die es auch darauf abgesehen hatte. Ich befreite das arme kleine Ding von seinen Leiden und briet es. Ich konnte rohes Fleisch nicht mehr sehen, und mir war es ganz egal, ob jemand mein Feuer sehen würde oder nicht. Danach habe ich ein paar Früchte gegessen, die ich einen Affen fressen sah, und einen Hasen mit der Falle gefangen, in der ich das stinkende Tier gefunden hatte.

Anschließend ging ich zum Wantsodorf zurück und habe nach Speerspitzen und Werkzeugen gesucht. Ich wollte mich bewaffnen, mir ein Floß bauen und den Sumpf durchqueren. Ich dachte nämlich, du würdest dich bestimmt irgendwo in der Nähe der Sharrikt herumtreiben, wenn du noch am Leben sein solltest. Auf jeden Fall wollte ich am Ende des Flusses nach einem Fluchtweg suchen. Natürlich habe ich mir keinerlei Hoffnungen auf Erfolg gemacht, aber ich wollte es zumindest versuchen, weißt du? Und dann haben die Sharrikt mich geschnappt, und jetzt bin ich also hier.«

Sie gähnte und war eingeschlafen, noch ehe Ras ihr weitere Fragen stellen konnte. Er sagte den Wächtern gute Nacht, die der für sie unverständlichen Unterhaltung mit gemischten Gefühlen gelauscht hatten. Er wachte gegen Morgen auf und wartete auf sein Frühstück, das aber ziemlich spät kam, denn die Sklaven hatten genauso einen Kater wie ihre Herren. Eeva, die von den Fliegen geweckt wurde, stand erst ein paar Stunden später auf. Sie benutzte ihre Toilette in einer Käfigecke und zeigte keinerlei Scham dabei, wie sie es noch im Dschungel getan hatte, als sie beisammen gewesen waren. Sie schien sich darüber zu freuen, daß sie eine vollständige Mahlzeit bekam. Die schwarzen Ringe unter ihren Augen wurden schnell blasser.

Ras sagte: »Gilluk hatte schon seit einigen Tagen keine Frau, als er dich fand. Er ist sehr scharf, wenn das, was er sagt, stimmt. Hat er bei dir gelegen?«

»Nein«, erwiderte Eeva. »Ich verstehe zwar kein Sharrikt, hatte aber den Eindruck, daß er mit seinen Männern über mich sprach. Ich nahm nicht an, sie würden mir etwas tun, weil sie viel zuviel Angst vor mir hatten. Aber ich vereitelte alle Absichten, die Gilluk eventuell mit mir haben mochte, indem ich dafür sorgte, daß er bemerkte, wie es um mich stand. Ich wußte es zwar nicht mit Bestimmtheit, nahm jedoch als wahrscheinlich an, daß die Sharrikt, wie die meisten Wilden, ein Menstruationstabu kennen. Ich habe recht gehabt. Es zeigte sich sofort, daß sie mich als unsauber ansahen, was ich natürlich auch war. Ich habe einen Teil meiner Bluse als Binde benutzt. Am Ende jeden Tages unterzogen sich Gilluk und seine Leute einem Reinigungsritual, glaube ich. Alle achteten sie darauf, mich so wenig wie möglich zu berühren.«

SECHZEHNTES KAPITEL

Der Abstieg

Zu Anfang war die schwarze Pfütze unter Bigagi noch klein gewesen. Langsam, während seine Seele aus dem Körper heraustropfte, Tropfen für Tropfen, wie Wasser nach dem Regen vom Dachrand auf die Erde tropft, breitete sie sich aus. Die Tropfen hatten die Form von Augäpfeln und waren schwarz und fielen geräuschlos wie ein Schatten. Mit jedem Tropfen wandelte sich ein kleines Stückchen Fleisch unter Bigagis brauner Haut in

Dampf um und zischte durch die Poren ins Freie. Schädelknochen und Skelett bahnten sich ihren Weg nach draußen, als wären sie begierig darauf, in der Sonne auszubleichen. Die Augen traten tiefer in den Kopf zurück und brachten das Gehirn in Bedrängnis. Jede neue Sonne sandte ein Licht aus, dessen Griff nach Bigagi schwächer und schwächer zu werden schien.

»Bigagi!« rief Ras ihm zu. »Stirb nicht! Du betrügst mich! Ich muß dich mit meinen Händen umbringen, ich muß dir den Hals brechen!«

Doch Bigagi schien ihn schon nicht mehr zu hören. Sein Mund stand offen, und Fliegen krochen ein und aus. Einmal krabbelte eine Fliege sogar über einen Augapfel, ohne daß Bigagi auch nur geblinzelt hätte.

»Was hast du gesagt?« wollte Gilluk wissen. Ras wiederholte seine Worte. Der König lächelte. »Gut«, sagte er. »Du kannst ihn töten.«

Er klatschte in die Hände und gab einige Befehle. Speerträger formierten vor dem Eingang zur Ras' Käfig einen Halbkreis. Ein Sklave versuchte, die Lederriemen, mit denen die Tür zugebunden war, aufzuknüpfen. Ungeduldig schob Gilluk ihn beiseite und zerschlug die Riemen mit dem göttlichen Schwert. Als die Tür offen war, trat er hinter die Speerträger zurück.

Langsam kam Ras aus dem Käfig heraus. Er fühlte sich wie betäubt; er konnte sich nicht so recht mit der Idee befreunden, daß er auf einmal die Möglichkeit hatte, Bigagi zu töten.

»Du scheinst nicht gerade erfreut zu sein, die Rache, nach der es dich so lange verlangt hat, haben zu können«, sagte Gilluk.

»Es kommt so unerwartet«, erwiderte Ras. »Und Bigagi ... er nimmt es doch gar nicht mehr wahr! Ich meine, ich habe immer gedacht, er würde um sein Leben kämpfen, er würde begreifen, daß er bezahlen muß ... aber jetzt ...«

»Willst du ihn also nicht töten?« fragte Gilluk.

»Ich sollte wohl«, sagte Ras.

Gilluk mußte lachen und verdrehte die Augen.

»Das ist noch nicht einmal so, wie wenn man einen Leoparden tötet, der die eigene Mutter gefressen hat«, sagte Ras. »Man tötet ihn zwar, aber man haßt ihn nicht. Er ist nur ein Tier, das man für seine Taten nicht zur Rechenschaft ziehen kann. Nur, Bigagi ist nicht einmal mehr ein Tier. Er ist einfach ein Nichts.«

»Warum hast du mir das nicht schon vorher gesagt, bevor ich die guten Lederriemen kaputt gemacht habe«, sagte Gilluk enttäuscht. »Warum hast du denn immer so getan, als könntest du es gar nicht erwarten, deine Rachegelüste endlich zu kühlen?«

»Das ist so, weißt du, wie wenn man an einer steilen, schlammbedeckten Uferböschung nach unten steigen will«, meinte Ras. »Ändert man auf halbem Weg seine Meinung und bewegt die Beine nicht mehr vorwärts, dann rutscht man trotzdem weiter, auch wenn man es gar nicht will.«

Gilluk runzelte die Stirn und biß sich auf die Unterlippe. Dann lächelte er. Er bedeutete Ras mit einer Handbewegung, sich wieder in den Käfig zu begeben. Ras gehorchte, und die Käfigtür wurde hinter ihm mit einem neuen Riemen zugebunden. Die Herumstehenden, unter ihnen Gilluks Mutter und die drei Frauen des Königs, machten ein enttäuschtes Gesicht. Gilluk setzte das Gespräch mit Ras durchs Gitter hindurch fort.

»Jetzt ist es endgültig zu spät, du kannst deinen Entschluß nicht mehr ändern. Ich habe dir deine einzige Chance gegeben. Ich finde, du hättest ihn töten sollen, und wenn auch nur deshalb, damit die Geister deiner toten Eltern Ruhe finden. Du hast sie schmählich im Stich gelassen. Doch wenn du deine Pflichten nicht erfüllen willst, werde ich es für dich tun.«

Er gab einen Befehl, woraufhin zwei Männer Bigagis Käfig betraten.

»Was hast du vor?« erkundigte sich Ras.

»Baastmaast ist zwar noch nicht wieder hungrig«, sagte Gilluk. »Erst vor drei Tagen hat er Tattniss gefressen. Doch wenn wir noch länger warten, stirbt der Wantso uns unter den Händen weg.«

»Du willst ihn in den Tümpel werfen?« fragte Ras.

»Morgen, ja. Bevor die Sonne die westlichen Hügel berührt. Bis dahin müssen wir noch gewisse Zeremonien erledigen, und Bigagi muß auf der Plattform über dem Tümpel eine Nacht in Ketten verbringen, damit Baastmaast sehen kann, was wir ihm darbringen wollen.«

Aus einem an den Hof angrenzenden Abstellraum wurde ein aus Zitronenbaumholz geschnitzter Sessel herbeigeholt. Vier Verwandte des Königs trugen ihn, zwei vorn, zwei hinten, und zwar hielt jeder von ihnen das Ende einer Stange, die zu beiden Seiten des Sessels in mit Schnitzereien verzierten Löchern steckte. Der Sessel selbst war über und über mit geschnitzten Krokodilen geschmückt.

Man hob Bigagi in den Sessel, und er sank sogleich in sich zusammen. Ein Arm hing kraftlos über die Lehne nach draußen, der Kopf war zur Seite gerollt und lag auf einer Schulter. Ein Trommelwirbel erklang; Dudelsäcke gaben schrille Töne von sich; Speerspitzen schlugen klappernd gegeneinander. Im Nu hatte sich ein Begleitzug formiert. Voran schritt der Herold des Königs und geleitete den Zug durch das große Tor aus dem Hof. Zwölf Schritte hinter ihm ging der König, das göttliche Schwert mit beiden Händen vor sich hertragend.

Unmittelbar hinter dem König schwankte Bigagi in seinem Sessel. Wenige Schritte vor dem Tor hob er plötzlich den Kopf und setzte sich mit einem Ruck aufrecht hin. Er rief etwas, und zwar so laut, daß die Trommler und Dudelsackpfeifer erstarrten. Die Musik brach ab. Es wurde totenstill. Gilluk drehte sich erschrocken um.

Nach dem ersten lauten Ausruf wurde Bigagis Stimme wieder leiser. Doch Ras konnte ihn gut verstehen.

»Lazazi Taigaidi!« rief Bigagi. »Kannst du mich hören?«

Er hatte den Kopf nach hinten gewandt, ragte jedoch nur mit den Haaren über die hohe Rückenlehne des Sessels hinaus. Sein Blick war unbeweglich auf die Sonne gerichtet.

»Ich höre dich, Bigagi!« erwiderte Ras.

Bigagi sprach sehr leise, seine Stimme schien zu versagen. Man konnte ihn nur deshalb verstehen, weil die Sharrikt so still geworden waren, als meinten sie, einen Geist sprechen zu hören.

»Ich habe deine Eltern nicht umgebracht! Kein Wantso hat ihnen etwas zuleide getan! Du hast ...«

»Wer hat sie getötet?« rief Ras. »Bigagi! Wer hat sie getötet?«

Er bekam keine Antwort. Bigagi war wieder in sich zusammengesunken und seufzte wie ein Dudelsack, aus dem die Luft entweicht. Die Sharrikt zuckten bei dem Seufzer zusammen und hoben den Blick. Die Männer, die den Sessel trugen, hätten ihn vor Schreck beinahe fallen lassen.

Gilluk kam zu Ras zurück und sagte: »Er hatte keinen Grund zum Lügen.«

»Er muß gelogen haben«, meinte Ras.

Gilluk fing an zu lachen. Dann sagte er: »Du hast also die Wantso für etwas umgebracht, das sie gar nicht getan haben.«

Ras starrte ihn eine Weile schweigend an. Gilluks Gesicht und alles, was sich hinter dem König befand, war auf einmal ganz dunkel. Es war, als ob plötzlich eine Sonnenfinsternis eingetreten wäre. Sein Kopf begann zu dröhnen, in seiner Brust hämmerte es wie wild.

»Für dein Lachen werde ich dich töten«, brach es aus Ras hervor.

»Hast du noch nicht genug getötet?« fragte Gilluk. Er lachte noch einmal auf und gab dem Zug ein Zeichen, sich wieder in Bewegung zu setzen.

Nur Gilluks Mutter konnte ihren Blick nicht von Ras abwenden. Sie hatte den Kopf zurückgewandt und sah ihn über die Sessellehne hinweg an, bis sie hinter dem Hügelkamm verschwunden war und ihn nicht mehr sehen konnte.

Im Hof wurde es ruhig. Nur ein Dröhnen aus der Stadt am Fluß des Hügels drang herauf.

»Worum ging es?« fragte Eeva.

Ras bedeutete ihr zu schweigen. Er wollte über Bigagis Worte nachdenken. Doch sie ließ sich nicht abweisen.

»Du brauchst dich deshalb nicht so schlecht zu fühlen«, sagte sie, nachdem Ras ihr alles erzählt hatte. »Du kannst schließlich nichts dafür, daß man dich hinters Licht geführt hat. Du hattest ja keine Ahnung davon. Die Beweise, die du in der Hand hattest, waren doch eindeutig. Was hättest du denn sonst glauben sollen?«

»Ich habe sie alle getötet«, stöhnte Ras. »Auch die, die meine Hand nicht berührt hat.«

Er blickte an sich hinunter, als erwartete er, zu seinen Füßen eine schwarze Pfütze zu sehen. Doch außer dem Sonnenlicht und den Schatten der Gitterstäbe war nichts zu sehen. Trotzdem hatte er das Gefühl, seine Seele wäre aus seinem Körper gefahren.

»Und jetzt wird auch Bigagi noch sterben. Alles nur meinetwegen.«

»Wer hat das getan?« fragte er nach einer Weile. »Wer hat meine Mutter mit einem Wantsopfeil erschossen. Warum?«

»Da kommt nur ein Mensch in Frage«, sagte Eeva. »Obgleich ich auch nicht weiß, warum er es getan haben sollte. Es muß derjenige gewesen sein, der die Seiten geschrieben hat, die du Briefe von Gott nennst. Ich glaube, er hat es getan, damit du denken solltest, die Wantso wären es gewesen, damit du dich an ihnen dafür rächst. Aber warum? Ich weiß es nicht.«

»Du meinst, Igziyabher hätte es getan?«

Eeva schüttelte den Kopf und sagte: »Nein, nicht Gott. Ein Mensch. Der, der dich hierher gebracht und dafür gesorgt hat, daß du als Tarsan aufgezogen wirst.«

»Als Tarsan?«

Eeva wiederholte noch einmal, was sie gesagt hatte. Diesmal sprach sie das »Z« deutlicher aus. »Tarzan. Der Held einer Reihe von Romanen über ...«

»Held?« warf Ras ein. »Romane?«

Eeva erklärte es ihm so gut sie konnte, ohne dabei zu nachdrücklich auf die Begriffe »Held« und »Romane« einzugehen.

»Es ist nicht leicht, dir etwas von der Welt draußen zu erzählen, weil du ja überhaupt keinen Bezugsrahmen hast. Und so genau kann ich dir das auch alles nicht erklären, weil ich noch nie ein Tarzanbuch gelesen habe. Als Kind habe ich einmal einen Film gesehen, doch soviel ich mitgekriegt habe, bestehen zwischen Tarzanbüchern und Tarzanfilmen nur lose Beziehungen. Außer dem wenigen, was ich aus dem Film und gelegentlichen Anspielungen in Zeitungen und Büchern kenne, weiß ich kaum etwas über Tarzan. Auf jeden Fall war er ein weißer Mann, der von irgendeiner gorillaähnlichen Affenart im afrikanischen Busch aufgezogen wurde. Er ist gewissermaßen ein Archetypus für die Freiheit von allen Beschränkungen, Reizen und Tabus der Zivilisation. Ein ›Edler Wilder‹.«

»Was bedeutet das alles?«

»Es bedeutet, daß der Schreiber jener Seiten, der Mann, der für dein Hiersein verantwortlich ist, geisteskrank sein muß, also verrückt, wahnsinnig, schizophren, krank. Du wurdest als Baby entführt und hierher gebracht, um als Tarzan aufzuwachsen. Die Dinge haben sich allerdings nicht so entwickelt, wie sie eigentlich sollten.«

Ras schwieg eine ganze Weile. Auch wenn Bigagis Enthüllungen ihn nicht betäubt hätten, wäre es ihm schwergefallen, Eeva zu verstehen. Sie hatte völlig recht gehabt, als sie sagte, er habe überhaupt keinen ›Bezugsrahmen‹.

Plötzlich heulte er auf und hämmerte mit den Fäusten gegen die Stäbe. Die Wächter riefen ihm etwas zu, doch er schenkte ihnen keine Aufmerksamkeit.

»Ich bringe ihn um!« schrie er. »Ich bringe Igziyabher um!«

»Es war sicher nicht Gott«, sagte Eeva. »Es war ein Mensch.«

»Ich bringe ihn um!« schrie Ras und begann zu weinen und zu schluchzen.

Eeva wartete ab, bis er sich beruhigt hatte. Dann sagte sie: »Dieser Mann muß auf der Spitze der Felssäule im See sein.«

Ras stieß einen langen, erschütternden Seufzer aus und wandte sich von ihr ab. Die Wächter, Tukkisht und Gammun, standen Seite an Seite und hielten, die Knie eingeknickt, den Oberkörper vorgebeugt, die Augen weit aufgerissen, ihre Speere auf ihn gerichtet.

»Wenn du einen Ausbruchsplan hast«, sagte Eeva, »dann ist jetzt der richtige Zeitpunkt, ihn in die Tat umzusetzen. Alle sind auf der Insel. Wenn irgend jemand Baastmaast vorgeworfen wird, hast du gesagt, dann ziehen alle auf die Insel.«

Ras murmelte etwas.

»Was?« fragte sie.

Er erwiderte: »Ich wollte es eigentlich in einer stürmischen Nacht machen, wenn es finster und regnerisch ist.«

Er öffnete seine Tasche aus Antilopenleder und nahm den Spiegel und den Schleifstein heraus. Er schlug mit dem Schleifstein auf die Mitte des Spiegels ein, bis er in sieben dreieckige Stücke zerbrach. Weil er die Scherben nicht mit den Fingernägeln voneinander trennen konnte, zertrümmerte er eines der sieben Dreiecke und konnte jetzt ein weiteres mit einer Scherbe lösen. Die anderen gingen dann ganz leicht ab.

Gammun trat näher an den Käfig heran und fragte: »Was machst du da?«

Ras blickte auf, grinste ihn an und sagte: »Ich zaubere, damit ich aus dem Käfig freikomme.«

Gammun rollte mit den Augen. Er trat einen Schritt zurück, bezwang sich dann aber und trat wieder näher heran. »Hör auf«, sagte er, »sonst bringe ich dich um!«

»Du kannst es ja mal versuchen«, meinte Ras. Er ging daran, die Kanten der Spiegelscherbe mit dem Schleifstein zu schärfen. Dann begann er, die Lederriemen, mit denen die Käfigtür zugebunden war, zu zerschneiden.

Gammun stieß seinen Speer durch die Stäbe, um Ras zu vertreiben. Ras, der nichts anderes erwartet hatte, packte den Speer kurz hinter der Spitze und ließ sich mit einem Ruck nach hinten fallen. Gammun klammerte sich mit aller Kraft an den Speer, wurde jedoch so heftig gegen die Stäbe geschleudert, daß seine Augen sich verdrehten, seine Nase zu bluten begann und seine Knie nachgaben. Er ließ den Speer los. Tukkisht schrie auf, kam an den Käfig gelaufen und schleuderte seinen Speer ins Innere. Ras hatte Gammuns Speer inzwischen umgedreht und stieß ihn nach draußen. Die Spitze drang Tukkisht in den Oberarm. Tukkisht fiel auf den Rücken. Der Speer steckte ihm noch immer im Fleisch. Er sprang sofort wieder auf die Beine. Er zog den Speer mit einem Ruck aus seinem Arm, drehte ihn um und hob ihn in die Höhe, um ihn wieder in den Käfig zu schleudern. Aus der Wunde floß das Blut in Strömen.

Ras hatte mittlerweile Tukkishts Speer aufgehoben, der halb im Käfig lag. Gammun stolperte zurück, konnte ihm aber nicht mehr rechtzeitig ausweichen. Ras wollte den Speer nicht verlieren, deshalb stieß er ihn Gammun nur etwa zwei Zentimeter tief in den Oberschenkel.

Gammun schrie auf, drehte sich um und jagte über den Hof auf das große Tor zu. Seine Arme flatterten wie Flügel. Er stieß krächzende Laute aus.

Ras zerschnitt die Lederriemen an der Käfigtür mit

der Speerspitze. Als er damit fertig war, war Gammun schon so weit den Hügel hinuntergelaufen, daß er vom Käfig aus nicht mehr zu sehen war.

Tukkisht rief ihm noch etwas nach, als er jedoch merkte, daß er im Stich gelassen wurde, ging er mutig auf Ras los. Ras trat kräftig gegen die Käfigtür. Sie schwang auf. Mit einem Satz war er draußen. Tukkisht war ein tapferer Kämpfer und im Umgang mit dem Speer erfahren, aber er hatte einen Mann vor sich, den er für einen Geist hielt, einen Mann, der in wenigen Sekunden aus einem scheinbar ausbruchssicheren Käfig herausgekommen war, und außerdem blutete er stark und wurde rasch schwächer. Ras parierte seine Stöße und trieb ihn immer weiter zurück. Dann konnte der Tukkisht den Speer aus der Hand schlagen und ihm seinen Speer in den Bauch rammen. Tukkisht sank in die Knie, krümmte sich zusammen und hielt sich mit beiden Händen den Bauch. Ras versetzte ihm noch einen kräftigen Hieb mit dem Speerschaft und ließ ihn liegen.

Er rannte durch das Tor aus dem Hof. Gammun, fast zwei Meter groß, war schon halb den Hügel nach unten gelaufen und torkelte wie ein kranker Storch. Die Stadt am Fuß des Hügels war nahezu ausgestorben, nur ein paar kleine Kinder spielten auf der Straße, und eine weißhaarige alte Frau paßte auf sie auf. Eine Reihe von Booten hatte am Ufer der Insel im See bereits angelegt. Ein Zug weißgekleideter Gestalten bewegte sich auf das Gebäude im Zentrum der Insel zu. Die Spitze des Zugs hatte seinen hohen dunklen Eingang erreicht. Das letzte Boot, in dem Sklaven in weißen Röcken und nacktem Oberkörper saßen, war nur noch wenige Meter von der Insel entfernt.

Ras schleuderte den Speer und traf Gammun mitten in den Rücken. Gammun schlidderte ein paar Stufen tiefer und blieb schließlich bewegungslos liegen. Als Ras ihm den Speer aus dem Rücken zog, hörte er, wie weiter unten jemand aufschrie. Die weißhaarige Frau sah mit offenem Mund zu ihm herauf. Auf einmal machte sie kehrt und lief auf das Seeufer zu. Ein paar kleine Kinder torkelten unbeholfen hinter ihr her.

Er konnte sie nicht mehr mit dem Speer erreichen. Sie war zu weit von ihm entfernt. In wenigen Minuten würde sie die zweihundert Meter zur Insel gerudert sein und Alarm schlagen. Ihm blieb nichts anderes übrig, als so schnell wie möglich zu Eevas Käfig zu laufen. Mit dem Kupfermesser, das er Tukkisht abgenommen hatte, zerschnitt er die Riemen, mit denen die Tür zugebunden war.

»Was machen wir jetzt?« fragte Eeva atemlos. Sie war blaß unter der Sonnenbräune, doch ihre grauen Augen leuchteten.

»Ich muß mein Messer wiederhaben«, sagte Ras. »Und weil Gilluk damals den schönen Käfig und das Haus, die ich für ihn gebaut habe, niedergebrannt hat, werden auch seine Käfige und sein Haus brennen.«

»Wir haben doch keine Zeit!« drängte Eeva. »Wenn wir sofort abhauen, haben wir wenigstens einen beträchtlichen Vorsprung und können durch den Sumpf entkommen!«

Ras schüttelte den Kopf, wandte sich um und rannte auf die nächstbeste Tür zu.

Eine Treppe aus quarzdurchsetzten Granitblöcken, die von Generationen von Füßen ausgetreten war, führte zu einer Halle hinauf. Auf beiden Seiten der Halle lagen Zimmer, deren Fenster entweder den Innenhof oder die Umgebung des Palastes überblickten. In der Halle herrschte gedämpftes Licht, denn obzwar Sonnenlicht ungehindert durch die offenen Fenster in die Zimmer drang, wurde es durch Vorhänge aus Gras oder Bambus vor den auf die Halle führenden Türen abgeschwächt. An den Wänden waren Fackeln angebracht; sie ragten im Winkel von fünfundvierzig Grad aus in den Stein gebohrten Löchern hervor. Ras zog einige Fackeln aus den Löchern und forderte Eeva auf, das selbe zu tun. Dann schob er einen Vorhang beiseite und betrat ein großes Zimmer. Mehrere, aus Mahagoniholz geschnitzte Betten standen darin, auf denen mit Heu gestopfte Matratzen und gewebte Decken lagen. An der einen Wand zog sich ein in den Stein gehauenes Regal bis unter die gewölbte Decke. Auf den einzelnen Borden lagen mindestens dreihundert Totenschädel, die zum Teil wohl Gilluks Ahnengalerie darstellten, zum Teil aber auch Zeugnis für Überfälle der Sharrikt auf die Wantso ablegten, denn es waren auch einige darunter, die breiter und runder waren und einen ausgeprägteren und vorspringenderen Knochenbau aufwiesen. Darüber hinaus lagen auch einige Schädel von Gorillas und Leoparden dabei.

Neben dem breiten Fenster stand ein Sessel mit hoher Rückenlehne, dessen Armlehnen und Sitz mit Krokodilleder bezogen waren. An einem Holzständer hingen Speere und Kriegskeulen und Ras' Gürtel mit Scheide und Messer.

Die Einrichtung vervollständigte ein Kupferbecken. Es stand mitten im Zimmer und enthielt glühende Holzkohlen.

Ras band sich seinen Gürtel um und entzündete die Fackeln an der Glut. Eeva hielt die Fackeln, die sie mitgebracht hatte, an seine. »Warum willst du unbedingt Zeit verlieren?« fragte sie.

»Gilluk soll endlich begreifen, daß ich kein gewöhnlicher Gefangener bin! Gilluk muß bezahlen!«

Er erklärte ihr, was sie zu tun hätte. Gemeinsam rissen sie die Vorhänge herunter und schichteten sie an einem dicken Trägerbalken auf; zuletzt legten sie die Bettgestelle obendrauf. Ras steckte die Vorhänge in Brand und wischte die Totenschädel mit dem Speer aus den Borden. Dann warf er sie ins Feuer und sah zu, wie die Flammen sie umzüngelten.

Im Anschluß daran hasteten er und Eeva durch das Gebäude, treppauf und treppab, durch das zweite und erste Stockwerk, und entfachten überall Feuer. Bevor sie wieder in den Hof zurückkehrten, blickte er aus einem der Fenster zur Insel hinüber. Weißgekleidete Gestalten strömten aus dem Tempel auf die Einbäume und Bambusboote am Ufer der Insel zu.

Eeva stapelte neben den Käfigen einige Vorhänge und Matten auf, und Ras hackte währenddessen mit einem schweren, dreibeinigen Kupfergrill auf die Stäbe seines Käfigs. Das Bambus zerbrach, und schon bald hatte er eine Öffnung für das große Laufrad geschaffen.

»Was hast du denn jetzt vor?« wollte Eeva wissen. Ihr Haar und ihr Gesicht waren rauchgeschwärzt, und ihre grauen Augen, vor Erregung weit aufgerissen, das Weiße vom Qualm und von der Anstrengung gerötet, starrten ihn unverwandt an.

Als sie seinen wilden Gesichtsausdruck bemerkte, sagte sie: »Ist ja auch egal! Ich geb's auf! Du bist wahnsinnig!«

Er beachtete sie gar nicht, sondern lief durch die Tür in seinen Käfig, an dem bereits Flammen hochzüngelten, und betrat den Anbau, in dem das Laufrad aufgehängt war. Vier Männer waren seinerzeit nötig gewesen, um es in die Verankerung zu heben, doch er hob es allein hoch, setzte es vorsichtig auf die Erde und drückte es durch die Öffnung, die er in das Gitter geschlagen hatte.

Allmählich füllte sich der Hof mit Qualm. Er hüllte sie ein und brachte sie zum Husten. Ras rollte das Laufrad durch das große Tor nach draußen, stellte es etwas quer und brachte es bis auf wenige Schritte an den Rand des Hügels heran.

Inzwischen waren drei Einbäume und ein Kriegskanu, das von Gilluk, am Ufer des Festlandes angekommen. Andere Boote folgten ihnen. Die hoch aufragende weiße Gestalt des Königs, das in der Sonne blitzende göttliche Schwert hoch über den Kopf erhoben, kam durch die Straßen gelaufen, gefolgt von seiner Leibwache, deren Speere ruckartig auf und nieder wippten.

Den Angehörigen des Königs hatten sich mit Speeren bewaffnete Freie angeschlossen.

Ras drehte das Laufrad noch einmal um und rollte es dicht an die nordöstliche Ecke des Palastes. Als der Qualm sie eingehüllt hatte, legten sich Ras und Eeva auf die Erde und spähten über den Rand des Hügels nach unten.

»Ich würde dich ja gern fragen, was du eigentlich vorhast«, sagte Eeva, »aber ich traue mich nicht.«

»Ich habe das Rad hierher gerollt, damit wir nicht mitten in den Häusern landen«, erklärte Ras. »Von hier aus rollt es geradewegs an den See. Dadurch sind wir sofort bei den Booten.«

Sie schlug ihre Fingernägel in seinen Bizeps und sagte: »Du meinst ...?«

»Auf die Art gewinnen wir einen guten Vorsprung«, sagte er und grinste. »Wenn wir losrollen, sind sie schon fast alle oben. Wir können uns dann über den See davonmachen und in den Bergen verschwinden, und von da aus kehren wir dann in den Sumpf zurück. Wir könnten natürlich auch zur Flußmündung rudern, aber sie kommen an Land schneller voran, und wenn sie merken, daß wir uns in die Richtung wenden, sind sie wahrscheinlich schon vor uns am Fluß. In den Bergen, da finden sie uns nicht. Dafür werde ich schon sorgen.«

Ihre Stimme hatte einen anklagenden Unterton, als sie sagte: »Wir hätten doch auch hinten herausgehen können und uns dort in die Berge schlagen, und zwar schon vor einer ganzen Weile.«

»Nein. Zwischen hier und den Bergen liegen auf der Seite drei Kilometer flaches Land. Ich hätte die Strecke mit Leichtigkeit zurückgelegt, aber du ...«

Er zögerte, ehe er fortfuhr: »Und außerdem, ich will es nun mal so machen.«

»Also gut, meinetwegen.«

Sie ließ seinen Arm los und lachte.

»*Jumala!* Wenn meine Kollegen mich jetzt sehen

könnten! Sie würden ihren Augen nicht trauen! Kein Mensch wird mir diese Geschichte jemals glauben!«

Durch den Qualm hindurch sah Ras Gilluk die Treppe nach oben gehastet kommen; wenige Schritte hinter ihm waren seine Leibwache und seine männlichen Verwandten, während die Freien nach beiden Seiten der Treppe ausschwärmten und sich auf der dem See zugewandten Seite des Hügels zu zwei Reihen formierten. Zehn von ihnen liefen überdies auf einer Seite um den Hügel herum, sieben auf der anderen, um vermutlich auf entgegengesetzten Seiten des Hügels nach oben zu kommen. Wahrscheinlich wollten sie wohl auch auf der Rückseite des Palastes nachsehen, ob Ras sich über das flache Land davonmachte.

Am Fuß des Hügels, eben außerhalb der Stadt und dabei, die Treppe zu erklimmen, bewegte sich eine Schar Sklaven, Handwerker, einige freie Bauern und Sharriktfrauen. Die Sänfte von Gilluks Mutter schwankte bedrohlich schief auf den Schultern der Träger. Sie hielt selbst den Sonnenschirm und hatte den Kopf leicht nach hinten geneigt, um besser nach oben sehen zu können.

»Um Himmels willen, wie lange müssen wir denn noch warten?« fragte Eeva.

Ras mußte wieder grinsen und stand auf.

»Jetzt.«

Der Qualm war so dick, daß Eeva, obwohl sie nur ein paar Schritte von ihm entfernt war, ihn manchmal nicht einmal sehen konnte. Hustend legte sie sich flach auf den Bauch und kroch vorwärts, bis sie mit einer Hand eine hölzerne Speiche berührte. Ras war bereits im Rad und hustete heftig.

»Beeil dich!« rief er ihr zu.

Sie zwängte sich zwischen zwei Speichen hindurch ins Innere des Laufkäfigs. »Ich kann dich kaum sehen!« sagte sie keuchend.

Ras stand aufrecht in dem Käfig, hatte die Arme weit

ausgestreckt und hielt sich mit jeder Hand an einer Speiche fest, seine Füße fest gegen die Lauffläche gestemmt. »So wird das nichts«, sagte er hustend.

Er beugte sich vor, bis er mit dem Rücken die gewölbte Lauffläche berührte, dann klammerte er sich wieder fest.

»Das wird eine schwierige Abfahrt werden«, sagte er. »Halt dich fest, was auch geschehen mag.«

Als er sich überzeugt hatte, daß sie bereit war, stieg er langsam an der Lauffläche in die Höhe, um das Rad durch sein Gewicht in Bewegung zu setzen. Es bewegte sich ein bißchen, blieb dann aber wieder stehen. Und wieder setzte er seine Füße auf höhergelegene Speichen. Das Rad drehte sich langsam, wurde durch Eevas Gewicht jedoch ziemlich behindert.

Ras stieß einen Schrei aus, der in einem Hustenanfall erstickte. Er beugte sich vor, hielt mit den Händen Speichen umklammert und hatte die Innenseite seiner Füße mit aller Kraft gegen Speichen gepreßt und warf sich plötzlich mit einem Ruck zurück. Das Rad rollte wieder, wurde langsamer, drohte erneut stehenzubleiben. Doch in dem Moment war es über die Hügelkante hinweg.

Eeva kreischte auf. Ras hustete weiter und hörte auch nicht auf, als er plötzlich auf dem Kopf stand, wieder hochkam, wieder auf dem Kopf stand und auf diese Weise immer weiter vorwärtsgetragen wurde. Er klammerte sich fester, als sein Körper niedergedrückt und gegen die Lauffläche gepreßt wurde. Rufe und Geschrei schlugen ihnen von unten entgegen. Ras wandte den Kopf genau in dem Augenblick zur Seite, als sie an Gilluk vorübersausten. Der König war auf der Treppe stehengeblieben, starrte sie fassungslos an und ließ langsam das Schwert sinken. Aber da stand er auch schon auf dem Kopf, die Sonne war unterhalb von Ras, richtete sich wieder auf, stand auf dem Kopf und war den Blicken entschwunden. Ein greller Aufschrei wurde von den wirbelnden Speichen abgewürgt; eine weißgekleidete Gestalt mit schwarzem Gesicht, weißumrandeten Augen, weißen Zähnen und schwarzem Schlund huschte vorüber. Das Rad machte einen kleinen Luftsprung, und als es wieder auf die Erde krachte, hätte Ras, der gerade oben hing, sich beinahe nicht mehr festhalten können.

Dann fing das Rad an zu schlingern. Eeva schrie auf. Doch es fing sich wieder und sauste weiter in die Tiefe. Allerdings war es etwas aus der Bahn geraten und trug sie auf die Stadt zu. Zumindest kam es Ras so vor, der sich auch kein genaues Bild von der Richtung machen konnte, in die ihre Fahrt ging.

Wie aus heiterem Himmel tauchten die Steinmauern und das kegelförmige Dach eines auf dem Kopf stehenden Hauses auf, darunter Himmel; ein erschrecktes Gesicht in einem Fenster, das sich einmal um sich selbst drehte, vorbei war; noch ein Haus, ein Schrei, der aus der Tür hervorbricht und zurückbleibt; das Gackern eines Huhnes, ein dumpfer Aufprall, eine Feder, die in der Luft tanzt; ein Ruck, Wasser spritzt auf. Das Rad kam so plötzlich zum Stillstand, daß Ras sich nicht mehr festhalten konnte; der See stürzte über ihm zusammen, gab ihn wieder frei, und er lag bis zum Hals im Wasser auf der Lauffläche und blickte Eeva an, deren nàsse Haare ihr wie Algen übers Gesicht hingen.

Um aus dem Laufrad herauszukommen, mußten sie den Atem anhalten und sich unter Wasser durch die Speichen zwängen. Sie wateten ans Ufer, über das sich die Spur das Rades wie der Abdruck einer riesengroßen Schlange hinzog. Etwa dreißig Meter von ihnen entfernt lag ein Einbaum mit zwei Paddeln im Uferschlamm. Am Rande der Stadt waren Gesichter in den Fenstern zu sehen und Finger, die auf sie wiesen.

Gilluk und die anderen waren schon wieder halb den Hügel herunter. Der König nahm zwei Stufen auf einmal und schwang mit einer Hand sein Schwert über dem Kopf. Die anderen waren ausgeschwärmt, kamen einander jedoch immer näher, denn alle strömten auf Ras und Eeva zu.

»Schnell ins Boot!« rief Ras ihr zu und rannte auf die nächstgelegene Hütte zu, während sie ihm eine unverständliche Frage nachschickte. Als er die Hütte fast erreicht hatte, hörte er Schreie und sah eine Frau und zwei Kinder daraus hervorkommen. Er lief hinein und fand zwei kurze Speere, einen Jagdbogen und einen Köcher voller Pfeile. Ehe er wieder ins Freie lief, warf er einen dreibeinigen Kupferkessel um, in dem ein Feuer brannte, und warf einige Schlafmatten darüber. Er entzündete eine Fackel und hielt sie an das Schilfdach. Die Hütten standen so dicht beieinander, daß viele, vielleicht sogar alle, Feuer fangen würden, wenn eine erst einmal brannte, auch wenn der Wind von Westen kam und diese Hütte an der südöstlichen Ecke der Stadt stand.

Eeva wartete auf ihn im Einbaum. Sie hockte auf den Knien, hatte das Paddel schon ins Wasser eingetaucht und sah sich über die Schulter hinweg um. Bluse und Büstenhalter, die schon vorher nur noch Fetzen gewesen waren, waren ihr bei der Abfahrt, vielleicht auch, als sie sich durch die Speichen gezwängt hatte, ganz vom Körper gerissen worden. Das rauhe Holz hatte ihre Brüste und ihren Bauch blutig gekratzt.

Ras zögerte einen Moment, bevor er sagte: »Rudere schon los, versuch, einen guten Vorsprung zu gewinnen. Ich komme in einem anderen Boot nach.«

Er warf einen Speer in ihr Boot und schob es auf den See hinaus. Den zweiten Speer warf er in ein anderes Boot und hängte sich den Köcher über die Schulter. Den Bogen in einer Hand haltend, schob er die restlichen Boote ins Wasser. Bei den kleinen Einbäumen war das keine Schwierigkeit, doch um die beiden schweren Kriegskanus aufs Wasser zu kriegen, mußte er den Bogen aus der Hand legen und sich mit aller Kraft in den Schlamm stemmen. Zum Glück hatten die Sharrikt es so eilig gehabt, daß sie die Kriegskanus nicht sehr weit aufs Ufer gezogen hatten.

Als alle Boote im Wasser waren, lief er zu dem Einbaum zurück. Unterwegs warf er einen Blick auf die Hauptstraße. Gilluk hatte schon drei Viertel der Entfernung zurückgelegt, hinter ihm liefen etwa zwanzig Männer, während andere ausgeschwärmt waren. Ras schoß einen Pfeil auf Gilluk ab, doch der König hatte gesehen, wie er ihn einlegte, und hatte sich in eine nahegelegene Hütte geflüchtet. Der Pfeil blieb zitternd in einem Bambuspfahl neben der Tür stecken. Die anderen Krieger flogen auseinander und gingen hinter Steinhäusern in Deckung oder warfen sich flach auf die Erde.

Ras schwang sich in den Einbaum und paddelte aus Leibeskräften los. Dreißig Meter vom Ufer entfernt, blickte er sich um. Gilluk tanzte am Ufer hin und her und brüllte seine Männer an, die hinter den abtreibenden Booten herwateten oder -schwammen. Die Hütte an der Südostecke der Stadt brannte lichterloh; die Flammen griffen auf die Nachbarhütten über. Eine Kette aus Sklaven und Freien reichte Krüge mit Wasser aus dem See an diejenigen weiter, die das Feuer bekämpften.

Siebzehntes Kapitel

Das Auge Gottes

Die Insel hob sich allmählich wie der gewölbte Panzerrücken einer halbversunkenen Schildkrötengottheit aus dem Wasser. Zwanzig Meter landeinwärts, in der Mitte der Insel, stand das Haus von Baastmaast. Es war aus weißen Sandsteinblöcken errichtet worden und maß etwa dreißig Meter im Quadrat. Es hatte keine Fenster und einen rechteckigen Eingang, den zwei Menschen bequem nebeneinander durchschreiten konnten. Es schimmerte hell in der Sonne; dunkel waren an ihm nur die Schatten hinter dem Eingang und ein Geier, der auf einer Ecke hockte.

Ras forderte Eeva, die ihn bereits am Ufer erwartete, dazu auf, zwei Paddel und die Speere mitzubringen. Einen Einbaum schob er auf den See hinaus, den anderen hob er hoch und trug ihn mit ausgestreckten Armen über dem Kopf. Er trug ihn an dem breiten und tiefen Kanal entlang, der die Insel durchschnitt und am Fuße des Tempels in einem quadratischen Loch verschwand.

Am Eingang angekommen, lehnte Ras den Einbaum an die Mauer und ging hinein. »Willst du nicht . . .?« hob Eeva an, unterbrach sich jedoch sogleich wieder.

Im Innern des Tempels wurde der Sinn des Kanals deutlich. Sein Wasser floß unter dem Steinfußboden entlang und speiste einen in der Mitte des Gebäudes befindlichen Teich. Er war rechteckig und von Sandsteinquadern umgeben, die sich einen knappen halben Meter über den Fußboden erhoben. Eine ungefähr sechs Meter lange Zunge aus festem Gestein verlief von einer Seite des Teiches bis ins Wasser. Rings um den Teich war in einer Breite von drei Metern eine feste Fläche aus getrocknetem Schlamm angelegt worden. Darüber erhoben sich in gestaffelter Anordnung mehrere Reihen Steinbänke, die jeweils zu beiden Seiten des Eingangs anfingen und sich ganz um den Teich herumzogen. Auf ihnen saßen wohl, wie Ras annahm, die Zuschauer, wenn Gilluk und seine Helfer die Opferrituale für Baastmaast zelebrierten. Die Opfer wurden dann über die Steinzunge geschleppt und dem Krokodil vorgeworfen.

Das Gebäude hatte kein Dach, sondern war oben offen. Die Sonne leuchtete das Innere aus, wenn sie direkt über der Insel stand. Jetzt war sie bereits so weit nach Westen gewandert, daß die dem See zugewandten Mauern ihre Schatten bis an den Rand des Teiches warfen. Auf der gegenüberliegenden Seite, auf gleicher Höhe mit dem Wasserspiegel, lag auf einem Steinblock Baastmaast ausgestreckt.

Das Krokodil war allem Anschein nach wohl tatsächlich so alt, wie die Sharrikt immer behauptet hatten. Es mußte schon in dem Teich gelebt haben, als die Sharrikt in dieses Tal gekommen waren. Die Dattum, die vor den Wantso dieses Land bewohnt hatten, die Erbauer des Tempels und des Palastes auf dem Hügel sowie der Häuser in der Stadt, hatten den Wantso, und diese wiederum den Sharrikt berichtet, das Krokodil wäre bereits da gewesen, als sie in diese Welt gekommen waren. Die Dattum hatten das Krokodil zu ihrer Hauptgottheit gemacht und den Tempel um es herum gebaut, und seither war es immer hier gewesen. Die Wantso hatten es ernährt und zu einem einfachen Gott degradiert, und dann hatten die Sharrikt sie vertrieben und den Tempel in Besitz genommen und dem Krokodil den Namen Baastmaast gegeben.

Gilluk behauptete, Baastmaast hätte niemals aufgehört zu wachsen; nach seiner Überzeugung wuchsen Schlangen und Krokodile ihr Leben lang weiter. Und da Baastmaast nach Gilluks Zeitrechnung mindestens fünfhundert Jahre alt war, war er fast doppelt so lang wie das längste Krokodil, das Ras jemals zu Gesicht bekommen hatte. Er war mindestens zwölf Meter lang.

»Uralt wie Stein, alt wie der erste Herzschlag«, murmelte Ras vor sich hin.

Und dann fügte er hinzu: »Aber Stein zerfällt, und selbst das Herz eines Gottes muß aufhören zu schlagen.«

Es war still im Tempel, so still, daß Ras meinte, das kalte Herz des Reptils schlagen zu hören. Das Wasser war dunkel, so dunkel, daß er nirgendwo im Teich Bigagis Leichnam entdecken konnte. Er ging um den Teich herum und suchte nach dem Geopferten, konnte den Blick jedoch nicht von dem gewaltigen und furchterregenden Baastmaast abwenden. Sollte das Vieh ihn in der kurzen Zeit ganz aufgefressen haben?

Eeva streifte ziellos durch das Gebäude. Auf einmal holte sie tief Luft und rief nach Ras. Sie stand vor einer Grube am Fuß der dem Eingang gegenüberliegenden Wand. Die Grube war tief und dunkel, doch trotz der Dunkelheit sahen sie Bigagi auf dem Grund hocken.

»Ich habe mir gleich gedacht, daß die Zeremonie zu früh unterbrochen wurde und sie keine Zeit mehr gehabt haben, Bigagi dem Krokodil vorzuwerfen«, sagte sie. »Sie haben ihn wahrscheinlich in die Grube hinabgelassen, bis er im Verlauf des Rituals an die Reihe gekommen wäre.«

Dicht neben der Grube waren an einem kleinen Holzpflock die Enden der Seile festgebunden, die Bigagi um die Hüfte und um den Hals lagen. Ras packte die Seile und zog ihn nach oben. Bigagi rührte sich nicht; er schien nicht einmal mehr zu atmen, und sein Herzschlag war kaum noch festzustellen. Wenn er noch nicht tot war, dann war er doch nahe daran.

»Du kannst nichts mehr für ihn oder mit ihm tun«, meinte Eeva. »Laß ihn in Ruhe. Denk an uns!«

Sie ergriff ihn mit beiden Händen am Arm und blickte ihm ins Gesicht. »Ras! Vielleicht hast du keine Angst vor diesen Leuten, ich habe aber Angst! Sie können jeden Augenblick hier sein! Laß uns verschwinden, und zwar schnell! Warum wartest du hier eigentlich?«

Ras machte sich frei und sagte: »Ich muß einen Gott töten.«

Er ging ans andere Ende des Teichs und blickte nach unten. Das Krokodil hatte die Augen geöffnet. Die Iris war ein schmaler schwarzer Fleck in einer gelben Fläche. Wie ein Blatt, das aus dem kalten Gehirn im Innern des Panzers an die Oberfläche gekommen war. Das Auge hatte fünf Jahrhunderte in dieser beengten Welt des Teichs verstreichen sehen. Menschenfleisch hatte es ernährt, es bestand geradezu aus Menschenfleisch. Und in der Paarungszeit, wenn es vor Lust gebrüllt hatte, hatte es Weibchen gehabt, seine Lust zu stillen. Die Sharrikt meinten, alle Krokodile auf der Welt würden von ihm abstammen. Also hatte Eeva sich, als sie die Krokodileier gegessen hatte, von seiner Göttlichkeit ernährt.

Ras legte einen Pfeil auf den Bogen und zielte. Baastmaast rührte sich nicht; die lidlosen Augen starrten ihn gleichgültig an.

Der Pfeil würde Baastmaast töten, wenn er durch ein Auge in den hinterliegenden Gehirnklumpen eindrang. Und fünfhundert Jahre würden mit ihm sterben.

Eevas Stimme war ebenso plötzlich und überraschend wie das Zirren der Bogensehne, wenn ein Pfeil abgeschossen wird.

»Komm!«

Ras zuckte zusammen. Er hatte länger als ihm bewußt geworden war mit dem schußbereiten Pfeil dagestanden. Zu lange. Er steckte den Pfeil in den Köcher zurück. Warum sollte er Baastmaast töten? Den Gott der Sharrikt töten, das hieß ja nicht, die Sharrikt töten. Das wäre zwar ein Schlag für sie, doch sie würden wahrscheinlich ein anderes Krokodil zu ihrem Baastmaast machen. Diese Bestie hier war einzigartig; sie hatte so lange gelebt, und sie jetzt zu töten, wäre eine große Missetat. In gewisser Weise ähnelte sie Ras. Beide waren einzigartig; beide hatten es fertiggebracht, eine Menge zu überleben.

»Jetzt gehen wir«, sagte er. Sie lief durch den engen, hohen Gang zwischen den Sitzreihen vor ihm her auf den Eingang zu. Auf einmal blieb sie so abrupt stehen, daß er sie fast umgerannt hätte. Sie hatte das schwache, aber unverwechselbare Tschop-tschop-tschop des Hubschraubers gehört.

Ras drängte sie sanft zur Seite und ging zum Eingang. Vorsichtig steckte er den Kopf nach draußen. Das erste Boot, Gilluks Kriegskanu, befand sich auf halber

Höhe zwischen Festland und Insel; die anderen Boote bildeten ein paar Meter dahinter einen unregelmäßigen Halbkreis. Der Hubschrauber war noch mehr als einen Kilometer entfernt und flog in etwa hundertfünfzig Metern Höhe über dem Seeufer.

Die acht Ruderer auf Gilluks Boot hatten aufgehört zu rudern. Wie der König, der achtern in einem Sessel auf einer Plattform saß, verfolgten sie den Hubschrauber mit den Blicken. Auch die anderen Boote hatten die Fahrt verlangsamt; die Ruderer saßen regungslos da und starrten nach oben.

»Sie haben den Qualm gesehen«, sagte Eeva hinter ihm. Sie drängte sich dicht an ihn heran und ergriff seine Schultern. »Sie werden mich umbringen.«

Gilluk rief etwas. Seine Männer gerieten in Bewegung und machten sich daran, das Boot zu wenden. Die anderen Boote folgten ihrem Beispiel, und dann ruderten alle so schnell sie konnten zum Festland zurück. Ras fragte sich, wo sie sich wohl verstecken wollten, zumal der Palast brannte und in der Stadt auch bereits vier Häuser in Flammen standen und zu erwarten stand, daß das Feuer sich schon bald noch weiter ausbreiten würde.

Eeva nahm ihre Hände von seinen Schultern und stellte sich neben ihn.

»Was kann ich bloß machen?« sagte sie. »Sie sehen mich doch bestimmt, wenn ich dieses Gebäude verlasse.«

»Vielleicht kommen sie gar nicht hierher«, meinte Ras. »Warum sollten sie auch?«

»Es kann ja sein, daß sie gesehen haben, wie alle Sharrikt auf diese Insel zugestrebt sind«, gab sie zu bedenken. »Sie fragen sich wahrscheinlich, warum, wo doch der Palast und die Stadt brennen.«

Das leuchtete ein, doch sie würde sich wohl auch nicht besser fühlen, wenn er ihre Vermutungen unterstützte: Er schwieg und beobachtete den Hubschrauber, wie er wenige Meter über der Stadt schwebte. Seine Flügel wirbelten den Staub auf der Straße auf und drückten die Flammen, die aus den brennenden Häusern emporzüngelten, nieder, wodurch sie um so leichter auf andere Häuser übergreifen konnten. Zwei Männer saßen in seinem durchsichtigen Körper, deren Profile sich dunkel gegen die Sonne abhoben.

Die Sharrikt waren in den westlichen Teil der Stadt geflüchtet, wo sie sich vor dem Hubschrauber versteckten.

Dann stieg der Hubschrauber höher und flog auf den Palast zu, umkreiste ihn dreimal und überflog ihn einmal. Anschließend kam er direkt auf die Insel zu. Ras und Eeva zogen sich in das Gebäude zurück, bis aus den Geräuschen zu entnehmen war, daß die Maschine den Tempel überflog. Als der Hubschrauber unmittelbar über dem Gebäude schwebte, verbargen sie sich in dem tiefen Eingang. Baastmaast brüllte so laut, daß er trotz des Hubschrauberlärms deutlich zu hören war.

Eeva zog Ras ins Freie, als das Unterteil des Hubschraubers in ihr Blickfeld kam. Sie drückten sich dicht an die Mauer. Lärm und ein scharfer Luftzug drangen durch den Eingang nach draußen. Dann nahm der Lärm ab. Der Hubschrauber stieg wieder höher. Sie traten schnell wieder in den Eingang zurück.

Auf einmal wurde das Röhren ganz laut. Der Hubschrauber setzte unmittelbar vor dem Gebäude zur Landung an. Eeva sagte etwas und rannte in den Tempel. Ras folgte ihr.

»Es gibt keinen anderen Ausgang!« schrie sie. »Wir sitzen in der Falle!«

Ras packte sie bei den Schultern und zog sie eng an sich.

»Zuerst müssen sie mich einmal umbringen! Ich glaube nicht, daß sie das vorhaben! Ich glaube es nicht!«

Er führte sie quer durch den Tempel und zog sie die Bankreihen nach oben, in deren Rücken die Außenmauer noch drei Meter über seinen Kopf hinausragte.

»Ich hebe dich hoch«, sagte er. »Sie können dich nicht sehen, wenn du hinüberkletterst, es sei denn, sie kommen herein oder fliegen ausgerechnet in dem Augenblick über das Gebäude hinweg, wenn du oben bist.«

Das röhrende Motorgeräusch wurde zu einem Tukkern, dann zu einem Säuseln. Danach trat Stille ein.

Er drehte sie mit dem Gesicht zur Mauer um, ging etwas in die Knie, ergriff sie bei den Oberschenkeln und streckte sich aus. Er warf sie ein Stück in die Höhe, so daß sie sich am oberen Rand der Mauer festhalten konnte. Dann schob er sie, sie an den Knöcheln haltend, weiter nach oben, bis sie sich auf die Mauer hinaufgezogen hatte. Sicher oben angekommen, drehte sie sich um und langte nach unten, um den Speer, den er ihr hinhielt, in Empfang zu nehmen.

»Spring auf der anderen Seite nach unten und versteck dich«, sagte er.

»Ich breche mir die Beine«, meinte sie. Doch als sie seinen Gesichtsausdruck sah, fügte sie hinzu: »Gut! Ich springe!«

Er wandte sich schnell um und rannte zwischen den Bänken nach unten. Am Teich vorbei lief er bis dicht an den Eingang heran. Er wagte es nicht, um die Ecke herum nach draußen zu sehen, weil er befürchtete, von den Männern gesehen zu werden. Sie durften nicht merken, daß sich jemand im Tempel befand, denn dann wären sie vermutlich wieder in ihren Hubschrauber gestiegen, wären über das Gebäude hinweggeflogen und hätten sie ins Freie getrieben.

Der Mann, der den Tempel betrat, ging langsam, aber nicht geräuschlos. Sein Schatten tauchte im Eingang auf, verharrte und bewegte sich mindestens eine Minute lang nicht weiter. Ras fragte sich, ob nicht beide Männer einfach nur vor dem Eingang standen, obgleich es ihm logisch erschien, daß einer zurückblieb, um dem anderen Deckung zu geben.

Der Schatten bewegte sich wieder. Ras stand an die

Mauer gepreßt da, das Messer in der Hand. Er hätte diesen Ort, an dem sich leicht ein Hinterhalt befinden konnte, mit Sicherheit niemals betreten, doch er besaß ja auch nicht die Waffen dieser Männer, die sie so hochmütig machten. Vielleicht rechnete der Mann auch nicht damit, daß sich hier jemand verborgen hielt, denn er hatte den Tempel vorher ja aus der Luft eingesehen.

Der Gewehrlauf tauchte neben Ras auf, schwang vor und wieder zurück, wie eine Schlange, die eine Gefahr wittert. Ras packte ihn und zog das Gewehr und den Mann zu sich um die Ecke. Einige Schüsse lösten sich und machten ihn fast taub; etwas schwirrte an ihm vorbei; Steinsplitter prasselten auf ihn hernieder. Dann war das Messer auch schon im Bauch und in der weißen Kehle, und Ras hatte auf einmal eine Waffe, mit der er nichts anfangen konnte.

Von draußen rief jemand etwas auf englisch.

»Al! Was ist passiert?«

Ras zog dem Toten die Pistole aus dem Halfter, nahm das Gewehr an sich und rannte mit ein paar Sätzen quer durch den Raum und die Sitzreihen nach oben. Von dort aus warf er die beiden Waffen auf die Mauer. Und wieder rief der Mann etwas, als er das Klappern hörte. Ras sprang in die Höhe, packte den Mauerrand und zog sich nach oben. Eeva kauerte auf der anderen Seite. Sie sah zu ihm auf und bedeutete ihm durch eine Handbewegung, daß mit ihr alles in Ordnung war.

»Einen habe ich getötet!« rief Ras ihr leise zu. »Hier!«

Er warf die Pistole nach unten. Sie ließ den Speer fallen und fing sie auf. Der Speer machte ein klickendes Geräusch, und Ras hoffte, daß es auf der anderen Seite des Gebäudes nicht gehört worden war. Dann warf er das Gewehr nach unten, das sie mit beiden Händen auffing. In dem Augenblick begann der Hubschrauber zu keuchen, und das Keuchen ging in ein winselndes Geräusch über.

»Schieß ihn ab, bevor er entwischt!« rief Ras.

Eeva spurtete um das Gebäude herum und nestelte unterwegs an dem Gewehr. Ras ließ sich wieder ins Innere des Tempels fallen und rannte zum Eingang zurück, wo er den Bogen und die Pfeile zurückgelassen hatte. Er griff den Bogen und einen Pfeil und trat ins Freie, als der Hubschrauber bereits drei Meter über dem Boden schwebte und abdrehte. Die Explosionen aus Eevas Gewehr ließen ihn zusammenzucken, obgleich er sie erwartet hatte.

In dem durchsichtigen Vorderteil des Hubschraubers erschienen gezackte Löcher. Der Mann, der darin saß, ein Weißer, zuckte zusammen. Die Maschine stieg jedoch trotzdem immer höher und flog auf den Sumpf zu. Eeva hörte auf zu schießen.

»Verdammt! Verdammt! Verdammt!« schrie sie und fing an zu weinen.

»Ich glaube, du hast ihn getroffen«, sagte Ras.

Sie legte das Gewehr in ihre Armbeuge und barg ihr Gesicht an seiner Brust. Ihre Schultern zuckten, während ihre Tränen ihm über die Brust liefen.

»Wenn ich ihn doch nur erwischt hätte, bevor er im Hubschrauber war!« wimmerte sie. »Ich kann einen Hubschrauber fliegen! Ich kann ihn fliegen! Wir wären endlich hier herausgekommen!«

»Du lebst noch, und wir haben jetzt Waffen«, sagte Ras. »Und wenn du ihn nicht verwundet hättest, wäre er vielleicht zurückgekommen und hätte eine Feuerbombe abgeworfen. Du mußt mir unbedingt beibringen, wie man schießt. Aber das hat noch Zeit. Wir müssen jetzt zusehen, daß wir hier wegkommen. Der Mann im Hubschrauber wird den anderen wahrscheinlich sagen, daß du am Leben bist, und dann werden sie nach dir suchen. Mich vielleicht auch.«

Er deutete zum Festland hinüber. »Die Sharrikt kommen aus den Häusern hervor.«

Acht Häuser standen mittlerweile in Flammen. Die Bewohner hatten drei Eimerketten zwischen ihnen und dem See gebildet. Gilluk und seine Verwandten standen beratend am Ufer. Sie sahen häufig zur Insel herüber und gestikulierten.

»Dieses Gewehr hat ein Zielfernrohr«, sagte Eeva. »Ich könnte Gilluk von hier aus erschießen.«

Ras wußte, daß die Kugeln sehr weit fliegen konnten. Trotzdem war er einigermaßen überrascht. Er fand, daß eine solche Waffe irgendwie unfair war. Um nicht zu sagen monströs, was wahrscheinlich die bessere Bezeichnung wäre.

»Nein«, sagte er. »Es wird noch eine Weile dauern, bis Gilluk den Mut aufbringt, uns zu verfolgen.«

Eeva blickte durch das Rohr, das oben auf dem Gewehr steckte, hantierte etwas daran herum und meinte: »Ich könnte mindestens fünf umlegen, ehe sie sich in ein Haus flüchten könnten.«

Ras sagte, am liebsten würde er das Gewehr an der Mauer zertrümmern.

»Warum bist du so aufgebracht?« erkundigte sie sich. »Du hast praktisch sämtliche Wantsokrieger ausgelöscht!«

»Das habe ich aus eigener Kraft getan. Ich habe dazu keine Maschine benutzt!«

»Dein Bogen ist auch eine Maschine! Und die Speere! Und das Messer!«

»Das ist schon etwas anderes«, sagte er. Er ging in den Tempel, und sie folgte ihm. Sie durchsuchten die Taschen des Toten und fanden drei Rahmen mit 7,5-Millimeter-Geschossen — wie sie sie nannte — und nahm sie für das Gewehr an sich. Außerdem hatte der Tote zwanzig .32er Patronen für den Revolver in der Tasche. Eeva band sich seinen Gürtel mit der Scheide und dem Messer um.

Bei ihrer Suche fand sie auch ein Päckchen Zigaretten, ein Feuerzeug und einen Briefumschlag. Ras untersuchte ihn und zog einen Brief daraus hervor. Er war mit der Hand auf englisch geschrieben. Ruth Bevans, eine Frau in Liverpool, England, hatte einen Liebesbrief an Al Lister geschrieben, der jetzt tot im Tempel von Baastmaast lag und bald im Bauch eines fünfhundertjährigen Krokodils verschwunden sein würde. Ruth sehnte sich nach dem Tag, an dem ihr Geliebter zurückkehren würde, und hoffte, er würde nicht wieder so eifersüchtig sein wie beim letztenmal, als er nach Hause gekommen war. Er könne ihr vertrauen; sie liebe nur ihn und denke nicht einmal im Traum daran, einen anderen Mann anzusehen.

Der Brief verstörte ihn, denn zum erstenmal spürte er eindringlich, daß es hinter den Felsen, irgendwo im Blauen, tatsächlich eine Welt geben konnte. Ja, es mußte eine andere Welt geben.

»Der Brief ist vor einem Monat in England aufgegeben worden«, sagte Eeva, »postlagernd Addis Abeba in Äthiopien. Wahrscheinlich wurde er dort abgeholt.«

Sie zündete das Feuerzeug an, und Ras zuckte vor Schreck zusammen, als die Flamme daraus hervorkam. Sie steckte sich eine Zigarette an und zog den Rauch mit ekstatischem Gesichtsausdruck ein: Doch dann fing sie an zu husten und sah gar nicht mehr so verklärt aus. Sie verzog vielmehr das Gesicht zu einer Grimasse und warf die Zigarette auf die Erde. »Sie schmeckt scheußlich! Na, das ist ganz gut so, denn wenn ich das ganze Päckchen aufgeraucht hätte, hätte ich mir das Rauchen sowieso wieder abgewöhnen müssen, was gar nicht so einfach ist.«

Sie warf die Zigarettenschachtel weg und sagte: »Der Pilot hat vermutlich inzwischen über Funk Bericht erstattet, und ich bin ziemlich sicher, daß unser unbekannter Gegner über mehr als einen Hubschrauber verfügt. Denn schließlich wird er es nicht riskieren, bis in alle Ewigkeit auf der Felssäule im See gefangen zu sein. Wir müssen uns jetzt auf den Weg machen.«

Ras warf den Leichnam in den Teich. Er schlug klatschend auf dem Wasser auf und verschwand in der

Dunkelheit. Das große Krokodil war unter Wasser. Ras untersuchte Bigagi noch einmal. Er war überzeugt davon, daß Bigagi tot war, zumindest bald tot sein würde. Er schleppte ihn an den Rand des Teichs und sagte: »Verzeih mir, Bigagi! Ich habe wirklich geglaubt, daß du meine Mutter und meinen Vater getötet hast. Den, der dafür verantwortlich ist, werde ich umbringen; er muß sterben, auch wenn er kein Mensch, sondern ein Gott ist!«

Er hob den steifen Körper in die Höhe und ließ ihn ins Wasser fallen. Bigagi ging sofort unter, kam aber noch einmal an die Oberfläche, das Gesicht nach oben, als wollte er Ras noch einen letzten Blick zuwerfen. Dann versank er. Gleich darauf tauchte Baastmaast am anderen Ende des Teichs auf, peitschte ein paarmal das Wasser mit seinem Schwanz, was ihn einige Meter vorwärts brachte, und tauchte unter.

Vor dem Tempel hob Ras den Einbaum hoch und trug ihn ans Ostufer der Insel. Eeva trug das Gewehr und den Revolver. Die beiden Paddel lagen im Einbaum. Gilluk bemerkte ihren Aufbruch, doch er stand nur da und starrte ihnen nach. Sie gingen um das Gebäude herum, nahmen die Speere auf und paddelten schon bald zum Ostufer des Sees. Von hier aus schleppte Ras den Einbaum etwa einen halben Kilometer landeinwärts und versteckte ihn dort in einer Felsspalte. Sie schlugen sich durch das außerordentlich dichte Unterholz, bis sie zu einem hohen Hügel kamen. Eeva sammelte Feuerholz, während Ras jagte. Nach einer Stunde kam er mit einem Pangolin zurück. Eeva fragte ihn, ob er den Hubschrauber gesehen hätte. Er meinte, er hätte ihn zwar nicht gesehen, aber gehört. Er hatte vermutlich die Insel und das Seeufer nach ihnen abgesucht.

Eeva legte sich nieder und schnarchte, während er den Ameisenfresser ausnahm, mit Kräutern füllte und mit dem Feuerzeug den Holzstapel entzündete, den sie vorbereitet hatte. Das Feuerzeug begeisterte ihn, doch er legte es aus der Hand, nachdem er es ein paarmal ausprobiert hatte. Das Feuer qualmte ein bißchen, aber er machte sich deswegen keine Sorgen. Er briet das Fleisch, löschte das Feuer und weckte Eeva. Sie aßen. Anschließend übernahm sie die erste Wache, und er schlief.

Dunkelheit senkte sich hernieder. Die Sterne standen am Himmel; der Mond würde erst in einigen Stunden aufgehen. Sie aßen noch etwas, und dann schlief der eine, während der andere Wache hielt. Die Tiere der Nacht hatten den Platz der Tiere des Tages eingenommen, den diese bei Einbruch der Dunkelheit geräumt hatten. Ras und Eeva gingen zum Einbaum zurück, und Ras trug ihn ans Ufer. Auf der anderen Seite des Sees war von dem Brand nichts mehr zu sehen. Entweder waren die Häuser alle niedergebrannt, oder den Bewohnern war es gelungen, das Feuer zu löschen.

Den größten Teil der Fahrt über den See zur Flußmündung legten sie im Schein der Sterne zurück. Im Osten war der Himmel bleich und ließ vermuten, daß der Mond jeden Augenblick über dem Horizont aufsteigen mußte. Vor ihnen, am Nordrand des Sees, standen die Bäume dichtgedrängt und bildeten eine undurchdringliche, hoch aufsteigende schwarze Mauer. In der Mitte mußte eine Lücke sein; Ras konnte sie nur vermuten, sehen konnte er sie noch nicht. Diese Lücke war sein erstes Ziel, die baumlose Öffnung, die der Fluß in die Baumwand schlug auf seinem Weg aus den Tiefen des wenige Kilometer nördlich gelegenen Sumpfes.

Ras saß in der Spitze des Einbaums. Er tauchte das Paddel ohne Hast, doch kräftig ins Wasser. Der Westwind hatte sich fast gelegt. Ras spürte — oder meinte zu spüren —, wie ein Fisch sein Paddel streifte. Etwas Schuppiges, Großmäuliges und Glotzäugiges hatte sein Paddel berührt und sich seitlich davongemacht. Dort unten, in der Tiefe, regierten Kälte und Dunkel. Tränen flossen dort nicht. Für Tränen war es zu kalt und zu feucht. Wenn man inmitten von Tränen lebte, wenn man Tränen atmete und sich in Tränen bewegte, dann weinte man nicht.

Eeva, deren Atemzüge lauter geworden waren, sagte: »Hör mal eine Weile auf zu paddeln, damit ich mich etwas ausruhen kann. Ich kann meine Arme schon nicht mehr heben, und mein Rücken ist wie versteinert; er bricht bestimmt jeden Moment in Stücke!«

Ras hätte getrost weiterpaddeln können, während sie sich ausruhte, doch er benutzte die Gelegenheit, still zu sitzen und zu lauschen. Das Boot verlangsamte die Fahrt, kam zum Stillstand und trieb dann langsam zurück, von der Strömung getragen. Seine Nase drehte sich, als wollte sie die Gerüche aus dem Osten aufnehmen. Ras lauschte. Am lautesten war das Atmen der Frau. Zwischen ihrem Atem und dem Seeufer lag eine Zone des Schweigens, und am Ufer stieg das unterdrückte Kul-kul-gurru eines Vogels auf. Aus der Ferne klang schwach das Bölken eines Krokodils herüber. Und unter das Bölken, beinahe so undeutlich zu erkennen, wie der Abdruck eines eben angehobenen Fußes im Schlamm, mischte sich ein irgendwie bekanntes Geräusch. Noch ehe seine Herkunft auszumachen war, war es vergangen. Die Erinnerung daran hinterließ eine Unsicherheit in Ras, die jedoch schnell wieder schwand.

Er beugte sich herunter, sorgfältig darauf bedacht, den schwankenden Einbaum nicht zum Kentern zu bringen, und hielt ein Ohr so dicht wie möglich an die Wasseroberfläche. Er hörte nur das leise schwappende Geräusch, das die kleinen Wellen beim Anprall an den hölzernen Bootskörper verursachten. Auch der Wind trug ihm keine Laute mehr zu. Er brachte nur den Geruch nach vermoderndem Holz heran, nach Morast, der teilweise aus Fleisch bestand, das in ihm aufgegangen war, den Gestank verfaulter Früchte, einen grünen Duft, den irgendeine Nachtblüte ausströmte, und einen rasch vergehenden Anflug, der offenbar von einem Krokodilei ausging, das einen toten Fetus umschlossen gehalten hatte, bis die sich langsam ausdehnenden Gase die Schale gesprengt hatten.

Er setzte sich wieder aufrecht hin. Eeva meinte, sie könne nun weiterpaddeln — eine Weile jedenfalls. Und wieder glitt der Einbaum voran, und bald zerteilte sich der Schild aus Dunkelheit und gab ein bleicheres Dunkel zwischen zwei Massen frei. Das Boot widersetzte sich seinen Paddelschlägen jetzt stärker. Sie waren nahe der Flußmündung. Als sie etwa noch zwölf Meter von dem Einschnitt entfernt waren, geschahen zwei Dinge gleichzeitig. Der Mond drückte seinen schimmernden, graugelben Bogen über die Spitze der Felsen, und sein Licht brach sich an einem Metallgegenstand, der in die Luft aufstieg. Der glänzende Gegenstand war eine Speerspitze, und der Bogen, den er beschrieb, würde entweder im Wasser, im Holz des Einbaums oder in Eevas Fleisch enden. Ras schrie zur gleichen Zeit auf wie diejenigen, denen sie in den Hinterhalt gegangen waren. Die Speerspitze brach ein paar Holzsplitter aus dem Bug des Einbaums heraus, und der Schaft, seitlich abgelenkt, schlug krachend gegen die Seite des Boots. Der Speer verschwand im Wasser.

Fünf Einbäume und ein großes Kriegskanu kamen von beiden Seiten der Flußmündung unter den Schatten der Bäume hervorgerudert. Das Mondlicht war jetzt hell genug, daß Ras in jedem Einbaum vier und im Kanu neun Gestalten ausmachen konnte. Achtundzwanzig Paddel hoben und senkten sich, als würden die Arme, die sie hielten, an einer Schnur hängen, die der König zog. Gilluk stand im Heck des Kanus auf einer kleinen Plattform und hielt einen weiteren Speer wurfbereit in der Hand. Wahrscheinlich machte er sich Vorwürfe, weil er nicht abgewartet hatte, bis Ras näher herangekommen war. Doch der plötzlich aufgehende Mond hatte ihn wohl befürchten lassen, Ras könnte die Sharrikt bemerken.

»Stell das Boot quer!« rief Eeva ihm zu. »Quer!«

Hinter ihm klickte Metall. Sie machte das Gewehr bereit, um es gegen die Sharrikt einzusetzen. Gilluk schrie auf und schleuderte im selben Moment den Speer los. Und gleich darauf wurde das Geräusch, das Ras vorher zu hören gemeint hatte, deutlich. Doch dann brach das Gewehr neben seinem Ohr los. Er konnte nichts anderes mehr hören und spürte die Hitze, die sich in dem blaffenden Maul der Waffe entwickelte. Lange weiße Linien erschienen in der Luft, die Geister jener kleinen Todesboten, die sich im Bauch der Waffe befanden.

Eeva hatte sie Leuchtspurgeschosse genannt.

Das Mondlicht ließ die Spitze des Speers aufglänzen, der diesmal aber nicht so nahe kam wie der erste. Er wählte sich selbst sein Ziel im Wasser, und schuf, während er eindrang, eine Zielscheibe mit Mittelpunkt und konzentrischen Silberkreisen um sich herum.

Das Geräusch, das Ras vorher gehört hatte, wurde zu einem Knattern; es verschlang die Stimmen der Männer und wurde zum einzigen Laut, der zu hören war, denn Eeva hatte aufgehört zu schießen. Gleichzeitig tauchte ein Licht auf. Es war ein großes Auge, von dem ein Lichtstrahl ausging, so hell wie der Zorn Gottes. Es flog etwa sechs Meter über dem Wasserspiegel des Flusses und kam um eine Flußbiegung herum. Es beleuchtete die Bäume auf beiden Ufern; es zuckte auf den Zweigen und Stämmen hin und her und strahlte dann den grünbraunen Fluß an. Das Auge schoß die Allee hinunter, die die Bäume auf beiden Ufern bildeten; dann ließ es die Flußmündung hinter sich und war über dem See und den Sharrikt in ihren Booten.

Plötzlich hielt es inne, noch immer sechs Meter hoch, und begann, das Gebiet unter sich abzutasten. Es berührte die Einbäume und ließ die Körper in ihnen erkennen, die schwarzbraunen Kiele der Einbäume, die gekentert waren, als Männer tot ins Wasser gesunken oder aufgestanden und über Bord gesprungen waren, die Leichen, die im Wasser trieben, und die Lebenden, die darin zappelten.

»Duck dich!« schrie Eeva mit schriller Stimme. »Ich schieße! Duck dich!«

Ras beugte sich vor. Und wieder, so nahe, daß es lauter war als der Flügelschlag des Vogels, bellte das Gewehr in seinen Ohren. Feuer schwirrte über ihn hinweg; Streifen von Weiß bemalten das Gesicht der Nacht; die Streifen stiegen höher und höher und wandten sich, weiter aufsteigend, nach rechts. Auf den Vogel zu, den Hubschauber.

Auf einmal klappte das Auge zu und wurde schwarz und ging nicht wieder auf, um Licht zu werden. Ein Rattern hob sich kaum hörbar aus dem Knattern ab. Aus dem schwarzen Körper des Hubschraubers strömte Feuer hervor; Peitschenhiebe aus Weiß zuckten über die Oberfläche des Sees, blitzten silbern im Mondlicht auf und kamen auf Eeva und Ras zu.

Die Streifen vom See und die Streifen aus der Luft kreuzten sich. Unmittelbar danach brach Feuer ins Freie, wie ein böser Gedanke, den man zu lange zurückgehalten hat. Der Knall der Explosion verschluckte die anderen Geräusche, sogar den Schrei, den er ausstieß. Der Feuerschein machte ihn für einen Moment blind. Als er aus dem Wasser auftauchte, in das er ohne langes Nachdenken gesprungen war, konnte er wieder sehen. Der Hubschauber war unter Wasser, doch sein Blut brannte nur wenige Meter entfernt in einem hellen Tümpel.

Die Sharrikt, soweit sie noch am Leben waren, hatten die Nase voll. Die meisten waren ins Wasser gesprungen. Nur auf Gilluks Boot waren noch Männer; alle, bis auf Gilluk, waren tot oder verwundet. Der König stand aufrecht auf der kleinen Plattform und starrte Ras über die Flammen hinweg an. Ganz unvermittelt geriet er in Bewegung, sprang von der Plattform herab und ergriff ein Paddel. Er tauchte das Paddel ins Wasser ein, war jedoch nicht imstande, das Boot schnell zu wenden.

Eeva schwamm neben Ras. Sie keuchte und sprach in ihrer Muttersprache, und als sie wieder englisch sprach, bestätigte sich sein Verdacht. Sie hatte geflucht.

»Ich habe das Gewehr verloren! Verdammt, verdammt, verdammt!«

Ihr Einbaum trieb kieloben.

Gilluks Kriegskanu, beschwert von den Toten, kam langsam wie ein Elefant, der über unbekanntes Sumpfgelände geht, näher. Gilluk mühte sich wie ein Besessener ab, tauchte das Paddel einmal auf dieser, einmal auf jener Seite ins Wasser, um das Boot auf geradem Kurs zu halten. Als er bemerkte, daß er dem Feuer zu nahe kam, beugte er sich vor, stieß das Paddel ins Wasser und versuchte, von den Flammen wegzukommen. Ras sah ein Paddel vor sich vorbeischwimmen, schob es auf Eeva zu und forderte sie auf, sich daran festzuhalten. Dann schwamm er zu einem anderen. Auch dies schob er zu Eeva hin, bevor er den Einbaum aufrichtete. Als Gilluk das sah, rief er ihnen etwas zu.

Ras zog sich in den Einbaum, nahm Eeva die Paddel ab und zog sie ebenfalls hinein, ohne das Boot dabei wieder umzukippen.

Inzwischen hatte das Feuer sich ausgebreitet wie eine schwärende Wunde, als würde der See bluten. Kein Luftzug wehte; der Rauch sammelte sich über dem Feuer, stieg ein Stückchen in die Höhe und breitete sich aus. Von Gilluk war nichts mehr zu sehen. Ras saß einen Augenblick lang unbeweglich da, um wieder zu Atem zu kommen und seine Gedanken zu ordnen. Er konnte nach rechts steuern und sich ans Ufer und von dort aus zur Flußmündung retten. Er konnte sich auch nach links wenden und Gilluk angreifen; vielleicht könnte er ihn sogar überraschen, wenn er aus dem Rauch hervorbräche, und ihn erledigen, bevor Gilluk seinen Speer schleudern konnte. Oder er konnte rechts um das Feuer herumfahren und auf die Weise versuchen, von hinten an Gilluk heranzukommen.

Er drehte sich um und stellte ihr die verschiedenen Möglichkeiten vor. Sie sagte: »Es kommt vielleicht schon bald noch ein Hubschauber, um herauszufinden, was mit dem ersten passiert ist. Ich glaube, wir sollten lieber erst einmal vom See verschwinden und uns irgendwo verstecken. Und zwar so bald wie möglich. Warum sollen wir uns jetzt noch mit Gilluk abgeben?«

Das Flammenmeer, von der Strömung des nahen Flusses geschoben, trieb auf sie zu. Die Hitze trocknete ihre Körper; sie mußten das Gesicht abwenden. Ein Ableger der großen Rauchwolke brachte sie zum Husten. Ras bemühte sich, den Rauch und die Flammen mit den Blicken zu durchdringen, um Gilluk auf der anderen Seite zu erspähen, doch schließlich mußte er sein Gesicht wieder abwenden.

»Mehr als alles andere will ich den Mann oder Gott oder wer immer es gewesen sein mag umbringen, der meine Mutter getötet und mich dazu gebracht hat, die Wantso zu töten«, sagte er. »Aber Gilluk hat Janhoy umgebracht und hat versucht, mich zu töten. Wenn ich ihn jetzt leben lasse, wird er mir ständig auf den Fersen bleiben und für immer eine Gefahr sein. Jetzt ist er greifbar. Ich wäre schön dumm, wenn ich ihn entwischen ließe. Wir werden ihn überraschen, indem wir ihn direkt angreifen. Wir werden aus dem Qualm und dem Feuer hervorbrechen und ihn erledigt haben, noch ehe er weiß, was vor sich geht.«

Eeva stöhnte und sagte: »Du bist halsstarrig, ein halsstarriges Arschloch!«

Ras war von diesem Vergleich einigermaßen überrascht. Arschloch hatte für ihn nur eine Bedeutung, und er konnte sich durchaus nicht vorstellen, warum sie ihn ausgerechnet jetzt so bezeichnete. Doch dies war nicht der Augenblick, Fragen zu stellen. Er stach das Paddel ins Wasser und steuerte den Einbaum an dem sich ausbreitenden Feuer entlang. Nach wenigen Paddelschlägen war er gezwungen, zur Seite auszuweichen, wenn er nicht Gefahr laufen wollte, daß das Boot in Flammen aufging, doch er bemühte sich, so nahe wie möglich am Feuer zu bleiben, weil man sich hinter den Flammen und dem Rauch gut verbergen konnte. Gilluk mußte schon bald um die Ecke kommen. Er rechnete bestimmt nicht damit, seinen Gegner direkt auf sich zukommen zu sehen.

Oder vielleicht doch? Er hatte schon genug mit Ras zu tun gehabt, um zu wissen, daß Ras das Unerwartete probieren würde. Wartete Gilluk vielleicht hinter der nächsten Ecke auf ihn?

Vielleicht kam er auch von der anderen Seite und wollte Ras von hinten angreifen?

Ras war zu beschäftigt mit Paddeln und konnte nicht die Achseln zucken; er tat es aber in Gedanken. Die Zukunft war die Gegenwart und wurde aus vielen möglichen Wesen zum Leben erweckt. Die Zukunft lag hinter Rauch wie diesem verborgen, der sich allmählich über den ganzen See hin ausdehnte, den Mond verdunkelte und ihn zum Husten reizte. Bald würde er in den Rauch eingedrungen sein, und dann würde er ja sehen. Er würde ...

ACHTZEHNTES KAPITEL

Das Krokodilsherz

Die Schwärze rollte zurück und machte Platz für Helligkeit und Schmerzen.

Der Kopf tat ihm weh. Sein Rücken schmerzte an der Stelle, wo etwas Scharfes darin eindrang. Sein Mund war trocken, seine Kehle verstopft. Er räusperte sich und setzte sich auf, versuchte jedenfalls, sich aufzusetzen, und sein Kopf schmerzte noch mehr. Der Kloß in seiner Kehle löste sich und knebelte ihn. Auf den linken Ellbogen gestützt, beugte er sich zur Seite und spuckte ihn aus. Er befand sich unter einem niedrigen Busch und lag im Schlamm. Über den Busch und um ihn herum erhoben sich hohe Bäume, die durch Lianen miteinander verbunden waren.

»Leg dich wieder hin«, sagte Eeva.

Er ließ sich stöhnend zurücksinken und meinte fragend: »Nun?«

Seine Beine lagen in feuchtem Morast, sein Rücken und seine Arme auf hartem, gezacktem Gras. Als er mit der Hand dicht hinter die rechte Schläfe faßte, berührte er geronnenes Blut an den Haaren und eine flache Schramme in der Haut. Zugleich durchzuckte ihn ein rasender Schmerz.

Er stöhnte und fragte noch einmal: »Nun?«

»Ein Speer hat dich am Kopf gestreift«, sagte sie. »Er kam aus dem Rauch hervorgeschwirrt — ich weiß auch nicht, wieso Gilluk dich gesehen hat, vielleicht hat er dich auch gar nicht gesehen, vielleicht hat er den Speer einfach auf gut Glück geschleudert und dich rein zufällig getroffen. Aber andererseits kommt es mir auch ziemlich unwahrscheinlich vor, daß er einen Speer so leichtfertig verschwenden sollte.«

»Er wird mich wohl gesehen haben«, meinte Ras. »Ich habe ihn nicht gesehen. Den Speer übrigens auch nicht.«

»Wenn er dich direkt getroffen hätte, hätte er vermutlich die Schädeldecke durchschlagen und wäre ins Gehirn gedrungen«, sagte Eeva. »Doch er kam schräg angeflogen und ist von deinem Kopf abgeprallt. Beinahe hätte er mich erwischt; er ist knapp über meine Schulter gesaust. Ich bin ins Wasser geflogen. Ich konnte die ganze Sache überhaupt nicht begreifen.«

»Wo sind wir jetzt?« fragte Ras.

Nachdem er bewußtlos hingesunken war und angefangen hatte, stark zu bluten — er war über und über mit Blut verschmiert, ebenso wie der Bug des Einbaums —, hatte sie das Boot gewendet und war nach Süden gerudert. Das Feuer hatte sich weiter ausgebreitet; sie wußte nicht, ob Gilluk nicht jeden Augenblick aus den Flammen hervorkommen würde, und sie wäre ihm doch nahezu hilflos ausgeliefert gewesen. Also war sie, nicht ohne sich häufig umzublicken, so schnell wie möglich geflohen. Doch Gilluk war nie aufgetaucht. Im hellen Mondlicht war sie so weit sie konnte gerudert, an der Insel gegenüber der Stadt der Sharrikt vorüber bis zu einem Punkt etwa zwei Kilometer südlich davon. Jetzt waren sie nicht mehr am See, sondern am linken Flußufer, weit genug landeinwärts, so daß sie vom Fluß oder aus der Luft von niemandem gesehen werden konnten.

Er lag stöhnend auf dem Rücken. Er fühlte sich schwach. Doch trotz der Schmerzen in seinem Kopf fühlte er sich ein bißchen hungrig.

Sie schlug sehr leicht gegen seinen Kopf, um eine brummende Fliege zu verjagen.

»Wo ist der Einbaum?« fragte er.

»Dort drüben unter einem Baum. Es war ganz schön anstrengend, erst dich hierher zu schleppen und dann das Boot zu holen. Und ich mußte ja auch noch die Spuren verwischen. Das war gar nicht so leicht, und dann pausenlos diese Angst. Einmal habe ich ganz in der Nähe einen Leoparden fauchen hören.«

Sie erzählte ihm das alles, weil sie, wie er wußte, gelobt werden wollte. Er sagte ihr also, daß sie gute Arbeit geleistet hätte, und sie lächelte und nahm seine Hand.

»Ich bin schrecklich mutlos«, sagte sie. »Und so müde! Und dann noch die Sorgen, die ich mir deinetwegen machen mußte. Wenn du gestorben wärst, dann ...«

Sie brauchte den Satz nicht zu beenden. Sie weinte sowieso schon.

Ras wartete, bis sie sich etwas beruhigt hatte, drückte

ihre Hand und meinte schließlich: »Sobald ich etwas Eßbares in den Bauch kriege, bin ich wieder kräftig genug zum Paddeln. Dann können wir wieder nach Norden ziehen.«

In dem Moment hörten sie es knattern, zuerst leise, dann so laut, daß es den Anschein hatte, als würde das Geräusch direkt über ihnen sein. Sie lagen unter einem Busch auf dem Rücken und sahen durch das Grün zum Blau auf. Der Hubschrauber kam nicht in ihr Blickfeld, doch sie wußten, daß er ganz in der Nähe sein mußte. Nach einer Weile wurde das Brummen schwächer, und schließlich verklang es irgendwo im Süden.

»Wir müssen die Nacht abwarten«, sagte Ras, »ehe wir versuchen können, uns zum Sumpf durchzuschlagen. Aber wir können ja hier in der Gegend jagen; der Dschungel ist so dicht, daß man uns nicht sehen wird.«

Das schien sie nicht sonderlich zu ermutigen. Sie sah blaß und schmal aus und zitterte vor Nervosität und weil sie fror, denn die Kühle der Nacht war von der aufgehenden Sonne noch nicht vertrieben worden.

Aus Eevas Verhalten und aus ihrem Gesichtsausdruck ging hervor, daß sie es nur ungern sah, jetzt von ihm alleingelassen zu werden, doch sie sagte nichts. Sie wußte genau, daß sie etwas zu essen haben mußten und daß er die besten Aussichten hatte, etwas heranzuschaffen. Selbst in seinem augenblicklichen Zustand konnte er in dieser — in seiner — Welt noch weit besser funktionieren.

Ras bat sie, unter Steinen und umgestürzten Bäumen nach Käfern und Nagern und kleinen Schlangen zu suchen, nach allem, was nur irgend eßbar war. Sie sollte beschäftigt sein, solange er unterwegs war, und sie sollte ihre Arbeit nicht als Zeitvertreib ansehen. Sie würde vielleicht mehr zu essen gefunden haben als er, wenn er wieder zurückkäme. Sie schüttelte sich und meinte, sie, als Anthropologin, hätte ja schon so manches Mal widerwärtige Sachen gegessen, doch Gefallen hätte sie daran noch nie gefunden. Nun, immerhin sei sie jetzt aber beinahe hungrig genug — beinahe —, um Käfer und Würmer, roh und lebendig, zu verschlingen. Sie stand unter einem Baum und blickte ihm nach, als er davonging. Er sah sich einmal um und nahm das zerzauste Haar, schmutzig und gelb, in sich auf, das dreckverschmierte Gesicht mit den Augen, die größer zu sein schienen wegen der durch die Müdigkeit bedingten Ringe, die darunterlagen, ihren fast nackten Körper mit der verschrammten Haut, die zerrissene Hose, durch die teils weiße, teils sonnenverbrannte, hier und da aber auch schmutzstarrende Haut zu sehen war, die ganze Aura von Einsamkeit und Abhängigkeit.

Dann verscheuchte er die Fliegen, die auf seiner Kopfwunde zu landen versuchten, und tauchte in das grüne Dickicht ein. Doch er blieb nicht lange darin. Schon nach kurzer Zeit wurde ihm klar, daß er hier nur durch puren Zufall etwas fangen würde. Er hatte augenblicklich nicht die Kraft oder Geduld, lange zu suchen und, wenn er etwas gefunden hätte, zu warten, sich langsam heranzuschleichen und sich oder das Messer in letzter Sekunde darauf zu werfen. Er versuchte zwar, ein paar neugierige Affen nahe genug heranzulocken, um sie mit dem Messer treffen zu können, aber sie wollten sich nicht verführen lassen, obgleich er alle möglichen Tricks anwandte.

Er machte kehrt und ging auf den Fluß zu; einmal blieb er stehen, um auf ein merkwürdiges Geräusch zu lauschen. Dann wurde ihm klar, daß es Eeva war, die nahe der Stelle, wo er sie verlassen hatte, im Unterholz herumstrich. Er lief weiter; bald hockte er hinter einem Busch und spähte über den Morast die leicht abfallende Uferböschung entlang. Wenn die Zeit nicht schon vorbei gewesen wäre, hätte er nach vergrabenen Krokodileiern suchen können.

Das einzige Lebewesen weit und breit war ein Eisvogel; er saß am gegenüberliegenden Ufer auf einem Ast, der dicht über der Wasseroberfläche von einem Baum abzweigte. »*O mamago, mamago, mamago!*« rief Ras leise. In der Wantsosprache hieß das Krokodil, und er hoffte, sein Ruf würde sich über das Wasser hinziehen, in die tief im Fleisch vergrabenen Ohren eines Krokodils eindringen und es dazu veranlassen, sich dem Rufer zu nähern. Als jedoch nach einer halben Stunde noch keine Echse aufgetaucht war, fing er an, auf sharrikt zu rufen. Schließlich war er hier ja im Gebiet der Sharrikt und durfte also annehmen, daß die Krokodile eher auf eine vertraute Sprache reagierten.

»*Tishshush! Tishshush! Tishshush!*« rief er leise. Nach einer Weile kam er aus seinem Versteck hervor und ging ans Wasser hinunter. Mit der hohlen Hand goß er Wasser über seine Kopfwunde. Als sie wieder zu bluten anfing, steckte er den Kopf ins Wasser, damit das Blut sich im Fluß ausbreiten konnte. Das war schnell geschehen. Es wurde flußabwärts getragen, und er wußte, daß es selbst in dieser Verdünnung dem feinen Geruchssinn eines Krokodils im Umkreis von einem halben Kilometer und mehr nicht entgehen würde. Nach einigen Minuten zog er den Kopf wieder aus dem Wasser und ließ seine Haare und die Wunde von der Sonne trocknen. Fliegen umschwirrten ihn, als wäre er tot oder läge im Sterben, und als sie merkten, daß er sie nicht verscheuchte, ließen sie sich auf der Wunde nieder, als ob er tatsächlich bereits tot wäre. Er lag auf dem Bauch und hatte den Kopf so gedreht, daß er flußabwärts sehen konnte. Seine rechte Hand hielt das Messer, bereit, es jeden Moment aus dem Gürtel zu ziehen. Als die Fliegen auf der offenen Wunde kaum noch auszuhalten waren und er mit dem Gedanken spielte, die Sache aufzugeben, bemerkte er, wie das Wasser in der Flußbiegung bräunlich aufquoll, sich teilte und nach zwei Richtungen auseinanderfloß. Die Nasenlöcher, wie leere Augenhöhlen, und die Augenhöhlen, die aussahen wie Nasenlöcher, in denen Augen sitzen, tauchten für kurze Zeit längsseits auf, und dann sah er nur noch die bullige, beinahe rechteckige Schnauze auf direktem Weg durch das Wasser auf sich zukommen.

Er beobachtete sie durch halbgeschlossene Lider und war, da er Krokodile gut kannte, nicht überrascht, als sie plötzlich verschwunden war, als hätte sie sich im Wasser aufgelöst. Wenn Intelligenz ein Firmament war und ein menschlicher Schädel viele Sterne beherbergte, dann war der Schädel eines Krokodils eine düstere, dumpfe Wölbung, in der sich lediglich ein paar winzige, kühl glitzernde Sterne befanden. Immerhin waren sie zahlreich genug, um etwas Licht zu verbreiten, und das Krokodil war nicht so dumm, direkt auf den vermutlichen Leichnam am Ufer zuzusteuern. Es würde sich ihm verstohlen nähern, zunächst unter Wasser, und dann plötzlich an einem Punkt zum Vorschein kommen, daß der Mensch, wenn er sich nur tot stellte, überrascht wäre und sich schon sehr bald nicht mehr nur tot stellen, es vielmehr sein würde. So stellte es sich Ras jedenfalls dar.

Er hob den Kopf leicht an, um das Krokodil sehen zu können, wenn es aus dem Wasser tauchte. Er wußte, so lange er es in dem bräunlichen Wasser nicht sehen konnte, konnte es ihn auch nicht sehen. Also rührte er sich nicht mehr, als das Wasser wenige Meter von ihm entfernt zu brodeln begann, einen Buckel bildete und schließlich vom Kopf und Rücken des Krokodils nach beiden Seiten abfloß. Er blieb bewegungslos liegen, bis die lange Schnauze und unzählige Zähne nur noch einen knappen Meter von ihm entfernt waren. Sie kamen rasch näher; der alte Mamago sah steif wie Butter an einem kalten Wintermorgen aus, doch wenn er warm war, war er durchaus nicht steif. Und die Sonne brannte heiß in diesem Moment. Er kam aus dem Wasser hervor, als würde der Fluß einen verseuchten Teil von sich abstoßen, als würde er plötzlich Unrat ausspeien. Durch die halbgeschlossenen Augenlider sah Ras das dunklere

Braun des Krokodils sich aus dem helleren Braun des Wassers herausheben. Es folgte ein heiseres Bellen, und gleich darauf fiel ein Schatten auf ihn. Dicht hinter dem Schatten war der massige Körper des Reptils. Wasser, das von der Bestie abspritzte, fiel kühl auf seinen Arm und Kopf. Das Maul, das so lange ein paar Zentimeter über ihm geschwebt hatte, senkte sich und grub sich in den Schlamm. Offenbar wollte die Bestie durch dieses Manöver erreichen, ihren Unterkiefer unter Ras' Arm oder Schulter zu schieben, um besser zupacken zu können.

Da bewegte Ras sich. Er rollte sich ein Stückchen zur Seite. Das Maul klappte mit einem beinahe metallischen Klicken zu. Das linke Auge der Bestie war auf gleicher Höhe mit seinem Kopf; die spaltbreite Pupille in dem lidlosen, an einen Fischbauch erinnernden Auge glitt vorüber. Ras rollte wieder dichter an das Krokodil heran; er hatte nicht die Absicht, sich von einem Schwanzhieb die Knochen brechen zu lassen. Eine fünfzehige Pranke zischte an seiner Nase vorbei und klatschte in den Schlamm. Ein paar Schlammspritzer trafen sein Kinn. Und wieder bellte das Krokodil heiser auf, wandte sich von ihm ab und kam sofort wieder auf ihn zu. Die schlangenartige Bewegung hatte vielleicht den Sinn, einen neuen Anlauf zu starten. Welchen Sinn die Windungen auch haben mochten, jedenfalls setzte die Bestie sie fort und grub dabei mit dem Körper eine große und mit den Füßen vier kleinere Rillen in den Schlamm.

Als die Vorderpfote an ihm vorbeikam, rollte Ras noch ein Stückchen näher und hob den rechten Arm, das Messer in der rechten Hand, über den Nacken des Tieres. Er klemmte das Messer mit einem kräftigen Hieb darin fest und wurde mitgerissen. Dadurch wurde sein linker Arm frei, und er klammerte sich damit an der Beuge zwischen Bein und Körper fest. Dieser Griff versetzte ihn in die Lage, sich etwas aufzurichten und sein rechtes Bein über den Rücken des Krokodils zu schwingen. Inzwischen hatte das Tier es geschafft, seine Vorwärtsbewegung zu stoppen.

Es war möglich, daß die Bestie nicht wußte, wo der so plötzlich zum Leben erwachte Tote geblieben war. Ras war sich dessen allerdings nicht so sicher. Obgleich der Schuppenpanzer auf dem Rücken eines Krokodils so tot und gefühllos wie jeder andere Panzer auch aussieht, war er für Druck vermutlich empfindlich. Aber es war ja möglich, daß die Bestie Ras gar nicht spürte, weil sie mit einer derartigen Möglichkeit einfach nicht rechnete.

Jedenfalls verharrte sie ungefähr dreißig Sekunden lang völlig unbeweglich. Ras wartete wie eine Fliege, die sich auf einer frischen Wunde niedergelassen hat und die nach ihr schlagende Hand erwartet. Er rechnete mit allem, auch daß das Tier sich auf den Rücken rollen würde, um ihn unter sich zu zermalmen. Und was dann geschehen würde, das hing ganz vom Zufall ab oder vom Verhalten der Bestie, das ihr für solche Fälle zur Verfügung stand, wenngleich sie sich diesmal vielleicht nicht an das herkömmliche Muster halten würde, denn die Situation war ihr offenbar neu.

Ras übrigens auch. Er wußte genau, daß er das Krokodil irgendwie auf den Rücken wälzen mußte, um das Messer in den relativ weichen Bauch stoßen zu können, doch im Augenblick hatte er nicht die leiseste Idee, wie er das bewerkstelligen sollte.

Er hörte seine Atemzüge, ein schwaches Raspeln, und das laute Grollen des Krokodils und das *Yayaya* des Eisvogels, der sich jetzt als dunkelblauer Fleck vom Hellblau abhob und wie ein Stein, abgeschossen von der Schleuder des Schreckens, auf einer schrägen Linie in die Höhe stieg. Dann vernahm er das Knattern, das er schon längst gehört hätte, wenn das Krokodil und der Eisvogel nicht soviel Lärm gemacht hätten.

Der Hubschrauber kam, im Sonnenlicht aufblitzend und dröhnend, um die Flußbiegung herum. Das Krokodil bellte heiser, erhob sich auf die Beine, getrieben von einem Entschluß, machte kehrt und rannte aufs Wasser zu. Ras klammerte sich, aus Gründen, über die er sich erst später klar wurde, an ihm fest. Er hätte sich herunterfallen lassen und aufspringen und auf das Ufergebüsch zulaufen können, doch die Männer im Hubschrauber hätten ihn mit Sicherheit gesehen. Wenn er auf dem Rücken des Krokodils blieb, sahen sie ihn vielleicht nicht. Wenn doch, würden sie es vermutlich nicht glauben. Sie würden bestimmt denken, sie hätten sich verguckt, die Sonne würde ihren Augen einen Streich spielen. Was hatte ein Mensch schließlich auf dem Rükken eines Krokodils zu suchen?

Doch stärker als alle diese Gründe waren seine Starrköpfigkeit und sein Hunger. Wenn er das Krokodil jetzt entkommen ließ, würde es mit Sicherheit nicht noch einmal zurückkommen. Und er und Eeva brauchten etwas zu essen.

Das Krokodil schoß mit einem Ruck ins hoch aufspritzende Wasser; Ras wäre beinahe heruntergefallen. Es tauchte sofort tief unter, doch ehe das Wasser über seinem Kopf zusammenschlug, sah Ras, wie die Maschine auf ihn zusank. Dann hing er überaus kameradschaftlich an dem Reptil und hatte ihm einen Arm um den Hals gelegt. Das dauerte etwa zehn Sekunden, und dann glitt er um den Körper herum auf die Unterseite und fing an, der Bestie das Messer in den Bauch zu stoßen. Das war nicht so einfach, weil das Wasser alle Bewegungen abschwächte; zudem mußte er auch den Widerstand der gepanzerten Haut überwinden. Doch sein Messer drang ein, und die Bestie rollte sich wieder und wieder um die eigene Achse und versuchte verzweifelt, ihn abzuwerfen. Und schließlich gelang es ihr; trotz äußerster Anstrengung konnte Ras sich nicht mehr festhalten und verlor sich im Wasser, das schwarz war, weil das Licht der Sonne bis hierher nicht vordrang und weil das Blut des sterbenden Reptils es verdunkelt hatte.

Er glaubte nicht an die Wantsogeschichte, derzufolge ein Krokodil eine Beute unter Wasser riechen kann, doch hören konnte es unter Wasser ganz sicher. Deshalb machte er langsame Schwimmbewegungen, nicht von der Bestie weg, obwohl er keinerlei Anhaltspunkt hatte, wo was war, sondern in die Richtung, von der er hoffte, daß er dort auf die Bestie stoßen würde. Furcht lauerte in seiner Nähe, hatte ihn aber noch nicht angerührt, und vom Entsetzen war er noch weit entfernt. Er ärgerte sich, weil ihm seine Mahlzeit aus den Händen geglitten war, und er hatte nicht die Absicht, sie so ohne weiteres fahren zu lassen. Irgendwie hatte er das Gefühl, als würde die Bestie sich ihm von hinten nähern, vielleicht auch aus der Dunkelheit unter ihm oder aus der Dunkelheit über ihm hervorschießen. Er mußte sich mit Mühe davon abhalten, sich wieder und wieder im Kreis zu drehen, einen Arm als Fühler ausgestreckt, um entweder das Krokodil oder die Bewegung des Wassers zu ertasten, die es beim Herannahen verursachen würde. Sechs Schwimmstöße, und er berührte die knubbelige Haut mit den Fingerspitzen seiner linken Hand. Instinktiv zuckte er zurück, und als er die Hand wieder ausstreckte, griff sie ins Leere. Die Bestie war links oder rechts, oben oder unten verschwunden. Er tastete um sich herum und nach unten oder oben (er war nicht sicher, in welche Richtung er griff), doch was er zwischen die Finger bekam, war Wasser und wieder Wasser.

Jetzt brauchte er aber endlich Luft. Nach ein paar Schwimmstößen dröhnten seine Ohren; er machte kehrt und schwamm, wie er hoffte, in die entgegengesetzte Richtung. Wenn er jetzt nicht auf dem kürzesten Weg an die Wasseroberfläche stieg, würde er ersticken.

Es hatte schon fast den Anschein, als müßte er unbedingt atmen, was natürlich sicheren Tod bedeutet hätte, als er bemerkte, wie das Schwarz Braun wurde. Ein paar weitere Stöße führten ihn durch das Braun ins Gelb und schließlich ins Weiß des Sonnenlichts, zum strahlenden Blau des Himmels und zum herben Grün der Bäume auf dem bräunlich-grünen Uferschlamm. Und eine rötlich-braune Wolke quoll aus der schwarzen Welt unten an die Wasseroberfläche. Der Hubschrauber war hinter einer Flußbiegung verschwunden; das Knattern wurde schwächer. Der Eisvogel saß etwa dreißig Meter flußaufwärts auf einem Ast und schrie entrüstet sein *Yayaya*. Der Fluß stank fischig und reptilienartig und tonig, ganz schwach auch nach modrigem Holz und fauligen Blättern. Darunter mischte sich ein sehr vager Geruch, nur der Geist eines Hauchs von Gestank, nach Reptilblut und einem Vogelbalg im Wasser. Ras war schon immer der Meinung gewesen — das hatte ihm niemand eingeredet —, daß Reptilien und Vögel irgendwie eng miteinander verwandt waren. Das häßliche, schwergepanzerte Krokodil und der schöngefiederte, leichtgewichtige Eisvogel waren Vettern und konnten sich auf einen stämmigen Kaltblüter der Zeit kurz nach der Schöpfung der Welt als Vorfahren berufen. In dieser Meinung wurde er nun noch bestärkt. Der Vogelbalg war mit Sicherheit nicht nur der eines Vogels; er war im gleichen Maße auch der eines Krokodils wie das Blut das Blut eines Krokodils war. Doch zugleich war er eben auch der eines Vogels.

Als Ras jetzt das Wasser trat, flußabwärts getragen wurde und seinen Atem wiedergewann, um ein zweites Mal untertauchen zu können, sah er, wie das ein paar Meter flußaufwärts aufwallende Wasser noch dunkler wurde. Dann wurde im Herzen der Schwärze etwas Helles sichtbar, und der Bauch, bleich wie der Augapfel eines Menschen, schob Wasser und Blut beiseite und hob sich von unten an die Oberfläche. Die vier Beine ragten ein Stückchen in die Luft, als würde das Krokodil anzeigen, daß es aufgegeben hatte: Mach mit mir, was du willst.

Ras mußte sich mächtig anstrengen, um die Bestie ans Ufer zu bugsieren, und mehr noch, um die gut und gern zweihundertfünfzig Pfund über den Schlamm und ins Gebüsch zu zerren. Er war durch den Schlag, den er in der Nacht zuvor auf den Kopf bekommen hatte, und dadurch, daß er schon eine ganze Weile nichts mehr gegessen hatte, und durch die Aufregungen und Strapazen des Kampfes mit der Bestie geschwächt. Während er zog und zerrte und schnaufte, hörte er es von flußabwärts her brüllen. Das Gebrüll wurde lauter, als die Reptilien das flußabwärts driftende Blut witterten und sich auf die flüssige Spur setzten.

Er mußte immerfort, in jedem Moment, eine Wahl treffen. Er mußte entscheiden, welchen Weg er einschlagen, welcher Sache er den Vorzug geben sollte — und dadurch erschuf er eigentlich Zeit. Ohne die Notwendigkeit, diese oder jene Handlungsweise einer anderen vorzuziehen, würde er Zeit nicht kennen. Er würde ihr für immer ausgesetzt sein.

Jetzt mußte er das Krokodil entweder durch den Dschungel auf höher gelegenes Gelände zerren, wo er es zerlegen und relativ bequem und sicher zubereiten konnte, oder er konnte es gleich hier an Ort und Stelle zubereiten, wo Leopard, Krokodil oder Aasfresser sich ihm aus allen möglichen Richtungen nähern konnten und wo er Gefahr lief, daß der Rauch, sollte er ein Feuer entzünden, die Aufmerksamkeit der Sharrikt, die ja nur wenige Kilometer entfernt waren, oder des Hubschraubers erregen würde.

Er wollte auf der Stelle eine große Mahlzeit zu sich nehmen und soviel Fleisch räuchern, daß sie für mehrere Tage genug haben würden. Die großen Tiere — Krokodile, Büffel, Elefanten, Flußpferde und Leoparden — waren leichter aufzuspüren als zu erlegen. Und so leicht waren sie gar nicht aufzuspüren.

Das Brüllen und Grollen kam näher, und bald tauchte die braungraue Schnauze eines ungeschlachten Krokodils auf, und dann bewegte sich der lange, spitz zulaufende, massige Körper auf den vier Beinen unter einem Busch hervor und kam ins Blickfeld. Ras rechnete nicht damit, daß eins der großen Reptilien ihn angreifen würde, doch es war immerhin möglich, daß eines seine Furcht verlor, wenn es dem Blutgeruch beim Zerlegen des toten Artgenossen nicht mehr widerstehen konnte. Er zuckte die Achseln und machte sich daran, den Kadaver über die Schulter zu hieven, um ihn abzutransportieren. Als er ihm über der Schulter lag, sackte er vorn und hinten auf die Erde, die Schnauze stieß vor ihm in den Schlamm, und der Schwanz schleifte hinter ihm auf der Erde. Er mußte ihn noch höher heben, um die Schnauze freizukriegen, und das erforderte eine Anstrengung, die er, wie ihm klar war, nicht lange durchhalten würde. Überdies schienen Äste, Lianen und Gebüsch den Kadaver mehr zu begehren als er. Nachdem er ein paar Meter zurückgelegt hatte, den Körper fortgesetzt von allen möglichen Hindernissen losreißend, und zweimal fast hingefallen wäre, ließ er ihn einfach auf die Erde sinken und zerrte ihn am Schwanz hinter sich her.

Eeva saß auf einem morschen, verfaulten Baumstamm und weinte. Ihr zu Füßen lag ein Haufen weißer Würmer und Raupen, die sich noch wanden, halbzerquetschte Käfer, die mit den Beinen zuckten, ein blaßgrün und knallrot getüpfelter Baumfrosch, dessen hervorquellende Augen aussahen, als hätte sie ihn erdrosselt, und eine bräunliche Eidechse, auf dem Rücken, die Beine in die Höhe gestreckt, mit weißlichem Bauch. Sie sah wie eine kurzschnäuzige Miniaturausgabe der Bestie aus, die Ras auf die kleine Lichtung zerrte.

»Ich heule nur vor Selbstmitleid«, sagte sie. »In einem derart bedauernswerten Zustand zu sein, daß diese ekelerregende Schweinerei schon beinahe appetitlich auf mich wirkt. Das essen zu müssen ... *das!*«

Ihre Schultern zuckten beim Schluchzen.

»Du solltest vor Freude jubeln«, sagte Ras, »weil du so glücklich warst, das alles zu finden. Ich bin froh. Wenn ich ohne dieses Biest hier zurückgekommen wäre, dann hätten wir deinen Fang essen müssen, und wir wären glücklich gewesen, ihn zu haben.«

Er ließ den Schwanz auf den feuchten Boden plumpsen. Eeva hörte auf zu weinen, und fragte ihn, was passiert war. Obgleich sie die blutigen Wunden auf dem Bauch der Bestie sah, war sie offenbar der Meinung, er hätte sie tot am Ufer gefunden und sie hätte das letzte Stadium der Verwesung bereits erreicht. Sie sagte, sie hätte den Hubschrauber natürlich gehört und mit Entsetzen daran gedacht, daß er entdeckt werden könnte. Doch als er dann seinen Flug ohne zu zögern fortgesetzt hatte, hätte sie gewußt, daß er in Sicherheit war.

»In Sicherheit!« Ras war empört. »Ich bin auf diesem Krokodil hier in den Fluß geritten und bin mit ihm bis auf den Grund getaucht, und dann hat es mich abgeworfen. Igziyabher allein weiß, was da noch alles hätte passieren können, wenn ich kein Glück gehabt hätte! Ich töte tief unter trübem Wasser ein Krokodil mit einem Messer, und du sagst, ich wäre in Sicherheit gewesen! Dieser ganze Haufen Fleisch, gutes Fleisch, und du hältst überhaupt nichts davon!«

»Es tut mir leid«, sagte sie. Doch es klang nicht so, als würde sie es auch wirklich meinen. »Ich weiß, daß es ein heroischer Kampf gewesen sein muß, und zu jeder anderen Zeit würde ich mit Vergnügen alles darüber hören wollen. Doch jetzt bin ich so müde und hungrig, daß mich nur noch essen aufregen kann.«

»Dann solltest du dich vor Wonne naß machen«, meinte er. »Hier ist soviel Fleisch, daß eine ganze Schar Geier wochenlang nicht mehr in die Lüfte aufzusteigen brauchte.«

Er hatte sich entschlossen, die Bestie nicht mehr bis zum Fuß der Hügel zu schleppen und dort zuzubereiten. Er wollte sofort hier so viele Steaks herausschneiden, wie sie beide tragen konnten, sie in Blätter einwickeln und dann zu den Hügeln gehen. Während er mit seinem Messer schnitt und sägte, stolperte sie los, um die nötigen Blätter zu sammeln. Von Zeit zu Zeit schnitt er ein dickes Stück dunklen Fleisches von einem Steak ab und aß es roh und blutig. Als er fertig war, war er schon viel kräftiger als zu Anfang.

Eeva wies zu seiner Überraschung das rohe Fleisch, das er ihr anbot, nicht zurück. Sie hatte einige Schwierigkeiten, es zu ihrer Zufriedenheit zu kauen, und schnitt mehrere Male ein angewidertes Gesicht, doch als sie das erste Stück hinuntergewürgt hatte, bat sie um mehr.

Ras wickelte auch den Baumfrosch und die Eidechse in Blätter ein, und sie machten sich auf den Weg in die Hügel. Gegen Mittag waren sie am Fuß der Hügel angekommen, und eine halbe Stunde später hatten sie eine Felsbank auf halber Höhe des Bergs erreicht. Haarbüschel und Kot, zerkaute und zerbrochene Knochen von kleineren Tieren sowie der Gestank, der in der Luft hing, waren für Ras ein deutliches Zeichen, daß dieser Platz nachts von Gorillas benutzt wurde. Der Felsvorsprung weiter oben bot guten Schutz und hielt vermutlich sogar Leoparden ab, wenn die Gorillaposten tapfer genug waren, was gewöhnlich durchaus der Fall war.

Als Eeva das hörte, machte sie sich Sorgen, doch er erklärte ihr, daß der Platz natürlich genausogut von zwei Menschen gegen Gorillas verteidigt werden könnte, und daß sie sowieso nichts unternehmen würden, zumal ja ein Feuer brennen würde. Und außerdem, Gorillas gäben eine köstliche Mahlzeit ab.

Ras hatte ursprünglich gezögert, ein Feuer anzuzünden, weil die Sharrikt vielleicht nach ihm suchten. Doch es erschien ihm unwahrscheinlich, daß Gilluk und die anderen noch mit ganzer Kraft hinter ihm her sein sollten. Er glaubte nicht, daß nach dem Kampf in der Nähe der Einmündung des Flusses in den See noch genügend Männer übrig geblieben waren. Er hatte keine Ahnung, wieviel Tote sie zu beklagen hatten, doch mußte die Sache relativ verheerend für sie ausgegangen sein. Das

Maschinengewehrfeuer aus dem Hubschrauber hatte jedes Boot getroffen, oder fast jedes. Die Gesamtzahl der männlichen Sharrikt, der göttlichen, der Aristokratie, betrug etwa zwanzig, und zwei hatte er schon getötet, als sie aus dem Palast geflohen waren. Mit Sicherheit war mindestens die Hälfte von den restlichen achtzehn getötet oder verwundet worden. Die Überlebenden würden vermutlich auf Rache sinnen, das war klar, aber sie würden kaum in der Lage sein, in der Hinsicht augenblicklich viel zu unternehmen. Das Feuer im Palast und in der Stadt und der Tod so vieler Sharriktmänner würde für einige Zeit Gilluks sämtliche Energien in Anspruch nehmen. Er war schließlich der König, der Erhalter seines Volkes, und als solcher mußte er sich um es kümmern.

Und außerdem, selbst wenn sie hier in der Nähe waren und nach den Flüchtlingen Ausschau hielten, wollte Ras ein Feuer entzünden und das Fleisch braten. Er wollte unter gar keinen Umständen fröstelnd noch eine kalte Nacht verbringen, und den Geschmack an rohem Fleisch schien er auch verloren zu haben.

Eeva saß die ganze Zeit über mit dem Rücken an das Gestein gelehnt da und ließ den Kopf hängen. Von Zeit zu Zeit blickte sie durch das schmutziggelbe Haar, das ihr ins Gesicht gefallen war, auf. Er dachte, sie wäre hin und wieder eingenickt, doch als er sich beim Aufstapeln des Holzes für das Feuer ihr näherte, bemerkte er, daß ihre Augen weit offen standen und ihr Tränen über die Wangen liefen. Sie hinterließen rosa Streifen auf dem verdreckten Gesicht. Die Färbung der sauberen Streifen erinnerte an die des Krokodilsherzens, das neben anderen Fleischbrocken und ihrem Fang aus Eidechse, Maus und Insekten auf einem breiten, flachen Stein lag. Das Herz war länglich und wie eine Pfeilspitze geformt und pulsierte immer noch langsam und unregelmäßig.

Ras kniete nieder und legte ihr einen Arm um die Schultern. Sie legte ihren Kopf an seine Brust; warme

Tränen rieselten darüber, liefen an seinem Bauch nach unten und befeuchteten seine Schamhaare. In dem Augenblick mußte sie wohl die Augen geöffnet und seine Erregung gesehen haben, denn plötzlich wurde sie steif und machte sich aus seiner Umarmung frei. Sie kroch ein Stückchen zur Seite, ehe sie sich umdrehte und ihn ansah.

»Kannst du denn an nichts anderes denken?« sagte sie. »Kann ich dich nicht mal berühren, ohne daß dein ... dein ...?«

Sie rang nach Worten, gab ein paar gurgelnde Laute von sich und spuckte schließlich zahllose unverständliche Worte aus, die er für finnisch hielt.

»Es ist schon sehr lange her«, entschuldigte sich Ras. Er ließ sie sitzen und kletterte an dem Felsen nach unten. Nach einigen Minuten kam er mit einem Arm voll Holz zurück. Mit Hilfe des Feuerzeugs, das sie in der Hosentasche bei sich trug, hatte er bald ein Feuer entfacht. Eeva hatte die ganze Zeit über nichts gesagt, doch da er nun keinen Steifen mehr hatte, schien sie sich sicherer zu fühlen und rückte näher an ihn und an das Feuer heran. Unter ihnen hüllte sich die Welt in Dunkelheit, und innerhalb weniger Minuten war auch der Himmel so dunkel, daß ein paar Sterne zu sehen waren. Ras hielt ein abgehäutetes Bein an einem Hartholzstock über die Flammen, bis der Saft ins Feuer zu tropfen begann und sich über dem roten Fleisch eine schwarze Kruste gebildet hatte. Eeva zog gierig den Duft ein und kam näher. Ras legte das Bein hin und teilte es in zwei gleich große Portionen. Das Fleisch war noch so heiß, daß sie es sofort wieder aus der Hand fallen ließ, wobei sie gleichzeitig einen unterdrückten Schrei ausstieß. Doch sie hob es wieder auf und aß davon, ohne auch nur den Versuch zu machen, den Schmutz davon abzuwischen.

Ras hatte sein Stück Bein in einer Hand, während er mit der anderen die auf den Stock gespießte Leber über die Flammen hielt. Als sie das Bein aufgegessen hatten, bot er ihren Anteil an der Leber an. Ihr lief das Blut schon über Kinn und Hals und hatte selbst das gelbe Haar bereits befleckt. Es schien ihr schon gar nichts mehr auszumachen; sie leckte es hungrig ab und wischte sogar ein paar Tropfen von ihrer Brust ab und leckte es von ihrer Hand.

Das Krokodilsherz, das nahe genug beim Feuer lag und die Hitze in sich aufnehmen konnte, pumpte immer noch, ballte sich unentwegt zusammen, allerdings nicht mehr ganz so heftig wie zuvor. Ras fragte sich, wie lange es wohl noch weiterleben würde, wenn er es ganz verschluckte. Natürlich konnte er das nicht, denn er würde daran ersticken, doch er konnte direkt spüren, wie es sich in ihm ausdehnte und zusammenzog. Der Gedanke an sein Klopfen nahe seinem eigenen Herzen war erregend, und der Gedanke hatte Folgen.

Eeva hörte plötzlich auf zu kauen, als sie nach unten blickte und seine Erektion sah. Dann schluckte sie geräuschvoll und sagte: »Nicht!«

»Warum nicht?« fragte Ras, obgleich er keinen Wert darauf legte, sich zu streiten.

»Wir wollen nicht noch einmal davon sprechen«, sagte sie. Sie begann sich aufzurichten.

»Du willst mich nicht«, grollte Ras. »Du bist tot, nicht besser als ein Geist, du weißhäutige, gelbhaarige Geisterfrau!«

»Das solltest du nicht sagen«, schluchzte sie. Sie stand jetzt aufrecht da und fing an, sich schrittweise zurückzuziehen. Das Feuer berührte sie mit bleichen Händen, so daß die Haut weißlich schimmerte, wo die Tränen sie reingewaschen hatten, an den blutverschmierten Lippen und am Kinn, am Hals und an den befleckten Haaren sah sie rötlich aus, aus den weit aufgerissenen Augen aber blitzte es grau und weiß.

Ras stand auf und griff dabei mit der linken Hand nach dem Krokodilsherz.

Er hielt es abwägend in der Hand, schaute es an, legte es wieder auf den Stein und zerteilte es mit dem Messer in zwei Hälften. Dann steckte er das Messer in die Scheide zurück und nahm eine der beiden Hälften. Beide Hälften, die auf dem Stein und die in seiner linken Hand puckerten weiter.

»Du willst mich also nicht?« sagte er. »Dann nimm dies hier!«

Und er sprang auf sie zu und ergriff ihren ausgestreckten linken Arm mit der rechten Hand. Er zog sie zu sich heran und zwang sie in die Knie, indem er ihr den Arm umdrehte, so daß sie ihm den Rücken zudrehte, dann legte er das Herz aus der Hand und drückte sie mit beiden Händen nach unten, bis sie auf dem Rücken lag. Sie wehrte sich, aber es gelang ihm trotzdem, ihr die zerschlissene Hose vom Körper zu reißen, bis sie nackt war.

Wortlos verzerrte sich ihr Gesicht, ihre Augen wurden weit, ihr Mund bewegte sich in stummem Schrei, sie krümmte und wand sich. Doch er hielt sie, eine Hand zwischen ihren Brüsten, nieder und hob die Hälfte des Krokodilsherzens auf. Obwohl er kein Wort sprach, mußten ihr sein Grinsen und die Art, in der er das Fleisch in der Hand schwenkte, sagen, was er vorhatte. Ihre Bemühungen, die Beine nicht zu spreizen, waren nutzlos. Er drückte ein Bein mit dem Gewicht seines Körpers nieder und schob das andere mit dem Rücken der Hand, in der er das Herz hielt, nach außen. Dann zog er seine Hand blitzschnell zurück und stieß, noch ehe sie ihr Bein wieder an das andere heranziehen konnte, die Spitze des Krokodilsherzen in sie hinein.

Das Stückchen Fleisch war zwar fest, aber nur halbsteif, und sie war völlig trocken. Trotzdem gelang es ihm, das Ding ganz in sie hineinzustopfen und rollte sich dann auf sie drauf, damit sie sich nicht bewegen konnte.

Sie sahen sich in die Augen. Ihr Herz schlug so laut, als wollte es durch ihre Haut hindurch in seinen Körper eindringen.

Sie sagte noch immer nichts. Er grinste sie weiterhin an. Nach einer Weile sagte er: »Na, wie ist es?«

Sie schloß die Augen. Ihr Mund stand einen Spalt weit offen. Ras wiederholte seine Frage nicht. Sie begann etwas zu zittern, als würde sie das Anschwellen und Zusammensinken in ihr erwidern, als würde sie jedesmal, wenn das noch immer lebende Herz gegen die Wände ihres Fleisches schlug, erbeben.

Sie zitterte, entspannte sich, zitterte, entspannte sich.

Auf einmal brachen wieder Tränen hervor, und sie schluchzte mehrmals auf, doch dann versiegten die Tränen.

Ras sagte: »Wenn ich es rausziehen soll, sag mir Bescheid.«

»Und dann du ...?«

»Natürlich. Es sei denn, du willst uns beide gleichzeitig in dir haben.«

Eeva stöhnte und sagte: »*Jumala!*« Es war das einzige finnische Wort, das er inzwischen gelernt hatte. Es bedeutete Gott.

»Aus welcher Art von Welt kommst du eigentlich?« fragte Ras. Es war nicht nötig, diese Frage näher zu erläutern. Sie wußte genau, was er meinte.

»Keins von beiden«, sagte sie als Antwort auf seine vorherige Feststellung.

Dann flüsterte sie: »Bitte, nimm es raus. Und laß mich in Ruhe.«

»Das werde ich nicht tun«, erwiderte er.

Sie öffnete die Augen, starrte ihn an und schloß sie wieder.

Sie stöhnte noch einmal und sagte mit schwacher Stimme: »Oh, wenn ich doch nur sterben könnte! Ich möchte tot sein!«

»Du bist tot«, brummte er. »Du hast noch nicht angefangen zu leben. Das tote Herz da in dir ist lebendiger als du. Jedenfalls im Augenblick.«

Er fühlte zwischen ihre Beine und mußte lächeln. Sie war so naß und schlüpfrig geworden, daß er Schwierigkeiten hatte, das Herz zu fassen zu kriegen, um es herauszuziehen. Es bäumte sich immer noch auf und fiel in sich zusammen, als hätte die Wärme und die Feuchtigkeit und die Dunkelheit ihm das Gefühl vermittelt, sich wieder im Körper des Krokodils zu befinden. Doch sobald es draußen war, schlug es zusehend langsamer und war nach wenigen Sekunden rasch dahingestorben. Es krampfte sich noch ein letztesmal zusammen, danach warf er es auf den flachen Stein beim Feuer, das inzwischen nur noch rote Glut war. Durch den Aufprall geriet das Herz noch einmal in Bewegung. Es zuckte dreimal heftig und war dann endgültig tot.

»Es hat keinen Sinn«, sagte sie. »Ich auch nicht. Ich bin kalt, kälter als das Stückchen Fleisch da, kalt wie ...«

Ihre Stimme verlor sich. Sie drehte sich langsam um, als könne sie es nicht glauben, daß er sie freigab. Zitternd, als würde das Herz noch in ihr stecken und schlagen, kam sie auf Hände und Knie hoch. Einen Augenblick lang verharrte sie in dieser Stellung, warf ihren Kopf vor und zurück und stöhnte. Ras berührte die Innenseiten ihrer Schenkel, die glitschig waren von ihrer heftigen Sekretion. Er lächelte befriedigt.

»Du willst, daß ich unter dir liege? Willst du mich nicht auf dir haben?« sagte er verwundert. Er schüttelte den Kopf. »Also gut. Sag ja. Meinetwegen auch nein. Ich rede nur mit dem Teil von dir, der ja sagt.«

Sie hörte auf mit dem Kopf zu wackeln und fing an wegzukriechen. Noch ehe sie ihre Knie und Hände zweimal vorwärtsbewegt hatte, lag sie im Schmutz und auf den Steinen, und Ras war über ihr und drückte sie nieder. Sie rang nach Luft, als sie fühlte, wie er von hinten tief in sie eindrang.

Ras schrie im selben Moment auf und zuckte, so wie sie vorher gezuckt hatte, als das Herz in ihr gesteckt hatte. Es war schon so lange her. Die Ladung hatte ihn schon fast gesprengt. Es war wie eine Explosion.

Er löste sich nicht aus ihr, und nach einer Weile bat er sie, sich umzudrehen. Sie drehte sich wortlos und ohne Begeisterung um, so, als würde sie es eigentlich nicht wollen, jedoch wissen, daß er sie zwingen würde, wenn sie sich weigern sollte. Dennoch begann sie schwer zu atmen, als er ihn ein Stück herauszog und wieder hineinstieß; sie stöhnte und rollte den Kopf von einer Seite zur anderen, und nach einer Weile krallte sie sich in seinen Rücken und küßte ihn auf die Lippen und biß in sie hinein und schrie stockend etwas auf finnisch heraus.

Kurz vor Tagesanbruch schliefen sie ein; zuvor hatte Ras das Feuer noch einmal geschürt und ein paar Stückchen Fleisch gebraten. Ein besonderes Vergnügen bereitete es ihm, das Herz zu braten und ihr ein Stück davon anzubieten. Sie zögerte einen Moment lang, ehe sie hineinbiß, dann aß sie entschlossen das ganze Stück auf und legte sich zum Schlafen nieder, küßte ihn aber zuvor und murmelte etwas, das sich wie eine Liebkosung anhörte.

NEUNZEHNTES KAPITEL

Die Weisheit der Toten

Als die Sonne drei Handbreit über den Felsen stand, wurden sie vom Stechen der Fliegen geweckt. Sie verwünschte ihn für das, was er getan hatte. Wenn er sie geschwängert hatte, meinte sie, würde sie ihn umbringen.

Er grinste sie nur an, wobei sein Gesichtsausdruck allerdings mehr Ekel als Belustigung zeigte. Sie war schmutzig; ihre Rippen standen heraus; ihre Haut war grün und blau, Spuren seiner Mißhandlungen und weil sie auf Steinen geschlafen hatte, und von Hunderten von Insektenstichen und Schrammen fleckig; ihr Gesicht war hager, unter ihren eingefallenen Augen lagen dicke blaue Ringe.

Sie sah elend aus — und fühlte sich auch so. Einen Augenblick später hatte sie einen Anfall von Diarrhö. Die Anfälle setzten sich den ganzen Tag über fort. Sie wurde so schwach, daß sie sich nicht mehr auf den Beinen halten konnte, und so blieben sie den ganzen Tag und die Nacht über, wo sie waren. Allerdings reichten ihre Kräfte aus, ihn von Zeit zu Zeit wüst zu beschimpfen. Er schenkte ihren Worten keine Beachtung. Er hatte genug damit zu tun, hinter ihr sauberzumachen, Wasser heranzuschaffen und es ihr bequem zu machen. Als er ihr die Kleider vom Leibe gerissen hatte, hatte er sie für jede weitere Verwendung unbrauchbar gemacht; jetzt benutzte er sie als Waschlappen, um sie sauberzuhalten.

Zwischendurch kundschaftete er die Gegend nach Sharrikt aus und suchte nach gewissen Kräutern, die Mariyam ihm immer gegen Durchfall gegeben hatte. Er fand einige und bereitete einen Tee zu, den sie trank und der den Beginn der Genesung einzuleiten schien. Ras stützte sie auf dem Weg zum Fluß; hin und wieder trug er sie auch. Am Fluß half er ihr beim Baden und wusch ihr das Haar, anschließend machte er sich sauber. Sie fragte ihn, ob sie von nun an nackt herumlaufen müsse, und fügte sogleich hinzu, daß sie sich nachts zu Tode frieren würde, wenn sie nicht irgend etwas auf den Körper bekäme.

»Tagsüber brauchst du nichts«, sagte er, »und nachts werde ich dich schon warm halten. Mach dir deswegen keine Sorgen. Das Ende des Flusses kann allenfalls noch ein paar Tagereisen entfernt sein. Ich habe keine Lust, hier eine Woche herumzuhängen und zu jagen, um dich aufzupäppeln und Felle für dich zu besorgen. Es braucht viel Zeit und eine Menge Arbeit, Felle zu gerben. Wir warten noch etwa einen Tag und ziehen dann weiter. Du brauchst dich nicht anzustrengen; den Großteil der Arbeit erledige ich. Wenn wir erst einmal am Ende des Flusses angekommen sind und von Wizozu herausgefunden haben, wie wir zum Sitz von Igziyabher gelangen können, dann können wir uns immer noch um Kleidung für dich kümmern.«

Am Abend vor ihrem geplanten Aufbruch saß er hinter ihr und kämmte ihre Haare mit dem Schildpattkamm, den seine Mutter ihm geschenkt hatte. Eeva hatte zwar gemeint, er brauche das nicht tun, doch er hatte darauf bestanden. Sie saß vorgebeugt da, wie wenn sie so weit wie möglich von ihm entfernt sein wollte, und zitterte. Er sprach eine ganze Weile beruhigend auf sie ein und zog dabei gleichmäßig den Kamm durch ihr langes Haar. Dann legte er den Kamm aus der Hand und fuhr mit dem Arm unter ihrer Achsel hindurch und berührte ihre Brüste. Sie sagte zwar: »Nein!«, erschauderte aber und wehrte sich nicht.

Später erzählte sie ihm, daß sie bisher erst dreimal im Leben einen Orgasmus gehabt hatte. Einmal, als sie von Wein betrunken gewesen war (seitdem hatte sie es stets abgelehnt, Wein zu trinken), einmal, nachdem sie Marihuana geraucht hatte (ein halbes Jahr später, als sie es wieder einmal probiert hatte, war die Wirkung gleich Null gewesen), und einmal in der Nacht, in der sie gemeint hatte, sie und ihr Mann würden sich für immer trennen.

Dreimal — bis jetzt, wie sie noch einmal hervorhob. Doch würde sie Ras für das, was er ihr bot, nicht lieben. Sie haßte ihn. Und sie wollte unter keinen Umständen schwanger werden. Aber sie könne natürlich nichts unternehmen, um ihn zurückzuhalten. Oder etwa doch?

Ras schlug vor, sie könne ja weglaufen oder ihn umbringen.

Danach sprach sie nicht mehr über ihre Gefühle, und sie schien auch durchaus nichts mehr dagegen zu haben, wenn er sie nahm. Sein Rücken überzog sich mit blutigen Kratzwunden, die tagsüber zum Schutz gegen Fliegen mit Schlamm beschmiert werden mußten.

Kurz vor Mittag des dritten Tages traten die Ufer bis auf eine Breite von zwanzig Metern zusammen. Wo sie vorher noch sanft aus dem Wasser aufgestiegen waren, wurden sie jetzt immer steiler. Darüber hinaus wurden sie immer höher, und schon bald lag die Wasseroberfläche sechs Meter unterhalb ihres Kamms. Die Strömung wurde nicht bedrohlich, dennoch fragte sich Ras, ob er nicht lieber anlegen und an Land vorausgehen sollte, um festzustellen, was vor ihnen lag. Als er sich endlich zu diesem Entschluß durchgerungen hatte, war es bereits zu spät. Die Ufer waren inzwischen so steil, daß nirgends mehr eine Möglichkeit zum Anlegen des Einbaums bestand.

Dann durchfuhren sie eine Biegung, und aus den sechs Meter hohen wurden dreißig Meter hohe Felswände; der Uferschlamm war Gestein gewichen; der Flußlauf wurde noch enger; das Boot wurde schneller dahingetragen; das Wasser wurde allmählich reißend.

»Ich hätte das eigentlich wiedererkennen müssen«, sagte Eeva. »Doch es ist schon eine ganze Weile her, und ich habe die Gegend ja auch nur aus der Luft gesehen. Hier unten sieht alles ganz anders aus.«

Die Schlucht, die sich so lange in leichten Windungen hingezogen hatte, dehnte sich schließlich schnurgerade vor ihnen aus. Die Felswände zu beiden Seiten wurden noch höher und traten mit zunehmender Höhe enger zusammen. Das Gestein war schwarz und massig. Es war weit und breit keine Stelle zu sehen, wo Ras und Eeva hätten Schutz finden können, selbst wenn sie das Boot verlassen hätten.

»Da vorn ist eine Insel«, sagte Eeva. Sie stand dicht bei ihm, als würde sie in seiner Nähe Schutz vor den schimmernden Felsen suchen. Sie sprach lauter, als ob sie sich über ein lautes Geräusch hinweg Gehör verschaffen müßte. Der Fluß grollte jedoch lediglich; er hatte noch nicht zu tosen begonnen.

Etwa hundertfünfzig Meter vor ihnen teilte sich der Fluß. Er rauschte durch zwei schmale Kanäle zu beiden Seiten eines Steinhaufens, der an der breitesten Stelle schätzungsweise fünfundzwanzig Meter breit war. Auf der ihnen zugewandten Seite — die andere konnte Ras nicht sehen — hatte die Insel die Form einer Speerspitze, die in den Strom ragte. Sie stieg ziemlich gleichmäßig aus dem Wasser auf, daß man annehmen konnte, sie würde von der Seite wie der Panzer einer Schildkröte aussehen.

Ungefähr dreihundert Meter hinter ihr waren Felsen, und an ihrem Fuß befand sich ein dreißig Meter breites und fünfzehn Meter hohes Loch. In ihm endete der Fluß und die Welt, von der Ras einst angenommen hatte, sie wäre die einzige, und Schwärze breitete sich dahinter aus, ganz so, wie es zum Ende der Welt paßte.

Auf dem höchsten Punkt der Insel stand eine strohgedeckte Hütte. Rings um sie herum ragten zahlreiche hölzerne und einige steinerne Statuen auf.

Ras verspürte ein Frösteln, war jedoch zu sehr damit beschäftigt, den Einbaum auf die Insel zuzupaddeln. Es gelang ihm, genau an der Stelle zu landen, die er ausgewählt hatte. Der Bug des Einbaums glitt auf einem Felssockel ein Stückchen in die Höhe, der, weil hinter weiß aufwallendem Wasser verborgen, nicht zu sehen gewesen war. Das Boot kam mit einem Ruck zum Stehen; sie wurden nach vorn geworfen, aber nicht nach draußen geschleudert. Sie sprangen auf, aus dem Boot heraus und ins Wasser. Es war nicht so einfach, den Einbaum auf den Felsen hinaufzuschieben, weil die Strömung ihn hart bedrängte, doch es gelang ihnen schließlich.

Als Eeva wieder zu Atem gekommen war, sagte sie: »Wer, um alles in der Welt, will denn hier leben?«

»Der hochbetagte Zauberer, den die Wantso Wizozu und die Sharrikt Vishshush nennen«, erklärte Ras. »Das habe ich dir doch erzählt. Die Wantso meinen, er habe hier schon gelebt, ehe die Thatumu — das ist das Volk, das die Sharrikt Dattum nennen — durch das Loch aus der Unterwelt hervorgekommen sind.«

Eeva lächelte wissend und sagte: »Ich bezweifle sehr, daß diese Hütte da soviel Zeit überdauert haben würde. Oder daß irgendwer da hindurchgekommen ist. Wie hätten sie wohl gegen die Strömung flußaufwärts kommen sollen?«

»Gilluk hat gesagt, es hätte früher einen Pfad durch die Höhlen im Berg gegeben, er hätte neben dem Fluß entlang bis nach oben auf die Berge geführt. Außerdem sei der Fluß zu der Zeit auch noch kleiner gewesen.«

»Das mag sein«, meinte Eeva. »Jedenfalls gibt es hier keinen weisen alten Zauberer.«

»Dann weiß ich nicht, mit wem Wuwufa und Gilluk gesprochen haben, als sie als junge Männer hierher gekommen sind, um Macht und Weisheit zu empfangen«, sagte Ras.

»Ach wirklich? Und wie sind sie gegen die Strömung angekommen?« wollte Eeva wissen.

»Ich weiß es nicht. Aber es gibt einen Weg. Wizozu hat Wuwufa und Gilluk gesagt, wie sie sicher zurückkommen könnten, ließ sie aber versprechen, es niemandem zu sagen.«

Eeva schüttelte ungeduldig den Kopf und sagte: »Dieses ganze Gerede führt ja zu nichts. Komm, laß uns mal nachsehen, was in der Hütte ist.«

»Du bleibst hier, bis ich dir sage, daß du hinaufkommen kannst«, sagte Ras. »Wizozu mag keine Frauen. Sie entziehen ihm seine Macht und seine Weisheit. Er tötet sie, sobald er sie riecht.«

Eeva rollte die Augen vor Abscheu, ließ sich dann aber doch auf einem einigermaßen glatten Stein nieder. Er stieg zur Hütte hinauf. Bis auf das Rauschen des

Wassers war es völlig still in der Schlucht. Weder auf der Insel noch in der Luft waren Vögel, und auf der Insel wuchsen keinerlei Pflanzen. Die Sonne, die fast senkrecht am Himmel stand, füllte die Schlucht mit Licht, doch Ras hatte den Eindruck, als würde Dunkelheit aus dem Wasser hervorsprudeln.

Die Statuen, aus Baumstämmen geschnitzt, waren doppelt so groß wie er. Einige hatten die Gestalt von Fröschen, Krokodilen, Leoparden und unbekannter Tiere. Die meisten der Köpfe hatten halb menschliche, halb tierische Züge. Einige Schädel steckten auf Pfählen.

Die Hütte hinter den Statuen war rund und hatte einen Durchmesser von etwa sechs Metern. Als Ras näher herangekommen war, sah er, daß die Wände auf dieser Seite größtenteils aus erstaunlich regelmäßigen schmalen Holzlatten bestanden. Der Eingang war breit; er war mit einem durchscheinenden Vorhang aus einem Material verhängt, das er auf diese Entfernung nicht genau erkennen konnte. Allerdings sah er, daß sich hinter dem Vorhang etwas Gewaltiges und Schwarzes befand.

Gilluk hatte ihm erzählt, der hochbetagte Zauberer hätte hinter dem Vorhang gesessen und mit einer Stimme zu ihm geredet, die sich wie das Brüllen von Baastmaast angehört habe.

Gilluk hatte auch erzählt, daß sein Onkel auf die Insel gekommen wäre, um zusätzliche Kraft und Weisheit zu erlangen, mit deren Hilfe er seinen Bruder, Gilluks Vater, hatte besiegen wollen. Doch sei er niemals zurückgekehrt. Und als Gilluk zur Insel gezogen war, hatte er die Gebeine seines Onkels vor der Hütte gefunden — er hatte sie an der Kriegskeule seines Onkels erkannt. Vishshush hatte ihn aufgefordert, die Knochen seines Onkels ins Wasser zu werfen und auch die anderen Knochen zu beseitigen. Vishshush hatte ihm allerdings nicht gesagt, warum er seinen Onkel getötet hatte, und Gilluk hatte auch nicht gewagt, ihn danach zu fragen.

Wenn Gilluks Erzählung der Wahrheit entsprach, dann hatte er keine Knochen auf der Insel zurückgelassen. Doch ungefähr sechs Meter von der Hütte entfernt lag ein Skelett auf dem Weg. Der Schädel und die Knochen sahen aus, als würden sie von einem Wantso stammen. Waffen waren nicht zu sehen.

Ras ging an der ersten Statue vorbei, die aus glänzendem Mahagoni bestand und einen Frosch mit einem gorillaähnlichen Kopf darstellte. Sie mußte mindestens eine Tonne wiegen, und diese Tatsache veranlaßte Ras dazu, darüber nachzudenken, welche Kraft Wizozu besitzen mußte, wenn er in der Lage gewesen war, diese schwere Statue auf die Insel zu schaffen.

Er ließ die Statue hinter sich. Je näher er an die Hütte und an den Vorhang kam, hinter dem sich Wizozu so massig und schwarz abzeichnete, desto nervöser wurde er. Einmal blieb er stehen und sah zu Eeva zurück, um sicherzugehen, ob sie ihm auch gehorchte und um aus der Tatsache, daß sich noch ein anderes menschliches Wesen mit ihm an diesem Ort befand, Unterstützung und Ermutigung zu empfangen.

Er wandte sich wieder um und machte einen Schritt, blieb aber sofort wieder stehen. Ihn fröstelte plötzlich noch mehr, und seine Nackenhaare richteten sich steiler auf, wenn das überhaupt möglich war. Die Froschstatue mit dem Gorillagesicht hatte zum Ende der Insel geblickt, als er an ihr vorübergegangen war. Jetzt sah sie ihn an.

Der Körper hatte sich nicht bewegt, aber der Kopf hatte sich gedreht.

Er stand eine Minute lang bewegungslos da und ging dann weiter auf die Hütte zu. Weshalb sollte er zögern? Er hatte ja schließlich merkwürdige und großartige und furchteinflößende Wunder erwartet.

Er hörte, wie Eeva ihn anrief und drehte sich um. Sie kam hinter ihm hergerannt und rief etwas. Er bedeutete ihr ärgerlich, sie solle zurückbleiben, doch sie kam weiter auf ihn zugelaufen. Als sie bis auf etwa sechs Meter herangekommen war, sagte sie: »Der Kopf der Statue hat sich gedreht, Ras! Er hat sich gedreht!«

»Ich weiß!« rief er. »Ich weiß! Mach, daß du zurückkommst, sonst bringt Wizozu dich um!«

»Aber du verstehst ja nicht! Er ...«

Die Stimme, die aus der Hütte hervordröhnte, war genauso, wie er sich Igziyabhers Stimme immer vorgestellt hatte. Sie brüllte lauter als Baastmaast; sie stieg an den Felswänden der Schlucht in die Höhe und prallte zu ihm zurück. Sie erfüllte ihn mit Schrecken; sie machte ihn starr.

Sie redete in einer Sprache, die er im ersten Moment nicht erkannte. Sie unterschied sich von Eevas und seinem Englisch genauso stark, wie seins sich von ihrem unterschied.

»Ras Tyger! Töte die Frau! Ich, Wizozu, befehle dir, sie zu töten!«

Ras tauchte aus der Erstarrung auf, als hätte er gerade das kalte Wasser des Sees verlassen. Er wandte sich der Hütte und der gewaltigen dunklen Masse darin zu. »Wizozu!« rief er. »Warum sollte ich die Frau töten, die mein Leben gerettet hat und die ich liebe?«

Einen Augenblick lang war es still. Eeva sagte: »Ras! Diese ganze Anlage ...«

Die Stimme blies ihre Worte davon, als wären sie Holzspäne auf einem Wasserfall.

»Ras Tyger! Willst du deine Pflegeeltern wiedersehen, Yusufu und Mariyam? Ich, Wizozu, kann ihre Geister erscheinen lassen, und du kannst sie sehen und mit ihnen sprechen!«

Eeva schrie: »Ras! Das Ganze ist eine List! Sieh doch mal zu der Felsspitze da auf! Dort kannst du den Fernsehmast sehen! Die Statue muß eine Fernsehkamera in ihrem Kopf haben, wahrscheinlich sind noch mehr Kameras aufgestellt. Und die Stimme kommt über einen Lautsprecher! Ras!«

Er hatte keine Ahnung, was sie mit *Fernsehen* oder *Lautsprecher* meinte. Doch als er zu dem Felsen aufsah, auf den sie deutete, bemerkte er einen schlanken Baum ohne Äste, aus dessen Spitze lange steife Zweige senkrecht herausragten.

Die Stimme brüllte: »Zögere nicht, Ras! Töte sie auf der Stelle! Sie ist nicht die Frau für dich! Eine andere Frau, eine wunderschöne Jungfrau, soll deine wahre Gefährtin sein! Sie ist für dich vorbereitet; sie ist deiner wert! Töte dieses Luder, diese Ausgeburt der Unreinheit! Töte sie auf der Stelle!«

»Was meinst du damit, Großer Wizozu«, rief Ras zurück, »wenn du sagst, daß eine andere Frau meine wahre Gefährtin sein soll, daß sie für mich vorbereitet wurde? Und was willst du damit sagen, wenn du behauptest, daß diese Frau hier, Eeva, eine Ausgeburt der Unreinheit ist? Sie hat keine Krankheiten. Ich habe bei ihr gelegen und weiß das. Wenn sie gebadet ist und etwas zu essen im Bauch und geschlafen hat, ist sie schön! Wenn ihr auch erst ein Krokodilsherz im Schlitz auf die Sprünge helfen muß.«

Wizozu dröhnte wütend: »Rede hier nicht von solchen Obszönitäten, Ras! Sonst werde ich auch dich töten! Tu, was ich dir sage! Ich weiß, was für dich gut ist! Keine Widerrede! Ich weiß! Töte diese Frau!«

»Und wenn ich sie nicht töte?« schrie Ras.

»Dann werde ich, Wizozu, dich töten! Auf irgendeine Art werde ich dich strafen, da kannst du sicher sein! Wenn du sie nicht tötest, lasse ich dich zum Beispiel nicht die Geister deiner Pflegeeltern sehen und mit ihnen sprechen!«

»Was heißt das, du läßt mich nicht mit ihren Geistern sprechen?« fragte Ras.

Trotz des Schreckens, den Wizozus Erklärung ihm eingejagt hatte, war ihm aufgefallen, daß Wizozu sowohl Mariyam als auch Yusufu als seine Pflegeeltern bezeichnet hatte. War Mariyam demnach nicht seine leibliche Mutter? Wenn sie es nicht war, wer war es dann?

»Kannst du die Toten wirklich aus der Unterwelt herbeirufen?«

»Ich rede keinen Unsinn!« donnerte die Stimme.

»Zeig es mir! Wenn du kannst, was du behauptest, werde ich Eeva töten!«

Aus den Augenwinkeln heraus sah er Eeva, bis zur Brust im Wasser, wie sie sich an der Seite der Insel an den Steinen festhielt. Sie legte einen Finger auf die Lippen und watete langsam an ihm vorbei. Offenbar wollte sie versuchen, Wizozu aus dem Hinterhalt mit bloßen Händen anzugreifen. Ihr Mut war bewundernswert, das stand fest, doch schien es ihr an gesundem Menschenverstand zu fehlen.

Ras rief: »O Wizozu! Laß mich Mariyam und Yusufu und Wilida sehen! Danach entscheide ich, ob ich Eeva töten werde oder nicht! Ich muß zuerst sicher sein, daß du auch wirklich halten kannst, was du versprichst!«

Wizozu schwieg ziemlich lange. Seine schattenhafte Körpermasse bewegte sich hinter dem Vorhang nicht. Eeva war nicht mehr zu sehen. Er wünschte, er könnte ihr sagen, sie solle zum Einbaum zurückgehen. Um Wizozu würde er sich schon kümmern — auf die eine oder andere Weise.

Er schwitzte in der Sonne, während er auf Wizozus Antwort wartete. Das weiße Gestein der Insel und die nahegelegenen schwarzen Felswände der Schlucht schienen die Mittagshitze noch zu verstärken. Ein schwacher Wind fächelte seinen Rücken, verschaffte ihm aber keine Kühlung. Die Stille wurde schwer erträglich, und schließlich öffnete er den Mund, um zu sprechen. Er mußte etwas sagen. Ehe er jedoch ein Wort hervorbringen konnte, gebot ihm Wizozus Gebrüll Einhalt.

»Also gut! Es spielt keine Rolle, ob sie jetzt und von deiner Hand stirbt oder später! Du sollst deine geliebten

Toten sehen! Und dann wirst du wissen, daß ich dir die Wahrheit sage und daß ich so mächtig bin, daß niemand sich mir widersetzen kann!«

»Nicht einmal Igziyabher?« erkundigte sich Ras.

Wizozu war für ein paar Sekunden still. Dann sagte er: »Igziyabher hat mir die Macht gegeben zu tun, was ich will! Ich bin hier Sein Vertreter!«

»Ich möchte Ihn sehen!« rief Ras. »Ich habe Ihm viele Fragen zu stellen!«

»Frag die Toten!« brüllte die Stimme. »Sieh, Ras!«

»Was soll ich sehen?«

»Links von dir! Auf dem großen Findling!«

Ras wandte sich dem nahegelegensten Gesteinsbrocken zu, etwa zehn Meter von ihm entfernt. Er war aus Granit und ungefähr zweieinhalb Meter hoch und drei Meter breit. Er hatte auf den ersten Blick kompakt ausgesehen, doch jetzt teilte ihn ein senkrechter Spalt in zwei Hälften, und dann schwangen die beiden Teile nach außen und gaben den Blick auf das hohle Innere frei. Ein kleinerer Stein befand sich darin; auf ihm stand eine Granitschale in Form eines Vogels. Hinter dem Stein ragte eine schlanke, gebogene, graue Tülle auf, die noch tropfte. Die Tülle sank nach unten und verschwand hinter dem kleinen Stein.

»Trink aus dem Steinvogel, Ras!« sagte Wizozu. »Trink, und nach kurzer Zeit wirst du deine geliebten Toten sehen!«

Ras zögerte nicht einen Moment. Er trat an den Stein heran und hob den Steinvogel an seinen steinernen Schwingen hoch. In seinem schalenartig vertieften Rücken war Wasser. Ras kippte den Vogel etwas vor, so daß das Wasser aus der Vertiefung in eine oben in den Hals des Vogels geschlagene Rinne laufen konnte. Die Rinne mündete in ein Loch im Hinterkopf des Vogels, und das Wasser kam vorn durch den Schnabel wieder heraus und floß Ras in den Mund.

Er hatte irgendeinen fremdartigen Geschmack erwartet, doch die Flüssigkeit schien tatsächlich nur Wasser zu sein. Er trank den Vogel leer, stellte ihn auf den Stein zurück und trat, als würde er von Wizozu dirigiert, zurück. Die beiden Hälften des großen Steins schwangen in ihre ursprüngliche Stellung zurück, und der Stein sah wieder wie ein durchaus kompakter Findling aus.

Ras wartete. Er spürte nichts als eine gewisse Besorgnis und noch ein paar Minuten Enttäuschung. Wizozu brüllte ihm zu, Geduld zu haben. Er solle an die Geister und an diejenigen denken, die er zu sehen wünschte, und bald schon würden sie vor ihm erscheinen.

Er wartete, während die Sonne begann, auf ihr schwarzes Bett zuzusinken. Bald sah er rechts von sich, hinter Wizozus Hütte, da, wo der Buckel der Insel plötzlich nach unten abfiel, einen gelben Tupfer. Er stieg höher, und ihm folgten Eevas Stirn, ihre Augen, ihre Nase. Ras wollte ihr ein Zeichen machen, zurückzugehen, wagte es aber nicht. Er erlitt Höllenqualen, denn er war sicher, daß Wizozu sie bald erblicken würde, und alles würde vorbei sein. Die Köpfe mehrerer Statuen hatten sich bewegt, und jetzt konzentrierten sie ihre Blicke auf Eeva. Auf einmal schob sich der Lauf eines Maschinengewehrs aus einer Öffnung in der Seite der Hütte und richtete sich auf Eeva. Ras sah die Spitze des Laufs, der sich langsam senkte.

Er rief Eeva an und stürzte vorwärts.

Wizozu brüllte mit donnernder Stimme: »Zurück, Ras! Ich verbiete dir, näher zu kommen!«

Ras setzte seinen Angriff fort. Zu beiden Seiten der Tür klappten Teile der Bambuswand zurück, und aus jeder Öffnung schoben sich Maschinengewehrläufe nach draußen. Der große, dunkle Körper von Wizozu hinter dem Vorhang bewegte sich nicht, doch seine Stimme ertönte lauter und wurde eindringlicher.

»Zurück, Ras! Ich möchte dich nicht töten! Du weißt nicht, was du tust!«

Dann gingen die Maschinengewehre auf Eevas Seite

los — es waren jetzt zwei, die sich herausgeschoben hatten —, und Feuer drang aus ihnen hervor. Staub und Gesteinssplitter flitzten über den Felsen auf Eevas Kopf zu, als würde ein unsichtbarer Gigant mit stahlharten Vogelkrallen über die Insel dahinziehen.

Eeva zog den Kopf ein. Ras rannte weiter, er rechnete jeden Augenblick damit, daß die Gewehre, die auf ihn gerichtet waren, zu feuern beginnen würden. Er warf sein Messer; es sauste durch den schmalen Spalt zwischen den Vorhängen und drang in den gewaltigen Körper von Wizozu ein, der auf einem riesigen Metallstuhl saß. Ras war inzwischen so nahe heran, daß er den Kopf des Zauberers sehen konnte. Er war viermal so groß wie sein eigener, schwarz, mit Flügelohren, mit einem gekrümmten Horn als Nase, knallroten Glasaugen und Messern als Mund.

Ras zerrte sein Messer aus dem weichen Stoffkörper heraus und sprang in die Mitte der Hütte. Die Maschinengewehre waren jetzt keine Gefahr mehr für ihn; sie hatten sich so weit sie konnten nach innen gedreht und zielten aufeinander. Sie hatten noch keinen einzigen Schuß abgegeben.

Wizozu brüllte so laut, daß Ras die Ohren weh taten. »Mach, daß du rauskommst! Mach, daß du da rauskommst! Ich bringe dich um! Hast du denn vor gar nichts Angst?«

Die Stimme kam nicht aus Wizozus Mund, sondern aus einem großen Metalltrichter, der an einem gebogenen Metallstab über der Eingangstür angebracht war.

Der unbekannte Aufseher, wer immer er war, wo immer er war, hatte jetzt keine Macht mehr, Ras etwas anzutun. Ras konnte ihm noch nichts tun, war jedoch entschlossen, das Ränkespiel des Mannes zu zerstören, der ihn glauben gemacht hatte, die Wantso hätten seine Eltern umgebracht.

Er durchsuchte die Hütte, verstand wenig von dem, was er sah, fand aber einen Kasten, der ein paar Geräte enthielt, die er kannte. Es handelte sich um einen großen Vorschlaghammer und um ein Brecheisen. Zuerst zertrümmerte er die Maschinengewehre, die noch immer auf Eeva feuerten, jedenfalls in die Richtung, wo sie gewesen war. Die anderen Maschinengewehre riß er herunter — auf jeder Seite der Hütte zwei, und schlug die blinden, gläsernen Augen auf allen Metallkästen in der Hütte ein. Das erste zerbarst und verstreute Glas in der ganzen Hütte, doch da er beim Zuschlagen an der Seite gestanden hatte, bekam er nichts ab. Daraufhin achtete er darauf, nicht vor den Einäugigen zu stehen, wenn er zuschlug. Eeva, die die Hütte betrat, hielt ihn davon ab, mit einem Bolzenschneider ein Kabel zu zerschneiden.

»In dem Kabel sind Blitze«, erklärte sie. »Sie töten so sicher wie Blitze, die vom Himmel zucken.«

Sie suchte, bis sie eine Falltür gefunden hatte, und stieg durch sie hindurch nach unten. Ras sah ihr zu, wie sie den Keller durch einen Druck auf einen Knopf erleuchtete, sah die großen schwirrenden Gegenstände aus Metall, roch einen unangenehmen Geruch, den sie als Benzin bezeichnete, und beobachtete schließlich, wie die Metallgegenstände zu schwirren aufhörten, als sie ein Ding aus Metall herunterzog, aus dem Funken sprühten, als es sich von einem anderen Metallgegenstand löste.

Sie beendeten die Zerstörung, indem sie Wizozu umkippten und die weiche Polsterung von dem Holzrahmen abrissen und diesen sowie die Maschinerie im Innern zertrümmerten.

Ras trat ins Freie, um die Statuen zu zerstören, doch er erreichte sie nie. Ein Geräusch, wie wenn ein gewaltiger Baum umbricht, erschreckte ihn. Er blickte auf und sah, daß der Himmel sich feuerrot gefärbt hatte. Die Sonne stand als schwarzer Ball vor dem Feuer. Ein Kopf, größer als der Vollmond, stieg über den Felsen auf. Es war der Kopf eines weißhaarigen, alten weißen

Mannes mit einem langen weißen Bart. Es war Igziyabher, wie Mariyam ihn beschrieben hatte.

Ras schrie auf, denn er war sicher, Igziyabher würde sich auf ihn stürzen. Seine Großtuerei und seine Sicherheit schmolzen von ihm ab. Was könnte er gegen etwas derart Gewaltiges unternehmen?

Der Kopf, der den ganzen Himmel ausfüllte, starrte ihn aus Augen an, die bleich und feindselig wie die eines Krokodils waren. Eine Hand, so groß wie ein Viertelmond, stieß hinter den Felsen in die Höhe, packte den Rand des Himmels und zog ihn herunter, als wäre es ein Vorhang, den man vor einem Fenster in Mariyams Hütte beiseite zieht. Der Himmel hinter dem blauen Himmel bestand aus derart vielen, wirbelnden Farben, daß Ras nur ein Chaos aus Herrlichkeit sehen konnte. Dann öffnete sich die Hand, und der feuerrote Himmel schnappte zurück und verdeckte den vielfarbigen, wirbelnden Himmel.

Ras wußte, daß er vor Ehrfurcht zitterte, doch schien er nicht mehr so ganz mit seinem Körper in Verbindung zu stehen, und deshalb war die Ehrfurcht nur ein Schatten ihrer selbst.

Die Insel, geformt wie der Panzer einer riesengroßen Schildkröte, wurde für einen kurzen Augenblick Fleisch. Sie bäumte sich auf, und er stieg mit ihr in die Höhe, und dann schrumpfte sie zusammen und wurde wieder zu Stein und Sand.

Doch da und dort bildeten sich kleine Beulen auf der Oberfläche; sie wuchsen in die Höhe und formten sich zu Gestalten von Männern und Frauen und Tieren und Vögeln. Ganz vorn waren Mariyam und Yusufu und Wilida. Hinter ihnen waren die anderen kleinen Schwarzen, die er als Kind gekannt hatte. Und hinter diesen waren Bigagi und der ganze Wantsostamm. Und die Sharrikt, die er getötet hatte. Und die Leoparden, Affen, Flußschweine, Krokodile, die Rehe, Antilopen und Zibetkatzen. Hinter und über ihnen flatterten die

Vögel, die er geschossen hatte. Sie flogen herum, als wären sie mit Schnüren an die Erde gebunden. Erdschnüre befestigten sie an der Welt; sie konnten nur im Kreis fliegen.

Kurz darauf drängte sich Janhoy durch die Tiere und Wantso hindurch und ging majestätisch zu Yusufu und legte sich ihm zu Füßen nieder. Seine grünen Augen schimmerten.

Ras weinte vor Freude und rannte auf sie zu, doch sie zogen sich vor ihm zurück. Ihre Füße liefen nicht auf der Erde; sie steckten bis zu den Knöcheln im Boden; ihre Beine schienen aus der Erde hervorzuprießen, oder vielmehr in die Erde eingesunken zu sein, und es sah so aus, als müßten sie sich mit aller Kraft dagegen wehren, wieder ganz im Boden zu versinken. Sie sahen aus, als ritten sie auf Sandwogen, und einige von ihnen sanken bis zum Hals ein, ehe sie wieder aufstiegen.

»Komm nicht näher, o Sohn!« sprach Mariyam. Ihr kleines, dunkles Gesicht war schmerzverzerrt. »Wir können dich nicht berühren, auch wenn uns danach verlangt, dich zu halten und dich zu küssen! Wir sind tot. Du aber lebst.«

»Wenn ich dich doch sehen kann, warum kann ich dich nicht auch berühren?« fragte Ras.

»Weil der Abstand zwischen den Lebenden und den Toten größer ist als der zwischen der Sonne und den Sternen«, sprach Mariyam. »Es ist der größte Abstand auf der Welt!«

»Wilida!« schrie Ras und hoffte, sie würde nicht dasselbe sagen. Aber Wilida zog sich ebenfalls vor ihm zurück.

»Vergiß sie, o Sohn«, hob Mariyam wieder an. »Sie ist tot, du aber hast ein lebendiges Weib, das du lieben kannst. Vergiß uns alle.«

»Ich kann nicht!« rief er. »Ich habe Tag und Nacht nur Leid und Gram um euch.«

»Laß das, o Sohn«, sprach Yusufu. »Sonst wirst du

bald unter uns sein und könntest es wahrlich schon jetzt.«

»Was kannst du mir sagen?« fragte Ras ihn. »Wenn du mich nicht berühren kannst, so kannst du doch zu mir sprechen. Sage mir etwas, das ich unbedingt wissen muß. Du bist tot; du hast die Wahrheit hinter den Mauern der Welt gesehen. Du kennst die Antworten auf meine Fragen. Gib sie mir!«

Yusufu grinste mit dem Geist seines lebendigen Grinsens. In dem Moment sah er böse aus. Wilida, die die ganze Zeit über zur Erde geblickt hatte, hob den Kopf und sah ihn an, als würde sie ihn hassen.

Mariyam sagte: »Die Toten haben dir nichts zu sagen, das sie dir nicht schon gesagt haben, als sie noch unter den Lebenden weilten.«

»Und mehr haben sie dir nicht zu sagen«, fügte Yusufu hinzu.

Ras hörte aus weiter Ferne Eeva nach ihm rufen. Er blickte um sich, konnte sie aber nicht sehen. Als er sich wieder den Geistern zuwandte, bemerkte er, wie sie alle in der Erde versanken. Mariyam war schon bis zum Hals, Yusufu bis zur Brust und Wilida bis zur Hüfte verschwunden. Sie wehrten sich lautlos, doch verzweifelt. Janhoy versuchte, sich auf die Pfoten zu erheben, aber sein Körper verschwand immer weiter, und bald war nur noch sein mähniger Kopf mit dem geräuschlos brüllenden Rachen zu sehen.

Ras hastete vorwärts, um sie zurückzuziehen, doch die Erde schien sie schneller in sich hineinzuspulen, als er laufen konnte. Und als er plötzlich spürte, daß er vorankam, fand er nur leeren Boden vor. Sie waren untergegangen. Er fiel aufs Gesicht und grub die Finger in die Erde und fühlte das dichte Kräuselhaar auf Mariyams Kopf, und dann war es auch weg. Er weinte und stöhnte und flehte sie an, zurückzukommen, und nach einer Weile schien er eingeschlafen zu sein.

Dunkelheit folgte auf Dunkelheit.

ZWANZIGSTES KAPITEL

Die Jagd

Er befand sich an einem Ort, wo es so still war, daß er nur das Summen eines Ungeräuschs vernahm. Er stand auf Stein und in nicht ganz knöcheltiefem Wasser. Seine im weiten Bogen um ihn herum tastenden Hände fühlten nichts.

Er stöhnte und fragte sich, ob er auch tot sei und ob die Geister ihn mit sich genommen hätten.

Ein Klicken ließ ihn zusammenzucken, und die winzige Flamme, die dem Klicken folgte, ließ ihn nach Luft schnappen. Im Lichtschein sah er eine Hand, die das Feuerzeug hielt, und das bleiche, ängstliche Gesicht Eevas. Dahinter waren rauhe Steinwände, weiter vorn in den Schatten eine Beule und mehr Dunkelheit. Das Wasser war ein seichtes Rinnsal, nicht mehr als einen halben Meter breit.

Eeva klappte das Feuerzeug zu. Er spürte, wie sie näher an ihn herankam. Sie sprach sanft, als würde die Dunkelheit und die Stille sie dämpfen. »Fehlt dir auch nichts, Ras?«

»Ich habe keine Ahnung. Wo sind wir? Wie sind wir hierher gekommen? Was ...?«

»Zuerst mußt du mir erzählen, was mit dir passiert ist«, unterbrach sie ihn. »Du bist aus der Hütte ins Freie gerannt, und als nächstes weiß ich nur noch, daß du verrückt gespielt hast; du hast Selbstgespräche geführt und dich auf der Erde gewälzt.«

Ras erzählte ihr, was passiert war. Sie begriff noch immer nicht ganz, wie es dazu gekommen sein konnte, bis er schließlich erwähnte, Wasser aus dem Steinvogel in dem aufklappbaren Findling getrunken zu haben.

»Da muß LSD drin gewesen sein«, meinte Eeva, »oder irgendeine andere psychedelische Droge. Das ist die einzige Erklärung, die ich für deine Halluzinationen und deine anschließende Ohnmacht habe. Das erklärt auch, was mit den Wantso und Sharrikt geschehen ist, die es gewagt haben, jenem Ding gegenüberzutreten, um religiöse Offenbarungen und Kraft zu empfangen.

Der Mann hat die ganzen Statuen und die übrige Ausrüstung auf die Insel gebracht ... weiß der Himmel, warum. Es sei denn, er hatte mit dir etwas im Sinn. Vielleicht wollte er auch bei den Eingeborenen Gott spielen und jeden von dem Versuch abhalten, auf dem Fluß aus dem Tal herauszukommen, obgleich natürlich jeder, der das versucht hätte, nicht ganz bei Sinnen sein konnte.

Na, wie dem auch sei, er hat dich das Zeug trinken lassen, damit du leichter zu beeinflussen sein würdest, damit er dich leichter dahin haben konnte, wohin er dich haben wollte. Leute, die LSD nehmen, sind häufig geradezu phantastisch zu beeinflussen, mußt du wissen. Das kannst du natürlich nicht wissen. Jedenfalls hatte er vor, dich aufzufordern, mich umzubringen, wenn die Wirkung der Droge eingesetzt haben würde. Er hat zu dir von den Geistern gesprochen, also hast du sie gesehen. Sie haben nur in deiner Vorstellung existiert, Ras. Aber du hast ihm einen Streich gespielt, indem du zum Angriff übergegangen bist, bevor die Wirkung der Droge einsetzte.

Ich wußte, daß dieser ... dieser Mann ... uns nur durch Fernsehkameras beobachten konnte ... wahrscheinlich sitzt er auf der Felssäule im See ... und zweifellos würde er einen Hubschrauber nach mir aussenden, sobald er sicher war, daß wir auf der Insel waren. Wir saßen in der Falle, dachte er jedenfalls.

Nachdem du ohnmächtig geworden warst — nachdem du dich in dich zurückgezogen hattest, meine ich, denn du konntest ja noch laufen und hast getan, wozu ich dich aufforderte — habe ich dich ins Boot gebracht. Doch lange hast du nicht mitgearbeitet; du hast eine

Weile gepaddelt und dann aufgehört, und ich allein konnte das Boot nicht gegen die Strömung flußaufwärts rudern. Eigentlich bin ich sicher, selbst wenn du dir alle Mühe gegeben hättest, wäre es uns nicht gelungen, wieder zurückzufahren.

Das war in dem Moment auch ganz egal, denn ich hörte den Hubschrauber kommen. Mir blieb nur eins übrig. Ich wollte es eigentlich gar nicht tun, aber zumindest bestand die Aussicht, auf die Weise lebend davonzukommen. Ich steuerte das Boot in die Höhle, genau in dem Augenblick, als der Hubschrauber um die Biegung herumkam. Die Männer müssen uns gesehen haben, denn sie kamen direkt hinter uns hergeflogen. Sie konnten mit dem Hubschrauber nicht in die Höhle kommen — zwar war der Eingang groß genug, und sie hätten hineinkommen können, aber doch wiederum nicht so groß, daß sie noch einen ausreichenden Sicherheitsspielraum gehabt hätten —, leuchteten uns aber mit einem Suchscheinwerfer an. Es war schrecklich. Der Fluß rauschte und brodelte, weil sein Bett auf einmal enger geworden war. Dann schossen wir um eine Biegung herum und wären beinahe kopfüber aus dem Boot geflogen, als wir gegen die Seitenwand stießen. Das Boot wurde wie wild hin- und hergeschleudert, und ich konnte überhaupt nichts mehr sehen. Fast wären wir von den Wellen weggespült worden.

Ich betete — ich habe nie an Gott geglaubt, und ich glaube auch jetzt noch nicht an ihn —, und dann stieß das Boot gegen etwas, und wir wurden ins Wasser geschleudert. Doch das Wasser war ziemlich flach, und ich führte uns auf etwas höhergelegenes Gelände, auf einen Felsvorsprung, um es genauer zu sagen. Ich habe das Feuerzeug benutzt, das glücklicherweise noch in deiner Felltasche steckte, und da sah ich, daß wir vor dem Eingang eines Seitentunnels standen, eines großen Seitentunnels. Es muß wohl das Bett eines anderen Flusses sein, der jetzt aber ausgetrocknet ist. Das Boot war dahin, weggespült. Das war mir egal, denn ich hatte sowieso nicht die Absicht, es noch einmal zu besteigen. Wir haben Glück gehabt; das glaube ich jedenfalls so lange, bis etwas Schlimmes passiert. Wir können diesem alten Flußbett nach — wer weiß wohin? — folgen.«

Ihre Stimme zitterte bei den letzten Worten, und plötzlich schluchzte sie auf und warf sich ihm an die Brust. Er hielt sie eine Weile in den Armen und meinte dann, sie müßten weitergehen. Er fühlte sich etwas wacklig auf den Beinen, war aber noch kräftig genug, einen weiten Weg zu laufen.

»Sag mir Bescheid, wenn du etwas Ungewöhnliches zu sehen oder zu hören oder zu fühlen beginnst«, sagte sie. »Manchmal haben bewußtseinserweiternde Drogen einen Rückfalleffekt.«

Er fühlte sich immer noch etwas unwirklich, wie ein bißchen fehl am Platze, doch müßte damit wohl ein jeder rechnen, der sah, was er gesehen hatte.

Er legte ihr einen Arm um die Schulter, und dann zogen sie los in die Dunkelheit. Sie könne nicht aufhören zu zittern, sagte sie, weil ihr so kalt sei, nicht nur wegen der Kälte, die das feuchte Gestein ausstrahle, sondern auch aus Furcht. Alle Augenblicke schnippte sie das Feuerzeug an, um sicherzugehen, daß sich vor ihnen keine Abgründe auftaten, oder um irgendein Hindernis zu identifizieren, das sich gewöhnlich als großer Stein entpuppte, den der mittlerweile gestorbene Fluß in seinem Bett mitgeschleppt hatte.

Sie liefen einige Zeit, hätten aber nicht zu sagen gewußt, wie lange sie gelaufen waren, und gelegentlich tranken sie aus dem kleinen Rinnsal zu ihren Füßen, dessen Wasser klar zu sein schien. Ras meinte, ihre Situation könnte schlimmer sein. Zumindest brauchten sie sich keine Sorgen zu machen, vor Durst zu sterben. Eeva fand das gar nicht komisch.

Der Moment kam, da sie darauf bestand, sich schlafen zu legen. Trotz der Kälte und des nagenden Hungers war sie so erschöpft, daß sie sich nicht länger wachhalten konnte. Sie legten sich auf einem rauhen, harten Steinsims nieder, auf dem es trockener war als auf den Steinen nahe dem Rinnsal, und schliefen tatsächlich, obgleich beide häufig zwischendurch aufwachten. Als sie beide nicht mehr weiterschlafen konnten, lösten sie sich voneinander, standen mit steifen Gliedern auf und setzten ihren beschwerlichen Weg fort. Sie kamen jetzt allerdings schneller voran als vorher, wo es das Rinnsal noch nicht gegeben hatte. Solange sie im Wasser liefen, meinte Ras, brauchten sie nicht zu befürchten, in einen Abgrund zu stürzen. Ihre Füße waren vom Wasser ganz taub, und ihre Beine schmerzten vor Kälte, doch es war die sicherste Art voranzukommen. Außerdem stellten sie fest, daß das Wasser sich ganz schwach bewegte, demnach also bergab floß, und die Tatsache, daß sie bergauf stiegen, ermutigte sie. Eine logische Begründung gab es dafür nicht, aber sie waren der Meinung, wenn sie weiterhin bergauf steigen, dann müßten sie irgendwann an der Erdoberfläche ankommen. Zudem konnten sie ja ohnedies nur einem Weg folgen.

Bei sich dachte Ras, daß sie zwar nicht verlorengehen könnten, gut, doch sie könnten verloren sein. Wenn die Quelle, aus der das Rinnsal entsprang, sich als kleines Loch im Gestein herausstellte und sie nicht weitergehen könnten ... Na, er würde eben abwarten, bis es soweit war. Im Grunde glaubte er allerdings nicht an diese Möglichkeit.

Sie schlurften weiter, bis Eeva meinte, sie müsse sich wieder ausruhen. Sie blieb stehen und schnippte das Feuerzeug an, um noch rasch einen Blick um sich zu werfen, ehe das Benzin ganz aufgebraucht war. Sie schrie auf und sank in seine Arme zurück. Ein paar Schritte vor ihnen lag auf einem Stein das Gerippe einer Fledermaus, das im ersten Moment wie eine gewaltige Skeletthand ausgesehen hatte.

Ras stieß einen lauten Freudenschrei aus, rief ihr zu, das Feuerzeug anzulassen und rannte vorwärts und um eine Ecke herum. Dort hörte er das entfernte Rauschen, das er erwartet hatte. Er rief sie, und dann liefen sie noch ungefähr hundert Meter weiter. Das Rauschen wurde lauter, ein Lichtschimmer tauchte vor ihnen auf und wurde größer und heller, die Luft wurde so feucht wie in einer Wolke, und schon bald standen sie am Rande einer Höhle, die etwa zwölf Meter breit und zehn Meter hoch war. Die Quelle des Rinnsals war eine Reihe von Bächlein, die an den Wänden nach unten liefen und sich gleich hinter dem Eingang zur Höhle zu einem kleinen Teich vereinigten. Sie waren von einem betäubenden Rauschen umgeben und standen fast mitten im Wasser.

Ras brachte seinen Mund dicht an ihr Ohr heran und rief: »Ich bin früher schon einmal hiergewesen! Diese Höhle liegt hinter einem der Wasserfälle! Ich habe sie als Kind entdeckt! Damals bin ich bis zu der Stelle vorgedrungen, wo die tote Fledermaus liegt! Wir sind fast zu Hause! Wir sind im Kreis gelaufen!«

Sieben Tage später, gegen Mittag, lagen sie am Rand eines hohen Hügels hinter einem Busch. Sein steiler und steiniger Abhang war mit Büschen und kleinen Bäumen mäßig bewachsen. An seinem Fuß lag ein vergleichsweise lichtes Gelände von etwa sechzig Meter Breite und dreihundert Meter Länge. Dahinter erhob sich verworren und dicht der Wald. Laute Rufe, hin und wieder auch ein Gewehrschuß, drangen von irgendwo aus dem Wald schwach zu ihnen herauf.

Ras wie auch Eeva hatten an Körpergewicht zugenommen, ihre Augen waren nicht mehr so schwarz umrändert und hohl. Sie waren mit Antilopenfellen bekleidet, und in ihrer Höhle hoch oben in den Felsen, ihrem Nachtlager, befanden sich noch mehr Felle von Antilopen, Affen und Leoparden, mit denen sie sich zudecken konnten. Beide hatten einen Bogen und Pfeile. Ras hatte sie aus dem Baumhaus herangeschafft, zusammen mit anderen Dingen, die sie brauchten. Eeva hatte sich seinetwegen Sorgen gemacht, weil sie befürchtet hatte, der Mann auf der Felssäule im See könnte einen Wachtposten oder versteckte Fernsehkameras in der Nähe des Hauses aufgestellt haben. Sie hatten sich dem Haus vorsichtig genähert und waren stundenlang herumgeschlichen, ehe sie zu der Überzeugung gekommen waren, daß weder Leute noch Kameras aufgestellt waren. Doch gesprochen hatten sie nicht, während sie die Dinge zusammenklaubten, die sie brauchten, denn Eeva hatte gemeint, es wäre ziemlich einfach, Abhörvorrichtungen zu verstecken.

Die ersten vier Tage hatten sie damit zugebracht, ein warmes, sicheres und gutgetarntes Plätzchen, Kleidung und Nahrung zu suchen. Ras hatte gute Jagdbeute gemacht, und jetzt hatten sie mehr zu essen, als sie jemals bewältigen konnten. In den letzten drei Tagen hatten sie die vielen Flüge von zwei Hubschraubern von und zur Säule und einige Suchtrupps im Wald und in den Bergen beobachtet.

Irgend etwas mußte sie aufgeschreckt haben, meinte Eeva; sie taten so, als würden sie unter Zeitdruck stehen. Ein Hubschrauber kreiste den ganzen Tag über dieser Gegend, und der andere suchte wahrscheinlich das Gebiet südlich der Hochebene ab. Es gab noch einen dritten, viel größeren Hubschrauber, der einmal täglich einschwebte, und der, so meinte Eeva, brachte wahrscheinlich Treibstoff und anderen Nachschub heran, vermutlich sogar noch mehr Männer, soweit man das aus der Zahl der Leute ersehen konnte, die die Gegend zu Fuß durchstreiften. Sie bezweifelte, daß es bisher irgendeinen Grund gegeben hatte, derart viele Männer die ganze Zeit über auf der Säule stationiert zu halten; sie hätten sich ja auf die Füße getreten, vom Versorgungsproblem ganz abgesehen.

Sie hatten zehn Neuankömmlinge ausgemacht. Fünf von ihnen waren Neger, die aussahen wie Wantso, aber viel größer waren. Drei waren so dunkelhäutig wie sie, hatten allerdings Hakennasen und glattes Haar. Zwei waren Weiße, davon einer viel größer als der andere, der so groß wie Ras war und leuchtendrotes Haar, blaßblaue Augen und eine große Narbe auf der rechten Wange hatte. Der dunklere Weiße führte den einen Suchtrupp an; der Rothaarige einen zweiten. Sie zogen jeden Tag in einiger Entfernung voneinander los und arbeiteten sich langsam aufeinander zu.

Jeder Trupp hatte zwei Tiere bei sich, die Ras als ›Hunde‹ erkannte, denn er hatte in mehreren Büchern in der Hütte am See Abbildungen davon gesehen, bevor sie niedergebrannt war. Zwei waren deutsche Schäferhunde, sagte Eeva, und zwei Dobermannpinscher.

Ras konnte sich nicht erklären, warum sie den Wald absuchten. Sie mußten doch glauben, daß der Fluß in der Höhle sie verschluckt hatte.

»Wenn er dich für tot hält«, sagte Eeva, »dann kann er auch dahin zurückgehen, woher er gekommen ist — nach Südafrika, nehme ich an. Doch vielleicht kann er das nicht, weil noch Spuren seiner Taten existieren. Jemand, der weiß, was er getan hat, muß noch am Leben sein.«

»Wer könnte das sein?« sinnierte Ras.

Eeva zuckte die Achsel und meinte: »Ich habe keine Ahnung. Vielleicht hatte jemand die Nase voll und wollte verschwinden, vielleicht ist auch ein Gefangener entwischt. Aus dem, was du mir über Anspielungen, die deine Pflegeeltern gemacht haben, erzählt hast, und aus dem, was dieser Trottel Wizozu sagte, geht hervor, daß du mit einer Frau ausgestattet werden solltest. Mag sein, daß diese Frau hergebracht worden ist und fliehen konnte, und jetzt suchen sie sie. Es kann natürlich auch sein, daß andere Forscher hergekommen sind und daß ihnen dasselbe passiert ist wie Mika und mir. Wir haben zwar keine Flugzeugwracks gesehen, aber das bedeutet gar nichts. Ein Flugzeug kann man leicht irgendwo im Wald auf der Hochebene verstecken, außerdem kann es ja auch in den See gestürzt sein.«

Viele der großen Tiere waren vor den lauten Eindringlingen aus diesem Gebiet geflohen und hatten sich in andere Teile der Hochebene oder in die Berge zurückgezogen. Bis jetzt hatten die beiden Suchtrupps einen Leoparden und drei Gorillas getötet, offenbar aus keinem anderen Grund als aus Lust zum Töten, denn ein Leopard würde niemals so viele Männer angreifen, wenn er nicht in die Enge getrieben war, und die Gorillas würden niemals angreifen, allenfalls unter gewissen Umständen, die jedoch bei derart vielen geräuschvollen Jägern nicht gegeben waren.

Eeva fand diese Tatsache bedeutsam. Die unnötige Schlächterei wäre wahrscheinlich nicht erlaubt worden, es sei denn, es bestand nicht länger die Notwendigkeit, die Tiere im Tal am Leben zu erhalten.

»Wenn er denjenigen, den er jagt, einfach nur umbringen will, dann wird er einen Hubschrauber losschicken, sobald derjenige entdeckt ist, und eine Napalmbombe abwerfen lassen.«

Eeva und er waren oben auf dem Berg und versuchten, die Jäger und den Gejagten zu erspähen. Das Geschrei wurde lauter, und auch die Hunde bellten diesmal lauter und häufiger. Aus den Geräuschen schloß Ras, daß die beiden Suchtrupps jemanden umzingelten.

Auf einmal brach eine Gestalt aus dem Grün hervor und rannte auf die sonnenüberflutete Lichtung. Ras schnappte nach Luft und sagte: »Jib!«

Jib war um einen Kopf kleiner als Ras; er war abgemagert und nackt. Sein schwarzer, von grauen Fäden durchzogener Bart reichte ihm bis zu den Knien, und sein Haar hing ihm ins Gesicht und hinten bis in die Kniekehlen. Er spurtete über die Lichtung und den Hügel hinan und für einen Moment war er durch die herumliegenden schroffen Felsbrocken am Hang ihren Blikken entzogen.

Ras sprang auf und winkte Jib zu in der Hoffnung, ihn in ihr Versteck zu dirigieren. Er war allerdings nicht sicher, ob Jib vor ihm nicht genausoviel Angst haben würde wie vor den Männern, die hinter ihm her waren. Obgleich er als Kind oft mit Jib gespielt hatte, mußte er nach jeder längeren Trennung erst wieder neue Beziehungen zu ihm anknüpfen. Jib war scheu und furchtsam wie die Gorillas, mit denen er lebte.

Ras dachte nicht mehr an Jib. Eine zweite Gestalt war aus der dichten grünen Wand hervorgestürzt und raste auf rührend kurzen und krummen Beinen über die Lichtung. Sie war schwarz, trug ein einstmals weißes Hemd und hatte einen langen, grauen Bart.

Ras schrie aus Leibeskräften: »Yusufu! Yusufu!«

Im ersten Moment empfand er fast wahnsinnige Freude, dann wurde sie von fast wahnsinniger Angst abgelöst.

Er beugte sich vor und hob seinen Speer auf. »Was willst du denn machen?« fragte Eeva.

»Ich werde ihm helfen!«

»Dazu ist es zu spät! Du kannst jetzt nichts mehr machen, und wenn sie dich sehen, hören sie nicht auf, bevor sie herausgefunden haben, ob ich noch am Leben bin oder nicht!«

Er warf seinen Kopf herum, um in die Richtung zu blicken, in die ihre zitternden Finger wiesen. Zwei Hunde waren aus dem Wald hervorgekommen, doch sie wurden von Männern an Leinen gehalten. Andere Männer rannten hinter Yusufu her, und drei langbeinige Neger hatten ihn schon bis auf wenige Schritte eingeholt. Da drehte Yusufu sich um, und etwas, das in der Sonne aufblitzte, flog aus seiner Hand hervor. Dem ersten Neger versagten die Beine; er breitete die Arme aus und stürzte kopfüber hin. Yusufu rannte weiter, doch der zweite Neger holte ihn ein und war über ihm, und die beiden wälzten sich im hohen Gras. Der dritte Neger versetzte Yusufu mit dem Pistolenknauf einen Hieb auf den Kopf, und dann schleppten die beiden Neger ihn zwischen sich weg. Der restliche Trupp verfolgte Jib den Hügel hinauf.

Jib tauchte hinter einem zerklüfteten Felsbrocken auf. Er hastete nach oben und sah sich ein paarmal verzweifelt um. Man konnte sein Kreischen hören. »Spar dir den Atem auf!« sagte Ras und begann, auf ihn zuzulaufen, blieb aber gleich wieder stehen. Er liebte nicht Jib, er liebte Yusufu. Wenn er sich Jibs wegen in Gefahr begab, konnte er vielleicht Yusufu nachher nicht mehr helfen. Wenn er Jib mit den beiden Suchtrupps auf den Fersen an ihnen vorbeilaufen ließe, würden nur die beiden Männer, die Yusufu bewachten, zurückbleiben. Und mit denen konnte er fertig werden.

Eeva deutete auf einen der Männer, der ein großes, schwarzes, glänzendes Ding auf dem Rücken trug und in etwas hineinsprach, das er in der Hand hielt.

»Er ruft den Hubschrauber. Er wird in wenigen Minuten hier sein!«

»Komm«, sagte Ras und arbeitete sich langsam den Hügel hinunter, weg von dem Verfolgten und den Verfolgern. Im Wald angekommen, bat er sie, auf ihn zu warten. Sie weigerte sich und meinte, die beiden Wächter bei Yusufu seien bewaffnet, und sie könne durchaus mit Pfeil und Bogen umgehen. Er hatte keine Einwände.

Sie standen hinter einem Baum am Rand der Lichtung nur zwanzig Meter von Yusufu und den beiden Negern entfernt, als sie den Hubschrauber hörten. Sie konnten ihn nicht sehen, und das dichte Blätterwerk dämpfte sein Knattern, doch sie wußten, daß er von der Säule kommen mußte.

Eeva fluchte. Ras sagte: »Ich erschieße den Mann rechts, du nimmst dir den linken vor. Dann rennen wir los. Ich schnappe Yusufu und du die Waffen. Die Männer im Hubschrauber rechnen nicht mit uns. Wir überraschen sie, und du kannst sie erschießen und in die Luft jagen, wie du es auf dem See gemacht hast.«

Sie zielten sehr sorgfältig. Das Knattern des Hubschraubers wurde lauter. Ras gab das Zeichen, und sie ließen gleichzeitig die Sehne los und nahmen den nächsten Pfeil auf, der vor ihnen aufrecht in der Erde steckte. Ras' Pfeil drang seinem Opfer halb in den Oberschenkel ein, und der Mann stürzte schreiend zur Erde. Eevas Pfeil traf sein Ziel, wurde jedoch von einer Rippe abgelenkt und flog in die Luft. Ihr Mann war für einen Moment wie vom Schlag gerührt, dann ließ er sich auf ein Knie fallen und hob ein Gewehr auf. Eevas zweiter Pfeil fuhr ihm in die Stirn. Ras' zweiter Pfeil war wieder zu niedrig; diesmal blieb er ein paar Schritte vor dem Mann mit dem Pfeil im Oberschenkel zitternd in der Erde stecken.

Der Mann setzte sich auf, schrie, wurde still und ließ sich auf die Seite fallen und hangelte sich auf etwas im Gras zu — vermutlich auf ein Gewehr. Ras schrie auf; er ließ den Bogen fallen, hob seinen Speer auf und stürzte aus dem Wald hervor. In dem Augenblick fiel der Schatten des Hubschraubers auf ihn; das Knattern dröhnte in seinen Ohren. Er achtete nicht darauf und lief weiter. Der verwundete Mann saß jetzt aufrecht da und hatte das Gewehr an die Schulter gelegt, und dann stiegen neben ihm zwei kleine schwarze Füße aus dem Gras auf und traten so heftig gegen die Schulter, daß er das Gewehr fallen ließ und auf die andere Seite kippte.

Yusufu, die Hände auf den Rücken gebunden, war wieder auf den Beinen und sprang durch die Luft. Der Neger setzte sich wieder auf, und zwar genau rechtzeitig, um die ganze Wucht von zwei stahlharten Füßen am Kinn zu empfangen. Er fiel wieder um. Diesmal kam er nicht mehr hoch.

Ras sah zum Hubschrauber auf. Er hatte die Lichtung überflogen und stieg schräg nach oben. Ras begriff sofort, daß die Männer im Hubschrauber das Geschehen unter ihnen nicht bemerkt hatten; sie wollten unbedingt erst einmal Jib haben.

Er zerschnitt die Stricke an Yusufus Handgelenken, schob ihn lachend und mit Tränen in den Augen vor sich her und sagte: »Später, Vater! Wir müssen machen, daß wir wegkommen!«

Eeva hob die Gewehre auf. Ras trug die Munitionsgürtel, die die beiden Männer umgehabt hatten. Yusufu nahm ihnen die Messer und andere Dinge ab, die er ihnen aus den Taschen zog. Der Mann mit dem Pfeil im Oberschenkel war durch den Blutverlust und durch den Schreck tot oder fast tot; es war ein Wunder, daß er sich soweit erholt hatte, um hinter seiner Waffe herzukriechen.

Auf einmal drückte Ras seine Last Eeva und Yusufu in die Hand und lief über die Lichtung zu dem Mann, den Yusufu vor seiner Gefangennahme mit dem Messer niedergestreckt hatte. Er zog dem Toten das Messer aus der Brust. Ohne daß ihn jemand vom Hügel aus gesehen hatte, kam er wieder in den Wald zurück. Einmal im Grün und in den schützenden Schatten angekommen, ließ er alles fallen, und nahm Yusufu in die Arme. Sie weinten und küßten sich und versuchten sich beide gleichzeitig zu berichten, was geschehen war. Doch kaum hatten sie angefangen, da lösten sie sich schon wieder voneinander und wurden still, als sie zum Hügel aufsahen.

Er sah aus, als würde er Feuer speien. Flammen schossen in die Höhe; Rauch, schwarz und dick wie eine Gewitterwolke, stieg auf. Der Hubschrauber flog nach einer Seite davon, weg aus der Reichweite der Hitze. Die Männer auf der Erde waren hinter Felsbrocken in Deckung gegangen.

»Aus irgendeinem Grund wollten sie mich lebend haben«, sagte Yusufu. »Vielleicht wollte Boygur mit mir sprechen, um herauszufinden, was eigentlich los ist; vielleicht wollte er mich auch foltern. Für Jib hatte er keine Verwendung, ihn wollte er einfach nur vernichten, damit niemand mehr seine Fingerabdrücke abnehmen kann.«

»Wovon sprichst du?« fragte Ras.

Yusufu erwiderte: »Wir müssen über vieles reden, doch im Augenblick haben wir dazu keine Zeit. Der Hubschrauber und jene Männer werden bald zurück sein, und sobald sie die Toten finden, bin ich wieder an der Reihe. Ihr auch, denn sie werden kaum glauben, daß ich die Gewehre allein weggetragen habe.«

»Kann er schießen?« erkundigte sich Eeva.

Sie sprach englisch, aber Yusufu verstand sie nicht. Ras übersetzte dem kleinen Mann ihre Worte.

Yusufu erwiderte, früher einmal Kunstschütze gewesen zu sein, doch seit kurz vor Ras' Geburt kein Gewehr mehr in der Hand gehabt zu haben. Eeva zeigte ihm, wie er mit einem der Gewehre, das sie als M-15 bezeichnete, umzugehen habe. Ras sah interessiert zu und meinte dann, auch er würde gern mal eins ausprobieren. Eeva ließ sich nicht darauf ein. Ein Mann, sagte sie, der an den Umgang mit Gewehren gewöhnt war, könnte ohne viel zu üben mit einem von diesen umgehen. Er hätte jedoch noch nie eins in der Hand gehabt, und sie hätten weder die Zeit noch die Munition zum Üben.

Inzwischen schwebte der Hubschrauber über den Leichen, und die sieben Männer und vier Hunde kamen den Hügel herab. Eeva sprach auf Yusufu ein, der sie immer noch nicht verstand. Ras übersetzte, was sie sagte. Yusufu schien Zweifel zu haben. Er war der Meinung, sie sollten so schnell wie möglich verschwinden, ehe noch eine Napalmbombe abgeworfen wurde. Aber dann willigte er ein und meinte, vielleicht hätte sie recht. Sie müßten sich eine Weile zur Wehr setzen und würden vielleicht nie wieder in eine Lage kommen, wo sie derart gut aus dem Hinterhalt heraus operieren konnten. Wenn nur der Hubschrauber (Yusufu nannte ihn ›Kaffeemühle‹) näher kommen würde.

Er kam näher. Die Männer, die darin saßen, wollten offenbar nicht abwarten, bis die Männer zu Fuß vom Hügel heruntergekommen waren. Etwa sechs Meter über dem Toten, der dem Wald am nächsten lag, drehte der Hubschrauber sich um die eigene Achse, während der Schütze am Maschinengewehr in den Wald blickte — oder zumindest versuchte, in den Wald zu blicken. Dann ging der Hubschrauber nieder, das Röhren wurde schwächer, und die wirbelnden Flügel wurden sichtbar.

Eeva meinte, zweifellos hätte der Pilot die Säule vom Geschehen unterrichtet. Und wenn noch ein Hubschrauber zur Verfügung stünde, würde er vermutlich bald auftauchen, um sich an der Jagd zu beteiligen.

Das Gras stand hoch und bot ihnen jetzt, wo der Hubschrauber auf der Erde war, ausreichend Deckung. Eeva und Yusufu schwärmten nach verschiedenen Seiten aus. Ras blieb im Wald auf einem Baum und setzte sich auf einen Ast und legte einen Pfeil auf. Von seinem Aussichtspunkt aus konnte er beobachten, wie die beiden sich an den Hubschrauber heranschlichen. Eeva kam auf ein Knie hoch und eröffnete das Feuer; wenige Sekunden später schoß auch Yusufu. Seine Schüsse waren nicht so gezielt wie ihre. Der Strom seiner Geschosse stieg hoch in die Luft und verlor sich im Nichts. Doch er unterbrach sich und fing noch einmal von vorn an, und diesmal traf er, wonach er zielte.

Der Pilot, ein Weißer mit einem buschigen braunen Bart, fiel nach den ersten paar Schüssen von Eeva. Der Schütze, ein knochiger Weißer mit langen, orangefarbenen Haaren, rannte auf den Hubschrauber und seine Waffe zu, schaffte es aber nicht. Die Maschine explodierte mit lautem Knall; Flammen zuckten daraus hervor, Rauch stieg auf. Das Feuer sprühte nach allen Seiten und erfaßte zwei Männer, die gleichfalls auf den Hubschrauber zugelaufen waren. Beim zweiten Versuch streckte Yusufu zwei Männer nieder. Die drei Überlebenden fingen an zurückzuschießen. Eeva und Yusufu waren jedoch schon woanders hingekrochen. Yusufu war zwischen den drei Männern und dem Hügel; Eeva kam auf allen vieren zum Wald zurück. Ras rief sie, und kurze Zeit später saß sie neben ihm auf dem Ast. Sie lächelte und weinte gleichzeitig, ihre Treffsicherheit schien darunter aber nicht sehr zu leiden. Sie konnte die drei Männer jetzt gut sehen, und mit sechs schnellen Schüssen streckte sie sie ins Gras. Dann stiegen sie und Ras vom Baum herab und näherten sich vorsichtig den Leichen. Yusufu gesellte sich zu ihnen. Drei Männer und ein Hund lebten noch. Yusufu tötete sie mit drei Salven aus seinem Gewehr.

Eeva weinte, weil der Hubschrauber in Flammen stand. »Wir hätten hier herausfliegen können!« jammerte sie. »Wir wären weggekommen! Und nun sind wir hier immer noch gestrandet!«

»Der andere Hubschrauber kommt!« unterbrach Yusufu sie.

In dem Moment hörte Ras ihn auch. Er sagte es Eeva, die meinte, sie müßten sofort aus dieser Gegend verschwinden. Zuerst war Ras derselben Meinung gewesen, doch jetzt meinte er, er hätte einen anderen Plan. In den ersten Phasen wäre er sehr gefährlich, besonders für ihn. Doch wenn die anderen nichts dagegen hätten, könnten sie den Hubschrauber erobern. Zumindest könnten sie einen weiteren vernichten. Zur sorgfältigen und eingehenden Vorbereitung wäre jetzt aber keine Zeit mehr; sie müßten schon improvisieren, und wenn sie auf seine Vorschläge nicht eingingen, würde er ihnen keinerlei Vorwürfe machen. Sie waren inzwischen schon wieder im Wald angekommen. Yusufu trug das Funksprechgerät, das er einem der Toten abgenommen hatte.

Er und Eeva lauschten, und dann meinte Yusufu, ihm käme der Plan großartig vor. Zwar riskant, aber durchaus erfolgversprechend. Schließlich müßten Boygur und seine Leute ja annehmen, daß Ras tot sei — Ras hatte ihm die Sache mit dem Fluß und der Höhle bereits erzählt —, und wenn sie ihn jetzt sehen würden, wären sie vermutlich ziemlich überrascht. Bis jetzt hatten sie noch nie versucht, Ras umzubringen; sie hatten sich immer überzeugt, daß er nicht in der Nähe war, wenn sie versucht hatten, Eeva zu töten, wenn das, was Ras sagte, stimmte.

Ras hatte keine Zeit mehr zum Reden. Er rannte auf die Lichtung und legte sich etwa zehn Meter vom Waldrand entfernt auf die Erde. Er legte sich auf den Bauch, das Gesicht dem Wald zugewandt, als wäre er darauf zugelaufen, als ihm etwas zugestoßen war.

Er hörte den Hubschrauber über sich und spürte einen Moment lang seinen kühlen Schatten auf dem Körper. Er flog ein paarmal im Kreis herum; offenbar studierten seine Insassen die Lage. Was mit ihren Leuten geschehen war, entsetzte sie vermutlich, und ihn hier zu entdecken, schien sie zu verwirren. Wahrscheinlich sprachen sie jetzt mit dem Mann auf der Säule — Boygur, wie Yusufu ihn genannt hatte —, beschrieben ihm die Lage und baten um Anweisungen.

Yusufu hatte gesagt, er könne sie abhören, also mußte er über das, was sie vorhatten, unterrichtet sein.

Nach einigen Minuten landete der Hubschrauber ganz in seiner Nähe. Das Gras duckte sich von dem Luftdruck weg, und er fühlte, wie der Wind kühl seinen schweißnassen Rücken berührte. Der Lärm der Motoren hätte ihn beinahe das Gewehrfeuer nicht hören lassen. Als er es hörte, rollte Ras zur Seite. Einer der Männer aus dem Hubschrauber war etwa drei Meter von ihm entfernt. Er lag auf dem Rücken; neben seiner geöffneten Hand glänzte etwas. Es war klein, zylinderförmig und durchsichtig; an seinem einen Ende befand sich eine Nadel.

Der Pilot des Hubschraubers war hinter dem Steuer sitzengeblieben. Jetzt zog er ihn hoch und weg, sackte aber plötzlich zusammen, und die Maschine legte sich auf die Seite und berührte die Erde. Sie ging nicht in Flammen auf, doch die Flügel waren verbogen, die Nase zertrümmert. Der Pilot machte keine Anstalten herauszukommen. Ras rannte zu ihm und sah, daß er kein Gesicht mehr hatte. Eeva weinte noch mehr, weil auch diese Maschine zu Bruch gegangen war. Yusufu schien die Lage nicht für gar so schlecht zu halten. Er war am Leben und frei, wo er vor zehn Minuten noch ein Gefangener gewesen war und Folter und Tod erwartet hatte. Überdies war sein geliebter Ras, den wiederzusehen er nicht mehr erwartet hatte, bei ihm und wohlauf.

Außerdem brauchten sie nur lange genug am Leben zu bleiben, dann würden sie schon für immer aus diesem Tal herauskommen. Ein äthiopisches Militärflugzeug hatte das Tal vor zehn Tagen in geringer Höhe überflogen — als Ras und Eeva in dem alten Flußbett unter der Erde gewesen waren — und war, als es der Säule im See zu nahe gekommen war, abgeschossen worden. Es war in den See gestürzt, doch Yusufu war sicher, daß andere Flugzeuge schon bald nach ihm suchen würden. Das erklärte, warum Boygur, der Ras ohnedies für tot gehalten hatte, so krampfhaft darum bemüht gewesen war, dieses Tal und sein Projekt aufzugeben. Doch zuvor hatte Jib noch beseitigt werden müssen, damit man seinen Fingerabdrücken nicht nachspüren konnte, und Yusufu mußte gefunden und getötet werden, damit sein Mund für immer geschlossen bleiben würde.

»Da sind so viele Dinge, die ich nicht verstehe«, sagte Ras. Plötzlich hatte er das Gefühl, als wäre die Welt eine große Falltür, die unter ihm aufgegangen war, und er würde durch Finsternis in die Tiefe sausen.

»Wir werden später Zeit genug haben, das alles zu erklären«, sagte Yusufu. »Auch ich weiß eine ganze Menge nicht. Kommt, laßt uns zu meinem Lager gehen. Es ist näher als eures, und wir werden Mariyam beweinen und besprechen, wie wir uns an diesem Boygur rächen können.«

Unterwegs erkundigte sich Ras, was der Mann mit der Spritze — Eeva hatte ihm das Gerät inzwischen erklärt — vorgehabt hätte.

»Ich habe ihre Unterhaltung mitangehört«, meinte Yusufu. »Sie hatten keine Ahnung, was passiert war, hatten aber Angst und waren voller Zorn, wie Angst sie bewirkt. Sie sahen dich auf dem Bauch im Gras liegen. Boygur wollte es gar nicht glauben; er dachte, du wärst in der Höhle umgekommen. Dann freute er sich und meinte, du seist eben doch ein wahrer Held, und man könne dich nicht totkriegen. Jetzt würde er das Tal nicht räumen, sondern hierbleiben und seine Pläne verwirklichen. Er war sicher, die äthiopischen Behörden zufriedenstellen zu können, wenn er an den wirksamsten Stellen einen Haufen Geld austeilen würde. In dem Punkt hat er wahrscheinlich sogar recht. Na, jedenfalls befahl er dem Hubschrauber zu landen, und der Schütze sollte nachsehen, ob du noch am Leben warst. Boygur hatte nämlich inzwischen etwas weitergedacht, ihm war aufgestoßen, daß die Tatsache, daß du da liegst, ja nicht unbedingt bedeuten muß, daß du noch am Leben bist.

Der Schütze — Johann — sollte dich untersuchen. Wenn du verwundet warst, sollte er die Wunde behandeln, falls sie nicht weiter schlimm war. Sonst sollte er dich zur Behandlung auf die Säule bringen. Wenn dir nichts weiter fehlte und du nur bewußtlos warst, dann sollte er dich mit der Spritze betäuben, und anschließend sollten sie zur Säule zurückkommen, das Mädchen abholen — das, das dein Mädel sein sollte — und hierher bringen. Sie sollten ihr die Möglichkeit zum Entfliehen geben, so tun, als würden sie nach ihr suchen und wieder herkommen. Das Mädchen würde dich finden, und alles würde weitergehen wie geplant. Boygur meinte, es sei durchaus nicht zu früh. Das Mädchen befinde sich noch im Hungerstreik und würde wahrscheinlich bald sterben, wenn sie nichts äße. Er hoffte, du würdest genau das sein, was sie braucht.

Daraufhin sagte Rudi, die Sache sähe ihm irgendwie bedrohlich aus; du hättest das ganze Töten bestimmt nicht allein erledigt. Er wollte nicht landen, doch Boygur drohte, ihn umzubringen, wenn er seine Befehle nicht ausführen sollte.«

Yusufu schwieg eine Weile. Dann meinte er: »Boygur muß schon seit langem gewußt haben, daß die Sache sich nicht so entwickelte, wie er es haben wollte, und daß sie sich vermutlich auch nie so entwickeln würde. Nur wollte er sich das nicht eingestehen. Der Mann ist wahnsinnig!«

»Und jetzt«, sagte Ras leise, »willst du mir alles erzählen — von Anfang an?«

Gott sitzt in der Schlinge

Den folgenden Tag hielten sie sich im Wald nahe dem Ufer versteckt, von wo aus sie die Felssäule im See beobachteten. Der dreihundert Meter hohe Stachel aus glänzendem schwarzen Gestein war Ras immer schon unheimlich vorgekommen, seit Mariyam ihn über seine Entstehung aufgeklärt hatte — eine Erklärung übrigens, von der er inzwischen wußte, daß sie falsch war, und die er auch nie so recht geglaubt hatte —, doch jetzt, da er die Wahrheit kannte, kam er ihm doppelt so drohend vor. Er war sogar düsterer geworden.

Nichts geschah. Sie sahen keinerlei Anzeichen von Leben; nur zwei Fischadler schwebten um die Säule herum. Yusufu zeigte ihnen die Stelle, an der Boygur häufig stand, um den Schauplatz unten durchs Fernglas zu betrachten, meistens Ras selbst. Ras gab sich alle Mühe, konnte aber nichts erkennen.

»Er hat bestimmt schon um Hilfe gefunkt«, meinte Yusufu. »Das ist sicher. Morgen oder übermorgen ist ein anderer Hubschrauber hier. Vielleicht der große, der Treibstoff und Verpflegung bringt. Dann geht die Jagd wieder los. Boygur wird nie aufgeben. Ich kenne diesen Teufel.«

»Erzähl mir mehr über den Ort da oben«, bat Ras. »Erzähl mir alles, was einer wissen muß, der hingehen will, um zu töten.«

Yusufu war entsetzt. Er sagte: »Was? Das soll hoffentlich ein Witz sein, o Sohn!« Doch er gehorchte.

Ras hörte zu und stellte viele Fragen, und schließlich erklärte er, was er vorhatte. Er mußte sich laute und kräftige und sogar hysterische Proteste und Einwände anhören, sowohl von Yusufu als auch von Eeva. Am Ende sagte Yusufu zu Eeva: »Verschwende nicht länger deinen Atem und deinen Verstand. Ich kenne diesen Blick. Er ist entschlossen zu gehen. Nichts als der Tod wird ihn davon abhalten.«

Der Rest des Tages war mit Vorbereitungen ausgefüllt. Dazu gehörte ein Abstecher zur Höhle in den Felsen. Gegen Abend schlief Ras eine Stunde, und dann, nach Einbruch der Dämmerung, bestieg er mit Eeva und Yusufu einen Einbaum. Sie paddelten in der mondlosen Finsternis, bis sie am Fuß der dunklen Säule angekommen waren. Hier küßte Ras Eeva und Yusufu, besänftigte ihre Tränen und letzten Proteste und sprang, nur mit dem Messer bewaffnet, aus dem Boot.

Blind ergriff er die Vorsprünge, wie er es schon so oft vorher getan hatte, fand weitere Haltepunkte und begann seinen langsamen, blinden Aufstieg. Zu Anfang rutschte er nicht ab, vielleicht weil er glühte und sich dadurch ins Gestein brannte und an ihm festklebte — so jedenfalls kam es ihm vor. So mühsam und schleichend sein Aufstieg war, er entfernte ihn zu schnell von dem schemenhaften Einbaum. Das Boot lag unter ihm, ein paar Meter vom Fuß der Säule entfernt, und Eeva und Yusufu warteten, um sicherzugehen, daß er nicht abstürzte. Sie würden dort bis kurz vor Sonnenaufgang verharren, es sei denn, er würde vorher herunterstürzen, und sie müßten ihn lebend oder tot ins Boot ziehen.

Bald war der Mond aufgegangen, und er konnte die winzigen Gestalten in dem Boot erkennen. Er winkte ihnen zu, doch sie winkten nicht zurück, weil sie ihn nicht sehen konnten. Vielleicht war er auch schon so hoch, daß er ihre Hände nicht mehr ausmachen konnte.

Er konnte den silbrig schimmernden See überblicken, die düsteren Wände des Waldes und das weiße Gespinst eines Wasserfalls. Der Mond stieg höher, und er mit ihm, obgleich weniger rasch und sicher. Nach einer Weile wurden seine Finger kalt. Er hatte Wildledermokkasins an, eine Hose und ein Hemd, doch der Wind, der über die Berge kam und dann wie von winzigen Eisstückchen belastet nach unten sank, war ziemlich kühl.

Er stieg höher, setzte eine Hand vor die andere, einen Fuß über den anderen, Griff um Griff. Manchmal mußte er ein Stück zur Seite klettern, und manchmal mußte er auch wieder zurück, um dann von neuem aufsteigen zu können. Zweimal war er schon bis zu einem Viertel um die Säule herum und war gezwungen, Haltepunkte zu suchen, die ihn wieder auf die Seite zurückbringen würden, auf der er sein Ziel erreichen würde.

Der Moment kam, wo er das Gefühl hatte, sich keine Sekunde länger hochziehen zu können; doch er konnte nicht aufgeben, und er weigerte sich, umzukehren. Er war ohne die Hilfe von Pickeln, Kletterhaken oder Seilen geklettert; er hatte allein seine Finger und Zehen benutzt, und manchmal hing sein Körpergewicht nur an den Fingern, während die Felsvorsprünge und Ausbuchtungen nachzugeben schienen. Obgleich seine

Hände und Finger schwielig waren, bluteten sie und wurden schlüpfrig. Er wischte sie am Hemd ab, bis es auf beiden Seiten über und über rot war. Schließlich entschloß er sich, die Handschuhe anzuziehen, die Eeva und Yusufu für ihn genäht hatten. Sie würden zwar die Empfindlichkeit seiner Fingerspitzen beim Abwägen der Haltbarkeit eines Felsvorsprungs beeinträchtigen, doch er konnte die Schmerzen, den Blutverlust und den sich daraus ergebenden Mangel an Haftfähigkeit nicht mehr ertragen.

Eine Zeitlang kam er sich außerordentlich schwer vor. Dann fühlte er sich leicht und luftig, als wäre der Wind in ihn eingedrungen und hätte einen Luftballon aus ihm gemacht. Er erkannte, daß es Erschöpfung, Hunger und Kälte waren, die diesen gefährlichen Eindruck in ihm bewirkten, konnte aber nichts dagegen tun. Er kletterte höher und höher. Kurz vor Tagesanbruch, als der Himmel bleich wurde und das Herannahen der Sonne ankündigte, griff seine nach oben ausgestreckte Hand ins Leere und fühlte einen vorstehenden Rand im Gestein, der zu gleichmäßig und glatt war, um natürlich zu sein. Er hatte das Fenster gefunden, das Yusufu ihm beschrieben hatte. Und gerade rechtzeitig. Er mußte seine ganze Kraft zusammennehmen, um sich nach oben und über den Sims zu ziehen, und als er es schließlich geschafft hatte, saß er eine ganze Zeitlang im Fenster, vorgebeugt, die Knie an die Brust gezogen, als wäre es ein Mutterleib und er ein Baby, das darauf wartet, geboren zu werden. Er fühlte sich so schwach wie einer, dessen Geburt kurz bevorsteht.

Als er in die Sonne blinzelte, wurde er eine Sekunde lang von Panik ergriffen. Der Felseinschnitt im Osten schien sich zu bewegen, und er spürte, wie die Welt von ihm fortglitt. Dann wurde ihm klar, daß der Einschnitt sich nicht vor und zurück bewegte. Er selbst bewegte sich. Vielmehr, wie Yusufu ihm vor vielen Jahren erzählt hatte, die Steinsäule bewegte sich, sie schwankte, wurde vom Wind gestoßen, so weit es ging, etwa einen halben Meter, und dann federte sie langsam in ihre ursprüngliche Lage zurück, nur um erneut nach Norden gedrängt zu werden. Es war kaum zu glauben, daß eine derart gewaltige und feste Masse so auf die schwache und unsichtbare Luft reagieren konnte. Doch sie tat es. Sie hatte es getan, seit sie eine dreihundert Meter hohe Säule geworden war, und sie würde auch weiterhin schwanken, bis sie durch die ständige Bewegung irgendwo durchbrechen und ihr Oberteil herunterfallen würde.

Er stieg in den Raum, räkelte und streckte sich und sah sich um. Yusufu hatte ihm erzählt, dieser Raum wäre ein Jahr vor Ras' Geburt in das Gestein gemeißelt worden. Es war ein allgemeiner Vorratsraum. Er probierte die große, aus dicken Bohlen bestehende Tür aus, fand sie aber verschlossen. Er mußte also abwarten, bis jemand sie öffnen würde. Wie Yusufu gesagt hatte, würde kurz nach Sonnenaufgang ein Koch kommen und die nötigen Zutaten zum Frühstück holen.

Viele Sachen waren hier aufgestapelt, und alle waren mit einem Etikett versehen. Zuerst wollte er Salbe für seine Finger haben und dann etwas zu essen. Er fand die Salbe nach kurzer Suche, öffnete eine Tube und schmierte seine Hände damit ein. Um an eine Dose mit Fleisch heranzukommen, mußte er eine Kiste mit einem kleinen Brecheisen aufstemmen. Nachdem er die Anweisungen auf dem Etikett genau studiert hatte, löste er den kleinen Schlüssel vom Boden der Dose und führte die Metallasche in den Schlitz im Schlüssel ein. Der Vorgang war so neuartig und köstlich, daß er mit Gewalt der Versuchung widerstehen mußte, alle Dosen zu öffnen. Das Fleisch war kalt und schmeckte schmierig und zu würzig, doch er aß die Dose leer und fühlte sich viel besser, als sein Bauch sich allmählich füllte.

Nachdem er eine Dose Pfirsiche gegessen hatte, die er mit einem Büchsenöffner aufmachen mußte, was wiederum Zeit in Anspruch nahm, ehe er herausgefunden hatte, wie man das macht, untersuchte er die Waffenkammer. Es gab Kisten mit Munition jeder Art, Schachteln mit Revolvern und automatischen Pistolen, mehrere Maschinengewehre und eine Vielzahl von Gewehren in Ständern. Ras nahm eine M-15 an sich, denselben Typ, mit dessen Umgang Eeva ihn vertraut gemacht hatte, nachdem sie sich in Yusufus Versteck zurückgezogen hatten. Er sah nach, ob es sauber war, lud es durch und nahm einen Kanister mit Patronenrahmen, den er mitnehmen wollte. Dann setzte er sich neben die Tür und wartete.

Die Sonnenstrahlen traten im steilen Winkel durch das Fenster und warfen ihr Licht auf eine Maschine, die zuvor ein verschwommener, verwinkelter Haufen gewesen war. Die Maschine war höher als er und dreimal so lang wie hoch, sie hatte viele gezahnte Räder und eine gewaltige Trommel, auf die weißes Seil gewickelt war, dazu einen langen Hals aus Metall, an dem kleine Räder und noch mehr Seil angebracht waren. Die ganze Maschine stand auf einer Plattform mit Rädern und konnte ans Fenster geschoben werden, so daß ihr Hals dann etwa zwei Meter herausragen würde. Das aufgespulte Seil war an einem Ende an einer großen Seilrolle befestigt, die auf der Erde lag, und deren Ende hing wiederum an einer Seilrolle — und so weiter. Insgesamt bildeten zwanzig große Seilrollen ein zusammenhängendes Ganzes.

Dies war also die Maschine, die Yusufu als ›Eselswinde‹ bezeichnet hatte; sie wurde mit Benzin angetrieben und konnte dreihundert Meter Seil aus dem Fenster zum See hinablassen. Boygur hielt sie für den Tag in Bereitschaft, an dem er hilflos ohne Hubschrauber auf der Spitze der Säule sitzen würde. Neben der Winde standen mehrere fischgraue, an Rahmen und Haken befestigte Metallboote, die mit Hilfe der Winde zu Wasser gelassen werden konnten.

Ohne seinen Posten zu verlassen, betrachtete Ras die Maschine, um sich die Zeit zu vertreiben. Nach einer Weile schweiften seine Gedanken ab, und er dachte an vergangene, gegenwärtige und zukünftige Dinge. Ein Fischadler zerriß die Luft vor dem Fenster durch zwei Schreie. Dann war wieder alles still, bis er, und zwar so plötzlich, daß sein Herz einen Satz machte, hörte, wie ein Schlüssel ins Schloß gesteckt wurde. Er lief zu der langen Reihe von Holzkisten und versteckte sich dahinter. Ein untersetzter, dicker Neger, bekleidet mit einem braunen Hemd und kurzen Hosen und einer sauberen, weißen Schürze, trat ein. Er verschloß die Tür hinter sich und steckte den Schlüssel in die Tasche. Er ging an den aufgereihten Kisten entlang, blieb vor einem hüfthohen Stapel stehen, lehnte sich hinüber und kam mit einer Flasche, die halb mit einer dunklen Flüssigkeit gefüllt war, wieder hoch. Er hatte sie gerade an die Lippen gesetzt, als Ras ihm von hinten einen Arm um den Hals legte. Die Flasche fiel auf die Kisten, und als das Genick des Mannes brach, ergoß sich noch immer die stinkende, bernsteinfarbene Flüssigkeit daraus hervor. Ras zerrte den Leichnam hinter die Kisten und warf die Flasche darauf.

Er wischte sich die Salbe von den Fingern ab, denn seine Hände durften nicht glatt sein, wenn er das Messer benutzen wollte. Er schloß die Tür mit dem Schlüssel auf, den er dem Mann aus der Tasche genommen hatte, trat heraus, schloß hinter sich wieder ab und steckte den Schlüssel in die Brusttasche. Vor ihm lagen zehn in den Felsen geschlagene Stufen. Er ging nach oben und befand sich in einem Gang, dessen Decke sich nur wenige Zentimeter über seinem Kopf befand. Der Gang endete abrupt einen knappen Meter rechts von ihm; er mußte also nach links gehen. Nach ein paar Schritten befand sich rechts von ihm auf gleicher Höhe mit dem Fußboden eine Tür, ungefähr zwölf Schritte weiter noch eine. Beide waren verschlossen, und der

Schlüssel paßte in keins der beiden Schlösser. Am Ende des Gangs war rechts eine Steintreppe und links, der Treppe genau gegenüber, eine dicke Holztür mit einem kleinen Fenster darin.

Ras blickte hindurch und sah am anderen Ende des Raums ein Fenster, vor dem drei Eisenstäbe angebracht waren. In dem kleinen Raum stand ein Ständer mit einer Waschschüssel aus Blech, einem irdenen Krug und einer Tasse, in einer Ecke stand ein weißer Henkeltopf, und außerdem war noch ein Holzbett mit einigen Dekken und Kissen darin. Eine Frau lag auf der Seite auf dem Bett. Sie trug braune Kleider, ähnlich denen, die Eeva angehabt hatte, als er sie zum erstenmal gesehen hatte. Die Frau war mager, ihr gelbes Haar ganz durcheinander und ihr Gesicht, so viel er davon sehen konnte, hager. Sie hatte man also zu seiner Gefährtin ausersehen, eine Frau, die gegen ihren Willen hierher gebracht worden war und sich jetzt zu Tode hungerte.

Während er vor ihrer Tür stand und sich fragte, was er mit ihr anstellen sollte — wenn überhaupt etwas —, hörte er ein schwaches, weit entferntes Knattern, das die nach draußen führende Treppe herunterdrang. So viele Male hatte es ihn wie der Flügelschlag eines Dämons erregt und in Furcht versetzt. Jetzt wußte er, daß es lediglich das Herannahen eines toten Gegenstandes, einer Maschine, ankündigte, und etwas — wenn nicht gar alles — von seiner Rätselhaftigkeit und von seinem Schrecken war dahin. Als er es jetzt hörte, empfand er mehr als alles sonst Ungeduld. Wenn es den großen Hubschrauber ankündigte, den, der den Treibstoff und die Verpflegung heranschaffte, dann konnte er ihn gut dazu benutzen, seine Feinde in Bestürzung und Schrekken zu versetzen und ihnen den Tod zu bringen.

Er beschloß, die Frau ungestört in ihrer Zelle zu lassen. Sie würde da, wo sie war, sicher sein und könnte ihn wenigstens nicht zufällig verraten oder ihm in den Weg geraten. Er wandte sich von der Zellentür ab und stand am Fuß der Treppe unmittelbar am Anfang des Gangs an der Wand. Er hörte, wie sich oben, am Ende der Treppe, Männer unterhielten; weiter entfernt riefen andere etwas. Dann vernahm er das Klappern von Metall auf Metall. Jemand kam die Treppe nach unten. Ras rannte den Gang entlang und versteckte sich auf der Treppe zum Vorratsraum, doch wenige Sekunden später streckte er den Kopf weit genug aus, um mit einem Auge etwas sehen zu können. Ein kleiner, dünner, braun gekleideter weißer Mann kam eben von einem Tablett mit Tellern und Schüsseln hoch, das er auf die Erde gestellt hatte. Er machte einen Schlüssel von einem Bund ab, das er am Gürtel trug, und steckte ihn ins Schloß der Zellentür.

Der Mann war zu sehr damit beschäftigt, durch das kleine Fenster in die Zelle zu blicken, deshalb bemerkte er Ras nicht, der leise und beinahe gemütlich durch den Gang auf ihn zuging, bis er nahe genug heran war, um sein Messer nach ihm werfen zu können. In dem Augenblick wirbelte der Mann herum, seine Hand fuhr zum Gürtel, doch er hatte keine Waffe bei sich, und selbst wenn er eine gehabt hätte, hätte er sie nicht mehr rechtzeitig ziehen können. Das Messer drang ihm fast bis zum Griff in die Brust. Der Mann taumelte rückwärts. Ras war mit einem Satz bei ihm und zerrte ihn durch den Gang aus der Sichtweite des Mannes, der oben auf der Treppe stand. Der hielt ein Gewehr in der Hand, blickte augenblicklich jedoch zum Himmel — vielleicht zum Hubschrauber — auf und sah weder Ras noch den Toten.

Ras legte die Leiche auf den Fußboden, zog ihr das Messer aus der Brust und wischte es an ihrem Hemd sauber. Dann hörte er, wie der Wächter etwas in einem Englisch nach unten rief, das er kaum verstehen konnte. Er mußte wohl gesehen haben, daß der Mann mit dem Tablett nicht mehr da war und daß er auch die Zellentür nicht geöffnet hatte. Vielleicht glaubte er, der Mann wäre in der Zelle und würde der Frau etwas antun; vielleicht war ihm auch klar, daß er gar nicht lange genug weggesehen hatte, als daß der Mann die Zellentür hätte öffnen und hineingehen können. Wie dem auch sei, jedenfalls war er beunruhigt. Seine Stiefelabsätze klapperten, er kam in den Gang heruntergestürzt und drehte den Kopf, um ihn entlangzusehen.

Ras warf noch einmal das Messer; es drang dem Mann direkt in die Kehle. Er wollte schreien, brachte aber nur ein blutiges, schaumiges Röcheln heraus. Er fiel auf den Rücken, sein Gewehr schepperte auf dem Fußboden. Ras zog ihn beiseite, damit niemand, der oben an der Treppe vorüberging, ihn sehen konnte. Dann blickte er in die Zelle. Die Frau hatte sich nicht gerührt; ihr Gesicht war graublau angelaufen; sie sah aus wie eine Leiche.

Draußen wurde das Röhren lauter, dann wurde es schwächer, und die Flügel zerhackten entkräftet die Luft und kamen zum Stillstand. Ras konnte nun deutlich die Stimmen von Männern hören; sie schienen jedoch weit weg zu sein. Er überprüfte sein Gewehr noch einmal und ging die Treppe hinauf und blickte vorsichtig nach draußen. Der Eingang war von einer Mauer umgeben und überdacht — vermutlich, um den Regen abzuhalten, dachte er. Rechts davon stand ein kleines, kuppelförmig gewölbtes Haus. Von seiner Mitte aus führten vier Drähte zu Metallhaken, die im Felsen verankert waren. Diese, so hatte Yusufu ihm erklärt, waren dazu da, die ›Nissen‹-Hütten zu sichern, damit ein Sturm sie nicht von der Säule wehen konnte. Nahe dem Rand der Säule standen in unregelmäßigen Abständen noch mehr Hütten. Am Rand erhob sich eine anderthalb Meter hohe Mauer aus Steinplatten, die aus dem Fels geschnitten und untereinander durch Mörtel verbunden waren. Mehrere Einfriedungen aus Stein, wie die, hinter der er augenblicklich stand, waren zu sehen. Das waren vermutlich die oberen Eingänge zu anderen in das Gestein geschlagenen Räumen. Gegenüber von ihm, weniger als fünfzehn Meter entfernt, war ein großer, freier Platz, der teilweise von einem gewaltigen grauen Hubschrauber mit bauchigem Rumpf ausgefüllt wurde. Rings um den Hubschrauber herum lagen Schläuche und Rohre; daneben standen andere Geräte, in denen er Pumpen vermutete. Vier Männer befestigten Schläuche an dem Hubschrauber; zwei Männer standen in seinem Innern und reichten durch eine offene Wand Kisten und Säcke nach draußen, wo sie von weiteren zwei Männern in Empfang genommen wurden.

Ein winziges Ding, das in der Sonne glänzte, war ein weiterer Hubschrauber, der die Säule anflog.

Ras überblickte alles so gut er konnte, ohne mehr als seinen Kopf ins Freie zu stecken. Er sah niemanden, auf den Yusufus Beschreibung von Boygur gepaßt hätte. Die Männer, die rings um den Hubschrauber oder in seinem Innern arbeiteten, waren entweder Weiße oder jene Dunkelhäutigen mit glatten Haaren und Adlernasen, die Yusufu Äthiopier genannt hatte. Vor dem Eingang zu einer Nissenhütte, aus deren Dach mehrere Pfähle mit vielen Querstreben aufragten, etwa auf der Hälfte zwischen Ras und dem freien Platz, stand ein untersetzter, hellhäutiger Mann mit Glatze. Er rauchte eine Zigarette, doch als einer der Männer beim Hubschrauber ihm Zeichen machte, drückte er sie unter einem Schuh aus. Der Mann wandte sich langsam zu Ras um, und Ras duckte sich hinter der Mauer.

Er hatte keinen Anhaltspunkt, wo Boygur sein könnte und wieviel andere Männer noch hier waren, oder wo sie waren. Er mußte also seine Schritte unternehmen und sie dann jeweils der Situation anpassen.

Als er wieder um die Ecke sah, bemerkte er einen fettleibigen weißen Mann mit rotem Gesicht, der etwa zehn Meter von ihm entfernt aus einem großen, gewölbten Gebäude herauskam. Der Mann trug eine hohe, weiße Mütze und eine weiße Schürze. Er wollte wahrscheinlich nachsehen, was mit dem ersten Mann passiert war.

Ras packte ihn, als er um die Ecke kam, würgte ihn mit einem Arm und zerrte ihn die Treppe nach unten. Er drängte ihn an die Wand und setzte ihm die Messerspitze an die Kehle. Unter der rosa Gesichtshaut war der Mann grau geworden; er hatte die Augen weit aufgerissen; er zitterte.

»Wo ist Boygur?« fragte Ras ihn auf englisch.

Der Mann schnatterte in einer Sprache, die Ras nicht als englisch erkannte, bis er ihn seine Worte langsam wiederholen ließ. Die Sprache war noch immer nur halb zu verstehen, doch Ras begriff genug von dem Gestammel. Boygur war in der Funkbaracke, jenem Gebäude, vor dem der kahle, hellhäutige Mann, der Funker, geraucht hatte.

»Wie bist du hier heraufgekommen, Ras Tyger?« fragte der Mann.

»Ich bin heraufgeklettert«, erwiderte Ras.

Er drehte den Mann mit dem Gesicht zur Wand und schnitt ihm die Halsschlagader durch. Dann trat er zurück, um dem hellroten Blutstrahl auszuweichen. Seine Zweifel, ob die anderen im gleichen Maße schuldig wären wie Boygur, hatten sich verflüchtigt. Dieser Mann hatte seinen Namen und vermutlich alles über ihn gewußt, also mußte er auch über den Mord an Mariyam Bescheid gewußt haben.

Er schleifte den Toten zu den anderen und kehrte nach oben zum Eingang zurück. Die Schläuche verbanden noch immer den großen Hubschrauber mit den Pumpen und mündeten neben mehreren hochstehenden Metallscheiben, wahrscheinlich den Deckeln der Treibstofftanks, die in das Gestein eingelassen waren. Jetzt war auch die Besatzung des Hubschraubers zu sehen. Einer der Männer war schlank und hatte einen schwarzen Schnauzbart, einer war etwas kleiner und hatte braunes Haar. Beide waren weiß. Der dritte war

ein stämmiger Schwarzer. Die drei gingen auf die Funkbaracke zu.

Der zweite Hubschrauber, ein viel kleinerer, war
schon ganz nahe heran und wollte wahrscheinlich über
den großen hinwegfliegen und kurz vor der Funkbarak-
ke landen.

Ras prüfte noch einmal sein Gewehr und trat hinter
der Einfriedung hervor. Er hielt das Gewehr in einer
Hand und ging gemächlich auf die Baracke zu. Der
Mann mit dem schwarzen Schnauzbart verlangsamte
den Schritt und wandte den Kopf, um etwas zu den anderen zu sagen, die ein paar Schritte hinter ihm gingen,
doch keiner von ihnen schien irgendwie beunruhigt zu
sein. Ras schritt weiter voran, bis er fast vor der Tür zur
Baracke angekommen war. Er blieb stehen und war einen Moment lang überwältigt. Die Musik, die aus der
Baracke herausquoll, war mit nichts vergleichbar, was er
bisher gehört hatte. Sie klang aus vielen unbekannten
Instrumenten, und der Gesang jedes einzelnen elektri-
sierte ihn; sie war von einer Vielgestaltigkeit und
Pracht, daß sie ihn wie ein Taumel durchzuckte. Sie
sprach von größeren Herrlichkeiten in der Welt hinter
dem Himmel und ließ ihn die Frage erwägen, welche
Art Menschen eine solche Musik hervorbringen könnten.

Schließlich gab er sich einen Ruck und fuhr sich mit
der Hand übers Gesicht, als wollte er Spinnweben beiseite wischen. Der kleinere Hubschrauber setzte zur
Landung an; in seinem durchsichtigen Körper saßen ein
Pilot und ein zweiter Mann.

Ras brachte das Gewehr in Anschlag und löste den
Geschoßregen aus. Die Waffe bellte, und Steinsplitter
und Steinstaub tanzten auf und ergriffen die drei Männer
nahe der Baracke. Sie waren stehengeblieben, das Gesicht bleich, der Mund ein schwarzes Loch, und dann
waren sie niedergestreckt und lagen auf dem Rücken,
und er zog den Gewehrlauf hoch und ließ den Feuer-
strom über den durchsichtigen Körper des kleinen Hub-

schraubers spielen. Der Pilot hatte die Maschine hochgerissen und wollte abdrehen, als die drei Männer tot zusammenbrachen, und der andere Mann war hinter dem doppelläufigen Maschinengewehr und drehte es zu Ras hin. Aber der Pilot zuckte unter den Kugeln zusammen und spie Blut, und der Hubschrauber sank zur Seite und nach unten. Er stieß gegen den Rand der Felssäule, riß ein paar Steinplatten aus dem oberen Rand der Umfassungsmauer heraus, fiel zur Seite und verschwand in der Tiefe.

Ras schoß weiter und hoffte, das Gewehr würde keine Ladehemmung haben, wie Eeva ihn gewarnt hatte. Die Männer, die sich um die Maschinerie bei dem großen Hubschrauber gekümmert hatten, und die vier Männer, die ihn entladen hatten, standen gebeugt da, als würde Verwirrung sie mit einer großen Hand niederdrücken. Dann warfen sich einige auf die Steine. Einer fiel, als Kugeln ihn beim Weglaufen erwischten.

Ras feuerte auf die Treibstoffschläuche und dann auf den Hubschrauber und versuchte, die Kugeln, von denen jede zehnte ein Brandgeschoß war, möglichst nahe an die Stelle zu zielen, wo die Schläuche mit dem Hubschrauber verbunden waren.

Plötzlich schossen Flammenpfeile auf, schwollen an, traten näher zusammen, vereinigten sich, wuchsen und kamen auf ihn zugerast. Rauch bildete sich, als würde er aus einem gigantischen Maul herausgeblasen. Die Druckwelle war wie ein Krokodilsschwanz, der zuschlägt. Er wurde so heftig gegen die Seite der Funkbaracke geschleudert, daß er sein Gewehr fallen ließ und einen Moment lang nicht wußte, wer oder wo er war und was vor sich ging.

Hitze und Rauch brachen über ihn herein. Er hustete. Er war blind und taub, aber er kam rasch wieder zu Sinnen, und obgleich er noch immer nichts sehen konnte, begann er das Brüllen des brennenden Treibstoffs zu hören. Er rollte sich etwas zur Seite und versuchte, unter dem Qualm hindurchzusehen, sah jedoch nichts. Dann ringelte eine Windhose den Rauch für eine Sekunde weg, und er bemerkte einen verkohlten Körper. Der Rauch rollte zurück. Eine Tür schlug zu. Er sah Schuhe aus dem Rauch auftauchen, die sich hoben und den Stein berührten und wieder im Rauch verschwanden. Der Besitzer der Schuhe hustete. Die Schuhe jagten wenige Schritte an ihm vorüber. Die Knöchel gehörten zu einem mageren, weißen Mann. Der Mann hustete noch einmal, und dann war er weg.

Ein weiteres Paar Füße erschien und verschwand und erschien und ging in dieselbe Richtung wie das erste. Ras fand sein Gewehr, legte ein neues Magazin ein und kroch in die Richtung, die die Füße genommen hatten. Er stieß auf den Eingang, aus dem er vorher gekommen war. Er legte sich flach nieder, unterdrückte sein Husten und lauschte. Er hörte nichts. Die beiden Männer könnten ihm entweder da unten auflauern oder sich woanders in Sicherheit gebracht haben. Vielleicht waren sie auch in den Vorratsraum gelaufen und ließen das Seil mit der Winde aus dem Fenster, um sich daran zum See herabzulassen. Vielleicht hatten sie auch gar keine Ahnung von seiner Anwesenheit. Sie konnten die Explosion ja auch für ein Unglück halten. Nein, das wohl nicht, denn selbst wenn sie ihn nicht gesehen hatten, mußten sie die Schüsse gehört haben. Der abstürzende Hubschrauber hatte zwar Lärm gemacht, doch mit Sicherheit nicht das Gewehr übertönt.

Der Wind drückte noch mehr Rauch über die Treppe nach unten. Ras konnte lediglich ein paar Schritte weit sehen. Er unterdrückte einen Hustenanfall und kroch die Stufen hinunter. Unten angekommen, hockte er sich hin und lauschte. Die Zellentür war kaum zu sehen. Das kleine Fenster war offen, doch kein Gesicht sah hinaus. Er spähte vorsichtig um die Ecke. Der Qualm war inzwischen so dick geworden, daß er das Ende des Gangs nicht sehen konnte. Die Toten waren fast vollständig in den Schwaden verschwunden. Doch da bemerkte er daß das Gewehr, die Pistole und der Munitionsgürtel des Wachtposten nicht mehr da waren.

Er grinste. Wer auch immer hier herabgestiegen sein mochte, er hatte sich entweder in einem der Räume, die weiter hinten vom Gang abgingen, im Vorratsraum oder in der Zelle versteckt. Wenn er — oder sie — keinen Schlüssel hatten, waren sie wohl kaum in die Zelle gekommen, denn er hatte dem Wächter den Schlüssel ja abgenommen.

Einer der Männer konnte natürlich auch in einen der Räume hinter den drei Türen weiter hinten im Gang gegangen sein und den anderen in der Zelle zurückgelassen haben, um auf diese Weise Ras in die Mitte zu bekommen.

In diesem Moment erschien ein Gesicht im Fenster der Zellentür. Das hatte Ras allerdings nicht erwartet, denn er hatte geglaubt, die Frau sei zu schwach, um aufzustehen. Nun, jedenfalls war ihr hageres Gesicht da, und ihre Augen, jeden Gefühls entleert, blickten ihn an. Ihr Kopf rollte nach rechts; ihr ganzes Verhalten drückte aus, daß sie gezwungen wurde, am Fenster zu stehen, ja daß sie vielleicht sogar von jemandem gestützt wurde.

Dieses Gefühl reichte aus, um ihn zu warnen. Er riß das Gewehr hoch und hatte den Finger am Abzug, als ein Gesicht hinter dem Kopf der Frau auftauchte und ein Gewehrlauf über ihre Schulter und durch das Fenster geschoben wurde.

Ihm blieb gar nichts anderes übrig als zu schießen. Er konnte nichts dafür, daß die Frau im Weg war. Und so fiel sie mit zerschmetterter Stirn und blutüberströmt hintenüber, und auch das Gesicht hinter ihr zuckte weg. Das Gewehr feuert einmal; Steinsplitter trafen Ras ins Gesicht, als die Kugel neben seinem Kopf auf der Wand auftraf und zurückprallte, und dann kippte das Gewehr hoch und rutschte durchs Fenster zurück.

Ras leerte das Magazin an der Tür, wobei er möglichst niedrig zielte, damit die Kugeln — wenn sie das Holz mit genügend Schlagkraft durchschlugen — den Mann auf der Erde treffen würden. Nachdem er nachgeladen hatte, wartete er mehrere Minuten. Als einziges Geräusch war das gedämpfte Knistern des brennenden Treibstoffs zu hören. Der Wind mußte sich wieder gedreht haben, denn der Rauch hatte sich vom Eingang zur Treppe verzogen. Nach kurzer Zeit hatte sich auch der Qualm im Gang verflüchtigt. Ras blickte von der Treppe aus um die Ecke, sah aber niemanden. Er stand auf und sprang mit einem Satz über den Gang an die Zellentür. Und wieder wartete er. Kein Kopf tauchte aus einer der am Gang liegenden Türen auf, und kein Geräusch kam durch das Fenster der Zellentür.

Er sah hindurch. Der Mann und die Frau konnten unmöglich noch leben, denn von ihren Gesichtern und Körpern war kaum noch etwas übrig. Der Mann konnte der Funker gewesen sein, der vor der Baracke geraucht hatte.

Ras bedauerte zutiefst, daß er die Frau hatte töten müssen. Selbst am Ende seines Lebens hatte Boygur es noch fertig gebracht, Ras dazu zu verführen, einen unschuldigen Menschen umzubringen.

Nachdem er sich versichert hatte, daß kein Dritter in der Zelle war, näherte er sich vorsichtig dem Ende des Gangs und stieg die Treppe hinunter zum Vorratsraum. Er legte ein Ohr an die Tür. Durch das dicke Holz hindurch hörte er schwach ein Rumpeln, Zischen und Klappern. Woher die Geräusche kamen, konnte er nicht erraten, er vermutete jedoch, daß die Maschine mit dem auf den Zylinder aufgewickelten Seil dafür verantwortlich war. Er sah durchs Schlüsselloch, fand es aber versperrt. Boygur — wenn es Boygur war, der sich in dem Raum befand — hatte den Schlüssel von innen stecken lassen. Wenn er ihn jetzt durchschieben würde, wäre Boygur gewarnt. Es bestand kein Zweifel daran, daß er ihn im Auge hatte.

Ras kehrte nach oben zurück. Noch immer war kaum etwas zu erkennen, und der Rauch reizte ihn wieder zum Husten. Er tastete sich hindurch, bis er die ringsum verlaufende Begrenzungsmauer erreicht hatte. Er lehnte sich hinüber; daraufhin war er fast ganz aus dem Rauch heraus, und außerdem konnte er bis zum See nach unten sehen. Der winzige Einbaum mit den winzigen Gestalten von Yusufu und Eeva schwankte auf und ab. Sie warteten; vermutlich bebten sie vor Ungewißheit und fragten sich, was wohl geschehen sein mochte, als der Rauch von der Säule aufstieg. Sie konnten ihn zwar nicht sehen, denn noch immer quirlte Rauch um ihn herum, doch er winkte ihnen trotzdem zu.

Noch immer über die Mauer gelehnt, arbeitete er sich zu einer Stelle über dem Fenster zum Vorratsraum vor, durch das er nach dem Ersteigen der Säule hereingekommen war. Der Metallhals der Maschine ragte aus dem Fenster heraus, und weißes Seil wickelte sich über Räder am Ende des Halses ab. Es hatte den Weg nach unten schon halb zurückgelegt. Sein Ende war um ein Hängegerüst geschlungen, auf dem eines der kleinen Metallboote stand, die Ras im Vorratsraum aufgefallen waren. In dem Boot lagen drei längliche Bündel, zwei Paddel und ein Gewehr. Das Hängegerüst und das Boot stießen von Zeit zu Zeit gegen Felsvorsprünge, doch sie wurden sehr langsam herabgelassen. Derjenige, der die Maschine bediente, wollte unter allen Umständen vermeiden, das Boot zu zertrümmern. Sein weißhaariger Kopf ragte aus dem Fenster ins Freie, während er das Boot überwachte. Ras beobachtete ihn ein paar Sekunden lang und zog sich dann rasch zurück, als der Kopf sich auf die Seite drehte. Er wollte nicht gesehen werden, falls der Mann nach oben blicken sollte.

Ras hoffte, er würde noch Zeit genug haben, ein passendes Seil zu finden, ehe das Boot die Wasseroberfläche erreicht hätte und Boygur schon zu weit nach unten geklettert wäre. Er begann sofort zu suchen, aber er brauchte länger, als ihm lieb war. Er lief auf der einen Seite der Säule durch die Gebäude; die auf der anderen Seite waren entweder eingeebnet oder von der Explosion vernichtet worden, einige lagen auch so nahe beim Flammenherd, daß er gar nicht daran denken konnte, sie zu betreten. Eines der Gebäude, wahrscheinlich hatte Boygur darin gewohnt, hätte ihn unter anderen Umständen vermutlich in Bann geschlagen. Als er die Suche schon aufgeben und zur Mauer zurücklaufen wollte, fand er das Seil, das seinen Vorstellungen entsprach. Es hing in einem der Zimmer in Boygurs Haus an der Wand. Er erkannte es sofort als ein Seil, das er selbst vor vielen Jahren angefertigt und benutzt hatte. Eines Tages war es unter mysteriösen Umständen verschwunden gewesen. Er hatte angenommen, ein Schimpanse oder ein Äffchen hätte es gestohlen, doch nein, hier war es, zusammen mit vielen großen Fotos von ihm und anderen an einer Wand, neben einigen präparierten Tierköpfen, Waffen der Wantso und Sharrikt und dem ersten Speer, den er je geschnitzt hatte.

Er rannte durch den Rauch zur Mauer zurück. Das Metallboot schwang hin und her, schlug aber nicht gegen die Säule. Offenbar war es für Boygur der Wasseroberfläche schon nahe genug, denn er kroch gerade über den Hals der Maschine. Er kam sehr langsam voran und hielt häufig inne. Er trug jetzt eine lange braune Hose und Handschuhe, um sich nicht zu verbrennen, wenn er sich an den dreihundert Metern in die Tiefe ließ. Am Gürtel trug er ein Halfter, in dem eine Pistole steckte.

Unter den Waffen und Werkzeugen, in deren Umgang Ras seit mehr als zwölf Jahren geübt war, war auch das Lasso. Er ließ seine Schlinge über die Schultern des alten, weißhaarigen Mannes fallen, als er gerade nach oben sah. Boygur — nach Yusufus Beschreibung mußte es Boygur sein — kreischte auf. Er warf den Kopf in den Nacken, um nach oben zu blicken; seine

Augen waren weit aufgerissen; sein Bart stand waagrecht ab, als wäre er vor Entsetzen steif geworden.

Ras zog am Seil, um die Schlinge festzuzurren. Boygur schrie und preßte die Knie zusammen und hakte die Füße um den Metallrahmen. Ras hatte nichts als seine Arme, um Boygur in die Höhe zu ziehen, doch trotzdem hatte er ihn nach ein paar Minuten, in denen er sich noch verzweifelt festklammern konnte, losgerissen. Er drehte sich langsam herum und schwang, vom Wind gestoßen, hin und her.

Und so hievte Ras Boygur nach oben, so wie man einen Gott, der in der Schlinge gefangen ist, nach oben hieven würde, so wie ein Geschöpf den Schöpfer nach oben hieven würde, um Ihn zu fragen, warum er das und das und das getan habe. Natürlich war dieser alte Mann, dieser schäbige alte Mann, zerkratzt, nur noch mit Fetzen bekleidet, blutend und rußverschmiert, nicht Igziyabher. Er blickte zwar haßerfüllt wie Igziyabher; seine blaßblauen Augen versuchten so zornig und furchterregend und ausdruckslos zu blicken wie ein Blitzschlag Gottes. Dennoch war er nur ein Mensch, wenn auch ein Mensch wie kein anderer. Und wenn er schon nicht das Wesen war, das Ras erschaffen hatte, so doch das, das ihn geformt hatte und für viele Übeltaten verantwortlich war.

Zweiundzwanzigstes Kapitel

Fragen und Antworten

Spät am Nachmittag war das Feuer ausgebrannt. Das rauchgeschwärzte Skelett des großen Hubschraubers stand am Ende einer düsteren Ruinenlandschaft. Die Gebäude, die dem Feuer am nächsten gestanden hatten, waren in Flammen aufgegangen, eingeebnet oder zusammengebrochen. Außerhalb des Gebäudes schwebten über allem Rauchwolken. Ras, der sich am anderen Ende des Zimmers im Spiegel erblickte, sah in ein vom Rauch geschwärztes Gesicht.

Sie befanden sich in einem großen Raum, der angefüllt war mit zahlreichen Bücherregalen, einem Ledersofa, einem ausladenden Tisch und einem Drehsessel auf Rädern. Auf einem Bord über dem Tisch standen zwischen zwei vergoldeten Büsten eine Reihe von Büchern, die in Gorillaleder gebunden waren. Diese Bücher, erklärte Boygur, wären sämtlich englische Originalausgaben der Tarzanserie von Edgar Rice Borroughs. Jedes enthielte eine persönliche Widmung von Borroughs; Boygur sei eigens nach Kalifornien geflogen, um sie vom Autor signieren zu lassen. Ras fragte sich, warum er davon sprach. Boygur schien so stolz zu sein, und erwartete von Ras, die Bücher gebührend zu würdigen, doch sie und der Stolz hatten für Ras keine Bedeutung.

Eine der Büsten, die als Buchstützen dienten, war Tarzan und war von einem Mann namens Gutzon Borglum für Boygur angefertigt worden. »Das ist insgeheim geschehen«, sagte Boygur. »Nur Borglum und ich wußten davon, und die Sache hat mich eine schöne Stange Geld gekostet.«

Die andere Büste stellte Ras dar und war von einem Bildhauer hergestellt worden, der als Arbeitsgrundlage Fotos und Filme von Ras benutzt hatte.

Es gab eine Menge Gemälde von Tarzan, die meisten von St. John, dem berühmten Illustrator des Buches und des Helden, wie Boygur ausführte.

Außerdem waren da fünf Photos vor Ras, die ihn auf verschiedenen Altersstufen zeigten. Über sie hatte Ras bereits von Yusufu erfahren, der zunächst einmal hatte erklären müssen, was »Photos« waren. Das eine zeigte ihn als Baby in Mariyams Armen und Yusufu daneben sowie fünf Gorillas im Hintergrund, die fraßen oder den Menschen neugierig zusahen. Das zweite zeigte Ras im

Alter von etwa fünf Jahren, einen nackten, kleinen Jungen mit langen, schwarzen Haaren, der mit einem Gorillajungen spielt, während zwei Weibchen in der Nähe Bambussprossen fressen. Ein drittes Photo war aufgenommen worden, als er im Einbaum saß und im See angelte; ein viertes zeigte ihn in der Hütte am Seeufer, ein Jahr bevor sie nach einem Blitzschlag niedergebrannt war, und zwar von rechts, während er an einem Holztisch sitzt und in einem großen Bilderbuch blättert, beleuchtet von zwei großen Kerzen, die vor ihm auf dem Tisch stehen. Jetzt wurde ihm klar, Yusufu hatte auch davon gesprochen, daß eine versteckte Kamera das Photo aufgenommen hatte.

Das fünfte Photo zeigte Ras als Sechzehnjährigen, wie er einen Hügel herunterkommt und einen toten Leoparden auf den Schultern trägt. Auch das getrocknete Blut, das ihm über Brust und Schultern verschmiert war, sowie die Kratzwunden waren zu sehen. Damals war Ras von dem Gorillafresser angefallen worden, als er nach ihm jagte. In den ersten Minuten des Kampfes hatte er sein Messer verloren, war jedoch in der Lage gewesen, sich loszureißen, und zwar im wahrsten Sinne des Wortes, und den Leoparden am Schwanz zu packen. Der Leopard war in die Höhe gesprungen, hatte sich in der Luft gedreht und versucht, ihn zu erwischen. Ras hätte hinterher nicht mehr zu sagen gewußt, wie er es fertig gebracht hatte, jedenfalls hatte er die riesige Katze, die mindestens zweieinhalb Zentner gewogen haben mußte, herumgewirbelt, um und herum, den Schwanz mit beiden Händen umklammert, und sich Schritt für Schritt an den nächsten Baum herangearbeitet. Der letzte Schritt und die letzte Umdrehung hatten den Kopf des Leoparden gegen den Baumstamm knallen lassen. Und während die Bestie noch halbbetäubt war und versucht hatte, wieder auf die Beine zu kommen, hatte Ras sein Messer gesucht und gefunden und es dem Leoparden in die Kehle gestoßen, noch ehe er sich erholt hatte. Später war Ras dann auf Yusufu und Mariyam wütend gewesen, weil sie seinen Bericht über den Kampf nicht geglaubt hatten.

Jetzt fiel ihm wieder ein, daß der Hubschrauber damals aufgetaucht war, als er mit der Beute auf den Schultern den Hügel heruntergekommen war.

Auf dem Tisch stand ein großes, gerahmtes Photo, das einen viel jüngeren und bartlosen Boygur zeigte, wie er mit zwei Männern vor irgendeinem fremden Haus steht. Die Unterschriften stammten von Edgar Rice Borroughs und Johnny Weissmüller.

Außerdem lagen auch eine Reihe von Büchern ohne festen Einband auf dem Tisch, die Boygur als Zeitschriften bezeichnete. Das ihm am nächsten liegende trug den Titel *Das Borroughs Bulletin* und hatte eine faszinierende Illustration auf dem Umschlag. Unter anderen Umständen hätte er sie sich sicherlich genauer angesehen.

Unter den vielen Tierköpfen an der Wand war auch ein Löwenkopf. Außerdem eine überaus häßliche Bestie mit zwei Hörnern auf der Nase, ein Elefantenkopf, der doppelt so groß war wie der des größten Flußelefanten, den Ras jemals gesehen hatte, und der Kopf eines Tigers, den Ras erkannte, weil er sich an Tigerbilder in den Büchern in der Hütte am See erinnerte. Diese gestreifte und furchterregende und unglaublich schöne Katze hatte ihm auch seinen Namen gegeben. Es war, wie Yusufu ihm erklärt hatte, zugleich der Name seines normannischen Vorfahren, der ein großer Krieger gewesen war und zusammen mit Wilhelm dem Eroberer den Kanal überquert hatte.

Ras hatte versucht, sich die Normannen und den Kanal, Robert le Tigre und andere Dinge vorzustellen, von denen Yusufu gesprochen hatte, doch war ihm das nicht gelungen, und die Tatsache, daß Yusufu sich nur undeutlich über sie ausgelassen hatte, war ihm auch keine besondere Hilfe gewesen. Er sah nicht ganz ein, weshalb er stolz darauf sein sollte, von einem englischen

Aristokraten abzustammen, wo er doch noch nie einen englischen Aristokraten zu Gesicht bekommen hatte.

Und auch von diesem Mann namens Borroughs, den Boygur den Meister nannte, hatte er noch nie etwas gesehen oder erfahren.

Yusufu hatte ihm an dem Abend, an dem er auf die Säule gestiegen war, gesagt: »Du mußt verstehen, o Sohn, daß dieser Borroughs nicht die Verantwortung dafür trägt, was Boygur glaubt oder getan hat. Die Tarzanbücher enthalten nur frei erfundene Geschichten über einen wilden Mann des Dschungels, der von großen Affen aufgezogen worden ist und zu einem Supermann wurde. Millionen von Menschen haben diese Geschichten gelesen und ihre Freude daran gehabt. Und Filme sind über Tarzan gedreht worden — viele Filme —, und die Leute haben sie genossen. Vor vielen Jahren, noch ehe du geboren warst, habe ich in einem Tarzanfilm mitgewirkt. Mariyam und die anderen auch. Wir waren damals in Amerika, und da habe ich auch mein Englisch gelernt.

Wie gesagt, viele Menschen haben ihre Freude an diesen Geschichten über Tarzan, sie lieben sie sogar. Für einige ist er der Inbegriff eines Helden. Nur Boygur ist eben verrückt, mein Sohn. Er hat die Geschichten zu sehr geliebt. Er hat sich eingeredet, sie seien wahr, was vielleicht daran liegen mag, daß er als Kind und als junger Mann klein und mager und schwächlich gewesen ist und deshalb viel von Leuten auszuhalten hatte, die größer und stärker waren als er. Vielleicht hat er davon geträumt, ein Riese zu werden, der mit bloßen Händen oder nur mit einem Messer gegen alle anderen Menschen und selbst gegen große und gefährliche Bestien kämpfen kann. Und er mußte hart, sehr hart arbeiten und in großer Armut leben, als er jung war. Er träumte von einem Leben in Freiheit, ohne Arbeit und Versuchungen und ständig wiederkehrenden Anforderungen. Er träumte davon, wie Tarzan zu werden. So verrückt, zu glauben, er selbst wäre dieser freie und wilde Mann des Dschungels, war er nicht. Doch immerhin meinte er, er könne durch eine andere Person als ein Tarzan leben. Und als er dann schließlich ein Vermögen gemacht hatte, als er geworden war, was man einen Multimillionär nennt, faßte er den Entschluß, seinen eigenen Tarzan aufzuziehen.

Was er getan hat, war natürlich schlecht, aber Boygur weiß das nicht. Er steht zwar mit beiden Beinen auf der Erde — sonst hätte er es wohl kaum geschafft, so reich zu werden —, doch andererseits auch wieder nicht.«

Der Mann, der jetzt an Händen und Füßen gefesselt auf dem Ledersofa saß, machte nicht den Eindruck, als hätte er einstmals über eine derart große Macht verfügt und so viele Menschen beherrscht. Obzwar klein und dünn, wäre er eigentlich ein durchaus ansehnlicher alter Mann gewesen, wenn er unter den Augen nicht diese Tränensäcke und dunklen Ringe gehabt hätte, wenn sein Gesicht nicht so zerkratzt und blutverschmiert und sein Bart nicht so zerzaust und schmutzig gewesen wäre. Er hatte langes, gewelltes, weißes Haar, eine breite und hohe Stirn, buschige, weiße Augenbrauen, eine Nase, die den Bogen eines niedergehenden Pfeils beschrieb, tiefe Löcher unter den Wangen und schmale Lippen. Selbst so verschnürt und blutig und verstört, legte er noch eine gewisse Würde an den Tag, die allerdings dadurch beeinträchtigt wurde, daß er sich, als er am Seil in die Höhe gezogen worden war, in die Hose gemacht hatte.

»Du verstehst nicht, Ras«, sagte er, wie er es seit seiner Gefangennahme schon ein paarmal getan hatte, »ich habe dich zu dem gemacht, was du bist. Wenn ich nicht gewesen wäre, wärst du nichts. Du wärst nur ein Stadtbewohner, ein Geschäftsmann oder Lehrer, ein Beamter, eine Null, ein Nichts. Jetzt bist du Ras Tyger, und niemand auf der Welt ist wie du. Du bist tatsächlich der Tarzan dieser Erde.«

Das war etwas, was Ras nicht verstand. Er bat noch einmal um Erläuterung, und Boygur gab sie ihm. Er beharrte darauf, nicht verrückt zu sein. Ihm war durchaus klar, daß kein Wesen wie Tarzan von den Affen, John Clayton, Lord Greystoke auf dieser, unserer Welt existierten, in diesem, unserem Universum. Es gab keine »Menschenaffen«, die reden konnten; Gorillas, langschwänzige Affen und Paviane sprachen nicht; Gorillas waren nicht angriffslustig und vergewaltigten auch keine Frauen; Löwen lebten in der Savanne und machten nicht den Urwald unsicher; und es gab keine aufgegebene Stadt, in der halbäffische Nachkommen der Kolonisten aus dem versunkenen Atlantis lebten.

Jedenfalls nicht in diesem Universum. Doch es gab parallele Universen, Welten, die im selben Raum existierten, der von unserer Welt eingenommen wurde, allerdings im »rechten Winkel« zu ihr. Und in einem dieser Universen, vielleicht in mehr als einem, leicht voneinander abweichend, gab es eine solche Erde, wie Borroughs sie in seinen Büchern beschrieben hatte. Jene Erde war so ähnlich wie unsere, wenn man von den nicht sehr großen Unterschieden einmal absah. Borroughs kannte sie, weil er einen psychischen Schlüssel zu ihr hatte, und er hatte die Geschichte von Tarzan von dem Helden selbst erfahren. Manchmal öffneten sich die Tore zwischen den Welten, und Tarzan und andere kamen hindurch und erzählten Borroughs ihre Geschichten. Und Borroughs verlegte sie, um sie den Erdenbewohnern schmackhafter zu machen, auf diese Erde und in dieses Universum. Natürlich sagte er aus dem Grunde auch nichts über das Vorhandensein paralleler Universen. Deshalb hatte Boygur beschlossen, seinen eigenen Helden zu erschaffen, dem Helden des Meisters nachgebildet. Ras verstand jetzt wohl, nicht wahr?

»Nein«, sagte Ras. »Ich verstehe nichts — fast nichts — von dem Unsinn, den du da sagst.«

Yusufu hatte dieselbe Erklärung von Boygur gehört

und sie an Ras weitergegeben, es war ihm aber nicht gelungen, sie irgendwie zu erhellen.

»Eines Tages wirst du verstehen«, sagte Boygur. »Du bist noch nicht gebildet, jedenfalls nicht in dem Sinn, in dem die sogenannte zivilisierte Welt von Bildung sprechen würde. Du wirst dein Erbe antreten, den Platz einnehmen, der dir nach dem Geburtsrecht zusteht. Du bist ein englischer Lord, ein Vicomte. Wenn die Welt erst einmal etwas über dich erfährt, wirst du den Titel von deinem Cousin zurückerhalten. Es ist schade, daß dein Cousin das Schloß deiner Vorfahren und die Ländereien verkauft hat, um seine Steuern bezahlen zu können. Wenn ich davon rechtzeitig gewußt hätte, hätte ich sie erstanden und für dich bewahrt. Aber du würdest sowieso nicht in England leben wollen, oder? Du würdest doch viel lieber auf einer Plantage in Afrika leben wollen, nicht wahr? Natürlich ist Afrika schon längst nicht mehr, was es einmal war. Für einen Weißen gibt es hier kaum noch einen Platz, wo er leben könnte. Aber du könntest dir dein eigenes Reich errichten, vielleicht hier in diesem Tal bleiben, König der Sharrikt werden — sie sind eine untergehende Rasse und leben in einer versunkenen Stadt in einem unbekannten Tal — oder ...«

Der Alte stammelte.

Ras dachte an das, was Yusufu ihm erzählt hatte. Irgendwo in jener nebelhaften Welt außerhalb dieses Tals, in einer Stadt mit dem Namen Pretoria, in einem Land, das Südafrika hieß, hatten ein gutaussehender Mann und eine hübsche Frau gelebt. Der Mann war der zweite Sohn eines nordenglischen Lords gewesen. Er war nach Südafrika gekommen, um nach einem großen Krieg ein neues Leben anzufangen und sich eine Existenz aufzubauen. Sein älterer Bruder hatte den Titel geerbt, nachdem der Vater gestorben war.

Ivor Montaux-Tyger Thorsbight hatte die Tochter eines schottischen Barons geheiratet, eine Emigrantin wie er, und sie hatte einen Sohn geboren. Das Baby war, kaum ein Jahr alt, von Boygur entführt worden, weil es allen seinen Anforderungen entsprochen hatte. Es war von englischem Adel gewesen und hatte schwarzes Haar und graue Augen gehabt.

Das Baby war in dieses Tal gebracht und in die Obhut eines Gorillaweibchens gegeben worden, das sein eigenes Baby verloren hatte — dafür hatte Boygur schon gesorgt —, das aber bereit gewesen war, an seiner statt ein anderes Kind anzunehmen und zu pflegen. Sechs Monate später, nach mehreren Krankheiten, war das Baby an Lungenentzündung gestorben.

Die Eltern hatten lange um ihr Kind getrauert, auch nachdem die Suche nach ihm längst aufgegeben worden war. Anderthalb Jahre später wurde ihnen ein zweiter Junge geboren, und auch dieser wurde, trotz der intensiven Wachsamkeit der Eltern, gestohlen.

Ras, der an ihn denken mußte, sagte: »Mein Bruder hat überlebt, weil du ihm jede erdenkliche Unterstützung gegeben hast. Doch er ist unter Gorillas aufgewachsen, und die haben keine Sprache, und so war Jib auf einmal aus dem Alter heraus, wo er noch eine Sprache hätte lernen können.«

»Ich hatte keine Ahnung davon, bis es dann zu spät war«, sagte Boygur. »Ich bin erst dahintergekommen, als ich nichts mehr daran ändern konnte, daß Kinder im frühen Alter irgendeine Sprache lernen müssen, weil sonst ihr Gehirn oder Nervensystem, was das Erlernen von Sprachen betrifft, nicht mehr flexibel genug ist.«

»Dadurch wurde mein Bruder so sprachlos wie ein Gorilla«, sagte Ras. »Und kränklich und bedauernswert. Es wäre besser für ihn gewesen, wenn er auch an Lungenentzündung gestorben wäre.«

»Ich habe das ja nicht mit Absicht getan, weißt du«, meinte Boygur. »Ich hatte doch wirklich die besten Absichten.«

»Er konnte drei oder vier Wörter sagen«, erklärte Ras.

»Ich habe ihm beigebracht, Wahss zu sagen. Meinen Namen. Besser als Wahss konnte er ihn nie aussprechen.«

Er spürte einen Kloß in der Kehle und einen Stich in der Brust. Plötzlich weinte er.

Boygur sagte: »Niemand hat mehr als ich bedauert, daß er kaum mehr als ein Idiot war. Doch ein Mensch muß eben aus Erfahrungen lernen. Und fest steht ja, daß du kein Idiot bist. Weit entfernt. Du bist im wahrsten Sinne des Worts ein Supermann, ein Übermensch.«

Irgendwo in jenem nebelhaften Land hinter den Felsen lagen zwei Gräber. In dem einen lag die Mutter, die an Gram gestorben war, nachdem auch ihr drittes Kind entführt worden war. Die Eltern waren extra nach England gezogen, weil sie annahmen, ihr Kind würde dort sicherer sein. Doch trotz all ihrer Wachsamkeit und Sicherheitsvorkehrungen wurde ihnen das Kind weggenommen. Sie haben es nie wiedergesehen. Ein Jahr nach dem Tode seiner Frau war der Mann von einem Schiff in den Kanal gesprungen.

Boygur aber, der inzwischen eingesehen hatte, daß ein Mensch nicht von Affen aufgezogen werden und dennoch menschlich bleiben konnte, zumindest nicht in dieser Welt, hatte sich der Zwerge als Ersatzaffen bedient. Sie gehörten zu einer reisenden Akrobatentruppe, der man in Addis Abeba in Äthiopien Diebstahl und Mord vorgeworfen hatte. Boygur hatte die Behörden bestochen und sie frei bekommen, doch sie mußten ihm versprechen, das Baby in dem Flußtal hoch oben in den abgelegenen Mendebo-Bergen von Äthiopien aufzuziehen. Sie sollten so tun, als wären sie Affen. Das Baby, das natürlich keine Ahnung hatte, wie sich ein richtiger Mensch kleidete und benahm, würde den Unterschied nicht bemerken. Und wenn Ras achtzehn Jahre alt geworden war, dann sollten sie ihre Freiheit wieder haben.

Der kleine Ras war ein anhängliches und gutmütiges

Kind gewesen. Zugleich aber fürchtete er sich auch vor nichts und war aggressiv, und deshalb hatte Boygur ihm den Namen Ras Tyger gegeben, Ras, denn das war das amharische Wort für Lord, und Tyger wegen des normannischen Vorfahren, der das Haus derer von Bettrick begründet hatte.

Viele Dinge waren jetzt also geklärt, viele noch immer nicht. Er wußte, warum Mariyam mit ihren Begründungen für dieses und jenes so durcheinander geraten war. Mariyam war vielleicht auch ein bißchen schwachsinnig gewesen, doch nicht schlecht, und sie hatte ihn wirklich geliebt. Ras hatte die amharische Zwergin genauso geliebt wie Yusufu, den Zwerg, der zur Hälfte Suaheli und zur Hälfte Araber war.

Die Hütte am Seeufer war der Hütte von Tarzans Vater und Mutter, wie sie im ersten Tarzanbuch beschrieben wird, nachgebildet worden. Ras hatte sich über die beiden menschlichen Skelette und über das Skelett des Gorillajungen wundern müssen, hatte das Jagdmesser finden, über die Bilderbücher verwirrt sein und sich Lesen beibringen müssen, wie Tarzan es vermutlich auch getan hatte. Doch Ras hatte es mehr Spaß gemacht, das Papier und die Bleistifte dazu zu benutzen, Bilder wie jene in den Büchern zu zeichnen. Yusufu war gezwungen gewesen, ihm das Lesen beizubringen, hatte es aber außerhalb der Sicht- oder Hörweite von Boygurs Überwachungsvorrichtungen getan. Und später hatte Yusufu ihn dann englisch sprechen gelehrt, englisch mit einem Suaheli-Akzent, denn Suaheli war Yusufus Muttersprache. Er hatte das getan, um Boygur eins auszuwischen, was Boygur allerdings nie erfahren hat. Denn wenn er es erfahren hätte, hätte er Yusufu umgebracht.

Eine andere Sache war die mit dem goldenen Medaillon und dem Bild einer Frau darin. Ras hatte es in der Hütte gefunden und um den Hals getragen. Ein halbes Jahr später war es verschwunden gewesen, gestohlen vermutlich von einem Schimpansen, während er im See schwamm. Das Bild in dem Medaillon war ein Porträt seiner richtigen Mutter gewesen.

In der Hütte hatte es viele rätselhafte Dinge gegeben, doch sie war niedergebrannt und alles war zerstört worden.

»Die Dinge haben ihren eigenen Lauf genommen«, murmelte Boygur vor sich hin, wie wenn er über die Richtung nachdachte, die die Realität, wenn es nach ihm gegangen wäre, hätte einschlagen sollen und die einzuschlagen ihr beliebt hatte.

»Warum hast du meine Mutter ermordet?« fragte Ras. »Warum hast du sie mit einem Wantsopfeil erschossen, und mich dadurch glauben gemacht, die Wantso hätten sie getötet?«

»Deine Mutter?« fragte Boygur. Er sah ihn verständnislos an. »Ach, du meinst Mariyam! Wieso, mein Junge, das war nötig! Die äffische Pflegemutter Tarzans wurde von einem wilden Schwarzen durchs Herz geschossen, und er hat sich an dem Mörder und seinem Stamm gerächt. Es bestand nicht die Aussicht, daß die Wantso jemals nahe genug an Mariyam herankommen würden, als daß sie ihr etwas hätten antun können. Ich habe sie das Land der Geister fürchten gelehrt, lange bevor du geboren warst, deshalb haben sie sich da nicht hingetraut.

So mußte ich Mariyam also töten, damit du ihren Tod rächen konntest. Und übrigens, die Wantso haben dich verdorben und erniedrigt. Ich wußte wohl, daß du es mit den schwarzen Frauen getrieben hast, und das war etwas, was Tarzan niemals tun würde. Niemals! Sie sollten sterben, und ich wollte, daß du dein dir von der Natur auferlegtes Schicksal erfüllst und sie tötest. Wenigstens der Teil des Buches sollte Wirklichkeit werden.«

Ras hätte den alten Mann am liebsten an die Wand geschmettert. Doch er sagte: »Warum haben deine Männer, die im Hubschrauber, alle Wantso getötet? Ich hatte doch schon fast alle Männer erledigt. Sie hatten mich zwar umzingelt, doch mit den paar wäre ich schon fertig geworden. Es bestand keine Notwendigkeit, die Frauen und Kinder umzubringen.«

Boygur erwiderte ärgerlich: »Das war die Schuld dieser beiden Vollidioten. Sie glaubten, du wärst erledigt und fingen an zu schießen und konnten nicht mehr aufhören, das haben sie jedenfalls behauptet. Ich würde alle Wantso hassen, meinten sie, und darum haben sie nichts dabei gefunden, sie gleich alle zu erledigen und auszulöschen. Ich habe sie natürlich gerügt, weil sie das ohne meinen ausdrücklichen Befehl getan haben, aber die Sache war ja nun mal nicht mehr aus der Welt zu schaffen.«

»Und warum hast du versucht, Eeva Rantanen zu töten?«

»Weil sie hier nichts zu suchen hatte! Ich wollte nicht, daß sie alles verdirbt. Außerdem hatte ich gerade erst das Mädchen einfliegen lassen, das du schicksalhaft finden solltest, diese Jane Potter, eine hübsche Blondine aus Baltimore, Jungfrau zudem, genau richtig für dich, der Beschreibung des Meisters von der Gefährtin des Helden sehr ähnlich. Für ein paar Tage später hatte ich ihre scheinbare Flucht und die Begegnung mit dir arrangiert. Aber ihr mangelte es an Charakterstärke. Statt die Flucht zu versuchen, wurde sie hysterisch, fing diesen Hungerstreik an und versuchte, sich das Leben zu nehmen.«

»Woher hattest du sie?«

»Sie war in Kenia mit ihrem Vater auf einer Safari, der, nebenbei bemerkt, Professor ist. Aber weder zerstreut noch alt. Man kann eben nicht alles haben; man muß Kompromisse eingehen. Ich war schon froh, ein Mädchen gefunden zu haben, das den Anforderungen zumindest annähernd entsprach.«

Ras hatte keine Ahnung, wovon er eigentlich sprach, es sei denn, er wollte andeuten, das gewaltsam entführte Mädchen habe Ähnlichkeit mit dem Mädchen im Buch gehabt.

Langsam sagte Boygur: »Du bist also an der Säule hochgeklettert? Wer hätte gedacht, daß das möglich sein würde! Aber natürlich, der Held hätte es getan, warum du also nicht auch? Im Grunde habe ich also doch nicht versagt. Du hast alles gemacht, was der Held auch gemacht hat, zumindest könntest du es machen, wenn du gezwungen wärst. Ich bedaure, daß du niemals die Gelegenheit gehabt hast, nur mit einem Messer bewaffnet gegen einen Löwen zu kämpfen oder dich mit einem Elefanten anzufreunden oder mit einem Gorilla zu kämpfen, sozusagen Mann gegen Mann. Na, schließlich bist du ja noch jung ...«

Ras stand auf und sagte: »Und du bist alt und hast schon über deine Zeit hinaus gelebt. Du hättest gleich bei der Geburt sterben sollen. Du hast meinen ältesten Bruder getötet oder veranlaßt, daß er getötet wurde, du hast die Schuld, daß mein anderer Bruder zum Idioten geworden ist und krank und dumpf und jämmerlich leben mußte — ach, wie jämmerlich und einsam muß er sich gefühlt haben! —, und dann hast du ihn umgebracht. Du trägst die Schuld daran, daß meine richtigen Eltern vor Gram gestorben sind. Du hast meine zweite Mutter, Mariyam, getötet, die ich von ganzem Herzen geliebt habe. Du hast mich dazu gebracht, viele unschuldige Wantso zu töten, und deine Männer haben die übrigen hingemetzelt. Du hast mich des mir zustehenden Lebens mit meinen richtigen Eltern beraubt. Du hast mich nach einem Phantom geformt, einer Heldenfigur, die es nie gegeben hat. Du bist so schlecht, wie ein Mensch nur sein kann.«

»Was redest du da?« schrie Boygur. »Ich liebe dich! Ich habe dich immer geliebt! Glaube mir, ich habe mich gegrämt, weil ich nicht den Platz von Yusufu einnehmen und jeden deiner Schritte persönlich leiten konnte, weil ich nicht darauf achten konnte, daß du keine Fehler machst und ein genauso heroischer Mann wurdest, über den der Meister geschrieben hat! Ich habe dich zu einem Menschen gemacht, wie es keinen zweiten gibt!«

»Yusufu hatte recht«, unterbrach Ras ihn. »Es hat keinen Sinn, mit dir zu reden. Du hältst dich für Gott!«

Er zog Boygur mit einem plötzlichen Ruck auf die Beine und packte die Stricke, mit denen er ihm die Füße zusammengebunden hatte. Er zerrte ihn bis zum Rand der Säule hinter sich her, und Boygur schrie die ganze Zeit über: »Nein! Nein! Nein!«

Dann hob Ras ihn hoch über den Kopf. Boygur hörte auf zu schreien und sagte: »Du mußt doch verstehen, Ras! Mein Sohn, mein Sohn, laß mich dir erklären!«

»Du bist kein Gott, und ich bin nicht dein Sohn«, sagte Ras. »Ich würde dich gern für alles bezahlen lassen, was du getan hast. Doch man kann die Menschen nicht für ihre Missetaten bezahlen lassen. Man kann mit schlechten Menschen nichts anderes tun, als ihrer Schlechtigkeit für alle Zeiten Einhalt zu gebieten.«

»Ich bin nicht schlecht!« kreischte Boygur. »Ich bin nicht schlecht! Man kann einen Traum nicht ohne Leiden verwirklichen wollen, man ...«

Ras grollte und sagte: »Halt den Mund! Du würdest selbst im Sterben noch die Luft verpesten!«

Seine Muskeln ächzten unter dem Gewicht, doch er wartete. Ein Fischadler, dunkel, mit einem krallenartigen Schnabel und Augen wie Pfeilspitzen, segelte im Gleitflug auf einen Punkt unmittelbar unter ihnen zu. Ras wartete, obzwar er auch nicht wußte, warum eigentlich. Er mußte wohl unbewußt die Geschwindigkeit und den Winkel geschätzt haben, in denen der Fischadler nach unten kam, sowie die Geschwindigkeit, mit der der alte Mann fallen würde, denn plötzlich, noch immer nicht wissend, warum er so lange gewartet hatte und auf einmal handelnd, warf er den alten Mann in die Tiefe. Boygur schrie auf. Der Adler kreischte und legte sich in die Kurve, doch es war zu spät. Der alte Mann, einen schrillen Schrei wie eine Rauchfahne hinter sich herziehend, fiel auf den Adler und hielt sich im selben Moment daran fest. Seine Hände waren vorn zusammengebunden, und da er die Arme ausgestreckt hatte, hatte er das Seil über den Kopf des Adlers gestreift und ihn an seine Brust gezogen, als wollte er ihn begatten. Der Adler wehrte sich mit Schnabel und Krallen; seine Flügel klatschten, wie wenn er sich und Boygur über den See hinweg ans Ufer und in Sicherheit tragen wollte. Aber beide fielen rasch, Federn wirbelten herum, der schrille Schrei Boygurs und der harsche Schrei des Adlers flossen ineinander und wurden schwächer. Die beiden Körper wurden zu einem, und dann stieg eine Wasserfontäne auf, fiel zusammen, und dann bildeten sich Kreise, die langsam größer wurden.

DREIUNDZWANZIGSTES KAPITEL

Der Reisepaß

Das Flugzeug rumpelte, als seine Schwimmer gegen die Wellen stießen, und dann war das Rumpeln vorbei, und der See sank unter ihnen zurück.

Ras saß neben dem Fenster. Der Flügel, unmittelbar vor ihm, zerschnitt das Wasser unten in zwei Teile und schob einen Schatten über dessen flimmernde Fläche vor sich her. Das Flugzeug neigte sich auf die Seite, und die Sonnenstrahlen wurden von den wirbelnden Propellerspitzen weggeschleudert, als würde ein Schakal sich nach dem Baden das Wasser aus dem Pelz schütteln.

Unten, mit jeder Sekunde kleiner werdend, waren fünf Flugzeuge, drei mit Schwimmern und zwei Wasserlandflugzeuge. Am Ufer, augenblicklich halb von den großen Bäumen verdeckt, standen die Zelte derjenigen, die in den Flugzeugen hergekommen waren. Auch ein Hubschrauber stand dort, und weiter hinten im Tal zeigte ein weißes Aufblitzen ein weiteres Flugzeug an.

Die Leute waren in seine Welt eingebrochen, als wäre der Himmel aufgeplatzt und hätte sie auf die Erde ergossen. Darunter waren Anthropologen, Zoologen, Militär- und Verwaltungsbeamte aus Äthiopien, Polizisten aus Äthiopien und Südafrika, Reporter aus vielen Ländern, Verlagsagenten, Filmleute aus den Vereinigten Staaten, England und Italien, und andere, von denen nicht so recht feststand, was sie eigentlich wollten, und die vermutlich lediglich aus Gründen der Neugier hergekommen waren.

Die ganze Sache war überaus rasch vonstatten gegangen, und auf einmal waren zahlreiche Männer und Frauen angekommen und hatten alle gleichzeitig gesprochen. Er war verwirrt gewesen. Immerhin hatte es ihm aber Spaß gemacht, und er hatte sich von ihnen durchaus nicht antreiben oder drängen lassen. Ihm war klar, auch wenn er den Grund ihres Hierseins nicht eigentlich verstand, daß die meisten von ihnen ihn als einen Holzklotz ansahen, der zu einem Götzenbild zurechtgeschnitzt werden müßte, welches ihnen Zugang zu einer gewissen Macht oder einer gewissen Stimmung verschaffen sollte, die sie begehrten. Oder vielleicht wollten sie auf ihm auch zu persönlichen Zielen reiten, so wie er auf dem Krokodil ins Wasser geritten war. Wenn sie sich das tatsächlich einbildeten, dann würden sie feststellen, daß der Holzklotz ihre Messer auf eigenartige Weise umdrehte, und die Reiter würden mit Verwunderung sehen, wie aus dem Krokodil eine Schlange geworden war und sich um ihre Körper ringelte.

Andere sahen in ihm nicht so sehr einen unbeseelten Gegenstand oder ein wildes Tier, als vielmehr einen Mann, auf den sie eifersüchtig waren. Sein Körper, sein Gesicht, sein unbefangenes Betragen schienen einige der Männer neidisch zu machen. Viele der Frauen verbargen ihre Bewunderung für ihn allerdings durchaus nicht. Eine, eine überaus hübsche und junge Rothaarige, hatte ihm einen Blick zugeworfen, den er sofort begriffen und in gleicher Weise erwidert hatte. Eeva hatte diesen Blickaustausch bemerkt und zum erstenmal Eifersucht gezeigt. Vielleicht hatte dieser Zwischenfall sie dazu veranlaßt, Ras zu sagen, daß sie so schnell wie möglich heiraten sollten. Sie liebte ihn nunmehr, und das war schließlich Grund genug zum Heiraten. Sie war zwar älter als er, aber das würde für sie beide nur von Vorteil sein, denn er brauchte ja eine erfahrene Frau, die ihn in der schrecklich verwickelten Welt draußen leiten konnte.

Sie war jetzt seine Agentin und Betreuerin und würde seine Interessen noch besser wahrnehmen, wenn sie erst seine Frau wäre. Die gesetzlichen Gründe waren, wie überhaupt alles draußen, nur schwer zu verstehen, und sie konnte ihm für den Moment auch lediglich einige auseinandersetzen. Doch er konnte ihr vertrauen.

Ras hatte nichts Eindeutiges in der Hand, mit dem er sein Gefühl untermauern konnte, daß sie durch eine Heirat mit ihm auch durchaus ihre eigenen Interessen wahrnahm. Das war ihm egal. Wenn sie unbedingt heiraten wollte, dann würden sie eben heiraten.

Eeva hatte einen Vertrag abgeschlossen, ein Buch über ihre Abenteuer in dem Tal und ein weiteres über Ras' »Leben« zu schreiben. Sie »feilschte« auch mit einigen Produzentenvertretern, die, mit ihm in der Hauptrolle, einen Film über sein Leben drehen wollten.

Sie hatte ihm erzählt, daß die Bücher und der Film genügend abwerfen und sie damit in die Lage versetzen würden, für lange, lange Zeit, eventuell sogar für den Rest ihres Lebens, mehr als angenehm zu leben, selbst nachdem »die Regierung« ihren Löwenanteil von dem Geld erhalten hätte. Sie klärte ihn über die Steuern auf, und zum erstenmal empfand er Zorn gegen die »Zivilisation«. Sie gab sich alle Mühe, ihn zu besänftigen, und meinte, wenn sie ein paar gute, will sagen teure, will sagen fähige, will sagen geriebene Rechtsanwälte anheuern würden, dann könnten sie dem Löwen einen Teil seines Anteils wieder abjagen.

»Wenn man ›der Regierung‹ einen zunehmend größeren Anteil geben muß, je mehr man verdient«, meinte Ras, »warum verdient man dann nicht einfach nur so viel Geld, wie man braucht, um das Leben zu genießen?«

»Das spricht für deinen gesunden Menschenverstand«, sagte Eeva, »und viele Leute haben schon davon gesprochen, genau das zu tun. Doch tut es kaum jemand. Fast jeder arbeitet schwer, um soviel wie möglich zu verdienen, auch wenn er weiß, daß ihm nur ein kleiner Teil davon bleibt.«

»Das ist eben der Brauch«, fügte sie hinzu, und Ras wurde wieder froh, als er diese magischen Worte hörte. Andere Leute mußten ihren Bräuchen gehorchen; er würde sich in ihrem Rahmen bewegen, wenn er Gründe dafür hatte, und außerhalb davon, wenn er Lust hatte.

Jetzt schwenkte das Flugzeug wieder herum. Sie befanden sich über den dunklen Fischadlern, den weißglänzenden Pelikanen und der rosafarbenen Wolke der Flamingos am Ufer.

Boygur war unter der blauen Wasseroberfläche untergetaucht und nie wieder zum Vorschein gekommen. Der Fischadler war am Ufer angetrieben, und Ras hatte ihn neben Mariyams Grab beigesetzt.

Danach war Eeva zu ihm gekommen und hatte ihm erzählt, wenn sie noch ein paar Tage länger gewartet hätten, wäre Boygur sowieso verhaftet worden. Er war jahrelang der Entlarvung entgangen, doch jetzt war das Maß voll gewesen, nichts hätte ihn mehr retten können. Seine Söhne waren dahintergekommen, daß er riesige Summen aus seinem persönlichen Vermögen und seinen Beteiligungen abgezogen hatte. Hubschrauber waren Spielzeuge, die in derartigen Mengen zu kaufen sich nur Milliardäre oder ein Staat leisten konnte. Darüber hinaus hatten die Nachforschungen seiner Söhne und seiner Ex-Gattin ergeben, daß er das Geld, das für die von ihm eingesetzte Privatarmee und die von ihm gezahlten Bestechungssummen verschlang, nur deshalb aufwandte, um unbehelligt zu sein und allein gelassen zu werden. Mehrere Regierungen waren hinter einige seiner Aktivitäten in der Vergangenheit gekommen.

Seine Taten im Verlauf der Jahre und seine kürzlichen Bemühungen, andere von dem Tal fernzuhalten, besonders aber das Verschwinden der Rantanens, waren das endgültige Signal dafür gewesen, sein Reich zu vernichten. Somit hätten Ras, Eeva und Yusufu sich also nur für ein paar Tage noch zu verstecken brauchen, und die Welt, die sich ins Tal ergoß, hätte sich Boygurs schon angenommen.

Ras war froh, daß er nicht gewartet hatte.

Er blickte aus dem Fenster nach Süden. Der grüne Wald und die grünbraunen Ebenen zogen sich ein paar Kilometer weit zwischen den schwarzen Felswänden dahin. Der Fluß schlängelte sich bläulich zwischen ihnen hindurch, am Kopf, da, wo er von der Hochebene in die Tiefe stürzte, weiß vor Schaum und Dunst.

Jenseits und unterhalb davon lag das Land, wo die Wantso lebten — gelebt hatten. Und dann bogen das Tal und der Fluß gemeinsam um die schwarzen Felsen herum, und er konnte bis zum vielarmigen Sumpf blicken.

Auf der anderen Seite des Sumpfes wurde Gilluk, der König der Sharrikt, besucht, untersucht, entdeckt und von verschiedenen Neuankömmlingen, die sich »Anthropologen« nannten, zu erforschen versucht. Einer hatte bereits erklärt, das göttliche Schwert der Sharrikt würde von den Kreuzfahrern herstammen und wäre den Sharrikt irgendwie in die Hände gefallen, ehe sie in dieses Tal gekommen waren, doch ein anderer bestritt das energisch. Zoologen durchstreiften das Land. Einer verkündete, die Kokodile seien eine neue *Spezies*, vielleicht Vertreter eines neuen *Genus*, was immer diese Wörter bedeuten mochten. Im Tal hätten sich viele Tierarten erhalten, die anderswo bereits ausgestorben waren.

Der Mann, der das gesagt hatte, hatte auch erklärt, Ras sei der einzige lebende Vertreter der Spezies *Homo Tarzanus*.

Er rutschte in seinem Sitz hin und her und seufzte und dachte an die Asche von Wilida, an das Grab von Mariyam, an Bigagi im Bauch von Baastmast und an Janhoys Kopf auf dem Pfahl.

Dann stieg das Flugzeug über die Spitzen der Felsen hinaus. Er rang nach Luft und drückte Eevas Arm so heftig, daß sie aufschrie. Es stimmte also! Der Himmel war kein blaues Gestein, das das Tal bedeckte.

Etwas geschah. Er hörte es ganz deutlich. Die Fleischfaser, die ihn an das Tal gebunden hatte, war zerrissen. Oder es war der Himmel, der sich wie eine Schriftrolle ausrollte, um ihm die Weite und Großartigkeit der Welt hinter den Felsen zu zeigen. Mariyam hatte einst beschrieben, wie der Himmel sich aufrollt und wie eine Schriftrolle aussieht, und jetzt erfuhr er, was sie gemeint hatte.

Seine Augen schwammen in Tränen. Ein Schluchzen entrang sich seiner Kehle.

Eeva tätschelte seine Hand.

Yusufu, der auf der anderen Seite vom Gang saß, rief auf amharisch: »Das ist erst der Anfang, o Sohn! Du wirst viele Wunder zu Gesicht bekommen, und das wunderbarste von allen wird vielleicht jene große Stadt am Ende unserer Reise sein — Los Angeles.«

Yusufu trug die Kleider eines englischen Kindes. Sie waren zusammen mit denen, die Ras anhatte, aus Nairobi eingeflogen worden.

Die Stimme des Piloten kam über den Lautsprecher. Sie konnten ihre Sitzgurte lösen und rauchen, wenn sie wollten. Die Passagiere scharten sich um seinen Sitz, um zu besprechen, was sie von ihm verlangten. Eeva schickte sie mit der Begründung weg, ihm ginge es nach den »Spritzen« nicht gut. Er spürte noch nichts von der tiefen Übelkeit, die sich nach den vielen »Spritzen« und dem »Pockenimpfstoff«, die er kurz vor dem Abflug vom Arzt bekommen hatte, einstellen konnte. Er gestattete Eeva jedoch, für ihn zu sprechen. Er brauchte Zeit zum Alleinsein und Nachdenken.

Das Flugzeug dröhnte weiter, und schon bald hatten sie die zerklüfteten Berge hinter sich gelassen und überflogen trockenes, braunes Land, und dann waren sie über dem Dschungel. Eeva hatte gesagt, es würde ein paar Stunden dauern, ehe sie aus Äthiopien heraus wären. In dem anschließenden Land erwartete sie kein Ärger. Die Filmleute hatten die richtigen Hände »geschmiert«.

Der Abflug an diesem Morgen war in der Nacht zuvor geplant worden. Äthiopisches Militär und die Polizei hatten davon gesprochen, Yusufu nach Addis Abeba zu bringen. Er wurde immer noch wegen des zweiundzwanzig Jahre zurückliegenden Diebstahls und wegen des Mordes gesucht. Yusufu bestand darauf, unschuldig zu sein, wollte aber keine Gerichtsverhandlung über sich ergehen lassen, weil er seine Unschuld nicht beweisen konnte. Auch Ras war in Schwierigkeiten, denn er befand sich illegal im Land und wäre ebenfalls vor Gericht gestellt worden, weil er so viele Wantso und Sharrikt getötet hatte, die ja Bürger des Staates Äthiopien gewesen waren, auch wenn sie keine Ahnung davon gehabt hatten. Außerdem hatte er Boygur und seine äthiopischen Angestellten getötet, und es war möglich, daß diese Todesfälle gerichtlich untersucht würden.

Eeva und Yusufu waren sich darüber einig gewesen, daß Ras als freier Mann aus der Verhandlung hervorgehen würde, doch würde er während der Untersuchungshaft in einem äthiopischen Gefängnis wahrscheinlich an Krankheiten sterben. Gleich am Morgen hatten Ras und Yusufu den äthiopischen Piloten und einige Staatsbeamte in die Berge geführt, wo sie nach Jibs Leiche suchen wollten. Ras und Yusufu hatten sich von der Gesellschaft weggeschlichen und waren zum See zurückgekehrt, wo eine Flugzeugladung Mitverschwörer auf sie wartete. Ras hatte die Spritzen und den Pockenschutz bekommen, und dann hatte das Flugzeug sie davongetragen.

Mr. Brentwood, ein Filmproduzent, sagte, die Rechnung würde später mit den Äthiopiern »ausgeglichen« — offenbar durch weitere »Schmiergelder« — und dann würde der Film in dem Tal gedreht werden, das seine Gesellschaft wahrscheinlich für die Zeit der Dreharbeiten pachten würde. Das würde natürlich alles sehr kostspielig werden, meinte Mr. Brentwood, doch wäre ja wohl klar, daß der Film Millionen einspielen würde.

So waren sie also jetzt hoch über der Grenze zwischen Äthiopien und Kenia, und Marilyn Provo, die Vertreterin eines Verlages, stand neben dem Sitz und unterhielt sich mit Eeva und schoß ihm unter langen Wimpern hervor glühende Blicke zu. Da ging es ihm bereits schlecht. Bevor sie zum Auftanken landeten, hatte er Fieber und empfand Brechreiz, doch schließlich schlief er ein. Die letzte Sache, an die er sich erinnerte, war, daß Eeva Marilyn sagte, sie würde sich über sein Fortkommen keine Sorgen machen. Er stünde der Welt zwar unschuldig und naiv gegenüber, das mochte ja sein. Doch besäße er ausdauernden Mut, Anpassungsfähigkeit, wahre Freundlichkeit, große Kraft, Charme, Sensibilität, Vorstellungskraft und eine ganze Menge künstlerisches Talent. Er würde schon zurechtkommen, solange jemand bei ihm wäre, der sowohl Erfahrung hätte und ihn zugleich liebte.

Später, nachdem er im Fieberwahn mit Wilida, Mariyam und den anderen Toten gesprochen hatte, wachte er halb auf. Das heulende Geräusch kam aus dem Mund eines Geräts auf dem »Ambulanzwagen«. Aus einer »Sirene«, wie Eeva, die neben ihm saß, es nannte. Und dann wurde er auf einer Tragbahre in ein gewaltiges weißes Gebäude getragen. Lichter brannten unentwegt und zuckten aus und an, und in der Ferne röhrte und klimperte etwas, und viele weiße und braune Gesichter — darunter die von Eeva und Marilyn — standen um ihn herum, und dann drehten die Lichter und die Gesichter sich im Kreis und flogen wie Pelikane in die Dunkelheit davon.

Einen Tag später hatte er sich so weit erholt, daß er aufrecht dasitzen und mit Augen, Nase, Ohren und durch Berührung all das Neue in sich einsaugen konnte, das selbst ein so kleiner und einfach möblierter Raum ihm bot. Er witterte die Welt und war begierig, mit der Jagd zu beginnen, obgleich er nicht sicher war, ob diese Welt nicht ein verschlagener Leopard war.

Am Abend sagte er zu Eeva: »Damit es einem in dieser Welt, in dieser ›Zivilisation‹ gut geht, muß man erst sehr krank sein. Ebenso wie man erst sterben muß, um völlig zum Leben zu kommen.«

Eeva hatte keine Ahnung, wovon er sprach. Entgegen ihrem sonstigen Interesse an seiner Gedankenwelt wollte sie nichts als »Geschäfte« diskutieren. Er neckte sie eine Weile und meinte schließlich, er würde sehr gern mit ihr ins Bett gehen. Sie war schockiert. Das könne sie nicht. Nicht hier. Es würde bestimmt irgend jemand, eine Krankenschwester, ein Arzt oder ein Besucher hereinkommen.

Er bettelte nicht. Er küßte sie und sagte, er würde sie morgen wieder sehen.

Eine halbe Stunde später, nachdem die Krankenschwestern ihre Runden gemacht hatten, schlüpfte Marilyn zu ihm ins Zimmer. Sie dürfe zwar nicht hier sein, sagte sie, weil die Besuchszeit vorbei wäre, wisse aber, er würde sich über ihre Gesellschaft freuen. Da hatte sie recht, und wie er vermutet hatte, war Marilyn nicht so zurückhaltend wie Eeva. Sie bekam also ihr Krokodilsherz.

Er schlief angenehm ein, wachte aber mitten in der Nacht auf, als eine Krankenschwester, Mariamu, sich an ihm zu schaffen machte. Sie war jung und wohlgeformt, was selbst unter ihrer locker sitzenden, weißen Uniform zu sehen war, und sie hatte einen hübschen Kopf und ein gut geschnittenes Gesicht, das er unbedingt einmal nachbilden wollte. Er sagte ihr das, und obgleich sie scheu war und auch ein bißchen Angst vor ihm zu haben schien, ging sie nicht weg. Sie sprach länger, als sie eigentlich durfte, und so mußte die Stationsschwester sie vertreiben. Doch sie versprach Ras, ihm Modell zu sitzen und gab ihm ihre Anschrift. Die Stationsschwester, eine füllige Frau um die Vierzig, doch recht hübsch, ging nicht aus dem Zimmer. Sie schien von dem, was sie über ihn gehört hatte, fasziniert zu sein und lauschte seiner Geschichte, während ihre Augen immer größer wurden und sie näher und näher an ihn herangerückt kam. Nach einer Weile hatte er sie zu sich heruntergezogen, und sie wehrte sich durchaus nicht. Im Gegenteil.

Ras schlief wieder ein, nicht ohne vorher darüber nachzudenken, daß die Welt draußen gewiß ihre Gefahren in sich bergen mochte, doch hatte sie zum Ausgleich auch ihre Genüsse, man mußte nur wissen, wie man an sie herankam.